16	3	2	13
5	10	11	8
9	6	7	12
4	15	14	1

Coleção LESTE

Fiódor Dostoiévski

O ADOLESCENTE

Romance

Tradução, posfácio e notas
Paulo Bezerra

Ilustrado com os manuscritos do autor

editora 34

EDITORA 34

Editora 34 Ltda.
Rua Hungria, 592 Jardim Europa CEP 01455-000
São Paulo - SP Brasil Tel/Fax (11) 3811-6777 www.editora34.com.br

Título original:
Podróstok

Imagem da capa:
Detalhe de ilustração de Mikhail Rojter para O adolescente, *de Dostoiévski, gravura em metal, 1971 © Gamborg Collection/Bridgeman Images*

Ilustrações:
Detalhes dos manuscritos de Dostoiévski para O adolescente, *1874-75*

Capa, projeto gráfico e editoração eletrônica:
Bracher & Malta Produção Gráfica

Revisão:
Cide Piquet, Beatriz de Freitas Moreira

1ª Edição - 2015, 2ª Edição - 2020 (2ª Reimpressão - 2025)

Catalogação na Fonte do Departamento Nacional do Livro
(Fundação Biblioteca Nacional, RJ, Brasil)

Dostoiévski, Fiódor, 1821-1881
D724c O adolescente / Fiódor Dostoiévski; tradução, posfácio e notas de Paulo Bezerra; ilustrado com os manuscritos do autor. — São Paulo: Editora 34, 2020 (2ª Edição).
624 p. (Coleção LESTE)

Tradução de: Podróstok

ISBN 978-85-7326-610-8

1. Ficção russa. I. Bezerra, Paulo. II. Título. III. Série.

CDD - 891.73

O ADOLESCENTE
Romance

Primeira parte

Segunda parte

Terceira parte

PRIMEIRA PARTE

As notas do tradutor fecham com (N. do T.). As outras são de A. V. Arkhípova, I. A. Bityugova, G. Ya. Galagan, E. I. Kiiko, G. M. Fridlénder e I. D. Yakubóvitch, que prepararam os textos da edição russa e escreveram as notas, e estão assinaladas com (N. da E.).

Traduzido do original russo *Pólnoie sobránie sotchnienii v tridtzatí tomákh — Khudójestviennie proizviedeniya* (Obras completas em 30 tomos — Obras de ficção) de Dostoiévski, tomo XIII, Ed. Naúka, Moscou-Leningrado, 1975.

CAPÍTULO I

I

Sem conseguir me conter, dei início à história dos meus primeiros passos pela vida, ainda que até pudesse deixar de fazê-lo. De uma coisa estou certo: nunca mais voltarei a escrever minha autobiografia, nem que viva até os cem anos. É preciso nutrir por si mesmo uma paixão excessivamente desprezível para escrever a seu próprio respeito. A única desculpa que tenho é a de que não escrevo como todos escrevem, isto é, visando aos elogios do leitor. Se me deu na veneta escrever palavra por palavra tudo o que me aconteceu desde o ano passado, isso foi motivado por uma necessidade interior: era grande minha estupefação com tudo o que havia acontecido. Registro apenas os acontecimentos, envidando todos os esforços para descartar tudo o que lhe for estranho, principalmente os floreios literários; um literato escreve durante trinta anos e no fim das contas ignora inteiramente por que passou tanto tempo escrevendo. Não sou um literato, literato não quero ser, e acharia uma indecência e uma torpeza arrastar para o mercado literário o íntimo de minha alma e uma bonita descrição dos meus sentimentos. Agastado, porém, pressinto que parece impossível evitar uma descrição completa dos sentimentos e dispensar reflexões (talvez até banais), tão perversivo é o efeito que tem sobre o homem qualquer atividade literária, ainda que ele a realize unicamente para si. Tais reflexões podem até ser muito banais, porque, como você mesmo pode avaliar, é bem possível que do ponto de vista de um estranho não tenham nenhum valor. Mas deixemos tudo isso de lado. Não obstante, eis aqui o prefácio: não haverá mais nada desse gênero. Mãos à obra: se bem que não há nada mais complicado do que empreender alguma coisa, talvez, até, qualquer coisa.

II

Começo, quer dizer, gostaria de começar minhas notas a partir de dezenove de setembro do ano passado, isto é, exatamente do dia em que pela primeira vez encontrei...

Mas explicar quem encontrei, assim, de antemão, quando ninguém sabe de nada, seria vulgar; acho que até esse tom seria vulgar: depois de ter dado a mim mesmo a palavra de evitar floreios literários, estou resvalando nesses floreios desde a primeira linha. Além disso, parece que só a vontade não basta para escrever a contento. Observo apenas que em nenhum idioma europeu parece ser tão difícil escrever como em russo. Acabo de reler o que escrevi e percebo que sou bem mais inteligente que isso que acabo de escrever. Como pode acontecer que um homem inteligente enuncie algo bem mais tolo do que aquilo que seu espírito contém? Já reparei isto mais de uma vez em mim e nas conversas que mantive com as pessoas durante todo esse último ano fatal, e isso me deixou muito angustiado.

Embora comece pelo dia dezenove de setembro, para que seja compreensível ao leitor e a mim mesmo, coloco umas duas palavras para dizer quem sou, onde estava antes e, consequentemente, o que ao menos em parte podia ter em mente naquela manhã de dezenove de setembro.

III

Eu havia concluído o curso colegial,[1] agora já caminho para os vinte e um anos. Meu sobrenome é Dolgorúki, e meu pai legítimo é Makar Ivánovitch Dolgorúki, ex-servo doméstico dos senhores Viersílov. De sorte que sou um filho legítimo, embora seja ilegítimo no mais alto grau e minha origem não deixe a mínima dúvida. Aconteceu assim: vinte e dois anos atrás o senhor de terras Viersílov (este sim é meu pai), então com vinte e cinco anos, visitou sua fazenda na província de Tula. Suponho que naquela época ele ainda fosse bastante desprovido de originalidade. O curioso é que esse homem, que tanto me impressionou desde minha infância, que exerceu uma influência tão fundamental em todo o meu modo de ser e até, talvez, contaminou todo o meu futuro — em numerosíssimos aspectos esse homem continua sendo até hoje um completo enigma para mim. Bem, mas deixemos isto para depois. Não dá para narrá-lo de qualquer jeito. Seja como for, esse homem vai mesmo preencher toda a minha narrativa.

Foi justo por aqueles tempos que ele enviuvou, isto é, aos vinte e cinco anos. Era casado com uma mulher da família Fanariótov, da alta sociedade

---

[1] Até a Revolução de 1917, o ensino médio na Rússia era cursado numa instituição chamada *gimnázia*, diferente do nosso ginásio, que compreendia apenas o que hoje chamamos de ensino fundamental. Daí a tradução de colégio em vez de ginásio. (N. do T.)

mas sem grande riqueza, e tinha com ela um filho e uma filha. As informações que tenho sobre essa esposa que tão cedo o deixou são bastante incompletas e estão dispersas entre os meus dados; ademais, muitas das circunstâncias particulares da vida de Viersílov me escapam, de tão orgulhoso, fechado, presunçoso e displicente que ele sempre foi comigo, apesar de momentos de certa humildade impressionante diante de mim. Contudo, menciono isto para antecipar que ele dilapidou três fortunas em sua vida, e até bastante grandes, num total de quatrocentos e tantos mil rublos, talvez até mais. Hoje, é claro, não possui um copeque...

Naquele tempo viera ao campo "sabe Deus por quê", pelo menos foi o que me disse mais tarde. Os filhos pequenos não moravam com ele, como é de praxe, mas com seus familiares; assim ele agiu a vida inteira com todos os seus filhos, legítimos e ilegítimos. Naquela fazenda havia um número consideravelmente grande de criados domésticos; entre eles figurava o jardineiro Makar Ivánov Dolgorúki. Direi uma coisa aqui para me livrar para sempre do assunto: é difícil que alguém tenha sentido tanta raiva de seu sobrenome como eu senti em toda a minha vida. É claro que isso era uma tolice, mas aconteceu assim. Sempre que eu entrava em alguma escola ou me defrontava com pessoas a quem, em virtude de minha idade, devia esclarecimentos sobre mim, em suma, a cada professora, preceptora, inspetor, pope — quem quer que me perguntasse por meu sobrenome e ouvisse que eu era Dolgorúki, achava forçoso acrescentar:

— Príncipe Dolgorúki?[2]

E todas as vezes eu era obrigado a esclarecer a toda aquela gente ociosa:

— Não, *simplesmente* Dolgorúki.

Ao fim e ao cabo, esse *simplesmente* começou a me deixar louco. Observo, como um fenômeno, que não me lembro de uma única exceção; todos perguntavam. Alguns, ao que parece, não tinham nenhuma necessidade de perguntar; aliás, nem sei por que diabos alguém precisaria perguntar isso. Mas todos perguntavam, todos, sem exceção. Ao ouvir que eu era *simplesmente* Dolgorúki, o interrogador costumava me medir de cima a baixo com um olhar obtuso e cheio de uma parva indiferença, prova de que ele mesmo ignorava por que perguntara, e ia embora. Meus colegas do colégio eram os mais ofensivos nas perguntas. Como um colegial questiona um novato? Desnorteado e confuso em seu primeiro dia na escola (em qualquer uma), o calouro é a vítima comum: recebe ordens, é provocado, tratado como um

---

[2] Trata-se do príncipe Iúri Vladímirovitch Dolgorúki (1099-1157), que fundou a cidade de Moscou em 1147. (N. do T.)

lacaio. Um garoto forte, gordo, para de repente diante de sua vítima e por alguns instantes a observa à queima-roupa com um olhar demorado, severo e arrogante. O calouro fica parado diante dele em silêncio, olha atravessado, se não é medroso, e espera o que vai acontecer.

— Qual o teu sobrenome?

— Dolgorúki.

— Príncipe Dolgorúki?

— Não, simplesmente Dolgorúki.

— Ah, simplesmente! Imbecil.

E ele tem razão: não há nada mais tolo do que alguém se chamar Dolgorúki sem ser príncipe. Essa tolice eu carrego comigo sem culpa. Mais tarde, quando já passei a me zangar muito com isso, à pergunta "És príncipe?" sempre respondia:

— Não, sou filho de um servo doméstico, ex-servo da gleba.

Depois, quando eu já chegava ao auge da fúria, ao me perguntarem "O senhor é príncipe?", respondia com firmeza:

— Não, sou simplesmente Dolgorúki, filho ilegítimo do meu antigo amo, o senhor Viersílov.

Inventei isso já no sexto ano do colégio, e embora tivesse rapidamente me convencido de que era uma tolice, ainda assim não abandonei de pronto essa tolice. Lembro-me de que um dos professores — aliás, foi o único — achou que eu "estava cheio de ideias de vingança e de civismo". De modo geral, interpretavam essa extravagância com uma contemplatividade que me ofendia. Por fim, um de meus colegas, um rapaz muito sarcástico e com quem conversei apenas uma vez no ano, disse-me com ar sério, mas olhando um pouco para o lado:

— Tais sentimentos o honram, é claro, e sem dúvida o senhor tem de que se orgulhar; em seu lugar, não obstante, eu não festejaria muito por ser filho ilegítimo... e o senhor está como que comemorando.

Desde então deixei de *me gabar* de ser filho ilegítimo.

Repito, é muito difícil escrever em russo: eis que escrevi três páginas inteiras sobre como passei a vida zangado com meu sobrenome, e enquanto isso o leitor na certa já concluiu que fico zangado justo por não ser príncipe, mas simplesmente Dolgorúki. Explicar-me de novo e justificar-me seria humilhante para mim.

IV

Pois bem, entre aqueles servos domésticos, que já eram muito numerosos, além de Makar Ivánov, havia uma moça, e ela já estava com dezoito anos quando o cinquentão Makar Dolgorúki revelou de repente a intenção de desposá-la. Como se sabe, durante o regime de servidão os casamentos entre servos domésticos se realizavam com a permissão dos senhores e às vezes até por sua ordem expressa. Na época encontrava-se na fazenda uma tia; quer dizer, não era minha tia e sim a própria fazendeira; não sei por que razão a chamaram de tia a vida inteira, não só de minha tia, mas tia de modo geral, e também na família de Viersílov, de quem ela quase chegava a ser parenta de fato. Era Tatiana Pávlovna Prutkóva. Na época ela ainda possuía na mesma província e no mesmo distrito trinta e cinco almas.[3] No fundo ela não administrava a fazenda de Viersílov (onde havia quinhentas almas), mas a vigiava como vizinha, e essa vigilância, como ouvi dizer, valia tanto quanto a vigilância de um administrador formado. Pensando bem, nada me importam os seus conhecimentos; quero apenas acrescentar, descartando qualquer ideia de lisonja ou bajulação, que essa Tatiana Pávlovna é uma criatura nobre e até original.

Eis que ela não só não rejeitou as propensões matrimoniais do sombrio Makar Dolgorúki (dizem que na época ele andava sombrio) como, ao contrário, ainda as estimulou no mais alto grau. Sófia Andrêievna (a serva doméstica de dezoito anos, isto é, minha mãe) era órfã de pai e mãe havia muitos anos; seu falecido pai, que nutria uma extraordinária estima por Makar Dolgorúki e lhe devia alguma obrigação, também fora servo doméstico e, estando seis anos antes em seu leito de morte, dizem até que a quinze minutos do último suspiro (o que, em último caso, poder-se-ia até tomar por delírio se ele já não estivesse juridicamente incapacitado como servo), chamou Makar Dolgorúki na presença de toda a criadagem e de um padre e legou-lhe em voz alta e em tom insistente, apontando para a filha: "Acaba de criá-la e toma-a para mulher". Todos ouviram isto. Quanto a Makar Dolgorúki, não sei que sentido ele imprimiu mais tarde ao casamento, isto é, se se casou com grande prazer ou apenas cumprindo uma obrigação. O mais provável é que tenha aparentado total indiferença. Era um homem que naquele tempo já sabia "mostrar do que era capaz". Não é que fosse um conhecedor de teologia (embora conhecesse o serviço religioso na íntegra e especialmente a hagiografia de alguns santos, se bem que mais por ouvir

---

[3] Assim eram chamados os servos na Rússia. (N. do T.)

narrá-las) ou um letrado, não é que fosse, por assim dizer, um servo dado a sentenças; era simplesmente teimoso por natureza, às vezes até ousado; era vaidoso ao falar, definitivo em seus julgamentos e, para concluir, "vivia de modo respeitoso", segundo sua surpreendente expressão — eis como ele era naquela época. É claro que ganhara o respeito geral, mas dizem que ninguém o suportava. Outra coisa foi quando deixou a condição de servo: então não era lembrado senão como um tipo de santo e alguém que sofrera muito. Isto eu sei com certeza.

Quanto ao caráter de minha mãe, apesar da insistência do administrador em enviá-la a Moscou para estudar, Tatiana Pávlovna a manteve em sua casa até os dezoito anos, e deu-lhe alguma educação, isto é, ensinou-lhe corte e costura, postura de moça no andar e até a ler um pouco. Minha mãe nunca aprendeu a escrever direito, e o fazia de modo sofrível. A seus olhos o casamento com Makar Ivánov era assunto há muito resolvido, e ela achou tudo excelente e o melhor que podia lhe acontecer, e caminhou para o altar com o ar mais tranquilo que poderia ter em tais circunstâncias, de sorte que na ocasião a própria Tatiana Pávlovna a chamou de "peixe". Tudo o que diz respeito ao caráter de minha mãe naquela época ouvi da própria Tatiana Pávlovna. Viersílov chegou à fazenda exatamente meio ano depois desse casamento.

V

Quero dizer apenas que nunca pude adivinhar e descobrir a contento por onde mesmo começou o caso dele com minha mãe. Como ele mesmo me assegurou no ano passado, corando, apesar de contar tudo com a maior descontração e "espirituosidade", estou plenamente propenso a acreditar que não houve nenhum romance e que tudo aconteceu *por acaso*. Acredito que foi *por acaso*, e essa expressão *por acaso* é magnífica; ainda assim sempre tive vontade de saber por onde mesmo a coisa pôde começar lá entre eles. Em toda a minha vida eu mesmo sempre detestei e continuo detestando todas essas indecências. É claro que isto não se reduz a uma curiosidade desavergonhada de minha parte. Observo que até um ano atrás eu quase não conhecia absolutamente minha mãe; desde minha infância fui entregue a estranhos, para o conforto de Viersílov, sobre o que, aliás, falarei depois; e, de mais a mais, não consigo imaginar como seria o rosto dela naquela época. Se não era nem um pouco bonita, então com que conseguiu seduzir um homem como o Viersílov daquele tempo? Esta questão me é importante por desenhar um aspecto por demais curioso desse homem. Pergunto por isso, e não movido por libertinagem. Com aquela encantadora simplicidade que o diabo sabe de onde tirava (como que do bolso) ao perceber que era necessário, esse homem sorumbático e fechado me disse, ele mesmo, que naqueles idos era um "fedelho bastante tolo", não propriamente um sentimental, mas um *sei lá o quê*; acabara de ler *Anton Goriemika* e *Polinka Saks*,[4] duas obras literárias que então exerceram entre nós uma influência incalculável sobre a nova geração. Acrescentou que viera então para o campo talvez por causa de *Anton Goriemika* — e acrescentou isto com uma extraordinária seriedade. De que forma esse "fedelho tolo" pôde começar seu caso com minha mãe? Acabo de imaginar que se eu tivesse ao menos um leitor, na certa ele desataria a rir de mim como do adolescente mais ridículo que, tendo conservado sua tola ingenuidade, mete-se a refletir e decidir sobre coisas que não compreende. Realmente ainda não compreendo, e o confesso sem nenhum orgulho, porque sei quão tola é essa falta de experiência num homenzarrão de vinte anos de idade; mas vou dizer e mostrar àquele senhor que ele mesmo não compreende isso. É verdade que nada entendo de mulher, e aliás não quero entender, porque vou passar a vida inteira me lixando para isso, e até dei minha palavra. Sei, porém, e ao certo, que um tipo de mulher seduz num piscar de olhos com sua beleza ou seja lá com que for; outro tipo a gente precisa passar meio ano ruminando até saber o que ela tem; e para estudar este tipo e apaixonar-se por ela não basta contemplá-la nem simplesmente estar disposto a qualquer coisa, ainda se precisa ter algum talento. Disto estou convencido, apesar de não saber nada, mas se fosse o contrário seria preciso reduzir de uma vez todas as mulheres à categoria de simples animais domésticos e só assim mantê-las em casa; isto talvez fosse do agrado de muita gente.

Por intermédio de várias pessoas, sei com toda certeza que minha mãe não era uma beldade, embora eu não tenha visto seu retrato daquela época, que se encontra em algum lugar. Logo, não era possível alguém se apaixonar por ela à primeira vista. Para um simples "divertimento" Viersílov podia escolher outra, e lá havia uma, Anfissa Konstantínovna Sapojkova, uma moça serva e ainda por cima solteira. Para um homem que chegara ao cam-

---

[4] *Anton Goriemika*, novela de Dmitri V. Grigoróvitch (1822-1899) publicada pela primeira vez em 1847 na revista *Sovremiênnik* (O Contemporâneo), aborda a dura vida do camponês servo. *Polinka Saks*, novela de Aleksandr V. Drujínin (1824-1864), publicada pela mesma *Sovremiênnik* em 1847, foi influenciada pelas ideias de George Sand (1804-1876) e tematiza os direitos da mulher. (N. da E.)

po com *Anton Goriemik* debaixo do braço, seria uma grande vergonha basear-se no direito de senhor de terras e destruir os laços sagrados do matrimônio, ainda que fosse o de um servo seu, porque, repito, não fazia mais que alguns meses — isto é, vinte e cinco anos depois daquilo — que ele me falara daquele *Anton Goriemik* com a máxima seriedade. Ora, de Anton haviam levado apenas um cavalo, ao passo que, neste caso, levaram a esposa! Então aconteceu algo especial, o que fez *mademoiselle* Sapojkova sair perdendo (a meu ver, saiu ganhando). No ano passado andei importunando Viersílov (quando consegui conversar com ele, pois nem sempre é possível conversar com ele) com todas essas perguntas e notei que, a despeito de todas as suas maneiras mundanas e da distância que o separa daquele tempo, ele ficou cheio de nove-horas. Mas insisti. Com aquele ar de indiferença mundana que amiúde se permitia comigo, ele, estou lembrado, pelo menos uma vez balbuciou de modo um tanto estranho: que minha mãe era uma daquelas criaturas *indefesas* por quem a gente no fundo não se apaixona — nada disso, ao contrário — mas como que de repente *se compadece*, sabe-se lá a razão, talvez pela doçura; aliás, por quê? — jamais alguém sabe o porquê, mas a compaixão dura muito, a gente se compadece e se apega. "Em suma, meu querido, acontece que às vezes a gente não consegue se desapegar." Eis o que me disse; e se realmente foi assim, sou forçado a não o considerar o fedelho que ele se dizia ser naquele tempo. Era disso que eu precisava.

Aliás, foi naquela época que ele passou a assegurar que minha mãe começara a amá-lo por "humildade": só faltou inventar que fora forçada pela lei da servidão! Mentiu por ostentação, mentiu contra a consciência, contra a honra e a nobreza!

É claro que falei tudo isso como uma espécie de elogio à minha mãe, mas, por outro lado, já declarei que naquela época eu nada sabia a seu respeito. Além disso, conheço de fato toda a inacessibilidade daquele meio e aqueles conceitos mesquinhos sob os quais ela se tornou dura desde a infância e assim se manteve pelo resto da vida. Ainda assim veio a desgraça. Mas preciso me corrigir: andando "nas nuvens" esqueci um fato que, ao contrário, preciso mencionar antes de mais nada, ou seja: o caso deles começou justo de uma *desgraça*. (Espero que o leitor não se faça de rogado a ponto de não entender de imediato o que estou falando.) Em suma, o caso entre eles começou precisamente como acontece entre os senhores de terras, apesar de *mademoiselle* Sapojkova ter sido ludibriada. Mas neste caso vou logo interferindo e anunciando de antemão que não me contradigo em nada. Pois sobre o que, meu Deus, sobre o que um homem como Viersílov poderia conversar naquele tempo com uma pessoa como minha mãe, ainda que se

— Полное заглавіе романа:

Подростокъ. Исповѣдь великаго грѣшника, писанная для себя.

Замѣчаніе: Подростку, въ его качествѣ молокососа, и не открывать (не открываются и ему, что и открываютъ) происшествія, факты, фабулу романа. Такъ что самъ догадывается объ нихъ и ошибается самъ. Что и обозначается во всей манерѣ его разсказа (такъ неполноты и сентенціи). —

Лицо: (типъ)

Мечтатель, о томъ какъ онъ идетъ къ Богу, говоритъ и все далѣе благодаритъ его. — Или о томъ, какъ онъ поступаетъ съ лицомъ обманувшимъ его — Вслѣдъ послѣ страшныхъ несчастій [illegible] окружающихъ его [illegible] (подробнѣйшее описаніе)

Можетъ быть это самый ОНЪ и есть.

И ГЛАВНОЕ: Лицо что молчитъ быть [illegible] какъ [illegible] романомъ. —

Прежде [illegible] Долгорукову

Февр.

Замѣчаніе:

О томъ какъ подростокъ самъ (первый) придумываетъ идею какъ погубить Княгиню — самую подлую, низкую, но дерзкую, отважную и увлекается ею. Тутъ — фабула. Такъ что подростокъ чуть-чуть не былъ причиною ужаснаго несчастья. —

Тутъ психологія: Ужасно какъ увлекаетъ страшная дерзость и сладость, Замѣчательно увлеченіе [illegible] неотразимо, въ родѣ какъ быть подлымъ. [illegible] трепещетъ нервно и не можетъ оторваться отъ [illegible]

Февр.

4-е генв.

tratasse do amor mais irresistível? Ouvi uns depravados dizerem que muito amiúde um homem, ao entrar em intimidades com uma mulher, começa sem dizer uma palavra, o que, é claro, é o cúmulo da monstruosidade e do nojo; e Viersílov, mesmo que o quisesse, parece que não poderia começar de outra forma com minha mãe. Não me digam que devia ter começado lhe explicando *Polinka Saks*! Além disso os dois não estavam para literatura russa; ao contrário, segundo palavras dele mesmo (uma vez deixou-se levar pela exaltação), os dois se escondiam pelos cantos, esperavam um ao outro nas escadas, saltavam como bolas miúdas, com os rostos vermelhos, se passava alguém, e o "tirano senhor de terras" tremia como vara verde apesar de todo o seu direito de senhor. E embora a coisa tivesse começado à moda dos senhores de terra, tomou outro rumo, deu-se de modo diferente e no fundo, apesar de tudo, não se consegue explicar nada. A coisa fica até mais obscura. Até mesmo a dimensão que o amor deles tomou é um mistério, porque a primeira condição de gente como Viersílov é ir logo abandonando a mulher uma vez alcançado o objetivo. Não foi, porém, o que se deu. Pecar com uma serva atraente e leviana (mas minha mãe não era uma leviana) não é só possível para um "fedelho" devasso (e todos eles eram devassos, todos sem exceção — tanto os progressistas como os retrógrados) como inevitável, sobretudo considerando sua condição romântica de jovem viúvo e sua ociosidade. Mas amar por toda a vida é demais. Não garanto que ele a tenha amado, mas que a levou consigo a vida inteira, isso é verdade.

Fiz muitas perguntas, contudo há uma, a mais importante, que, observo, não me atrevi a fazer francamente à minha mãe, apesar de ter me entendido tão bem com ela no ano passado, e, ademais, como um fedelho grosseiro e ingrato que acha que *os outros têm culpa perante ele*, não fui nada cerimonioso com ela. A pergunta era a seguinte: como logo ela, logo ela, já casada havia meio ano, e ainda esmagada por todas as noções da legitimidade do casamento, esmagada como uma mosca impotente, logo ela, que respeitava seu Makar Ivánovitch não menos que a um deus, como logo ela pôde chegar a semelhante pecado em duas míseras semanas? Ora, minha mãe não era uma depravada! Ao contrário, hoje eu afirmo de antemão que é até difícil imaginar alguém de alma mais pura, e assim continuou pelo resto da vida. A única explicação é que ela agiu daquele modo porque perdera a cabeça, quer dizer, não naquele sentido que hoje os advogados usam em relação aos seus assassinos e ladrões, mas sob a forte impressão que domina trágica e fatalmente as vítimas dotadas de certa candura. Vai ver que ela ficou morrendo de amor... pelo corte da roupa dele, pelo penteado dos seus cabelos, por seu sotaque francês, exatamente o francês, do qual ela não compreendia um único som, pela romança que ele havia cantado ao piano; que foi tomada de amor por algo que nunca tinha visto nem ouvira falar (e ele era muito bonito) e então ficou prostrada de amor por ele inteiro, incluindo o corte da roupa e o piano. Ouvi dizer que às vezes isso acontecia com moças servas no tempo da servidão, e até mesmo com as mais honestas. Compreendo isso, e quem o atribui apenas ao regime da servidão e à "humildade" é um cretino! Pois bem, conseguiria aquele rapaz reunir tanto e tão patente poder de sedução para atrair uma criatura que até aquele momento mostrara tanta pureza e, o mais importante, era tão diferente dele, pertencia a um mundo e a uma terra completamente distintos, e atraí-la para uma ruína tão evidente? Que ele a atraíra para a ruína é coisa que, espero, minha mãe tenha compreendido pelo resto da vida; no entanto, quando caminhava para a ruína esta não lhe passava em absoluto pela cabeça; mas é assim que sempre acontece com essas "desamparadas": sabem que caminham para a ruína, mas vão em frente.

Consumado o pecado, os dois logo se arrependeram. Ele me contou, entre gracejos, que soluçou no ombro de Makar Ivánovitch, a quem convocara ao seu gabinete com o propósito de tratar do assunto, enquanto ela — ela, nesse ínterim, jazia desfalecida em algum canto, em seu cubículo de serva.

VI

Mas chega de perguntas e minúcias escandalosas. Tendo resgatado minha mãe de Makar Ivánov, Viersílov logo partiu, e desde então, como já escrevi antes, passou a levá-la em sua companhia para quase todos os lugares, exceto naqueles casos em que se ausentava por meio ano; então a deixava, o mais das vezes, aos cuidados da tia, isto é, de Tatiana Pávlovna Prutkóva, que naquelas ocasiões sempre aparecia por acaso vinda não se sabe de onde. Moraram em Moscou, moraram em várias outras cidades e aldeias, até no exterior, e enfim em Petersburgo. Falarei de tudo isso mais tarde, ou então não vale a pena. Afirmo somente que um ano depois do acerto com Makar Ivánovitch eu vim ao mundo; em seguida, decorrido mais um ano, nasceu minha irmã e, passados uns dez ou onze anos, um menino enfermiço — meu irmão caçula, que morreu ao cabo de alguns meses. Com este parto sofrido terminou a beleza de minha mãe — pelo menos foi o que me contaram: logo ela começou a envelhecer e a enfraquecer.

Entretanto, suas relações com Makar Ivánovitch nunca cessaram. Onde quer que estivessem os Viersílov, morando vários anos num mesmo lugar ou se mudando, Makar Ivánovitch sempre dava notícias "à família". Assim se formaram umas relações meio estranhas, em parte solenes e quase sérias. Entre senhores era forçoso que a isso se juntasse algo de cômico, isto eu sei; mas neste caso não foi o que aconteceu. As cartas chegavam duas vezes por ano, nem mais nem menos, e se pareciam extraordinariamente umas com as outras. Vi-as; pouco continham de pessoal; ao contrário, até onde era possível traziam apenas informações solenes acerca dos acontecimentos mais genéricos e dos sentimentos mais genéricos, se é que se pode falar assim a respeito de sentimentos; antes de tudo eram notícias de sua saúde, em seguida perguntas sobre a saúde da destinatária, depois votos, saudações e bênçãos solenes — e era tudo. É justamente nessa generalidade e impessoalidade que parece subentender-se toda a dignidade do tom e todo o supremo saber do tratamento naquele meio. "À nossa mui amável e respeitada esposa Sófia Andrêievna envio nossa mais humilde saudação"... "Aos nossos amáveis filhinhos envio nossa bênção paterna eternamente indestrutível." Seguiam-se todos os nomes dos filhinhos, na ordem cumulativa, inclusive o meu. Observo aqui que Makar Ivánovitch era tão espirituoso que nunca qualificava "Vossa senhoria o muito respeitado senhor Andriêi Pietróvitch" como seu "benfeitor", embora em cada carta lhe enviasse invariavelmente suas profundas reverências, solicitando sua benevolência e pedindo para ele a graça de Deus. As respostas a Makar Ivánovitch eram prontamente remetidas por minha mãe e sempre redigidas no mesmo estilo. Viersílov, é claro, não participava da correspondência. Makar Ivánovitch escrevia de vários lugares da Rússia, das cidades e dos mosteiros onde às vezes passava muito tempo. Ele se tornou o que se chama de peregrino. Nunca pedia nada; por outro lado, três vezes por ano vinha sem falta passar uns dias em casa e se hospedava na residência de minha mãe, que sempre tinha seu apartamento separado de Viersílov. Terei de retomar este assunto depois, mas por ora apenas observo que Makar Ivánovitch não se refestelava nos divãs da sala de visitas, mas se instalava modestamente em qualquer lugar atrás de um biombo. Passava pouco tempo: uns cinco dias, uma semana.

Esqueci-me de dizer que ele gostava imensamente de seu sobrenome "Dolgorúki" e o respeitava. Isto, claro, era uma ridícula tolice. O mais tolo é que gostava de seu sobrenome justamente porque existiam os príncipes Dolgorúki. Estranha concepção, totalmente de ponta-cabeça.

Se eu disse que a família vivia sempre reunida, isto, evidentemente, era sem mim. Eu fora como que escorraçado e, quase logo depois do meu nascimento, acomodado na casa de estranhos. Mas nisso não houve nenhuma intenção especial, foi simplesmente uma saída fortuita. Quando me deu à luz, minha mãe ainda era jovem e bonita, logo, era necessária a ele, mas aí uma criança gritalhona veio a ser, é claro, um obstáculo para tudo, sobretudo nas viagens. Eis por que cheguei aos vinte anos quase sem ter visto minha mãe, salvo nuns dois ou três acasos passageiros. Isto não se deveu aos sentimentos de minha mãe, mas à arrogância de Viersílov com as outras pessoas.

VII

Agora tratemos de coisa bem diferente.

Há um mês, isto é, um mês antes do dia dezenove de setembro, resolvi em Moscou desistir de todos eles e me recolher definitivamente à minha ideia. É assim mesmo que escrevo: "recolher-me à minha ideia", porque esta expressão pode significar quase todo o meu pensamento principal — aquilo para que vivo neste mundo. Adiante falarei à exaustão do que consiste "minha ideia". Na solidão de minha vida longa e sonhadora em Moscou, ela se formou em mim ainda no sexto ano do colegial e desde então não me abandonou talvez por um único instante. Absorveu toda a minha vida. Antes dela eu já vivia sonhando, desde minha infância tenho vivido num reino fantasioso de certa tonalidade; mas com o surgimento dessa ideia central e absorvente meus sonhos ganharam consistência e desaguaram de vez numa forma determinada; de tolos, tornaram-se sensatos. O colégio não impedia os sonhos; também não impediu a ideia. Acrescento, contudo, que concluí mal meu último ano de colégio, apesar de sempre ter sido um dos primeiros alunos até o sétimo ano, e isto foi consequência dessa mesma ideia, da conclusão, talvez falsa, que tirei dela. Assim, não foi o colégio que atrapalhou a ideia, mas a ideia que atrapalhou o colégio, e também atrapalhou a universidade. Tendo concluído o colegial, tive a imediata intenção de romper radicalmente não só com todos os meus, mas, se fosse preciso, até com o mundo inteiro, apesar de estar apenas na casa dos vinte anos. Escrevi a quem de direito em Petersburgo e pelos devidos meios, pedindo que me deixassem definitivamente em paz, que não remetessem mais dinheiro para o meu sustento e que, se possível, me esquecessem de vez (isto é, caso alguém se lembrasse um pouquinho de mim, é claro) e, enfim, que não ingressaria na universidade "por nada no mundo". O dilema que se apresentava diante de mim era inelutável: ou a universidade e a continuação dos meus estudos, ou adiar por mais quatro anos a execução imediata de minha "ideia"; fiquei sem hesitar com a ideia, pois estava matematicamente convencido. Viersílov, meu pai, que eu vira apenas uma vez na vida, por um instante, quando tinha apenas dez anos (e que, naquele piscar de olhos, conseguira me impressionar), em resposta à minha carta que, aliás, não lhe fora endereçada, chamou-me pessoalmente a Petersburgo por um bilhete escrito de próprio punho, prometendo-me um emprego privado. Esse chamado de um homem seco e orgulhoso, arrogante e desdenhoso comigo, e que até então, depois de me haver gerado e abandonado a estranhos, não só não me conhecera em absoluto como sequer jamais se arrependera disso (quem sabe, talvez tivesse de minha existência uma noção vaga e imprecisa, uma vez que, conforme se verificou mais tarde, não era nem ele quem fornecia o dinheiro para minha manutenção em Moscou, mas outros), o chamado desse homem, digo, que tão de repente se lembrara de mim e me honrara com uma carta de próprio punho — esse chamado, ao me deixar lisonjeado, decidiu o meu destino. Coisa estranha; o que, entre outras coisas, me agradou em seu bilhete (uma página de pequeno formato) foi que ele não fez nenhuma menção à universidade, não me pediu para mudar a decisão, não me censurou por eu não querer estudar — em suma, não apresentou nenhuma daquelas fúfias que os pais costumam apresentar em casos semelhantes, e no entanto foi esse o lado negativo de sua atitude, no sentido de que ela só fez mostrar ainda mais sua negligência comigo. Resolvi partir também porque isso em nada atrapalhava meu sonho principal: "Veremos o que vai acontecer — pensava —, em todo caso permaneço ligado a eles só por um tempo, talvez o mais curto. Tão logo perceba que esse passo, apesar de condicional e curto, ainda assim me afasta do *principal*, rompo no ato, abandono tudo e me recolho à minha carapaça". Justamente à carapaça! "Eu me escondo nela como uma tartaruga"; gostava muito desta comparação. "Não estarei só — continuava a divagar, andando nesses últimos dias por Moscou como um desvairado —, doravante nunca mais ficarei sozinho, como até hoje ficara durante tantos e terríveis anos; terei comigo a minha ideia que nunca hei de trair, mesmo que eu passe a gostar de todos eles, que eles me deem felicidade e venhamos a morar dez anos juntos!" Pois foi essa impressão, observo de antemão, pois foi essa dualidade de meus planos e objetivos, que já se definira em Moscou e não me deixou por um minuto em Petersburgo (porque não sei se em Petersburgo houve um só dia que eu não tenha fixado por antecipação como o prazo definitivo de minha ruptura com eles e de meu afastamento) — foi essa dualidade, digo, que parece ter sido uma das causas centrais de muitas de minhas imprudências cometidas no ano, de muitas torpezas, até de muitas baixezas e, subentende-se, de minhas tolices.

Sim, de uma hora para outra me aparecia um pai que antes nunca existira. Essa ideia me embriagava tanto em Moscou, enquanto eu me preparava para a viagem, como no trem. Um pai — isso ainda não seria nada e eu não gostava de mimalhice, mas esse homem não tivera vontade de me conhecer e me havia humilhado, ao passo que eu vivera todos esses anos sonhando continuamente (se é que se pode falar assim do sonho) com ele. Em cada sonho que eu tinha desde criança havia a presença dele; girava em torno dele, acabava reduzido a ele. Não sei se o odiava ou se o amava, mas ele preenchia todo o meu futuro, todos os meus cálculos para a vida — e isto aconteceu por si só, e acompanhou o meu crescimento.

Minha partida de Moscou ainda foi influenciada por uma circunstância poderosa, uma tentação que já naquele momento, três meses antes de minha partida (quer dizer, num momento em que nem se falava de Petersburgo), fazia fremir e bater meu coração! Sentia-me ainda atraído por aquele oceano desconhecido, porque eu podia entrar nele como senhor e dono até dos destinos dos outros, e de que outros! Contudo, sentimentos magnânimos, e não despóticos, ferviam dentro de mim — previno por antecipação para que minhas palavras não redundem em equívoco. Viersílov podia pensar (se é que se dignava a pensar em mim) que estava chegando um menino, um ex-colegial, adolescente, surpreso com toda a sociedade. Entretanto eu já conhecia todo o seu segredo e trazia comigo um importantíssimo documento pelo qual (hoje tenho certeza disto) ele daria vários anos de sua vida se eu então lhe revelasse o segredo. Aliás, observo que estou lançando um enigma. Sem fatos não se descrevem sentimentos. Além disso, todo esse assunto será tratado com a máxima abrangência no devido momento, e por isso peguei da pena. Mas escrever assim parece um delírio nas nuvens.

VIII

Por fim, para passar definitivamente ao dia dezenove, digo de forma sucinta, de passagem, por assim dizer, que encontrei todos eles, isto é, Viersílov, mamãe e minha irmã (esta eu via pela primeira vez na vida) numa situação de penúria, quase na miséria ou à beira dela. Disto eu já soubera em Moscou, mas mesmo assim não supunha o que vi. Desde criança eu me habituara a imaginar esse homem, "esse meu futuro pai", quase cercado por uma espécie de auréola e não podia imaginá-lo senão ocupando o primeiro lugar em qualquer parte. Viersílov nunca havia morado com minha mãe na mesma casa, ele sempre alugava um apartamento particular para ela; claro, agia assim movido por seu mais torpe "decoro". Mas agora todos moravam juntos numa casa de madeira de fundos, numa travessa do Semiónovski

Polk.[5] Todas as coisas da casa já estavam penhoradas, de modo que tive de dar à minha mãe, às ocultas de Viersílov, os meus sessenta rublos secretos. *Secretos* mesmo, porque eu os juntara economizando do dinheiro de minhas pequenas despesas que me destinaram durante dois anos, à razão de cinco rublos por mês; a economia começara desde o primeiro dia de minha "ideia", e por isso Viersílov nada devia saber sobre esse dinheiro. Isto me fazia tremer.

Essa ajuda foi apenas uma gota d'água. Mamãe trabalhava, minha irmã também costurava; Viersílov vivia na ociosidade, permitia-se caprichos e mantinha seus inúmeros hábitos antigos, bastante dispendiosos. Resmungava em demasia, sobretudo à mesa, e todos os seus modos eram totalmente despóticos. Mas mamãe, minha irmã, Tatiana Pávlovna e toda a família do falecido Andrónikov (um chefe de departamento que morrera três meses antes e que era também responsável pelos negócios de Viersílov), composta por um sem-número de mulheres, veneravam-no como a um fetiche. Eu não podia imaginar tal coisa. Observo que nove anos antes ele era incomparavelmente mais elegante. Já disse que ele permanecera em meus sonhos numa espécie de auréola, e por isso eu não conseguia imaginar que pudesse ter envelhecido tanto e se desgastado tanto em meros nove anos: no mesmo instante fiquei triste, compadecido, envergonhado. Olhar para ele produziu uma das impressões mais penosas que tive ao chegar. Por outro lado, ele ainda não era absolutamente um velho, tinha apenas quarenta e cinco anos. Observando melhor, descobri na beleza dele algo até mais admirável do que aquilo que, sabe-se lá por que razão, se mantivera intacto em minhas lembranças. Menos brilho do que o antigo, menos aparência, até menos garbo, mas a vida parecia ter descoberto nesse rosto algo bem mais interessante do que havia antigamente.

Entretanto, a miséria era uma décima ou uma vigésima parte dos seus fracassos, e isto eu sabia muito bem. Além da miséria, havia algo incomensuravelmente mais sério — já sem falar de que, apesar de tudo, havia ainda a esperança de ganhar um processo de herança que Viersílov movia há um ano contra os príncipes Sokólski e, num futuro imediato, ele podia ganhar uma fazenda avaliada em setenta mil rublos ou talvez mais. Eu já disse que esse Viersílov tinha esbanjado três heranças em sua vida, e eis que de repente era agraciado com mais uma! A ação seria decidida pela Justiça no prazo mais breve. Foi com essa expectativa que cheguei em casa. É verdade que

---

[5] Literalmente, Regimento Semiónovski, bairro situado no centro velho de Petersburgo, onde era comum dar ao bairro o nome do regimento que ali se encontrava. (N. do T.)

ninguém franqueava dinheiro tendo apenas a esperança por garantia, não havia a quem pedir emprestado, e por enquanto eles iam aguentando.

Contudo, Viersílov não procurava ninguém, embora às vezes passasse o dia inteiro fora de casa. Já fazia pouco mais de um ano que fora *expulso* da alta sociedade. A despeito de todo o meu empenho, na parte essencial essa história continuava sem explicação para mim, apesar de eu já estar há um mês inteiro em Petersburgo. Se Viersílov era culpado ou inocente — eis o que me importava, eis a finalidade de minha vinda! Aliás, em virtude dos boatos relacionados com uma atitude escandalosa e vil que ele teria assumido — e, o pior, aos olhos da "alta sociedade" — pouco mais de um ano antes, na Alemanha, e até de uma bofetada que recebera bem diante do público justamente de um dos príncipes Sokólski e à qual não respondera com um desafio para duelo, deram-lhe as costas todos os aristocratas influentes com quem soubera manter relações durante toda a vida. Até seus filhos (legítimos), o filho e a filha, tinham-lhe voltado as costas e viviam à parte. É verdade que tanto o filho como a filha frequentavam o círculo social mais elevado graças aos Fanariótov e ao velho príncipe Sokólski (ex-amigo de Viersílov). Aliás, observando-o durante aquele mês inteiro, vi um homem presunçoso, que a sociedade não excluíra de seu meio, mas fora ele mesmo quem a banira de sua vida — tamanha era a independência que aparentava! Contudo, teria ele o direito de portar-se assim? — eis o que me inquietava! Era forçoso que eu descobrisse toda a verdade o mais breve possível, pois viera julgar aquele homem. Ainda lhe escondia as minhas forças, mas precisava aceitá-lo ou repeli-lo inteiramente. A última decisão seria demasiado penosa para mim, e eu me atormentava. Enfim faço uma confissão plena: eu apreciava aquele homem!

Por enquanto eu morava com eles no mesmo apartamento, trabalhava e mal me continha de cometer grosserias. Nem chegava a me conter. Decorrido um mês, convencia-me a cada dia de que nada me faria pedir-lhe os esclarecimentos definitivos. Para mim, aquele homem orgulhoso tornara-se de fato um enigma que me ofendia profundamente. Comigo ele era até amável e brincalhão, mas eu antes preferia as brigas a essas amabilidades. Todas as minhas conversas com ele traziam implícitas alguma ambiguidade, isto é, pura e simplesmente alguma estranha ironia de sua parte. Não me levou a sério desde o momento de minha chegada de Moscou. Não havia meio de eu compreender por que agia assim. Palavra, conseguira permanecer impenetrável para mim; mas eu mesmo não me rebaixaria a ponto de pedir que me tratasse com seriedade. Ademais, ele usava de procedimentos surpreendentes e incontestáveis, diante dos quais eu não sabia o que fazer. Em suma, tratava-me como o mais verde dos adolescentes, o que eu quase não conseguia suportar, embora soubesse que seria assim. Resultou que eu mesmo deixei de falar a sério e fiquei na expectativa; quase até deixei de falar. Esperava uma pessoa, cuja chegada a Petersburgo podia me levar a descobrir definitivamente a verdade: nisto residia minha última esperança. Em todo caso, preparei-me para um rompimento definitivo e já havia tomado todas as providências. Tinha pena de minha mãe, mas... "ou ele, ou eu" — eis o que eu queria propor, a ela e à minha irmã. Até o dia já estava marcado; enquanto isso ia ao meu serviço.

CAPÍTULO II

I

Naquele dia dezenove eu devia receber meu primeiro mês de ordenado de meu "emprego privado" em Petersburgo. Sobre esse emprego ninguém me havia consultado, simplesmente me mandaram para lá, creio que ainda no primeiro dia de minha chegada. Foi uma coisa muito grosseira, e eu quase fui obrigado a protestar. O emprego era na casa do velho príncipe Sokólski. Contudo, protestar naquele mesmo instante significaria romper de imediato com eles, o que, mesmo que não me causasse um mínimo de medo, prejudicava, contudo, meus objetivos essenciais, e por isso aceitei o emprego, por ora em silêncio, defendendo minha dignidade com o silêncio. Vou logo esclarecendo que esse príncipe Sokólski, ricaço e conselheiro secreto, não tinha nenhum parentesco com os príncipes Sokólski de Moscou (reles pobretões há várias gerações consecutivas), com os quais Viersílov estava em litígio. Só os sobrenomes eram idênticos. Entretanto, o velho príncipe se interessava muito por eles e gostava em particular de um deles, um jovem oficial que, por assim dizer, era o decano do clã. Ainda há pouco tempo Viersílov exercera uma imensa influência nos negócios desse velho e era seu amigo, um estranho amigo, porque esse pobre príncipe, como observei, tinha um terrível medo dele, não só na época que passei a seu serviço mas parece que sempre, durante o período da amizade. Aliás, já fazia muito tempo que não se avistavam; o ato desonesto de que Viersílov era acusado relacionava-se precisamente com a família do príncipe; mas Tatiana Pávlovna estava à mão e foi por seu intermédio que me colocaram na casa do velho, que desejava ter um jovem trabalhando em seu gabinete. Além disso, verificou-se que ele tinha uma enorme vontade de fazer algum favor a Viersílov, por assim dizer, de dar um primeiro passo em sua direção, e Viersílov *o permitiu*. O velho príncipe assim deliberara na ausência da filha, a viúva de um general, que decerto não lhe teria permitido esse passo. Tratarei disso mais tarde, porém observo que esse aspecto estranho de suas relações com Viersílov me impressionou a seu favor. Veio-me a reflexão de que, se o chefe da família ofendida ainda continuava nutrindo respeito por Viersílov, então, os boatos espalhados sobre sua torpeza eram absurdos ou pelo menos ambíguos. Foi em parte o que me impediu de protestar ao ingressar no emprego: entrando na casa do príncipe, eu esperava justamente verificar isso tudo.

Essa Tatiana Pávlovna desempenhou um papel estranho quando a encontrei em Petersburgo. Eu quase a havia esquecido por completo e de modo algum esperava que fosse tão importante. Antes eu a encontrara umas três ou quatro vezes em meus tempos de Moscou, quando ela aparecia sabe Deus de onde, por incumbência sabe-se lá de quem, sempre que eu precisava me instalar em algum lugar, fosse no triste internato Touchard ou depois, dois anos e meio mais tarde, para transferir-me para o colégio ou me hospedar na casa do inesquecível Nikolai Semiónovitch. Uma vez que aparecia, ficava o dia inteiro comigo, passava em revista minha roupa branca, meu vestuário, ia comigo à Kuzniétski[6] e à cidade, comprava-me as coisas necessárias, numa palavra, organizava todo o meu enxoval, do último bauzinho ao canivete; e então não parava de chiar comigo, de me destratar, de me censurar, de me testar, citando como exemplos uns rapazinhos imaginários de suas relações e de seu parentesco, todos aparentemente melhores do que eu e, palavra, chegava até a me beliscar, a me dar safanões a valer, chegando até a fazê-lo várias vezes, e me causando dor. Depois de me deixar instalado e empregado, desaparecia por vários anos sem deixar vestígios. Pois bem, foi ela quem, logo após minha chegada, tornou a aparecer para me empregar. Era uma figurinha baixa e seca, com um narizinho pontudo de pássaro e uns olhinhos penetrantes também de pássaro. Servia a Viersílov como uma escrava e o reverenciava como a um papa, mas por convicção. Contudo, logo percebi admirado que todos sem exceção e em toda parte a respeitavam e, o mais importante, todos e em toda parte a conheciam. O velho príncipe Sokólski lhe devotava um respeito extraordinário; sua família também; até os orgulhosos filhos de Viersílov; o mesmo acontecia em casa dos Fanariótov. E no entanto ela vivia de costura, de lavagem não sei de que rendas, e trabalhava para uma loja. Nós dois brigamos já às primeiras palavras, porque ela foi logo achando de chiar comigo como o fazia seis anos antes; desde então passamos a brigar todos os dias; mas isso não nos impedia de vez por outra conversar, e confesso que ao término de um mês eu até comecei a gostar dela; acho que era por causa da independência do seu caráter. Aliás, não a fiz saber disso.

Logo compreendi que me haviam posto para trabalhar com aquele velho enfermo unicamente para "entretê-lo", e que nisto consistia todo meu trabalho. Aquilo naturalmente me humilhou e logo ensaiei providências; mas

---

[6] Kuzniétski Most, rua do centro antigo de Moscou. (N. do T.)

em seguida aquele velho extravagante suscitou em mim uma impressão meio inesperada, uma espécie de piedade, e ao terminar o mês eu me afeiçoara a ele de um modo um tanto estranho, pelo menos eu abandonara a intenção de fazer grosserias. Aliás, ele não passava dos sessenta anos. Então houve toda uma história. Um ano e meio antes, tivera um súbito ataque: viajando para não sei onde, enlouqueceu a caminho, de sorte que houve uma espécie de escândalo que deu o que falar em Petersburgo. Como é praxe em semelhantes casos, levaram-no num piscar de olhos para o estrangeiro, mas cinco meses depois ele reapareceu de uma hora para outra em perfeito estado de saúde, embora tivesse deixado o serviço público. Viersílov assegurava com seriedade (e com visível ardor) que aquilo que lhe acontecera nada tinha a ver com loucura; fora um mero ataque de nervos. Notei no ato aquele ardor de Viersílov. Observo, aliás, que eu mesmo quase compartilhava de sua opinião. Às vezes o velho apenas parecia exageradamente leviano, algo meio em desacordo com sua idade, o que, como se dizia, nunca acontecera antes. Dizia-se que antes ele dava uns conselhos não se sabe onde, e que certa vez se distinguira muito ao executar uma missão que lhe fora confiada. Conhecendo-o há um mês inteiro, eu jamais suporia haver nele um vigor especial para ser conselheiro. Haviam notado (mas eu, não) que, depois do ataque, ele fora tomado por uma propensão especial para casar-se o mais depressa possível, e que mais de uma vez tentara realizar essa ideia naquele ano e meio. Isso teria chegado ao conhecimento da alta sociedade e interessado as pessoas certas. Mas como essa intenção estava em excessivo desacordo com os interesses de certas pessoas do entorno do príncipe, vigiava-se o velho de todos os lados. Sua família era pequena; ele enviuvara há vinte anos e tinha apenas uma filha única, aquela generala[7] viúva, criatura jovem, dona de um gênio que ele sem dúvida temia e cujo regresso de Moscou agora se aguardava todos os dias. Mas ele tinha um montão de parentes afastados, a maioria do lado de sua falecida mulher, todos quase na miséria; além do mais, havia uma variedade de seus pupilos e pupilas[8] que ele cobria de favores e que esperavam um quinhãozinho de seu testamento, razão por que ajudavam a generala a vigiar o velho. Além disso, desde jovem tinha uma singularidade que só não sei dizer se era engraçada: a de casar as moças pobres. Há uns vinte e cinco anos consecutivos vinha casando-as — parentas afastadas, ou enteadas de uns primos carnais de sua mulher, ou afilhadas, chegou até a

---

[7] Isto é, esposa de um general. (N. do T.)

[8] No sentido de afilhadas ou protegidas. (N. do T.)

casar a filha de seu porteiro. Primeiro as acolhia em sua casa ainda menininhas, criava-as com o auxílio de governantas e empregadas francesas, depois as educava nos melhores estabelecimentos de instrução e por último casava-as munidas de dotes. Todas estavam sempre se acotovelando em torno dele. As pupilas, uma vez casadas, naturalmente tinham mais meninas, todas estas meninas também faziam de tudo para chegar a pupilas, ele tinha de batizar em toda parte, todas apareciam para lhe parabenizar pelo dia do seu santo,[9] e ele achava tudo isso muitíssimo agradável.

Iniciado o trabalho em sua casa, logo observei que na mente do velho se aninhava a convicção penosa — era totalmente impossível não notá-la — de que todos na sociedade teriam passado a olhá-lo de um jeito meio esquisito, de que todos tinham deixado de tratá-lo como antigamente, quando ele era saudável; tal impressão nunca o abandonava, nem nas mais alegres reuniões mundanas. O velho ficou cheio de cismas; passou a notar alguma coisa em todos os olhares. A ideia de que ainda suspeitassem de que era louco o atormentava visivelmente; às vezes olhava com desconfiança até para mim. E se ficasse sabendo que alguém difundia ou confirmava esses rumores a seu respeito, é de crer que esse dulcíssimo homem se tornaria seu eterno inimigo. É essa circunstância que peço que observem. Acrescento que foi também o que, desde o primeiro dia, determinou que eu não fosse grosseiro com ele; até ficava feliz quando me surgia a oportunidade de distraí-lo ou diverti-lo; não penso que esta confissão possa lançar alguma sombra sobre minha dignidade.

Grande parte de sua fortuna estava aplicada. Após sua doença, tornou-se participante de uma grande sociedade anônima, aliás muito sólida. E embora os negócios fossem dirigidos por outros, ele também se interessava por eles, frequentava as assembleias de acionistas, foi eleito membro fundador, participava das reuniões dos conselhos, pronunciava longos discursos, refutava, fazia barulho, e com evidente prazer. Gostava muito de fazer discursos; assim pelo menos todos podiam notar sua inteligência. Em geral, até quando se encontrava nos momentos mais íntimos de sua vida privada, tomara um imenso gosto por colocar em suas conversas algumas coisas profundas ou alguns gracejos; isso eu compreendo muito bem. Em sua casa, no térreo, havia algo como um escritório doméstico, onde um empregado administrava os negócios, as contas e os livros e, ao mesmo tempo, dirigia a casa. Esse empregado, que tinha ademais um emprego público, cumpria de

---

[9] Os russos comemoram o dia de seu nascimento e também do santo cujo nome coincide com o seu. (N. do T.)

modo satisfatório todas as suas obrigações; contudo, por vontade do próprio príncipe também fui incorporado a esse serviço, como se fosse para ajudar àquele empregado; mas no mesmo instante fui transferido para o gabinete do príncipe e amiúde não tinha o que fazer, nem mesmo papel e livros para salvar as aparências.

Hoje escrevo como um homem que há tempos recobrou a lucidez e em muitos aspectos o faz praticamente como um estranho; mas como representar para mim mesmo a tristeza daquele tempo (que acabo de avivar na memória) que se encravara em meu coração, e sobretudo o nervosismo que então senti, e que me deixou tão perturbado e exaltado, que eu nem sequer conseguia dormir durante as noites por causa de minha impaciência, dos enigmas que eu me propusera?

II

Reclamar dinheiro é uma coisa torpe demais, até mesmo os vencimentos, se em algum recanto da consciência a gente sente que absolutamente não o mereceu. Na véspera, porém, ouvira minha mãe revelar em cochicho com minha irmã, às escondidas de Viersílov ("para não dar desgosto a Andriêi Pietróvitch"), a intenção de levar à casa de penhores um ícone que não sei por que apreciava demais. Eu ganhava cinquenta rublos por mês, mas não tinha nenhuma ideia de como iria recebê-los; quando me colocarem lá não tinham mencionado isso. Uns três dias antes, encontrando o funcionário, eu lhe perguntara: de quem aqui vou reclamar meus vencimentos? O outro me olhara com um sorriso de homem surpreso:

— Mas você recebe vencimentos?

Pensei que depois de minha resposta ele fosse acrescentar:

— E por quê?

Mas ele se limitou a responder secamente "não sei de nada", e mergulhou em seu livro de folhas pautadas, onde metia umas contas tiradas de uns papelotes.

Contudo, não ignorava que eu fazia alguma coisa. Duas semanas antes eu levara exatos quatro dias envolvido com um trabalho de que ele mesmo me encarregara: passar a limpo um rascunho, que acabei quase reescrevendo. Era um monte de "ideias" do príncipe, que se preparava para submetê-las à assembleia dos acionistas. Precisava fazer de tudo aquilo um conjunto ordenado e refazer o estilo. Em seguida nós dois passamos um dia inteiro com o príncipe diante daquela papelada, e ele discutiu mui calorosamente comigo, ficando, porém, satisfeito. Só não sei se o papel foi entregue ou não. Omito duas ou três cartas, também de negócios, que escrevi a pedido dele.

Cobrar meu salário me constrangia ainda porque já havia decidido largar o emprego, por pressentir que seria obrigado a me afastar também de lá em virtude de certas circunstâncias inevitáveis. Tendo acordado naquela manhã e estando a me vestir no cubículo do andar superior, senti o coração bater e, embora não ligasse, ao entrar na casa do príncipe tornei a sentir a mesma inquietação: naquela manhã devia chegar a tal pessoa, a mulher de quem esperava a explicação de tudo o que me atormentava! Era precisamente a filha do príncipe, a tal generala Akhmákova, a jovem viúva que já mencionei e que vivia em violentas hostilidades com Viersílov. Enfim escrevi esse nome. Eu, evidentemente, nunca a tinha visto, e tampouco podia fazer ideia de como falaria com ela e se iria mesmo falar; entretanto, eu imaginava (e talvez com fundamentos suficientes) que com sua chegada se desfariam também as trevas que envolviam Viersílov diante dos meus olhos. Eu não podia estar seguro: era deplorável demais ser tão pusilânime e desajeitado logo no primeiro passo que dava; a coisa era demasiado curiosa e sobretudo revoltante — três impressões de uma só vez. Lembro-me de cada detalhe daquele dia.

Da provável chegada da filha do meu príncipe eu ainda não sabia de nada e supunha que só regressasse de Moscou dentro de uma semana. Eu mesmo só soube na véspera e por um total acaso: Tatiana Pávlovna, que recebera uma carta da generala, deixou-o escapar em minha presença, em conversa com minha mãe. Embora cochichassem usando expressões vagas, ainda assim adivinhei tudo. É claro que eu não estava à escuta: simplesmente não pude deixar de aguçar o ouvido ao perceber minha mãe subitamente tão perturbada com a notícia da chegada daquela mulher. Viersílov não estava em casa.

Recusava-me a prevenir o velho, pois durante aqueles dias não pude deixar de notar o quanto ele temia a sua chegada. Uns três dias antes, deixara escapar, ainda que de forma tímida e vaga, que aquela chegada o fazia temer por mim, isto é, que por minha causa poderia levar uma sova. Entretanto, devo acrescentar que, apesar de tudo, nas relações com a família ele conservava sua independência e sua superioridade, sobretudo em matéria de dinheiro. Minha primeira conclusão a seu respeito foi que ele era uma verdadeira mulher, mas depois tive de me retificar no sentido de que, mesmo se fosse uma mulher, ainda assim sobrava-lhe às vezes alguma obstinação, ou quem sabe uma coragem verdadeira. Havia momentos em que, a despeito de seu caráter — na aparência covarde e conciliatório —, ele era quase intratável. Depois Viersílov me explicou a coisa com mais detalhes. Hoje me lembra com curiosidade que nós dois quase nunca falávamos da generala, ou seja, era como se evitássemos o assunto: era sobretudo eu quem o evitava, enquanto o príncipe, por sua vez, se esquivava de falar em Viersílov, e adivinhei que não me responderia se eu lhe fizesse alguma das delicadas perguntas que tanto me interessavam.

Se alguém quiser saber de que nós dois falávamos durante todo aquele mês, responderei que, no fundo, falávamos de tudo o que há no mundo, mas sempre de coisas esquisitas. Muito me agradava a extrema bonomia com que me tratava. Às vezes eu examinava aquele homem com perplexidade e me perguntava: "Onde antes ele participou de reuniões? Ora, seria justamente o caso de levá-lo ao nosso colégio, e ademais no ao quarto ano — daria um colega amabilíssimo". Vez por outra seu rosto também me impressionava: parecia extraordinariamente grave (e quase belo), seco; bastos cabelos crespos, grisalhos, olhos abertos; ademais, era todo magro, de boa estatura; mas seu rosto tinha a particularidade quase desagradável, quase indecente, de num átimo passar de extraordinariamente sério a demasiado brejeiro, de sorte que quem o visse pela primeira vez nunca esperaria tal coisa. Eu disse isso a Viersílov, que me ouviu com curiosidade; parece que não esperava de mim semelhantes observações; mas notou de passagem que isso viera a acontecer com o príncipe após sua doença e só nos últimos tempos.

Falávamos principalmente de dois assuntos abstratos — de Deus e sua existência, ou seja, se ele existe ou não, e das mulheres. O príncipe era muito religioso e sensível. Tinha suspenso em seu gabinete um enorme oratório com uma lâmpada votiva. Mas de repente dava na veneta e súbito começava a duvidar da existência de Deus e dizia coisas surpreendentes com a nítida intenção de provocar minha réplica. Eu era bastante indiferente a essa ideia, falando em termos genéricos, mas, apesar disso, nós dois nos envolvíamos com essas discussões e sempre de forma sincera. Ainda hoje me lembro com prazer de todas aquelas conversas. Contudo, o que mais o encantava era falar de mulheres, e como eu, por ter aversão a esse tema, não podia ser um bom interlocutor, às vezes ele chegava a ficar amargurado.

Começou a falar justo sobre esse tema assim que cheguei à sua casa naquela manhã. Achei-o brincalhão, embora na véspera o tivesse deixado extremamente pesaroso. Enquanto isso, eu tinha de resolver sem falta o caso dos meus vencimentos naquele dia mesmo, antes da chegada de certas pessoas. Previa que naquele dia seríamos na certa interrompidos (não era à toa que meu coração batia) e então eu não teria talvez a coragem de tocar no assunto do dinheiro. Mas como o assunto dinheiro não veio à baila, naturalmente fiquei enraivecido com a minha tolice e, como ainda me lembro, despeitado com uma pergunta por demais engraçada que ele me fizera, levando-me a lhe expor de supetão e com um arroubo extraordinário meus pontos de vista sobre as mulheres. Disso resultou que ele se divertiu ainda mais às minhas custas.

III

"... Não gosto das mulheres porque elas são grosseiras, porque são desajeitadas, porque são dependentes, porque usam roupas indecentes!" — concluí sem nexo minha longa tirada.

— Tem piedade delas, meu caro! — bradou ele em tom divertidíssimo, o que me enraiveceu ainda mais.

Sou conciliador e minucioso apenas nas pequenas coisas, mas no essencial não cedo nunca. Nas pequenas coisas, em algumas atitudes mundanas, sabe Deus o que podem fazer comigo e sempre maldigo esse traço de meu caráter. Por alguma infecta bonomia, às vezes eu me dispunha a fazer coro até com um almofadinha qualquer da alta sociedade, unicamente por me sentir lisonjeado por sua cortesia, ou me metia em discussão com um imbecil, que é o mais imperdoável. Tudo isso por causa do meu descontrole e por eu ter crescido isolado. A gente fica com raiva e jura não recomeçar, mas no dia seguinte é a mesma coisa. É por isso que às vezes tenho sido tratado quase como se tivesse dezesseis anos. Mas em lugar de adquirir autocontrole, até hoje prefiro ficar ainda mais encaramujado em meu canto, embora assumindo a forma mais misantrópica: "Podem me achar desajeitado, mas estou caindo fora!". Isto é sério e para sempre. Aliás, o que escrevo não tem nada a ver com o príncipe e nem mesmo com aquela conversa de então.

— Não falo com nenhuma intenção de diverti-lo — disse-lhe quase gritando —, simplesmente exprimo minha opinião.

— Mas por que as mulheres são grosseiras e se vestem de modo indecente? Isto é uma novidade.

— São grosseiras. Vá ao teatro, vá a um passeio. Todo homem conhece sua direita, a gente se cruza e cede passagem, eu tomo minha direita e o outro também. A mulher, quero dizer, a dama — é das damas que estou falando — literalmente avança em nossa direção, sem sequer nos notar, como se fôssemos obrigados a saltar para um lado e lhe dar passagem. Estou disposto a ceder como a uma criatura mais fraca, porém, por que neste caso, palavra, por que ela tem tanta certeza de que sou obrigado a fazer isso? Eis o que é revoltante! Sempre me enojam esses encontros. Depois elas gritam que vivem humilhadas, e reclamam igualdade; que igualdade pode haver quando elas pisam em mim e me enchem a boca de poeira?

— De poeira?

— Sim; porque se vestem de maneira indecente. Só um depravado não o nota. Nos tribunais fecham-se as portas quando se trata de indecências; por que se permite isso nas ruas, onde há ainda mais gente? Elas usam ancas postiças, ostensivamente, para mostrar que são *bellfams*;[10] ostensivamente! Não posso deixar de notar isso, e um jovem também há de notar, assim como uma criança, um adolescente também há de notar; é torpe. Deixem que os velhos depravados se deliciem e corram atrás delas com a língua de fora, mas existe uma juventude pura que se precisa preservar. Só nos resta o nojo. Ela passa por um bulevar arrastando a cauda de mais de um metro do seu vestido e levantando poeira; ai de quem vier atrás: tem que correr para ultrapassá-la ou saltar de lado, senão ela lhe joga na boca e no nariz cinco libras de areia. Além do mais, sua cauda é de seda, ela a arrasta pelas pedras da rua por três verstas só porque está na moda, mas seu marido ganha quinhentos rublos por ano no Senado; é aí que entram as propinas! Sempre senti nojo disso, senti nojo e disse desaforos em voz alta.

Embora eu registre aquela conversa com um pouco de humor e com minhas características de então, até hoje mantenho aquelas ideias.

— E não lhe aconteceu nada? — perguntou curioso o príncipe.

— Sinto nojo e me afasto. É claro que ela percebe, mas não dá na vista, passa majestosa sem olhar para trás. Mas só uma vez eu disse sérios desaforos a duas que arrastavam suas caudas pelo bulevar, naturalmente não usei palavras de baixo calão e apenas disse em voz alta que a cauda era ultrajante.

— Foi assim que se exprimiu?

— É claro. Em primeiro lugar, ela espezinha as circunstâncias sociais, em segundo, levanta poeira; no bulevar e contra todos; passe eu, passe outro, Fiódor ou Ivan, não faz diferença. Foi isso que eu disse. E em geral não gosto do andar feminino se o vejo de trás; disse isso também, mas por uma insinuação.

— Mas, meu amigo, te arriscarias a meter-te numa história séria: elas podiam te levar à presença do juiz de paz.

— Podiam nada. Não tinham de que se queixar; um homem passa ao lado falando sozinho. Qualquer um tem o direito de exprimir ao ar livre sua

---

[10] Corruptela do francês *belle femme* ("mulher bela"), que Arkadi interpreta como mulher sedutora. (N. do T.)

convicção. Falei distraído, sem me dirigir a elas, e não estava me dirigindo. Elas mesmas procuraram um pretexto, começaram a dizer desaforos, e desaforos bem piores que os meus; chamaram-me de fedelho, de niilista, disseram que deviam me privar de comer, ameaçaram me entregar à polícia, alegaram que eu só implicara com elas porque eram mulheres fracas, que se estivessem em companhia de um homem eu teria metido o rabo entre as pernas. Eu disse de sangue-frio que parassem de implicar comigo, senão eu iria para o outro lado da rua. E para lhes mostrar que não temia seus homens e estava pronto para aceitar o desafio, disse que as acompanharia a vinte passos de distância até a sua casa, que pararia diante da casa e ficaria esperando seus homens. E foi o que fiz.

— Não me digas!

— É claro que foi uma bobagem, mas eu estava exaltado. Elas me conduziram por umas três verstas, no calor, até a região dos Institutos para moças,[11] entraram numa casa térrea de madeira — devo dizer que bastante boa —, das janelas dava para ver muitas flores dentro da casa, dois canários, três cãezinhos e quadros emoldurados. Fiquei coisa de meia hora parado diante da casa. Elas espiaram pela janela umas três vezes às furtadelas, depois baixaram as cortinas. Por fim saiu pela cancela um funcionário, idoso; a julgar pela aparência estava dormindo e fora acordado de propósito; vestia algo que não era propriamente um roupão, mas um traje bem caseiro; estancou junto à cancela, pôs as mãos para trás e ficou me observando — e eu a ele. Depois desviou o olhar, em seguida tornou a me observar e de repente me sorriu. Dei-lhe as costas e fui embora.

— Meu amigo, aí tem qualquer coisa de Schiller! Há algo em ti que sempre me surpreendeu: tens faces rosadas, um rosto que irradia saúde, e essa, pode-se dizer, aversão às mulheres! Como é possível que, com a idade que tens, as mulheres não produzam certa impressão em ti? *Mon cher*,[12] quando eu ainda tinha onze anos, meu preceptor me observou que eu olhava demais para as estátuas no Jardim de Inverno.

— O senhor está louco de vontade de que eu visite alguma dessas Josefinas daqui e volte para informá-lo. Nada disso; eu mesmo vi uma mulher nua, inteirinha, quando ainda tinha treze anos; desde então senti asco.

---

[11] Colégio interno de nível médio para moças privilegiadas na Rússia antes de 1917. (N. do T.)

[12] Em francês, "meu querido" ou "meu caro". (N. do T.)

— Sério? Mas, *cher enfant*,[13] uma mulher bonita cheira a maçã; que asco pode haver aí?

— Em meu antigo internato, o de Touchard, ainda antes de ingressar no colégio, eu tinha um colega, Lambert. Ele sempre me batia porque era mais de três anos mais velho, eu lhe servia de criado e lhe tirava as botas. Um dia, quando ele seguia para a confirmação, o abade Rigaud veio parabenizá-lo pela primeira comunhão, ambos se lançaram nos braços um do outro, e o abade Rigaud pôs-se a apertá-lo com muita força contra o seu peito, fazendo diferentes gestos. Eu também chorei e senti muita inveja. Quando o pai dele morreu, ele deixou o internato e fiquei dois anos sem vê-lo, mas dois anos depois o encontrei na rua. Ele disse que me visitaria. Eu já estava no colégio e morava na casa de Nikolai Semiónovitch. Chegou de manhã, mostrou-me quinhentos rublos e me ordenou que fosse embora com ele. Ainda que dois anos antes me batesse, sempre precisava de mim não só para lhe tirar as botas; contou-me tudo. Disse que naquele mesmo dia roubara o dinheiro de um cofre da mãe depois de falsificar a chave, porque por lei o dinheiro deixado pelo pai era todo dele e ela não se atreveria a negar-lhe, e que na véspera o abade Rigaud aparecera com o fim de persuadi-lo: entrara, postara-se à sua frente e começara a lamuriar-se, representando horrores e levantando as mãos para o céu, "mas saquei uma faca e disse que ia esfaqueá-lo". Fomos para a Kuzniétski. No caminho ele me comunicou que a mãe mantinha relações sexuais com o abade Rigaud, que tinha percebido isso e estava se lixando para tudo, e que tudo o que eles diziam sobre a comunhão era um absurdo. Ainda disse muita coisa, mas eu estava com medo. Na Kuzniétski ele comprou uma espingarda de dois canos, uma bolsa de caçador, cartuchos, uma chibata e ainda uma libra de bombons. Fomos atirar fora da cidade e a caminho encontramos um passarinheiro com gaiolas; Lambert comprou-lhe um canário. Soltou-o na mata, e como depois de ter sido engaiolado o canário não pode voar para longe, começou a atirar nele, mas errou. Era a primeira vez na vida que atirava, mas sua vontade de comprar uma espingarda vinha de muito longe, desde os tempos do internato de Touchard, e fazia muito tempo que nós dois sonhávamos com uma espingarda. Ele estava como que sufocado de emoção. Tinha os cabelos intensamente negros, o rosto branco e corado como se estivesse de máscara, o nariz longo e aquilino como o dos franceses, os dentes alvos, os olhos negros. Com uma linha amarrou o canário em um ramo e à queima-roupa, a uns cinco centímetros de distância, deu-lhe duas descargas com a espingarda de dois

[13] "Querido menino". (N. do T.)

canos e ele se desmanchou em cem peninhas. Depois voltamos, fomos a um hotel, alugamos um quarto e começamos a comer e beber champanha; apareceu uma dama... Lembro-me de que fiquei impressionado com a elegância do seu traje, um vestido de seda verde. E então vi tudo... o que lhe falei... Depois, quando voltamos a beber, ele passou a provocá-la e insultá-la; estava sentada sem roupa; ele lhe tirara a roupa, e quando ela começou a insultá-lo e pedir o vestido de volta para vestir-se, ele começou a lhe dar chibatadas com toda a força nos ombros nus. Levantei-me, agarrei-o pelos cabelos, e com tanta destreza que com um único puxão joguei-o no chão. Ele pegou um garfo e me deu uma espetada na coxa. Com a gritaria pessoas acorreram e consegui fugir. Desde então a nudez me dá asco; ela era uma beldade, acredite.

À medida que eu falava, a expressão do rosto do príncipe mudava de brejeira para muito triste.

— *Mon pauvre enfant!*[14] Sempre estive convicto de que houve muitos dias infelizes em tua infância.

— Não se preocupe, por favor.

— Mas estavas sozinho, tu mesmo o disseste, e apesar desse tal de Lambert: foi assim que desenhaste o quadro: aquele canário, aquela confirmação entre lágrimas, com a cabeça apoiada no peito do abade, e coisa de um ano depois ele conta aquela história da mãe com o abade... *Oh, mon cher*, em nossa época essa questão da infância é simplesmente terrível: enquanto essas cabecinhas douradas, com seus cachos e sua inocência, adejam diante de nós em sua primeira infância e nos fitam com seu riso claro e seus olhinhos claros, é como se estivéssemos perante anjos de Deus ou passarinhos fascinantes; mas depois... depois se verifica que seria bem melhor que não tivessem crescido.

— Como o senhor é mole, príncipe! Como se o senhor mesmo tivesse crianças. Ora, o senhor não tem e nunca terá crianças.

— *Tiens!*[15] — todo o seu semblante mudou num instante — foi justamente Aleksandra Pietrovna, anteontem, eh-eh!, Aleksandra Pietrovna Sinítskaia, deves tê-la encontrado há umas três semanas, imagina que anteontem, diante de minha jocosa observação de que se hoje eu me casasse poderia ao menos estar tranquilo de que não teria filhos, respondeu-me de repente e até com maldade: "Ao contrário, sem dúvida o senhor os terá, são ho-

---

[14] "Meu pobre menino". (N. do T.)

[15] "Veja!". (N. do T.)

mens como o senhor que os têm infalivelmente, inclusive logo no primeiro ano, o senhor verá". Eh-eh! E todo mundo imagina, sabe-se lá a razão, que de uma hora para outra vou me casar; bem, ainda que haja maldade nisso, convenhamos que é espirituoso.

— Espirituoso, mas ofensivo.

— Ora, *cher enfant*, a gente não se ofende com qualquer um. O que mais aprecio nas pessoas é a espirituosidade, que está visivelmente desaparecendo; e quanto ao que Aleksandra Pietrovna venha a dizer, por acaso pode ser levado em conta?

— Como, como o senhor disse? — impliquei —, que a gente não pode se ofender com qualquer um... é exatamente assim! Não é qualquer um que merece atenção — magnífica regra! É justamente dela que preciso. Vou anotar isto. Príncipe, às vezes o senhor diz coisas amabilíssimas.

Ele ficou todo radiante.

— *N'est-ce pas?*[16] *Cher enfant*, a verdadeira espirituosidade está desaparecendo, e quanto mais o tempo passa, pior fica. *Eh, mais... C'est moi qui connais les femmes!*[17] Acredita, a vida de uma mulher, independentemente do que ela pregue, é a eterna procura de alguém a quem obedecer... por assim dizer, é uma sede de obediência. E sem nenhuma exceção — observa tu.

— Certíssimo, excelente! — exclamei entusiasmado. Em outro momento logo mergulharíamos em reflexões filosóficas sobre esse tema, por uma hora inteira, mas súbito foi como se algo me mordesse e fiquei todo ruborizado. Pareceu-me que, elogiando-lhe o gracejo, eu o bajulava por causa do dinheiro e era inevitável que ele assim fosse considerar quando eu o solicitasse. Menciono isto de propósito.

— Príncipe, eu lhe peço encarecidamente que o senhor me entregue agora mesmo os cinquenta rublos que me deve do ordenado deste mês! — disparei com um tom de irritação que beirava a grosseria.

Lembro-me (pois me recordo de toda aquela manhã nos ínfimos detalhes) de que houve então entre nós uma cena para lá de abominável pela verdade real que representou. Primeiro não me compreendeu, olhou-me demoradamente, sem atinar de que dinheiro eu estava falando. Era natural que não lhe passasse pela cabeça que eu recebia vencimentos — e ademais, por quê? É verdade que depois me assegurou que esquecera, e quando se deu conta logo começou a tirar os cinquenta rublos, mas se precipitou e até en-

---

16 "Não é verdade?". (N. do T.)

17 "Mas... sou eu que conheço as mulheres!". (N. do T.)

rubesceu. Vendo em que pé estava a coisa, levantei-me e bradei rispidamente que agora não podia mais aceitar o dinheiro, que pelo visto me tinham falado em vencimentos por equívoco ou para me enganar, com o intuito de que eu não recusasse o emprego, e que agora compreendia perfeitamente que não tinha nenhuma razão para recebê-los porque não prestava nenhum serviço. O príncipe ficou espantado e passou a me assegurar que eu lhe prestava imensos serviços, que eu haveria de servi-lo ainda mais, e que cinquenta rublos era uma quantia tão ínfima que, ao contrário que vinha fazendo, ainda a aumentaria, pois estava obrigado a fazê-lo, que ele mesmo já o combinara com Tatiana Pávlovna, mas "esquecera tudo de maneira imperdoável". Inflamei-me e declarei de modo definitivo que era uma baixeza eu receber vencimentos em troca de relatos escandalosos sobre como acompanhara dois rabos de saia até os Institutos, que eu não estava a seu serviço para diverti-lo, mas para trabalhar a sério, que se havia trabalho, era preciso acabar com isto, etc., etc... Eu não tinha ideia de que alguém pudesse ficar tão espantado como ele ficou depois de minhas palavras. É claro que o caso terminou com minha desistência de objetar e com ele metendo em minhas mãos os cinquenta rublos: até hoje fico ruborizado ao lembrar-me de que os aceitei! No mundo as coisas sempre terminam com uma baixeza, e o pior de tudo é que, naquela ocasião, ele quase chegou a me provar ser incontestável que eu merecera aquele dinheiro, e fiz a asneira de acreditar nisso e ainda por cima achar como que terminantemente impossível não o aceitar.

— *Cher, cher enfant!* — exclamou ele, abraçando-me e beijando-me (confesso, eu estava a ponto de chorar sabe o diabo a razão, embora por um instante eu me dominasse, e ainda hoje, ao escrever, fico ruborizado) —, caro amigo, agora és quase um filho para mim; durante este mês te tornaste como que um pedaço de meu próprio coração! Na "sociedade" só existe a "sociedade" e nada mais. Catierina Nikoláievna (a filha dele) é uma mulher brilhante e sinto orgulho dela, mas muito, muito frequentemente, meu amigo, ela me ofende... Bem, quanto a essas mocinhas (*elles sont charmantes*[18]) e suas mães, que me visitam no dia do meu santo — pois bem, trazem os seus bordados e são incapazes de dizer uma palavra. Já tenho umas sessenta almofadas feitas por elas, sempre com bordados de cães e de veados. Gosto muito delas, mas contigo me sinto quase como com um filho, e não com um filho, mas com um irmão, e gosto particularmente quando me replicas; és um literato, és lido, capaz de entusiasmar-te...

---

[18] "Elas são encantadoras". (N. do T.)

— Não li nada, e nada tenho de literato. Li o que me veio às mãos, e nestes últimos dois anos não li nada nem hei de ler.

— Por que não?

— Tenho outros objetivos.

— *Cher*, será uma lástima se, no fim da vida, disseres a ti mesmo como eu: *Je sais tout, mais je ne sais rien de bon.*[19] Terminantemente não sei por que tenho vivido no mundo! Mas... eu te devo tanto... e até gostaria...

Interrompeu-se meio de repente, esmoreceu e ficou pensativo.

Depois das comoções (e estas podiam lhe acontecer a qualquer instante, sabe Deus por quê), durante certo tempo era como se costumasse privar-se da faculdade de raciocinar e perdia o autodomínio: aliás, depressa se recobrava, de modo que nada disso lhe era prejudicial. Ficamos assim coisa de um minuto. Seu lábio inferior, muito espesso, pendia completamente... O que mais me surpreendia era que de repente ele tivesse mencionado sua filha, e sobretudo com tanta franqueza. É claro que eu atribuía isso à sua perturbação.

— *Cher enfant*, não te importas que eu te tuteie, não é? — deixou escapar de repente.

— Absolutamente. No começo, confesso-o, nas primeiras vezes, fiquei um pouco ofendido e também quis tratá-lo por tu, mas percebi que era uma tolice, pois não era para humilhar-me que o senhor me tuteava, era?

Ele não me escutava mais e esquecera a pergunta.

— Bem, e teu pai? — súbito levantou para mim um olhar pensativo.

Estremeci. Em primeiro lugar, chamava Viersílov de meu pai, coisa que nunca se permitiria fazer em conversa comigo, e, em segundo, fora o primeiro a falar de Viersílov, o que jamais acontecia.

— Está sem dinheiro e anda melancólico — respondi-lhe de forma sucinta, ardendo de curiosidade.

— Sim, por falar em dinheiro. Hoje, seu processo vai ser julgado pela Corte de Apelação, e estou esperando o príncipe Serioja, que vai trazer alguma notícia. Prometeu vir direto da Corte para cá. Todo o destino deles está em jogo; são sessenta ou setenta mil rublos. Claro que eu sempre quis o bem de Andriêi Pietróvitch (isto é, Viersílov), e parece que ele vai sair vitorioso, enquanto o príncipe ficará a ver navios. É a lei.

— Hoje, na Corte? — exclamei estupefato.

A ideia de que Viersílov se dispensara até de me dar essa notícia levou-me à extrema estupefação. "Quer dizer que tampouco a deu à minha mãe, talvez a ninguém — também me passou pela cabeça. — Que caráter!"

---

19 "Sei de tudo, mas não sei nada de bom". (N. do T.)

— Por acaso o príncipe Sokólski está em Petersburgo? — surpreendeu-me outra ideia.

— Desde ontem. Veio direto de Berlim, especialmente para este dia. Uma notícia também de suma importância para mim. "E hoje virá para cá o homem que deu a bofetada nele!"

— Bem, o que se há de fazer? — súbito mudou toda a expressão do rosto do príncipe —, continua com suas pregações e, e... talvez novamente correndo atrás das mocinhas, das mocinhas implumes. Eh-eh! A esse respeito circula até hoje uma anedota engraçadíssima... Eh-eh!

— Quem faz pregações? Quem corre atrás das mocinhas?

— Andriêi Pietróvitch! Acredita que naquele tempo ele grudava na gente feito carrapato, xeretando o que íamos comer, o que pensávamos, ou seja, mais ou menos assim. Com uma conversa de medo, de salvação: "Se és religioso, por que não vais para um convento?". Era quase isso que exigia. *Mais quelle idée!*[20] Mesmo que tivesse razão, não seria severo demais? Gostava de intimidar com o Juízo Final, sobretudo a mim, a mim mais do que aos outros.

— Não notei nada disso, e olhe que já faz um mês que moro com ele — respondi, escutando-o atentamente com impaciência. Agastava-me demais o fato de que ele não se justificava e dizia coisas sem nexo, mastigando as palavras.

— Ele só não diz isso hoje, mas pode acreditar que é verdade. Ele é um homem espirituoso, é indiscutível, e pensa com profundidade; mas será que seu juízo funciona direito? Tudo isso lhe aconteceu depois dos três anos passados no estrangeiro... Confesso que isso me deixou muito impressionado... deixou todos impressionados... *Cher enfant, j'aime le bon Dieu...*[21] Creio, creio até onde posso, porém, naquele momento perdi terminantemente as estribeiras. Admitamos que procedi de modo leviano, mas o fiz de caso pensado, agastado, e além disso a essência de minha objeção era tão séria como tem sido desde que o mundo é mundo. "Se existe um ser supremo — disse-lhe —, e existe em pessoa e não na forma de algum espírito diluído no ato da criação, na forma de líquido (porque é ainda mais difícil entender isso), então onde ele mora?" Meu amigo, *c'était bête*,[22] não há dúvida, mas

[20] "Mas que ideia!". (N. do T.)

[21] "Querido menino, eu amo o bom Deus". (N. do T.)

[22] "Era estúpido". (N. do T.)

acontece que todas as minhas objeções reduzem-se a isso. *Un domicile*[23] é uma coisa importante. Ele ficou terrivelmente zangado. É que no estrangeiro havia se convertido ao catolicismo.

— Também ouvi falar disso. Na certa foi uma tolice.

— Eu te asseguro por tudo o que há de sagrado. Olha bem para ele... Aliás, tu mesmo dizes que ele mudou. Mas, como atormentava a todos nós! Acredita, comportava-se como se fosse um santo prestes a obrar milagres. Exigiu prestação de contas de nosso comportamento, juro! Milagreiro! *En voilà une autre!*[24] Que se meta a monge ou eremita é lá com ele — mas entre nós usa fraque, bem, e tudo... mas de repente banca o milagreiro! Estranho desejo para um homem de sociedade e, confesso, estranho gosto. Não dou palpite sobre o assunto: é claro que tudo isso é coisa do sagrado e tudo pode acontecer... Ademais, tudo pertence a *l'inconnu*,[25] mas é até indecente para um homem de sociedade. Se de algum modo isso acontecesse comigo ou me fosse oferecido, juro que recusaria. Ora, de repente almoço hoje em um clube e, num estalo — apareço! Bancarei o ridículo. Eu disse tudo isso a ele naquela ocasião... Ele usava cilícios.[26]

Corei de raiva.

— O senhor mesmo viu os cilícios?

— Eu mesmo não os vi, porém...

— Então lhe declaro que tudo isso é mentira — mentira, articulação de maquinações torpes e calúnia dos inimigos, ou seja, de um inimigo, um inimigo principal e desumano, porque ele só tem um inimigo: sua filha!

O príncipe, por sua vez, inflamou-se.

— *Mon cher*, peço-lhe e insisto em que doravante nunca mais mencione em minha presença o nome de minha filha ao lado dessa história torpe.

Levantei-me. Ele estava fora de si; seu queixo tremia.

— *Cette histoire infame...*[27] Não acredito nela e nunca quis acreditar, no entanto... me dizem: acredita, acredita, eu...

Nisso entrou de repente o criado e anunciou uma visita; tornei a me sentar em minha cadeira.

---

[23] "Um domicílio". (N. do T.)

[24] "E veja mais uma!". (N. do T.)

[25] "O desconhecido". (N. do T.)

[26] Cinto ou cordão de cerdas ou correntes de ferro, cheio de pontas, com que os penitentes cingem o corpo diretamente sobre a pele como forma de penitência. (N. do T.)

[27] "Esta história infame". (N. do T.)

IV

Entraram duas damas, ambas donzelas — uma, a enteada de um primo carnal da falecida mulher do príncipe, ou algo desse gênero, sua pupila, à qual ele já destinara um dote e que (observo para o futuro) a mesma era endinheirada; a segunda era Anna Andrêievna Viersílova, filha de Viersílov, três anos mais velha do que eu, que morava com o irmão na casa dos Fanariótov e que até então eu vira apenas uma vez e de passagem, na rua, embora já tivesse tido uma altercação com seu irmão, também de passagem, em Moscou (é bem possível que adiante eu mencione essa altercação, se houver lugar, pois no fundo não vale a pena). Essa Anna Andrêievna era desde a infância a favorita especial do príncipe (fazia muito tempo que o príncipe e Viersílov haviam travado conhecimento). Eu estava tão embaraçado com o que acabara de acontecer que nem sequer me levantei quando elas entraram, embora o príncipe tivesse se levantado para recebê-las; depois pensei que agora seria vergonhoso me levantar e permaneci em meu lugar. O pior é que eu estava desnorteado com o fato de o príncipe ter gritado ríspido comigo três minutos antes, e ainda não sabia se ia embora ou não. Mas o meu velhote já se esquecera de tudo, como era seu costume, e ficara tomado de uma agradável animação ao ver as moças. Com uma fisionomia rapidamente mudada e piscando com ar misterioso, chegou até a me sussurrar às pressas antes de elas entrarem.

— Fixa o olhar em Olimpiada, fixa da forma mais atenta, mais atenta, depois te conto...

Pus-me a fitá-la de modo bastante atento e nela não notei nada de especial: era uma moça não muito alta, gorda e de faces extraordinariamente rosadas. O rosto, aliás, era bastante agradável, daqueles que agradam aos materialistas. Seu rosto tinha uma expressão talvez de bondade, mas também pregas. Não podia brilhar por meio de uma inteligência especial, mas isto apenas no sentido superior da palavra, porque a astúcia era visível em seus olhos. Não tinha mais de dezenove anos. Em suma, nada de admirável. Em nosso colégio teríamos dito: um travesseiro! (se a descrevo de modo tão minucioso é unicamente para que isso me sirva mais tarde).

Aliás, tudo o que descrevi até aqui, com minúcias talvez tão inúteis — tudo isso fica para o futuro, quando se fará necessário. Tudo será respondido a seu tempo; não fui capaz de evitá-lo; se é enfadonho, peço que não leiam.

Последняя страничка

— Из биографии прибавлений о богатстве, о детстве [illegible] [illegible]. свои идеи [illegible] со [illegible] начала

— Из объяснения с ИИ: Я хочу быть богатым. Я знаю, что [illegible] недавно [illegible] [illegible]. Я знаю, что Ротшильд [illegible] 50 [illegible] от убийства [illegible] [illegible]. Я нуждаюсь потому, что хочу [illegible].

Писать по порядку короче а la Пушкин

[illegible] [illegible] [illegible]. Подрост. Я [illegible]. (Я [illegible]. Я [illegible] [illegible] Долгорукий)

Васин говорит подростку о [illegible] [illegible] конечной цели его своей идеи, [illegible] [illegible] и проч. Сп. б. Ведомости № 263.

Нет, нет, у меня [illegible] [illegible] на [illegible] удовлетворение — пишет подросток.

— Не [illegible] (т. е. Князь) не Долгорукий, говорит про Князя (в Кузнечного) при подростке.

— Как! [illegible] на Долгорукого не [illegible] [illegible]

[illegible] — Этот документ (про 300000) не имеет никакого юридического значения.

— Нет, он [illegible], но [illegible] [illegible] и конечно [illegible] С. [illegible] [illegible] было [illegible] документ [illegible] его в руки, но [illegible] [illegible] [illegible] в их правде...

— ОН про Княгиню: Эта женщина беспокоит меня. Если она станет поперек моей дороги, то должна идти за мной. Мою дорогу не прерывают безнаказанно.

ОН про Хроменькую: Любить людей таких, как они есть, невозможно. И однако ж должно, потому [illegible] [illegible]. [illegible] [illegible] (Хромоногая [illegible]) [illegible] [illegible] [illegible] добро [illegible] свои [illegible], [illegible] [illegible], [illegible] [illegible] она [illegible] зло, не сердясь на них. [illegible] [illegible] быть [illegible] [illegible]. Если [illegible], то [illegible] [illegible] она [illegible] [illegible] и [illegible] [illegible] будут [illegible] [illegible]. Не поддаться на [illegible] и [illegible] [illegible], [illegible] [illegible] [illegible], [illegible] и тогда когда они хороши; [illegible] [illegible] [illegible] [illegible]-то

[illegible] почти всегда [illegible] [illegible].

A filha de Viersílov era uma pessoa bem diferente. Alta, até magricela; um rosto oblongo e visivelmente pálido, mas com cabelos negros e bastos; olhos escuros e graúdos, olhar profundo; lábios pequenos e escarlates, boca fresca. Era a primeira mulher cujo andar não me dava asco; aliás, ela era esguia e magricela. A expressão de seu rosto não era inteiramente de bondade, mas de seriedade; tinha vinte e dois anos. Quase nenhum traço de semelhança com Viersílov e, não obstante, por algum milagre havia uma semelhança extraordinária na fisionomia. Não sei se era bonita; isto é uma questão de gosto. Ambas se vestiam com muita modéstia, de modo que não vale a pena descrever. Eu esperava ser imediatamente ofendido por algum olhar ou gesto da Viersílova,[28] e preparei-me; ora, seu irmão me ofendera em Moscou, logo em nosso primeiro contato na vida. Ela não podia me conhecer de vista, mas, é claro, ouvira dizer que eu frequentava a casa do príncipe. Tudo o que o príncipe se propunha ou fazia logo suscitava interesse e parecia um acontecimento para todo aquele bando de parentes e de "aspirantes a heranças", ainda mais com sua súbita afeição por mim. Eu sabia positivamente que o príncipe se interessava muito pelo destino de Anna Andrêievna e lhe procurava um noivo. Mas para Viersílova era mais difícil achar esse noivo do que para aquelas que viviam bordando.

E eis que, contrariando todas as expectativas, Viersílova, depois de apertar a mão do príncipe e trocar com ele alguns alegres cumprimentos mundanos, olhou-me com uma extraordinária curiosidade e, vendo que eu também a olhava, de repente me fez uma reverência com um sorriso. É verdade que acabava de entrar e me fez aquela reverência de quem entra, mas o sorriso expressava tanta bondade que, via-se, era premeditado. E, lembro-me, experimentei uma sensação surpreendentemente agradável.

— Este... este é meu caro e jovem amigo, Arkadi Andrêievitch Dol... — balbuciou o príncipe, notando que ela me saudara e que eu ainda continuava sentado, e súbito cortou a fala: talvez se sentisse confuso em apresentar-me a ela (ou seja, no fundo um irmão a uma irmã). A "travesseiro" também me saudou; mas de súbito enfureci-me da maneira mais tola e me levantei de um salto: um acesso de orgulho forjado, sem nenhum sentido; sempre o meu amor-próprio!

— Desculpe-me, príncipe, não sou Arkadi Andrêievitch, mas Arkadi Makárovitch — cortei com rispidez, já totalmente esquecido de que devia

---

[28] Em russo, o sobrenome da filha (ou esposa) é uma derivação do sobrenome do pai (ou marido) declinado no caso genitivo, que indica pertença ou posse. Logo, Viersílova significa "de Viersílov". (N. do T.)

responder às damas com uma reverência. Que o diabo carregue aquele minuto inconveniente!

— *Mais... tiens*[29] — exclamou o príncipe, batendo com um dedo na fronte.

— Onde fez seus estudos? — soou junto a mim a pergunta tola e arrastada da travesseiro, feita à queima-roupa.

— No colégio em Moscou.

— Ah! Eu já tinha ouvido dizer. E então, o ensino lá é bom?

— Muito bom.

Eu continuava em pé, e respondia como se fosse um soldado fazendo um relatório.

As perguntas da moça, sem dúvida, não eram engenhosas, mas, não obstante, ela acabara achando com que dissimular minha tola extravagância e atenuar o embaraço do príncipe, que a essa altura já escutava com um alegre sorriso um divertido sussurro da Viersílova ao pé do seu ouvido — via-se que não era a meu respeito. Mas há uma pergunta: por que essa jovem, minha total desconhecida, procurava um jeito de dissimular minha tola extravagância e tudo o mais? Por outro lado, era até impossível imaginar que ela assim procedesse comigo sem quê nem para quê; naquilo havia uma intenção. Ela me observava com excessiva curiosidade, como se quisesse que eu também a notasse o máximo possível. Só depois atinei com tudo isso — e não me enganei.

— Como, por acaso é hoje? — exclamou subitamente o príncipe, pulando de sua cadeira.

— Então o senhor não sabia? — surpreendeu-se a Viersílova. — Olympe, o príncipe não sabia que Catierina Nikoláievna chega hoje! Fomos à casa dela, pensávamos que tivesse tomado o trem da manhã e há muito tempo tivesse chegado. Acabamos de nos encontrar na entrada; vinha direto da estação e nos disse que viéssemos para sua casa e ela mesma viria num instante... Aliás, aí vem ela!

Abriu-se a porta lateral *e apareceu aquela mulher*!

Eu já conhecia o seu rosto por um retrato admirável pendurado no gabinete do príncipe; estudara aquele retrato durante um mês inteiro. Com ela no gabinete, passei ali uns três minutos e nem por um único segundo despreguei os olhos daquele rosto. Mas se eu não conhecesse o retrato e depois daqueles três minutos tivessem me perguntado "Como é ela?", eu nada teria respondido, porque tinha me dado um branco.

---

29 "Mas... veja". (N. do T.)

Daqueles três minutos ficou-me na lembrança apenas uma mulher realmente bela, que o príncipe beijou e benzeu e que súbito, num gesto rápido, começou a olhar direto para mim, mal acabara de entrar. Ouvi com clareza que o príncipe, depois de apontar visivelmente para mim, murmurou com um risinho alguma coisa a respeito de seu novo secretário e pronunciou meu sobrenome. Ela fez um trejeito, lançou-me um olhar detestável e sorriu com tanto descaramento que súbito dei um passo à frente, cheguei-me ao príncipe e balbuciei, preso de um imenso tremor, sem concluir nada e parece que rangendo os dentes.

— Desde então... eu... agora tenho meus próprios afazeres... vou-me embora.

Dei meia-volta e saí. Ninguém me disse uma palavra, nem o príncipe; todos se limitaram a olhar. O príncipe me disse depois que eu ficara tão pálido que ele "tivera medo".

Pensando bem, nem era necessário!

CAPÍTULO III

I

Não era mesmo necessário: uma consideração superior absorvera todos os pormenores e um sentimento poderoso me compensava por tudo. Saí tomado de certo entusiasmo. Ao chegar à rua, estava disposto a cantar. Como de propósito, a manhã estava esplêndida, com sol, transeuntes, ruído, movimento, alegria, multidão. Então, será que aquela mulher não me ofendeu? De quem eu teria tolerado semelhante olhar e um sorriso tão descarado sem um protesto imediato, mesmo que fosse o mais tolo — não fazia diferença — de minha parte? E reparem; ela viera justo com a intenção de ir logo me ofendendo sem que nunca antes tivesse me visto: a seus olhos eu era "o emissário secreto de Viersílov", e ela já estava convencida naquele momento, e assim o esteve muito tempo depois, de que Viersílov mantinha todo o seu destino em suas mãos e procurava os meios para arruiná-la se o quisesse, graças a certo documento; pelo menos ela suspeitava disso. Era um duelo de morte. Pois bem! — ofendido eu não estava! Ofensa tinha havido, mas eu não a sentira. Qual! eu até estava alegre; depois de estar ali para odiar, chegava a sentir que começava a amá-la. "Não sei se a aranha pode odiar a mosca que ela espreita e agarra. Amável mosquinha! Parece-me que se ama a vítima; pelo menos se pode amá-la. Veja, eu mesmo amo minha inimiga: por exemplo, agrada-me muitíssimo que ela seja tão bela. Agrada-me ao extremo, senhora, que sejais tão arrogante e tão majestosa; fôsseis vós mais complacente e eu não teria tamanho prazer. A senhora escarrou em mim, mas estou triunfante; se a senhora realmente tivesse dado em meu rosto uma verdadeira escarrada, eu, palavra, talvez não ficasse aborrecido, porque a senhora é minha vítima, *minha*, e não *dele*. Como esta ideia é sedutora! Não, a consciência secreta do poderio é insuportavelmente[30] mais agradável que o domínio evidente. Se eu fosse um ricaço, detentor de cem milhões, quiçá encontrasse prazer justamente em andar vestido com a roupinha mais velha

---

[30] No original, *nesterpimo*. Parece paradoxal algo ser insuportavelmente agradável, mas é assim que fala o adolescente. (N. do T.)

para que me tomassem pelo mais miserável, quase por um mendicante, me empurrassem e me desprezassem; a consciência sozinha me bastaria."

Eis como eu traduziria meus pensamentos e minha alegria de então, e muito do que eu sentia. Acrescento apenas que aqui, no que acabo de escrever, a coisa saiu mais leviana: eu era de fato mais profundo e mais acanhado. Talvez ainda agora eu seja mais acanhado comigo mesmo do que em minhas palavras e atos; queira Deus!

É possível que eu tenha feito muito mal ao resolver escrever: permanece infinitamente mais coisa dentro de mim do que sai em palavras. Nosso pensamento, ainda que seja tolo, é sempre mais profundo enquanto permanece em nós; uma vez expresso, é sempre mais ridículo e desleal. Viersílov me disse que coisas totalmente opostas só acontecem com pessoas más. Estas se limitam a mentir, para elas é fácil; quanto a mim, procuro escrever toda a verdade: é dificílimo!

II

Naquele dia dezenove, dei mais um passo.

Pela primeira vez desde minha chegada aparecia dinheiro em meu bolso, porque os sessenta rublos que havia juntado durante dois anos eu os dera à minha mãe, como já mencionei antes; mas alguns dias antes eu decidira fazer, no dia em que recebesse meus vencimentos, o "teste" com o qual sonhava há muito tempo. Ainda na véspera, havia recortado de um jornal o anúncio de "um oficial de justiça alocado no Congresso dos juízes de paz de São Petersburgo", etc... etc... dando conta de que "no dia dezenove do corrente mês de setembro, às doze horas, no bairro de Kazan, delegacia número tal, etc... etc... prédio número tal, seriam vendidos os bens móveis da senhora Lebrecht", e que "o inventário, as avaliações e os bens a serem vendidos podiam ser vistos no dia da venda", etc... etc...

Passava pouco de uma da tarde. Apressei-me a pé para o endereço indicado. Já fazia mais de dois anos que não usava carruagem — dera minha palavra de honra (de outro modo não teria economizado sessenta rublos). Nunca frequentava leilões, ainda não me *permitia* isto; e embora esse meu "passo" de agora fosse apenas *experimental*, eu, não obstante, decidira só recorrer a ele depois que tivesse concluído o colegial, rompido com todo mundo, estivesse encerrado em minha concha e inteiramente livre. É verdade que nem de longe eu estava recolhido em minha "concha", nem de longe estava livre; ora, acontece que resolvera dar esse passo apenas a título de teste — apenas a título de sondagem, quase como que de fantasia, e depois não comparecer talvez durante muito tempo, até o exato momento em que começasse a levar isso a sério. Para todos os outros, isso não passava de um leilãozinho insignificante, à toa; para mim, era a primeira viga do navio em que Colombo partiu para descobrir a América. Eis os meus sentimentos de então.

Quando cheguei, fui para o fundo do pátio do prédio indicado no anúncio e entrei no apartamento da senhora Lebrecht. Era composto de uma antessala e quatro quartos pequenos e baixos. No primeiro quarto, para o qual dava a antessala, aglomeravam-se umas trinta pessoas; a metade eram fregueses de leilões, os outros, pela aparência, eram curiosos ou amadores, ou emissários dos Lebrecht; havia ainda negociantes, *jids*[31] que cobiçavam os objetos de ouro, e algumas pessoas "bem-vestidas". Até as fisionomias de alguns desses senhores ficaram gravadas em minha memória. Na porta aberta de um quarto à direita, precisamente entre os dois batentes, tinham colocado uma mesa, de sorte que era impossível alguém entrar naquele cômodo: lá estavam os objetos inventariados e destinados à venda. À esquerda havia outro quarto, mas a porta estava encostada, embora de vez em quando se abrisse, deixando uma pequena fenda pela qual se via que alguém espiava: devia ser um membro da numerosa família da senhora Lebrecht, que nesse momento sentia naturalmente uma grande vergonha. Atrás da mesa, situada entre os dois batentes, estava sentado o senhor oficial de justiça que, de frente para o público, procedia à venda dos objetos. Já encontrei o negócio quase pela metade; assim que entrei abri caminho para a mesa. Estavam sendo arrematados candelabros de bronze. Passei a observá-los.

Observei e logo comecei a pensar: o que posso comprar aqui? Onde vou meter agora esses candelabros de bronze, será que atingirei meu objetivo, será que é assim que se faz negócio, será que meu cálculo vai dar certo? Será que meu cálculo não estava sendo infantil? Eu pensava tudo isso e esperava. Era uma sensação semelhante à que se experimenta diante de uma mesa de jogo no momento em que a gente ainda não deitou a carta, mas foi até lá com vontade de deitá-la: "se quiser, deito-a, se quiser, vou embora — está na minha vontade". O coração ainda não palpita, mas de certo modo para ligeiramente e estremece — uma sensação que não deixa de ser agradável. Mas logo a indecisão começa a pesar e a gente fica meio cega: estende a mão, pega uma carta, mas de um jeito maquinal, quase contra a vontade, como se nossa mão fosse guiada por outra pessoa; enfim a gente decide e deita a

---

[31] De *jid*, termo depreciativo de judeu. (N. do T.)

carta — aí a sensação é bem outra, imensa. Não falo do leilão, falo apenas de mim: quem mais sentiria seu coração bater num leilão?

Havia os que ficavam excitados, havia os que se calavam e aguardavam, havia os que compravam e lamentavam. Eu mesmo não tive nenhuma piedade de um senhor que, por engano, por ter ouvido mal, comprou uma jarra de leite de cuproníquel como se fosse de prata, pagando cinco rublos em vez de dois; achei até muito engraçado. O leiloeiro variava de objetos: depois dos candelabros vieram brincos, depois dos brincos uma almofada de marroquim, depois um cofrinho — na certa para variar ou combinar com as exigências do público. Não fiquei nem dez minutos parado, quis chegar-me a uma almofada, depois ao cofre, mas sempre desanimava no momento decisivo: esses objetos me pareciam totalmente impossíveis. Enfim, nas mãos do leiloeiro apareceu um álbum.

"Um álbum de família, encadernado em marroquim vermelho, já usado, com desenhos de aquarela e nanquim, em estojo com entalhe de marfim e fechos de prata: dois rublos!"

Adiantei-me: o objeto parecia gracioso, mas havia um defeito no entalhe de marfim. Só eu fui examiná-lo, os outros ficaram calados; não havia concorrentes. Eu podia abrir o fecho e tirar o álbum do estojo para examiná-lo, mas não usei de meu direito e fiz um gesto com a mão trêmula: "não faz diferença!".

— Dois rublos e cinco copeques — eu disse, parece-me que rangendo os dentes.

Fiquei com ele. Tirei logo o dinheiro, paguei, apoderei-me do álbum e fui para um canto do cômodo. Lá o tirei do estojo e, febril e às pressas, pus-me a examiná-lo; com exceção do estojo, era realmente a maior porcaria do mundo — um albunzinho do tamanho de uma folha de papel de carta de pequeno formato, fininho, com o topo da folha dourada gasto, tal qual aqueles que antigamente usavam as moças quando deixavam o Instituto. A cores e nanquim, havia templos desenhados em montanhas, cupidos, lagos com cisnes nadando; havia uns versos:

Parto eu por uma longa estrada,
Deixo Moscou por tempo alongado
E os meus queridos por prazo dilatado,
Vou à Crimeia em cavalos de posta.

(E eles ficaram incólumes em minha memória!) Concluí que tinha "fracassado"; se havia algo que ninguém devia fazer era justamente isso.

"Não importa — concluí —, é forçoso perder-se a primeira parada; é até um bom sinal!"

Eu estava decididamente alegre.

— Ah, cheguei atrasado! É do senhor? O senhor o arrematou? — soou subitamente a meu lado a voz de um senhor de sobretudo azul, de boa aparência e bem-vestido. — Cheguei atrasado. Ah, que pena! E por quanto?

— Dois rublos e cinco copeques.

— Ah, que pena! E o senhor não o cederia a mim?

— Saiamos — sussurrei-lhe ao ouvido, o coração batendo.

Saímos para o patamar da escada.

— Eu lho cederia por dez rublos — disse, sentindo um frio nas costas.

— Dez rublos! Caramba! O senhor, hein!

— Se quiser é assim.

Fitou-me com um olhar perscrutador; eu estava bem-vestido, sem nenhuma aparência de *jid* ou açambarcador.

— Tenha dó, pois isso é um reles álbum velho, que serventia tem? O estojo propriamente não vale nada; ora, o senhor não vai achar quem compre.

— Mas o senhor quer comprá-lo.

— Sim, mas eu tenho um motivo especial, e só ontem fiquei sabendo: sou o único a quem isso interessa.

— Eu deveria lhe pedir vinte e cinco rublos; mas como, apesar de tudo, há o risco de que o senhor desista do negócio, peço-lhe apenas dez, por uma questão de segurança. Não abaixo um copeque.

Dei meia-volta e fui embora.

— Aceite quatro rublos — já me alcançou no pátio —, vamos, cinco!

Eu calava e caminhava.

— Tome, receba! — Ele tirou dez rublos, eu lhe entreguei o álbum. — Convenhamos que isso é desonesto! Dois rublos e dez rublos, hein?

— Por que desonesto? É o mercado.

— Que mercado há nisso? — (Estava zangado.)

— Onde há procura, há mercado; se o senhor não procurasse, eu não o teria vendido nem por quarenta copeques.

Embora eu não disparasse uma gargalhada e estivesse sério, gargalhava por dentro — e não gargalhava propriamente de exultação, eu mesmo não sei por quê; estava ofegante.

— Escute — murmurei sem absolutamente me conter, mas em tom amistoso e com enorme apreço por ele —, escute: quando o falecido James Rothschild, o de Paris, aquele que deixou um bilhão e setecentos milhões de francos (ele meneou a cabeça), quando, ainda jovem, soube por acaso, algumas horas antes dos outros, do assassinato do Duque de Berry, foi logo tratando de avisar a quem de direito, e só com isso, num piscar de olhos, ganhou vários milhões — eis como se faz.

— Então o senhor é um Rothschild, é? — gritou-me indignado, como se se dirigisse a um imbecil.

Saí rápido do prédio. Apenas um passo — e sete rublos e noventa e cinco copeques de lucro! O passo não tinha sentido, era uma brincadeira de criança, concordo, mas mesmo assim coincidia com a minha ideia e não podia deixar de me emocionar de maneira extraordinariamente profunda... Pensando bem, nada de descrever sentimentos. A nota de dez rublos estava no bolso de meu colete, enfiei dois dedos nele para apalpá-la — e assim fui caminhando, sem retirar a mão. Ao me distanciar uns cem passos da casa, tirei a nota para examiná-la, examinei-a e tive vontade de beijá-la. Súbito uma carruagem estrondeou à entrada de uma casa; o porteiro abriu a porta e uma senhora saiu para tomar a carruagem esplêndida, jovem, bela, rica, vestida de seda e veludo, com uma cauda de metro e meio. De repente uma linda bolsinha lhe escapou das mãos e caiu no chão; ela tomou assento na carruagem; o criado abaixou-se para apanhar a coisinha, mas de um salto eu me acheguei, apanhei-a e a estendi à senhora, tirando meu chapéu da cabeça (era uma cartola; eu estava vestido como um rapaz, nada mal). A dama me disse, de modo contido, mas com um sorriso agradável: "*Merci, monsieur*".[32] A carruagem arrancou. Beijei a cédula de dez rublos.

III

Naquele dia eu precisava me encontrar com Efím[33] Zviêriev, um dos meus antigos companheiros de colégio, que o deixara e ingressara numa instituição especial de ensino superior em Petersburgo. Ele mesmo não merece uma descrição e com ele eu não tinha propriamente uma relação de amizade; no entanto, estava à sua procura em Petersburgo; só ele podia (por várias circunstâncias que também não vale a pena mencionar) me dar o endereço de Kraft, pessoa de quem eu precisava ao extremo, assim que ele voltasse de Vilna. Zviêriev o esperava justo naquele dia ou no dia seguinte,

[32] Em francês, "Obrigado, senhor". (N. do T.)

[33] Pronuncia-se Iefím. (N. do T.)

o que me fez saber na antevéspera. Eu precisava ir ao Lado Petersburgo,[34] e não sentia cansaço.

Encontrei Zviêriev (que também estava com uns dezenove anos) no pátio da casa de sua tia, onde morava provisoriamente. Tinha acabado de almoçar e andava sobre pernas de pau pelo pátio; no mesmo instante me informou que Kraft chegara ainda na véspera e se instalara em seu antigo apartamento, ali mesmo no Lado Petersburgo, e que ele próprio desejava me ver o mais breve possível, para me comunicar imediatamente algo necessário.

— Vai viajar de novo não sei para onde — acrescentou Efím.

Como para mim era de importância capital ver Kraft nas atuais circunstâncias, pedi que Efím me levasse no mesmo instante ao apartamento dele, que, como se verificou, ficava num beco a dois passos dali. Mas Zviêriev me declarou que o encontrara uma hora antes e que ele tinha ido à casa de Diergatchóv:

— Então vamos à casa de Diergatchóv; por que sempre te recusas, estás com medo?

De fato, Kraft podia demorar-se em casa de Diergatchóv e, sendo assim, onde eu iria esperá-lo? Eu não tinha medo de ir à casa de Diergatchóv, mas não queria ir, embora já fosse a terceira vez que Efím quisesse me arrastar para lá. E sempre pronunciava aquele "estás com medo?" com um sorriso abominável voltado para mim. Aí não havia medo, declaro-o de antemão, e se eu tinha algum medo era de algo bem diferente. Desta feita resolvi ir; também, estava a dois passos. Enquanto caminhávamos, perguntei a Efím se ele ainda mantinha a intenção de fugir para a América.

— Talvez espere mais um pouco — respondeu com um leve sorriso.

Eu não tinha lá grande afeição por ele, não tinha mesmo nenhuma afeição. Seus cabelos eram muito claros e o rosto, gordo, excessivamente alvo, de um alvo até indecente, quase infantil; era porém de estatura até superior à minha, mas não era possível tomá-lo senão como um louco. Não dava para conversar com ele sobre nada.

— Quem estará por lá? Será o povaréu de sempre? — perguntei para me informar.

— Por que estás sempre com medo? — tornou a rir.

— Vai para o inferno — respondi zangado.

— Não tem nada de povaréu. Ele só recebe conhecidos, e ademais só íntimos; fica tranquilo.

---

[34] Antigo bairro aristocrático, que aparece já bastante degradado nos romances de Dostoiévski. (N. do T.)

— Que diabo eu tenho com isso, se são íntimos ou não íntimos? E por acaso sou íntimo da casa? Por que haveriam de confiar em mim?

— Sou eu quem te leva e basta. Até já ouvi falarem em ti. Kraft também pode dar referências sobre ti.

— Escuta, Vássin estará lá?

— Não sei.

— Se ele estiver lá, assim que entrarmos cutuca-me e me mostra Vássin; assim que entrarmos, estás ouvindo?

Eu já ouvira falar bastante de Vássin e inclusive estava interessado nele.

Diergatchóv morava num pequeno anexo no pátio de uma casa de madeira de uma comerciante, mas em compensação ocupava o anexo inteiro. Eram ao todo três cômodos limpos. Em todas as quatro janelas haviam baixado as cortinas. Ele era um técnico e tinha um emprego em Petersburgo; ouvi dizer de passagem que lhe haviam oferecido um vantajoso emprego privado numa província e que ele já estava de partida.

Mal entramos numa minúscula antessala, ouvimos vozes; parecia que discutiam acaloradamente e alguém gritava: "*Quae medicamenta non sanant, ferrum sanat, quae ferrum non sanat, ignis sanat!*".[35]

Eu estava de fato meio intranquilo. É claro, não me habituara ao convívio em sociedade, qualquer que fosse. No colégio eu e os colegas nos tratávamos por tu, mas eu quase não era companheiro de ninguém, tinha arranjado o meu refúgio e em meu refúgio vivia. Mas não era isso o que me perturbava. Por via das dúvidas, prometera a mim mesmo não entrar em discussões e falar apenas o essencial, para que ninguém pudesse concluir nada a meu respeito; o principal era não discutir.

Havia no quarto, bem pequeno, umas sete pessoas, dez com as senhoras. Diergatchóv tinha vinte e cinco anos e era casado. Sua mulher tinha uma irmã e ainda uma parenta; também moravam com ele. O quarto era mobiliado de qualquer jeito, se bem que de modo satisfatório, e até estava limpo. Na parede havia um retrato em litogravura, mas muito barato, e, num canto, um ícone sem adorno metálico, mas com uma lâmpada acesa. Diergatchóv veio a mim, apertou-me a mão e convidou-me a tomar assento.

— Sente-se, aqui é tudo gente de casa.

— Tenha a bondade! — acrescentou de imediato uma jovem mulher bastante graciosa, vestida com muita modéstia, que, depois de me fazer uma leve reverência, saiu imediatamente. Era a mulher dele e, pelo visto, também

---

[35] Em latim: "O que os medicamentos não curam, o ferro cura; o que o ferro não cura, o fogo cura". (N. do T.)

participava da discussão, mas agora saía para amamentar o filho. Contudo ainda permaneceram duas damas — uma de baixa estatura, de uns vinte anos, vestida de preto e também nada feia, enquanto a outra tinha uns trinta anos, era magra e de olhar penetrante. Estavam sentadas, ouviam atentamente, porém não intervinham na conversa.

Quanto aos homens, estavam todos em pé, salvo Kraft, Vássin e eu; Efím imediatamente me apontou os dois, porque eu e Kraft nos víamos pela primeira vez. Levantei-me e me aproximei deles para travar conhecimento. Nunca esquecerei o rosto de Kraft: não tinha nenhuma beleza especial, mas um quê de excessivamente bondoso e delicado, embora um ar de dignidade própria acabasse por sobressair em tudo. Tinha vinte e seis anos de idade, bastante magro, estatura superior à mediana, louro, semblante grave, mas brando; em todo ele havia algo de sereno. E, no entanto, se alguém quiser saber: eu não trocaria o meu rosto, talvez até muito vulgar, pelo dele, que me parecia atraente. Em seu rosto havia algo que eu não gostaria de ter no meu, algo demasiado sereno em termos morais, uma espécie de orgulho secreto que ele mesmo desconhecia. Pensando bem, julgá-lo de modo tão preciso eu provavelmente não conseguiria naquela época; parece-me tê-lo julgado assim só agora, isto é, depois do acontecido.

— Estou muito contente por ter vindo — disse Kraft. — Tenho uma carta que lhe diz respeito. Ficaremos aqui um momento, depois iremos para minha casa.

Diergatchóv era de estatura mediana, espadaúdo, um moreno forte de barba comprida; em seu olhar transpareciam sagacidade e discrição em tudo, uma permanente precaução; embora fosse o mais calado, era visível que dirigia a conversa. A fisionomia de Vássin não me impressionou muito, apesar de eu já ter ouvido falar de sua extraordinária inteligência: era louro, de graúdos olhos castanho-claros, rosto muito franco, mas ao mesmo tempo com algo de excessivamente duro; pressentia-se que era pouco sociável, porém tinha um olhar de fato inteligente, mais do que o de Diergatchóv, mais profundo e inteligente que o de todos os presentes; aliás, é possível que agora eu esteja exagerando tudo. De todos os outros, lembro-me apenas de duas pessoas: de um homem alto, moreno, suíças negras, que falava muito, tinha uns vinte e sete anos, parece que era professor ou coisa do gênero, e de um rapaz de minha idade, metido numa *podióvka*,[36] de rosto enrugado, taciturno, desses que prestam atenção às conversas. Depois se verificou que era de origem camponesa.

---

[36] Casaco pregueado na cintura. (N. do T.)

— Não, não é assim que se deve colocar a questão! — começou, pelo visto retomando a discussão anterior, o professor de suíças negras, mais exaltado que os outros. — Não tenho nada a dizer quanto às demonstrações matemáticas, mas essa ideia, em que estou disposto a acreditar até mesmo sem demonstrações matemáticas...

— Espere, Tikhomírov — interrompeu em voz alta Diergatchóv —, os recém-chegados não estão entendendo. É que, veja só — súbito ele se dirigiu só a mim (e confesso que se ele tinha a intenção de me testar como calouro ou obrigar-me a falar, o método era muito hábil da parte dele; isto eu percebi de chofre e me preveni) —, é que, veja só, o senhor Kraft, que todos nós já conhecemos bastante por seu caráter e pela firmeza de suas convicções, levado por um fato assaz ordinário chegou a uma conclusão bastante extraordinária, com a qual nos surpreendeu a todos. Ele concluiu que o povo russo é um povo de segunda classe...

— De terceira — bradou alguém.

— ... de segunda classe, destinado a servir apenas de material para uma raça mais nobre, e a não ter um papel independente nos destinos da humanidade. Em vista desta conclusão, talvez até justa, o senhor Kraft concluiu que qualquer atividade futura de qualquer russo deve ser paralisada por essa ideia, que, por assim dizer, todos devem cair em desânimo e...

— Com licença, Diergatchóv, não é assim que se deve colocar a questão — tornou a secundar Tikhomírov com impaciência (Diergatchóv cedeu de imediato). — Tendo em vista que Kraft fez sérios estudos, tirou conclusões baseadas na fisiologia que considera matemáticas e sacrificou talvez uns dois anos à sua ideia (que eu aceitaria tranquilamente *a priori*), em face disto, ou seja, em vista das inquietações e da seriedade de Kraft, a coisa para mim se afigura um fenômeno. De tudo isso emana uma questão que Kraft não consegue compreender, e é disso que precisamos tratar, isto é, da incompreensão de Kraft, porque isso é um fenômeno. É preciso decidir se tal fenômeno é da alçada clínica enquanto caso singular, ou se é uma qualidade que pode se repetir normalmente em outros casos; isso já é interessante sob os aspectos da causa comum. No que se refere à Rússia, concordo com Kraft e direi mesmo que até estou contente. Se todos assimilassem essa ideia, ela desataria nossas mãos e libertaria muita gente do preconceito patriótico...

— Não tomei o patriotismo como ponto de partida — disse Kraft como se fizesse esforço. Todos esses debates lhe pareciam desagradáveis.

— Patriotismo ou não, pode-se deixar isso de lado! — proferiu Vássin, que se mantinha calado há muito.

— Mas me diga, como a conclusão de Kraft poderia enfraquecer as aspirações pela obra de toda a humanidade? — bradou o professor (só ele gritava, todos os outros falavam baixo). — Vamos que a Rússia esteja relegada ao segundo plano; mas também se pode trabalhar não só para a Rússia. E, além do mais, como pode Kraft ser patriota se ele já deixou de acreditar na Rússia?

— Ainda por cima é alemão — ouviu-se de novo uma voz.

— Eu sou russo — disse Kraft.

— Essa é uma questão que não tem vínculo direto com o assunto — observou Diergatchóv ao que interrompera a conversa.

— Então deixe a estreiteza de sua ideia — Tikhomírov não dava ouvidos a nada. — Se a Rússia não passa de material para povos mais nobres, por que deixaria de servir como semelhante material? Esse papel ainda é bem honroso. Por que não se contentar com essa ideia, tendo em vista a ampliação do objetivo? A humanidade está às vésperas de sua regeneração, que já começou. Só os cegos negam o iminente objetivo. Deixe a Rússia, se não acredita mais nela, e trabalhe pelo futuro — pelo futuro de um povo ainda desconhecido, mas que será composto de toda a humanidade, sem distinção de povos. De qualquer modo, a Rússia morreria um dia; os povos, mesmo os mais dotados, vivem mil e quinhentos anos, quando muito dois mil; não dá no mesmo dois mil ou duzentos anos? Os romanos não viveram nem mil e quinhentos anos, bem vivos, e também se transformaram em material. Já faz muito tempo que deixaram de existir, mas legaram uma ideia, e ela se incorporou aos destinos da humanidade como um elemento do futuro. Como se pode dizer a um homem que não há nada a fazer? Não posso conceber a tese de que algum dia não haja nada para se fazer! Trabalhe pela humanidade e não se preocupe com o resto. Há tanto para ser feito que, se olharmos atentamente ao redor, veremos que a vida não bastará.

— É preciso viver segundo a lei da natureza e da verdade! — declarou de trás da porta a senhora Diergatchóva. A porta estava entreaberta e dava para vê-la em pé com o filho ao seio, o busto meio exposto, ouvindo tudo avidamente.

Kraft ouvia com um leve sorriso, e enfim proferiu com um ar meio exaurido, se bem que com uma forte sinceridade:

— Não compreendo que, sob a influência de alguma ideia dominante, à qual se sujeitam inteiramente nossa inteligência e nosso coração, ainda se possa viver de alguma coisa fora dessa ideia.

— Mas se alguém lhe demonstrar pela lógica, pela matemática, que sua conclusão está errada, que todo o pensamento está errado, que você não tem o mínimo direito de excluir-se da atividade útil para todos só porque a Rússia está predestinada a um papel secundário, se lhe indicarem que, em vez de horizontes estreitos, abre-se para você o infinito, em vez de uma ideia estreita de patriotismo...

— Eh! — Kraft abanou a mão em silêncio —, mas acontece que eu lhe disse que não se tratava de patriotismo.

— Aqui há um evidente mal-entendido — súbito intrometeu-se Vássin. — O equívoco está em que Kraft não tirou apenas uma conclusão lógica, mas, por assim dizer, uma conclusão que se transformou em sentimento. Nem todas as naturezas são iguais; em muitas uma conclusão lógica transforma-se às vezes no mais forte sentimento, que se apodera de todo o ser e é muito difícil banir ou reeducar. Para curar semelhante pessoa é preciso que, neste caso, mude-se o próprio sentimento, o que não é possível senão substituindo-o por outro, equivalente. Isso é sempre difícil e, em muitos casos, impossível.

— Errado! — berrou o oponente —, um erro lógico por si só já dissolve os prejulgamentos. Uma convicção racional gera o mesmo sentimento. O pensamento nasce do sentimento e, por sua vez, fixando-se no homem, formula o novo.

— As pessoas são muito diferentes: umas mudam de sentimento com facilidade, outras, com dificuldade — respondeu Vássin como quem não deseja continuar a discussão; mas eu estava entusiasmado com as ideias dele.

— É exatamente como o senhor disse! — dirigi-me de repente a ele, quebrando o gelo e começando a falar. — É deveras necessário pôr outra coisa no lugar do sentimento, para substituí-lo. Quatro anos atrás, em Moscou, um general... Vejam só, senhores, eu não o conhecia, porém... É possível que, no fundo, ele não fosse por si mesmo capaz de suscitar estima... E ademais o fato em si poderia parecer irracional, no entanto... De resto, vejam só, tinha morrido um filhinho dele, quer dizer, em verdade duas menininhas, uma atrás da outra, de escarlatina... Pois bem, de uma hora para outra ele ficou tão arrasado, sempre tão triste, tão triste que era até impossível olhar para ele — e tudo terminou com ele morrendo, quase meio ano depois. Que ele morreu disso é um fato! Então, com que se poderia ressuscitá-lo? Resposta: com um sentimento equivalente. Seria preciso exumar aquelas duas meninas e devolvê-las a ele — eis tudo, quer dizer, algo nesse gênero. Por outro lado, seria possível lhe oferecer conclusões maravilhosas: que a vida é breve, que todos são mortais, mostrar por estatísticas tiradas de um manual quantas crianças morrem de escarlatina... Ele era reformado...

Parei ofegando e olhei ao redor.

— Isso não tem nada a ver — proferiu alguém.

— O fato que o senhor relatou, mesmo não sendo do mesmo gênero que o nosso assunto, ainda assim é parecido e esclarece a questão — disse-me Vássin.

IV

Aqui devo confessar por que fiquei entusiasmado com o argumento de Vássin sobre a "ideia-sentimento", mas ao mesmo tempo devo confessar uma vergonha dos diabos. Sim, eu temia ir à casa de Diergatchóv, mesmo que não fosse pelo motivo que Efím supunha. Eu me acovardava porque desde os tempos de Moscou tinha medo deles. Sabia que eles (quer dizer, eles ou outros do mesmo gênero — dava no mesmo) eram dialéticos e transformariam talvez "minha ideia" em frangalhos. Eu tinha a firme autoconfiança de que não lhes deixaria escapar minha ideia nem lhes falaria dela; mas eles poderiam (repito, mais uma vez eles ou tipos afins) me dizer algo que me deixasse frustrado com minha ideia, mesmo que não aludissem a ela. Em "minha ideia" havia questões não resolvidas por mim, mas eu não queria que alguém as resolvesse a não ser eu. Nos dois últimos anos eu havia até deixado de ler livros, temendo esbarrar em algum trecho desfavorável à "ideia" e que pudesse me deixar abalado. E eis que de repente Vássin resolve de vez a questão e me deixa no mais alto grau de tranquilidade. De fato: o que eu temia e o que eles podiam fazer comigo a despeito de toda a sua dialética? Lá fui talvez o único a compreender o que Vássin queria dizer com a "ideia-sentimento"! Não basta refutar uma ideia excelente, é preciso substituí-la por outra de idêntica excelência; senão eu, que não queria, em hipótese nenhuma, abandonar meu sentimento, refutaria o refutado em meu coração, mesmo que o fizesse à força, a despeito do que eles viessem a dizer. O que eles poderiam me dar em troca? E depois eu poderia ser mais corajoso, eu tinha a obrigação de ser mais valente. Ao me entusiasmar com Vássin, senti vergonha e me achei uma criança indigna!

E eis mais um motivo de vergonha. Não foi o abjeto sentimento de vangloriar-me de minha inteligência que me levou a quebrar o gelo com eles e começar a falar, e sim a vontade de "pular nos braços" de alguém. Acho que essa vontade de pular nos braços, para que me julgassem bom e começassem a me abraçar ou coisa parecida (em suma, uma indecência), foi o mais infame de todos os meus motivos de vergonha; desde muito tempo suspeitava de tê-los comigo, e justo como decorrência do refúgio onde eu me mantivera por tantos anos, embora eu não me arrependa disso. Sabia que devia me manter mais sombrio entre as pessoas. Depois de qualquer uma dessas vergonhas, a única coisa que me consolava era o fato de que, apesar de tudo, eu mantinha comigo a "ideia" sempre secreta e não a deixara escapar. Tomado de ansiedade, às vezes eu imaginava que no dia em que falasse de minha ideia a alguém ficaria subitamente sem nada, de modo que me tornaria parecido com os demais e talvez até a abandonasse; por essa razão eu a conservava e protegia, temendo o falatório. E eis que quase já no primeiro encontro em casa de Diergatchóv não me contive; não deixei escapar nada, é claro, mas tagarelei de forma imperdoável: foi uma vergonha. Lembrança detestável! Não, não posso viver entre gentes; ainda hoje penso assim; falo com quarenta anos de antecedência. Minha ideia é meu refúgio.

V

Mal Vássin apoiou minhas palavras, fui tomado de um irresistível desejo de falar.

— A meu ver, toda pessoa tem o direito de ter seus sentimentos... se for por convicção... para que ninguém a censure — disse eu, dirigindo-me a Vássin. Embora eu proferisse essas palavras com expansividade, era como se não fosse eu, era como se a língua de outro se mexesse em minha boca.

— É mesmo? — apanhou no ar e arrastou com ironia a mesma voz que interrompera Diergatchóv e gritara a Kraft que ele era alemão.

Considerando-o uma absoluta nulidade, voltei-me para o professor, como se fosse ele quem tivesse gritado.

— Minha convicção é que não tenho o direito de julgar ninguém — disse eu tremendo, já ciente de que me precipitaria.

— Por que desse jeito tão secreto? — soou de novo a voz da nulidade.

— Cada um tem sua ideia! — disse eu, olhando à queima-roupa para o professor, que, ao contrário, calava e me examinava com um sorriso.

— E a sua? — gritou a nulidade.

— Precisaria de muito tempo para expor. Em parte, minha ideia consiste exatamente em que me deixem em paz! Enquanto eu tiver dois rublos, quero viver só, não depender de ninguém (fiquem tranquilos, conheço as objeções), e não fazer nada — nem mesmo para o grande futuro da humanidade, a serviço da qual nos convidou para trabalhar o senhor Kraft. A liberdade individual, isto é, a minha própria liberdade em primeiro plano; e depois nada mais me interessa.

Meu erro foi ficar zangado.

— Quer dizer, prega a tranquilidade da vaca saciada?

— Que seja. Uma vaca não deixa ninguém ofendido. Não devo nada a ninguém, pago minha dívida à sociedade em forma de impostos para que não me roubem, não me espanquem, não me matem, e ninguém tem o direito de me exigir mais. É possível que eu tenha pessoalmente outras ideias e deseje servir à humanidade, que venha a servir talvez dez vezes mais do que todos os pregadores; quero apenas que ninguém *ouse exigir* isso de mim, que me obrigue como faz o senhor Kraft; a liberdade é toda minha, ainda que eu não mova um dedo. E quanto a correr atrás das pessoas e pular nos braços de todas por amor à humanidade e debulhar-me em lágrimas de enternecimento, isso é apenas moda. Ademais, por que eu teria forçosamente de amar o meu próximo ou o futuro da humanidade que os senhores defendem, o qual nunca verei, que nada saberá a meu respeito e que, por sua vez, se extinguirá sem deixar vestígios nem lembranças (neste caso o tempo nada significa) quando a Terra, por seu turno, se transformar num bloco de gelo e passar a voar no vácuo ao lado de uma infinidade de outros blocos semelhantes, isto é, a mais absurda das coisas que sequer se pode imaginar? Eis a concepção dos senhores! Então me digam por que sou forçado a ser decente, ainda mais se tudo só dura um minuto?

— B-bah! — gritou uma voz.

Disparei tudo isso nervoso e com raiva, rompendo todas as cordas. Sabia que despencava em um fosso, mas tinha pressa, temia objeções. Sentia demais que falava pelas tripas de Judas, de forma desconexa e passando direto de uma ideia a outra, mas tinha pressa de convencê-los e fazê-los mudar de opinião. Era muito importante para mim! Passara três anos me preparando! Mas o importante foi que de repente eles se calaram, não diziam nada de nada, todos ouviam. Eu continuava me dirigindo ao professor:

— Isso mesmo. Um homem de suma inteligência disse, entre outras coisas, que não há nada mais difícil do que responder à pergunta: "Por que é forçosamente necessário ser decente?". Ora, existem no mundo três espécies de patifes: os patifes ingênuos, convencidos de que sua patifaria é a suprema decência; os patifes envergonhados, aqueles que se envergonham de sua própria patifaria, mas mantêm a inarredável intenção de praticá-la até o fim; e por último os simplesmente patifes, os puros-sangues. Permita-me que lhe conte: tive como colega o Lambert, que já aos dezesseis anos me dizia que, quando fosse rico, seu maior prazer seria alimentar os cachorros com pão e carne enquanto os filhos dos pobres morressem de fome; que, quando eles não tivessem nada com que aquecer a casa, compraria um pátio inteiro de lenha, o empilharia no campo, lhe atearia fogo e não daria nenhuma acha aos pobres. Eis os seus sentimentos! Agora me diga o que eu teria de responder se esse patife puro-sangue me perguntasse: "Por que é forçosamente necessário ser decente?". E sobretudo hoje, em nossa época, que os senhores modificaram tanto. Porque pior do que hoje nunca foi. Não há nada claro em nossa sociedade, senhores. Vejam, os senhores negam Deus, negam os feitos heroicos, então que rotina surda, cega, obtusa pode me obrigar a agir de um jeito se para mim é mais vantajoso agir de outro? Os senhores dizem: "Dar à humanidade um tratamento razoável também é vantagem para mim"; mas se acho desprovidas de razão todas essas coisas razoáveis, todos esses quartéis, essas falanges? Ora, que diabos eu tenho a ver com tudo isso e com o futuro, se só tenho uma vida para viver! Deixem que eu mesmo conheça a minha vantagem; assim é mais divertido. O que tenho a ver com o que vai acontecer com essa sua humanidade daqui a mil anos, se, pelo código dos senhores, não terei nem amor, nem vida futura, nem reconhecimento dos meus feitos? Não, se é assim, vou viver para mim mesmo da maneira mais descortês possível, e o resto que se dane!

— Magnífico desejo!

— Aliás, sempre estou pronto para acompanhá-los.

— Melhor ainda! — (Era a mesma voz).

Todos os outros continuavam calados, olhando-me e observando-me; mas dos diversos cantos do cômodo começou pouco a pouco uma galhofa, de início baixinho, mas todos galhofavam na minha cara. Só Vássin e Kraft não galhofavam. O homem de suíças negras também dava risotas: fitava-me e ouvia.

— Senhores — eu tremia todo —, por nada lhes direi qual é minha ideia, mas, ao contrário, quero saber do ponto de vista dos senhores; não pensem que falo do meu, pois talvez ame a humanidade mil vezes mais do que todos os senhores juntos! Digam-me — e são obrigados a me responder agora, sem falta, são obrigados porque estão rindo —, digam-me: como vão me cativar para que eu os siga? Respondam: com que argumentos vão me provar que será melhor ficar com os senhores? Em que canto do seu quartel hão de meter o protesto de minha individualidade? Faz muito que eu desejo encontrá-los, senhores. Os senhores terão um quartel, moradias comunais, o *strict nécessaire*,[37] ateísmo e mulheres comuns sem filhos — eis o seu final, eu conheço isso. E em troca de tudo, de uma pequena parcela de vantagem média que sua racionalidade me assegurará, de um pedaço de pão e calor, os senhores se apoderarão de toda a minha individualidade! Com licença: se lá

[37] Em francês, "estritamente necessário". (N. do T.)

alguém roubar minha mulher; os senhores reduzirão minha individualidade para que eu não estoure os miolos de meu rival? Dirão que eu mesmo terei me tornado mais inteligente; no entanto, o que minha mulher dirá de um marido tão razoável, se tiver um mínimo de respeito por si mesma? Convenhamos que isso não é natural; tenham vergonha!

— E o senhor é especialista... em assunto de mulher? — ouviu-se a voz maldosa da nulidade.

Por um instante tive vontade de me precipitar sobre ele e cobri-lo de murros. Era um homenzinho arruivado e sardento... aliás, com os diabos sua aparência.

— Fique tranquilo, ainda não conheço mulher — cortei, voltando-me para ele pela primeira vez.

— Preciosa informação, que deveria ter sido enunciada de uma forma mais polida, em vista da presença das senhoras!

Mas de repente todos se mexeram; todos começaram a pegar seus chapéus e resolveram ir embora — claro que não por minha causa, mas porque estava em sua hora; no entanto, aquele tratamento silencioso me deixou arrasado de vergonha. Também saltei do lugar.

— Permita-me, apesar de tudo, dizer-me seu sobrenome; o senhor não cessou de me olhar! — disse o professor, dando um passo em minha direção com o mais vil dos sorrisos.

— Dolgorúki.

— Príncipe Dolgorúki?

— Não, simplesmente Dolgorúki, filho do ex-servo Makar Dolgorúki e filho ilegítimo de meu ex-senhor Viersílov. Não se preocupem, senhores: não digo isso com nenhuma intenção de que se joguem em meus braços e todos comecemos a mugir de enternecimento como bezerros.

Seguiu-se uma simultânea explosão de gargalhadas tão deslavada que a criança que dormia do outro lado despertou e começou a choramingar. Eu tremia de furor. Todos apertavam a mão de Diergatchóv e saíam sem me dar nenhuma atenção.

— Vamo-nos — Kraft me deu um empurrão.

Dirigi-me a Diergatchóv, apertei-lhe a mão com toda força e a sacudi várias vezes também com força.

— Desculpe-me se Kudriúmov (era o arruivado) só fez ofendê-lo — disse-me Diergatchóv.

Acompanhei Kraft. Não me envergonhava de nada.

VI

É claro, entre minha personalidade atual e a daquele tempo existe uma diferença infinita.

Continuando a "não me envergonhar de nada", alcancei Vássin ainda na escada, distanciando-me de Kraft como personagem secundária, e com o ar mais natural, como se nada houvesse acontecido, perguntei-lhe:

— Parece que o senhor conhece meu pai, quero dizer, Viersílov?

— No fundo não o conheço — respondeu de chofre (sem o mínimo daquela ofensiva polidez refinada de que se valem as pessoas delicadas quando falam com quem acaba de passar vergonha) —, mas sei um pouco a seu respeito. Já o encontrei e o ouvi conversar.

— Se o ouviu falar, então é claro que o conhece, porque o senhor é o senhor! O que pensa dele? Perdoe-me esta pergunta apressada, mas preciso saber exatamente o que *o senhor* pensa, é justo de *sua* opinião que necessito.

— É pedir muito de mim. Parece-me que esse homem é capaz de fazer a si mesmo enormes exigências e talvez realizá-las, mas sem prestar contas a ninguém.

— Está certo, muito certo, ele é muito orgulhoso! Mas será honrado? Escute, o que pensa de seu catolicismo? Aliás, esqueci que talvez não saiba...

Se eu não estivesse tão perturbado, evidentemente não teria crivado de perguntas inúteis um homem com quem nunca tinha conversado e que só conhecia de ouvir falar. Surpreendia-me que Vássin não parecesse notar minha loucura.

— Ouvi dizer qualquer coisa também a esse respeito, mas ignoro até onde possa ser verdade — respondeu num tom sempre inalterável e calmo.

— Isso não tem nada a ver! Não é verdade o que dizem sobre ele! Será que acha que ele pode crer em Deus?

— É um homem muito orgulhoso, como você acabou de dizer, e muitos homens muito orgulhosos gostam de crer em Deus, sobretudo aqueles que sentem um pequeno desprezo pelos homens. Parece que muitos homens fortes experimentam um tipo de necessidade natural de achar alguém ou qualquer coisa para reverenciar. Às vezes o homem forte tem muita dificuldade de suportar sua força.

— Ouça, isso deve ser terrivelmente verdadeiro! — exclamei. — Eu apenas desejaria compreender...

— Nisso há uma causa clara: eles escolhem Deus para não reverenciar os homens, subentende-se que sem se darem conta do que se passa com eles mesmos: reverenciar Deus não tem nada de ofensivo. Desse grupo saem os que creem com extraordinário fervor, ou melhor, os que desejam fervorosamente crer; mas tomam o desejo pela própria crença. Entre estes há aqueles que, com especial frequência, acabam desiludidos. Quanto ao senhor Viersílov, acho que ele tem traços de um caráter extraordinariamente sincero. De modo geral, ele me interessa.

— Vássin! — exclamei —, você me alegra! Não é sua inteligência que me admira; o que me admira é como você, um homem tão honesto e tão desmedidamente superior a mim, pode andar a meu lado e falar com tanta simplicidade e cortesia como se nada tivesse acontecido!

Vássin sorriu.

— Ora, você exagera em seus elogios, e o que houve lá foi apenas que você gosta demais de conversas abstratas. É provável que antes daquilo tenha passado muito tempo calado.

— Passei três anos calado, e três anos me preparando para falar... É claro que não podia lhe parecer um imbecil, mas um patife!, porque você mesmo é dotado de uma inteligência extraordinária, se bem que é impossível alguém se portar de modo mais tolo do que eu.

— Um patife?

— Sim, sem dúvida! Diga-me, não me despreza secretamente por eu ter dito que sou filho bastardo de Viersílov... e ter-me vangloriado de ser filho de um servo?

— Você se atormenta demais. Se acha que falou mal então é só não falar na próxima vez; ainda tem cinquenta anos pela frente.

— Oh! sei que devo ser muito calado com as pessoas. A mais vil de todas as perversões é pendurar-se no pescoço de alguém; acabei de dizer isso a eles, mas eis que me penduro no seu! Acontece, porém, que existe uma diferença, não é? Se tiver compreendido esta diferença, se foi capaz de compreendê-la, então bendigo este minuto!

Vássin tornou a sorrir:

— Venha me visitar, se quiser — disse ele. — Agora tenho trabalho e estou ocupado, mas me dará prazer.

— Há pouco concluí, por sua fisionomia, que é firme demais e pouco comunicativo.

— Você pode estar muito certo. Conheci sua irmã, Lizavieta Makárovna, no ano passado, em Luga... Kraft parou e parece que o espera; vai tomar outro caminho.

Apertei-lhe a mão com força e alcancei Kraft, que caminhara na frente enquanto eu conversava com Vássin. Fomos em silêncio até sua casa; eu ainda não queria nem podia falar com ele. Um dos traços mais fortes do seu caráter era a delicadeza.

CAPÍTULO IV

I

Antes Kraft servia em alguma instituição pública e ao mesmo tempo ajudava o falecido Andrónikov (que o remunerava) a administrar uns negócios privados, dos quais este último sempre cuidava fora do serviço público. Para mim já era importante o fato de que Kraft, em vista de sua especial proximidade com Andrónikov, podia conhecer muito daquilo que tanto me interessava. Contudo eu sabia, por intermédio de Mária Ivánovna, mulher de Nikolai Semiónovitch, em cuja casa eu havia morado tantos anos nos meus tempos de colégio — e que era a própria sobrinha, pupila e favorita de Andrónikov —, que Kraft fora inclusive "encarregado" de me entregar algo. Já fazia um mês inteiro que eu o aguardava.

Ele morava num pequeno apartamento de dois cômodos, completamente isolado, e naquela ocasião, tendo regressado de viagem, estava até sem criado. Sua mala, embora aberta, não estava arrumada, as coisas ainda estavam espalhadas em cima de cadeiras e sobre a mesa; diante do divã, havia um saco de viagem, um cofre de viagem, um revólver, etc. Quando entramos, Kraft estava mergulhado em extraordinária meditação, como que totalmente esquecido de mim; talvez nem tivesse notado que eu não lhe dirigira nenhuma palavra enquanto caminhávamos. Pôs-se logo a procurar alguma coisa, mas relanceou um espelho e passou um minuto inteiro olhando fixo para o próprio rosto. Embora notasse essa peculiaridade (que mais tarde me viria muito amiúde à lembrança), eu estava triste e muito embaraçado. Não tinha condições de me concentrar. Por um instante tive uma súbita vontade de ir embora e largar para sempre todos os afazeres. Mas, pensando bem, que afazeres eram esses? Não seria uma preocupação afetada comigo mesmo? Caía em desespero porque malbaratava minha energia em futilidades indignas por mera suscetibilidade, quando tinha pela frente um objetivo enérgico. Por outro lado, minha inaptidão para uma atividade séria tornara-se evidente em vista do que se passara em casa de Diergatchóv.

— Kraft, você ainda voltará à casa deles? — perguntei-lhe de repente. Ele se voltou lentamente para mim, como se compreendesse mal. Sentei-me numa cadeira.

— Desculpe-os! — disse Kraft de chofre.

Isto, é claro, pareceu-me deboche; contudo, olhando-o com atenção, notei em seu rosto uma bonomia tão singular e até surpreendente que eu mesmo me admirei da seriedade com que me pedia para "desculpá-los". Pôs uma cadeira a meu lado e sentou-se.

— Eu mesmo sei que sou talvez apenas a escória de todas as vaidades e nada mais — comecei —, porém não peço desculpas.

— E ademais não teria a quem — proferiu em tom baixo e sério. Sempre falava baixo e com muita lentidão.

— Admitamos que eu seja culpado perante mim mesmo... Gosto de ser culpado perante mim mesmo... Kraft, desculpe-me se estou dizendo lorotas. Diga-me, será que você também faz parte daquele círculo? Eis o que eu queria lhe perguntar.

— Eles não são mais tolos que os outros, nem mais inteligentes; são malucos como todo mundo.

— Por acaso todo mundo é maluco? — voltei-me para ele com uma curiosidade involuntária.

— Hoje em dia todas as melhores pessoas são malucas. Só os medíocres e incapazes são grandes pândegos... Aliás, todo esse assunto é descartável.

Ao falar ele olhava a esmo para o espaço, começava frases e as interrompia. Impressionava certo desânimo em sua voz.

— Será possível que Vássin também esteja com eles? Em Vássin existe inteligência, em Vássin existe ideia moral! — exclamei.

— Ideias morais hoje em dia inexistem absolutamente; súbito não restou nenhuma e, o mais grave, é como se nunca tivessem existido.

— Antes não existiram?

— É melhor deixarmos este assunto! — disse ele com evidente cansaço.

Sua amarga seriedade me tocou. Envergonhado de meu egoísmo, entrei no tom de sua conversa.

— Os dias de hoje — começou ele mesmo, depois de uns dois minutos de silêncio e fitando sempre um ponto no espaço —, os dias de hoje são a época da mediocridade e da insensibilidade, da paixão pela ignorância, pela preguiça, pela incapacidade de agir e pela necessidade do tudo pronto. Ninguém faz uma reflexão; seria raro alguém capaz de suportar uma ideia.

Ele tornou a interromper-se e calou por um instante; eu escutava.

— Hoje em dia desmatam a Rússia, esgotam seu solo, transformam-no em estepes e o preparam para os calmucos. Apareça alguém com esperanças e plante uma árvore, e todo mundo cairá na risada: "Por acaso viverás até que ela cresça?". Por outro lado, aqueles que desejam o bem discutem o que acontecerá daqui a mil anos. A ideia consolidadora desapareceu por completo. É como se todos nós estivéssemos numa estalagem e amanhã nos preparássemos para deixar a Rússia; todos vivem como se estivessem fartos...

— Permita, você disse: "Preocupam-se com o que vai acontecer daqui a mil anos". Mas e o seu desespero... com o destino da Rússia... por acaso não é o mesmo tipo de preocupação?

— Essa... essa é a questão mais essencial que pode existir! — proferiu com irritação e levantou-se rapidamente. — Ah, sim! Eu tinha me esquecido! — disse de súbito, com uma voz bem diferente, olhando-me perplexo. — Chamei-o aqui para tratar de um assunto, e no entanto... Desculpe-me, pelo amor de Deus!

É como se tivesse despertado de algum sonho, estava meio desconcertado; tirou uma carta de uma pasta sobre a mesa e me entregou.

— Aqui está o que tenho para lhe entregar. É um documento de alguma importância — começou ele de um modo atencioso e do jeito mais prático.

Ao recordar esse fato muito tempo depois, eu ainda me surpreendia com essa capacidade de tratar de negócios alheios (em horas tão significativas para ele!) com uma atenção tão concentrada, de abordá-lo com tanta calma e firmeza.

— É uma carta do próprio Stolbêiev, cujo testamento provocou, após sua morte, o processo de Viersílov contra os príncipes Sokólski. Esse processo corre atualmente no foro e na certa será decidido em favor de Viersílov: a lei está a seu favor. Entretanto, nesta carta privada, escrita há dois anos, o próprio testador enuncia sua autêntica vontade, ou melhor, seu desejo, e o enuncia antes em favor dos príncipes do que de Viersílov. Pelo menos os pontos nos quais se apoiam os príncipes Sokólski para contestar o testamento encontram nesta carta um forte apoio. Os adversários de Viersílov dariam muito por este documento, que, aliás, não tem valor jurídico decisivo. Aleksiêi Nikanórovitch (Andrónikov), que tratou da causa de Viersílov, conservava esta carta em seu poder e pouco antes de morrer entregou-a a mim, incumbindo-me de "guardá-la" — talvez temesse por seus papéis, pressentindo a morte. Hoje não desejo julgar as intenções de Aleksiêi Nikanórovitch nesse caso e confesso que, com sua morte, fiquei numa angustiante indecisão quanto ao que fazer com este documento, sobretudo em virtude da iminente decisão do caso pela Justiça. Porém Mária Ivánovna, em quem Aleksiêi Nikanórovitch, em vida, parecia depositar muita confiança, tirou-me do apuro: escreveu-me há três semanas, indicando de forma categórica que eu entregasse o documento exatamente a você, e que, *parece* (foi a expressão dela), isso corresponderia à vontade de Andrónikov. Então aqui está o documento, e estou muito feliz por enfim poder entregá-lo.

— Escute-me — perguntei, preocupado com uma notícia tão inesperada —, o que vou fazer agora com esta carta? Como agir?

— Isso já é com você.

— É impossível, careço demais de liberdade, convenha você mesmo. Viersílov esperava tanto essa herança... e, sabe, sem essa ajuda ele estaria perdido: mas de repente existe esse documento!

— Ele existe apenas aqui, neste quarto.

— Será mesmo assim? — perguntei-lhe, olhando-o atentamente.

— Se nesse caso você mesmo não sabe como proceder, o que então lhe posso sugerir?

— Mas também não posso entregá-lo ao príncipe Sokólski: eu mataria todas as esperanças de Viersílov e, além disso, apareceria a seus olhos como um traidor... Por outro lado, entregando-o a Viersílov jogo inocentes na miséria e mesmo assim deixo Viersílov num beco sem saída: renunciar à herança ou tornar-se um ladrão.

— Você exagera demais a importância do caso.

— Diga-me uma coisa: esse documento tem um caráter decisivo, definitivo?

— Não, não tem. Não sou um grande jurista. O advogado da parte contrária saberia, naturalmente, como se aproveitar deste documento e tiraria dele a máxima vantagem; mas Aleksiêi Nikanórovitch achava positivo que esta carta, sendo apresentada, não tivesse grande importância jurídica, de sorte que a causa de Viérsilov, apesar de tudo, poderia ser ganha. Este documento, por assim dizer, é antes um caso de consciência...

— Mas justo isso é o mais importante — interrompi —, exatamente porque Viersílov ficará num beco sem saída...

— Entretanto ele pode destruir o documento, e então, ao contrário, se livrará de qualquer perigo.

— Você teria fundamentos especiais para essa suposição, Kraft? Eis o que eu gostaria de saber: foi por isso que vim à sua casa!

— Penso que, no lugar dele, qualquer um agiria assim.

— E você mesmo também agiria assim?

— Não estou recebendo herança e por isso não sei como agiria.

— Está bem — disse-lhe, metendo a carta no bolso. — Por ora esse assunto está encerrado. Escute, Kraft. Mária Ivánovna que, lhe asseguro, me revelou muitas coisas, me disse que você, e só você, poderia me contar a verdade sobre o que se passou em Ems, há um ano e meio, entre Viersílov e

Сокольских

Севастополь

31

М. Катков при прощании в Петербурге учил и подтверждал потребность обновления, в чем это бродит. Новая проба веры и понимания всей идеи — социализм ему противна. Фальшивый путь! И он ему берет меру, не быв восторженным вовсе, а оттого что "она свобода моя"! — [illegible]

Мрачный и ипохондрический (celebre, comte, [illegible]) ? (C'est le mal qui anoblit.)?

Постоянно замечаешь [illegible] порядка мира и [illegible]. Начинаешь [illegible] от себя. Тогда я [illegible] буду.

— В нашем обществе — жажда обновления, новых правых путей и воскресения, которую не замечают Х-в. Это восторженно говорит

Он, это [illegible] религиозно.

Это Он говорит [illegible] и подростку. [illegible] Безнадежно [illegible] (Версилов [illegible] это), но в прямом смысле жажда обновления.

Это — идея романа.

— Сверх того. Он научил подростка, что "это — я в пустынном [illegible]".

— Я бы очень многое желал переменить из начала моей рукописи подростка.

— Дух обновления, искание правого пути...

! Идея.

Картина грациозно-весело и [illegible]. [illegible] [illegible] пока [illegible] (Его насквозь)

[illegible] Грациозный образ [illegible] в [illegible], Он [illegible] [illegible] [illegible]

os Akhmákov. Eu o esperava como o sol que me iluminaria tudo. Você não conhece minha situação, Kraft. Imploro que me diga toda a verdade. Quero saber exatamente que homem é *ele*, e agora, agora preciso saber mais que nunca!

— Surpreende-me que a própria Mária Ivánovna não lhe tenha contado tudo; ela pode ter ouvido tudo da boca do falecido Andrónikov e, é claro, ouviu e sabe talvez muito mais do que eu.

— O próprio Andrónikov esteve enrolado nesse caso, e é justamente o que diz Mária Ivánovna. É um negócio que, parece, ninguém vai conseguir desemaranhar. É uma confusão dos diabos. Quanto a mim, sei que naquela ocasião você mesmo estava em Ems...

— Não assisti a tudo, mas vá, conto-lhe de bom grado o que sei; mas será que você ficará satisfeito?

II

Não vou citar o relato ao pé da letra, apenas fazer uma exposição sucinta de sua essência.

Há um ano e meio, ao tornar-se amigo da família Akhmákov (na ocasião todos estavam no estrangeiro, em Ems), por intermédio do velho príncipe Sokólski, Viersílov deixou uma forte impressão primeiro no próprio Akhmákov, general e homem ainda não idoso mas que, em três anos de casamento, perdera no jogo o rico dote de sua mulher, Catierina Nikoláievna, e em virtude de sua vida desregrada já sofrera um golpe. Deste se apercebera e recuperara-se no estrangeiro, mas morava em Ems por causa de sua filha, fruto do primeiro casamento. Era uma moça enfermiça, de uns dezessete anos, sofria do peito e, pelo que dizem, era de uma beleza extraordinária, e, ao mesmo tempo, fantasiosa. Não tinha dote; por hábito, depositavam confiança no velho príncipe. Catierina Nikoláievna era, pelo que dizem, uma madrasta bondosa. Mas, sabe-se lá por quê, apegou-se particularmente a Viersílov. Naqueles idos ele pregava "algo apaixonado", segundo expressão de Kraft, alguma coisa como uma vida nova, "andava com uma inclinação religiosa num sentido superior", segundo a expressão estranha e talvez zombeteira de Andrónikov, que me foi transmitida. Mas é digno de nota que bem cedo todos começaram a detestá-lo. O general até o temia; Kraft não nega, absolutamente, os boatos segundo os quais Viersílov conseguira fixar na cabeça do marido doente que Catierina Nikoláievna tinha uma queda pelo jovem príncipe Sokólski (que na ocasião deixara Ems com destino a Paris).

Não fez isso de forma direta, mas, "segundo seus hábitos", por meio de calúnias, insinuações e toda espécie de indiretas, "no que era um grande mestre", segundo Kraft. Em geral, afirmo que Kraft o considerava, e queria considerá-lo mais como um finório e intrigante nato do que como um homem realmente imbuído de algo superior ou ao menos original. Eu mesmo sabia, até sem a contribuição de Kraft, que Viersílov, que primeiro tivera uma extraordinária influência sobre Catierina Nikoláievna, fora pouco a pouco rompendo com ela. Em que consistia todo esse jogo não consegui saber nem por intermédio de Kraft, mas todos confirmavam o ódio mútuo que entre os dois surgira depois da amizade. Houve em seguida um fato estranho: pelo visto a enfermiça enteada de Catierina Nikoláievna se apaixonara por Viersílov, ou ficara impressionada com alguma coisa que havia nele ou inflamada por seu discurso, ou então já não sei mais de nada; contudo, o que se sabe é que, durante certo tempo, Viersílov passou quase todos os dias perto dessa moça. E ela acabou declarando de repente ao pai que queria se casar com Viersílov. Que isso aconteceu de fato todos confirmam; e Kraft, e Andrónikov, e Mária Ivánovna, e até Tatiana Pávlovna deixaram escapar isso em minha presença. Também se afirmava que o próprio Viersílov não só desejava esse casamento com a moça como até insistia nele, e que era mútuo o entendimento entre essas duas criaturas heterogêneas, um idoso e uma jovenzinha. Mas essa ideia assustava o pai; à medida que crescia a aversão por parte de Catierina Nikoláievna, a quem muito amara antes, ele passava quase a endeusar a filha, principalmente depois do golpe que havia sofrido. Contudo, a mais encarniçada adversária da possibilidade desse casamento era a própria Catierina Nikoláievna. Houve um extraordinário número daqueles secretos conflitos domésticos sumamente desagradáveis, de discussões, desgostos, numa palavra, de toda espécie de sordidez. Enfim o pai começou a ceder, vendo a tenacidade de sua filha, apaixonada por Viersílov e "fanatizada" por ele — expressão de Kraft. Mas Catierina Nikoláievna continuava revoltada e com um ódio implacável. Pois é aqui que começa a trapalhada que ninguém compreende. Eis, não obstante, a franca hipótese de Kraft, baseada em dados, mas mesmo assim uma hipótese.

Viersílov teria conseguido incutir na jovem criatura, *a seu modo*, de maneira sutil e incontestável, que Catierina Nikoláievna discordava porque ela mesma era apaixonada por ele e desde muito tempo vivia a atormentá-lo com ciúmes, a persegui-lo, a tecer intrigas, que já lhe fizera uma declaração de amor, e agora estava disposta a reduzi-lo a cinzas por ele estar amando outra. Em suma, alguma coisa desse gênero. O mais detestável era que ele teria "insinuado" isso ao pai, marido da esposa "infiel", explicando que o príncipe era apenas uma distração. Subentende-se que começou um verdadeiro inferno na família. Segundo outras variantes, Catierina Nikoláievna amava demais sua enteada e agora, caluniada perante ela, estava desesperada, já sem falar de suas relações com o marido doente. Pois bem, ao lado dessa variante ainda existia outra na qual, para minha tristeza, Kraft acreditava plenamente e eu mesmo também acreditava (eu já ouvira falar de tudo isso). Afirmava-se (dizia-se que Andrónikov o ouvira da própria Catierina Nikoláievna), ao contrário, que ainda antes, isto é, antes que a mocinha revelasse seu sentimento, Viersílov propusera seu amor a Catierina Nikoláievna — que fora sua amiga e até exaltada por ele durante certo tempo, mas amiúde não acreditava nele e o contrariava —, e ela havia reagido a essa declaração com um ódio excessivo e o ridicularizara de forma venenosa. Em contrapartida, mostrara-lhe formalmente a porta da rua por ele lhe haver proposto, sem rodeios, que ela se tornasse sua mulher, tendo em vista o presumível e imediato segundo golpe que seu marido sofreria. Assim, Catierina Nikoláievna devia ter sentido um ódio particular por Viersílov quando logo em seguida o viu tentar de forma tão ostensiva a mão de sua enteada. Ao me contar tudo isso em Moscou, Mária Ivánovna acreditava em ambas as variantes, ou seja, em tudo junto: assegurava justamente que isso tudo podia ter confluído, algo como *la haine dans l'amour*,[38] orgulho amoroso ferido de ambas as partes, etc., etc... em suma, algo como uma sutilíssima embrulhada romanesca, indigna de qualquer pessoa séria e sensata e, ainda por cima, misturada com vilania. Contudo, a própria Mária Ivánovna estava impregnada de romances desde a infância e os lia dia e noite, apesar de ter um excelente caráter. Daí resultava que sobressaíam a evidente vilania de Viersílov, a mentira e a intriga, algo de negro e abjeto, ainda mais porque ela teve um fim deveras trágico: a pobre e inflamada moça envenenou-se, dizem que com palitos de fósforo; aliás, até hoje não sei se este último boato é verídico; seja como for, tentaram abafá-lo por todos os meios. A moça passou apenas duas semanas doente e morreu. Assim, a história dos fósforos ficou sob suspeita, mas Kraft acreditava firmemente nela. Logo em seguida morreu também o pai da moça, dizem que de uma tristeza que acabou provocando o segundo ataque, mas não antes que transcorressem três meses. Contudo, depois do enterro da moça o jovem príncipe Sokólski, que regressara de Paris para Ems, esbofeteou publicamente Viersílov em um jardim, e este não respondeu com um desafio para duelo; pelo contrário, no dia seguinte já aparecia no passeio público como se nada tivesse acontecido. Foi então que

[38] Em francês, "o ódio no amor". (N. do T.)

todo mundo lhe deu as costas, em Petersburgo também. Embora Viersílov mantivesse algumas relações, estas já se davam em outro meio. Todos os conhecidos da alta sociedade o acusavam, ainda que pouca gente conhecesse todas as minúcias do caso; sabia-se apenas de algo a respeito da morte romântica da jovem criatura e da bofetada. Apenas duas ou três pessoas tinham informações possivelmente completas; quem mais sabia era o falecido Andrónikov, que há muito tempo vinha mantendo negócios com os Akhmákov e em particular com Catierina Nikoláievna, em função de um acontecimento. Mas ele guardava esses segredos até de sua própria família e revelou apenas alguma coisa a Kraft e Mária Ivánovna, e assim mesmo por necessidade.

— O importante — concluiu Kraft — é que agora temos aqui um documento que mete um terrível medo na senhora Akhmákova.

E eis o que ele me comunicou a esse respeito.

Quando o velho príncipe, pai de Catierina Nikoláievna, recuperava-se de seu ataque no exterior, teve ela a imprudência de escrever a Andrónikov (Catierina Nikoláievna tinha plena confiança nele), no maior segredo, uma carta extremamente comprometedora. Dizem que naquele tempo manifestara-se de fato no príncipe convalescente a propensão de esbanjar seu dinheiro a ponto de quase lançá-lo ao vento; no exterior dera para comprar objetos sem nenhuma utilidade, mas caros, como quadros, vasos; a dar presentes e vultosas contribuições sabe Deus para quê, até para diversas instituições de lá; de um russo esbanjador da alta sociedade por pouco não comprou, sem ver e por uma quantia enorme, uma propriedade agrícola falida, sobrecarregada de litígios; por último, teria de fato começado a sonhar em casar-se. Pois bem, foi em face de tudo isso que Catierina Nikoláievna, que não arredara pé de seu pai durante a doença, enviou a Andrónikov, na qualidade de jurista e de "velho amigo", esta indagação: "Seria possível, com base nas leis, pôr o príncipe sob tutela ou como que declará-lo inimputável?; em caso afirmativo, qual seria o melhor meio de fazê-lo sem escândalo, para que ninguém pudesse fazer acusações, e assim poupar os sentimentos do pai, etc., etc...". Andrónikov, pelo que dizem, imediatamente a persuadiu e desaconselhou-a; mais tarde, quando o príncipe ficou completamente curado, não foi mais possível retomar tal ideia; mas a carta permaneceu com Andrónikov. E eis que Andrónikov morreu; no mesmo instante Catierina Nikoláievna lembrou-se da carta: se esta aparecesse entre os papéis do falecido e caísse nas mãos do velho príncipe, este sem dúvida a expulsaria para sempre, a deserdaria e não lhe daria mais nem um copeque em vida. A ideia de que a própria filha não acreditava em seu juízo e queria até declará-lo louco transformaria aquele cordeiro numa fera. A filha, agora viúva, ficara sem quaisquer recursos graças ao marido jogador e contava unicamente com o pai; nutria plena esperança de receber dele um novo dote, tão rico como o primeiro.

Kraft sabia muito pouco sobre o destino dessa carta, mas observou que Andrónikov "nunca rasgava papéis necessários" e, além disso, era um homem que tinha uma inteligência ampla e também uma "consciência ampla". (Na ocasião até me surpreendi com essa extraordinária independência de opinião de Kraft, que gostava tanto de Andrónikov e o respeitava.) Mas ainda assim Kraft estava certo de que o documento comprometedor teria caído nas mãos de Viersílov graças à sua intimidade com a viúva e as filhas de Andrónikov; já se sabia que, imediata e indubitavelmente, elas lhe haviam cedido todos os papéis deixados pelo falecido. Kraft sabia ainda que já era do conhecimento de Catierina Nikoláievna que a carta estava com Viersílov e que era isso o que ela temia, por achar que ele logo a mostraria ao velho príncipe; que, após regressar do exterior, ela já havia procurado a carta em Petersburgo, estivera na casa dos Andrónikov e ainda continuava a procurá-la, pois, apesar de tudo, continuava com a esperança de que a carta talvez não estivesse com Viersílov e, enfim, viajara a Moscou com a única finalidade de implorar a Mária Ivánovna que a procurasse entre os papéis que tinham ficado em seu poder. Quanto à existência de Mária Ivánovna e às suas relações com o falecido Andrónikov, tomara conhecimento disso bem recentemente, já depois de retornar a Petersburgo.

— Você acha que ela não a encontrou na casa de Mária Ivánovna? — perguntei-lhe, tendo cá minha ideia.

— Se Mária Ivánovna não revelou nada nem a você, é possível que não tenha nada.

— Quer dizer que você supõe que o documento esteja com Viersílov?

— É o mais provável. Pensando bem, não sei, tudo é possível — declarou ele, visivelmente exausto.

Parei de interrogá-lo; aliás, que adiantava? Para mim o essencial estava esclarecido, apesar daquela indigna confusão; tudo o que eu temia estava confirmado.

— Tudo isso é como um sonho e um delírio! — disse-lhe com profundo pesar e peguei o chapéu.

— Você tem grande apreço por esse homem? — perguntou Kraft, com um grande e evidente interesse, que naquele momento li em seu rosto.

— Eu pressentia mesmo — disse-lhe — que, apesar de tudo, não receberia de você todas as informações. Akhmákova é a única esperança que me resta. Era com ela mesma que eu contava. Talvez a procure, talvez não.

Kraft me olhou meio perplexo.

— Adeus, Kraft! Para que a gente se mete com pessoas que não nos querem? Não é melhor romper, hein?

— E depois, vai para onde? — perguntou ele com um ar meio severo e olhando para o chão.

— Recolher-me ao meu canto, ao meu canto! Rompo com tudo e me recolho!

— Vai para a América?

— Para a América! Vou me recolher ao meu canto, unicamente ao meu canto! Eis em que consiste toda a "minha ideia", Kraft! — disse-lhe com arroubo.

Ele me olhou meio curioso.

— E você tem esse "meu canto"?

— Tenho. Até logo, Kraft; agradeço-lhe e lamento pelo incômodo. Em seu lugar, com semelhante imagem da Rússia na cabeça, eu mandaria todo mundo para o inferno: vão embora, façam intrigas, mordam-se uns aos outros; o que eu tenho a ver com isso?

— Fique mais um pouco — disse de súbito, depois de me acompanhar até a porta.

Fiquei um pouco surpreso, voltei e tornei a sentar-me. Kraft sentou-se defronte. Trocamos uns sorrisos: parece que estou vendo aquilo tudo. Lembro-me perfeitamente de que fiquei um pouco surpreso com ele.

— O que me agrada em você, Kraft, é sua polidez — disse-lhe de repente.

— É?

— Digo isso porque raramente eu mesmo consigo ser polido, ainda que o queira... Ora, vai ver que é até melhor ofender as pessoas: pelo menos a gente se livra da infelicidade de amá-las.

— Qual é a hora do dia de que você mais gosta? — perguntou, pelo visto sem me ouvir.

— A hora? Não sei. Não gosto do pôr do sol.

— É mesmo? — indagou com uma curiosidade especial, mas no mesmo instante tornou a ficar pensativo.

— Você vai partir de novo para algum lugar?

— Sim... vou partir.

— Brevemente?

— Brevemente.

— Será que para ir até Vilna se precisa de um revólver? — perguntei sem quaisquer segundas intenções; e nem sequer havia intenção! Perguntei isto porque vislumbrara um revólver e me sentia incomodado em tocar no assunto!

Ele se voltou e olhou fixamente para o revólver.

— Não, eu o tenho por ter, por hábito.

— Se tivesse um revólver, eu o guardaria em algum lugar debaixo de chave. Sabe, juro que é tentador. Eu talvez nem acredite nas epidemias de suicídios; mas se essa coisa fica aparecendo diante dos olhos... palavra, há momentos em que se fica tentado.

— Não diga isso! — exclamou ele e de repente levantou-se da cadeira.

— Não falo por mim — acrescentei, também me levantando. — Eu não o usaria. Mesmo que me dessem três vidas, ainda seria muito pouco para mim.

— Viva mais! — como que deixou escapar.

Sorriu com um ar distraído e, de um modo estranho, dirigiu-se para a antessala como se ele mesmo me fizesse sair, claro que sem se dar conta do que fazia.

— Desejo-lhe todo tipo de sorte, Kraft! — disse eu, já de saída.

— Oxalá — respondeu firmemente.

— Até logo!

— Também oxalá.

Lembro-me do último olhar que ele me lançou.

III

Então, eis o homem por quem meu coração batera durante tantos anos! O que eu esperava de Kraft, quais eram as novas informações?

Ao sair da casa de Kraft, tive uma grande vontade de comer; já era fim de tarde e eu ainda não havia almoçado. Na Bolchói Prospekt do Lado Petersburgo entrei numa pequena taberna com a intenção de gastar uns vinte copeques, no máximo vinte e cinco — mais que isso eu não me permitiria por nada naquele momento. Pedi uma sopa e, lembro-me, depois de tomá-la, sentei-me à janela com o fim de olhar através dela; havia muita gente no recinto, sentia-se um cheiro de gordura queimada, de guardanapos de taberna e tabaco. Dava nojo. Acima de minha cabeça, um rouxinol mudo, sombrio e pensativo bicava o fundo de sua gaiola. Ao lado, na sala de bilhar, havia ruídos, mas continuei sentado e muito meditativo. O crepúsculo (por que Kraft se espantara ao saber que não gosto do crepúsculo?) me infundia sensações novas e inesperadas, totalmente fora de propósito. Eu sempre tinha a sensação de estar vendo o olhar sereno de minha mãe, seus olhos amáveis, que há um mês inteiro tão timidamente me fitavam. Nos últimos tempos eu vinha fazendo muitas grosserias em casa, o mais das vezes com ela; queria ser grosseiro com Viersílov, mas, sem me atrever a sê-lo com ele por meu vil costume, era a ela que atormentava. Cheguei a apavorá-la; amiúde me fitava com um olhar cheio de súplica quando Andriêi Pietróvitch entrava, temendo algum desatino de minha parte... Era muito estranho que agora, ali na taberna, pela primeira vez eu me dava conta de que Viersílov me tratava por *tu*, e ela por *senhor*. Isto já me surpreendia antes e não a favorecia, mas ali eu o percebia de modo particular — e ideias sempre estranhas, umas após as outras, me passavam pela cabeça. Permaneci muito tempo ali sentado, até o completo anoitecer. Pensava também em minha irmã...

O momento era fatal para mim! Precisava decidir-me a qualquer custo! Será que sou incapaz de me decidir? Qual é a dificuldade em romper, se ainda por cima eles mesmos não me querem? Minha mãe e minha irmã? Mas em nenhuma hipótese hei de abandoná-las — aconteça o que acontecer.

É verdade que o aparecimento desse homem em minha vida, isto é, num piscar de olhos, ainda em minha primeira infância, foi aquele empurrão fatal que deu início à minha consciência. Se eu não o tivesse encontrado naqueles idos, minha inteligência, meu modo de pensar e meu destino certamente teriam sido outros, mesmo a despeito do caráter que o fado me predestinara e que eu, apesar de tudo, não teria evitado.

Acontece, porém, que esse homem é apenas uma fantasia minha, uma fantasia de meus tempos de criança. Fui eu que assim o imaginei, mas na realidade ele é outro, e muito inferior à minha fantasia. Fui ao encontro de um homem puro e não desse. Mas por que o amei de uma vez por todas naquele breve instante em que o vi ainda criança? Esse "por todas" pode desaparecer. Algum dia, se houver oportunidade, narrarei esse nosso primeiro encontro: é um episódio sem nenhuma importância, que não leva a coisa alguma. Mas em mim isso redundou numa verdadeira pirâmide. Comecei esta pirâmide ainda debaixo de meu cobertor de menino, quando, estando para adormecer, eu podia chorar e fantasiar: com quê? — nem eu mesmo sei. Com o fato de que haviam me abandonado? De que me atormentavam? Mas só me atormentaram um pouco, apenas durante dois anos, no internato de Touchard, onde ele então me metera e se fora para sempre. Depois ninguém mais me atormentou; ao contrário, foi até o contrário: eu mesmo olhava com orgulho para os meus colegas. Aliás, até hoje não suporto esses órfãos lamurientos! Não existe papel mais repulsivo do que quando esses órfãos, esses bastardos, esses abandonados e em geral todo esse rebotalho de quem não tenho um pingo de compaixão se lança de uma hora para outra e em tom solene diante do público e começa a declarar com ar queixoso, mas insistente: "Vejam só como nos trataram!". Eu daria umas chicotadas nesses órfãos. Ninguém dessa gentalha consegue entender que, para ela, calar é dez vezes mais decente do que ganir e *achar-se merecedor* de compaixão. E já que te achas merecedor, filho do amor, bem feito para ti. Eis o que penso.

Entretanto, o ridículo não era o fato de que naquele tempo eu fantasiasse "debaixo de meu cobertor", mas o de estar aqui por ele, de novo por esse homem imaginário, quase esquecendo meus objetivos principais. Vim ajudá-lo a destruir a calúnia, a esmagar seus inimigos. O documento de que falava Kraft, a carta daquela mulher a Andrónikov — que ela tanto teme, que pode destruir o seu destino e afundá-la na miséria e que ela supõe estar nas mãos de Viersílov —, tal carta não estava com Viersílov, mas comigo, cosida ao meu bolso lateral! Eu mesmo a cosera, e ninguém no mundo o sabia. Se a romanesca Mária Ivánovna, que tinha o documento "sob sua guarda", houve por bem remetê-lo a mim e a mais ninguém, apenas o fez segundo sua visão das coisas e sua vontade, e não me cabe explicá-lo; talvez um dia eu trate disso, se for o caso; contudo, armado de maneira tão imprevista eu não podia fugir à tentação de ir a Petersburgo. Naturalmente eu não contava ajudar esse homem senão à surdina, sem me expor nem me impacientar, sem esperar nem suas lisonjas nem seus abraços. E eu nunca, nunca me *acharia digno* de lhe fazer alguma censura! Por acaso ele tinha culpa por eu o ter amado e feito dele um ideal fantástico? Aliás, é até bem possível que eu não nutrisse nenhum amor por ele! Sua inteligência original, seu caráter curioso, certas intrigas e aventuras de sua parte e o fato de minha mãe estar a seu lado davam a impressão de que nada disso conseguia mais me deter; já bastava o fato de que meu ídolo fantástico se tivesse quebrado e que eu talvez não mais pudesse amá-lo. Sendo assim, o que então me detinha, em que eu empacara? — eis a questão. Ao fim e ao cabo verificava-se que o tolo era eu e mais ninguém.

Contudo, ao exigir honestidade dos outros, também serei honesto: devo confessar que o documento cosido ao meu bolso não despertava em mim apenas uma vontade apaixonada de correr em socorro de Viersílov. Hoje isso está claro demais para mim, embora naquela época a ideia já me fizesse corar. Eu entrevia uma mulher, uma orgulhosa criatura da alta sociedade, com quem me encontraria face a face; ela me desprezaria, riria de mim como de um rato, sem sequer desconfiar de que sou o senhor de seu destino. Esta ideia já me inebriava em Moscou, sobretudo no trem, enquanto eu viajava para cá; já confessei isto. Sim, eu detestava essa mulher, mas já a amava como minha vítima, e tudo isso era verdade, tudo era real. Porém era tal criancice que eu não esperaria nem de uma pessoa como eu. Descrevo meus sentimentos de então, isto é, o que me passava pela cabeça no momento em que estava sentado na taberna debaixo do rouxinol e decidi romper definitivamente com eles. A ideia de meu recente encontro com aquela mulher fez com que, num piscar de olhos, meu rosto ficasse rubro de vergonha. Um encontro vergonhoso! Uma impressão vergonhosa e tola e — o mais grave — que provava com a maior intensidade possível minha incapacidade de agir! Ela vinha apenas provar, pensava naquele instante, que eu não estava em condições de resistir sequer aos mais estúpidos engodos, ao passo que acabara de declarar a Kraft que tinha o "meu lugar", meus afazeres e que, se tivesse três vidas, isto ainda seria pouco para mim. Isto eu disse com orgulho. Que eu tivesse abandonado minha ideia e me metido nos negócios de Viersílov, ainda dava para perdoar; mas me lançar de um lado para outro, como uma lebre deslumbrada, e me meter em toda e qualquer asneira era evidentemente pura estupidez de minha parte. Por que cargas d'água achei de me meter em casa de Diergatchóv e me sair com minhas asneiras, quando há muito tempo já sabia de minha total incapacidade para narrar algo com inteligência e a contento, e que o mais vantajoso para mim era me manter de bico calado? E um Vássin qualquer me persuadia de que eu ainda tinha pela frente "cinquenta anos de vida, portanto, não havia motivo para aflição". Excelente objeção, concordo, e honra sua indiscutível inteligência; e excelente ainda por ser a coisa mais simples, e o mais simples só se compreende no fim, quando já se experimentou tudo o que é mais complicado ou mais tolo; mas essa objeção eu mesmo conhecia antes de Vássin; pressenti essa ideia pouco mais de três anos antes; além disso, em parte ela era inclusive "minha ideia". Eis o que eu então pensava na taberna.

Sentia-me péssimo quando, cansado tanto de caminhar como de pensar, cheguei à noite, depois das sete horas, ao Semiónovski Polk. Já havia escurecido por completo e o tempo mudara; agora estava seco, porém o detestável vento de Petersburgo, penetrante e cortante, subia-me pelas costas, espalhando areia e poeira ao redor. Quantas caras sombrias da plebe que retornava apressada do trabalho e dos seus ofícios para os seus cantos! Cada um exibia sua sombria preocupação no rosto e talvez não houvesse nessa multidão um só pensamento que unisse a todos. Kraft tem razão: cada um para o seu lado. Encontrei um rapazinho, tão pequeno que era estranho vê-lo sozinho na rua àquela hora, parecia perdido; uma mulher quis parar para ouvi-lo por um instante, mas não entendeu nada, ficou sem saber o que dizer e seguiu seu caminho, deixando-o sozinho no escuro. Quis me aproximar, mas de repente ele se assustou com alguma coisa e saiu correndo. Ao me aproximar de minha casa resolvi que nunca iria procurar Vássin. Ao subir as escadas, tive a imensa vontade de encontrar os meus sozinhos, sem Viersílov, para ter tempo de dizer, antes de sua chegada, algo de bom à minha mãe ou à minha querida irmã, a quem eu quase não dissera nenhuma palavra especial durante um mês inteiro. E aconteceu que ele não estava em casa...

IV

A propósito: ao pôr em cena nestes *Escritos* este "novo personagem" (isto é, Viersílov), junto de forma sucinta sua ficha, que, aliás, nada significa. Faço-o para que o leitor me compreenda melhor, uma vez que não antevejo onde poderia inseri-la na sequência da narrativa.

Ele estudou na Universidade, mas ingressou no regimento de cavalaria da Guarda. Desposou uma Fanariótova e passou para a reserva. Viajou ao estrangeiro e, após retornar, viveu em Moscou entregue aos prazeres mundanos. Depois da morte de sua mulher, veio para o campo; foi lá que ocorreu o episódio com minha mãe. Depois, permaneceu muito tempo pelas bandas do Sul. Quando começou a guerra com a Europa[39] voltou à ativa, mas não foi para a Crimeia, nunca participou de qualquer ação. Acabada a guerra, voltou à reserva, viajou para o estrangeiro, inclusive em companhia de minha mãe, a quem, aliás, abandonou em Königsberg. A coitada me contou várias vezes, com certo horror e balançando a cabeça, como passara seis meses inteiros totalmente só, com sua filhinha, sem conhecer a língua do país, como que no meio de uma floresta, e por último até sem dinheiro. Então Tatiana Pávlovna foi buscá-la e levou-a para um lugar qualquer na província de Nijni Nóvgorod. Depois Viersílov entrou na primeira convocação de "juízes de paz", e dizem que desempenhou com excelência suas funções; mas logo as abandonou e passou a tratar de vários negócios civis e privados em Petersburgo. Andrónikov sempre teve alto apreço por sua capacidade, muito respeito por ele, e dizia apenas que não compreendia seu caráter. Em seguida, Viersílov abandonou também aquela ocupação e regressou ao estrangeiro, desta vez por muito tempo, por vários anos. Depois começaram suas relações

---

[39] Referência à Guerra da Crimeia (1853-1856), travada entre a Rússia e uma coalizão formada por Inglaterra, França, Turquia e Sardenha, que combatiam por seus interesses econômicos no Oriente Próximo, cujo acontecimento central foi a defesa de Sebastópol pelos russos, que durou de setembro de 1854 a setembro de 1855. (N. do T.)

particularmente estreitas com o velho príncipe Sokólski. Durante todo esse tempo, seus recursos financeiros mudaram umas duas ou três vezes de forma radical: ora ele caía na miséria total, ora tornava a enriquecer e projetar-se de uma hora para outra.

De resto, tendo hoje chegado precisamente a esse ponto de meus escritos, resolvo falar também de "minha ideia". Pela primeira vez vou descrevê-la desde sua concepção. Resolvo, por assim dizer, revelá-la ao leitor, e também para dar clareza ao prosseguimento de minha exposição. Não é só o leitor, mas eu também, o autor, que começo a me atrapalhar no emaranhado de dificuldades para explicar os passos que dei sem explicar o que me levou e me impeliu a dá-los. Com esta "figura de silêncio", eu, por incompetência própria, tornei a cair nos "floreios" de romancista dos quais antes havia zombado. Ao atravessar a porta de meu romance petersburguense, com todas as aventuras vergonhosas que nele vivi, considero este prefácio indispensável. Contudo, não foram os "floreios" que me seduziram a calar até aqui, mas a essência das coisas, isto é, a dificuldade do assunto; mesmo hoje, depois de tudo o que se passou, sinto uma insuperável dificuldade em expor esta "ideia". Além disso, devo, sem dúvida, expô-la naquela antiga forma, isto é, tal como medrou e eu a concebi naquela época, e não como está agora, e isso já é uma nova dificuldade. É quase impossível narrar certas coisas. E justamente aquelas ideias mais simples e mais claras — elas mesmas são as mais difíceis de serem compreendidas. Se antes de descobrir a América Colombo tivesse contado sua ideia aos outros, estou convencido de que teriam levado tempo demais para compreendê-lo. Aliás, não o compreenderam mesmo. Ao dizer isso, não me passa absolutamente pela cabeça igualar-me a Colombo, e se alguém tirar essa conclusão apenas passará uma vergonha e nada mais.

CAPÍTULO V

I

Minha ideia é tornar-me um Rothschild. Convido o leitor a ter calma e seriedade.

Repito: minha ideia é tornar-me um Rothschild, vir a ser tão rico como Rothschild; não apenas rico, mas tal qual Rothschild. Para quê, por quê, quais são mesmo os meus objetivos? — disto tratarei mais tarde. Primeiro vou apenas demonstrar que a obtenção de meu objetivo está matematicamente garantida.

A coisa é muito simples, todo o segredo consiste em duas palavras: *obstinação* e *continuidade*.

— Já ouvimos falar disto — dir-me-ão —, não é novidade. Na Alemanha, todo *Vater*[40] o repete a seus filhos, ao passo que o vosso Rothschild (isto é, o falecido James Rothschild, de Paris, é dele que falo) foi o único que existiu, e *Vaters* existem aos milhões.

Eu responderia:

— Os senhores asseguram que ouviram falar disto, mas acontece que não ouviram nada. É verdade que numa coisa os senhores até estão certos: se eu disse que isso é uma coisa "muito simples", esqueci-me de acrescentar que é também a mais difícil. Todas as religiões e todas as moralidades do mundo se resumem a isto: "É preciso amar a virtude e fugir dos vícios". O que, parece, poderia ser mais simples? Pois bem, façam algo virtuoso e fujam ao menos de um de seus vícios — que tal experimentar, hein? Neste caso também.

Eis por que vossos inumeráveis *Vaters* durante inumeráveis séculos podem repetir essas duas palavras surpreendentes, que constituem todo o segredo, mas enquanto isso Rothschild continua único. Então ora é assim, ora não, e os *Vaters* repetem uma ideia bem diferente.

[40] Em alemão, "pai". (N. do T.)

Quanto à obstinação e à continuidade, sem dúvida eles também ouviram falar; mas para chegar ao meu objetivo não preciso da obstinação dos *Vaters* nem da continuidade dos *Vaters*.

Dizer simplesmente que alguém é um *Vater* — não falo apenas dos alemães —, que tem família, vive como todo mundo, tem as mesmas despesas que os demais, as mesmas obrigações — não faz de ninguém um Rothschild, mas tão somente um homem moderado. Quanto a mim, compreendo com a máxima clareza que, tornando-me um Rothschild ou até mesmo desejando sê-lo, não à maneira dos *Vaters* mas a sério, só com isto já me retiro de vez da sociedade.

Há alguns anos, li nos jornais que morrera num vapor do Volga um mendigo esfarrapado, que pedia esmolas e era conhecido de todos lá. Após sua morte, encontraram três mil rublos em cédulas costuradas em seus andrajos. Há poucos dias, li uma nova história de um mendigo, de origem nobre, que andava de taberna em taberna de mão estirada. Prenderam-no e encontraram com ele cerca de cinco mil rublos. Daí duas conclusões imediatas: a primeira, que a *obstinação* de acumular, mesmo ainda que centavos, acaba dando imensos resultados (aqui o tempo nada significa); a segunda, que a forma mais simples de lucrar, desde que seja *contínua*, tem matematicamente seu sucesso assegurado.

Por outro lado, também é possível que existam muitas pessoas respeitáveis, inteligentes e modestas que não têm (por mais que batalhem) nem três nem cinco mil rublos, e que, no entanto, gostariam muitíssimo de tê-los. Por que é assim? A resposta é clara: é que nenhuma delas, a despeito de toda a sua vontade, ainda assim não chega a *querer* a ponto de, por exemplo, tornar-se até mendiga caso não haja nenhum outro jeito de lucrar; e não é obstinada a ponto de, uma vez mendiga, não esbanjar os primeiros copeques recebidos comprando um pedaço de pão a mais para si mesma ou sua família. Entretanto, sob essa forma de acumulação, isto é, a mendicância, para acumular somas semelhantes é preciso alimentar-se de pão de sal e nada mais; pelo menos é assim que entendo. Portanto, foi certamente assim que fizeram os dois referidos mendigos, isto é, só comiam pão e dormiam quase ao relento. Não há dúvida de que não tinham a intenção de tornar-se um Rothschild; não passavam de um Harpagão ou de um Pliúchkin[41] em sua forma mais pura; contudo, também acumulando já sob uma forma bem diversa,

[41] Harpagão: personagem da peça *O avarento*, de Molière. Pliúchkin: personagem do romance *Almas mortas*, de Gógol, que foi consumido pela extrema avareza. (N. do T.)

mas com o objetivo de chegar a ser um Rothschild, não se exigirá menos desejo e força de vontade do que tiveram aqueles dois mendigos. Não aparecerá um *Vater* com tal força. No mundo, as forças são muito diferentes, sobretudo as forças da vontade e do desejo. Há a temperatura de ebulição da água e a temperatura da rubra incandescência do ferro.

Aqui se trata do mesmo mosteiro, das mesmas proezas do enclaustramento. De um sentimento, e não uma ideia. Para quê? Por quê? Isto será moral, não será uma deformidade vestir andrajos e comer pão preto a vida inteira, quando se traz consigo tanto dinheiro? Essas questões ficam para mais tarde, porque agora só interessa a possibilidade de atingir o objetivo.

Quando inventei "minha ideia" (e ela consiste precisamente na rubra incandescência), passei a me experimentar: estaria eu apto a viver em um mosteiro e no enclaustramento? Com esta intenção, passei todo o primeiro mês apenas a pão e água. E não mais de duas libras e meia de pão preto por dia. Para conseguir isso, tive de enganar os inteligentes Nikolai Semiónovitch e Mária Ivánovna, que me desejavam o bem. Para desgosto dela e certa perplexidade do delicadíssimo Nikolai Semiónovitch, insisti em que me servissem o almoço no quarto. Lá eu simplesmente o destruía: deitava a sopa pela janela em cima das urtigas ou em outro lugar, lançava a carne pela janela para o cachorro ou a metia embrulhada no bolso e a levava comigo, e fazia outras coisas mais. Como me fornecessem muito menos de duas libras e meia de pão para o almoço, eu comprava o resto por minha conta, em segredo. Resisti naquele mês, talvez só prejudicando um pouco o estômago; mas no mês seguinte juntei ao pão uma sopa e uma xícara de chá pela manhã e à noite — e asseguro que assim passei um ano gozando de perfeita saúde e satisfação e, no aspecto moral, embevecido e num enlevo permanente e secreto. Além de não lamentar os pratos, eu ainda estava exultante. Terminado o ano, convencido de que estava em condições de suportar qualquer jejum, passei a comer como os outros e a acompanhá-los nas refeições. Não satisfeito com essa prova, fiz uma segunda: para os meus gastos eu tinha direito, além da pensão paga a Nikolai Semiónovitch, a cinco rublos mensais. Resolvi gastar apenas a metade. Foi uma prova muito difícil; porém, ao chegar a Petersburgo pouco mais de dois anos depois, eu tinha no bolso, além de outro dinheiro, setenta rublos decorrentes apenas dessas economias. O resultado das duas experiências foi para mim colossal: fiquei sabendo positivamente que podia querer o bastante para atingir meu objetivo, e é nisto, repito, que consiste toda a "minha ideia" — o resto são ninharias.

II

Contudo, vejamos também as ninharias.

Descrevi minhas duas experiências; em Petersburgo, como já se sabe, fiz uma terceira; fui a um leilão e, de um golpe, obtive um lucro de sete rublos e noventa e cinco copeques. É claro que não era um verdadeiro experimento, mas apenas um jogo, um passatempo: tive vontade de furtar um minutinho ao futuro e experimentar como me conduziria e agiria. De modo geral, ainda no início, em Moscou, eu deixara para pôr mãos à obra mais tarde, até que fosse inteiramente livre; compreendia muito bem que antes precisava, por exemplo, ao menos concluir o colegial (a universidade, como se sabe, eu sacrificara). Sem dúvida, eu ia a Petersburgo com uma cólera secreta: acabara de concluir o colegial, estava livre pela primeira vez e, de uma hora para outra, via que os negócios de Viersílov iam novamente me desviar de meu empreendimento por um tempo desconhecido! Apesar da cólera, eu viajava absolutamente tranquilo com meu objetivo.

Em verdade, eu desconhecia a prática; no entanto, passara três anos consecutivos matutando e não podia ter dúvida. Mil vezes imaginara a maneira de agir: de repente me vejo numa de nossas duas capitais como se tivesse caído das nuvens (para começar, escolhera entre as nossas capitais precisamente Petersburgo, à qual dera preferência levado por certo cálculo); pois bem, fui lançado das nuvens mas estou inteiramente livre, não dependo de ninguém, tenho saúde e cem rublos escondidos no bolso como capital inicial de giro. Sem estes cem rublos seria impossível começar, pois se deixasse a coisa se arrastar por um prazo excessivo adiaria até o período do primeiro sucesso. Além dos cem rublos ainda tenho, como já se sabe, a coragem, a obstinação, a continuidade, o mais pleno isolamento e o segredo. O isolamento é o principal: até o último instante detestei por demais quaisquer relações e associações com as pessoas; de modo geral, eu decidira executar "minha ideia" forçosamente sozinho, era condição *sine qua non*.[42] As pessoas me oprimem, eu não teria paz de espírito e a intranquilidade prejudicaria o objetivo. Ademais, até hoje, durante toda a minha vida, em todas as minhas fantasias sobre como hei de me relacionar com as pessoas, a coisa sempre tem me saído muito inteligente: mas é só eu passar a um mínimo de prática que ela sempre acaba numa grande tolice. E confesso com indignação e sinceridade que sempre me deixei trair pelas palavras e me precipitei, e por

---

[42] "Indispensável", em latim no original russo. (N. do T.)

isso resolvi descartar as pessoas. No lucro está a independência, a paz de espírito, a clareza do objetivo.

Apesar dos terríveis preços de Petersburgo, determinei de uma vez por todas não gastar mais de cinquenta copeques com a alimentação e sabia que manteria a palavra. Pensei de forma demorada e minuciosa; decidi, por exemplo, passar às vezes dois dias seguidos apenas a pão e sal, para no terceiro gastar as economias feitas nesses dois dias; parecia-me que isso seria mais proveitoso para a saúde que um jejum igual e perpétuo a um mínimo de quinze copeques. Depois, para me alojar eu precisava de um canto, literalmente de um canto, só para pernoitar e me abrigar nos dias de tempo excessivamente ruim. Resolvi viver na rua e, em caso de necessidade, dormir nos abrigos noturnos, onde, além da pousada, ainda fornecem um pedaço de pão e um copo de chá. Oh! eu saberei esconder muito bem meu dinheiro para que não o roubem em meu canto nem no abrigo; nem cheguem sequer a espiá-lo — garanto! "Roubarem logo de mim? Eu mesmo receio que não venha a roubar de alguém" — ouvi certa vez essa alegre expressão da boca de um velhaco na rua. É claro, a ele tomo de empréstimo apenas a cautela e a astúcia, pois não tenho a intenção de roubar. Além disso, ainda em Moscou, talvez desde o primeiro dia da "ideia", decidi que não seria nem penhorante nem usurário; para isso existem os *jids* e aqueles russos sem inteligência nem caráter. O penhor e a usura são uma questão de mediocridade.

No tocante às roupas, resolvi ter dois ternos: um para a batida diária e outro bastante bom. Feita a compra, estava certo de que durariam; passara dois anos e meio aprendendo a usar minhas roupas e até descobri um segredo: para que uma roupa esteja sempre nova e não se desgaste, é preciso escová-la com a maior frequência possível, umas cinco ou seis vezes por dia. Tecido não teme escova, digo-o com certeza, mas teme poeira e ciscos. A poeira, se vista de um microscópio, são pedrinhas, ao passo que a escova, por mais dura que seja, ainda assim é quase lã. Aprendi até a usar botas com regularidade; o segredo consiste em dispor o pé com cautela, toda a sola de uma só vez, pisando de lado com a maior raridade possível. Isso se pode aprender em duas semanas, o resto vem de modo inconsciente. Com esse método as botas duram em média um terço a mais. Foram dois anos de experiência.

Em seguida começava a própria ação.

Eu partia da seguinte consideração: possuo cem rublos. Há em Petersburgo tantos leilões, liquidações, pequenos brechós e pessoas necessitadas que, tendo-se comprado um objeto por certo preço, é impossível não o revender um pouco mais caro. Com um álbum, eu tivera sete rublos e noventa e cinco copeques de lucro contra dois rubros e cinco copeques de capital aplicado. Esse lucro colossal fora obtido sem risco; pelos olhos do comprador eu vi que ele não desistiria. Claro que compreendo muito bem que aquilo fora mero acaso; mas acontece que são acasos assim o que procuro, e para isso resolvi viver na rua. Mas admitamos que tais acasos sejam até por demais raros; de qualquer forma, minha regra principal é não arriscar com nada; a segunda é lucrar forçosamente por dia qualquer quantia acima do mínimo gasto com minha manutenção, para que a acumulação não seja interrompida nem um só dia.

Alguém me dirá: tudo isso são fantasias, o senhor não conhece a rua, quando der o primeiro passo será engazopado. Mas tenho vontade e caráter, e a ciência da rua é uma ciência como outra qualquer, aprende-se com obstinação, atenção e capacidades. No colégio fui um dos primeiros até o sétimo ano, e muito bom em matemática. Por acaso pode-se promover a experiência e a ciência da rua a tal grau de idolatria para prever forçosamente o meu fracasso? Quem assim fala são sempre aquelas pessoas que nunca adquiriram nenhuma experiência em nada, não começaram vida nenhuma e limitaram-se a vegetar. "Um quebrou o nariz, então forçosamente o outro também quebrará." Não, não o quebrarei. Tenho caráter, e com um pouco de atenção hei de aprender tudo. Será possível imaginar que, com uma contínua obstinação, uma contínua perspicácia e uma contínua reflexão e cálculo, desenvolvendo uma atividade ilimitada mergulhado no corre-corre não se acabe sabendo como ganhar a cada dia vinte copeques a mais? O principal é que eu decidira nunca procurar o máximo de lucro, mas sempre me manter tranquilo. Mais tarde, quando tivesse ganhado mil rublos e mais outro tanto eu, é claro, até abandonaria involuntariamente as comissões e deixaria de ser açambarcador de rua. Meu conhecimento da Bolsa, das ações, das atividades bancárias e de tudo o mais, é claro, ainda era por demais precário. Em contrapartida, porém, sabia como dois e dois são quatro que, no momento oportuno, viria a conhecer e estudar como ninguém todas essas bolsas e atividades bancárias, e que essa sabedoria me chegaria com absoluta simplicidade, pela única razão de que a coisa atingiria esse ponto. Isso demandaria muita inteligência? Uma sabedoria de Salomão? Bastaria ter caráter; o saber, a habilidade, a ciência viriam naturalmente. Era só não deixar de "querer".

O principal é não arriscar, e isso só é possível quando se tem caráter. Ainda recentemente, já depois de minha chegada, houve em Petersburgo uma subscrição para ações de uma estrada de ferro; quem conseguiu subscrevê-las ganhou muito dinheiro. Durante certo tempo, as ações foram às nuvens. E eis que um retardatário ou avarento, vendo ações em minhas mãos, de repente me propusesse comprá-las mediante certa porcentagem no lucro. Pois bem, eu as venderia no mesmo instante. Zombariam de mim, é claro: sabe com é, se esperasse um pouco conseguiria dez vezes mais! Pois é, mas meu lucro é mais seguro porque já está no bolso, ao passo que o de vocês ainda está voando. Alguém dirá que assim não hei de ganhar muito; perdão, aí está o erro de vocês, o erro de todos os nossos Kókoriev, Polyakóv, Gubónin.[43] Conheçam uma verdade: a continuidade e a obstinação no lucro, e sobretudo na acumulação, são mais fortes que vantagens momentâneas, mesmo as de cem por cento!

Pouco antes da Revolução Francesa, um tal de Law[44] apareceu em Paris e maquinou um projeto em princípio genial (que depois veio a ser de fato um tremendo fracasso). Paris inteira ficou agitada; as ações de Law eram muito disputadas, com gente se acotovelando. Como se saísse de um saco, dinheiro de toda Paris se espalhava pelo prédio onde estavam abertas as subscrições; mas esse prédio acabou não sendo suficiente; o público se aglomerava pela rua — gente de todas as estirpes, condições sociais, idades: burgueses, nobres e seus filhos, condessas, marquesas, prostitutas — tudo se fundindo numa massa furiosa, semilouca, mordida por um cão raivoso; títulos, preconceitos do sangue e da vaidade, até a honra e a boa reputação, tudo chafurdava na mesma lama; tudo se sacrificava (inclusive as mulheres) por algumas ações. A subscrição acabou sendo transferida para a rua, mas não havia onde escrever. Foi então que se propôs a um corcunda que cedesse por um momento sua corcova para servir de mesa. O corcunda consentiu, pode-se imaginar por que preço! Algum tempo depois (muito pouco) veio a falência geral, foi tudo por água abaixo, toda a ideia foi pro diabo e as ações perderam todo o valor. Quem saiu ganhando? Unicamente o corcunda, e justo porque não recebeu em ações, mas à vista, em luíses de ouro. Pois bem, eu sou justamente esse corcunda! Tive forças para não comer e, partindo de copeques, economizar a quantia de setenta e dois rublos; e as terei o suficiente para, em pleno turbilhão da febre que se apoderou de todos os outros,

---

[43] Piotr Iónoviutch Gobónin (1825-1894), Samuil Solomónovich Polyakóv (1837-1888) e Vassili Aleksándrovitch Kókoriev (1817-1889), capitalistas russos que enriqueceram ainda muito jovens. (N. da E.)

[44] John Law (1671-1729), cidadão inglês que fugiu para Paris, onde, autorizado pelo governo francês, fundou um banco em 1716, lançou no mercado títulos sem cobertura, faliu e escafedeu-se. Como seu negócio tinha a garantia do Estado francês, o caso redundou num grande escândalo. (N. da E.)

conter-me e preferir uma quantia segura a uma grande. Só sou pequeno nas pequenas coisas, nas grandes, não. Amiúde me tem faltado caráter para ter pouca paciência, mesmo após o nascimento da "ideia", mas sempre o terei quando se tratar de muita paciência. Quando, pela manhã, antes de eu sair para o trabalho, minha mãe me servia café frio, eu me zangava e lhe fazia grosserias, e no entanto era o mesmo homem que passara um mês inteiro apenas a pão e água.

Em suma, não lucrar, não aprender a lucrar seria antinatural. Também seria antinatural se, mantendo uma acumulação regular e ininterrupta, uma cautela e uma sobriedade constantes, moderação, parcimônia e uma energia sempre crescente — repito, seria antinatural se assim não se chegasse a milionário. Como aquele mendigo ganhou seu dinheiro senão através do fanatismo de seu caráter e de sua obstinação? Por acaso sou inferior a um mendigo? "Enfim, mesmo que eu não obtenha nada, que meu cálculo esteja errado, que eu fracasse e quebre a cara, ainda assim seguirei em frente. Seguirei porque assim o quero." Eis o que eu dizia para mim mesmo ainda em Moscou.

Alguém me dirá que nisto não há nenhuma "ideia" e nadica de novo. Mas direi, e pela última vez, que há uma infinidade de ideias e novidades inumeráveis.

Ora vejam, eu pressentia como seriam triviais todas as objeções e como eu mesmo seria trivial ao expor minha "ideia": bem, o que foi que eu disse? Não disse um centésimo: sinto que a coisa saiu mesquinha, grosseira, superficial e de certa forma talvez até mais verde do que minha idade.

III

Restam as respostas aos "para quê?", "por quê?", "é moral ou não?", etc., etc., a que prometi responder.

Estou triste por ter de desiludir o leitor logo no início, triste e também alegre. É bom que saibam que nos objetivos de minha "ideia" não existe nenhum sentimento de "vingança", nada de byroniano — nem maldição, nem lamentações de órfão, nem lágrimas de bastardo, nada, nada. Numa palavra, uma senhora romântica, se meus escritos lhe caíssem nas mãos, no mesmo instante ficaria murcha. Todo o objetivo de minha "ideia" é o isolamento.

— Mas se pode chegar ao isolamento sem essa excitação para se tornar um Rothschild. O que Rothschild tem a ver com isso?

— É que, além do isolamento, também preciso de poderio.

Aqui vai um preâmbulo: talvez o leitor fique horrorizado com a franqueza de minha confissão e candidamente se pergunte: como o autor não corou? Responderei que não escrevo para ser publicado; terei um leitor talvez daqui a dez anos, quando tudo estiver tão definido, passado e provado que não haverá mais nada que faça corar. Assim sendo, se nestes escritos às vezes me dirijo ao leitor, isto é apenas um procedimento. Meu leitor é uma pessoa fantástica.

Não, não foi minha condição bastarda, pela qual tanto me importunaram no internato Touchard, não foram meus tristes anos de infância, não foi a vingança nem o direito ao protesto o ponto de partida de minha "ideia"; a culpa de tudo está em meu caráter. Desde os doze anos, acho eu, isto é, quase a partir do momento em que comecei a pensar direito, deixei de gostar das pessoas. Não é que não gostasse, é que as pessoas se tornaram meio desagradáveis para mim. Às vezes, a sós comigo, eu mesmo me sentia demasiado triste por não conseguir dizer tudo nem às pessoas íntimas, isto é, até podia, mas não queria, e por isso me continha; porque era desconfiado, taciturno e retraído. Ademais, há muito tempo, quase desde minha infância, eu notara em mim a peculiaridade de acusar com excessiva frequência, a excessiva propensão de acusar os outros; contudo, era assaz frequente que essa propensão logo fosse seguida de outro pensamento, este já demasiado penoso para mim: "Será que eu mesmo sou o culpado e não eles?". E quantas vezes me acusei em vão! Tentando evitar resolver semelhantes problemas, procurava naturalmente a solidão. Para culminar, nada encontrava no convívio com as pessoas por mais que me empenhasse, e eu me empenhava; pelo menos todos os meus coetâneos, todos os meus colegas, todos sem exceção, eram inferiores a mim em matéria de pensamento; não me lembro de nenhuma exceção.

Sim, sou taciturno, estou sempre retraído. Às vezes tenho vontade de largar a sociedade. Talvez venha a fazer o bem às pessoas, mas amiúde não vejo a mínima razão para lhes fazer o bem. E as pessoas não são essas maravilhas para que nos preocupemos tanto com elas. Por que não se chegam de forma direta e franca e por que eu mesmo terei de ser forçosamente o primeiro a me meter com elas? — eis as perguntas que eu me fazia. Sou uma criatura agradecida e já o provei com uma centena de maluquices. Num piscar de olhos eu responderia com franqueza a alguém franco e ato contínuo passaria a gostar dele. Foi o que fiz; mas de imediato todos me engazoparam e se fecharam para mim entre zombarias. O mais franco de todos era Lambert, que me bateu muito em minha infância; mas ele também não passa de um franco patife e facínora; e sua franqueza é mera decorrência de sua estupidez. Eis o que eu pensava ao chegar a Petersburgo.

Ao sair da casa de Diergatchóv (só Deus sabe por que me meti lá), aproximei-me de Vássin e, num arroubo de entusiasmo, comecei a elogiá-lo. E então? Naquela mesma noite senti que já gostava bem menos dele. Por quê? Justamente porque, tendo-o elogiado, com isto me rebaixei perante ele. Por outro lado, poderia parecer o contrário: o homem é tão justo e generoso que, até em detrimento de si mesmo, reconhece o outro; uma pessoa assim é quase superior a qualquer outra por sua própria dignidade. Pois bem, eu compreendia isso, e ainda assim gostava menos de Vássin, e gostava até muito menos — e tomo de propósito um exemplo já conhecido do leitor. Até de Kraft eu me lembrava com um sentimento de amargura e azedume porque ele me levara até a antessala, e isso durou até o dia seguinte, quando tudo se esclareceu de forma definitiva e eu não tinha mais motivo para me zangar. Desde meus tempos de estudo nas classes inferiores do colégio, assim que algum colega me ultrapassava em ciências, em respostas penetrantes ou em força física, imediatamente eu deixava de falar e andar com ele. Não que o detestasse ou desejasse seu fracasso; simplesmente me afastava porque esse é o meu caráter.

Sim, em toda a minha vida tive sede de poderio, de poderio e isolamento. Sonhava com isso até mesmo naquela idade em que qualquer pessoa riria em minha cara se pudesse perceber o que eu abrigava no crânio. Eis por que gosto tanto do mistério. Sim, sonhava empenhando todas as minhas forças, e tanto que não me sobrava tempo para conversar; disso as pessoas deduziam que eu era insociável, e por causa de minha distração tiravam conclusões ainda mais detestáveis a meu respeito, mas minhas faces rosadas provavam o contrário.

Eu era feliz sobretudo quando, na cama e envolvido no cobertor, sozinho, no mais perfeito isolamento, sem ninguém ao meu redor nem um único som de voz humana, começava a reconstruir a vida à minha maneira. O mais intenso estado contemplativo me acompanhou até à descoberta da "ideia", quando todas as fantasias logo passaram de tolas a sensatas e da forma sonhadora de romance transbordaram numa forma racional de realidade.

Tudo se fundiu num todo único. Pensando bem, antes elas já não eram das mais tolas, mesmo considerando que eram abundantes, que eram milhões.

O poderio! Estou convencido de que muitas pessoas achariam muito engraçado se soubessem que semelhante "rebotalho" aspirava ao poderio. Mas eu as deixarei ainda mais surpresas: é possível que desde minhas primeiras fantasias, isto é, desde a infância eu não pudesse me imaginar senão em primeiro plano, sempre e em todas as circunstâncias da vida. Acrescento uma confissão singular: talvez isto ainda perdure. E ainda observo que não peço perdão.

O cerne de minha ideia, o cerne de sua força residia em que o dinheiro é o único caminho que conduz até uma nulidade ao *primeiro plano*. Talvez eu não seja sequer uma nulidade, mas sei, por exemplo, pelo que vejo no espelho, que minha aparência me prejudica porque tenho um rosto ordinário.[45] Mas se eu fosse rico como Rothschild, quem se preocuparia com o meu rosto e quantos milhares de mulheres não voariam para mim com sua beleza, bastando apenas que eu assobiasse? Estou até convencido de que elas mesmas acabariam me achando belo, e com toda sinceridade. É possível que eu até seja inteligente. Se eu fosse um poço de sabedoria, logo encontrariam na sociedade alguém que fosse um poço e meio, e eu estaria perdido. Mas, se eu fosse Rothschild, esse sabichão, poço e meio de sabedoria, significaria alguma coisa a meu lado? Ora, aí nem sequer o deixariam abrir a boca! Sou talvez espirituoso; mas vamos que a meu lado eu tivesse Talleyrand,[46] Piron[47] — então estaria eclipsado: mas fosse eu um pouquinho Rothschild, o que seria feito de Piron e talvez até de Talleyrand? O dinheiro, evidentemente, é um poderio despótico, mas ao mesmo tempo é a suprema igualdade e nisto reside sua força principal. O dinheiro nivela todas as desigualdades! Foi tudo isso o que decidi ainda em Moscou.

Os senhores, é claro, nesse pensamento verão apenas desfaçatez, violência, o triunfo da nulidade sobre os talentos. Concordo que esse pensamento seja atrevido (e por isso doce). Vá lá, vá lá: os senhores pensam que então eu queria o poderio para forçosamente oprimir, me vingar? Acontece que assim agiria sem falta um ordinário. Além disso, estou certo de que se de uma hora para outra descarregassem os milhões de Rothschild sobre esses milhares de talentos e inteligências que tanto se enaltecem, eles não suportariam e agiriam com a mais banal mediocridade e oprimiriam mais que

---

[45] É recorrente neste romance o emprego do termo *ordinárnost* (russificação do termo em latim *ordinarium*), com o qual Dostoiévski enfatiza o medíocre, o habitual, o comum, o desprovido de originalidade. Na tradução, optamos ora por ordinário, ora por medíocre. (N. do T.)

[46] Charles-Maurice de Talleyrand-Périgord (1754-1868), notável diplomata francês. (N. do T.)

[47] Alexis Piron (1689-1773), poeta, autor de comédias e óperas cômicas. (N. do T.)

todos os outros. Minha ideia não é essa. Não temo o dinheiro; ele não me oprime nem me fará oprimir.

Não preciso de dinheiro, ou melhor, não é de dinheiro que preciso; e nem mesmo de poderio; preciso apenas do que se conquista com o poderio e sem poderio não se pode conquistar: a consciência solitária e tranquila da força! Eis a mais plena definição de liberdade, pela qual tanto se bate o mundo! Liberdade! Enfim escrevi esta grande palavra... Sim, a consciência solitária da força é fascinante e bela. Tenho a força, e estou tranquilo. Os raios estão nas mãos de Júpiter, logo, ele está tranquilo; será frequente ouvi-lo trovejar? Ao imbecil ele parece dormir. Agora ponham no lugar de Júpiter algum literato ou uma camponesa imbecil e terão trovões à vontade.

Se eu tivesse apenas poderio, raciocinava, não teria nenhuma necessidade dele; asseguro que eu mesmo, por minha vontade, ocuparia em toda parte o último lugar. Se eu fosse Rothschild, andaria de casaco velho e guarda-chuva. Que me importaria se me empurrassem na rua, se me forçassem a correr pulando na lama para que as carruagens não me atropelassem? A consciência de que eu mesmo era Rothschild até me divertiria nesse momento. Sei que poderia almoçar como ninguém e teria o primeiro cozinheiro do mundo, e me bastaria saber disso. Comeria uma fatia de pão com presunto e estaria saciado com minha consciência. Até hoje penso assim.

Não serei eu quem há de agarrar-se à aristocracia, mas é ela que há de agarrar-se a mim, não serei eu quem há de correr atrás das mulheres, mas elas é que hão de correr para mim como moscas, oferecendo-me tudo o que uma mulher pode oferecer. As "vulgares" serão atraídas pelo dinheiro, as mais inteligentes pela curiosidade por uma criatura singular, orgulhosa, fechada e indiferente a tudo. Serei carinhoso tanto com umas como com as outras. Talvez eu lhes dê dinheiro, mas delas eu mesmo não aceitarei nada. A curiosidade engendra a paixão, e é até possível que eu inspire paixão. Elas partirão de mãos abanando, asseguro-lhes, talvez levando apenas presentes. Apenas ficarão duas vezes mais curiosas comigo.

... A mim me basta
Esta consciência.[48]

É estranho que esse quadro (aliás preciso) me tenha seduzido desde os dezessete anos. Não quero nem vou oprimir ou atormentar ninguém; mas

---

[48] Citação do monólogo de Byron na tragédia de Aleksandr Púchkin (1799-1837), *O cavaleiro avaro*. (N. da E.)

sei que, se quisesse arruinar alguém, meu inimigo, ninguém me impediria de fazê-lo e todo mundo colaboraria; mais uma vez isso me basta. Eu inclusive não me vingaria de ninguém. Sempre me surpreendi com o fato de James Rothschild ter aceitado tornar-se barão! Por que isso, para quê, se ele era superior a todos no mundo? "Oh, deixem que esse general insolente me ofenda na estação, onde ambos esperamos os cavalos; se soubesse quem sou ele mesmo correria a atrelá-los e se precipitaria para me acomodar em meu modesto *tarantás*![49] Alguém escreveu que, numa estrada de ferro de Viena, um conde, ou barão estrangeiro, calçou publicamente um banqueiro do lugar, e este foi tão ordinário que o permitiu. Oh! deixem, deixem que uma beldade temível (sim, temível, existem tipos assim), filha dessa aristocracia ostentatória e ilustre, encontrando-me por acaso num navio ou em qualquer lugar, olhe-me de esguelha e, de nariz empinado, fique desdenhosamente surpresa ao ver como um tipo modesto e mirrado, com um livro ou um jornal na mão, atreveu-se a entrar na primeira classe e tomar assento a seu lado! Ah, se ela soubesse quem está a seu lado! Mas ela saberá — saberá e virá sentar-se a meu lado, submissa, tímida, carinhosa, procurando meu olhar, alegre com meu sorriso..." Insiro de propósito esses quadros, para exprimir com mais clareza meu pensamento; eles são pálidos e talvez triviais. Só a realidade justifica tudo.

Alguém dirá que é tolo viver assim: por que não ter um hotel, uma casa aberta, não reunir pessoas, não ter influência, não contrair matrimônio? Ora, como então ficaria Rothschild? Ficaria como todo mundo. Desapareceria todo o encanto da "ideia", toda a sua força moral. Ainda em minha infância decorei o monólogo de *O cavaleiro avaro* de Púchkin; ele não produziu nada superior a isso em termos de ideias! Até hoje mantenho as mesmas ideias.

"Mas seu ideal é demasiado baixo — dirão com desprezo —: dinheiro, riqueza! Mas não são outra coisa a utilidade social, os feitos humanitários?"

Mas quem sabe em que eu empregaria minha riqueza? Que imoralidade e que baixeza existiriam no fato de esses milhões escaparem de uma infinidade de mãos sujas e daninhas de *jids* para as mãos de um asceta firme e sensato, que vê o mundo com um olhar penetrante? De modo geral, todas as fantasias com o futuro, todas essas suposições são hoje algo como um mero romance, e é possível que eu esteja escrevendo em vão; vai ver que seria melhor se tudo continuasse em minha cabeça; também sei que talvez ninguém leia isso; e se alguém o lesse, acreditaria que eu talvez não supor-

---

[49] Carro de quatro rodas para viagem longa. (N. do T.)

tasse os milhões de Rothschild? Não que eles me esmagassem, mas falo num sentido bem diferente, oposto. Em minhas fantasias, mais de uma vez captei o momento futuro em que minha consciência ficaria por demais satisfeita e meu poderio se mostraria demasiado pequeno. Então, nem por tédio nem por uma inútil melancolia, mas por querer infinitamente mais, daria todos os meus milhões às pessoas: que a sociedade distribua toda a minha riqueza, enquanto eu — eu torno a me confundir com a nulidade! É até possível que eu me transforme naquele mendigo que morreu no navio, com a diferença de que nada encontrarão cosido aos meus andrajos. A simples consciência de que tive milhões nas mãos e os joguei na lama me alimentaria em meu deserto. Ainda hoje, continuo pensando assim. Sim, minha "ideia" é a fortaleza onde sempre e em quaisquer circunstâncias posso fugir de todos os homens, ainda que seja como o mendigo que morreu no navio. Eis meu poema! E saibam que preciso justamente de minha vontade viciosa, de *toda ela*, só para provar *a mim mesmo* que sou capaz de renunciar a ela.

Não há dúvida de que isso é mesmo poesia e de que eu jamais deixaria meus milhões escaparem se um dia chegasse a possuí-los e nunca me converteria no mendigo de Sarátov. Talvez não os deixasse mesmo; apenas esbocei o ideal de meu pensamento. Mas acrescento, desta feita a sério: se em minha acumulação de riqueza eu atingisse a mesma quantia de Rothschild, poderia de fato acabar lançando-a para a sociedade. (Aliás, seria difícil fazê-lo antes de atingir a soma de Rothschild.) E não daria apenas a metade, porque seria uma vulgaridade: eu só ficaria duas vezes mais pobre e nada mais; daria tudo mesmo, até o último copeque, pois, tornando-me miserável, de repente ficaria duas vezes mais rico do que Rothschild! Se não compreendem isto a culpa não é minha; não vou esclarecer.

"É faquirismo, é a poesia da nulidade e da impotência! — decidirão as pessoas —, é o triunfo da falta de talento e da mediocridade!" Sim, confesso que em parte é o triunfo tanto da falta de talento como da mediocridade, mas da impotência é improvável. Eu gostava demais de me imaginar um ser deveras desprovido de talento e medíocre, postado diante do mundo e dizendo-lhe com um sorriso: vós sois os Galileu e os Copérnico, os Carlos Magno e os Napoleão, os Púchkin e os Shakespeare, os marechais de campo e de corte, mas eu sou uma nulidade e uma ilegitimidade, e ainda assim sou superior a vós, pois vós mesmos vos submetestes a isto. Confesso-o, levei essa fantasia a tais extremos que até esqueci minha formação. Pareceu-me que seria mais belo se um homem assim fosse até sordidamente inculto. Essa fantasia, já exagerada, influenciou então o meu sucesso no sétimo ano do colégio; parei de estudar exatamente por fanatismo: sem instrução, era como se ao ideal se acrescentasse a beleza. Hoje penso diferente sobre esse ponto; a instrução não prejudica.

Senhores, será que a independência de pensamento, até a mais ínfima, vos é tão penosa? Feliz é aquele que tem um ideal de beleza, mesmo que seja equivocado! Mas no meu eu acredito. Apenas o expus de forma canhestra, equivocada, elementar. É claro que em dez anos eu o exporia melhor. Isto hei de guardar na memória.

IV

Concluí a "ideia". Se a descrevi de forma vulgar, superficial, a culpa é minha e não da "ideia". Já preveni que as ideias mais simples são compreendidas com mais dificuldades que todas as outras; agora acrescento que também são expostas com mais dificuldade, sobretudo porque descrevo a "ideia" em sua forma ainda antiga. Também existe uma lei inversa para a ideia: as ideias vulgares, precipitadas, são compreendidas com singular rapidez e forçosamente pela multidão, forçosamente por todos da rua; além disso, são julgadas as mais grandiosas e mais geniais, só que apenas no dia de seu surgimento. O que é barato dura pouco. A compreensão rápida não passa de um índice da vulgaridade da coisa a ser compreendida. A ideia de Bismarck[50] tornou-se genial de uma hora para outra e o próprio Bismarck tornou-se um gênio; mas é justo essa rapidez que é suspeita; espero Bismarck daqui a dez anos, e veremos então o que restará de sua ideia, e talvez do próprio senhor chanceler. É claro que não intercalo esta observação extremamente secundária e desvinculada do assunto para efeito de comparação, mas para ficar na lembrança. (Esclarecimento para um leitor demasiado grosseiro.)

Agora vou narrar dois incidentes para encerrar o assunto "ideia" de uma vez por todas e de tal modo que ela não crie mais nenhum embaraço para a narrativa.

Em julho, no verão, dois meses antes de minha partida para Petersburgo e quando eu já estava inteiramente livre, Mária Ivánovna me pediu para ir procurar no povoado de Tróitski Possád uma solteirona, que para lá se mudara, com uma incumbência, muito pouco interessante para ser mencio-

---

50 Arkadi talvez tenha em vista o famoso lema lançado por Bismarck em 1862 ao proclamar sua intenção de unificar a Alemanha: "As grandes questões de uma época não se resolvem com discursos, mas com ferro e sangue". (N. do T.)

nada em detalhes. Regressando no mesmo dia, notei no trem um jovem mirrado, em traje nada mau porém sujo, espinhento, um desses morenos de matiz sujo. Ele se distinguia por sempre descer em qualquer estação ou parada para beber vodca. No fim do trajeto, formara-se em torno dele um grupo alegre, aliás, bem reles. Quem estava particularmente entusiasmado era um comerciante, também um pouco bêbado, que admirava a capacidade do rapaz para beber sem parar e continuar sóbrio. Também estava muito satisfeito um jovem tolíssimo, demasiado falastrão, vestido à alemã e que exalava um cheiro assaz detestável — era um criado, como eu soube depois; ele até fez amizade com o beberrão, a quem fazia levantar-se em cada parada do trem com o convite: "É hora de beber vodca" — e os dois desciam do trem abraçados. Depois de beber, o rapaz quase não falava nada, mas um número cada vez maior de interlocutores sentava-se a seu redor; ele apenas ouvia todos, dava risinhos contínuos com a boca cheia de saliva e de vez em quando, mas sempre de modo imprevisto, emitia um som, algo como "tur-lu-lu!", e então, num gesto caricatural, levantava um dedo na direção do próprio nariz. Era o que alegrava o comerciante, o criado e todos os outros, que davam gargalhadas estrondosas e sem cerimônia. Não dá para entender de que as pessoas às vezes riem. Também me aproximei, e não compreendo por que o rapaz pareceu agradar também a mim; talvez fosse pela violação excessivamente nítida das regras geralmente aceitas e estereotipadas de bom-tom; numa palavra, não vi nele um imbecil; entretanto, logo começamos a nos *tutear*, e ao sair do trem ele me disse que iria à noite, depois das oito horas, ao bulevar Tvierskói. Era um ex-estudante. Fui ao encontro, e eis o que ele me ensinou: percorremos juntos todos os bulevares e, um pouco mais tarde, notamos uma transeunte, mulher de aparência digna e, como não havia ninguém por perto, logo começamos a importuná-la. Sem trocar nenhuma palavra com ela, nós nos distribuímos, ele por um lado e eu pelo outro, e com o ar mais tranquilo do mundo, como se nem a notássemos, começamos entre nós a mais escabrosa das conversas. Chamávamos as coisas por seus verdadeiros nomes com o ar mais plácido e, como se agíssemos segundo a praxe, explicando indecências e porcarias várias, entrávamos em detalhes tais que a imaginação mais sórdida do mais sórdido depravado jamais teria pensado. (Eu, evidentemente, adquirira todos esses conhecimentos ainda na escola, até muito antes do colégio, mas apenas em palavras, não em atos.) A mulher ficou muito assustada, acelerou os passos, mas nós também aceleramos, e continuávamos no mesmo. A vítima, é claro, nada podia fazer, não ia gritar, não é? Não havia testemunhas, e depois seria meio esquisito queixar-se. Levamos uns oito dias nesse divertimento; não compreendo como aquilo podia me agradar; aliás, não me agradava mesmo, fazíamos por fazer. A princípio isso me pareceu original, como que um desvio das condições ordinárias, estereotipadas; além disso, eu não conseguia suportar as mulheres. Uma vez eu disse ao estudante que Jean-Jacques Rousseau, em suas *Confissões*, reconhecia que, já rapazinho, gostava de exibir em uma esquina, às furtadelas, as partes do corpo que costumam ficar escondidas, e nessa postura esperar as mulheres que passavam. O estudante me respondeu com o seu "tur-lu-lu". Notei que ele era de uma ignorância extrema e de um surpreendente desinteresse por qualquer coisa. Não tinha nenhuma daquelas ideias ocultas que eu esperava encontrar nele. Em vez da originalidade, só descobri uma deprimente monotonia. Eu gostava dele cada vez menos. Tudo acabou de maneira totalmente inesperada: um dia, quando a escuridão já era completa, começamos a importunar uma moça, bem jovenzinha, talvez de uns dezesseis anos ou ainda menos, que passava rápida e tímida pelo bulevar e estava vestida com asseio e modéstia, que talvez vivesse de seu trabalho e voltasse para casa, para a companhia de uma mãe velha, uma viúva pobre sobrecarregada de filhos; aliás, não há por que resvalar em sensibilidades. A moça ouviu durante algum tempo, depois foi apressando os passos, baixou a cabeça e cobriu-se com o véu, temerosa e trêmula, mas de repente parou, tirou o véu de cima do rosto nada feio, ao que me lembre, mas emagrecido, e nos gritou com os olhos faiscantes:

— Que patifes são vocês!

É possível que estivesse a ponto de chorar, mas aconteceu outra coisa: levantou o braço e, com sua mão pequena e magra, aplicou no estudante uma bofetada com tamanha agilidade que talvez nunca tenha sido dada outra igual. Que bofetada! Ele praguejou e fez menção de atirar-se contra ela, mas eu o segurei, e a moça teve tempo de fugir. Uma vez sozinhos, logo brigamos; disse-lhe tudo o que dentro de mim se acumulara contra ele durante esse tempo; disse-lhe que ele não passava de uma triste nulidade e de um medíocre, que jamais tivera o menor sinal de ideias. Ele me destratou... (uma vez eu lhe falara de minha bastardia), depois rompemos relações e nunca mais o vi. Naquela tarde fiquei muito agastado, no dia seguinte já estava menos e dois dias depois havia esquecido tudo. Pois bem, embora mais tarde aquela mocinha me viesse de vez em quando à lembrança, isso só acontecia por acaso e de passagem. Só depois de minha chegada a Petersburgo, ao cabo de umas duas semanas, lembrei-me de repente de toda aquela cena — lembrei-me e ato contínuo fiquei tão envergonhado que as lágrimas literalmente me correram pelas faces. Passei atormentado a tarde inteira, a noite inteira, em parte estou atormentado até agora. A princípio não consegui

— Сцена с горничной (с которой [illegible]) [illegible] [illegible] [illegible] (с [illegible]) [illegible]

[illegible],

Мальчик бранит страшно возмущённый [illegible] Хорошенько [illegible], [illegible]

тогда я буду вверх бранить [illegible] дальше его [illegible].

[illegible] в [illegible] [illegible].

— И такой же добр, но после мужа равнодушен и

бросил благодатствуя [illegible],

— ОНЪ жену не признаёт как жену, ни словом брака, ни то

что не [illegible], а равнодушен. Но чуть коснулось до него, то

и взбесился (когда она изменила)

— После поражения он удивляется, что у него злоба кончилась.

Считает про себя аксесуар, говорит что никому верно не

чувствует злобы, что действительно стоит аксесуаром.

— МНѢ СКУЧНО говорит он,

— но вы же интригуете, смеётесь мелочной говорит

ему мальчик; Когда вам скучно?

— Не знаю я интригую и смеюсь мелочной, а все

так скучно.

23/II Июля:

ГЕРОЙ не ОНЪ

а МАЛЬЧИКЪ.

— История мальчика [illegible] он [illegible], [illegible]

[illegible], куда [illegible] [illegible]? [illegible]

профессору [illegible]; бредит об университете

и идеях [illegible].

ОНЪ не только аксесуар, но и что

то аксесуар!!!

---

compreender como fora possível decair tanto e de forma tão vergonhosa e, o mais grave, esquecer aquele incidente, não me envergonhar dele, não me arrepender. Só agora acabo de compreender a razão: a culpa era da "ideia". Em suma, chego direto à conclusão de que, quando se tem em mente algo imóvel, perpétuo, forte, que nos ocupa em demasia, a gente como que se afasta do mundo inteiro para um deserto, e tudo o que acontece apenas passa de relance sem tocar no essencial. Até as impressões a gente capta de maneira incorreta. E, além do mais, o grave é que a gente sempre encontra uma ressalva. Como atormentava minha mãe durante aquele tempo, quão vergonhosamente eu abandonava minha irmã! "Ah! Eu tenho minha 'ideia', senão tudo seriam ninharias" — eis o que eu parecia dizer a mim mesmo. Ofendiam-me, e de modo até doloroso — e eu saía ofendido e depois dizia a mim mesmo: "Ah, sou vil, mas ainda assim tenho uma 'ideia' e eles não sabem!". A "ideia" me consolava na vergonha e na nulidade; mas todas as minhas torpezas pareciam esconder-se debaixo da ideia; ela, por assim dizer, facilitava tudo, porém empanava tudo à minha frente; entretanto, uma compreensão tão confusa das circunstâncias e das coisas pode, é claro, prejudicar até a própria "ideia", sem falar do resto.

Agora, o segundo incidente.

No dia primeiro de abril do ano passado, Mária Ivánovna comemorava o dia do seu santo. À tarde apareceram alguns convidados, muito poucos. De súbito Agrafiena entra esbaforida e declara que no vestíbulo, defronte à cozinha, há um recém-nascido choramingando e ela não sabe o que fazer. A notícia emocionou todo mundo, que se precipitou e viu um cesto de vime, e lá dentro uma menininha de umas três ou quatro semanas que choramingava. Tomei o cesto e levei-o para a cozinha. Nele encontrei este bilhete dobrado: "Amáveis benfeitores, concedei vossa benévola ajuda a esta criança, batizada com o nome de Arina; e ela e nós elevaremos eternamente nossas lágrimas ao céu para vós e vos parabenizamos pelo dia do vosso santo homônimo. Pessoas que desconheceis". Foi então que Nikolai Semiónovitch, que eu tanto respeitava, me deixou muito amargurado: fez uma careta muito séria e decidiu enviar imediatamente a criança para uma creche.[51] Fiquei muito triste. Eles viviam fazendo muita economia, mas não tinham filhos e Nikolai Semiónovitch estava sempre contente com isso. Tirei com precaução a pequena Arínotchka[52] do cesto e a soergui pelos ombrinhos; do cesto exa-

---

[51] No caso russo, *Vospitátelni dom*. Instituição que na Rússia anterior a 1917 cuidava de crianças abandonadas e filhos de pais separados. (N. do T.)

[52] Diminutivo de Arina. (N. do T.)

lou um cheiro acre e forte como acontece com recém-nascidos que ficam muito tempo sem banho. Depois de discutir com Nikolai Semiónovitch, declarei-lhe de repente que assumia o sustento da criança. Ele começou a objetar com alguma severidade, apesar de sua brandura e, mesmo terminando com uma brincadeira, manteve plena a intenção referente à creche. Entretanto, a coisa foi feita do meu jeito. No mesmo pátio, mas em outro pavilhão, morava um marceneiro muito pobre, já idoso e que gostava de beber; mas sua mulher, ainda bastante jovem e sadia, acabava de perder uma criança de peito, filho único, nascido após oito anos de casamento infecundo, uma menina e, por uma sorte singular, também chamada Arínotchka. Digo por sorte porque no momento em que discutíamos na cozinha, essa mulher, informada do incidente, acorreu para olhar e, ao saber que se trava de Arínotchka, ficou enternecida. Seu leite ainda não havia secado: ela descobriu o peito e deu-lho à criança. Caí a seus pés e lhe supliquei que a levasse consigo, que eu lhe pagaria uma mesada. Ela temia fazê-lo, sem saber se seu marido permitiria; contudo, ficou com a menina por aquela noite. Na manhã seguinte o marido permitiu, mediante oito rublos mensais, e no mesmo instante adiantei-lhe oito rublos pelo primeiro mês; ato contínuo ele bebeu todo o dinheiro. Nikolai Semiónovitch, que ainda continuava sorrindo de um modo estranho, concordou afiançar ao marceneiro que aqueles oito rublos mensais seriam regularmente pagos por mim. Eu me dispus a entregar a Nikolai Semiónovitch meus sessenta rublos como garantia, mas ele não os aceitou; aliás, ele sabia que eu tinha dinheiro e confiava em mim. Essa sua delicadeza dissipou nosso fugaz desentendimento. Mária Ivánovna não disse nada, mas se surpreendeu ao me ver assumir semelhante cuidado. Apreciei sobretudo a delicadeza dos dois por não se terem permitido a mínima brincadeira comigo e ainda terem apreciado a questão com toda a seriedade que ela requeria. Todos os dias eu ia umas três vezes à casa de Dária Rodivónovna, e ao fim de uma semana lhe dei pessoalmente, às escondidas de seu marido, mais três rublos de gratificação. Com outros três rublos, comprei um cobertorzinho e fraldas. Mas no fim de dez dias Rínotchka[53] caiu doente. Chamei logo o médico, ele receitou alguma coisa e passamos a noite atormentando a criaturinha com a droga repugnante do médico; no dia seguinte ele declarou que já era tarde e, em resposta aos meus pedidos — aliás, parece que eram censuras — pronunciou com uma evasiva nobre: “Não sou o bom Deus!”. A linguinha, os labiozinhos e toda a boquinha estavam cobertos por uma erupção branca e miúda, e ao anoitecer ela morreu com seus graúdos olhos negros

[53] Variação carinhosa de Arina. (N. do T.)

fixados em mim, como se já compreendesse as coisas. Não compreendo como não tive a ideia de fotografar a pequena morta. Bem, não sei se acreditam, mas naquela noite eu propriamente não chorei, eu simplesmente uivei, o que antes nunca me permitira, e Mária Ivánovna foi forçada a me consolar, e isso, mais uma vez, sem nenhuma mofa da parte dela ou dele. O próprio marceneiro fez o caixãozinho; Mária Ivánovna o enfeitou de rendas e colocou dentro dele um lindo travesseirinho; de minha parte, comprei flores e as espargi sobre a criancinha: foi assim que me levaram minha pobre florzinha, que até hoje não consigo esquecer, acreditem ou não. Um pouco mais tarde, porém, todo esse acontecimento quase repentino me fez até refletir muito. Sem dúvida, Rínotchka não me custara caro: com tudo — o caixãozinho, o enterro, o médico, as flores e mesada de Dária Rodivónovna — gastei trinta rublos. Quando parti para Petersburgo, recuperei esse dinheiro com os quarenta rublos enviados por Viersílov para a viagem e com a venda de algumas coisinhas, de tal modo que todo o meu "capital" continuou intacto. "Mas", pensei, "se eu continuar me desviando desse jeito, não vou longe." Na história do estudante via-se que a "ideia" pode levar a impressões obscuras e distrair da atividade em curso. Pela história de Rínotchka dava-se o contrário: que nenhuma "ideia" é capaz de arrebatar (pelo menos a mim) a ponto de impedir que eu pare subitamente diante de um fato esmagador e lhe sacrifique de uma vez tudo o que já fizera durante anos de trabalho em prol da "ideia". As duas conclusões eram igualmente justas.

CAPÍTULO VI

I

Minhas esperanças não se realizaram plenamente — não os encontrei a sós: Viersílov não estava lá, mas Tatiana Pávlovna se encontrava em casa de minha mãe — e apesar de tudo era uma estranha. Metade de minha disposição generosa logo se dissipou. Surpreende como sou rápido e inconstante em tais circunstâncias: um grão de poeira ou um fio de cabelo bastam para afastar meu bom humor e substituí-lo pelo mau humor. Para meu pesar, porém, minhas más impressões não se dissipam com tanta rapidez, embora eu não seja de guardar rancor. Quando entrei, notei de relance que minha mãe acabava de interromper o fio de sua conversa, pelo visto muito animada, com Tatiana Pávlovna. Minha irmã voltara do trabalho apenas um minuto antes e ainda não saíra de seu cubículo.

Era um apartamento de três quartos. O do meio, uma sala de visitas, onde as pessoas costumavam se reunir, era bastante grande e quase apropriado. Apesar de tudo, havia ali confortáveis divãs vermelhos, aliás, muito gastos (Viersílov não suportava os forros), alguns tapetes, algumas mesas e umas cadeirinhas inúteis. Em seguida, à direita, ficava o quarto de Viersílov, estreito e apertado, com uma única janela; ali havia uma mísera escrivaninha, sobre a qual se espalhavam alguns livros não usados e papéis esquecidos, e defronte à escrivaninha uma poltrona macia igualmente mísera expunha a mola quebrada com a ponta projetada para o alto, o que fazia Viersílov gemer e praguejar com frequência. Nesse mesmo gabinete, num divã macio e também gasto, fazia-se a sua cama; ele odiava esse seu gabinete e, ao que parece, nada fazia nele, preferindo passar horas inteiras de braços cruzados na sala de visitas. À esquerda da sala de visitas ficava um quarto exatamente igual, onde dormiam minha mãe e minha irmã. O acesso à sala de visitas era por um corredor, que dava para a cozinha, onde dormia a cozinheira Lukéria que, quando cozinhava, fazia o cheiro de gordura queimada se espalhar sem piedade por todo o apartamento. Havia momentos em que Viersílov amaldiçoava aos brados sua vida e sua sorte por causa desse mau cheiro da cozinha, e nesse único ponto eu era plenamente solidário com ele; também detesto esses cheiros, embora não chegassem onde eu estava: eu morava em cima, no quartinho claro debaixo do telhado, aonde chegava por uma escadinha extremamente íngreme e rangente. Lá eu tinha de notável uma janela oval, um teto baixíssimo, um divã de oleado, no qual Lukéria arrumava minha cama com o travesseiro para as noites; duas peças completavam os móveis: uma simplíssima mesa de tábuas finas e uma cadeira de vime quebrada.

Aliás, apesar de tudo conservavam-se em nossa casa restos de certo conforto antigo: na sala de visitas, por exemplo, havia uma sofrível lâmpada de porcelana, uma gravura grande e magnífica da Madona de Dresden e ali mesmo, na parede em frente, uma imensa e preciosa fotografia do portal de bronze da catedral de Florença. Em um canto desse mesmo cômodo havia pendurado um grande caixilho com antigos ícones da família; um deles (o de todos os santos) tinha um revestimento maior de prata dourada — justo aquele que queriam penhorar —, e o outro (o ícone da Virgem Santíssima), um revestimento de veludo bordado em pérolas. Diante dos ícones havia uma lâmpada que sempre se acendia nos dias de festa. Viersílov revelava nítida indiferença pelos ícones no tocante ao que significavam, limitando-se vez por outra a franzir o cenho, pelo visto para suportar a luz da lâmpada refletida pelos ornatos dourados, queixando-se levemente de que aquilo lhe prejudicava a vista, mas ainda assim não impedia que minha mãe a acendesse.

Eu costumava entrar calado e com um ar sombrio, olhando para algum canto, e às vezes entrava sem cumprimentar ninguém. Sempre voltava mais cedo do que dessa vez, e me serviam o jantar em cima. Ao entrar agora dei um súbito: "Boa noite, mamãe!", coisa que nunca fizera antes, embora, apesar de tudo, como que por vergonha, não conseguisse obrigar-me a olhar para ela, e sentei-me no lado oposto do cômodo. Eu estava muito cansado, mas nem pensei nisso.

— Esse ignorante continua entrando em sua casa tão mal-educado quanto antes — resmungou Tatiana Pávlovna; também antes ela se permitia usar palavras insultuosas, e entre ela e mim isso já se tornara um hábito.

— Boa noite... — respondeu minha mãe, como que desconcertada por eu a ter cumprimentado. — O jantar já está pronto há muito tempo — acrescentou ela quase confusa —, espero que a sopa não tenha esfriado, mas agora mesmo vou mandar providenciar as almôndegas... — Fez menção de levantar-se às pressas para ir à cozinha e senti, provavelmente pela primeira vez em um mês inteiro, uma súbita vergonha de vê-la exagerar na presteza em me servir, ainda que até aquele dia fosse eu mesmo que o exigisse.

— Fico imensamente grato, mamãe, mas já jantei. Se não incomodo, descansarei aqui.

— Ah... por que não... fique...

— Não se preocupe, mamãe, não farei mais grosserias com Andriêi Pietróvitch — cortei bruscamente.

— Senhor, que magnanimidade da parte dele! — exclamou Tatiana Pávlovna. — Cara Sônia,[54] será que continuas a chamá-lo de *senhor*? Quem é ele então para merecer semelhante honra, e ainda mais da parte de sua mãe! Vê só, estás totalmente confusa diante dele, isto é uma vergonha!

— Para mim mesmo seria mais agradável se a senhora me tratasse por *tu*, mamãe.

— Ah!... Então está entendido, vou fazer assim — apressou-se a dizer minha mãe —, mas eu nem sempre... bem, de agora em diante é o que farei.

Ficou toda ruborizada. Terminantemente, às vezes seu rosto exibia o máximo encantado... Tinha um semblante cândido, mas nada simplório, um pouco pálido, anêmico. Suas faces eram muito magras, até mesmo cavadas, e na testa as rugas começavam fortemente a acumular-se, mas não as havia ainda em torno dos olhos; e os olhos, bastante graúdos e abertos, sempre irradiavam uma luz doce e tranquila, que me atraíra desde o primeiro dia. O que também me agradava era que em seu rosto não havia nada de triste ou melindrado; ao contrário, sua expressão seria até alegre se ela também não se inquietasse com tanta frequência, vez por outra sem nenhum motivo, assustando-se e levantando-se de um salto, às vezessem nenhum motivo ou assuntando com receio uma nova conversa, até se certificar de que tudo continuava bem. "Tudo vai bem" significava para ela exatamente "tudo continua como antes". Contanto que não houvesse mudança, contanto que nada acontecesse de novo, mesmo que fosse algo feliz!... Poder-se-ia pensar que lhe haviam metido algum medo em sua infância. Além dos olhos, agradava-me nela a forma oval de seu rosto oblongo e, parece, se tivesse as maçãs do rosto um pingo menos largas, poderia ser considerada bonita não só na mocidade mas ainda hoje. Agora não passava dos trinta e nove anos, mas fios grisalhos já se projetavam fortemente em seus cabelos castanhos escuros.

Tatiana Pávlovna olhou-me com uma categórica indignação.

— Diante de um pimpolho como este! E tremer assim! És ridícula, Sófia; me deixas zangada, vê só!

— Ah, Tatiana Pávlovna, por que agora o trata assim? Não estará você brincando, hein? — acrescentou minha mãe, notando algo como um sorriso

[54] Variação do nome Sófia. (N. do T.)

no rosto de Tatiana Pávlovna. Às vezes não dava mesmo para levar a sério as repreensões de Tatiana Pávlovna, mas desta vez ela sorria (se é que sorria) apenas com mamãe, pois gostava demais de sua bondade e sem dúvida notara como naquele instante ela estava feliz por minha docilidade.

— É claro que não posso deixar de sentir, se a senhora mesma investe contra as pessoas, Tatiana Pávlovna, e o fez justo no momento em que, ao entrar, dei um "Boa noite, mamãe!", o que nunca fizera antes — achei enfim necessário lhe dizer.

— Imaginem — a fúria a acometeu de imediato —, ele acha isso uma proeza? Será preciso ficar de joelhos diante de ti porque uma vez na vida fizeste uma cortesia? E depois, terá sido mesmo uma cortesia? Por que olhas para um canto quando entras? Por acaso não sei como te agitas e te despedaças diante dela? A mim também podias cumprimentar, eu pus fraldas em ti, sou tua madrinha de batismo.

Subentende-se que desdenhei responder-lhe. Justo nesse instante entrou minha irmã e depressa me dirigi a ela:

— Liza, hoje vi Vássin, e ele me pediu notícias tuas. Tu o conheces?

— Sim, eu o conheci em Luga no ano passado — respondeu ela com toda naturalidade, sentando-se a meu lado e olhando-me com carinho. Não sei por quê, mas me pareceu que ela enrubescera quando lhe falei de Vássin. Minha irmã era loura, uma loura de tez clara, com cabelos que não tinham saído a meu pai nem a minha mãe; mas os olhos e o oval do rosto eram quase os de minha mãe. O nariz era muito reto, pequeno e regular; aliás, havia mais uma particularidade: as sardas miúdas do rosto eram algo que minha mãe não tinha. De Viersílov tinha muito pouco, a não ser a finura do talhe, uma boa estatura e algo encantador no andar. Comigo não havia a menor semelhança: dois polos opostos.

— Já os conhecia há três meses — acrescentou Liza.

— Esse *os*[55] se refere a Vássin, Liza? É preciso usar *o* e não *os*. Desculpa por te corrigir, irmã, mas para mim é uma amargura ver que parecem ter negligenciado totalmente a tua educação.

— É uma baixeza de tua parte fazer semelhante observação em presença da tua mãe — explodiu Tatiana Pávlovna —, e estás enganado, pois não houve nenhuma negligência.

— Não estou fazendo nenhuma referência à minha mãe — intervim com

---

[55] Os servos costumavam usar o plural no trato respeitoso com os senhores, daí a reação de Arkadi. (N. do T.)

firmeza —, e saiba, mamãe, que considero Liza minha segunda mãe; a senhora fez dela o mesmo encanto de bondade e de caráter como na certa a senhora também era, ainda é e será eternamente... Refiro-me apenas ao verniz externo, a todas essas tolices mundanas, se bem que necessárias. Causa-me indignação que Viersílov, ao te ouvir usar o tratamento plural e não o singular ao falar de Vássin, na certa não te tenha feito nenhum reparo —, a tal ponto ele é arrogante e indiferente conosco. Eis o que me enfurece!

— Ele mesmo é um ursinho e querendo dar lição de polidez! De agora em diante, senhor, não se atreva a pronunciar "Viersílov" na presença de sua mãe, assim como na minha; não vou tolerar! — Tatiana Pávlovna lançou um olhar faiscante.

— Mamãe, hoje recebi meu pagamento, cinquenta rublos; aqui está, fique com ele, por favor!

Acheguei-me a ela e lhe entreguei o dinheiro; no mesmo instante ela ficou inquieta.

— Ah, não sei como aceitar isso! — disse, como se temesse tocá-lo.

Não entendi.

— Ora, mamãe, se na família vocês duas me consideram um filho e um irmão, então...

— Ah, sou culpada diante de ti, Arkadi. Eu te confessaria alguma coisa, mas receio que tu...

Disse isso com um sorriso tímido e servil; tornei a não entender e a interrompi:

— A propósito, mamãe, a senhora sabe que hoje o tribunal decidiu sobre o processo de Andriêi Pietróvitch e dos Sokólski?

— Ah, estou sabendo! — exclamou, juntando receosa as mãos à sua frente (era seu gesto).

— Hoje? — Tatiana Pávlovna estremeceu toda. — Não é possível, ele teria dito! Ele te disse? — voltou-se para minha mãe.

— Ah, não, ele não me disse que seria hoje. E passei a semana inteira com tanto receio! Tomara que perca, eu até rezaria por isso, contanto que se livre desse fardo e tudo volte a ser como antes.

— Então ele não disse nem à senhora, mamãe! — exclamei. — Que homem! Eis um exemplo de sua indiferença e de sua arrogância; o que foi que acabei de dizer?

— E qual foi a decisão, qual foi a decisão? E quem te disse? — investiu Tatiana Pávlovna. — Fala, vamos!

— Aliás, aí vem ele em pessoa! Talvez nos diga — anunciei ao ouvir seus passos no corredor, e sentei-me depressa junto a Liza.

— Irmão, pelo amor de Deus, poupa mamãe, sê paciente com Andriêi Pietróvitch... — sussurrou-me ela.

— Hei de ser, hei de ser, foi com esta intenção que voltei — apertei a mão dela.

Liza me olhou muito desconfiada, e tinha razão.

II

Ele entrou muito satisfeito consigo mesmo, tão satisfeito que nem sequer achou necessário esconder sua disposição. Aliás, nos últimos tempos se habituara, de modo geral, a abrir-se conosco sem a menor cerimônia, não apenas no que tinha de ruim, mas também de engraçado, o que qualquer um teme; entretanto, tinha plena consciência de que compreenderíamos tudo até o último detalhe. No último ano, segundo observação de Tatiana Pávlovna, havia decaído muito em sua maneira de vestir-se: ele sempre trajava bastante bem, mesmo usando roupas velhas e sem requinte. É verdade que estava disposto a vestir a mesma camisa dois dias seguidos, o que desgostava minha mãe; em casa isso era considerado um sacrifício, e todo aquele grupo de mulheres devotadas chegava a ver nisso uma façanha. Ele usava sempre chapéus macios, pretos, de abas largas; quando tirava o chapéu ao entrar, uma mecha inteira de seus cabelos bastíssimos, mas tingidos de um grisalho forte, caía-lhe direto na testa. Eu gostava de contemplar esses cabelos quando ele tirava o chapéu.

— Boa noite! Todos estão juntos. Até ele está aqui? Ouvi sua voz ainda da entrada. Falava mal de mim, não?

Um dos sinais de seu bom humor revelava-se quando ele resolvia gracejar comigo. Eu, é claro, não lhe replicava. Lukéria entrou com um monte de embrulhos e o pôs sobre a mesa.

— Vitória, Tatiana Pávlovna; ganhei o processo, e os príncipes evidentemente não ousarão apelar. O negócio está a meu favor. Logo encontrei quem me emprestasse mil rublos. Sófia, larga tua costura, não fatigues os olhos. Liza, acabaste de voltar do trabalho?

— Sim, papai — respondeu ela com um ar carinhoso. Ela o chamava de pai; eu não queria me sujeitar a isso por nada.

— Cansada?

— Sim.

— Deixa o trabalho, não compareças amanhã; larga-o de vez.

— Mas papai, assim será pior para mim.

— Peço-te... Detesto quando as mulheres trabalham, Tatiana Pávlovna.

— E como viver sem trabalhar? Ora, para que uma mulher não trabalhe!...

— Sei, sei... Tudo isso é muito bonito e correto, concordo de antemão; mas estou me referindo principalmente aos trabalhos manuais. Imagine, isso me lembra uma das impressões mais dolorosas, ou melhor, mais incorretas que guardo de minha infância. Nas vagas lembranças do tempo em que tinha cinco ou seis anos, vejo muitas vezes — com repugnância, é claro —, em torno de uma mesa redonda, um conclave[56] de mulheres inteligentes, rigorosas e severas, tesouras, tecidos, moldes e desenhos da moda. Todas emitem opiniões e põem atavios, movendo com ar grave e devagar a cabeça, tirando medidas, calculando e preparando-se para cortar. Todos aqueles rostos afetuosos, que gostam tanto de mim, de uma hora para outra se tornam inacessíveis; é só eu fazer uma travessura e no ato me retiram dali. Até minha pobre ama, que me segura pela mão e não responde aos meus gritos e apoquentações, é toda olhos e ouvidos, como se estivesse diante de uma ave-do-paraíso. Pois é a severidade nos rostos inteligentes, o ar grave antes de começar o corte que, por alguma razão, até hoje me dão angústia imaginar. Tatiana Pávlovna, você gosta demasiado de corte e costura! Por mais aristocrático que isto seja, ainda assim gosto mais da mulher que absolutamente não trabalha. Não te sintas incluída nisto, Sófia. Aliás, o que te adiantaria? A mulher já é mesmo um grande poder. Aliás, tu mesma o sabes, Sônia. Qual é tua opinião, Arkadi Makárovitch? na certa é contrária!

— Não, nada disso! — respondi. — É particularmente boa a expressão "a mulher é um grande poder", embora eu não entenda por que o senhor a relacionou com o trabalho. Quanto a ser impossível não trabalhar quando não se tem dinheiro, o senhor mesmo sabe.

— Mas agora basta — voltou-se para minha mãe, que estava toda radiante (estremecera da cabeça aos pés quando ele se dirigiu a mim) —, que ao menos nos primeiros tempos eu não veja trabalhos manuais aqui: estou pedindo por mim. Tu, Arkadi, como um jovem do nosso tempo, na certa és um pouco socialista; então acredita, meu amigo, que quem mais gosta de ócio é o povo que vive eternamente trabalhando!

— Talvez goste do descanso, mas não da ociosidade.

— Não, é do ócio mesmo, do absoluto fazer nada; nisso está o ideal! Conheci um desses eternos trabalhadores, que, aliás, não tinha origem no povo; era um homem bastante cultivado, capaz de construir sínteses. Passa-

---

[56] Assim está no original. (N. do T.)

ra a vida inteira, talvez todos os dias, sonhando regalado e enternecido com a mais plena ociosidade, levando, por assim dizer, o ideal ao absoluto — à infinita independência, à perpétua liberdade do sonho e da contemplação ociosa. Isso durou até o dia em que ficou completamente estrompado no trabalho: recuperar-se era impossível; morreu no hospital. Às vezes eu tendia a concluir, a sério, que os deleites do trabalho tinham sido inventados por homens desocupados, claro que do campo dos virtuosos. Era uma das ideias de Genebra do fim do século passado.[57] Ah, Tatiana Pávlovna, anteontem cortei um anúncio de jornal, este aqui (tirou do bolso do colete um pedaço de papel): é um desses "estudantes" eternos que sabem línguas clássicas e matemática e estão dispostos a ir a toda parte e morar num sótão. Escutem isto: "Professora prepara para todos os estabelecimentos de ensino (ouçam, todos!) e dá aulas de aritmética"; uma única linhazinha, mas clássica! Prepara para os estabelecimentos de ensino e, claro, também leciona aritmética? Não, sua referência à aritmética é especial. Isso, isso já é pura fome, já é o último degrau da necessidade. O tocante aí é justamente essa inabilidade: na certa ela nunca se preparou para ser professora, e duvido que esteja em condições de ensinar alguma coisa. Entretanto, nem que se afogue, arrasta seu último rublo ao jornal e anuncia que prepara para todos os estabelecimentos de ensino e ainda por cima dá aulas de aritmética. *Per tutto mondo e in altri siti.*[58]

— Ah, Andriêi Pietróvitch, seria o caso de ajudá-la. Onde ela mora? — exclamou Tatiana Pávlovna.

— Ora, há muitas assim! — e guardou o recorte no bolso. — Tudo neste saquinho são doces para ti, Liza, e para você, Tatiana Pávlovna; Sófia e eu não gostamos de doces. Para ti também, rapaz! Escolhi tudo pessoalmente nas casas Elissêiev e Ballet.[59] Durante um tempo demasiado longo "passamos fome", como diz Lukéria. (N.B: ninguém jamais passou fome aqui em casa.) Neste saquinho há uvas, confeitos, peras e torta de morango; comprei até um magnífico licor de frutas; e nozes também. É curioso como desde minha infância continuo gostando de nozes, Tatiana Pávlovna, e, sabe,

---

[57] Trata-se das ideias que remontam às concepções sociopolíticas e morais de Jean-Jacques Rousseau (1712-1778), que nascera em Genebra e Dostoiévski considerava um dos precursores das ideias democráticas e socialistas de seu tempo. (N. da E.)

[58] Em italiano, "Para o mundo inteiro e em outros lugares". (N. do T.)

[59] Nomes dos donos de dois famosos armazéns de comestíveis e bebidas em Petersburgo e Moscou. Com a volta do capitalismo à Rússia, a loja de Elissêiev reabriu e hoje funciona com força total nas duas cidades. (N. do T.)

das mais simples. Liza saiu a mim: ela também gosta de estalar nozes como um esquilinho. Tatiana Pávlovna, não há nada de mais encantador que vez por outra a gente se imaginar, por acaso, entre lembranças de infância, colhendo nozes num bosque com as próprias mãos... Já estamos quase no outono, mas os dias andam claros, às vezes está tão fresco, a gente mergulha no fundo da mata, afunda na floresta, sente o cheiro das folhas... Vejo algo de simpático em seu olhar, Arkadi Makárovitch.

— Eu também passei no campo os primeiros anos de minha infância.

— Como?, mas me parece que viveste em Moscou... se não estou enganado.

— Ele morava na casa dos Andrónikov, em Moscou, quando você esteve lá; mas antes ele morava com sua falecida tia Varvara Stiepánovna, no campo — secundou Tatiana Pávlovna.

— Sófia, aqui está o dinheiro, guarda-o! Prometeram-me cinco mil para um dia desses.

— Então não há mais nenhuma esperança para os príncipes? — perguntou Tatiana Pávlovna.

— Absolutamente nenhuma, Tatiana Pávlovna.

— Sempre lhe fui solidária, Andriêi Pietróvitch, e a todos os seus, amiga da casa; e mesmo que os príncipes me sejam estranhos, tenho pena deles, juro. Não fique zangado, Andriêi Pietróvitch!

— Não tenho a intenção de repartir com eles, Tatiana Pávlovna.

— É claro que você sabe o que penso, Andriêi Pietróvitch; eles teriam sustado o processo se você lhes tivesse oferecido a partilha desde o início; agora, evidentemente, é tarde. Aliás, não me atrevo a julgar... Estou dizendo isso porque na certa o falecido não os teria omitido em seu testamento.

— Além de não os omitir, na certa teria deixado tudo para eles e omitido apenas a mim, se tivesse sido capaz de agir direito e redigir seu testamento como manda o figurino; mas agora a lei me favorece — e negócio encerrado. Não posso nem quero repartir, Tatiana Pávlovna, e não se fala mais nisso.

Ele pronunciou estas palavras até com irritação, coisa que raramente se permitia. Tatiana Pávlovna calou-se. Minha mãe baixou os olhos meio triste: Viersílov sabia que ela aprovava a opinião de Tatiana Pávlovna.

"A bofetada de Ems tem a ver com isso" — pensei cá comigo. O documento conseguido por Kraft e que estava em meu bolso teria tido um triste destino se houvesse caído nas mãos dele. De repente senti que ainda carregava tudo aquilo nas costas; esse pensamento, ligado a todo o resto, sem dúvida produziu em mim um efeito irritante.

— Arkadi, gostaria que te vestisses melhor, meu amigo; não estás malvestido, mas, tendo em vista o futuro, poderia recomendar-te um excelente alfaiate francês, assaz consciencioso e de bom gosto.

— Peço-lhe que nunca me faça semelhante proposta — retorqui bruscamente.

— Por quê?

— É claro que não acho isso humilhante, no entanto não estamos em nenhum acordo, mas, ao contrário, em desacordo, porque por esses dias, amanhã, deixarei de ir à casa do príncipe, porque lá não presto o mínimo serviço.

— Mas o fato de ires até lá, ficares ao lado dele, é um serviço!

— Tais pensamentos são humilhantes.

— Não compreendo; bem, se és tão melindroso, então recusa seu dinheiro, mas vai. Tu o deixarás no auge da amargura; ele já está muito ligado a ti, podes acreditar... Aliás, como queiras!

Via-se que para ele era desagradável.

— O senhor diz "não solicite dinheiro", mas graças ao senhor mesmo hoje cometi uma infâmia: o senhor não me havia prevenido e hoje lhe solicitei os meus vencimentos pelo mês trabalhado.

— Então já providenciaste; confesso que não pensava que o solicitarias; como, apesar de tudo, hoje em dia vocês são todos espertos! Hoje não existe juventude, Tatiana Pávlovna.

Estava com uma tremenda raiva; eu também.

— Ora, eu precisava acertar minhas contas com o senhor... foi o senhor quem me obrigou, e agora não sei o que fazer.

— A propósito, Sófia, devolve imediatamente a Arkadi seus sessenta rublos; e tu, meu amigo, não te zangues com a precipitação desse acerto. Pela expressão do teu rosto adivinho que tens algum empreendimento na cabeça, e que estás necessitando de capital de giro... ou de algo do gênero.

— Ignoro o que exprime o meu rosto, mas de maneira nenhuma eu esperava que mamãe lhe falasse desse dinheiro, depois de eu lhe ter pedido tanto. — Olhei para minha mãe com os olhos cintilando. Não sei dizer como eu estava ofendido.

— Arkacha,[60] meu caro, perdoa-me, pelo amor de Deus, não tive como deixar de dizer a ele...

---

[60] Tratamento carinhoso de Arkadi. (N. do T.)

— Meu amigo, não te queixes por ela ter revelado teus segredos — disse-me ele —, além disso, ela o fez com uma boa intenção: a mãe simplesmente quis gabar-se do sentimento do filho. Mas acredita, mesmo sem essa revelação eu teria adivinhado que eras um capitalista. Todos os teus segredos estão escritos em tua honesta fisionomia. Ele tem "sua ideia", Tatiana Pávlovna, eu já lhe disse isso.

— Deixemos minha honesta fisionomia — continuei a interromper —, sei que frequentemente o senhor lê o pensamento das pessoas, embora em outros casos não enxergue um palmo diante do nariz; mas fico surpreso com sua perspicácia. Pois é, tenho "minha ideia". O fato de o senhor ter usado essa expressão foi, sem dúvida, um acaso, mas não temo confessar; tenho uma "ideia". Não temo nem me envergonho.

— Sobretudo, não te envergonhes!

— Mesmo assim nunca a revelaria ao senhor.

— Isto é, não te dignas revelá-la. Não é necessário, meu amigo, mesmo assim conheço a essência de tua ideia; em todo caso, significa:

Retiro-me para o deserto.[61]

Tatiana Pávlovna! Penso que ele quer... se tornar um Rothschild, ou coisa desse gênero, e recolher-se à sua grandeza. É de crer que, por magnanimidade, concederá uma pensão a mim e a você — a mim talvez não —; mas, em todo caso, aqui em casa ele é como um meteoro. Como a lua nova — mal nasce, já se põe.

Estremeci em meu íntimo. Evidentemente, era tudo um acaso: ele não sabia de nada e falava de coisa bem diferente, apesar de ter se referido a Rothschild; mas como podia definir com tanto acerto os meus sentimentos: romper com eles e retirar-me? Adivinhara tudo e queria de antemão manchar com seu cinismo a tragicidade do fato. De que estava furioso não havia dúvida.

— Mamãe, desculpe minha explosão, ainda mais porque não dá mesmo para me esconder de Andriêi Pietróvitch — ri fingidamente, procurando ao menos por um instante transformar tudo em brincadeira.

— O melhor de tudo, meu querido, foi que riste. É difícil imaginar o quanto cada um ganha com isso, até na aparência. Estou falando sério. Ta-

---

[61] Primeira estrofe de uma canção popular russa, publicada pela primeira vez em 1790 no *Novo cancioneiro russo*..., livro que integrava a biblioteca pessoal de Dostoiévski. (N. da E.)

tiana Pávlovna, ele está sempre com o ar de quem tem em mente algo tão importante que até se envergonha disso.

— Eu lhe pediria seriamente que fosse mais discreto, Andriêi Pietróvitch.

— Tens razão, meu amigo; mas é necessário dizer isto de uma vez por todas para que não se volte mais a este assunto. Vieste de Moscou com a finalidade de logo se rebelar — eis o que por ora sabemos sobre o motivo de tua vinda. Que vieste para nos surpreender de algum modo é coisa que eu, subentende-se, não mencionarei. Depois, faz um mês inteiro que estás aqui bufando conosco — entretanto és, pelas evidências, um homem inteligente, e nessa qualidade poderias deixar esse bufo para aqueles que não têm mais com que se vingar das pessoas, por sua nulidade. Sempre te fechas, enquanto teu ar honesto e tuas faces ruborizadas testemunham francamente que poderias olhar todo mundo nos olhos sem nenhuma culpa. Ele é hipocondríaco, Tatiana Pávlovna; não entendo por que hoje em dia eles todos são hipocondríacos.

— Se o senhor nem sequer sabe onde me criei, como saberia por que sou hipocondríaco?

— Eis a decifração do enigma: tu te ofendeste por eu ter podido esquecer onde te criaste.

— Nada disso, não me atribua tolices. Mamãe, Andriêi Pietróvitch acabou de me elogiar porque ri; então riamos — por que continuar assim? Querem que lhes conte anedotas a meu respeito? Ainda mais porque Andriêi Pietróvitch não sabe nada a respeito de minhas aventuras.

Eu estava em ebulição. Sabia que nunca mais voltaríamos a ficar juntos como agora e que, uma vez saído desta casa, jamais retornaria a ela — foi por essa razão que na véspera de tudo isso não consegui me conter. Ele mesmo me desafiou para esse desfecho.

— Isso, sem dúvida, é assaz gentil, desde que seja de fato engraçado — observou, fitando-me com um olhar penetrante —, embruteceste um pouco lá onde te criaste, meu amigo, mas, pensando bem, apesar de tudo ainda és bastante decente. Hoje ele está muito amável, Tatiana Pávlovna, e você fez muito bem ao abrir finalmente o saquinho.

Mas Tatiana Pávlovna franziu o cenho; nem sequer voltou-se e continuou a abrir o saquinho e a colocar os doces nos pratos. Minha mãe também continuava em absoluta perplexidade, claro que compreendendo e pressentindo que as coisas não estavam bem. Minha irmã tornou a me tocar o cotovelo.

III

— Quero simplesmente contar a vocês todos — comecei com o ar mais expansivo — como um pai encontrou pela primeira vez seu amável filho; isso aconteceu justo "no lugar em que foste criado...".

— Mas, meu amigo, isso não será... enfadonho? Sabes: *tous les genres...*[62]

— Não precisa franzir o cenho, Andriêi Pietróvitch, não vou tratar de nada do que está pensando. O que quero é que todos riam.

— Que Deus te ouça, meu caro! Sei que gostas de todos nós e que... não gostarias de estragar nossa noite — balbuciou ele de um jeito como que estudado, displicente.

— Na certa foi por minha cara que adivinhou que gosto do senhor?

— Sim, em parte também por tua cara.

— Bem, pela cara de Tatiana Pávlovna também adivinhei há muito tempo que ela é apaixonada por mim. Não me olhe com esse jeito tão feroz, Tatiana Pávlovna, é melhor rir! É melhor rir!

Súbito ela se voltou bruscamente para mim e por meio minuto me examinou com um olhar penetrante:

— Vê lá! — ameaçou-me com um dedo, mas tão a sério que isso já não tinha nenhuma relação com minha brincadeira tola, porém era algum tipo de advertência: "Não me digas que estás com a ideia de recomeçar?".

— Andriêi Pietróvitch, então será que o senhor não se lembra de quando nos encontramos pela primeira vez?

— Esqueci-o, meu amigo, juro, e sinceramente te peço perdão. Só me lembro de que parece que foi há muito tempo e não sei onde...

— Mamãe, a senhora não se lembra de quando esteve na aldeia onde me criei, parece que até os seis ou sete anos, e sobretudo se algum dia a senhora esteve de fato nessa aldeia ou apenas sonhei que a tinha visto lá pela primeira vez? Há muito tempo que eu queria lhe fazer essa pergunta, mas adiava; agora, chegou o momento.

— Como não, Arkáchenka,[63] como não! Lá estive três vezes hospedada em casa de Varvara Stiepánovna; a primeira vez quando tinhas apenas um aninho, a segunda quando estavas na casa dos quatro e depois quando tinhas feito seis aninhos.

---

[62] Citação incompleta da frase de Voltaire: "*Tous les genres sont bons, hors le genre ennuyeux*" ("Todos os gêneros são bons. exceto o gênero enfadonho"). (N. da E.)

[63] Outra forma carinhosa do nome Arkadi. (N. do T.)

— Pois bem, passei o mês inteiro querendo lhe perguntar isso.

Minha mãe corou diante do brusco afluxo de lembranças e me perguntou emocionada:

— Então, Arkáchenka, será possível que te lembres de mim ainda naquele tempo?

— Não me lembro nem sei de nada, só sei que alguma coisa do seu rosto ficou em meu coração pelo resto da vida, além de ter ficado sabendo que a senhora era minha mãe. Até hoje vejo toda a aldeia como num sonho, até minha babá esqueci. Lembro-me um pouquinho de Varvara Stiepánovna apenas porque estava sempre com o queixo enfaixado. Ainda me recordo de árvores imensas ao lado da casa — parece que eram tílias —, às vezes a luz intensa do sol entrando pelas janelas abertas, a platibanda com flores, uma vereda, e da senhora, mamãe, lembro-me claramente apenas num único instante, quando me levaram para fazer a primeira comunhão na igreja de lá e a senhora me ergueu para que eu recebesse a hóstia e beijasse o cálice; era verão e um pombo atravessou a cúpula de uma janela à outra...

— Senhor! Tudo isso aconteceu mesmo — minha mãe ergueu os braços — e me lembro com precisão daquele pombo. No momento exato de comungar ficaste agitado e exclamando: "O pombo, o pombo!".

— Seu rosto, ou alguma coisa dele, uma expressão, ficou de tal modo em minha memória que cinco anos depois, em Moscou, eu a reconheci imediatamente, embora na ocasião ninguém me tivesse dito que a senhora era minha mãe. E eu e Andriêi Pietróvitch nos encontramos pela primeira vez, retiraram-me da casa dos Andrónikov; até então eu passara ali uns cinco anos consecutivos, tranquilos e alegres. Lembro-me, nos mínimos detalhes, de seu apartamento num prédio do Estado e de todas aquelas senhoras e senhoritas, que hoje estão aqui bem envelhecidas, e da casa cheia, e do próprio Andrónikov, de como ele mesmo trazia da cidade as provisões — aves, percas e leitões —, de como nos servia a sopa à mesa no lugar de sua mulher, que era sempre arrogante, e nós todos sempre ríamos muito daquilo, a começar por ele. Foi lá que as moças me ensinaram o francês, porém do que eu mais gostava era das fábulas do Krilov;[64] aprendi de cor uma infinidade delas e todo dia declamava uma para Andrónikov quando entrava em seu minúsculo escritório, estivesse ele ocupado ou não. Pois bem, foi justo por causa de uma das fábulas que nós dois nos conhecemos, Andriêi Pietróvitch... Vejo que começa a lembrar-se.

---

[64] Ivan Andrêievitch Krilov (1769-1844), o mais célebre fabulista russo. (N. do T.)

— De alguma coisa eu me lembro, meu caro, justamente de que na ocasião me contaste algo... uma fábula ou um trecho de *A desgraça de ter espírito*.[65] Mas que memória!

— Memória! Pudera! Foi a única coisa que guardei na memória por toda a minha vida.

— Bom, bom, meu caro, tu me animas.

Ele até sorriu, e logo em seguida minha mãe e minha irmã também sorriram. A confiança voltava; mas Tatiana Pávlovna, que se sentara num canto depois de ter colocado os doces sobre a mesa, continuava a perscrutar com um olhar mau.

— Aconteceu — prossegui — que de repente, numa bela manhã, minha amiga de infância Tatiana Pávlovna, que sempre apareceu de uma hora para outra em minha vida, como ocorre no teatro, veio me buscar, levou-me numa carruagem e me instalou numa casa senhorial, num luxuoso apartamento. Na ocasião o senhor, Andriêi Pietróvitch, se instalara na casa de Fanariótova, que estava desocupada e outrora ela havia comprado do senhor mesmo; ela própria estava no exterior. Eu sempre usava jaqueta; súbito me vestiram uma bonita sobrecasaca azul e uma magnífica camisa branca. Tatiana Pávlovna passou aquele dia inteiro envolvida comigo e me comprou muitas coisas; eu fiquei andando por todos os cômodos vazios e olhando-me em todos os espelhos. Pois bem, na manhã seguinte, por volta das dez horas, perambulando pelo apartamento, súbito entrei não sei como, por acaso, em seu gabinete. Na véspera eu já o havia visto na escada, se bem que apenas de passagem, no momento em que acabavam de me trazer. O senhor descia a escada a fim de tomar uma carruagem e ir para não sei onde; o senhor chegara sozinho e por pouco tempo a Moscou depois de uma ausência demasiado longa, de modo que era requisitado em toda parte e quase nunca parava em casa. Encontrando-me com Tatiana Pávlovna, o senhor apenas soltou um "ah!" e nem sequer parou.

— Ele descreve com um amor especial — observou Viersílov, dirigindo-se a Tatiana Pávlovna; esta se voltou e não respondeu.

— Neste momento eu o vejo como o senhor era naquele momento, vicejante e bonito. E surpreende como pôde envelhecer e enfear nesses nove anos, desculpe minha franqueza; aliás, naquele momento o senhor já estava com uns trinta e sete anos, mas eu não conseguia tirar os olhos de cima do senhor; que cabelos admiráveis, quase inteiramente negros, de um brilho

---

[65] Peça de Aleksandr Griboiédov (1795-1829), diplomata e dramaturgo russo. (N. do T.)

lustroso, sem um fio branco; o bigode e as suíças eram obra de ourivesaria — não tenho outra expressão; o rosto tinha uma palidez embaçada, não dessa palidez doentia de agora, mas como a de sua filha Anna Andriêievna, que tive a honra de acabar de ver: olhos ardentes e escuros e dentes brilhantes, sobretudo quando o senhor ria. O senhor desatou deveras a rir, observando-me, quando entrei em seu gabinete: na ocasião eu conseguia distinguir poucas coisas, e seu sorriso só veio encher de alegria o meu coração. Naquela manhã o senhor vestia um paletó de veludo azul-marinho, usava um cachecol solferino sobre uma esplêndida camisa rendada de Alençon,[66] estava diante do espelho com um caderno na mão e, declamando, elaborava o último monólogo de Tchatski,[67] em particular seu último grito: "Tragam-me uma carruagem, uma carruagem!".

— Ah, meu Deus — exclamou Viersílov —, ele está mesmo falando a verdade! Naquele momento, apesar de estar em Moscou por pouco tempo, por causa da doença de Jileiko eu resolvera representar o papel de Tchatski no teatro doméstico de Aleksandra Pietrovna Vítovtova.

— Será possível que esqueceu? — Tatiana Pávlovna deu uma risada.

— Ele me fez lembrar! E confesso; aqueles poucos dias de Moscou foram, talvez, o melhor momento de toda a minha vida. Ainda éramos todos tão jovens... todos aguardávamos tudo com tanto ardor... Naqueles dias encontrei de repente em Moscou tanto... Mas continua, meu caro, desta vez fizeste muito bem ao te lembrares de forma tão detalhada...

— Eu estava plantado lá, olhando para o senhor, e súbito exclamei: "Ah! que bom ver o verdadeiro Tchatski!". De repente o senhor se voltou para mim e perguntou: "Será que já conheces Tchatski?". Depois, sentou-se no divã e com a mais fascinante disposição começou a tomar seu café: eu devia ter lhe dado um bocado de beijos. Então lhe comuniquei que na casa de Andrónikov todos liam muito, que as senhoritas sabiam muitos versos de cor, que representavam entre si cenas de *A desgraça de ter espírito* e que tinham passado toda a última semana lendo juntas, à noite e em voz alta, *Memórias de um caçador*,[68] e que o que eu mais apreciava e sabia de cor eram as fábulas de Krilov. O senhor me mandou recitar algo de memória, e eu lhe declamei *A noiva exigente*:

---

[66] Renda produzida pela famosa fábrica de rendas, fundada por Jean-Baptist Calbert (1619-1683), que foi ministro de Luís XIV. (N. do T.)

[67] Personagem da referida peça de Griboiédov. (N. do T.)

[68] Coletânea de contos de Ivan Turguêniev (1818-1883). (N. do T.)

Uma moça casadoura imaginava um noivo.

— Foi isso mesmo, isso mesmo, acabo de me lembrar de tudo! — tornou a exclamar Viersílov —, mas, meu amigo, também me lembro nitidamente de ti: eras então um menino tão amável, até um menino expansivo, e te juro que também te desgastaste nesses nove anos.

Nesse momento todos, até a própria Tatiana Pávlovna, caíram na risada. Era claro que Andriêi Pietróvitch estava brincando e me pagava com a mesma moeda por minha observação ferina, dizendo que eu tinha envelhecido. Todos se divertiram muito; sim, as coisas tinham sido ditas de forma magnífica.

— À medida que eu recitava o senhor sorria, mas eu ainda não tinha chegado nem à metade quando o senhor me mandou parar, tocou o sininho e, ao criado que entrou, ordenou que chamasse Tatiana Pávlovna, que logo apareceu com um ar tão alegre que eu, que a vira na véspera, quase não a reconheci. Na presença de Tatiana Pávlovna recomecei *A noiva exigente* e a terminei de maneira brilhante, até Tatiana Pávlovna sorriu, e o senhor, Andriêi Pietróvitch, o senhor até gritou "bravo!" e me observou com entusiasmo que, se se tratasse de *A cigarra e a formiga*, não seria surpreendente que um menino inteligente de minha idade a recitasse com inteligência, mas que recitar esta fábula:

Uma moça casadoura imaginava um noivo.
Ainda não há pecado nisso...

Ouça como ele profere: "Ainda não há pecado nisso!". Em suma, o senhor estava maravilhado. Então começou a falar em francês com Tatiana Pávlovna, e num piscar de olhos ela franziu o cenho e passou a lhe fazer objeções, estava até muito irritada: mas, como é impossível contradizer Andriêi Pietróvitch se de uma hora para outra ele deseja alguma coisa, Tatiana Pávlovna pegou e me levou às pressas para o seu quarto: lá tornaram a me lavar o rosto e as mãos, mudaram minha roupa de baixo, passaram creme em mim e até me frisaram o cabelo. Depois, ao cair da tarde, Tatiana Pávlovna vestiu-se com bastante pompa, de um modo que eu nem esperava, e levou-me numa carruagem. Pela primeira vez em minha vida fui ao teatro, a um espetáculo de amadores, na casa da Vítovtova: velas, lustres, bustos, senhoras, militares, generais, moças, o pano do palco, fileiras de cadeiras — até então eu nunca tinha visto nada semelhante. Tatiana Pávlovna escolheu um lugar mais modesto numa das últimas fileiras e me fez sentar a seu lado. É claro que havia também crianças como eu, mas eu não olhava para mais nada, esperava pelo espetáculo com ansiedade. Quando o senhor entrou em cena, Andriêi Pietróvitch, fiquei em êxtase, em êxtase a ponto de derramar lágrimas — por que e por qual motivo não compreendo. Lágrimas de êxtase, por quê? — eis o que achei absurdo relembrar durante esses nove anos! Eu acompanhava a comédia com ansiedade; eu, evidentemente, só compreendia que *ela* o havia traído, e que uns patetas indignos de tocar num dedo de seu pé zombavam dele. Quando ele declamava no baile, eu compreendia que estava humilhado e ofendido, que censurava todos aqueles tipos desprezíveis, mas que ele era grandioso, grandioso! Sem dúvida, minha preparação em casa de Andrónikov me ajudou a compreender, mas seu desempenho, Andriêi Pietróvitch! Era a primeira vez que eu assistia a um espetáculo! Na partida, quando Tchatski gritou: "Tragam-me uma carruagem, uma carruagem!" (e seu grito foi surpreendente!), despreguei-me do meu assento e, com todos os espectadores que prorromperam em aplausos, bati palmas e gritei com todas as minhas forças: "Bravo!".

Lembro-me vivamente de que no mesmo instante um beliscão furioso de Tatiana Pávlovna me pungiu as costas, "abaixo da cintura", como um alfinete, mas não dei atenção a ela! Naturalmente, logo que terminou o espetáculo Tatiana Pávlovna me levou para casa: "Não ias mesmo ficar para dançar, não vou ficar aqui só por tua causa" — a senhora chiava para mim na carruagem durante todo o trajeto, Tatiana Pávlovna. Passei a noite inteira delirando, e no dia seguinte, às dez horas, eu já estava à porta de seu gabinete, mas o gabinete estava fechado: havia pessoas no gabinete e o senhor tratava de negócios com elas; depois sumiu de repente o dia inteiro, até a noite — e assim não o vi mais! O que eu queria lhe dizer naquela ocasião — claro que esqueci, e nem naquele momento eu o sabia, mas queria ardentemente vê-lo o mais rápido possível. Na manhã seguinte, logo depois das oito horas, o senhor se dignou partir para Sierpukhóv: acabava de vender a fazenda de Tula para acertar as contas com seus credores, mas ainda assim restava-lhe um dinheiro de encher os olhos, e eis por que o senhor apareceu então em Moscou, onde até aquele momento não podia mostrar a cara por medo dos credores; e eis que de todos os credores só aquele grosseirão de Sierpukhóv não aceitou liquidar o débito, recebendo apenas a metade. Tatiana Pávlovna nem sequer respondia às minhas perguntas: "Nada de agitação, depois de amanhã te levarei para um internato; prepara-te, pega teus cadernos, arruma teus livros e procura acostumar-te a arrumar tu mesmo o teu baú; não hás de te criar como um vadio, meu senhor" —, e isso, e mais aquilo a senhora martelou nos meus ouvidos durante aqueles três dias, Tatiana Pávlovna! E terminou por me levar para o internato de Touchard, a mim, um inocente que estava apaixonado pelo senhor, Andriêi Pietróvitch, e vamos que pareça um estúpido acaso, isto é, todo aquele nosso encontro, mas, não sei se acredita, apesar de tudo, meio ano depois eu queria fugir do internato de Touchard para a sua companhia!

— Narraste magnificamente e me lembraste de tudo com muita nitidez — ressaltou Viersílov —, no entanto, o que mais me impressiona em tua história é a riqueza de certos detalhes estranhos referentes, por exemplo, às minhas dívidas. Já sem falar de certa indecência desses detalhes, não compreendo como conseguiste colhê-los.

— Os detalhes? Como os colhi? Ora, repito, durante esses nove anos não fiz outra coisa senão colher detalhes a seu respeito.

— Estranha confissão e estranho passatempo!

Voltou-me as costas, semideitado na poltrona, e até deu um leve bocejo — e se foi, de propósito ou não, ignoro-o.

— Então, continuo a contar como quis fugir do internato Touchard e ir para junto do senhor?

— Proíba-o, Andriêi Pietróvitch, contenha-o e toque-o porta afora! — explodiu Tatiana Pávlovna.

— Não se deve, Tatiana Pávlovna — respondeu Viersílov com gravidade —, pelo visto Arkadi tem algum plano, logo, é forçoso que o deixemos concluir. Que continue! Concluirá e terá uma preocupação a menos, e essa preocupação a menos é o principal para ele. Começa tua nova história, meu caro, isto é, estou dizendo nova só por dizer; não te preocupes, conheço o seu fim.

IV

— Eu fugia, isto é, queria fugir para junto do senhor, é muito simples. Tatiana Pávlovna, a senhora se lembra de que, umas duas semanas depois de minha entrada no internato, Touchard lhe escreveu uma carta — ou não? Depois Mária Ivánovna me mostrou essa carta, que também apareceu entre os papéis do falecido Andrónikov. De uma hora para outra Touchard se dera conta de que tinha cobrado pouco e lhe anunciava "dignamente" que em seu estabelecimento se educavam príncipes e filhos de senadores, e que julgava abaixo do nível de sua instituição acolher um aluno com uma origem como a minha, a menos que lhe pagassem um acréscimo.

— *Mon cher*, poderias...

— Oh, não é nada, não é nada — interrompi —, só quero falar um pouquinho de Touchard. A senhora lhe respondeu quando já estava no distrito, Tatiana Pávlovna, duas semanas depois, com uma recusa categórica. Lembro-me de como ele, todo vermelho, entrou em nossa sala. Era um francesinho muito baixo e meio atarracado, de uns quarenta e cinco anos e de fato oriundo de Paris, naturalmente de uma família de sapateiros, mas que, desde tempos imemoriais, trabalhava em Moscou como professor efetivo de francês e inclusive detinha títulos, dos quais se orgulhava em extremo — era um homem profundamente inculto. Éramos apenas seis alunos em sua instituição; entre nós havia de fato um sobrinho de um senador moscovita, e em sua casa todos vivíamos absolutamente em família, mais sob a vigilância de sua esposa, uma senhora muito pretensiosa, filha de um funcionário russo qualquer. Naquelas duas semanas banquei ao máximo o importante diante de meus colegas, vangloriava-me de minha sobrecasaca azul e de meu papai Andriêi Pietróvitch, e quando eles me perguntavam por que eu era Dolgorúki e não Viersílov, a pergunta não me perturbava nem um pouco, justo porque eu mesmo ignorava a razão.

— Andriêi Pietróvitch! — bradou Tatiana Pávlovna com uma voz quase ameaçadora. Minha mãe, ao contrário, observava-me sem despregar os olhos de mim e via-se que queria que eu continuasse.

— *Ce Touchard...*[69] agora realmente me lembro de que ele era baixo e inquieto — resmungou Viersílov —, mas naquele tempo me deram as melhores referências dele...

— *Ce Touchard* entrou então com a carta na mão, chegou-se à nossa grande mesa de carvalho, à qual nós seis decorávamos sabe-se lá o quê, agarrou-me com força pelo ombro, levantou-me da cadeira e ordenou que eu pegasse meus cadernos. "Teu lugar não é aqui, mas lá" — e mostrou-me um quartinho minúsculo à esquerda da antessala, onde havia uma mesa simples, uma cadeira de vime e um divã revestido de oleado, tal qual o que há em meu quartinho lá de cima. Fui para lá surpreso e muito intimidado; até então nunca me tinham tratado com grosseria. Meia hora depois, quando Touchard deixou a sala de aula, troquei olhares e risos com os colegas; é claro que eles estavam zombando de mim, mas eu não desconfiava disso e pensava que ríamos porque estávamos alegres. Justo nesse momento Touchard irrompeu, agarrou-me pelos cabelos e começou a me arrastar: "Não te atrevas a ficar com as crianças nobres, és de origem plebeia, igual à de um

---

[69] Em francês, "Esse Touchard". (N. do T.)

criado!". E bateu de forma muito dolorosa em minha face rosada e gorducha. Incontinente gostou do que estava fazendo e me bateu uma segunda e uma terceira vez. Eu soluçava, estava terrivelmente surpreso. Passei uma hora inteira com as mãos cobrindo o rosto e chorando sem parar. Acontecera uma coisa que não havia como eu compreender. Não entendia por que um homem sem maldade como Touchard, um estrangeiro, que até se alegrara tanto com a emancipação dos camponeses russos,[70] podia bater numa criança tão tola como eu. Pensando bem, eu estava surpreso e não ofendido; ainda não era capaz de me sentir ofendido. Parecia-me que cometera alguma travessura, mas quando eu me corrigisse seria perdoado e todos voltaríamos a ser alegres, iríamos brincar no pátio e levar a melhor das vidas.

— Meu amigo, ah, se eu soubesse... — disse Viersílov com voz arrastada e o sorriso negligente de um homem um tanto cansado — que patife era esse Touchard! Aliás, mesmo assim ainda não perdi a esperança de que de algum jeito arranjarás forças, no fim das contas nos perdoarás por tudo e novamente viveremos a melhor das vidas.

Ele bocejou com ar decidido.

— Mas eu não acuso, de maneira nenhuma, e acredite, não me queixo de Touchard! — exclamei um pouco desorientado —, e ademais ele só me bateu por coisa de uns dois meses. Lembro-me de que eu sempre tentava desarmá-lo de algum modo, precipitava-me para lhe beijar as mãos, e as beijava chorando sem parar. Os colegas zombavam de mim e me desprezavam, porque Touchard passou a me usar de quando em quando como se eu fosse seu criado, ordenava que eu lhe levasse a roupa quando se trocava. Aqui aproveitei instintivamente meu servilismo: eu me empenhava com todas as forças em lhe servir e não ficava minimamente ofendido, porque eu ainda não compreendia nada disso e até hoje me surpreendo de como ainda era tão tolo a ponto de não entender como era diferente de todos eles. É verdade que meus colegas já me explicavam muitas coisas, a escola era boa. Touchard acabou preferindo me dar joelhadas no traseiro a me bater na cara, e meio ano depois passou até a me acarinhar de vez em quando; era apenas fogo de palha, pois na certa me bateria uma vez por mês para me lembrar, para que eu visse bem como me comportava. Também não demorou a me devolver à companhia das crianças e me deixar brincar com elas, mas nenhuma vez naqueles dois anos e meio Touchard esqueceu que éramos de condições so-

[70] Alusão à reforma de 1861, que aboliu o regime de servidão na Rússia e libertou os camponeses para o trabalho assalariado. (N. do T.)

ciais diferentes e, mesmo sem exagerar, ainda assim me usou com frequência em seu serviço e, acho eu, justo para me lembrar disso.

Eu ia fugir, isto é, já queria fugir uns cinco meses depois daqueles dois primeiros. Em geral, em toda a minha vida fui pouco propenso a decisões. Quando me deitava e me metia debaixo do cobertor, logo começava a sonhar com o senhor, Andriêi Pietróvitch, só com o senhor; ignoro em absoluto o porquê. O senhor chegava até a me aparecer em sonho. Sobretudo sempre sonhava loucamente que o senhor apareceria de súbito, eu me lançaria em sua direção e o senhor me tiraria daquele lugar e me levaria para sua casa, para seu gabinete, e de novo iríamos ao teatro, e assim por diante. E o principal é que não nos separaríamos — eis o principal! Quando, porém, eu acordava de manhã, no mesmo instante começavam as zombarias e o desdém dos meninos; um deles me bateu e me obrigou a lhe trazer as botas; insultava-me com os piores nomes feios, procurando em especial me deixar clara a minha origem, para a alegria de todos os presentes. Quando, enfim, Touchard chegava, algo insuportável começava em minha alma. Sentia que ali nunca me perdoariam — oh! aos pouquinhos eu já começava a compreender por que exatamente não me perdoariam e qual era de fato a minha culpa! E eis que enfim tomei a decisão de fugir. Havia passado dois meses inteiros sonhando muitíssimo com isso e enfim tomei a decisão; estávamos em setembro. Esperei que todos os meus colegas saíssem no sábado para passar fora o domingo, e enquanto isso fiz, em silêncio e com cuidado, uma trouxa com as coisas essenciais; o dinheiro que tinha eram dois rublos. Eu queria esperar o crepúsculo: "Então desço a escada — pensava eu —, saio e depois sigo". Para onde? Sabia que Andrónikov já fora transferido para Petersburgo, e resolvi procurar a casa da Fanariótova, na rua Arbat; "passo a noite em algum lugar ou aguardo sentado, e pela manhã pergunto a alguém no pátio: onde Andriêi Pietróvitch está neste momento e, se não está em Moscou, em que cidade ou país estará? Na certa me dirão. Vou embora e depois pergunto a alguém em outro lugar, em algum lugar: a que barreira da cidade preciso me dirigir, se devo ir a esta ou àquela cidade, e então pego caminho, e vou em frente, em frente. Sempre em frente; passo a noite em algum lugar debaixo de arbustos, comendo apenas pão, dois rublos de pão darão para muito tempo". Mas no sábado não tive como fugir; tive de esperar até o dia seguinte, domingo; como de propósito, Touchard e sua mulher saíram no domingo e na casa inteira só permanecemos eu e Agáfia. Fiquei aguardando a noite numa angústia terrível, lembro-me de que estava sentado em nossa sala de aulas, diante da janela, observando a rua poeirenta com suas casinhas de madeira e os raros transeuntes. Touchard morava nos cafundós, e de nossas janelas via-se a barreira da cidade: não será aquela ali? — passou-me um lampejo pela cabeça. O sol se punha bem vermelho, o céu estava bem frio, e um vento cortante, tal qual o de hoje, levantava poeira. Enfim se fez total escuridão; plantei-me diante do ícone e comecei a rezar, mas com toda a rapidez, porque estava apressado; agarrei a trouxa e desci na ponta dos pés nossa escada rangente, com um medo terrível de que Agáfia me ouvisse da cozinha. A porta estava fechada à chave, abri-a — a noite escura como breu negrejou à minha frente como o infinito desconhecido, perigoso, e o vento arrancou-me o boné da cabeça. Eu tinha saído; do lado oposto da calçada soou o forte berro roufenho de bêbedo de um blasfemo transeunte; parei, olhei ao redor e voltei quieto para casa, quieto subi a escada, quieto tirei a roupa, desfiz a trouxa e deitei-me de bruços, sem lágrimas nem pensamentos, e foi depois daquele momento que comecei a pensar, Andriêi Pietróvitch! Pois bem, foi depois daquele momento, em que tomei consciência de que, além de lacaio, eu era ainda por cima covarde, que começou meu verdadeiro e regular desenvolvimento.

— Pois foi justo a partir daquele momento que te decifrei de uma vez por todas! — Tatiana Pávlovna deu um repentino salto de seu lugar, e tão inesperado que me pegou completamente despreparado. — Sim, não eras um lacaio só naquele tempo, como continuas lacaio até hoje, tens alma de lacaio! Ora, o que custaria a Andriêi Pietróvitch mandar te preparar para ser sapateiro? Teria até te concedido um favor ao te ensinar o ofício! Quem teria solicitado ou exigido para ti mais do que ele? Teu pai, Makar Ivánovitch, não só pedia, mas quase exigia que não retirassem seus filhos do dos segmentos inferiores. Não, não tens apreço pelo fato de que ele te levou à universidade e através dele conquistaste direitos.[71] Ah, os meninos o provocavam, então ele jurou se vingar da humanidade... Um canalha é o que és!

Confesso, fiquei estupefato com essa extravagância. Levantei-me e fiquei algum tempo olhando, sem saber o que dizer.

— Veja só, Tatiana Pávlovna acaba de me dizer algo realmente novo — voltei-me enfim com firmeza para Viersílov —, de fato, sou tão lacaio que de modo algum posso me contentar apenas com o fato de Viersílov não ter feito de mim um sapateiro; nem mesmo os "direitos" me comoviam; ora, vamos, deem-me o Viersílov todo, deem-me meu pai... eis o que eu exigia

---

[71] O estabelecimento em que Arkadi estudava permitia-lhe que, ao concluí-lo, ele ingressasse em qualquer instituição de ensino superior (o que outros estabelecimentos congêneres não permitiam), assim como lhe dava o direito preferencial de ingressar no serviço público já na classe I. (N. da E.)

— como não ser um lacaio? Mamãe, já faz oito anos que remoo na consciência a visita que a senhora me fez sozinha no internato de Touchard e a maneira como a recebi, mas agora não há tempo para falar disso, Tatiana Pávlovna não o permitirá. Mamãe, até amanhã talvez ainda nos vejamos. Pois bem, Tatiana Pávlovna; e se mais uma vez eu me revelar um lacaio a ponto de não admitir, de maneira nenhuma, que um homem torne a se casar estando viva sua mulher? Ora, por pouco isso não aconteceu com Andriêi Pietróvitch em Ems! Mamãe, se a senhora não quiser continuar com um marido que amanhã se casará com outra, lembre-se de que tem um filho que promete ser um filho eternamente respeitoso, lembre-se e vamos embora, apenas com a condição de que seja "ou ele, ou eu" — quer? Não peço resposta imediata: sei que a uma pergunta como essa não se pode responder de pronto...

No entanto, não pude concluir, primeiro porque me exaltara e ficara desnorteado. Minha mãe estava totalmente pálida, sua voz parecia embargada, ela não conseguia dizer uma palavra. Tatiana Pávlovna falou muito e aos brados, de tal forma que sequer consegui atinar o que dizia, e me deu uns dois empurrões nos ombros com o punho. Guardei na memória apenas que gritou que minhas palavras eram "afetadas, acalentadas por uma alma pequena, torcidas". Viersílov estava sentado, imóvel e muito sério, sem sorrir. Subi para o meu quarto. O último olhar que me acompanhou foi o olhar reprovador de minha irmã; ela balançava a cabeça com um ar severo.

CAPÍTULO VII

I

Descrevo todas essas cenas sem me poupar, para que tudo seja lembrado com clareza e se restabeleçam as impressões. Ao entrar em meu quarto, ignorava completamente se devia me sentir envergonhado ou triunfante, como alguém que cumprira com o seu dever. Se eu fosse um pinguinho mais experiente, teria adivinhado que a mínima dúvida em semelhante assunto deve ser interpretada no pior sentido. Porém, outra circunstância me desnorteava: não entendo de que eu me alegrava, mas estava louco de contente, a despeito de minhas dúvidas e da clara consciência de que lá embaixo acabara de meter os pés pelas mãos. Até o fato de Tatiana Pávlovna ter me destratado com tanta raiva eu achava apenas engraçado, e não sentia nenhum ressentimento. É provável que tudo isso acontecesse porque, apesar de tudo, eu quebrara a corrente e me sentia em liberdade pela primeira vez.

Sentia também que havia prejudicado minha situação: ficava ainda mais tenebroso o que eu devia fazer com a carta vinculada à herança. Agora achariam, sem dúvida, que eu queria me vingar de Viersílov. Mas quando eu ainda estava lá embaixo, metido em todos aqueles debates, já havia resolvido levar a questão a uma arbitragem e recorrer a Vássin como árbitro, ou, se a Vássin fosse impossível, recorrer a outra pessoa, e eu já sabia a quem. Para isto vou uma vez, e só uma, à casa de Vássin, pensava comigo mesmo, e então — então sumo de todos, por muito tempo, por vários meses, e sumo sobretudo de Vássin; de raro em raro talvez me aviste apenas com minha mãe e minha irmã. Tudo isso estava em desordem; percebia que havia feito algo, mas não do jeito que devia — e estava contente; repito, apesar de tudo, estava contente com alguma coisa.

Decidira me deitar mais cedo, prevendo muita andança no dia seguinte. Além de alugar um apartamento e me mudar, tomei algumas decisões que resolvi executar de uma forma ou de outra. Mas não conseguiu terminar a noite sem umas esquisitices, e Viersílov acabou dando um jeito de me surpreender ao extremo. Nunca tinha ido ao meu quartinho e de repente, menos de uma hora depois de minha chegada, ouvi seus passos na escada: chamava-

-me para iluminá-la. Saí com uma vela e, estendendo para baixo a mão, que ele agarrou, ajudei-o a subir.

— *Merci*, meu amigo, eu ainda não tinha subido nenhuma vez até aqui, nem quando estava alugando o apartamento. Pressentia o que era isto, mas ainda assim não supunha que fosse esse cubículo — estava no meio do meu quartinho, olhando curioso ao redor. — Mas isto é um caixão de defunto, um verdadeiro caixão de defunto!

De fato, havia alguma semelhança com o interior de um caixão de defunto, e até me admirei de como ele o definiu com a palavra certa. O cubículo era estreito e longo: na altura de meu ombro, não mais, começava o ângulo da parede com o teto, cuja extremidade eu podia tocar com a palma da mão. No primeiro minuto Viersílov se manteve involuntariamente curvado, com receio de bater com a cabeça no teto, mas não bateu e acabou por sentar-se com bastante tranquilidade no meu divã, onde minha cama já estava feita. Quanto a mim, não me sentei e fiquei olhando para ele com a mais profunda surpresa.

— Tua mãe me contou que não sabia se devia aceitar o dinheiro que há pouco lhe propuseste por tua manutenção deste mês. Considerando este caixão de defunto, não só não devemos aceitar mas, ao contrário, devemos te compensar! Nunca vim aqui e... não consigo imaginar como se pode morar neste lugar.

— Estou habituado. Agora, vê-lo aqui é algo a que não consigo me habituar, depois de tudo o que se passou lá embaixo.

— Ah, sim, foste bastante grosseiro lá embaixo, mas... eu também tenho cá os meus objetivos particulares que vou te explicar, embora, pensando bem, minha presença aqui nada tenha de extraordinário; até o que se passou lá embaixo também está na perfeita ordem das coisas; mas, por Cristo, me explica uma coisa: o que lá embaixo nos contaste, nos preparaste para ouvir e começaste com tanta solenidade, será que era tudo o que pretendias nos revelar ou informar, e nada mais?

— É tudo. Quer dizer, admitamos que seja tudo.

— É pouco, meu amigo; a julgar por tua introdução e pelo modo como nos convidaste a rir, numa palavra, vendo como desejavas narrar, confesso que esperava mais.

— Mas para o senhor não dá no mesmo?

— Ora, eu parto especificamente do senso de medida; era dispensável aquele ar bombástico, e foste além da medida. Passaste um mês calado e te preparando, e de repente — nada!

— Eu pretendia narrar por muito tempo, mas estou com vergonha até daquilo que disse. Nem tudo se pode dizer com palavras, há coisas que é melhor nunca contar. Acabei falando bastante, mas acontece que o senhor não me entendeu.

— Ah! tu também sofres algumas vezes porque teu pensamento não se traduz em palavras! Este sofrimento nobre, meu amigo, só é dado aos eleitos: o imbecil sempre fica satisfeito com o que diz, e ainda por cima sempre dirá mais do que o necessário; ele adora seu reservatório de palavras.

— Como fiz lá embaixo, por exemplo; também disse mais do que o necessário: eu reclamava "o Viersílov todo": é bem mais do que o necessário; não tenho necessidade de nenhum Viersílov.

— Vejo, meu amigo, que queres recobrar o que perdeste lá embaixo. Pelo visto estás arrependido, e como entre nós arrepender-se significa voltar imediatamente a investir contra alguém, então não desejas falhar em nova investida contra mim. Vim cedo para cá, porém ainda não esfriaste, e além disso tens dificuldade de suportar a crítica. Mas pelo amor de Deus, senta-te, trago algo para te comunicar; obrigado, é assim que se faz! Pelo que disseste à tua mãe lá embaixo ao sair, fica claro demais que em qualquer situação o melhor é nos separarmos. Vim te persuadir a fazê-lo da forma mais suave possível e sem escândalo, para não magoar ou assustar ainda mais a tua mãe. Até o fato de eu ter vindo pessoalmente para cá já lhe deu ânimo; de certo modo ela acredita que ainda há tempo de fazermos as pazes e que tudo continuará como antes. Penso que se nós dois déssemos, aqui e agora, umas duas gargalhadas estridentes, deixaríamos exultantes aqueles tímidos corações. Vamos que sejam corações simples, mas amam com sinceridade e bonomia; então, por que não acalentá-los um pouco, havendo oportunidade? Bem, este é o primeiro ponto. Eis o segundo: por que devemos fatalmente nos separar com sede de vingança, rangido de dentes, juras e outras coisas mais? Não há nenhuma dúvida de que não temos nenhuma razão para nos pendurarmos ao pescoço um do outro, mas podemos nos separar, por assim dizer, respeitando-nos um ao outro, não é verdade?

— Tudo isso é bobagem! Prometo ir embora sem escândalo — e basta. Logo o senhor intercedendo por mamãe? Ora, o que me parece é que o senhor não dá nenhuma importância à tranquilidade de mamãe e só fala por falar.

— Não acreditas em mim?

— O senhor fala comigo como se eu fosse mesmo uma criança.

— Meu amigo, por isso estou disposto a te pedir mil vezes perdão, e também por tudo o que me atribuis, por todos aqueles anos de tua infância e assim por diante, porém, *cher enfant*, que resultará disso? És tão inteligente que tu mesmo não vais querer ficar numa situação tão tola. Já nem falo de que até hoje não compreendo direito o caráter de tuas censuras: em realidade, de que propriamente me acusas? De não teres nascido Viersílov? Ou não? Caramba! ris com desdém e sais pela tangente, não é?

— Não, acredite-me. Acredite, não acho nenhuma honra me chamar Viersílov.

— Deixemos a honra; ademais, tua resposta deve ser forçosamente democrática; sendo assim, de que então me acusas?

— Tatiana Pávlovna acaba de dizer tudo o que eu precisava saber e que até então não tinha meio de compreender: é que o senhor não me destinou ser sapateiro e, por conseguinte, ainda devo lhe ser grato. Não consigo compreender em que sou ingrato nem mesmo agora, nem mesmo depois que me persuadiram. Não será o seu sangue orgulhoso que fala mais alto, Andriêi Pietróvitch?

— Provavelmente não. E, além disso, convém tu mesmo que todas as extravagâncias que cometeste lá embaixo, em vez de me atingirem, como era teu desígnio antecipado, só a tiranizaram e atormentaram. A propósito, parece-me que não é a ti que compete julgá-la. E, de mais a mais, que culpa ela tem diante de ti? Aliás, explica-me também outra coisa, meu amigo: para que e com que fim espalhaste na escola, e no colégio, durante toda a tua vida e até para a primeira pessoa que encontravas, como me disseram, que és filho bastardo? Soube que fazias isso com um gosto especial. Ora, tudo isso é um absurdo e uma calúnia infame: tu és filho legítimo, um Dolgorúki, filho de Makar Ivánovitch Dolgorúki, homem de respeito e notável pela inteligência e caráter. Se, porém, recebeste instrução superior, foi efetivamente graças a Viersílov, teu ex-senhor de terras, mas o que resulta disso? O grave é que, proclamando tua bastardia, o que por si só já é uma calúnia, revelaste o segredo de tua mãe e, não sei por que falso orgulho, arrastaste tua mãe para ser julgada diante da primeira sordidez que apareceu. Meu amigo, isso é muito baixo, ainda mais porque tua mãe não é pessoalmente culpada de nada: é um caráter puríssimo, e se ela não é Viersílova é só porque ainda tem marido.

— Basta! Estou de total acordo com o senhor e acredito tanto em sua inteligência que espero plenamente que pare com essa repreensão já tão demorada. O senhor gosta tanto da medida; não obstante, tudo tem sua medida, inclusive seu repentino amor por minha mãe. É melhor que faça o seguinte: se o senhor se decidiu vir ao meu quarto e aqui permanecer um quarto de hora ou meia hora (ainda continuo sem saber por quê, mas admitamos que seja pela tranquilidade de minha mãe), e se ainda por cima tem tanto gosto de conversar comigo apesar do que se passou lá embaixo, então é melhor que ao menos fale de meu pai, desse Makar Ivánov,[72] o errante. É precisamente do senhor que gostaria de ouvir sobre ele: há muito tempo tinha a intenção de lhe perguntar. Ao nos separarmos, e talvez por muito tempo, gostaria muito de obter do senhor mesmo uma resposta para mais uma pergunta: será possível que nesses vinte anos o senhor não tenha conseguido agir sobre os preconceitos de minha mãe, e agora também sobre os de minha irmã, a ponto de dissipar com a sua influência civilizadora as antigas trevas do meio em que viviam? Oh! não é da pureza dela que quero falar! Desde sempre ela foi infinitamente superior ao senhor em termos de moral, desculpe, mas... é apenas um cadáver infinitamente superior. Viersílov é o único que vive, enquanto todo o resto a seu redor e tudo o que com ele se relaciona vegeta sob a condição indispensável de ter a honra de alimentá-lo com as suas forças, os seus sucos vitais. Ora, mas outrora ela também foi uma criatura viva? Porque o senhor se apaixonou por alguma coisa que havia nela! Outrora ela também foi mulher?

— Meu amigo, se queres saber, ela nunca o foi — respondeu-me, pendendo para um lado, com aquele seu jeito antigo de falar comigo, que eu guardava tão bem na memória e que tanto me enfurecia; isto é, aparentava a mais sincera bonomia, mas tudo nele traduzia a mais profunda zombaria, de sorte que às vezes eu não conseguia entender a expressão de seu rosto —, nunca foi! A mulher russa nunca é mulher.

— A polonesa, a francesa o são? Ou a italiana, uma italiana apaixonada; é isso que é capaz de cativar um russo civilizado da alta sociedade como Viersílov?

— Vejam só, poderia eu esperar que fosse topar com um eslavófilo? — Viersílov desatava a rir.

Lembro-me palavra por palavra de sua narrativa; ele começou a falar até de muito bom grado e com visível prazer. Para mim era claro demais que não viera ao meu quarto com nenhuma intenção de jogar conversa fora nem para acalmar minha mãe, mas na certa com outros fins.

II

— Eu e tua mãe passamos todos esses vinte anos em silêncio total — começou ele sua tagarelice (trabalhada e antinatural ao extremo) —, e tudo

---

[72] Ivánov e Ivánovitch são patronímicos derivados de Ivan. (N. do T.)

o que houve entre nós também transcorreu em silêncio. A principal qualidade dessa relação de vinte anos foi o silêncio. Acho que nem sequer brigamos uma única vez. Verdade, amiúde eu me ausentava e a deixava só, mas sempre acabava voltando. *Nous revenons toujours*,[73] e essa é mesmo a principal peculiaridade dos homens; neles isso deriva da magnanimidade. Se o casamento fosse uma coisa que só dependesse das mulheres, nenhum deles se salvaria. Resignação, submissão, humildade e ao mesmo tempo firmeza, força, força verdadeira — eis o caráter de tua mãe. E note-se, é a melhor de todas as mulheres que já encontrei. Quanto a ter força, eu mesmo sou testemunha: vi como essa força a alimentava. Quando se trata de, não digo convicções — aí não pode haver convicções verdadeiras —, mas daquilo que entre elas é considerado convicção e, por conseguinte, é sagrado para elas, aí elas enfrentam até os suplícios. Pois bem, tu mesmo podes concluir: será que me pareço com um verdugo? Eis por que preferi calar em quase tudo, e não só porque fosse mais fácil; confesso que não me arrependo. Assim, tudo transcorreu por si mesmo de forma ampla e humana, de sorte que nem faço nenhum autoelogio. Digo a propósito, entre parênteses, que algo me faz suspeitar de que ela nunca acreditou em minha humanidade e por isso sempre tremeu; mas, tremendo, nunca se deixava influenciar por nenhuma cultura. Essas pessoas têm certa habilidade para isso, ao passo que nós carecemos de algum entendimento da questão, e em geral elas são mais hábeis do que nós para ordenar os seus negócios. Podem continuar vivendo a seu modo nas situações mais antinaturais para elas e a seu modo permanecer nas situações para elas mais estranhas, mantendo-se as mesmas. Nós não somos capazes de agir assim.

— Quem são essas pessoas? Não o compreendo bem.

— O povo, meu amigo, falo do povo. Ele mostrou sua grande força vivaz e sua largueza histórica em termos tanto morais como políticos. Mas, para voltar ao nosso assunto, observo sobre tua mãe que ela não está sempre calada; vez por outra tua mãe até fala, mas fala de tal modo que tu realmente percebes que apenas perdeu seu tempo ouvindo-a, mesmo que antes tenha passado cinco anos preparando-a aos poucos. Além disso, você ouve as objeções mais inesperadas! Observa mais uma vez que não a chamo inteiramente de parva; ao contrário, aqui se trata de uma espécie de inteligência, e uma inteligência até assaz notável; se bem que talvez não acredites nessa inteligência...

---

[73] Alusão ao provérbio francês "*On revient toujours à ses premières amours*" ("Sempre voltamos aos nossos primeiros amores"). (N. da E.)

— Por que não? Veja, só não acredito que o senhor mesmo acredite de fato na inteligência dela, sem fingimento.

— Sim? Tu achas que sou esse tipo de camaleão? Meu amigo, exagero um pouco na permissividade contigo... como com um filho mimado... mas deixemos que passe desta vez.

— Fale-me de meu pai, e se puder diga a verdade.

— Makar Ivánovitch? Makar Ivánovitch, como já sabes, é um servo doméstico que aspirou, como se diz, a certo renome...

— Aposto como nesse momento o senhor tem alguma inveja dele!

— Ao contrário, meu amigo, ao contrário e, se queres saber, estou muito contente por te ver tão engenhoso; juro que neste exato momento estou num estado de extremo arrependimento, justo agora, neste instante, talvez pela milésima vez, sem forças, lamento tudo o que se passou vinte anos atrás. Além disso, Deus é testemunha de que tudo aconteceu de modo sumamente involuntário... e ademais humanitário, até onde dependeu de mim; pelo menos até onde eu concebia um feito humanitário naquele tempo. Oh! naquele tempo todos nós ardíamos de empenho por fazer o bem, servir a objetivos cívicos, a uma ideia suprema; condenávamos os títulos, os nossos direitos hereditários, as propriedades rurais e até o montepio, pelo menos alguns entre nós... Juro-te. Éramos poucos, mas falávamos bem e, asseguro-te, às vezes até agíamos bem.

— Isso quando o senhor soluçou no ombro dele?

— Meu amigo, concordo contigo em tudo por antecipação; a propósito, a história do ombro fui eu quem a contou, e neste momento usas maldosamente minha própria ingenuidade e minha credulidade; convém que esse ombro, palavra, não era tão mau como parecia à primeira vista, sobretudo para aquela época; vê só, nós estávamos apenas no começo. Eu, é claro, fazia fita, mas acontece que naquele momento não me dava conta. Tu, por exemplo, nunca fazes fita em coisas práticas?

— Há pouco, lá embaixo, me comovi um pouco, e senti muita vergonha assim que voltei para cá, ao pensar que o senhor acharia que eu estivera fazendo fita. É verdade, em certos casos a gente, mesmo que até o sinta sinceramente, às vezes representa, mas quanto ao que acabou de acontecer lá embaixo, juro que foi natural.

— É isso mesmo; tu o definiste com muito acerto com a frase "a gente, mesmo que até o sinta sinceramente, representa"; pois bem, foi justo o que aconteceu comigo: mesmo que representasse, ainda assim eu soluçava com toda a sinceridade. Não discuto que Makar Ivánovitch poderia ter tomado aquele episódio de chorar em seu ombro como uma intensificação da zombaria, se fosse mais espirituoso; mas naquela ocasião sua honestidade tolheu sua perspicácia. Só não sei se ele teve ou não piedade de mim; lembro-me que eu quis muito isso.

— Sabe — interrompi-o —, até neste momento o senhor está zombando ao dizer essas coisas. De modo geral, todo o tempo em que falou comigo, durante todo este mês, o senhor vem zombando. Por que agiu sempre assim ao falar comigo?

— Tu achas? — perguntou docemente. — És muito cismado; aliás, se rio, não é de ti, ou pelo menos não é só de ti, fica tranquilo. Bem, neste momento não estou rindo, mas naquele momento — numa palavra, fiz tudo o que pude e, podes acreditar, não em meu próprio benefício. Nós, quero dizer, as pessoas excelentes, ao contrário do povo, éramos totalmente incapazes de agir em nosso próprio proveito; ao contrário, sempre causamos malefícios a nós mesmos até onde foi possível, desconfio de que era o que entre nós se considerava o "proveito máximo e nosso", no sentido mais elevado, bem entendido. A geração atual é formada por gente progressista incomparavelmente mais ambiciosa do que nós. Na ocasião, ainda antes do pecado, expliquei tudo a Makar Ivánovitch, com uma extraordinária franqueza. Hoje concordo que muitas daquelas coisas não precisavam ser explicadas em hipótese nenhuma, anda mais com aquela franqueza; já sem falar de humanidade, teria sido inclusive mais cortês; mas tente você se conter quando, bêbado de tanto dançar, bate-lhe a vontade de dar um passo dos bons! Talvez aquelas fossem de fato as exigências do belo e do elevado,[74] coisa que até hoje ainda não pude resolver. Pensando bem, é um tema demasiado profundo para a nossa conversa superficial, mas te juro que hoje às vezes morro de vergonha ao recordar aquilo. Na ocasião ofereci-lhe três mil rublos, e lembro-me de que ele esteve sempre calado, só eu falava. Imagina que eu pensava que ele tinha medo de mim, isto é, de meu direito senhorial e, lembro-me, eu usava de todas as minhas forças para encorajá-lo; procurava persuadi-lo a não temer nada, a expor, sem nada temer, todos os seus desejos, e até a fazer todas as críticas possíveis. A título de garantia, dei-lhe minha palavra de que, se não quisesse aceitar minhas condições, isto é, os três mil rublos, a emancipação (para ele e sua mulher, bem entendido) e uma viagem para onde bem quisesse (sem sua mulher, bem entendido), bastava-lhe dizê-lo francamente, e eu o emanciparia no ato, liberaria sua mulher, recompensaria

---

[74] "Formas do belo e do elevado", muito difundidas no final do século XVIII e na estética romântica do decênio 1820-1830, assim como na segunda metade do século XIX. (N. da E.)

os dois acho que com os mesmos três mil rublos, e então não seriam mais eles que me deixariam, indo para onde bem quisessem, mas era eu mesmo quem os deixaria, indo passar três anos na Itália, sozinho, sozinho. *Mon ami*, eu não teria levado à Itália *mademoiselle* Sapojkova, fica certo disto: eu era muito puro naquele tempo. E então? Esse Makar compreendia perfeitamente que eu faria como estava dizendo; mas continuou calado, e só quando eu quis me lançar a seus pés já pela terceira vez, ele recuou, deu de mão e saiu, até com certa sem-cerimônia que, te asseguro, inclusive me surpreendeu. Na ocasião me vi de relance num espelho e não consigo esquecer. Em geral, o pior de tudo é quando eles não dizem nada, e ele era um caráter sombrio, e, confesso, não só não confiava nele quando o chamava ao gabinete, como inclusive tinha um medo horrível dele; nesse meio há tipos, e em número elevado, que encerram em si mesmos, por assim dizer, a personificação da indecência, e a gente teme mais isso que os socos. *Sic.*[75] E como me arrisquei, como me arrisquei! E então, se ele tivesse começado a gritar para todo o pátio, a berrar, aquele Urias de província,[76] o que teria sido de mim, um pequeno Davi, e o que eu teria sido capaz de fazer? Eis por que avancei antes de tudo os três mil; foi uma coisa instintiva, mas por sorte eu me enganei: aquele Makar Ivánovitch era algo bem diferente...

— Diga-me, houve pecado? O senhor acaba de dizer que chamou o marido ainda antes do pecado.

— Quer dizer, vê só, como interpretar isso...

— Então, houve pecado. O senhor acaba de dizer que se enganou com ele, que era algo diferente; diferente em quê?

— Exatamente em quê, é coisa que até hoje não sei. Mas era algo diferente e, sabes, até assaz decente; chego a tal conclusão porque no final senti três vezes mais escrúpulos diante dele. Já no dia seguinte ele concordou com a viagem, sem mais palavras, naturalmente sem esquecer nenhuma das compensações oferecidas.

— Aceitou o dinheiro?

— Pudera! E sabes, meu amigo, nesse ponto ele até me surpreendeu completamente. É claro que na ocasião eu não tinha comigo os três mil rublos, mas tirei do bolso setecentos rublos e os entreguei a ele para começar, e sabes o que aconteceu? Ele me cobrou os dois mil e trezentos rublos res-

---

[75] Assim está no original. (N. do T.)

[76] Viersílov reinterpreta ironicamente um tema bíblico de Davi e Betsabé. Davi vê Betsabé, mulher de Urias, seu melhor soldado, banhando-se, apaixona-se por ela e trama a morte de Urias para depois desposá-la. (N. da E.)

tantes em forma de uma letra promissória e, para maior segurança, avalizada por um comerciante. Em seguida, dois anos depois, com essa promissória, me cobrou seu dinheiro pelas vias judiciais e com juros, de sorte que tornou a me surpreender, ainda mais porque passou de fato a angariar fundos para a construção de uma igreja, e desde então já faz vinte anos que anda vagando. Não compreendo para que um peregrino precise de tanto dinheiro próprio... o dinheiro é uma coisa tão mundana... Eu, é claro, o ofereci naquele momento com sinceridade e, por assim dizer, levado pelo primeiro impulso, porém mais tarde, depois de passados tantos minutos, eu, é natural, podia mudar de ideia... e contava com que ele ao menos se compadecesse de mim... ou, por assim dizer, se compadecesse de *nós*, de mim e dela, e ao menos esperasse. Mas ele nem sequer esperou...

(Farei aqui um indispensável *nota bene*: se minha mãe sobrevivesse ao senhor Viersílov, ficaria de fato sem um vintém na velhice, se não fossem os três mil rublos de Makar Ivánovitch, duplicados há muito tempo pelos juros e que ele lhe deixara integralmente até o último rublo em seu testamento no ano anterior. Ainda naquela época ele adivinhara quem era Viersílov.)

— Certa vez o senhor disse que Makar Ivánovitch os visitara várias vezes e sempre se hospedara no apartamento de minha mãe?

— Sim, meu amigo, e, confesso, no início eu tinha um medo terrível daquelas visitas. Durante todo o tempo, esses vinte anos, ele veio nos visitar ao todo umas seis ou sete vezes, e nas primeiras vezes, se eu estava em casa, escondia-me. No início eu nem sequer compreendia o que aquilo significava e por que ele nos visitava. Mas depois, por algumas considerações, pareceu-me que não era tão tolo de sua parte. Mais tarde, tive por acaso a ideia de dar azo à curiosidade e sair para olhá-lo e, asseguro-te, colhi uma impressão das mais originais. Já era sua terceira ou quarta visita, e deu-se justo quando eu acabara de ser nomeado juiz de paz e, está entendido, punha-me a estudar a Rússia com unhas e dentes. Cheguei a ouvir da parte dele um número extraordinário de novidades. Além disso, encontrei nele justamente o que nunca esperaria encontrar: certa magnanimidade, retidão de caráter e, o mais surpreendente, quase alegria. Não fazia a mínima alusão *àquilo* (*tu comprends?*)[77] e tinha a suprema habilidade de falar das coisas concretas e de forma magnífica, isto é, sem aquela tola profundidade de pensamento própria dos servos domésticos que, apesar de todo o meu democratismo, confesso-te que não consigo suportar, e sem todos esses russismos forçados que os "russos verdadeiros" usam nos romances e nos palcos dos teatros. Para comple-

---

[77] Em francês, "Compreendes?". (N. do T.)

tar, quase nada sobre religião, a menos que a gente tocasse no assunto e encetasse histórias de um gênero bem agradável sobre os mosteiros e a vida monacal, caso nos batesse a curiosidade. E sobretudo respeito, aquele respeito modesto, exatamente aquele respeito que é indispensável à suprema igualdade, sem o qual, além do mais, acho que não se atinge a supremacia. Então é pela ausência mesma da mínima arrogância que se atinge a máxima decência e aparece o homem que, sem dúvida, se respeita precisamente em sua condição, seja ela qual for e não importa o destino que lhe tenha cabido. Essa capacidade de se respeitar justo em sua condição é de extrema raridade no mundo, ao menos tão rara quanto a verdadeira dignidade pessoal. Tu mesmo o verás, desde que tenhas vivido um pouco. Porém o que mais me impressionou depois, justo depois e não no começo (acrescentou Viersílov), foi que esse Makar é por demais bem-apessoado e, asseguro-te, de uma beleza extraordinária. Palavra, é velho, mas

Moreno, alto e empertigado,[78]

simples e grave; até me surpreendi como *naquele tempo* minha pobre Sófia preferiu a mim; ele estava com cinquenta anos, mas mesmo assim era um homem robusto e diante dele eu era um frangote. Aliás, lembro-me de que suas cãs já eram extravagantes, logo, já era assim grisalho quando se casou com ela... Vai ver que isto influiu.

Esse Viersílov tinha o modo mais torpe dos que cultivam um tom amaneirado: depois de dizer (quando não havia outro meio) algumas coisas de sabichão e belas, de repente concluía de modo intencional com alguma tolice, como essa hipótese sobre os cabelos grisalhos de Makar Ivánovitch e sua influência sobre minha mãe. Fazia isso de propósito e provavelmente sem saber com que fim, pelo mais tolo hábito mundano. Quem o ouvisse tinha a impressão de que falava com toda a seriedade, e no entanto usava de faceirice ou ria lá com seus botões.

III

Não compreendo por que naquela ocasião fui de repente tomado de uma terrível irritação. Em geral, lembro-me com grande desprazer de alguns desatinos que cometi naqueles instantes; súbito me levantei de minha cadeira:

---

[78] Citação do poema "Vlas", de Nikolai Nekrássov (1821-1877). (N. da E.)

— Sabe — falei —, o senhor disse que veio para cá sobretudo para que minha mãe pensasse que fizemos as pazes. Já se passou tempo suficiente para que ela pense; o senhor não desejaria me deixar só?

Ele enrubesceu levemente e levantou-se:

— Meu caro, exageras na falta de cerimônia comigo. Aliás, até logo; não se é amável à força. Permito-me apenas uma pergunta: queres de fato deixar o príncipe?

— Sim! Eu já sabia mesmo que o senhor tem objetivos especiais...

— Quer dizer que suspeitas de que vim para te inclinar a continuar com o príncipe para tirar proveito disso. No entanto, meu amigo, será que pensas que eu te fiz vir de Moscou a fim de tirar algum proveito? Oh! como és cismado! Ao contrário, eu queria teu bem em tudo. E até agora, quando até os meus recursos se restabeleceram, gostaria que tu, ao menos de vez em quando, permitisses que eu e tua mãe te ajudássemos.

— Não gosto do senhor, Viersílov.

— Nem do "Viersílov". A propósito, lamento muito não ter podido te transmitir este nome, porque, no fundo, é só nisso que consiste toda a minha culpa, se é que existe culpa, não é mesmo? E, mais uma vez, eu não podia desposar uma mulher já casada, julga tu mesmo.

— Então foi provavelmente por isso que o senhor quis desposar uma mulher solteira?

Uma leve convulsão lhe fez tremer o rosto:

— Estás te referindo a Ems. Escuta, Arkadi, lá embaixo tu te permitiste essa extravagância e apontaste o dedo para mim diante de tua mãe. Fica sabendo que foi justamente nesse ponto que cometeste o maior equívoco. Dessa história com a falecida Lídia Akhmákova não sabes nada de nada. Como também não sabes o quanto tua própria mãe participou dessa história, e isso apesar de ela não ter estado lá comigo; mas se em algum momento vi uma mulher bondosa foi naquela ocasião, ao olhar para tua mãe. Mas chega; por enquanto tudo isto ainda é um segredo, e quanto a ti — falas sabe-se lá o quê e por ouvir dizer.

— Justo hoje o príncipe disse que o senhor gosta de mocinhas implumes.

— Foi o príncipe quem disse isso?

— Foi; escute, quer que lhe diga exatamente o que o senhor veio fazer aqui? Fiquei o tempo todo aqui sentado e me perguntando pelo segredo dessa visita, e parece que enfim o descobri.

Ele já ia se retirando, mas parou e voltou o rosto para mim, à espera.

— Ainda agora deixei escapar que a carta de Touchard a Tatiana Pávlovna, que foi parar entre os papéis de Andrónikov, aparecera depois de sua morte na casa de Mária Ivánovna, em Moscou. Notei como algo tremeu de repente em seu rosto e só agora, vendo mais uma vez que o mesmo frêmito acaba de se estampar em seu rosto, adivinhei que ainda há pouco, lá embaixo, ocorrera-lhe a ideia de que, se uma carta de Andrónikov já havia aparecido nas mãos de Mária Ivánovna, então por que não apareceria nas mãos de outro? E de mais a mais, Andrónikov podia ter deixado cartas importantíssimas, hein? Não é verdade?

— E ao vir te procurar, queria te fazer tagarelar sobre alguma coisa?

— O senhor é quem sabe.

Ele ficou muito pálido.

— Não adivinhaste isso por ti mesmo; aí tem dedo de mulher; e quanto ódio já noto em tuas palavras, em tua suposição grosseira!

— Mulher? Mas foi justamente hoje que vi essa mulher! Não seria com o intuito mesmo de espioná-la que o senhor quer que eu continue na casa do príncipe?

— No entanto, vejo que irás longe demais por esse teu novo caminho. Por acaso não será essa a "tua ideia"? Vai em frente, meu amigo, tens um talento indubitável para coisas secretas. Se há talento, é preciso aperfeiçoá-lo.

Parou para tomar fôlego.

— Cuidado, Viersílov, não faça de mim seu inimigo!

— Meu amigo, em semelhantes casos ninguém exprime seus últimos pensamentos, mas os guarda consigo. Por isso te peço que me esclareças. Mesmo que até sejas meu inimigo, provavelmente não o serás a ponto de querer que eu quebre o pescoço. *Tiens, mon ami*,[79] imagina tu — continuou, descendo a escada —, durante todo este mês eu o tomei por um bom sujeito. Tens tanta vontade de viver e tanta sede de viver que, parece, se te dessem três vidas ainda seria pouco: está escrito em tua cara; bem, assim são os bons sujeitos em sua maioria. Vê só a que ponto me enganei!

IV

Não consigo exprimir como senti o coração apertado quando fiquei só; era como se tivesse cortado um pedaço vivo de minha própria carne! A título de que eu me enfureci tão de repente e para que o ofendi tanto — de modo tão intenso e proposital —, eu não conseguiria dizer neste momento e, claro, nem naquele. E como ele empalideceu! Pois bem: aquela palidez

---

[79] Em francês, "Veja, meu amigo". (N. do T.)

talvez fosse a expressão do sentimento mais puro e sincero e da tristeza mais profunda, e não de raiva e ofensa. Sempre tivera a impressão de que havia momentos em que ele me amava muito. Por que, por que agora não posso acreditar nisso, ainda mais depois de tanta coisa já completamente explicada?

Súbito eu ficara furioso e o pusera porta afora, talvez até em consequência da repentina suposição de que ele viera ao meu quarto esperando descobrir se não teriam restado outras cartas de Andrónikov em casa de Mária Ivánovna? Que ele devia andar à procura dessas cartas e as procurava, eu o sabia. Mas vai ver que talvez naquele momento, justo naquele momento eu cometi um terrível engano! E quem sabe se talvez eu próprio, com aquele mesmo engano, não o induzi a pensar mais tarde em Mária Ivánovna e na possibilidade de haver cartas em suas mãos?

E, por último, mais uma estranheza: ele tornara a repetir, palavra por palavra, meu pensamento (sobre as três vidas), que um pouco antes eu expusera a Kraft e, sobretudo, com as minhas próprias palavras. Uma coincidência de palavras também vem a ser um acaso, mas, não obstante, como ele conhecia a essência de minha natureza: que visão, que tino! Mas se ele compreende bem uma coisa, por que então não compreende absolutamente outra? Mas será que não estava fazendo fita e era de fato incapaz de adivinhar que não era da nobreza de Viersílov que eu precisava, que não era meu nascimento que eu não lhe podia perdoar, mas que eu precisava do próprio Viersílov por toda a minha vida, do homem inteiro, do pai, e que esse pensamento já penetrara em meu sangue? Como é possível que um homem tão fino seja tão obtuso e grosseiro? E se não o é, então por que me enfurece, por que finge?

CAPÍTULO VIII

I

Na manhã seguinte procurei me levantar o mais cedo possível. Em nossa casa era hábito nos levantarmos por volta das oito horas, ou seja, eu, minha mãe e minha irmã; Viersílov ficava na cama até as nove e meia. Pontualmente, minha mãe me trazia o café às oito e meia. Mas desta vez escapuli de casa às oito em ponto, sem esperar o café. Ainda na noite anterior eu havia traçado um plano geral de ação para esse dia inteiro. Apesar da decisão apaixonada de entrar sem demora na execução desse plano, eu já sentia que havia nele um excesso de indecisão e indefinição nos itens mais importantes; eis por que eu passara quase toda a noite semiacordado, como se delirasse, tive um número exorbitante de sonhos e quase não adormeci direito nenhuma vez. Apesar disso, levantei-me mais animado e disposto do que nunca. Eu não queria topar especialmente com minha mãe. Com ela eu não podia falar senão de certo assunto e temia que alguma impressão nova e imprevista me desviasse das metas traçadas.

A manhã estava fria e um nevoeiro úmido e leitoso caía sobre o ambiente. Não sei por quê, mas a manhã nascente da Petersburgo do trabalho, apesar de seu péssimo aspecto, sempre me agrada, e toda essa multidão apressada em seus afazeres, egoísta e em eterna meditação, tem para mim, depois das sete da manhã, algo de particularmente sedutor. Gosto sobretudo de pedir, a caminho, na pressa, alguma informação a alguém, ou quando alguém me faz uma pergunta: tanto a pergunta como a resposta são sempre breves, claras, práticas, pronunciadas enquanto se anda e quase sempre amistosas, e de dia é maior a disposição para responder. No meio do dia ou mais para a tarde o petersburguense fica menos comunicativo e, por uma coisa à toa, propenso a insultar ou zombar; é bem diferente de manhã cedo antes do trabalho, no momento de maior lucidez e seriedade. Isso eu observei.

Mais uma vez tomei a direção do Lado Petersburgo. Como depois das onze me era forçoso estar de volta ao Fontanka[80] em casa de Vássin (que o

[80] Canal de um afluente do rio Nievá, que corta o centro de Petersburgo. (N. do T.)

mais das vezes só podia ser encontrado em casa às doze horas), acelerei os passos e não parei, apesar da ânsia de tomar um café em algum lugar. Ainda por cima tinha a forçosa necessidade de pegar Efím Zviêriev em casa; mais uma vez fui direto à casa dele e por pouco não cheguei atrasado; ele tomava os últimos goles de seu café e se preparava para sair.

— O que te traz aqui com tanta frequência? — recebeu-me sem se levantar.

— Olha, vou te explicar agora mesmo.

Toda manhã nascente, inclusive a de Petersburgo, exerce sobre a natureza humana um efeito desembriagador. Com a luz da manhã e o frio, algum inflamado sonho noturno chega até a evaporar inteiramente, e vez por outra tenho me lembrado pelas manhãs, com censura e vergonha, de alguns dos sonhos noturnos ainda bem frescos e às vezes até de atos recém-praticados. Mas, não obstante, observo de passagem que para mim as manhãs de Petersburgo poderiam parecer as mais prosaicas de todo o globo terrestre — praticamente as mais fantásticas do mundo. É meu ponto de vista pessoal, ou melhor, minha impressão, mas não a sustento. Numa dessas manhãs de Petersburgo, fedorenta, úmida e brumosa, a terrível fantasia de um desses Hermann[81] puchkinianos (personagem colossal, um tipo extraordinário, petersburguense autêntico — tipo do período de Petersburgo)[82] de "A dama de espadas" deve, ao que me parece, ganhar ainda mais força. Cem vezes, através daquela bruma, tive um devaneio estranho e importuno: "Então, quem sabe se quando esse nevoeiro se dissipar e ganhar as alturas, toda esta cidade podre e visguenta também não irá com ele, não subirá com a bruma e desaparecerá como fumaça, restando o velho pântano finlandês e, no meio, talvez para ornamentar, o cavaleiro de bronze[83] respirando fogo em seu estafado corcel?". Numa palavra, não consigo exprimir minhas impressões porque tudo isso é fantasia e por fim poesia, logo, uma tolice; mesmo assim, com frequência tem-me ocorrido e continua ocorrendo uma pergunta sem

---

[81] Personagem de "A dama de espadas" de Púchkin. De origem alemã e caracterizado pela extrema frieza de raciocínio, Hermann é dominado por uma desmedida fantasia na mesa de jogo e uma fantástica ousadia na busca de uma carta milagrosa que definiria sua sorte. (N. do T.)

[82] Referência a um período da obra de Púchkin, marcado pela representação de tipos característicos de Petersburgo. (N. do T.)

[83] Referência ao monumento a Pedro, o Grande, de autoria do escultor francês Étienne Maurice Falconet (1716-1791), que Púchkin chamou de Cavaleiro de Bronze e cuja simbologia Dostoiévski empregou. (N. da E.)

nenhum sentido: "Vejam só como todos se lançam pra lá e pra cá e desatinam, e como saber se alguém pode estar sonhando com tudo isso e que nesse sonho não há nenhum homem de verdade, autêntico, nenhuma atitude real? De repente alguém vai acordar, alguém está tendo esse devaneio — e tudo se dissipará". Mas me desviei de meu assunto.

Digo por antecipação: em cada vida há fantasias e projetos que pareceriam tão excêntricos que à primeira vista poderiam ser infalivelmente tomados por loucura. Foi com uma dessas fantasias que cheguei naquela manhã à casa de Zviêriev — justo à casa de Zviêriev porque não tinha nenhuma outra pessoa em Petersburgo a quem me dirigir daquela vez. E em realidade, Efím era a pessoa adequada a quem eu faria semelhante proposta se tivesse escolha. Quando me sentei diante dele até pareceu a mim mesmo que eu, o delírio e a febre personificados, me sentara diante da *aurea mediocritas* e da prosa personificadas. Mas a meu lado havia a ideia e um sentimento seguro; no dele, apenas esta conclusão prática: de que nunca se age assim! Para encurtar a história, expliquei-lhe de forma breve e clara que, além dele, em Petersburgo eu não tinha uma única pessoa que pudesse enviar como padrinho em um duelo motivado por uma excepcional questão de honra; que ele era um velho companheiro e por isso não tinha sequer o direito de recusar, e que eu queria provocar o príncipe Sokólski, tenente da guarda, para um duelo porque este, pouco mais de um ano antes, em Ems, esbofeteara Viersílov, meu pai. Observo que Efím conhecia, até nos mínimos detalhes, todas as minhas circunstâncias familiares, minhas relações com Viersílov e quase tudo o que eu mesmo sabia da história de Viersílov; em várias oportunidades eu mesmo lhe confiara isso, salvo alguns segredos, está entendido. Ele ouvia sentado, como era seu hábito, arrepiado como um pardal na gaiola, calado e sério, inchado, com os seus louros cabelos eriçados. Um sorriso estático, zombeteiro, não lhe saía dos lábios. Esse sorriso era ainda mais desagradável porque não era nada intencional, mas involuntário; via-se que naquele momento ele se julgava real e verdadeiramente bem superior a mim, tanto em inteligência como em caráter. Eu também suspeitava de que, ainda por cima, ele me desprezava por causa da cena da véspera em casa de Diergatchóv; era assim que devia ser: Efím é multidão, Efím é rua, e esta sempre reverencia só o sucesso.

— E Viersílov não o sabe? — perguntou.

— Certamente não.

— Então que direito tu tens de interferir nos negócios dele? Isto em primeiro lugar. Em segundo, o que estás querendo provar?

Eu conhecia as objeções e logo lhe expliquei que de maneira alguma isso era tão tolo como ele supunha. Em primeiro lugar, demonstraria àquele príncipe descarado que ainda há homens que compreendem a honra, inclusive em nossa classe; em segundo, Viersílov ficaria envergonhado e receberia uma lição. E, em terceiro, o que é essencial, mesmo que Viersílov tivesse razão para, movido sei lá por que convicções, não ter desafiado o príncipe e resolvido suportar a bofetada, ao menos ele veria que existe uma criatura capaz de sofrer sua ofensa com tamanha intensidade que a tomava por sua e se prontificava a sacrificar até a própria vida para defender os interesses dele... a despeito de separar-se dele para sempre...

— Pare, não grites, minha tia não gosta disso. Dize-me, é com esse príncipe Sokólski que Viersílov está em litígio por uma herança? Sendo assim, trata-se de um meio completamente novo e original de ganhar uma questão: matando o adversário em duelo.

Expliquei-lhe *en toutes lettres*[84] que ele era simplesmente um imbecil e descarado e que, se seu sorriso zombeteiro se alargava cada vez mais, isso só revelava sua presunção e sua mediocridade, e que ele não podia supor que essas reflexões sobre o litígio não estavam em minha cabeça, e ainda por cima desde o início, e que ela só era digna de povoar uma cabeça muito pensante como a dele. Em seguida lhe expus que o litígio já estava ganho, que ademais não era com o príncipe Sokólski e sim com os príncipes Sokólski, de modo que, se um deles fosse morto, restariam os outros, mas que sem dúvida era necessário adiar o desafio durante o prazo de apelação (embora os príncipes não fossem apelar), e unicamente por uma questão de bom-tom. Uma vez esgotado o prazo, adviria o duelo; eu viera à casa dele sabendo que o duelo não seria para já, mas que eu precisava me precaver porque não tinha padrinho, não conhecia ninguém e assim poderia arranjar alguém a tempo caso Efím se recusasse. Eis, pois, por que estava ali.

— Ora, devias ter vindo naquele momento, assim acabaste suando dez verstas à toa!

Levantou-se e pegou o boné.

— Então irás quando chegar a hora?

— Não, não vou, evidentemente.

— Por quê?

— Ora, só não vou porque se agora eu concordasse em ir na devida ocasião, passarias todo o prazo da apelação batendo perna todos os dias para minha casa. E o pior é que tudo isso são meras tolices. Pensas que vou destruir minha carreira por tua causa? E se de repente o príncipe me pergun-

[84] Em francês, "com todas as letras". (N. do T.)

tar: “Quem o enviou?” — “Dolgorúki” — “E o que Dolgorúki tem a ver com Viersílov?”. Então deverei lhe explicar tua genealogia, não é? Ora, ele cairia na risada!

— Então mete-lhe um tapa nas fuças!

— Ora, estás brincando.

— Tens medo? Tu, tão grande; eras o mais forte de todos nós no colégio.

— Tenho medo, é claro que tenho. E ademais o príncipe se recusará a bater-se porque eles só se batem com iguais.

— Eu também sou cavalheiro por minha educação, tenho direitos, sou um igual... ele, ao contrário, é que não é meu igual.

— Não, és pequeno.

— Como, pequeno?

— Pequeno; nós dois somos pequenos e ele é grande.

— És um imbecil! mas já faz um ano que posso me casar de acordo com a lei.

— Então te cases; só que és um pirralho, ainda estás crescendo!

Eu, é claro, compreendi que lhe dera na telha zombar de mim. Toda essa história tola poderia até ser omitida e inclusive seria melhor que caísse no esquecimento; além do mais, é detestável por sua insignificância e inutilidade, apesar de suas consequências bastante sérias.

Contudo, para me punir ainda mais, vou narrá-la até o fim. Depois de observar que Efím zombava de mim, tomei a liberdade de lhe dar um empurrão no ombro com a mão direita, ou melhor, com o punho direito. Então ele me pegou pelos ombros, virou minha cara e me mostrou na prática que era de fato o mais forte de todos nós no colégio.

II

O leitor certamente há de pensar que eu estava com uma péssima disposição ao deixar Efím, mas se engana. Eu compreendia bem demais que era um incidente entre colegas de escola, entre colegiais, e que a seriedade da coisa permanecia intacta. Tomei meu café já na ilha Vassílievski, evitando de propósito a taberna da véspera no Lado Petersburgo da cidade: agora eu sentia um duplo ódio dessa taberna e de seu rouxinol. Estranha peculiaridade: sou capaz de detestar lugares e coisas como se fossem gente. Por outro lado, também tenho em Petersburgo alguns lugares felizes, isto é, onde fui feliz um dia; pois bem, preservo esses lugares e passo o maior tempo possível sem visitá-los, de modo intencional, para depois, quando já estiver totalmente só e infeliz, ir para lá curtir minha tristeza e minhas lembranças. Ao tomar meu café, fiz plena justiça a Efím e ao seu bom-senso. Sim, ele era mais prático do que eu, porém duvido que fosse mais realista. O realismo que não enxerga além da ponta do nariz é mais perigoso que a mais louca fantasia, porque é cego.[85] Mas, para ser justo com Efím (que naquele momento provavelmente pensava que eu estivesse praguejando pelas ruas), apesar de tudo não cedi em minhas convicções, como não cederei agora. Conheço esse tipo de gente, que, ao primeiro balde de água fria, renega não só seus atos, mas até as ideias, e passa a rir do que apenas uma hora antes considerava sagrado; oh! como isto lhe é fácil! Vamos que até no essencial Efím tivesse mais razão do que eu e que eu fosse o maior dos tolos e apenas estivesse fazendo fita, mas, apesar de tudo, no próprio cerne da questão havia aquele ponto em que, por me manter nele, eu também tinha razão, também em mim havia algo de justo e — o mais importante — algo que essa gente nunca conseguiu entender.

Cheguei à casa de Vássin, no cruzamento do Fontanka com a ponte Semiónovski, quase ao meio-dia em ponto, mas ele não estava. Trabalhava na ilha Vassílievski e voltava para casa em horário rigorosamente determinado, aliás, quase sempre entre onze e doze. Como, além disso, havia uma festa, eu contava como certo encontrá-lo em casa; sem encontrá-lo, decidi esperá-lo, apesar de estar em sua casa pela primeira vez.

Eu raciocinava assim: a questão da carta acerca da herança é um caso de consciência e, escolhendo Vássin como árbitro, eu lhe demonstro toda a profundidade do meu respeito, o que na certa deve lisonjeá-lo. Como era natural, eu estava deveras preocupado com essa carta e realmente convencido da necessidade de uma arbitragem; desconfio, contudo, de que já naquele momento eu teria podido sair da dificuldade sem nenhuma ajuda externa. E, o mais importante, eu mesmo sabia como: bastava entregar a carta ao próprio Viersílov, em mãos, e que ele fizesse lá o que bem entendesse: eis a solução. Erigir a mim mesmo como árbitro supremo e definidor num negócio dessa espécie chegava a ser inteiramente incorreto. Desobrigando-me de entregar a carta em mãos, e justo em silêncio, eu já saía ganhando por me colocar acima de Viersílov, pois renunciando, até onde me concernia, a todos os benefícios da herança (porque, como filho de Viersílov, alguma parcela desse dinheiro evidentemente me caberia, se não agora, ao menos mais tarde),

---

[85] Essa avaliação do realismo caracteriza as concepções teóricas de Dostoiévski sobre a literatura, e é recorrente em muitos de seus artigos sobre esse tema e em seus romances. (N. do T.)

eu me reservava para sempre uma opinião moral superior sobre a futura conduta de Viersílov. Ademais, ninguém podia me acusar de ter arruinado os príncipes porque o documento não tinha valor jurídico decisivo. Ponderei tudo isso e o esclareci em definitivo a mim mesmo sentado ali no quarto vazio de Vássin, e até me passou de relance pela cabeça a ideia de que procurara Vássin muito sequioso de obter sua sugestão de como agir — com o único objetivo de que ele visse como eu mesmo era assaz nobre e assaz desprendido, logo, para assim me vingar dele pela humilhação que na véspera sofrera em sua presença.

Após tomar consciência de tudo isso, experimentei um grande agastamento; ainda assim não fui embora mas permaneci, mesmo tendo certeza de que meu agastamento só iria aumentar a cada cinco minutos.

Antes de qualquer coisa, o quarto de Vássin passou a me desagradar em demasia. "Mostra-me teu quarto que descobrirei teu caráter" — palavra, poder-se-ia dizer assim. Vássin morava num quarto mobiliado, sublocado de inquilinos evidentemente pobres, que viviam disso e tinham outros inquilinos além dele. Conheço esses quartinhos apertados, de mobiliário precário e, contudo, com pretensão de aparência confortável; ali não falta um divã macio comprado em algum brechó, que é perigoso mover, um lavatório e uma cama de ferro atrás de um biombo. Pelo visto, Vássin era o melhor inquilino e o mais confiável; toda senhoria tem, infalivelmente, um inquilino que é o melhor, e por isso ele é alvo de agrados especiais; arrumam e varrem seu quarto com mais cuidado, sobre o divã colocam alguma litografia, sob a mesa estendem um tapete esfarrapado. As pessoas que gostam dessa limpeza bolorenta e sobretudo dessa solicitude servil das senhorias são elas mesmas suspeitas. Eu estava convencido de que o título de melhor inquilino deixava o próprio Vássin lisonjeado. Não sei por quê, mas a visão daquelas duas mesas abarrotadas de livros começava pouco a pouco a me enfurecer. Livros, papéis, tinteiro — tudo estava disposto na ordem mais repulsiva, cujo ideal coincide com a visão de mundo de uma senhoria alemã e de sua arrumadeira. Livros havia bastante, não jornais ou revistas, mas livros de verdade — e pelo visto ele os lia, e é provável que se sentasse para ler ou se pusesse a escrever com um ar de extraordinária imponência e esmero. Não sei, mas prefiro ver os livros espalhados e em desordem, pelo menos não se faz da leitura um ofício religioso. Na certa esse Vássin é por demais polido com os visitantes, mas cada gesto seu deve sem dúvida lhes dizer: "Bem, vou passar coisa de uma horinha e meia contigo, mas depois que saíres passarei a cuidar dos afazeres". Na certa se pode entabular com ele uma conversa extraordinariamente interessante e ouvir as novidades, mas "agora nós dois vamos conversar e vou te deixar muito interessado, porém depois que saíres tratarei do mais interessante"... E no entanto eu, apesar de tudo, não ia embora e continuava sentado. De que não tinha nenhuma necessidade de sua opinião, eu já me convencera de forma definitiva.

Já fazia coisa de uma hora ou mais que eu estava lá sentado diante da janela, numa das duas cadeiras de vime ali dispostas. Enfurecia-me ainda o fato de que o tempo passava e eu precisava encontrar um quarto antes do anoitecer. Tive vontade de pegar algum livro para dissipar o tédio, mas não peguei: a simples ideia de me distrair redobrava o meu aborrecimento. Um silêncio extraordinário já se arrastava por mais de uma hora, e eis que de uma hora para outra, ali muito perto, atrás da porta bloqueada pelo divã, comecei a distinguir, involuntariamente e aos poucos, um sussurro cada vez mais forte. Eram duas vozes, pelo visto de mulheres, dava para escutar, mas era de todo impossível distinguir as palavras; não obstante, levado pelo tédio, pus-me a assuntar. Era claro que falavam com ânimo e paixão e que não tratavam de feitios de roupa; combinavam alguma coisa ou discutiam, ou uma voz tentava convencer e pedia, ao passo que a outra não dava ouvidos e objetava. Pelo jeito eram outros inquilinos. A coisa logo me enfastiou e meu ouvido habituou-se, de sorte que eu continuava a ouvir, ainda que maquinalmente, e às vezes até esquecendo por completo que ouvia, quando de repente deu-se algo extraordinário, como se alguém tivesse se levantado de um salto com os pés juntos ou súbito pulasse de seu lugar e batesse com os pés no chão; em seguida ouviu-se um gemido e súbito um grito, que não foi nem um grito, mas um uivo animalesco, enfurecido, para o qual já era indiferente se estranhos o ouviam ou não. Avancei para a porta e a abri; num movimento simultâneo outra porta — da casa da senhoria, como eu soube mais tarde — abriu-se no fim do corredor e nela apareceram duas cabeças curiosas. O grito, não obstante, logo cessou quando num átimo se abriu a porta vizinha à minha e uma mulher jovem, segundo me pareceu, escapou rapidamente e correu escada abaixo. Outra mulher, idosa, quis detê-la, mas não o conseguiu e limitou-se a gemer, atrás dela:

— Ólia,[86] Ólia, aonde vais? oh!

Contudo, depois de divisar nossas duas portas abertas, ela fechou com presteza a sua, deixando uma fresta para ouvir o que vinha da escada até que silenciassem de todo os passos de Ólia em fuga. Voltei à minha janela. Reinava um silêncio total. Um incidente fútil, talvez até ridículo — e deixei de pensar nele.

---

[86] Diminutivo de Olga. (N. do T.)

Mais ou menos um quarto de hora depois ouviu-se no corredor, bem ao pé da porta de Vássin, uma estridente e desembaraçada voz masculina. Alguém agarrara a maçaneta da porta e a entreabrira tanto que dava para divisar no corredor um homem alto, que pelo visto também me notara e até me encarava, mas ainda não havia entrado e, sem largar a maçaneta, continuava a conversar com a senhoria através de todo o corredor. A senhoria fazia eco com sua vozinha muito fina e alegre, pela qual se percebia que o visitante era um velho conhecido que ela estimava e apreciava como hóspede de reputação sólida e homem alegre. O homem alegre gritava e gracejava, mas comentava apenas que Vássin não estava em casa, que ele não achava um meio de encontrá-lo, que essa era a sua sina, e que tornaria a esperar como da vez anterior e, sem dúvida, tudo isso parecia à senhoria o cúmulo da espirituosidade. Enfim o visitante entrou, escancarando a porta.

Era um senhor bem-vestido, claro que pelo melhor alfaiate, "à moda dos fidalgos", como se diz, e no entanto o que menos havia nele era fidalguice, a despeito, salvo engano, da grande vontade de tê-la. Não era o que se chama de audacioso, mas algo naturalmente descarado, coisa todavia menos injuriosa que o tipo descarado que se forjou a si mesmo diante do espelho. Seus cabelos, castanhos escuros com um leve tom grisalho, as sobrancelhas negras, a barba grande e os olhos graúdos não só não contribuíam para descrevê-lo como ainda pareciam revesti-lo de algo comum, semelhante a todo mundo. Gente desse tipo tanto ri como propende a rir, mas por alguma razão nunca nos sentimos alegres com eles. Num gesto rápido troca o riso fácil pelo ar imponente, o imponente pelo jocoso ou por piscadelas, mas tudo isso de um jeito meio dispersivo e imotivado... Aliás, é dispensável continuar essa descrição. Depois conheci bem melhor e de perto esse senhor, razão por que tenho agora o desprazer de apresentá-lo, conhecendo-o muito mais do que naquele momento em que ele abriu a porta e entrou no quarto. Contudo, mesmo hoje eu teria dificuldade de dizer a seu respeito algo preciso e determinante, porque o principal nesse tipo de gente é exatamente o inacabamento, a dispersividade e a indefinição.

Ele nem sequer tivera tempo de sentar-se quando me veio a súbita impressão de que devia ser o padrasto de Vássin, um tal de senhor Stebielkóv, sobre quem eu já ouvira falar alguma coisa, mas tão de passagem que não teria a mínima condição de dizer precisamente o quê: lembro-me apenas de que não era boa coisa. Sabia que Vássin vivera muito tempo sob sua tutela como órfão, mas que já fazia muito tempo que se livrara de sua influência, que seus objetivos e interesses eram diferentes e que viviam totalmente separados em todos os sentidos. Lembrei-me também de que esse Stebielkóv possuía algum capital e que era até especulador e desassossegado; numa palavra, eu talvez até já soubesse alguma coisa mais detalhada a seu respeito, no entanto a esquecera. Mediu-me com os olhos, aliás, sem me fazer reverência, pôs sua cartola sobre a mesa diante do divã, empurrou com ar imperioso a mesa com o pé e não propriamente se sentou, mas desabou sobre o divã onde eu não ousara me sentar, de sorte que o fez estalar, deixou as pernas suspensas e, levantando a ponta do pé direito de sua bota laqueada, começou a deliciar-se com ela. Ele, é claro, logo se virou para mim e mais uma vez me mediu com os seus olhos graúdos, um tanto imóveis.

— Não consigo encontrá-lo! — fez-me um leve aceno com a cabeça.

Fiquei calado.

— Ele é negligente! É assim que vejo as coisas. Veio do Lado Petersburgo?

— Então o senhor vem do Lado Petersburgo? — perguntei-lhe.

— Não, eu é que lhe pergunto.

— Eu... eu vim do Lado Petersburgo; mas como o senhor soube?

— Como? Hum... — piscou o olho, mas não se dignou esclarecer.

— Quer dizer, não moro no Lado Petersburgo, mas agora estava no Lado Petersburgo e de lá vim para cá.

Continuou a sorrir em silêncio, com um sorriso imponente, que me desagradou em extremo. Naquele piscar de olho havia algo de tolo.

— Estava em casa do senhor Diergatchóv? — proferiu enfim.

— Em casa de Diergatchóv por quê? — abri os olhos.

Olhou-me com um ar vitorioso.

— Nem o conheço.

— Hum!

— Como quiser — respondi. Ele começava a me enojar.

— Hum, é... Não... com licença; você compra um objeto numa loja, na outra loja ao lado outro comprador compra outro objeto, o que o senhor acha? O dinheiro está nas mãos do comerciante, que é chamado de usurário... porque dinheiro também é objeto, e o usurário também é um comerciante... Está me acompanhando?

— Acho que sim.

— Passa um terceiro comprador que diz, mostrando uma das lojas: "Esta é séria" e, mostrando a outra: "Esta não é séria". Que posso concluir de tal comprador?

— Como é que vou saber?

— Não, com licença. Eu estava dando um exemplo; de bons exemplos vive o homem. Caminho pela Niévski e noto que, na calçada do lado oposto

149.

(2)

[illegible]

da rua, passeia um senhor cujo caráter eu gostaria de definir. Por lados diferentes nós dois chegamos à curva que dá para a rua Morskaia, e justo lá, onde fica a loja inglesa, notamos um terceiro transeunte, que acaba de ser atropelado por cavalos. Agora preste bem atenção: passa um quarto senhor, que quer definir o caráter de nós três, inclusive do atropelado, em termos de espírito prático e seriedade... Está me acompanhando?

— Desculpe-me, mas com muita dificuldade.

— Bem, é o que eu pensava. Vou mudar de assunto. Estou em uma estação de águas na Alemanha, de águas minerais, como já o fiz muitas vezes, pouco importa que tipo de águas minerais. Estou passeando e vejo ingleses. Com um inglês, como o senhor sabe, é difícil travar conhecimento; mas eis que ao cabo de dois meses, terminada a estação, estamos todos na região das montanhas, subimos em grupo, com uma bengala de ponteira aguda, ora uma montanha, ora outra, pouco importa. Numa curva, isto é, numa parada, justo onde os monges fabricam a vodca *chartreuse* — observe isto — encontro um nativo, parado, sozinho, olhando calado. Quero uma conclusão sobre sua seriedade: o senhor acha que eu poderia pedir essa conclusão ao grupo de ingleses com quem estou caminhando, unicamente porque fui incapaz de entabular uma conversa com eles na estação de águas?

— Como é que vou saber? Desculpe, para mim está muito difícil acompanhá-lo.

— É difícil?

— Sim, o senhor me cansa.

— Hum! — piscou o olho e fez com a mão um gesto que na certa devia significar algo muito triunfal e vitorioso; depois, com ar assaz grave e tranquilo, tirou do bolso um jornal que pelo visto acabava de comprar, abriu-o e começou a ler a última página, como que para me deixar completamente em paz. Durante uns cinco minutos não olhou para mim.

— As ações da Brest-Graiev[87] não caíram, hein? Elas engrenaram, vão indo bem! Sei de muitas que caíram logo no lançamento.

Olhou-me com ternura.

— Ainda entendo pouco dessa coisa de bolsa — respondi.

— Renega?

— O quê?

— O dinheiro.

[87] Trata-se da sociedade anônima Estrada de Ferro Brest-Graiev, que ligava a cidade bielorrussa de Brest ao povoado polonês Graiev, e era uma importante via de ligação da Rússia com a Alemanha. (N. da E.)

— Não renego o dinheiro, porém... porém me parece que primeiro vem a ideia, depois o dinheiro.

— Quer dizer, veja só... um homem se mantém, por assim dizer, com seu próprio capital...

— Primeiro vem uma ideia superior e só depois o dinheiro, pois sem uma ideia superior a sociedade sucumbiria, mesmo com o dinheiro.

Não sei por que esbocei me exaltar. Ele me lançou um olhar meio obtuso, como alguém atrapalhado, mas de repente todo o seu rosto se desmanchou no sorriso mais alegre e brejeiro.

— És filho de Viersílov, não? Veja só, ele conseguiu meter a mão numa bolada, numa bolada! A sentença saiu ontem, não?

De modo súbito e inesperado percebi que há muito tempo ele sabia quem eu era e possivelmente sabia de muito mais coisas. Só não entendo por que de uma hora para outra corei e com a maior cara de bobo fiquei olhando para ele, sem desviar os olhos. Via-se que triunfava, olhava-me com ar alegre, como se me pegasse do modo mais astuto e me desmascarasse.

— Não — ergueu ambas as sobrancelhas —, é a mim que deve perguntar pelo senhor Viersílov! O que acabei de lhe falar sobre seriedade? Um ano e meio atrás ele podia ter feito um negocinho perfeito por causa daquela criança... é, mas deu com os burros n'água, é.

— Que criança?

— A de peito, que até hoje alimenta à parte, só que não vai receber nada por isso... porque...

— Que criança de peito? Do que está falando?

— Claro que é do filho dele, do próprio, que ele teve com *mademoiselle* Lídia Akhmákova... "Uma encantadora donzela me acarinhou..."[88] Palitos de fósforo, hein?

— Que absurdo, que asneira é essa? Ele nunca teve filho com Akhmákova!

— Ora bolas! E eu mesmo, onde estava? Eu mesmo sou médico e parteiro. Meu sobrenome é Stelbiekóv, não ouviu falar? É verdade que naquela época eu já não clinicava havia muito tempo, mas uma sugestão prática, num assunto prático, podia dar.

— O senhor é parteiro... fez o parto de Akhmákova?

— Não, não fiz parto nenhum de Akhmákova. Lá na vila havia o doutor Granz, cheio de filhos, pagaram-lhe meio táler, é assim que eles lá tratam os médicos, e para completar ninguém por lá o conhecia, e então ele assumiu

[88] Verso do poema "O xale preto", de Púchkin. (N. da E.)

o meu lugar... Fui eu mesmo quem o recomendou, para manter a coisa envolta em mistério. Está me acompanhando? Só fiz uma sugestão prática, olho no olho, sobre a questão de Viersílov, Andriêi Pietróvitch, questão secretíssima. Mas Andriêi Pietróvitch preferiu matar dois coelhos...

Eu ouvia com a mais profunda surpresa.

— Ninguém mata dois coelhos de uma só cajadada, diz o dito popular, ou melhor, do populacho. Já eu falo assim: as exceções que continuamente se repetem acabam virando regra geral. Ele tentou acertar outro coelho, isto é, traduzido para o russo, outra dama, e acabou ficando sem nenhuma. Mais vale um pássaro na mão do que dois voando. Onde o assunto exige rapidez, ele é molenga. Viersílov é um "profeta de mulheres" — eis a bonita definição que na ocasião o jovem príncipe Sokólski fez em minha presença.

Ele se deliciava visivelmente com minha boca aberta de surpresa. Até então eu nunca tinha ouvido nada sobre a criança de peito. E eis que nesse instante a porta dos vizinhos bateu e alguém entrou rapidamente naquele cômodo.

— Viersílov mora no Semiónovski Polk, rua Mojáiskaia, edifício Litvínova, número 17, eu mesma estive no endereço — gritou alto uma irritada voz feminina; dava para ouvir cada palavra. Stebielkóv ergueu as sobrancelhas e levantou um dedo acima da cabeça.

— É só falar no diabo que ele aparece... Aí estão elas, as exceções que continuamente se repetem! *Quand on parle d'une corde...*[89]

Rápido, de um salto, ele se sentou no divã e chegou o ouvido à porta à qual o divã estava encostado.

Também fiquei surpreso em extremo. Atinei que provavelmente gritara a mesma mulher jovem que ainda há pouco havia fugido tão agitada. Mas que jeito Viersílov dera para estar também ali? Súbito tornou-se a ouvir o mesmo grito de ainda há pouco, frenético, o ganido de uma pessoa enfurecida a quem se recusa alguma coisa ou a quem se impede de fazer algo. A única diferença era que os gritos e uivos duravam ainda mais. Ouvia-se uma luta, umas palavras repetidas, rápidas: "Não quero, não quero, devolve, devolve agora!" — ou algo como "não há jeito de me lembrar". Em seguida, como um pouco antes, alguém se lançou com ímpeto sobre a porta e abriu-a. As duas vizinhas se precipitaram para o corredor, uma, também como antes, segurando visivelmente a outra. Stebielkóv, que de há muito se levan-

---

[89] Em francês, "Quando se fala de corda". Emprego característico de alguns provérbios franceses, como "*Quand on parle du loup, ou en voit la queue*" ("Quando se fala de lobo, logo se vê seu rabo"). (N. da E.)

tara de um salto do divã e escutava tudo com prazer, logo se precipitou para a porta e num estalo embarafustou pelo corredor no rumo das vizinhas. Eu, é claro, também corri para a porta. Mas sua aparição no corredor foi um balde de água fria: logo as vizinhas desapareceram e bateram a porta com estrondo. Stebielkóv quis precipitar-se para elas, mas parou, levantando um dedo, sorrindo e procurando atinar; desta feita notei em seu sorriso algo por demais abjeto, obscuro e funesto. Ao ver a senhoria mais uma vez à porta de seu quarto, ele deu rápidas passadas na ponta dos pés pelo corredor em sua direção; depois de cochichar por uns dois minutos com ela e, claro, receber informações, voltou ao quarto já com ar garboso e decidido, pegou na mesa sua cartola, olhou-se de passagem no espelho, eriçou os cabelos, e com empáfia, sem sequer olhar para mim, rumou para a casa das vizinhas. Por um instante escutou junto à porta, piscando com ar triunfal ao longo do corredor para senhoria, que o ameaçava com o dedo e balançava a cabeça, como se dissesse: "Ai, que levado, que levado!". Por último, com ar decidido, mas delicadíssimo, até parecendo curvar-se por delicadeza, bateu com os dedos na porta das vizinhas. Ouviu-se uma voz:

— Quem está aí?

— Será que me dariam licença para um assunto de suma importância? — proferiu Stebielkóv em voz alta e com ar garboso.

Demoraram, mas apesar de tudo abriram a porta, primeiro um mínimo, um quarto; mas Stebielkóv agarrou imediatamente a maçaneta e não deixou mais que a fechassem. Teve início a conversa, Stebielkóv começou falando alto, sempre insistindo em penetrar no recinto; não me lembro das palavras, mas falava de Viersílov, dizendo que podia dar informações, esclarecer tudo: "não, perguntem a mim", "não, venham à minha casa!" — e coisas assim. Depressa o deixaram entrar. Voltei para o divã e me pus a escutar, mas não conseguia distinguir tudo, ouvia apenas que amiúde mencionavam Viersílov. Pela entonação da voz, adivinhei que Stebielkóv já dominava a conversa, já não falava por insinuações, mas em tom imperioso e satisfeito, como ainda há pouco comigo: "Está me acompanhando?", "Agora procure atinar", etc. Aliás, ele devia estar usando de extrema amabilidade com as senhoras. Umas duas vezes já soara sua risada estrondosa, e na certa totalmente despropositada, porque ao lado de sua voz e às vezes até superando-a, ouviam-se as vozes das duas mulheres, que nada tinham de alegres, o mais das vezes a voz da jovem, aquela que ainda há pouco gania; ela falava muito, em tom nervoso, depressa, pelo visto acusando e queixando-se, reclamando justiça. Mas Stebielkóv não ficava atrás, levantava cada vez mais a voz e dava gargalhadas cada vez mais frequentes; esse tipo de gente não sabe ouvir os outros. Logo deixei o divã, porque me pareceu vergonhoso escutar às escondidas, e retomei o antigo lugar diante da janela, na cadeira de vime. Estava convencido de que Vássin não tinha nenhuma consideração por aquele senhor, mas fosse eu lhe exprimir esta mesma opinião, no ato ele tomaria sua defesa com uma dignidade grave e me observaria, em tom de sermão, que ele "é um homem prático, um desses empreendedores de hoje que não podemos julgar dos nossos pontos de vista gerais e abstratos". Naquele instante, aliás, me lembro, eu estava como que moralmente arrasado, meu coração dava pancadas e eu, sem dúvida, esperava por alguma coisa. Passaram-se uns dez minutos e súbito, bem no meio de uma retumbante explosão de risadas, tal qual acontecera ainda há pouco, alguém pulou de sua cadeira, em seguida ouviram-se os gritos das duas mulheres, deu para ouvir o salto que Stebielkóv deu de sua cadeira, que ele já falava com outro tom de voz, como que se justificando, como que suplicando que o ouvissem até o fim... Mas não o escutaram; ouviram-se gritos furiosos: "Fora daqui! o senhor é um patife, o senhor é um desavergonhado!". Numa palavra, estava claro que o tocavam para fora. Abri a porta no exato momento em que ele pulava da casa das vizinhas para o corredor e tive a impressão de que elas o empurravam de fato com as próprias mãos. Ao ver-me, gritou de súbito, apontando para mim.

— Eis o filho de Viersílov! Se não acreditam em mim, então aqui está o filho dele, o próprio filho dele! Deem-lhe as boas-vindas! — E agarrou-me pelo braço com ar imperioso.

— Este é o filho dele, seu filho verdadeiro! — repetia, conduzindo-me às senhoras, aliás, sem explicar mais nada.

A mulher jovem postara-se no corredor, a idosa à porta, a um passo dela. Lembro-me apenas de que essa pobre moça não era feia, tinha uns vinte anos, porém era magra e de aspecto doentio, arruivada, e seu rosto era meio parecido com o de minha irmã; entrevi esse traço do seu rosto e ele se fixou em minha memória. Só que Liza nunca estivera e, claro, nunca poderia estar no acesso de cólera em que se encontrava essa moça diante de mim: seus lábios estavam brancos, os olhos cinza-claros cintilavam, ela toda tremia de indignação. Lembro-me ainda de que eu mesmo me via numa situação por demais estúpida e indigna porque, graças àquele descarado, eu terminantemente não achava o que dizer.

— E daí que é filho dele? Se está com o senhor então é um patife. Se o senhor é filho de Viersílov — disse, voltando-se para mim —, diga de minha parte a seu pai que ele é um canalha, que ele é um indigno desavergonhado, que não preciso do seu dinheiro... Tome, tome, tome... entregue-lhe este dinheiro agora!

Arrancou bruscamente do bolso várias notas, mas a idosa (isto é, sua mãe, como eu soube depois) agarrou-a pelo braço:

— Ólia, talvez não seja verdade, talvez ele não seja filho dele!

Ólia lançou-lhe um olhar rápido, atinou, olhou-me com desprezo e voltou para o quarto, mas antes de bater a porta, do umbral, tornou a gritar furiosa para Stebielkóv:

— Fora!

E chegou a bater com o pé para ele. Depois a porta bateu e foi fechada, desta vez a cadeado. Stebielkóv, ainda me segurando pelo ombro, levantou o dedo e, abrindo a boca num sorriso largo e meditativo, fitou-me com ar de interrogação.

— Acho sua atitude em relação a mim ridícula e indigna! — murmurei, tomado de indignação.

Mas ele não me ouvia, embora não desviasse os olhos de mim.

— Seria o caso de in-ves-ti-gar isso! — proferiu com ar meditativo.

— Mas, não obstante, como se atreveu a me implicar nisso? Quem é ela? Que espécie de mulher é essa? O senhor me agarrou pelo ombro e me levou até lá conduziu; o que significa isto?

— Ah, com os diabos! Uma dessas que perdeu a virgindade... "a exceção que amiúde se repete". Está me acompanhando?

E fez menção de bater com o dedo em meu peito.

— Ora, com os diabos! — e afastei seu dedo.

Mas súbito e de um modo inteiramente imprevisto começou a rir baixinho, de forma silenciosa, demorada e alegre. Por fim meteu o chapéu na cabeça e, com uma cara que mudara rápido e já estava sombria, observou, franzindo o cenho:

— É preciso induzir a senhoria... é preciso expulsá-las do apartamento; eis o que é preciso, e o quanto antes, senão elas aqui... Você verá! Lembre-se do que digo, você verá! Arre, com os diabos! — tornou a alegrar-se de repente —, você vai esperar por Gricha?[90]

— Não, não vou esperá-lo — respondi em tom resoluto.

— Bem, tanto faz...

E, sem dar mais um pio, deu meia-volta, saiu e começou a descer a escada, sem sequer se dignar de olhar para a senhoria, que pelo visto aguardava esclarecimentos e notícias. Também peguei meu chapéu e, depois de pedir à senhoria para dizer que Dolgorúki estivera lá, corri escada abaixo.

---

[90] Hipocorístico de Grigori. (N. do T.)

III

Só perdi meu tempo. Ao sair, pus-me de imediato à procura de um quarto; mas estava distraído, perambulei várias horas pelas ruas e, mesmo tendo entrado em uns cinco ou seis apartamentos sublocados, estou certo de que passei ao lado de uns vinte sem notá-los. Para o cúmulo de minha decepção, eu nem sequer podia imaginar que fosse tão difícil alugar um quarto. Em toda a parte os quartos eram como o de Vássin e até bem piores, mas a preços altíssimos, ou seja, estavam acima de minhas condições. Eu procurava mesmo era um canto só para me acomodar, e desdenhosamente me faziam saber que nesse caso eu devia procurar uma "vaga". Além disso, em todos os lugares havia uma infinidade de estranhos inquilinos com quem, pela simples aparência, eu não conseguiria conviver; até pagaria para não viver a seu lado. Uns senhores sem sobrecasaca, apenas de colete, barbas desalinhadas, desinibidos e curiosos. Num minúsculo quarto uns dez jogavam baralho e bebiam cerveja, e o quarto contíguo me foi oferecido. Em outros lugares eu mesmo respondia às perguntas dos senhorios de modo tão absurdo que me olhavam com espanto, e num desses apartamentos cheguei até a discutir. Aliás, não dá para descrever todas essas insignificâncias; eu só queria dizer que, terrivelmente cansado, comi algo numa lanchonete quase ao anoitecer. Tomara a decisão definitiva: vou lá, neste instante, sozinho, entregar pessoalmente a Viersílov a carta sobre a herança (sem quaisquer explicações), pego minhas coisas no sótão, meto na mala e numa trouxa e vou passar a noite nem que seja num hotel. No fim da avenida Obúkhov, perto do Arco do Triunfo, era do meu conhecimento que havia estalagens onde se podia conseguir até um quarto separado por trinta copeques; decidi fazer esse sacrifício por uma noite só para não permanecer em casa de Viersílov. E eis que quando já passava perto do Instituto Tecnológico, sabe-se lá por que me deu de repente na telha passar na casa de Tatiana Pávlovna, que morava ali mesmo, defronte do Instituto. Meu pretexto propriamente dito era aquela mesma carta sobre a herança, mas o estímulo irresistível para entrar lá vinha, é claro, de outras causas, que, aliás, até hoje não sou capaz de explicar: havia em minha mente uma confusão com "a criança de peito", "as exceções que passam a integrar a regra geral". Se eu queria contar alguma coisa, ou fazer bonito, ou discutir, ou até chorar — não sei, só sei que subi para a casa de Tatiana Pávlovna. Até então estivera em sua casa apenas uma vez, logo que chegara de Moscou, por alguma incumbência de minha mãe, e lembro-me:

depois de entrar e cumprir a incumbência, saí ao cabo de um minuto inclusive sem ter me sentado, pois ela não me convidara a fazê-lo.

Toquei a campainha e no mesmo instante a cozinheira me abriu a porta e, calada, fez-me entrar. Todos esses pormenores são necessários justamente para que se compreenda como pôde dar-se um incidente tão louco, que teve uma influência tão colossal em tudo que sobreveio. Primeiro falemos da cozinheira. Era uma *tchukhonka*[91] raivosa de nariz arrebitado que, parece, detestava sua patroa Tatiana Pávlovna, e esta, ao contrário, não conseguia se separar dela por uma daquelas paixões similares às das solteironas pelos velhos totós de focinho úmido ou pelos gatos que dormem eternamente. A *tchukhonka* ou se enfurecia e fazia grosserias ou, depois de alguma briga, passava semanas inteiras sem abrir a boca, assim castigando a patroa. Pelo visto eu chegara num desses dias de silêncio, porque até à pergunta: "A patroa está?" — que realmente me lembro de lhe ter feito — ela não respondeu e se foi calada para a cozinha. Depois disso, naturalmente convencido de que a patroa estava, entrei e, não encontrando ninguém, esperei, supondo que Tatiana Pávlovna logo saísse de seu quarto; do contrário, por que a cozinheira me deixaria entrar? Não me sentei e esperei por uns dois ou três minutos; estava quase anoitecendo, e o apartamento escuro de Tatiana Pávlovna parecia ainda menos acolhedor por causa dos cortinados de chita que pendiam de todos os lados. Duas palavras sobre esse apartamentinho detestável, para que se compreenda o local onde a coisa se deu. Tatiana Pávlovna, por seu caráter obstinado e imperioso e em virtude de antigas propensões senhoriais, não podia acomodar-se em um quarto mobiliado sublocado e alugara essa paródia de apartamento apenas para viver sozinha e ser dona de si mesma. Seus dois quartos eram tais quais duas gaiolas de canários, colados um ao outro, um deles menor, situado no terceiro andar e com as janelas dando para o pátio. Ao entrar no apartamento caía-se direto num corredorzinho estreito, de cerca de um metro de largura, tendo à esquerda as duas referidas gaiolas de passarinho, e seguindo em frente para o fundo do corredorzinho chegava-se à entrada de uma minúscula cozinha. É possível que nesses quartos houvesse a braça cúbica e meia de ar de que um homem necessita para doze horas, mais seria improvável. Eles eram uma vergonha de tão baixos, porém o mais estúpido é que as janelas, as portas, os móveis — tudo, tudo era forrado ou coberto de chita, de uma bela chita francesa retocada com minúsculos festões; mas isto fazia o quarto parecer duas vezes ainda mais escuro e assemelhar-se ao interior de uma diligência. No cômodo em que eu

---

[91] Denominação depreciativa de finlandesa. (N. do T.)

esperava ainda se podia dar uma meia-volta, embora estivesse todo atravancado por móveis, aliás, móveis nada feios: havia uma variedade de mesinhas marchetadas, com acabamentos em bronze, caixinhas, um toucador elegante e até luxuoso. Mas o quartinho seguinte, de onde eu esperava que ela aparecesse, era o seu aposento, separado do outro quarto por uma espessa cortina e composto de apenas uma cama, como se viu depois. Todos esses pormenores são indispensáveis para que se compreenda a tolice que fiz.

Pois bem, eu esperava e não tinha dúvidas, quando soou a campainha. Ouvi os passos lentos da cozinheira que atravessava o corredor para introduzir em silêncio, tal como fizera há pouco comigo, vários visitantes. Eram duas senhoras e ambas falavam alto, mas qual não foi minha surpresa quando, pela voz, reconheci numa Tatiana Pávlovna e na outra justamente a mulher que eu estava menos preparado para encontrar agora, e ainda mais em tais circunstâncias! Eu não podia me enganar: ouvira aquela voz sonora, forte e metálica no dia anterior, verdade que por apenas três minutos, mas ela me ficara gravada na alma. Sim, era mesmo "a mulher de ontem". O que me caberia fazer? Não dirijo essa pergunta ao leitor, em absoluto, apenas imagino aquele instante e até hoje não tenho nenhuma condição de explicar como aconteceu que de repente me precipitei para a cortina e me vi no aposento de Tatiana Pávlovna. Em suma, escondi-me e mal conseguira pular para lá quando elas entraram. Por que não fui ao encontro das duas, mas me escondi — não sei; tudo foi involuntário, inconsciente no mais alto grau.

Ao pular para o aposento, esbarrei na cama e de imediato notei que havia uma porta que levava à cozinha, logo, havia uma saída e dava para me safar inteiramente, mas, que horror! — tinham fechado a porta à chave e esta não estava na fechadura. Tomado pelo desespero, arriei na cama; logo, eu tinha clareza de que agora ia escutar a conversa às escondidas, e já pelas primeiras frases, pelos primeiros sons, adivinhei que a conversa delas era secreta e delicada. Oh! é claro que um homem honesto e decente devia ter se levantado, inclusive naquele momento, saído e dito em alta voz: "Estou aqui, esperem!" — e, apesar do ridículo da situação, sair de fininho; mas não me levantei nem saí; não me atrevi, me acovardei da maneira mais torpe.

— Minha cara Catierina Nikoláievna, você me deixa aflita — suplicava Tatiana Pávlovna —, acalme-se de uma vez por todas, isso até destoa do seu caráter. Onde quer que você esteja reina a alegria, e agora, de repente... Mas penso que pelo menos em mim você continua confiando: porque você sabe o quanto lhe sou leal. E não menos que a Andriêi Pietróvitch, a quem, mais uma vez, não escondo minha eterna lealdade... Então, pode acreditar em mim, juro por minha honra, ele não tem esse documento em mãos, e talvez ninguém o tenha; e além disso ele não é capaz de semelhantes ardis, você faz mal até em alimentar essa suspeita. Foram vocês dois que forjaram essa hostilidade...

— O documento existe, e ele é capaz de tudo. Entro lá ontem e meu primeiro encontro é com *ce petit espion*[92] que ele impôs ao príncipe.

— Ai, *ce petit espion*! Primeiro, não tem nada de *espion*, porque fui eu, eu quem insistiu para que o colocassem na casa do príncipe, senão ele enlouqueceria em Moscou ou morreria de fome — eis o que informavam de lá sobre ele; e sobretudo esse rapazola grosseiro não passa de um rematado bobinho, como então poderia ser o espião?

— Sim, um bobinho qualquer, o que, pensando bem, não o impede de ser um canalha. Só que ontem eu estava desgostosa, senão teria morrido de rir: ele empalideceu, aproximou-se, fez rapapés e começou a falar francês. Mas, falando dele comigo em Moscou, Mária Ivánovna assegurava que era um gênio! Que a desgraçada carta está inteira e se encontra em algum lugar, e no lugar mais perigoso, foi o essencial que concluí pela cara daquela Mária Ivánovna.

— Minha linda! Ora, foi você mesma quem disse que não havia nada na casa dela!

— Mas acontece que há, que há; ela não faz outra coisa senão mentir, e vou lhe dizer: como é ladina! Em Moscou eu ainda nutria a esperança de que não tivesse sobrado nenhum papel, mas aqui, aqui...

— Ah! minha querida, ao contrário; dizem que ela é uma criatura bondosa e sensata, e o falecido tinha mais apreço por ela do que por todas as outras sobrinhas. É verdade, não a conheço bem, mas você deveria seduzi-la um pouco, minha linda! Ora, você não terá nenhuma dificuldade em vencer: até eu, que sou uma velha, veja que sou apaixonada por você e agora mesmo vou lhe dar um beijo... Ora, vamos, o que lhe custaria seduzi-la?

— Tentei seduzi-la, Tatiana Pávlovna, tentei, até a deixei exultante, mas ela é ladina, e muito... Não, aí há todo um caráter, e especial, moscovita... Imagine que ela me aconselhou a procurar alguém daqui, Kraft, que foi auxiliar de Andrónikov; vai ver, diz ela, que ele sabe alguma coisa. Já tenho ideia de quem seja esse Kraft e até me lembro vagamente dele; mas só quando ela me falou desse Kraft eu me convenci de que ela não só não o desconhecia, como estava mentindo e sabia de tudo.

— Mas por que isso, por que isso? Se bem que poderíamos perguntar a ele! Esse alemão, Kraft, não é tagarela, e lembro-me de que é honestíssimo:

---

[92] Em francês, "esse pequeno espião". (N. do T.)

palavra, seria o caso de interrogá-lo. Só que parece que neste momento não está em Petersburgo...

— Retornou ainda ontem, acabo de voltar da casa dele... Justo por isso estou aqui tão alarmada, com os braços e as pernas tremendo; Tatiana Pávlovna, meu anjo, queria pedir, pois que você conhece todo mundo, se não daria para descobrir, ainda que procurando nos papéis dele — porque sem dúvida ele deixou papéis —, em mãos de quem esses papéis irão parar? Talvez tornem a cair em mãos perigosas? Vim lhe pedir seu conselho.

— Mas de que papéis você está falando? — Tatiana Pávlovna não havia entendido. — Porque você mesma disse que ainda agora esteve pessoalmente em casa de Kraft.

— Estive, estive, ainda agora estive, mas ele se matou! Ontem à noite.

Levantei-me da cama de um salto. Eu conseguira aguentar ouvindo-as me chamar de espião e idiota; quanto mais avançavam na conversa, menos me parecia possível dar as caras. Era inconcebível! Resolvi no íntimo esperar, com o coração na mão, que Tatiana Pávlovna acompanhasse a visitante até à porta (se por sorte minha ela mesma não entrasse antes no aposento por alguma necessidade) e depois, assim que Akhmákova partisse, eu podia até me engalfinhar com Tatiana Pávlovna!... Mas agora, assim que ouvi de supetão que Kraft se matara, pulei da cama sacudido por algo como uma convulsão. Sem pensar em nada, sem raciocinar, sem atinar, dei um passo, levantei a cortina e apareci diante delas. Ainda estava claro o suficiente para que elas me enxergassem, pálido e trêmulo... Elas gritaram. Aliás, como não gritar?

— Kraft? — balbuciei, dirigindo-me a Akhmákova. — Ele se matou? Ontem? Ao pôr do sol?

— Onde estavas? De onde saíste? — ganiu Tatiana Pávlovna e cravou-me literalmente as unhas no ombro. — Estavas espionando? Escutando atrás da porta?

— O que é que eu estava lhe dizendo ainda há pouco? — Catierina Nikoláievna levantou-se do divã, apontando para mim.

Aí me descontrolei.

— Mentira, absurdo! — interrompi-a furioso. — A senhora acabou de me chamar de espião, oh Deus! Será que vale a pena não só espionar, mas até mesmo viver nesse mundo ao lado de gente como a senhora? Um homem magnânimo acaba se suicidando. Kraft matou-se por uma ideia, por Hécuba... Pensando bem, como a senhora iria saber sobre Hécuba?...[93] Por-

---

[93] Arkadi percebe afetação na angústia de Catierina Nikoláievna Akhmákova em face da fatídica carta e a associa ao comportamento de um mau ator. Usa para isto uma passagem

que aqui a gente tem que viver entre as suas intrigas, arrastar-se ao lado de suas mentiras, seus embustes, seus ardis... Basta!

— Dê-lhe uma bofetada! Dê-lhe uma bofetada! — gritou Tatiana Pávlovna, mas como Catierina Nikoláievna continuasse me fitando (lembro-me de tudo, até os mínimos detalhes) sem desviar os olhos nem sair do lugar, se transcorresse mais um instante a própria Tatiana Pávlovna certamente poria em prática sua sugestão, de sorte que levantei involuntariamente o braço para proteger meu rosto; pois foi esse gesto que lhe fez parecer que eu mesmo levantava o braço contra ela.

— Vamos, bate, bate! Prova que sempre foste um grosseirão... És mais forte que as mulheres, por que essa cerimônia?

— Chega de calúnia, chega! — gritei. — Nunca levantei a mão contra uma mulher! A senhora é uma desavergonhada, Tatiana Pávlovna, a senhora sempre me desprezou. Ah, é preciso que tratemos com as pessoas sem respeitá-las! A senhora está rindo, Catierina Nikoláievna, na certa de minha figura; sim, Deus não me deu uma figura como a dos seus ajudantes. E mesmo assim não me sinto diminuído, mas elevado diante da senhora. Ora, pouco importa de que modo a gente se expresse, só que não sou culpado! Estou aqui a contragosto, Tatiana Pávlovna; a única culpada é a sua *tchukhonka*, ou melhor, sua paixão por ela: por que ela não respondeu à minha pergunta e me fez entrar direto aqui? E de mais a mais, convenha a senhora, pareceu-me tão monstruoso irromper do quarto de uma mulher que decidi antes suportar todos os seus escarros em silêncio a dar as caras... Outra vez rindo, Catierina Nikoláievna?

— Fora daqui, fora daqui, fora — gritou Tatiana Pávlovna quase me empurrando. — Não dê nenhum crédito às suas mentiras, Catierina Nikoláievna: já lhe disse que de onde ele veio lhe passaram o atestado de louco!

— De louco? Lá, onde? Quem teria feito isso, e onde? Mesmo assim, basta! Catierina Nikoláievna, juro-lhe por tudo o que é sagrado que esta conversa e tudo o que ouvi ficará entre nós... Que culpa tenho eu de ter descoberto os seus segredos? Ainda mais porque amanhã mesmo deixarei de

---

do *Hamlet*, na qual o príncipe questiona o ator que lê mal o monólogo sobre os sofrimentos de Hécuba: "Não é monstruoso que esse ator, numa ficção, num simulacro de paixão, possa assim forçar a própria alma até obter um rosto pálido, olhos cheios de lágrimas; alterar a angústia do semblante; mostrar a voz entrecortada e toda sua natureza adaptar-se no exterior ao pensamento?... E tudo por coisa nenhuma! Por Hécuba! O que significa Hécuba para ele, ou ele para Hécuba que assim tenha que chorar os infortúnios dela?". William Shakespeare, *Hamlet, o príncipe da Dinamarca*, tradução de F. Carlos de Almeida Cunha Medeiros e Oscar Mendes, São Paulo, Abril Cultural, p. 249. (N. do T.)

trabalhar para o seu pai, de sorte que, quanto ao documento que a senhora está procurando, pode ficar tranquila!

— O que é isso?... De que documento está falando? — Catierina Nikoláievna ficou tão desorientada que empalideceu por inteiro, ou pode ter sido impressão minha. Compreendi que falara demais.

Saí depressa; elas me acompanharam com os olhos em silêncio, e em seu olhar havia uma extrema surpresa. Em suma, eu lançara um enigma...

CAPÍTULO IX

I

Caminhava apressado para casa e — que surpresa! —, estava muito satisfeito comigo mesmo. É claro que aquilo não é tratamento que se dispense a mulheres, e ainda por cima a que mulheres, ou melhor, a que mulher, porque a Tatiana Pávlovna eu não estendia essa consideração. Talvez seja totalmente inaceitável dizer na cara de uma mulher dessa categoria: "Estou me lixando para suas intrigas", mas eu o disse e por isso mesmo estava contente. Sem falar de outras coisas, eu pelo menos estava certo de que com esse tom eliminara todo o ridículo que havia em minha situação. Contudo, não tinha tempo para pensar muito nisso: estava com Kraft fixo em minha cabeça. Não é que eu estivesse muito atormentado por causa dele, mas ainda assim estava abalado até o fundo da alma; e inclusive a tal ponto que aquele habitual sentimento humano de certa satisfação diante da desgraça alheia, isto é, quando alguém quebra uma perna, priva-se da honra, perde a pessoa amada etc., até esse habitual sentimento de torpe satisfação cedeu por completo em mim a outra sensação de excepcional plenitude, isto é, à dor, à compaixão por Kraft, quer dizer, se era compaixão não sei, mas era algum sentimento bastante intenso e bom. Com isso eu também estava contente. Surpreende como muitos pensamentos estranhos são capazes de passar por nossa mente justo quando estamos inteiramente abalados por alguma notícia colossal que, pelo visto, deveria reprimir de verdade outros sentimentos e afastar todos os pensamentos estranhos, sobretudo os insignificantes; mas, ao contrário, são os insignificantes que se intrometem. Lembro-me ainda de que pouco a pouco fui sendo tomado da cabeça aos pés por um tremor nervoso bastante sensível, que durou alguns minutos e até mesmo o tempo todo em que estive em casa me explicando com Viersílov.

Essa explicação ocorreu em circunstâncias estranhas e extraordinárias. Já mencionei que morávamos numa casa à parte no pátio; era a de número treze. Ainda antes de chegar ao portão, ouvi uma voz feminina que, com impaciência e irritação, perguntava em tom alto a alguém: "Onde fica a casa número treze?". Era uma senhora quem perguntava, ao lado do portão, depois de abrir a porta de entrada de uma minúscula venda, mas pelo visto ali nada lhe responderam ou até a tocaram para fora, e ela descia a escadinha da entrada aos berros e furiosa.

— Ora bolas, onde fica o zelador daqui? — gritou, batendo com o pé. Eu conhecia essa voz há muito tempo.

— Vou à casa número treze — acerquei-me dela —, quem a senhora procura?

— Já faz uma hora inteira que procuro o zelador, perguntei a todo mundo, subi todas as escadas.

— Fica no pátio. A senhora não me reconhece?

Mas ela já havia me reconhecido.

— A senhora procura por Viersílov; tem um assunto a tratar com ele, eu também — continuei —, vim me despedir dele para sempre. Vamos.

— O senhor é filho dele?

— Isso não quer dizer nada. Aliás, admitamos que seja seu filho; embora seja um Dolgorúki, sou um bastardo. Esse senhor tem horror de filhos bastardos. Quando a consciência e a honra o exigem, até um filho legítimo deixa a casa paterna. Já está na Bíblia.[94] Além disso, ele recebeu uma herança de que não quero partilhar, e vivo do trabalho dos meus braços. Quando é preciso, um homem generoso sacrifica até a vida. Kraft se matou, Kraft se matou por uma ideia, imagine, um jovem promissor... Por aqui, por aqui! Moramos numa casa à parte. Está na Bíblia que os filhos deixam seus pais e fundam seus ninhos... Se uma ideia atrai... caso exista ideia! A ideia é o principal, na ideia reside tudo...

Continuei esse tipo de tagarelice com ela até chegarmos à nossa casa. O leitor provavelmente está notando que não me poupo muito, o que é ótimo e provo quando é necessário: quero aprender a falar a verdade. Viersílov estava em casa. Entrei sem tirar o sobretudo, ela também. Estava muito malvestida; sobre o vestidinho escuro agitava-se no alto um retalho de algo que devia representar uma capa ou mantilha; tinha na cabeça um velho e descascado chapéu marinheiro, que em nada a embelezava. Quando entramos na sala, minha mãe trabalhava em seu lugar de sempre; minha irmã saiu de seu quarto para olhar e parou à porta. Viersílov, como de costume, nada fazia e levantou-se para vir ao nosso encontro; fixou em mim um olhar severo e interrogativo.

— Não tenho nada a ver com isto — apressei-me em tirar o corpo fora e me pus à parte —, só encontrei esta pessoa no portão; ela o procurava e

---

[94] Referência ao livro do Gênesis, 2, 24, onde está escrito: "O homem deixará pai e mãe e se unirá à sua mulher...". (N. da E.)

ninguém sabia lhe indicar a sua casa. Quanto a mim, vim tratar de um assunto próprio, que terei prazer de lhe explicar depois dela...

Ainda assim, Viersílov continuou me examinando com curiosidade.

— Permita-me — começou a jovem com impaciência; Viersílov voltou-se para ela. — Fiquei muito tempo pensando no que ontem o levou a me deixar este dinheiro... Eu... numa palavra... Eis o seu dinheiro! — ela quase ganiu como o fizera ainda há pouco e lançou sobre a mesa um pacote de notas —, tive de procurá-lo no departamento de endereços, senão o teria trazido antes. Escute, senhora! — voltou-se de repente para minha mãe, que empalidecera por inteiro —, não quero ofendê-la, a senhora tem uma aparência honesta e aquela ali talvez seja sua filha. Não sei se a senhora é esposa dele, mas saiba que este senhor recorta dos jornais os anúncios que governantas e professoras fazem publicar com seus últimos copeques e procura essas infelizes em busca de vantagens indecorosas, arrastando-as com dinheiro para a desgraça! Não compreendo como ontem pude aceitar dinheiro dele. Ele tinha uma aparência tão honesta! Não me diga nenhuma palavra, nenhuma! O senhor é um patife, meu caro senhor! Mesmo que suas intenções até fossem honestas, não quero sua esmola. Nenhuma palavra, nenhuma palavra! Oh, como estou contente por acabar de desmascará-lo perante suas mulheres! Maldito seja!

Ela correu rápido para fora, mas por um instante voltou-se do limiar apenas para gritar:

— Dizem que recebeu uma herança!

E em seguida desapareceu como uma sombra. Lembro mais uma vez: ela era frenética. Viersílov estava profundamente impressionado: estava postado como que meditando e tentando atinar alguma coisa; por fim voltou-se num átimo para mim:

— Não a conheces em absoluto?

— Por acaso a vi ainda há pouco no corredor de Vássin, tomada de fúria, ganindo e amaldiçoando o senhor; mas não entabulei conversa com ela nem estou sabendo de nada, e agora a encontrei aqui ao portão. É provável que seja aquela professora de ontem, "que dá aulas de aritmética".

— É a mesma. Uma vez na vida pratiquei uma boa ação e... Aliás, o que tens aí?

— Veja esta carta — respondi. — Considero desnecessário explicar: vem de Kraft, e tocou-lhe recebê-la do falecido Andrónikov. Pelo teor o senhor saberá de que se trata. Acrescento que, além de mim, neste momento não há uma única pessoa no mundo inteiro que saiba da existência desta carta, porque Kraft, após me entregá-la ontem, suicidou-se assim que eu saí.

Enquanto eu falava, arquejando e apressado, ele pegou a carta e, segurando-a com a mão esquerda, afastado, observava-me com atenção. Quando anunciei o suicídio de Kraft, examinei seu rosto com especial atenção para ver o efeito. E então? — a notícia não produziu a mínima impressão: oxalá tivesse ao menos erguido as sobrancelhas! Ao contrário, vendo que eu havia parado, pegou seu lornhão, que nunca o deixava e pendia de uma fita negra, aproximou a carta de uma velinha e, olhando a assinatura, começou a decifrá-la. Não consigo exprimir como fiquei ofendido com essa arrogante insensibilidade. Ele devia conhecer Kraft muito bem: ademais, era uma notícia tão incomum, apesar de tudo. Por fim eu, como era natural, queria que a carta produzisse efeito. Depois de esperar por meio minuto e sabendo que a carta era longa, dei meia-volta e saí. Minha mala estava pronta há muito tempo, restando apenas guardar algumas coisas na trouxa. Pensava em minha mãe e em que acabara não me aproximando dela. Dez minutos depois, quando eu já estava completamente pronto e queria sair à procura de um cocheiro, minha irmã entrou em meu quartinho.

— Vê, mamãe te manda teus sessenta rublos e mais uma vez te pede desculpas por ter falado sobre eles com Andriêi Pietróvitch, e te manda mais vinte rublos. Ontem tu deste cinquenta rublos para tua manutenção; mamãe diz que de maneira alguma pode aceitar mais de trinta de tua parte, porque não gastou cinquenta contigo, e manda estes vinte rublos como troco.

— Então obrigado, se é que ela diz mesmo a verdade. Adeus, irmã, vou indo.

— Para onde vais agora?

— Por ora, a uma estalagem, só para não dormir nesta casa. Diz à mamãe que a amo.

— Ela sabe. Sabe que também amas Andriêi Pietróvitch. Como não te envergonhas de ter trazido aquela infeliz?

— Eu te juro que não fui eu; encontrei-a ao portão.

— Não, foi tu quem a trouxe.

— Eu te asseguro...

— Pensa, pergunta a ti mesmo e verás que também foste a causa.

— Apenas fiquei muito contente pelo vexame que fizeram Viersílov passar. Imagina que ele tem um filhinho de peito com Lídia Akhmákova... pensando bem, que raios estou te dizendo...

— Ele? Uma criança de peito? Mas não é dele! Onde ouviste semelhante mentira?

— Ora, como irias saber?

— Logo eu não o saberia? Ora, eu mesma embalei aquela criança em

Luga. Escuta, irmão; há muito tempo sei que não sabes nada, e no entanto ofendes Andriêi Pietróvitch e mamãe também.

— Se ele tem razão, sou eu que estou enganado, eis tudo; e quanto a vocês duas, não as amo menos. Porque coraste tanto, irmã? Vê só, e acabas de corar ainda mais! Pois bem, seja como for, vou provocar aquele principote para um duelo, pela bofetada que ele deu em Viersílov em Ems. E ainda mais se Viersílov tiver agido certo com Akhmákova.

— Reconsidera, meu irmão; o que é isso?

— Ainda bem que agora está tudo encerrado na Justiça... Vê só, tornou a empalidecer.

— Mas o príncipe não aceitará. — Liza sorriu um sorriso pálido em meio ao susto.

— Então eu vou vexá-lo publicamente. O que há contigo, Liza?

Ela empalidecera tanto que não conseguia se manter sobre as pernas e arriou no divã.

— Liza! — fez-se ouvir embaixo o chamado de mamãe.

Ela se ajeitou e levantou-se; deu-me um sorriso carinhoso.

— Irmão, para com essas bobagens ou espera até tomares conhecimento de muita coisa: é incrível como estás pouco informado.

— Liza, hei de lembrar que empalideceste ao ouvir que eu ia me bater em duelo!

— Sim, sim, lembra-te disso! — tornou a sorrir na despedida e desceu a escada.

Chamei um cocheiro e com a ajuda dele retirei minhas coisas da casa. Ninguém de casa me contrariou nem me reteve. Não procurei minha mãe a fim de me despedir para não dar de cara com Viersílov. Quando eu já estava na carruagem, passou-me de repente uma ideia pela cabeça.

— Ao Fontanka, à ponte Semiónovski — ordenei de chofre e novamente me dirigi à casa de Vássin.

II

De repente pensei que Vássin já sabia sobre Kraft e talvez cem vezes mais do que eu; foi o que de fato se verificou... No mesmo instante e de modo obsequioso, Vássin me comunicou todos os detalhes, aliás sem grande entusiasmo; concluí que ele estava exausto, e era verdade. Ele mesmo estivera na casa de Kraft pela manhã. Na véspera, Kraft se suicidara com um tiro de revólver (daquele mesmo revólver) quando já escurecera, o que seu diário evidenciava. Fizera sua última anotação perante o iminente suicídio, e aí observa que está escrevendo quase no escuro, a custo distinguindo as palavras; não queria acender uma vela com receio de deixar um incêndio depois de partir. "E acendê-la para tornar a apagá-la, como a minha vida, bem na hora do tiro, não quero" — acrescentou de forma estranha, quase na última linha. Dois dias antes ele já concebera esse diário pré-morte, mal retornara de Petersburgo, ainda antes de visitar Diergatchóv; já depois de minha saída escreveu no diário de quinze em quinze minutos; as últimas quatro notas foram escritas de cinco em cinco minutos.[95] Fiquei muito surpreso com o fato de que Vássin, tendo passado tanto tempo com esse diário diante dos olhos (tinham-lhe dado para ler), não tivesse feito uma cópia, sobretudo porque o texto não passava de uma folha cheia e todas as notas eram sucintas — "pelo menos a última página!". Vássin observou, sorrindo, que guardara tudo na memória e que as notas não obedeciam a nenhum sistema e tratavam de tudo o que vinha à mente. Pensei em convencê-lo de que estávamos diante de uma coisa preciosa, mas desisti e passei a insistir em que ele tentasse se lembrar de alguma coisa, e ele se lembrou de algumas linhas escritas mais ou menos a uma hora do tiro, e estas davam conta de que ele "estava sentindo calafrios", de que "para se aquecer pensou em tomar um cálice de vodca, mas foi detido pela ideia de que isso pudesse provocar uma hemorragia mais forte". "Era tudo mais ou menos assim" — concluiu Vássin.

— E você chama isso de ninharias! — exclamei.

— Quando eu disse isso? Apenas não fiz uma cópia. Mesmo não sendo ninharias, o diário é de fato bastante comum, ou melhor, natural, isto é, exatamente do tipo que deve ser num caso como esse...

— Ora, mas eram os últimos pensamentos, os últimos pensamentos!

— Às vezes, os últimos pensamentos são de extrema insignificância. Exatamente num diário similar, um suicida do mesmo tipo se queixa de que, numa hora tão importante, ao menos uma "ideia suprema" poderia tê-lo visitado, mas se dera o contrário, ocorrendo-lhe os mesmos pensamentos insignificantes e vazios.

— E aquilo que faz sentir calafrios também é uma ideia vazia?

— Ou seja, você está falando mesmo de calafrios ou de hemorragia? Ora, é fato conhecido que muitos daqueles que têm condições de pensar em

---

[95] Para compor o enredo do suicídio de Kraft, Dostoiévski aproveitou detalhes das anotações de vários suicidas publicadas pela imprensa, entre os quais o de um que tomara ópio e a cada cinco minutos registrava as últimas impressões de quem está prestes a deixar a vida. (N. do T.)

sua morte iminente, seja ela voluntária ou não, muito amiúde tendem a se preocupar com a boa aparência de seu cadáver. Neste sentido Kraft também temeu uma hemorragia excessiva.

— Não sei se esse fato é conhecido... e se a coisa é mesmo assim — murmurei —, mas me surpreende que você ache tudo isso tão natural, embora não faça lá muito tempo que Kraft falou sobre isso, inquieto e sentado entre nós. Será que você não se compadece dele?

— Ah, é claro, eu me compadeço dele, mas isso é outra coisa bem diferente; em todo caso, o próprio Kraft imaginava sua morte como uma conclusão lógica. Acontece que tudo o que Diergatchóv disse ontem sobre ele é justo: ele deixou esse caderno de conclusões científicas segundo as quais os russos são uma espécie de gente secundária, se tomarmos como fundamento a frenologia, a craniologia e até a matemática, e que, por conseguinte, não vale absolutamente viver sendo russo.[96] Se quiser, o mais característico de tudo neste caso é que se pode tirar a conclusão lógica que der na telha, mas pegar e se matar com um tiro como consequência dessa conclusão é coisa que, claro, nem sempre acontece.

— Ao menos cabe render homenagem ao caráter.

— Talvez não só a ele — observou Vássin, saindo pela tangente, mas era claro que ele subentendia por isso uma tolice ou uma fraqueza da razão. Tudo isso me irritava.

— Ontem você mesmo falou de sentimentos, Vássin.

— Tampouco o estou negando; mas, diante do fato consumado, há algo que nele me parece um erro tão crasso que uma visão severa do assunto afasta involuntariamente até a própria compaixão.

— Saiba que ainda há pouco adivinhei, por seu olhar, que você iria difamar Kraft e, para não ouvir difamação, decidi não insistir em querer sua opinião; mas você mesmo a emitiu e eu, a contragosto, sou forçado a concordar com você; no entanto estou descontente com você! Tenho pena de Kraft.

— Sabe, fomos muito longe...

— Sim, sim — interrompi —, mas ao menos há o consolo de que, em casos semelhantes, os que continuaram vivos, os juízes do falecido, sempre

---

[96] É importante observar o dinamismo das ideias na obra de Dostoiévski, na qual as mesmas concepções ganham sentidos às vezes até opostos em diferentes personagens. Vejam-se, a título de curiosidade, a ideia do suicídio em Kraft e em Kiríllov (personagem de *Os demônios*), bem como a concepção de povo russo em Kraft e em Chátov também de *Os demônios*). (N. do T.)

podem dizer para si mesmos: "Embora o homem tenha se suicidado, é digno de toda compaixão e condescendência, e todavia nós sobrevivemos, logo, não há razão para grandes aflições".

— Sim, é claro, se partirmos desse ponto de vista... Ah, sim, parece que você fez uma brincadeira! E bem inteligente. Esta é a hora em que tomo chá; vou mandar servir, você provavelmente me fará companhia.

E saiu, medindo com os olhos minha mala e minha trouxa.

De fato, deu-me vontade de dizer alguma coisa mais cruel para me vingar de Kraft; e disse do jeito que deu; mas o curioso é que, a princípio, ele quis levar a sério meu pensamento de que "sobreviveram pessoas como nós". Mas, apesar de tudo, de uma forma ou de outra ele tinha muito mais razão do que eu, inclusive no tocante aos pensamentos. Confessei isto sem nenhum desprazer, mas sem dúvida senti que não gostava dele.

Quando foi servido o chá, anunciei que lhe estava pedindo a hospitalidade por apenas uma noite e que, se não fosse possível, ele me dissesse, pois eu iria para uma estalagem. Em seguida lhe fiz uma breve exposição de minhas razões, explicando de forma franca e simples que havia me desentendido de uma vez por todas com Viersílov, mas não entrei em detalhes. Vássin ouviu com atenção, porém sem nenhuma emoção. Em geral, limitava-se a responder às perguntas, embora de forma cordial e bastante plena. Sobre a carta, com a qual um pouco antes o procurara para pedir um conselho, fiz total silêncio; expliquei minha recente visita como uma simples visita. Tendo dado a Viersílov a palavra de que ninguém além de mim ficaria sabendo dessa carta, considerei que já não tinha direito de falar dela a quem quer que fosse. Não sei por que achei repugnante tratar de certos assuntos com Vássin. De certos, mas não de outros; ainda assim consegui interessá-lo com os relatos sobre as cenas que pouco antes presenciara no corredor e na casa das vizinhas e que haviam terminado na casa de Viersílov. Ele ouviu com uma extraordinária atenção, sobretudo quando falei de Stebielkóv. Fez-me contar duas vezes como Stebielkóv tinha me interrogado sobre Diergatchóv e até ficou pensativo; mesmo assim acabou dando um risinho. Nesse instante tive a súbita impressão de que nada e jamais poderia colocar Vássin em apuros; aliás, lembro-me de que a primeira ideia que tive a esse respeito me veio de forma bastante lisonjeira para ele.

— De forma geral, não consegui extrair muita coisa do que disse o senhor Stebielkóv — concluí sobre Stebielkóv —, ele fala de um modo meio atabalhoado... é como se houvesse nele qualquer coisa de leviano...

No mesmo instante Vássin assumiu um ar sério.

— Ele realmente não tem o dom da palavra, mas isto só à primeira vista; ele conseguiu fazer observações por demais precisas; e no geral é mais um desses homens de ação, de negócios arriscados, do que de pensamento generalizante; é desse ponto de vista que se devem julgar essas pessoas...

Era exatamente o que eu adivinhara ainda há pouco.

— No entanto, ele fez um enorme tumulto em casa de suas vizinhas, e sabe Deus como aquilo podia ter terminado.

Quanto às vizinhas, Vássin informou que estavam morando ali há umas três semanas e tinham vindo de alguma província; que o quarto delas era demasiado pequeno e por tudo se via que eram muito pobres; que viviam em casa e esperavam alguma coisa. Ele não sabia que a jovem publicava anúncios em jornais como professora, mas ouvira falar de que Viersílov as visitava; isto se dava na ausência dele e a senhoria lhe transmitia. As vizinhas, ao contrário, evitavam todo mundo e inclusive a própria senhoria. Bem nos últimos dias ele passara a observar que de fato havia algo errado com elas, mas nunca presenciara cenas como as daquele dia. Menciono todos esses nossos comentários sobre as vizinhas tendo em vista suas consequências; durante todo esse tempo reinava um silêncio de morte atrás de sua porta. Vássin ouviu com um interesse especial que Stebielkóv supusera ser indispensável conversar sobre as vizinhas com a senhoria e que repetira duas vezes: "Vocês vão ver, vocês vão ver!".

— E vão ver mesmo — acrescentou Vássin — que isso não lhe veio à cabeça à toa; a esse respeito ele tem um olhar para lá de penetrante.

— Então, você acha que se deve aconselhar a senhoria a tocá-las para fora?

— Não, não estou falando de tocá-las para fora, mas de evitar alguma história... Se bem que, de uma forma ou de outra, são as histórias de sempre, mas elas terminam... Deixemos isso de lado.

Quanto às visitas de Viersílov às vizinhas, ele se negou terminantemente a tirar uma conclusão.

— Tudo é possível; o homem sentiu que estava com dinheiro no bolso... Aliás, também é provável que tenha apenas dado uma esmola; isso é da tradição dele e talvez até faça parte de suas inclinações.

Contei que um pouco antes Stebielkóv falara da "criança de peito".

— Neste caso Stebielkóv comete um equívoco absoluto — pronunciou Vássin com uma seriedade especial e um acento especial (isto me ficou bem gravado na memória). — Stebielkóv — continuou ele — às vezes acredita excessivamente em seu bom-senso prático e por isso se precipita a tirar conclusões segundo sua lógica, não raro bastante aguda; entretanto, a ocorrência pode ter de fato um colorido bem mais fantástico e inesperado, levando-

-se em conta as personagens em ação. Foi o que se deu também aqui: conhecendo o caso em parte, ele concluiu que a criança era filha de Viersílov; e no entanto a criança não é de Viersílov.

Comecei a importuná-lo e eis o que descobri, para minha grande surpresa: a criança era filha do príncipe Serguiêi Sokólski. Lídia Akhmákova, não sei se em consequência da doença ou simplesmente por seu caráter fantasioso, às vezes parecia louca. Apaixonara-se pelo príncipe ainda antes de Viersílov, e o príncipe "não teve dificuldade de aceitar o seu amor", disse Vássin. A relação foi fugaz: como já se sabe, os dois brigaram e Lídia botou o príncipe para fora de sua casa, "o que pelo visto o deixou contente".

— Ela era uma moça muito estranha — acrescentou Vássin —, e é até bem possível que nem sempre tenha estado no pleno gozo da razão. No entanto, ao viajar a Paris o príncipe ignorava por completo em que situação deixava sua vítima, ignorou até o fim, até o retorno. Viersílov, tendo-se tornado amigo da jovem criatura, fez-lhe uma proposta de casamento tendo justamente em vista a situação que se criara (da qual os pais pelo visto não desconfiaram quase até o fim). A moça apaixonada estava em êxtase e na proposta de Viersílov "viu algo mais que um sacrifício da parte dele", o que, aliás, também apreciava. Pensando bem, ele soube mesmo fazer a coisa — acrescentou Vássin. — A criança (uma menina) nasceu um mês ou seis semanas antes do tempo, foi internada em algum lugar da Alemanha mas depois trazida de volta por Viersílov, e hoje vive em algum lugar na Rússia, talvez em Petersburgo.

— E a história dos fósforos?

— Nada sei a esse respeito — concluiu Vássin. — Lídia Akhmákova morreu umas duas semanas depois do parto. Em Paris o príncipe soube que havia uma criança e parece que a princípio não acreditou que fosse sua filha... Em geral, essa história é mantida até hoje em segredo por todas as partes.

— Mas que príncipe é esse! — bradei indignado. — Que atitude com uma moça doente!

— Na época ela ainda não estava tão doente... Ademais, ela mesma o expulsou... É verdade que ele talvez tenha se precipitado demais em usufruir de sua reforma.

— Você justifica esse canalha?

— Não, apenas não o chamo de canalha. Aqui se pode usar outro termo além de franca canalhice. Em geral, é um assunto bastante corriqueiro.

— Vássin, você o conhecia intimamente? Eu gostaria, sobretudo, de confiar em sua opinião, tendo em vista uma circunstância que muito me diz respeito.

Mas a isso Vássin respondeu de um modo já demasiado contido. Conhecia o príncipe, mas calava com nítida intenção quando se tratava das circunstâncias em que se conheceram. Em seguida disse que, pelo caráter, o príncipe era digno de alguma condescendência. "Ele é imbuído de inclinações honestas e é impressionável, mas não tem nem juízo, nem força de vontade para administrar com suficiência suas vontades." É um homem inculto; é incapaz de compreender muitas ideias e fenômenos e, não obstante, lança-se a eles. Por exemplo, ele pode lhe afirmar obsessivamente o seguinte: "Sou príncipe e descendente de Riurik,[97] mas por que não posso ser um aprendiz de sapateiro se preciso ganhar o pão e não tenho capacidade para outro ofício? Em minha oficina haverá o letreiro: 'Príncipe fulano de tal, sapateiro' — é até nobre". "Ele dirá isso e o fará; eis o principal — acrescentou Vássin —, e no entanto não há nisso nenhuma força de convicção, apenas a mais leviana impressionabilidade. Por isso depois virá obrigatoriamente o arrependimento e então ele sempre estará pronto para algum extremismo totalmente inverso; nisso se resume toda a sua vida. Em nossa época muita gente tem dado passos em falso agindo assim — concluiu Vássin —, justo por ter nascido em nossa época."

Caí em involuntária meditação.

— É verdade que antes ele havia sido expulso do regimento? — perguntei.

— Não sei se foi expulso, mas ele deixou de fato o regimento por problemas. Você sabe que no outono do ano passado, estando de fato reformado, ele passou uns dois ou três meses em Luga?

— Eu... eu sabia que você tinha morado em Luga naquela época.

— Sim, eu também morei lá por algum tempo. O príncipe também era conhecido de Lizavieta Makárovna.

— Verdade? Eu não sabia. Confesso que tenho conversado tão pouco com minha irmã... Mas será que ele foi recebido em casa de minha mãe? — bradei.

— Oh, não: eles se conheciam de muito longe, por intermédio de uma terceira família.

— Então o que minha irmã falou daquela criança? Por acaso a criança também morou em Luga?

— Por algum tempo.

— Mas e agora, onde está?

---

[97] Antiga dinastia russa, estabelecida por volta de 826 d.C. na cidade de Nóvgorod e adjacências. (N. do T.)

— Sem dúvida em Petersburgo.

— Nunca em minha vida hei de acreditar — exclamei com extraordinário nervosismo — que minha mãe tenha tido qualquer participação nessa história com essa tal de Lídia!

— Nessa história, além de todas essas intrigas que não vou analisar, a mulher de Viersílov não teve um papel merecedor de nenhuma censura especial — observou Vássin, sorrindo de modo condescendente. Parece que lhe estava sendo difícil conversar comigo, e ele apenas não deixava transparecer.

— Nunca, nunca hei de acreditar — tornei a exclamar — que uma mulher seja capaz de ceder seu marido a outra, não hei de acreditar nisso!... Juro que minha mãe não participou disso!

— No entanto, parece que não se opôs.

— No lugar dela eu não me oporia por uma questão de orgulho!

— De minha parte nego-me totalmente a emitir juízo nesse caso — concluiu Vássin.

De fato, apesar de toda a sua inteligência, é possível que Vássin não entendesse nada de mulheres, visto que todo um ciclo de ideias e fenômenos lhe era desconhecido. Calei-me. Vássin trabalhava provisoriamente numa sociedade anônima e eu sabia que ele levava trabalhos para fazer em casa. À minha insistente pergunta ele confessou que naquele momento também estava ocupado — tinha contas a fazer —, então lhe pedi com ardor que não fizesse cerimônia comigo. Parece que isto o deixou satisfeito; mas antes de pôr mãos à obra com seus papéis, resolveu fazer uma cama para mim no sofá. Primeiro me cedeu sua cama, mas quando recusei, também pareceu satisfeito. Com a senhoria conseguimos travesseiros e um lençol; Vássin era extremamente cortês e amável, no entanto eu sentia certo desconforto em observar que ele se empenhava por mim. Para mim fora mais agradável quando, umas três semanas antes, uma vez pernoitara por acaso no Lado Petersburgo em casa de Efím. Lembro-me de como, naquela ocasião, ele improvisou uma cama para mim também num sofá e às escondidas da tia, supondo que, por alguma razão, ela viesse a zangar-se ao saber que colegas dele andavam dormindo em seu quarto. Rimos muito quando no lugar do lençol pusemos uma camisa e, do travesseiro, um sobretudo entrouxado. Lembro-me de como Zvêriev, ao término do seu trabalho, deu um afetuoso piparote no sofá e proferiu para mim:

— *Vous dormirez comme un petit roi.*[98]

E tanto a tola alegria dele como a frase em francês, que lhe caía bem

[98] Em francês, "Vais dormir como um pequeno rei". (N. do T.)

como uma sela numa vaca, fizeram com que eu dormisse com um extraordinário prazer na casa daquele bufão. Quanto a Vássin, fiquei num extraordinário contentamento quando ele enfim sentou-se de costas para mim e começou a trabalhar. Estendi-me no sofá e, olhando para as costas dele, passei um longo tempo pensando sobre muita coisa.

III

E havia mesmo em que pensar. Estava com a alma muito confusa, sem uma noção de conjunto; mas algumas sensações se apresentavam muito claras, embora nenhuma delas me arrastasse plenamente em virtude de sua abundância. Tudo como que desfilava diante de mim sem nexo nem sequência, e eu mesmo não tinha nenhuma vontade de me deter em nada ou estabelecer uma sequência. Até a lembrança de Kraft passara imperceptível ao segundo plano. O que mais me inquietava era minha própria situação, o fato de que eu já havia "rompido", mas tinha comigo minha mala, tinha saído de casa e recomeçava absolutamente tudo. Era como se até então todas as minhas intenções e os meus preparativos tivessem sido uma brincadeira e só "agora, de uma hora para outra e sobretudo *de repente*, tudo começasse de fato". Essa ideia me dava ânimo e, por mais perturbada que minha alma estivesse por muitas razões, alegrava-me. Porém... porém ainda havia outras sensações; uma delas, em particular, queria muito se distinguir das outras e dominar minha alma e, coisa estranha, essa sensação também me dava ânimo, como se me estimulasse para algo assaz alegre. Contudo, isso começara pelo medo: desde algum tempo e ainda há pouco eu sentira medo de que, no calor da conversa, tivesse, de forma intempestiva, falado demais com Akhmákova sobre o documento. "É, falei demais — pensava —, e pode ser que elas estejam desconfiando de alguma coisa... está mal! Na certa não me darão sossego se começarem a suspeitar, mas... vá! Talvez nem me encontrem — vou me esconder! Mas, e se elas começarem mesmo a me perseguir..." E eis que comecei a me lembrar, nos mínimos detalhes e com uma crescente satisfação, de como ainda há pouco estivera perante Catierina Nikoláievna e de como seus olhos insolentes, mas terrivelmente surpresos, estavam fixos em mim. Ainda ao sair eu a deixara tomada de surpresa, e lembro-me: "mas seus olhos não são de todo negros... só os cílios são muito negros, e é por isso que seus olhos parecem escuros...".

E súbito, lembro-me, senti um imenso asco em recordar... e também agastamento e náusea tanto por essas pessoas como por mim. Eu me censurava não sei por que e procurava pensar noutra coisa. "Por que não sinto a mínima indignação com Viersílov por causa da história com a vizinha?" — veio-me de estalo à cabeça. De minha parte eu tinha a firme convicção de que ele andara com amores e frequentara aquela casa para se divertir, mas não era propriamente isso que me revoltava. Até me parecia impossível imaginá-lo de outra maneira e, embora eu estivesse deveras contente pelo vexame que ele havia passado, não o acusava. Não era isso que me importava; importava-me o fato de ele ter me olhado com tanto ódio quando entrei com a vizinha; olhou-me como nunca o fizera antes. "Até que enfim ele também me olhou *com seriedade*!" — pensei com o coração na mão. Oh, se eu não o amasse não teria ficado tão contente com seu ódio!

Por fim comecei a dormitar e caí no sono. Lembro-me apenas de como, por entre o meu sono, Vássin, após concluir seus afazeres, arrumou cuidadosamente as coisas e, depois de uma olhada fixa para meu divã, despiu-se e apagou a luz. Passava de meia-noite.

IV

Quase duas horas depois levantei-me de um salto e, um tanto amalucado no meio do sono, sentei-me no meu divã. Por trás da porta que dava para as vizinhas ouviram-se gritos terríveis, choro e ganido. Nossa porta estava escancarada e no corredor, já iluminado, gente gritava e corria. Quis chamar Vássin, mas adivinhei que ele já não estava na cama. Sem saber onde encontrar um fósforo, tateei minha roupa e comecei a me vestir às pressas. Pelo visto a senhoria e talvez alguns inquilinos haviam acudido à casa das vizinhas. Ademais alguém gania, e a voz era justamente a da vizinha idosa, ao passo que a voz jovem da véspera, que eu gravara muitíssimo bem na memória, estava em total silêncio; lembro-me de que isso foi a primeira coisa que então me veio à cabeça. Eu nem tivera tempo de me vestir quando Vássin entrou apressado; num piscar de olhos achou um fósforo com sua mão familiar e iluminou o quarto. Estava apenas de roupa íntima, de roupão e calçado, e no mesmo instante começou a vestir-se.

— O que aconteceu? — bradei.

— Uma coisa extremamente desagradável e mais do que complicada! — respondeu quase com raiva —, aquela vizinha jovem de quem você falou enforcou-se em seu quarto.

Surpreso, dei um grito. Não consigo exprimir o tamanho da dor que me deu na alma! Corremos para o corredor. Confesso que não me atrevi a entrar na casa das vizinhas, e só depois vi a infeliz, quando já a haviam tirado da corda, e ainda assim, verdade, de certa distância, coberta por um lençol debaixo do qual apareciam as duas solas estreitinhas de seus sapatos. Não sei por que acabei não olhando o seu rosto. A mãe estava num estado terrível; com ela estava a nossa senhoria, aliás, não pouco assustada. Todos os inquilinos do apartamento se aglomeravam ali mesmo. Eram poucos: apenas um marinheiro idoso, sempre muito resmungão e exigente e que, não obstante, agora não dava um pio, e uns recém-chegados da província de Tvier, um velho e uma velha, marido e mulher, gente bastante respeitável, da classe do funcionalismo público. Não vou descrever todo o resto daquela noite, a azáfama, e depois as visitas oficiais; até o amanhecer fui deveras tomado de um pequeno tremor e achei uma obrigação não me deitar, embora, pensando bem, não fizesse nada. Ademais, todos aparentavam um ânimo extraordinário, até especialmente animado. Até Vássin tinha ido sabe-se lá aonde. A senhoria mostrou-se uma mulher bastante respeitável, bem melhor do que eu supunha. Convenci-a (e considero isto uma honra para mim) de que não se podia deixar a mãe sozinha com o cadáver da filha, e pelo menos até o dia seguinte ela deveria transferi-la para o seu quarto. No mesmo instante ela concordou e, por mais que a mãe se debatesse e chorasse, recusando-se a deixar o cadáver, ainda assim acabou se transferindo para o quarto da senhoria, que de imediato mandou aquecer um pequeno samovar. Depois disto os inquilinos se dispersaram para os seus quartos e se trancaram, mas me neguei terminantemente a ir para a cama e permaneci muito tempo sentado no quarto da senhoria, que até ficou contente com a presença de mais uma pessoa que, por sua vez, ainda poderia dar alguma informação sobre o incidente. O samovar foi de muita serventia, e, em geral, o samovar é a coisa mais indispensável na Rússia, precisamente em todas as catástrofes e desgraças, em particular aquelas terríveis, súbitas e excêntricas; até a mãe tomou duas xicrinhas de chá, claro que depois de muitos pedidos e quase à força. Entretanto, digo com sinceridade que eu nunca vira uma aflição mais cruel e franca como ao olhar para aquela infeliz. Depois das primeiras explosões de pranto e histerismo, ela começou a falar, até à vontade, e eu ouvia com avidez a sua narração. Existem infelizes, sobretudo entre as mulheres, a quem é até indispensável que se deixe falar o máximo possível em semelhantes casos. Além disso, há caracteres, por assim dizer, já massacrados demais pelas desgraças, que ao longo de toda a vida e por muito tempo suportaram, sofreram infortúnios inumeráveis e grandes, de forma permanente e por motivos reles, e a quem nada mais surpreende, nem catástrofes inesperadas, nenhuma, e, o essencial, nem ao pé do túmulo do ser mais amado esquecem uma única das regras de tratamento servil que a tão alto custo aprenderam a dispensar às pessoas. Não condeno isto; aí não se trata da vulgaridade do egoísmo nem da grosseria da evolução; é até possível que nesses corações haja mais ouro do que no das heroínas de aparência nobre, porém o hábito da duradoura humilhação, o instinto de autopreservação, o longo tempo experimentando medo e opressão acabam deixando sua marca. Nisso a pobre suicida não se assemelhava à sua mãe. Parece, aliás, que os rostos das duas guardavam semelhança, embora, positivamente, a morta não fosse nada feia. A mãe ainda era uma mulher não muito velha, de apenas uns cinquenta anos, igualmente loura, mas de olhos e faces cavadas, dentes amarelos graúdos e irregulares. Aliás, tudo nela tirava a certo amarelado; a pele do rosto e das mãos parecia um pergaminho; seu vestido escurinho também estava todo amarelado de decrepitude e, não sei por quê, uma unha no indicador da mão direita estava cuidadosa e acuradamente coberta por uma cera amarela.

O relato da pobre mulher era até desconexo em certas passagens. Vou narrá-lo como eu mesmo o entendi e o que eu mesmo guardei na memória.

V

As duas tinham vindo de Moscou. Há muito tempo ela enviuvara "de um conselheiro da corte", seu marido era funcionário público e quase não lhe deixara nada, "a não ser duzentos rublos de pensão. Ora, o que são duzentos rublos?". Não obstante, criara Ólia e a educara em um colégio... "E como estudava, como estudava; recebeu medalha de prata na formatura..." E ao falar, é claro, vertia lágrimas demoradas. O falecido marido perdera, com um comerciante petersburguense, um capital de quase quatro mil rublos. Da noite para o dia esse comerciante tornou a enriquecer, "tenho documentos, comecei a pedir conselhos e me disseram: 'procure-o, sem dúvida a senhora vai receber'...". "E eu comecei, o comerciante concordou; apareça aqui a senhora mesma", disse-me. "Preparamo-nos eu e Ólia, já faz um mês que viemos para cá. Nossos recursos são parcos; alugamos este quartinho porque é o menor de todos e fica numa casa honesta, nós mesmas estamos vendo a casa, e para nós é o que há de melhor: somos mulheres inexperientes, qualquer um pode nos fazer mal. Bem, pagamos por um mês, dá para suportar. Petersburgo custa os olhos da cara, nosso comerciante nos disse um sonoro não. 'Não faço nenhuma ideia de quem sejam, nunca as vi mais gordas', mas meu documento não está em ordem, eu mesma compreen-

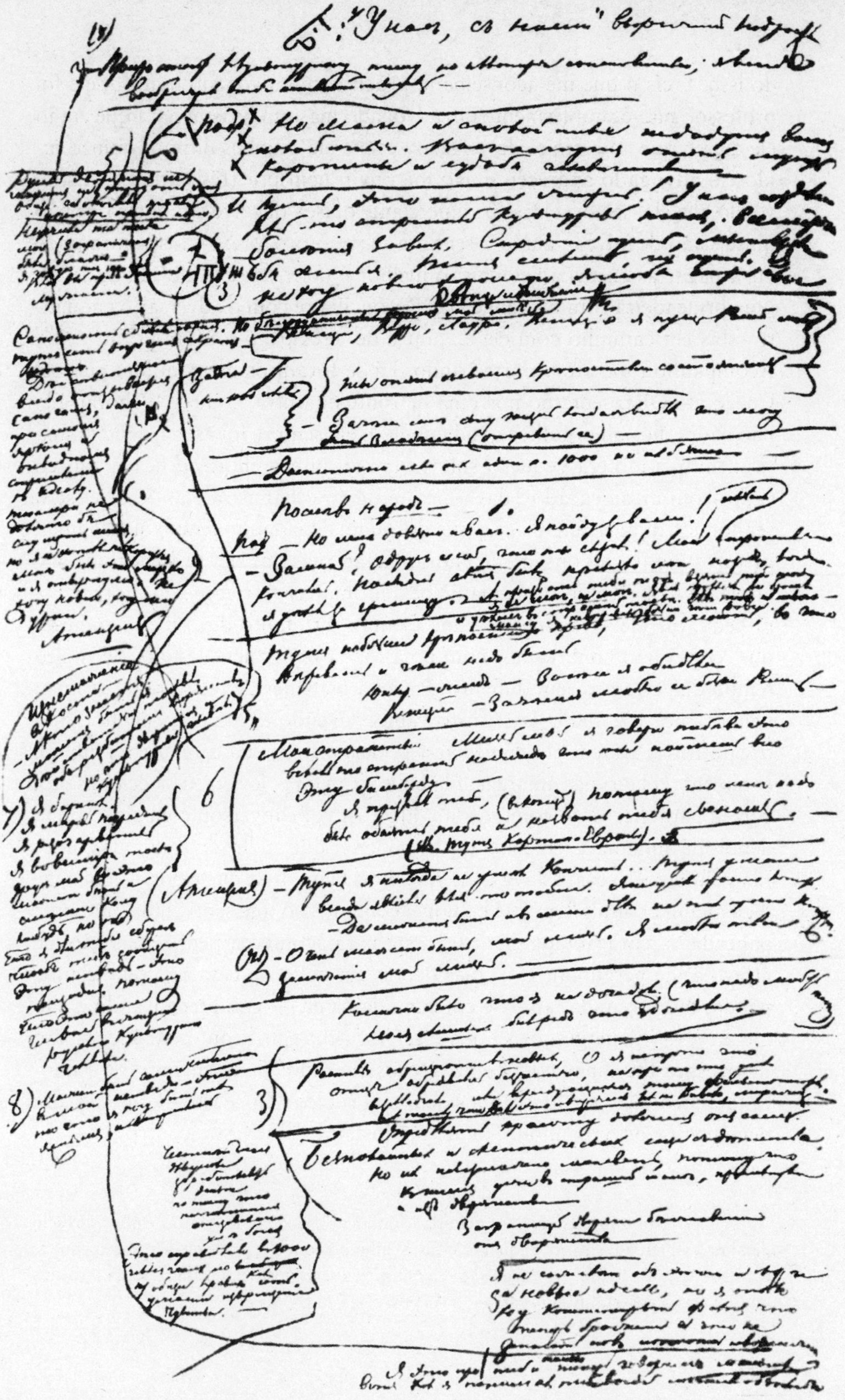

do isso. E eis o que me aconselham: procure um advogado famoso, ele foi professor, não é simplesmente um advogado mas um jurista, para que então ele diga o que ao certo se deve fazer. Levei a ele os meus últimos quinze rublos; o advogado apareceu e não me ouviu nem por três minutos: 'Estou vendo, diz ele, sei, diz ele, se o comerciante quiser, devolve o dinheiro, se não quiser, não devolve, e então a senhora move o processo — a senhora pode vir a pagar as custas adicionais, o melhor é fazer um acordo'. E ainda fez uma brincadeira com o Evangelho: 'Reconcilia-te com o adversário enquanto estás em caminho com ele e... antes de teres pago o último centavo'.[99] Acompanhou-me até a porta, rindo. Lá se foram os meus quinze rublos! Chego até Ólia, sentamo-nos uma defronte da outra, começo a chorar. Ela não chora, fica ali orgulhosa, indignada. E ela sempre foi assim, a vida inteira, nem quando era pequena soltava um ai, nunca chorava, ficava em seu canto com ar ameaçador, dava-me até medo olhar para ela. Não sei se o senhor acredita: eu a temia, e temia por tudo, fazia muito tempo que a temia; às vezes me dava vontade de choramingar, mas em sua presença não me atrevia. Fui à casa do comerciante pela última vez, fartei-me de chorar: 'Está bem', diz ele — nem sequer me escuta. Entretanto devo lhe reconhecer que, como não contávamos com uma longa permanência aqui, há muito tempo que estamos sem dinheiro. Passei a me valer de nossa pouca roupa: penhoramos alguma coisa e disto vamos vivendo. Acabamos penhorando toda a nossa roupa; ela começou a se desfazer de sua última roupinha, e então chorei lágrimas amargas. Ela bateu com o pé, levantou-se de um salto, correu para a casa do comerciante. Ele é viúvo; conversou com ela: 'Venha depois de amanhã às cinco da tarde, pode ser que eu lhe diga alguma coisa'. Ela voltou para casa, estava contente: 'Pois bem, disse que é possível que me diga alguma coisa'. Bem, até eu fiquei contente, só que senti algo como uma pancada no coração: alguma coisa está para acontecer, penso, mas não me atrevo a lhe perguntar. Dois dias depois ela volta da casa do comerciante, pálida, toda trêmula, atira-se em cima da cama — compreendi tudo e não me atrevi a lhe perguntar. O que o senhor acha que aconteceu? Ele, o bandido, estira-lhe a mão com quinze rublos, dizendo: 'Se eu encontrar a senhora totalmente virgem, darei mais quarenta rublos'. Disse isso mesmo na cara dela, nem se envergonhou. No mesmo instante ela investiu contra ele — ela

[99] Citação imprecisa do "Sermão da Montanha", onde se lê: "Entra em acordo sem demora com teu adversário, enquanto estás a caminho com ele, para que não suceda que te entregue ao juiz, e o juiz te entregue ao seu ministro e sejas posto em prisão... dali não sairás antes de teres pago o último centavo". Mateus, 5, 25-6. (N. da E.)

me contou —, ele lhe deu um empurrão e até trancou-se à chave para se livrar dela. Entretanto, confesso-lhe com plena consciência, quase não tínhamos o que comer. Pegamos uma pelicinha, era até de pele de coelho, vendemos, ela foi a um jornal e publicou aquele anúncio: 'damos aulas de todas as ciências e de aritmética'. 'Pelo menos uns trinta copeques devem me pagar por aula', disse-me. Já bem no fim comecei a ficar até aterrorizada com ela: não dava uma palavra comigo, passava horas inteiras à janela, olhando para o telhado do prédio defronte, e de repente gritava: 'Se pelo menos arranjasse roupa para lavar, se pelo menos arranjasse terra para cavar' — era praticamente a única coisa que dizia, batendo com o pé. Aqui nunca tivemos conhecidos de alguma importância, quase não tínhamos a quem recorrer: 'O que será de nós?' — pensava. Mas sempre com medo de falar com ela. Uma vez ela dormia de dia, acordou, abriu os olhos, ficou olhando para mim; eu estava sentada no baú, também olhando para ela; levantou-se calada, veio a mim, abraçou-me com muita, muita força, e então nós duas não aguentamos e caímos no choro, ali sentadas e chorando, sem largar a mão uma da outra. Foi a primeira vez que se portou assim em toda a sua vida. Estamos nós assim sentadas, uma ao lado da outra, quando a sua Nastácia entra e diz: 'Tem aí uma senhora perguntando pela senhora, pedindo informações'. Isso aconteceu há apenas quatro dias. A senhora entra: vemos que está muito bem-vestida, embora fale russo tem um sotaque parecido com alemão: 'A senhora publicou um anúncio num jornal dizendo que dá aulas?'. E então nós duas ficamos contentes com ela, fizemo-la sentar-se, ela sorria de um modo carinhoso: 'Não é para mim', diz ela, 'mas para os filhos pequenos de um primo meu; se quiser, venha a nossa casa e lá combinaremos'. Deu o endereço da ponte Voznessiênski, número tal, apartamento tal. Foi embora. Ólietchka foi até lá, no mesmo dia correu para lá, e veja o que se deu: retornou duas horas depois com uma crise histérica, debatendo-se. Depois me contou: 'Pergunto', diz ela, ao porteiro: onde fica o apartamento número tal?'. O porteiro me pergunta, olhando para mim: 'E a senhora, o que está querendo naquele apartamento?'. Disse isso de um modo tão estranho, tão estranho que naquele momento dava para atinar que cometera com algum engano.' E ela era tão imperiosa, tão impaciente, não suportava tais interrogações e grosserias. 'Vá em frente' — diz ele, apontando com o dedo para a escada, e ato contínuo foi-se para o seu cubículo. O que o senhor pensaria? Ela entra, pergunta, e no mesmo instante mulheres correm de todos os lados para ela: 'Por favor, por favor!' — só mulheres, rindo, pintadas, indecentes, tocam piano, arrastam-na: 'Eu tento fugir dali' — conta-me — 'mas não me deixam sair'. Ela está intimidada, sente as pernas fraquejarem, não a deixam sair, elas falam em tom carinhoso, tentam convencê-la, abrem uma garrafa de Porter, servem, fazem reverências. Ela se levanta de um salto, solta um palavrão, treme: 'Larguem-me, larguem-me!'. Precipita-se para a porta, alguém segura a porta, ela berra; nisto se precipita a mulher que há pouco estivera conosco, bate umas duas vezes no rosto de minha Ólia e a empurra porta afora: 'Sua oportunista', diz ela, 'não mereces estar numa casa decente!'. Enquanto isso, outra lhe grita para a escada: 'Tu mesma vieste nos pedir, vai ver que não tens o que comer, senão não iríamos ligar para semelhante lixo!'. Ela passou essa noite inteira com febre, delirando, na manhã seguinte seus olhos brilham, ela se levanta, fica andando: 'Vou processá-la', diz, 'vou processá-la!'. Eu me calo: ora, que história é essa de procurar a justiça, com que provas? Ela anda de um canto a outro, torcendo-se, as lágrimas lhe escorrem do rosto, está com os lábios apertados, imóveis. Desde o início seu semblante ficara todo escurecido. No segundo dia sentiu-se melhor, calou-se, era como se tivesse se acalmado. Foi então que, às quatro da tarde, apareceu em nossa casa o senhor Viersílov.

"Bem, vou ser franca: até hoje não entendo como Ólia, tão desconfiada, naquele momento começou a ouvi-lo, mal ele disse a primeira palavra. O que mais nos envolveu naquele momento foi o fato de que ele tinha um aspecto muito sério, até severo, falava baixo, era ponderado e muito polido — qual polido, era até respeitoso! — e, entretanto, não se notava nenhuma bajulação de sua parte: via-se com clareza que ali estava um homem totalmente sincero. 'Li seu anúncio no jornal', diz ele, 'a senhorita não o redigiu de forma adequada, de modo que isso pode até prejudicá-la'. E passou a explicar, confesso que não entendi, algo sobre aritmética, só que Ólia corou, pareceu animar-se toda, ouvia, entrou na conversa tão à vontade (o homem era mesmo inteligente, pelo visto), vi que até lhe agradecia. Ele a interrogou sobre tudo de modo tão minucioso que dava para notar que vivera muito tempo em Moscou, e verificou-se que até conhecia pessoalmente a diretora do colégio. 'Sem dúvida lhe arranjarei aulas, porque tenho muitos conhecidos aqui e posso até fazer pedidos a muitas pessoas influentes, de modo que se a senhora desejar até mesmo um emprego permanente é coisa que também pode ser considerada... Mas por enquanto me perdoe, diz ele, por uma pergunta direta que vou lhe fazer: não poderei agora lhe ser útil em alguma coisa? Não sou eu quem lhe dará o prazer mas, ao contrário, a senhora a mim, se me permitir que lhe propicie um benefício, por mínimo que seja. Que isso seja uma dívida que lhe caberá, e tão logo consiga o emprego a senhora me reembolsará no prazo mais curto possível. De minha parte, peço que acredite em minha honra; se um dia me encontrasse na mesma necessidade e a senhora, ao contrário, estivesse em plena abastança, eu viria diretamente procurá-la para lhe pedir uma pequena ajuda, enviaria minha mulher e minha filha'... Quer dizer, não posso lembrar para o senhor todas as palavras dele, sei apenas que chorei na ocasião porque vi que os lábios de Ólia tremeram de gratidão: 'Se aceito' — responde ela — 'é porque confio em um homem honesto e humanitário, que poderia ser meu pai'... Foi uma bela resposta que ela lhe deu, breve e nobre: 'um homem humanitário'. Ele se levantou no mesmo instante: 'Sem falta, sem falta lhe conseguirei aulas e um emprego; a partir de hoje mesmo tratarei disto, porque a senhora tem para tanto a devida habilitação'... Eu tinha me esquecido de dizer que logo no início, assim que entrou, ele examinou todos os documentos do colégio, ela lhe mostrou e ele mesmo a examinou sobre várias disciplinas... 'Veja, mamãe' — disse-me Ólia depois —, 'ele me examinou sobre as disciplinas, e como é inteligente, é tão raro a gente conversar com um homem tão evoluído e instruído' ... Ela estava toda radiante. Sessenta rublos jaziam ali em cima da mesa: 'Pegue-os, mamãe: ganharemos o emprego que ele prometeu, o primeiro dever é ressarci-lo o mais rápido possível, provaremos que somos honestas, e quanto a sermos delicadas, ele mesmo o notou'. Depois se calou, notei como respirava fundo: 'Sabe, mamãe' — diz ela de repente —, 'se fôssemos grosseiras talvez não tivéssemos aceitado o dinheiro dele por orgulho, mas, como o aceitamos, só lhe demonstramos com isso a nossa delicadeza e que temos plena confiança nele por ser um homem de cabeça branca, não é verdade?'. De início não entendi assim, e disse: 'Por que, Ólia, não aceitar um favor de um homem nobre e rico se acima de tudo é um homem de boa alma?'. Ela franziu o cenho para mim: 'Não, mamãe, não é isso, não é de benefício que se trata, é a *humanidade* dele que é cara. E quanto ao dinheiro, seria até melhor não o aceitar em absoluto: se ele prometeu arranjar um emprego, isso é suficiente... embora estejamos necessitadas'. — 'Mas Ólia' — disse-lhe —, 'nossas necessidades são tais que não há como recusar o dinheiro' — até dei um risinho irônico. Ora, eu estava contente, mas uma hora depois ela voltou ao assunto: 'Mamãe, espere para gastar o dinheiro', disse em tom decidido. 'O que se há de fazer?' — disse eu. — 'Isso' — interrompeu e calou-se. Esteve toda a noite calada; só quando passava de uma da manhã ouvi Ólia remexendo-se na cama: 'Mamãe, a senhora não está dormindo?' — 'Não, não estou dormindo'. 'Ele quis me ofender.' — 'Que estás dizendo, que estás dizendo?' — perguntei. — 'Não há dúvida de que é um homem torpe', diz ela, 'não se atreva a gastar nenhum copeque do dinheiro dele'. Eu ia falar com ela, até derramei algumas lágrimas ali mesmo na cama, mas ela se virou para a parede: 'Cale-se, mamãe, deixe-me dormir!'. Na manhã seguinte olho para ela, que anda sem parar, está irreconhecível e, acredite o senhor ou não, vou dizer perante Deus: ela havia perdido o juízo! Desde a ofensa que recebera naquela casa infame, ficara com o coração perturbado... e com o juízo também. Olho para ela nessa manhã e vacilo; estou apavorada; não vou contrariá-la em nada, digo, em nenhuma palavra. 'Mamãe', diz ela, 'ele não deixou nem o endereço.' — 'A culpa é tua, Ólia', digo: 'tu mesma o escutaste ontem, depois tu mesma o elogiaste e estavas disposta a derramar lágrimas de agradecimento'. Mal eu disse isso ela começou a ganir, bateu com os pés: 'A senhora é uma mulher de sentimentos torpes, de educação antiga, dos tempos da servidão!'... E o que ela não disse mais! Pegou o chapéu, saiu correndo, gritei atrás dela: o que deu nela, pensei, para onde terá corrido? E ela correu para o departamento de endereços, informou-se de onde mora o senhor Viersílov, voltou: 'Hoje mesmo, agora mesmo vou levar o dinheiro e atirar na cara dele; ele quis me ofender como Safrónov (aquele nosso comerciante); só que Safrónov me ofendeu como um mujique grosseiro, ao passo que ele o fez como um jesuíta ladino'. E aí, para desgraça nossa, bateu de repente à porta aquele mesmo cidadão da véspera: 'Ouvi que estão falando de Viersílov e posso dar informações'. Foi só ela ouvir sobre Viersílov que se lançou sobre ele, toda tomada de fúria, falando sem parar; olho para ela e me surpreendo: calada como é, não fala assim com ninguém, e ainda mais com um homem totalmente desconhecido! Estava com as faces ruborizadas, os olhos brilhando... e ele me vem logo com esta: 'A senhora está em seu pleno direito, senhorita. Viersílov é tal qual os generais daqui, que são descritos nos jornais; emperiquita-se o general com todas as suas medalhas, sai à cata de todas as governantas que publicam coisas nos jornais, circula e encontra o que precisa; e se não encontra o que precisa fica ali sentado, conversa, promete mundos e fundos — quando nada, arranja uma distração'. Até Ólia deu uma risada, só que de raiva, mas enquanto isso olho e vejo que o cidadão já segurou sua mão, puxa para cima do coração: 'Senhorita', diz, 'eu mesmo tenho o meu próprio capital e sempre poderia oferecer a uma linda donzela, mas antes prefiro apenas beijar sua linda mãozinha'... — e, vejo, põe-se a beijar a mão dela. Nisto ela se levanta de um salto, e aí eu também me levanto e nós duas o tocamos porta afora. Pois bem, no fim da tarde Ólia pega o dinheiro, sai correndo, depois volta: 'Mamãe', diz ela, 'vinguei-me daquele desavergonhado!' — 'Ah, Ólia, Ólia', digo, 'talvez tenhamos nos privado de nossa felicidade, ofendeste um homem nobre, um benfeitor!'. Chorei agastada com ela, não me contive. Ela grita para mim: 'Não quero, não quero! Mesmo que ele seja o mais honesto dos homens, nem assim aceito suas esmolas! Mesmo que alguém se compadeça de mim, também não aceito!'. Deitei-me, estava com a cabeça vazia de ideias. Quantas vezes observei esse prego na parede, que ficou no lugar do espelho — não me passou pela cabeça, jamais me passou pela cabeça, nem ontem, nem antes, nunca pensei nisso nem adivinhei nada, nem esperava nada disso de Ólia. Costumo dormir pesado, ronco, o sangue me sobe à cabeça e às vezes aflui ao coração, grito dormindo de tal forma que Ólia me acorda: 'Mamãe, o que a senhora tem, dorme tão fundo que não consigo acordá-la quando é preciso.' — 'Oi, Ólia', digo, 'durmo fundo, ai, como durmo fundo'. Pois bem, devo ter começado a roncar a noite passada, e então ela esperou e, já sem o que recear, levantou-se. Aquela correia da mala, comprida, passou o mês inteiro ali à vista, ainda ontem de manhã pensei: 'Vou finalmente tirá-la daí para que não fique rolando'. Quanto ao banco, ela deve tê-lo empurrado para o lado com o pé e, para que não fizesse barulho, forrou o chão com sua saia. Pelo visto, muito tempo depois, uma ou duas horas, acordei: 'Ólia!' — chamo-a — 'Ólia!'. No mesmo instante algo me passa pela cabeça. Ou eu não ouvia a respiração dela na cama, ou no escuro distingui talvez que a cama parecesse vazia — levanto-me de repente e começo a procurá-la com a mão: ninguém na cama, e o travesseiro está frio. O coração caiu-me literalmente aos pés, estaquei como se tivesse perdido os sentidos, fiquei com a mente perturbada. 'Ela saiu', pensei — dou um passo, vejo ali perto da cama, no canto junto à porta, é como se ela mesma estivesse em pé. Estou ali pregada, calada, olho para ela e é como se no escuro ela também olhasse para mim, não se mexe... 'Mas por que', penso eu, 'ela subiu na cadeira?' — 'Ólia' — murmuro, estou receosa —, 'Ólia, estás me ouvindo?' Mas súbito é como se tudo se iluminasse em mim, dou um passo, estiro ambos os braços para a frente, direto para ela, abraço-a, mas ela balança em meus braços, abraço-a, mas ela balança, compreendo, compreendo tudo e não quero compreender... Quero gritar, mas o grito não sai... 'Ah', penso! Desabo e então começo a gritar..."

....

— Vássin — disse-lhe na manhã seguinte, já depois das cinco —, não fosse o seu Stebielkóv, talvez isso não tivesse acontecido.

— Vá lá saber, na certa teria acontecido. Nesse caso não se pode julgar assim, aquilo tudo já estava preparado... É verdade que esse Stebielkóv, às vezes...

Não concluiu e fez uma cara muito desagradável. Por volta das seis tornou a sair; continuava em sua azáfama. Enfim fiquei só, sozinho. Já estava claro. Minha cabeça girava levemente. A imagem de Viersílov se embaralhava em minha mente: o relato daquela senhora o colocava sob uma luz bem diferente. Para pensar melhor, deitei-me na cama de Vássin do jeito que estava, vestido e de botas, por um minuto, sem nenhuma intenção de dormir — e de repente adormeci, nem me lembro como isso aconteceu. Dormi quase quatro horas; ninguém me acordou.

CAPÍTULO X

I

Acordei por volta das dez e meia e durante muito tempo não acreditei em meus próprios olhos: no sofá em que ainda na véspera eu havia adormecido estavam minha mãe e, a seu lado, a infeliz vizinha, mãe da suicida. Ambas seguravam a mão uma da outra, cochichavam, provavelmente para não me acordar, e ambas choravam. Levantei-me e me precipitei direto para minha mãe a fim de beijá-la. Ela ficou toda radiante, beijou-me e me benzeu três vezes com a mão direita. Ainda não havíamos dito uma palavra quando a porta se abriu e entraram Viersílov e Vássin; no mesmo instante minha mãe se levantou e saiu, levando a vizinha. Vássin me deu a mão, mas Viersílov não me disse uma palavra e arriou na poltrona. Pelo visto ele e minha mãe já estavam ali há algum tempo. Tinha no rosto uma expressão sombria e preocupada.

— O que mais lamento — começou dizendo pausadamente a Vássin, pelo visto dando continuidade a uma conversa iniciada — é não ter conseguido arranjar tudo aquilo ontem mesmo, à noite, pois na certa não teria acontecido essa coisa terrível! E ainda por cima havia tempo: ainda não eram nem oito horas. Mal ela correra de nossa casa, tive a ideia de segui-la até aqui e demovê-la, mas aquele caso imprevisível e inadiável que, a propósito, eu poderia perfeitamente ter adiado para hoje... até por uma semana, aquele lamentável caso atrapalhou e estragou tudo. São coisas que acontecem!

— Talvez não tivesse conseguido demovê-la; mesmo sem sua interferência, parece que ela não aguentava mais de tanto sofrimento — observou de passagem Vássin.

— Não, eu teria conseguido, na certa teria. E ademais tinha em mente mandar em meu lugar Sófia Andrêievna. Passou-me pela cabeça, mas apenas passou. Sófia Andrêievna a teria demovido, e a infeliz estaria viva. Não, nunca mais me meto em "boas ações"... E meti-me apenas uma vez na vida! E eu que pensava que ainda não estava atrasado diante da nova geração e compreendia a juventude atual. É, a nossa velharada praticamente envelhece antes de ter amadurecido. Aliás, há uma infinidade de pessoas de nossos dias que, por hábito, continuam se considerando nova geração porque ainda ontem o eram, mas nem sequer se dão conta de que já são cartas fora do baralho.

— Aí houve um equívoco, um equívoco demasiado claro — observou Vássin com sensatez. — A mãe dela conta que depois da cruel ofensa recebida no prostíbulo foi como se ela tivesse perdido o juízo. Acrescente-se o clima, a ofensa inicial recebida do comerciante... tudo isso poderia ter acontecido do mesmo jeito que acontecia antes e, a meu ver, não caracteriza particularmente a própria juventude de hoje.

— É um pouco impaciente essa juventude de hoje, além, é claro, de ter um precário conhecimento da realidade, que mesmo sendo próprio da juventude em qualquer época, o é particularmente da atual... Diga-me uma coisa: o que o senhor Stebielkóv andou aprontando por aqui?

— O senhor Stebielkóv — intrometi-me de súbito — é a causa de tudo, sem ele nada teria acontecido; ele pôs lenha na fogueira.

Viersílov ouviu, mas não me olhou. Vássin franziu o cenho.

— Ainda me censuro por uma circunstância ridícula — continuou Viersílov sem pressa e como sempre arrastando as palavras —, parece que por um abjeto hábito que tenho permiti-me com ela uma espécie de distração, com uma chacota leviana; em suma, fui insuficientemente ríspido, seco e sombrio, três qualidades que, é de crer, também parecem encontrar um extraordinário apreço na nova geração atual... Em suma, dei-lhe motivo para me tomar por um Celadon[100] errante.

— É exatamente o contrário — tornei a me intrometer com rispidez —, mamãe afirma em particular que o senhor produziu uma magnífica impressão justo pela seriedade, o rigor, a sinceridade; palavras dela. A própria falecida o elogiou por isso, assim que o senhor saiu.

— F-foi? — mastigou Viersílov, enfim olhando de passagem para mim. — Pegue esse papel, vai ser necessário para o caso —, e estendeu um pedacinho de papel a Vássin. Este o pegou e, vendo que eu o olhava com curiosidade, deu-me para ler. Era um bilhete de duas linhas desiguais, rabiscadas a lápis e talvez até no escuro:

"Mamãe, querida, perdoe-me por eu ter interrompido meu debute na vida. Ólia, que lhe deu desgosto."

---

[100] Personagem do romance *L'Astrée*, de Honoré d'Urfé (1568-1623), caracterizado como amante alegre, símbolo do cortejador, mulherengo. (N. do T.)

— Isto só foi encontrado pela manhã — explicou Vássin.

— Que bilhete estranho — exclamei surpreso.

— Por que estranho? — perguntou Vássin.

— Por acaso se podem usar expressões humorísticas num momento como esse?

Vássin fez um ar interrogativo.

— E ademais um humor estranho — continuei —, numa linguagem convencional, usada entre colegiais... Ora, quem pode, num momento como esse e dirigindo-se a uma mãe infeliz (e vejam que ela amava a mãe), escrever: "encerrei meu debute na vida"!

— Por que não se pode escrever? — Vássin ainda não conseguia entender.

— Aí não há absolutamente humor nenhum — por fim observou Viersílov. — Sem dúvida a expressão é inadequada, o tom é de todo inadequado e de fato poderia ser produto de uma linguagem convencional usada por colegas de colégio, como tu disseste, ou de algum folhetim, mas a falecida a empregou nesse terrível bilhete com toda sinceridade e seriedade.

— Isso é impossível, ela concluiu o curso e recebeu medalha de prata.

— Neste caso a medalha de prata não significa nada. Hoje em dia muitos a recebem ao concluir o curso.

— Mais uma vez censurando a juventude — sorriu Vássin.

— Nem um pouco — respondeu-lhe Viersílov, levantando-se e pegando o chapéu —, se a geração atual não é tão literária, tem, sem dúvida... outros méritos — acrescentou com uma seriedade incomum. — Além do mais, "muitos" não quer dizer "todos"; a você, por exemplo, não acuso de terem se desenvolvido mal em literatura, e você também ainda é jovem.

— Aliás, Vássin também não achou nada de mal no "debute"! — não me furtei de acrescentar.

Viersílov estendeu a mão a Vássin em silêncio; este também pegou o boné para sair com ele e bradou para mim: "Até logo". Viersílov saiu sem me notar. Eu também não tinha tempo a perder: precisava correr para conseguir moradia a qualquer custo — e agora precisava mais do que nunca! Minha mãe não estava mais na casa da senhoria, tinha ido embora levando a vizinha. Saí à rua com um ânimo particularmente especial... Uma espécie de sensação nova e grande brotava em minha alma. Para completar, calhava que tudo contribuía: com uma rapidez incomum encontrei por acaso um quarto em tudo adequado; depois falarei desse quarto, porque agora vou concluir o principal.

Passava pouco de uma hora quando voltei à casa de Vássin para pegar minha mala, e por coincidência tornei a encontrá-lo em casa. Ao me ver, ele exclamou com ar alegre e sincero:

— Como estou contente por você ter me encontrado em casa, eu estava de saída! Posso lhe comunicar um fato que, parece, vai interessá-lo muito.

— Desde já, estou certo! — exclamei.

— Caramba, que ar animado! Não está sabendo nada sobre certa carta conservada por Kraft e levada ontem a Viersílov, e que tem alguma relação com a herança que ele ganhou? Nessa carta o testador esclarece sua vontade em termos opostos à decisão do tribunal. A carta foi escrita há muito tempo. Numa palavra, não sei exatamente de que trata; você não estaria a par de alguma coisa?

— Como não estaria! Anteontem Kraft me levou à sua casa... sublocada daqueles senhores, para me entregar essa carta, e ontem eu a passei às mãos de Viersílov.

— Verdade? Foi o que pensei. Imagine aquele caso que Viersílov acabou de mencionar aqui — que o impedira de vir aqui ontem à noite demover essa moça —, aquele caso se deu justo por causa dessa carta. Ontem mesmo à noite, Viersílov foi direto ao advogado dos Sokólski, entregou-lhe essa carta e renunciou a toda a herança que havia ganhado. Neste momento a renúncia ganhou uma forma legal. Viersílov não doa, mas reconhece nesse ato o pleno direito dos príncipes.

Pasmei, mas estava exultante. Para falar a verdade, eu tinha a plena convicção de que Viersílov destruiria a carta; além disso, embora tivesse afirmado a Kraft que tal atitude seria vil, e apesar de haver repetido isso de mim para mim na taberna e também que "tinha vindo ao encontro de um homem puro e não daquele" —, não obstante, pensando ainda mais comigo mesmo, ou seja, no mais fundo de minha alma eu achava que não seria possível agir de outro modo senão eliminando por inteiro o documento. Quer dizer, eu achava isso a coisa mais natural. Se mais tarde eu viesse a culpar Viersílov, eu o culparia apenas *pro forma*, para salvar as aparências, isto é, para manter sobre ele a minha posição superior. Entretanto, ouvindo agora falar sobre o feito de Viersílov, caí num entusiasmo sincero, pleno, censurando com arrependimento e vergonha o meu cinismo e a minha indiferença pela virtude e, num piscar de olhos, pondo Viersílov infinitamente acima de mim; por pouco não abracei Vássin.

— Que homem! Que homem! Quem agiria assim? — exclamava eu embevecido.

— Concordo com você que muitos não agiriam assim.... e que, é indiscutível, a atitude é extraordinariamente desprendida...

— "Porém"?... conclua, Vássin, você tem um "porém"?

— Sim, é claro, existe um "porém"; a meu ver a atitude de Viersílov é um pouco apressada e não tão sincera — sorriu Vássin.

— Não sincera?

— Sim. Aí existe como que um "pedestal". Porque, em todo caso, ele poderia ter feito a mesma coisa sem se prejudicar. Se não a metade, ao menos uma indiscutível parte da herança poderia ficar agora com Viersílov, mesmo sob uma visão mais delicada do assunto, ainda mais porque a carta não tinha importância decisiva e ele já havia ganhado o processo. Essa é a mesma opinião até do advogado da parte contrária. Acabei de conversar com ele. A atitude não seria menos maravilhosa, mas apenas por um acesso de orgulho aconteceu o contrário. O grave é que o senhor Viersílov inflamou-se e excedeu-se na pressa; ora, ele mesmo acabou de dizer que poderia ter adiado o caso por uma semana inteira...

— Sabe, Vássin? Não posso deixar de concordar com você, no entanto... prefiro ver a coisa a meu modo, é assim que prefiro.

— Aliás, isso é uma questão de gosto. Você mesmo me provocou, eu teria calado.

— Mesmo se há um "pedestal", ainda assim é melhor — continuei —, o pedestal, ainda que seja um pedestal, por si só é uma coisa muito valiosa. Esse "pedestal" é aquele mesmo "ideal", e é improvável que fosse melhor que não existisse numa alma de hoje; mesmo que tendo uma pequena deformação, é bom que exista! E na certa você também pensa assim, Vássin, meu caro Vássin, meu amável Vássin! Em suma, eu, é claro, me atrapalhei, mas mesmo assim você me entende. Por isso é Vássin; em todo caso, dou-lhe um abraço e um beijo, Vássin!

— De alegria?

— De grande alegria! Porque aquele homem "estava morto e reviveu, estava perdido e foi encontrado"![101] Vássin, sou um reles meninote e não sou digno de você. Confesso isto justamente porque em outras ocasiões sou bem diferente, superior e mais profundo. Por tê-lo elogiado em sua frente anteontem (e só elogiei porque me haviam humilhado e me deixado arrasado), passei dois dias inteiros odiando-o! Naquela mesma noite dei a palavra de não procurá-lo nunca mais, e só vim ontem de manhã à sua casa por mal, entenda, *por mal*. Fiquei sentado aqui na cadeira criticando seu quarto, a

[101] Citação literal do Evangelho de Lucas, 15, 24: "Este meu filho estava morto, e reviveu; tinha-se perdido, e foi achado". (N. da E.)

você também, cada livro seu, sua senhoria, procurando humilhá-lo e zombar de você...

— Isso não precisava dizer...

— Ontem à noite, depois de concluir por uma frase sua que você não entende de mulher, eu estava feliz por podê-lo apanhar nesse ponto. Ainda há pouco, depois de apanhá-lo no "debute", mais uma vez me senti por demais contente, e tudo porque antes eu mesmo o havia elogiado...

— Ah, também, pudera! — enfim bradou Vássin (ele continuava sorrindo, nem um pouco surpreso comigo). — Mas isso sempre acaba acontecendo praticamente com todo mundo, e é até a primeira coisa que acontece; só que ninguém o confessa e, aliás, não há nenhuma necessidade de confessá-lo, porque, em todo caso, isso passa sem deixar nenhuma consequência.

— Será que é assim com todo mundo? Que todos são assim? E ao dizer isso você fica tranquilo? Ora, não se pode viver com semelhante concepção!

— Então você acha que:

Mais valem as trevas das verdades baixas
Do que o embuste que nos engrandece?[102]

— Ora, mas isto está certo — bradei —, nesses dois versos existe um axioma sagrado.

— Não sei; não me atrevo a concluir se esses dois versos estão certos ou não. Deve ser que, como sempre ocorre, a verdade está no meio, em alguma parte: quer dizer, em um caso é a verdade sagrada, no outro a mentira. Ao certo, sei apenas uma coisa: que por muito tempo essa ideia ainda continuará sendo um dos pontos de discussão mais importantes entre os homens. Em todo caso observo que agora estamos com vontade de dançar. Então, dancemos: o exercício é útil e justo hoje pela manhã despejaram um volume terrível de afazeres sobre os meus ombros... aliás, estamos atrasados!

— Estou indo, estou indo, estou saindo! Só mais uma palavra — bradei já pegando a mala —; se acabei de "lançar-me em seus braços" foi apenas porque, quando entrei, você me comunicou aquele fato com tão sincera satisfação e "ficou contente" por eu tê-lo encontrado em casa, e isso depois do recente "debute"; com essa sincera satisfação você tornou a dispor meu "jovem coração" em seu favor. Bem, adeus, adeus, vou tentar passar o maior tempo possível sem procurá-lo e sei que isso lhe será por demais agradável, o que até vejo por seus olhos, e será até vantajoso para nós dois...

---

[102] Vássin cita versos do poema "O herói", de Púchkin. (N. do T.)

E assim tagarelando, quase sufocado com minha alegre tagarelice, peguei minha mala e com ela tomei a direção do novo apartamento. O principal é que me agradava demais o fato de que Viersílov há pouco evidentemente se zangara comigo, negara-se a falar e olhar para mim. Tendo deixado a mala, saí voando no mesmo instante para a casa do meu velho príncipe. Confesso que me fora até um pouco difícil passar esses dois dias sem ele. E ademais ele já devia ter ouvido falar da atitude de Viersílov.

II

Eu já sabia mesmo que ele se contentaria ao máximo comigo e, juro, hoje eu o visitaria até independentemente da atitude de Viersílov. Apenas me assustava, tanto ontem quanto hoje, a ideia de que de alguma maneira talvez encontrasse Catierina Nikoláievna; mas agora já não temia mais nada.

O príncipe me abraçou tomado de alegria.

— Viersílov, hein! Ouviu falar? — comecei direto pelo essencial.

— *Cher enfant*, meu amável amigo, isso é tão formidável, é tão nobre; numa palavra, até em Kilian (aquele funcionário que mora lá embaixo) deixou uma estupenda impressão! Foi uma insensatez da parte dele, mas foi brilhante, é uma façanha! Precisamos apreciar o ideal!

— Não é verdade? Não é verdade? Nós dois sempre concordamos nesse ponto.

— Meu caro, nós dois sempre concordamos. Por onde andaste? Eu mesmo quis procurá-lo a qualquer custo, mas não sabia onde te encontrar... Porque não podia mesmo procurar Viersílov... Se bem que agora, depois de tudo isso... Sabes, meu amigo: acho que era com essas peculiaridades que ele triunfava sobre as mulheres, não há dúvida...

— A propósito, para que não me esquecesse, guardei esta justo para o senhor. Ontem, um palhaço desprovido de qualquer dignidade, ao insultar Viersílov diante de mim, disse a seu respeito que ele é um "profeta de mulheres"; que tal a expressão, a expressão em si? Guardei-a para o senhor.

— "Profeta de mulheres"! *Mais... c'est charmant!*[103] Ah-ah! Mas isso lhe cai tão bem, quer dizer, não lhe cai nada bem; com a breca!... Mas foi tão preciso... quer dizer, não tem nada de preciso, no entanto...

---

[103] Em francês, "Mas... é encantador!". (N. do T.)

— Mas não é nada, não é nada, não se deixe confundir, veja isso apenas como um dito espirituoso!

— Um ótimo dito espirituoso e, sabe, é do mais profundo sentido... É uma ideia absolutamente correta! Quer dizer, acreditas... numa palavra, vou te revelar um segredinho à toa. Observaste Olimpiada naquela ocasião? Acredita, ela tem uma pequena queda por Andriêi Pietróvitch, e a tal ponto que parece que ela nutre algo...

— Nutre! E ela, será que não deseja isto? — bradei indignado, fazendo uma figa.

— *Mon cher*, não grites, é assim que a coisa é, e talvez tenhas razão do teu ponto de vista. Aliás, meu amigo, o que aconteceu da última vez contigo na presença de Catierina Nikoláievna? Vacilaste... pensei que irias cair e tive vontade de me precipitar para te apoiar.

— Não falemos disso agora. Bem, numa palavra, eu simplesmente me atrapalhei por uma razão...

— Agora também coraste.

— Ora, logo agora o senhor acha de se estender nesse assunto. O senhor sabe que ela anda em hostilidades com Viersílov... e tudo o mais, foi por isso que me inquietei. Oh, deixemos isto, depois falaremos!

— E deixemos, deixemos mesmo, eu próprio fico contente por deixar... numa palavra, sinto uma culpa extraordinária perante ela e até, como te lembras, queixei-me contigo... Esquece isto, meu amigo; ela também há de mudar de opinião a teu respeito, pressinto demais isto... Mas eis o príncipe Serioja!

Entrou um oficial jovem e bonito. Olhei com avidez para ele, nunca o vira antes. Quer dizer, eu disse que é bonito como todo mundo dizia, mas naquele rosto jovem e bonito havia algo não de todo atraente. Observo isso justo como impressão do primeiro momento, de minha primeira olhada para ele, que me ficou para o resto da vida. Ele é magro, de uma bela estatura, cabelos castanhos, rosto cheio de frescor, se bem que um pouco amarelado, e de olhar firme. Os belos olhos negros pareciam um tanto severos, até mesmo quando ele estava inteiramente calmo. Mas o olhar firme repugnava justo porque tinha qualquer coisa que nos fazia perceber que, sabe-se lá por que razão, ele dava pouquíssima importância a essa firmeza. Aliás, não consigo me expressar... É claro que seu rosto tinha a capacidade de passar de uma hora para outra de severo para uma expressão admiravelmente carinhosa, dócil e terna. Era essa simplicidade que atraía. Observo mais uma peculiaridade: apesar do aspecto carinhoso e da simplicidade, esse rosto nunca ficava alegre; até quando o príncipe gargalhava de todo coração sentia-se que nesse coração parecia nunca haver uma alegria verdadeira, luminosa e leve... Aliás, assim é dificílimo descrever um rosto. Não tenho nenhuma capacidade de fazê-lo. O velho príncipe precipitou-se na mesma hora para nos apresentar, por um tolo hábito seu.

— Este é meu jovem amigo Arkadi Andrêievitch (novamente Andrêievitch!) Dolgorúki.

O jovem príncipe virou-se no mesmo instante para mim com uma dupla expressão de cortesia no rosto; via-se, porém, que meu nome lhe era inteiramente desconhecido.

— Este é... um parente de Andriêi Pietróvitch — balbuciou meu enfadonho príncipe. (Como às vezes esses velhotes são enfadonhos com seus hábitos!) No mesmo instante o jovem príncipe adivinhou.

— Ah! Faz tanto tempo que ouvi... — pronunciou rápido —, tive um extraordinário prazer em conhecer sua irmã Lizavieta Makárovna no ano passado, em Luga... ela também falou a seu respeito...

Fiquei até surpreso: uma alegria absolutamente sincera brilhava em seu rosto.

— Permita-me, príncipe — balbuciei, puxando para trás minhas duas mãos —, devo lhe dizer com sinceridade, e estou contente por falar na presença de nosso amável príncipe, que eu até desejava um encontro com o senhor ainda recentemente, ontem mesmo, mas já com objetivos bem diferentes. Digo isto com franqueza, por mais que o senhor se surpreenda. Para ser breve, queria desafiá-lo para um duelo pela ofensa que um ano e meio atrás o senhor cometeu contra Viersílov em Ems. E embora o senhor, é claro, talvez não aceitasse meu desafio por eu ser apenas um colegial e adolescente menor de idade, ainda assim eu o provocaria independentemente de ser aceito e do que o senhor pudesse fazer... e confesso que até agora mantenho os mesmos objetivos.

Depois o velho príncipe me afirmou que eu havia conseguido dizer isso com uma extraordinária nobreza.

Uma verdadeira tristeza estampou-se no rosto do príncipe.

— O senhor apenas não me permitiu concluir — respondeu ele de modo imponente. — Se eu me dirigi ao senhor com palavras tiradas do fundo da alma, a causa disto foram precisamente meus sentimentos atuais e verdadeiros para com Andriêi Pietróvitch. Lamento não poder lhe comunicar neste momento todas as circunstâncias; mas lhe asseguro com honestidade que já faz muito tempo que encaro aquela minha infeliz atitude em Ems com o mais profundo arrependimento. Ao me preparar para vir a Petersburgo, resolvi dar todas as possíveis satisfações a Andriêi Pietróvitch, ou seja, pedir-lhe desculpas de modo direto e literal, na forma que ele mesmo determinar. Influências superiores e poderosas foram a causa da mudança em minha visão. O fato de nós estarmos em litígio não teve a mínima influência em minha decisão. A atitude que ontem ele adotou em relação a mim abalou, por assim dizer, minha alma e inclusive neste momento, acredite o senhor ou não, é como se eu ainda não tivesse me recobrado. Pois bem, devo comunicar-lhe: vim à casa do príncipe justo para informá-lo de uma circunstância extraordinária: três horas atrás, isto é, no exato momento em que ele e o advogado redigiam esse ato, apareceu em minha presença um encarregado de Andriêi Pietróvitch e me entregou em nome dele o desafio... o desafio formal para um duelo por causa da história em Ems...

— Ele o desafiou? — bradei e senti que meus olhos começaram a arder e o sangue me banhou o rosto.

— Sim, me desafiou; no mesmo instante aceitei o desafio, mas resolvi, ainda antes do nosso encontro, enviar-lhe uma carta na qual exponho minha visão daquela minha atitude e todo o meu arrependimento por aquele terrível erro... Porque aquilo não passou de um erro — um erro infeliz, fatal! Observo-lhe que minha posição no regimento forçava-me a correr aquele risco: por uma carta como essa eu me sujeitaria à opinião pública antes do encontro... O senhor compreende? Mas, apesar de tudo, tomei a decisão e apenas não tive tempo de enviar a carta porque, uma hora depois de receber o desafio, recebi outro escrito dele, no qual ele me pede que o desculpe por ter-me incomodado e que eu esqueça o desafio, acrescentando que se arrepende desse "impulso de momento, de sua pusilanimidade e egoísmo" — palavras dele. Agindo assim, ele já facilita completamente o passo que estou dando com a carta. Eu ainda não a enviei, mas estou aqui justo para dizer algo a respeito ao príncipe... Acredite, eu mesmo sofri as censuras de minha consciência, talvez mais do que ninguém... O senhor está satisfeito com esta explicação, Arkadi Makárovitch, ao menos agora, por enquanto? O senhor me concede a honra de acreditar plenamente em minha sinceridade?

Eu estava totalmente vencido; testemunhava uma indubitável franqueza que em absoluto não esperava. E ademais não esperava nada semelhante. Balbuciei alguma coisa em resposta e lhe estendi minhas duas mãos; ele as sacudiu com alegria nas suas. Em seguida, retirou-se com o príncipe e por cerca de cinco minutos ficou conversando com ele no dormitório.

— Se o senhor quiser me dar um prazer especial — disse-me em voz alta e franca ao voltar com o príncipe —, vamos comigo, eu lhe mostrarei a carta que estou enviando para Andriêi Pietróvitch e também a que ele me escreveu.

Aceitei com extraordinária boa vontade. Meu príncipe me dispensava solicitudes ao me acompanhar até o portão, e também me chamou por um instante ao dormitório.

— *Mon ami*, como estou contente, como estou contente... Depois falaremos de tudo isso. A propósito, tenho aqui na pasta duas cartas: uma deve ser levada e explicada pessoalmente, a outra ao banco, e lá também...

E então me incumbiu de dois assuntos que pareciam inadiáveis e que exigiriam um esforço e uma atenção como que incomuns. Eu teria de levar as cartas, entregá-las sem falta e deixar minha assinatura, etc.

— Ah, que ladino! — exclamei ao receber as cartas. — Juro que tudo isso é uma tolice e não dá trabalho nenhum, e o senhor inventou de propósito essas duas incumbências para me assegurar de que eu lhe presto serviço e não recebo dinheiro de graça!

— *Mon enfant*, juro que nisto estás enganado: trata-se de dois assuntos inadiáveis... *Cher enfant!* — bradou de repente, tomado de um profundo enternecimento —, meu amado jovem! (pôs ambas as mãos em minha cabeça). Abençoo a ti e ao teu destino... sejamos sempre puros de coração como hoje... bons e maravilhosos o mais que pudermos... amemos tudo o que é belo... em todas as suas variadas formas... Bem, *enfin, rendons grâce... et je te bénis!*[104]

Ele não concluiu e começou a choramingar sobre minha cabeça. Confesso que também quase chorei; pelo menos abracei meu excêntrico velhote de forma sincera e prazerosa. Trocamos muitos beijos.

III

O príncipe Serioja (isto é, o príncipe Serguiêi Pietróvitch, como o chamarei doravante) levou-me em seu *proliótika*[105] ao seu apartamento, e minha primeira reação foi admirar-me da suntuosidade desse apartamento. Quer dizer, não era propriamente suntuosidade, o apartamento era daqueles pertencentes às castas "mais nobres": cômodos altos, grandes e claros (vi dois, os outros estavam fechados), e os móveis não eram grande coisa a ponto de evocarem Versalhes ou a Renaissance,[106] mas eram macios, confortáveis,

---

104 Em francês, "Enfim, demos graças... e eu te abençoo!". (N. do T.)

105 Tílburi de quatro rodas. (N. do T.)

106 Tem-se em vista os antigos estilos de móveis elegantes, que surgiram na França e

espaçosos, coisa de quem vive na abastança; tapetes, madeira entalhada e estatuetas. Não obstante, diziam que os príncipes estavam na miséria e sem nada. Entretanto, ouvi de passagem que esse príncipe deixava as pessoas com poeira nos olhos por onde quer que passasse — fosse aqui ou em Moscou, no antigo regimento ou em Paris —, que era dado ao jogo e tinha dívidas. Eu vestia uma surrada sobrecasaca e, para piorar, ela estava coberta de penugem, porque dormira sem trocar de roupa e a camisa estava no quarto dia de uso. Aliás, minha sobrecasaca ainda não estava horrível, mas, ao chegar à casa do príncipe, lembrei-me da sugestão de Viersílov para que eu mandasse fazer roupas novas.

— Imagine, por causa de uma suicida dormi a noite inteira com a roupa que usava — observei com ar distraído, e como ele imediatamente mostrou atenção, contei o episódio em forma sucinta. Contudo, era evidente que ele estava mais interessado em sua carta. Para mim era sobretudo estranho ele não só não ter sorrido como sequer esboçado a mínima reação quando, um pouco antes, eu lhe comunicara que tivera a intenção de desafiá-lo para um duelo. Embora eu pudesse impedi-lo de rir, ainda assim era uma coisa estranha da parte de um homem de tal categoria. Sentamo-nos defronte um do outro no meio do quarto, à frente de sua enorme escrivaninha, e ele me deu para apreciar sua carta a Viersílov, já pronta e passada a limpo. Esse documento era muito parecido a tudo o que ele me havia dito na casa do meu príncipe; tinha sido escrito até com ardor. É verdade que eu ainda não sabia como aceitar de forma definitiva sua visível franqueza e disposição para tudo o que há de bom, mas já começava a ceder porque, no fundo, o que me impedia de acreditar? Fosse ele quem fosse e o que quer que contassem a seu respeito, ele podia ter boas inclinações. Também apreciei o último bilhete de Viersílov, escrito em sete linhas — a renúncia ao desafio. Embora ele tivesse de fato se referido ali à sua "pusilanimidade" e ao seu "egoísmo", ainda assim todo esse escrito distinguia-se como que por certa arrogância... ou melhor, em toda essa atitude verificava-se certo desdém. Aliás, não emiti essa opinião.

— Não obstante, como o senhor considera essa renúncia? — perguntei. — Não acha que ele se acovardou?

— É claro que não — sorriu o príncipe, mas um sorriso como que muito sério, e no geral ele foi ficando cada vez mais e mais preocupado —, sei

---

na Itália, altamente apreciados no século XIX. O termo Versalhes é referência ao famoso palácio e a palavra "Renaissance" está assim grafada no original. (N. do T.)

perfeitamente que esse homem é corajoso. Nisso, é claro, existe uma concepção especial... sua própria disposição de ideias...

— Sem dúvida — interrompi com ardor. — Um tal de Vássin afirma que nessa atitude dele com a carta e com a renúncia à herança há implícito um "pedestal"... A meu ver não se fazem essas coisas por ostentação, elas correspondem a algo essencial, interior.

— Conheço muito bem o senhor Vássin — observou o príncipe.

— Ah, sim, o senhor deve tê-lo visto em Luga.

Súbito olhamos um para o outro e, lembro-me, acho que fiquei um pouquinho corado. Pelo menos ele interrompeu a conversa. Eu, por outro lado, queria muito conversar. O pensamento sobre um encontro que eu tivera na véspera me incitava a lhe fazer algumas perguntas, apenas não sabia por onde começar. No geral, eu estava de certa forma muito incomodado. Também estava impressionado com sua admirável boa educação, sua cortesia e suas maneiras desembaraçadas — em suma, com todo esse verniz de outro tom que essa gente assimila quase desde o berço. Em sua carta notei dois erros gramaticais dos mais crassos. De modo geral, nunca me rebaixo em semelhantes conversas, mas me torno intensamente ríspido, o que vez por outra pode ser até ruim. Mas para o presente caso ainda contribuía em particular o pensamento de que minha sobrecasaca estava coberta de penugem, de sorte que até forcei um pouco a intimidade... Pouco a pouco fui reparando que às vezes o príncipe me observava com um olhar fixo.

— Príncipe — saí-me de repente com essa pergunta —, no fundo da alma o senhor não acha ridículo que eu, ainda sendo um fedelho, tenha querido desafiá-lo para um duelo, e ainda por cima por ofensa causada a outro?

— Por uma ofensa ao pai pode-se perfeitamente sentir-se ofendido. Não, não acho ridículo.

— Mas me parece que isso é terrivelmente ridículo... de outro ponto de vista... Quer dizer, é claro, não propriamente o meu. Ainda mais porque sou um Dolgorúki e não um Viersílov. E se o senhor não estiver me dizendo a verdade ou atenuando-a por alguma conveniência da polidez mundana, então o senhor está me enganando em todo o restante?

— Não, não acho ridículo — repetiu com grande seriedade —, o senhor não pode deixar de sentir em si mesmo o sangue de seu pai, hein?... É verdade que o senhor ainda é jovem, porque... não sei... parece que quem não atingiu a maioridade não pode se bater em duelo e dele ainda não se pode aceitar um desafio... segundo as regras... Mas, se quiser, neste caso pode haver apenas uma séria objeção: se o senhor lança um desafio sem o conhecimento do ofendido por cuja ofensa está desafiando, dessa maneira exprime certo desrespeito pessoal a ele, não é verdade?

Nossa conversa foi subitamente interrompida pelo criado, que entrara para comunicar alguma coisa. Ao vê-lo, o príncipe, que parecia aguardá-lo, levantou-se sem concluir a fala e caminhou rápido para ele, de sorte que este já fez o comunicado à meia-voz e eu, é claro, não ouvi de que se tratava.

— Perdoe-me — disse-me o príncipe —, volto em um minuto.

E saiu. Fiquei só, pus-me a andar pelo quarto, pensando. Era estranho, ele me agradava e me desagradava terrivelmente. Havia qualquer coisa que eu mesmo não conseguia denominar, mas era algo que repelia. "Se ele não zomba nem um pingo de mim, então não há dúvida de que é por demais sincero; mas, se zombasse de mim, então... talvez me parecesse mais inteligente..." — veio-me de forma estranha esse pensamento. Fui até a escrivaninha e mais uma vez li a carta dele a Viersílov. Envolvido, até esqueci o tempo, e quando dei por mim notei de repente que o minuto do príncipe já durava, indiscutivelmente, quinze minutos inteiros. Isso me deixou um pouco inquieto; dei mais uma volta de um canto a outro do quarto, enfim peguei o chapéu e, lembro-me, decidi-me a sair com o fim de, se encontrasse alguém, mandar chamar o príncipe e, quando este viesse, me despedir dele, assegurando que tinha um assunto a resolver e não poderia esperar mais. Parecia-me que essa era a atitude mais decente, porque me atormentava um pouquinho a ideia de que, deixando-me sozinho por tanto tempo, ele me tratava com desdém.

As duas portas que estavam fechadas para este quarto ficavam nos dois extremos da mesma parede. Tendo esquecido a porta pela qual havia entrado e, mais por distração, abri uma delas, e súbito vi minha irmã Liza sentada no sofá de um quarto comprido e estreito. Além dela não havia ninguém e ela, era evidente, esperava alguém. Contudo, mal tive tempo de me surpreender, ouvi de repente a voz do príncipe, que falava alto com alguém e retornava ao gabinete. Fechei depressa a porta e o príncipe, que entrou pela outra porta, nada percebeu. Lembro-me de que começou a se desculpar e deixou escapar algo sobre uma tal de Anna Fiódorovna... Contudo, eu estava tão estupefato e surpreso que não entendi quase nada, limitando-me apenas a balbuciar que precisava ir embora, e em seguida saí rápido e com ímpeto. É claro que o bem-educado príncipe deve ter visto meus procedimentos com curiosidade. Acompanhou-me até a antessala, falando sem parar, mas eu não respondia nem olhava para ele.

IV

Ao sair à rua guinei à esquerda e segui a esmo. Nada se articulava em minha cabeça. Caminhava devagar e parecia ter percorrido uma grande distância, uns quinhentos metros, quando de repente senti que algo me batera de leve no ombro. Virei-me e vi Liza: tinha me alcançado e dado uma leve batida com a sombrinha. Algo a deixara numa imensa alegria e com um pingo de malícia estampado em seu olhar radiante.

— Ah, como estou contente por teres vindo nesta direção, do contrário ia ficar sem te ver hoje! — ofegava um pouco por causa da rapidez com que caminhava.

— Como estás ofegante.

— Corri um horror para te alcançar.

— Liza, eu não te vi agorinha mesmo?

— Onde?

— Na casa do príncipe... do príncipe Sokólski...

— Não, não foi a mim, não, não me viste...

Calei-me e caminhamos uns dez passos. Liza ria às gargalhadas:

— Foi a mim, a mim, claro que foi a mim! Ouve, ora, tu mesmo me viste, tu me olhaste nos olhos, e eu te olhei nos olhos, e me perguntas se foi a mim que encontraste lá. Ai, que caráter! Sabes, tive uma tremenda vontade de desatar a rir quando lá me olhaste nos olhos, estavas com um ar terrivelmente engraçado.

Ela ria às gargalhadas. Senti como todo o agastamento deixara de vez meu coração.

— Sim, mas de que jeito apareceste lá?

— Estava em casa de Anna Fiódorovna.

— De que Anna Fiódorovna?

— Stolbêieva. Quando morávamos em Luga eu passava dias inteiros na casa dela; ela recebia mamãe em sua casa e também nos visitava. Ela quase não visitava ninguém. É uma parenta distante de Andriêi Pietróvitch e também parenta dos príncipes Sokólski: é algo como avó do príncipe.

— Então ela mora na casa do príncipe?

— Não, o príncipe é que mora na casa dela.

— Então, de quem é o apartamento?

— O apartamento é dela, todo o apartamento é dela e já faz um ano inteiro. O príncipe acabou de chegar e hospedou-se na casa dela. E ela mesma está há apenas quatro dias em Petersburgo.

— Bem, sabe, Liza, que fiquem com Deus o apartamento e ela mesma.

— Não, ela é maravilhosa...

— Bem, ela é uma sabichona. Nós é que somos maravilhosos! Vê que dia, vê, como está bom! Como hoje estás bela, Liza. Aliás, és uma tremenda criança.

— Arkadi, fala daquela moça, a de ontem.

— Ah, que lástima, Liza, ah, que lástima!

— Ah, que lástima! Que destino! Sabes, é até pecado nós estarmos tão alegres enquanto a alma dela voa por aí nas trevas, em umas trevas insondáveis, pecadora, e carregando sua ofensa... Arkadi, quem é culpado pelo pecado dela? Ah, como isso é terrível! Alguma vez pensaste nessas trevas? Ah, como tenho medo de morrer, e como isso é pecado! Não gosto do escuro, é muito melhor este sol! Mamãe diz que é pecado ter medo... Arkadi, conheces bem mamãe?

— Ainda a conheço mal, Liza, conheço mal.

— Ah, que criatura; tu deves, deves conhecê-la! É preciso especialmente compreendê-la...

— Sim, vê só, eu também não te conhecia, mas agora conheço por inteiro. Em um minuto te conheci inteira. Liza, ainda que temas a morte, deves ser orgulhosa, ousada, corajosa. Melhor do que eu, bem melhor do que eu! Eu te amo demais, Liza. Ah, Liza! Que um dia venha a morte, mas por enquanto é viver, viver! Temos compaixão daquela infeliz, mas mesmo assim bendizemos a vida, não é? Não é? Tenho uma "ideia", Liza. Liza, tu sabes que Viersílov renunciou à herança?

— Como não iria saber! Eu e mamãe já nos beijamos por isso.

— Não conheces a minha alma, Liza, não sabes o que esse homem significava para mim...

— Ora bolas, sei tudo!

— Sabes tudo? Ora, pois, também pudera! És inteligente; és mais inteligente que Vássin. Tu e mamãe; vocês duas têm olhos penetrantes, humanos, quer dizer, olhares e não olhos, eu me engano... Sou um pateta em muita coisa, Liza.

— Precisas te controlar, eis o que é claro.

— Controla-me, Liza. Como está sendo bom olhar hoje para ti. Sabes que és uma gracinha? Eu ainda não tinha visto teus olhos... só agora os vejo pela primeira vez... Onde os conseguiste hoje, Liza? Onde os compraste? O que pagaste? Liza, eu não tinha um amigo, e aliás considerava essa ideia um absurdo; mas contigo não é um absurdo... Queres que nos tornemos amigos? Entende o que estou querendo dizer?...

— Perfeitamente.

— E sabes, sem condição, sem contrato; simplesmente seremos amigos!

— Sim, simplesmente, simplesmente, mas com uma única condição: se algum dia acusarmos um ao outro de alguma coisa, se ficarmos descontentes com alguma coisa, se nós mesmos nos tornarmos maus, ruins, se até esquecermos tudo isso: não esqueceremos jamais este dia e esta mesma hora! Daremos esta palavra a nós mesmos. Daremos a palavra de que sempre nos lembraremos deste dia em que nós dois caminhamos de mãos dadas e rimos tanto, e que nos alegramos tanto... Está bem? Não é?

— Sim, Liza, sim, e juro; mas, Liza, parece que é a primeira vez que te ouço... Liza, tens muita leitura?

— Sabes, até hoje não me fiz essa pergunta! Só ontem, quando cometi um lapso, o senhor se dignou a prestar atenção, meu caro senhor, senhor sabichão.

— E por que tu mesma não começaste a conversar comigo, se eu era tamanho pateta?

— Eu estava sempre esperando que ficasses mais inteligente. Eu te observei desde o primeiro momento, Arkadi Makárovitch, e quando descobri quem és, pensei: "Ora, ele virá a mim, ora, na certa ele acabará vindo", e então decidi que era melhor conceder a ti mesmo essa honra de dar o primeiro passo: "Não", pensava, "agora é tua vez de vir a mim!".

— Ah, ah, sua coquete! Bem, Liza, confessa francamente: riste de mim ou não durante esse mês?

— Oh, tu és muito engraçado, és terrivelmente engraçado, Arkadi! Sabes, é possível que eu até tenha gostado mais de ti durante esse mês por seres assim esquisitão. No entanto, em muita coisa és um esquisitão simplório; isto é para que não fiques cheio de orgulho. Aliás, sabes quem também riu de ti? Mamãe riu, mamãe e eu juntas: "Ai, que esquisitão", murmurávamos, "vejam que esquisitão!". Mas tu ficavas ali sentado e pensando o tempo todo que nós estávamos tremendo de medo de ti.

— Liza, o que achas de Viersílov?

— Penso muito nisso; mas, vá, sabes, não falemos disso agora, hoje não devemos falar dele; está bem?

— Totalmente! Não, és inteligente demais, Liza! Sem dúvida és mais inteligente do que eu. Pois espera, Liza, termino tudo isso e então talvez te diga alguma coisa...

— Por que ficaste carrancudo?

— Não, não fiquei carrancudo, Liza, foi involuntário... Vê, Liza, é melhor ser franco: tenho a peculiaridade de não gostar quando alguém mexe com coisas delicadas de minha alma... Ou melhor, se amiúde se extravasam alguns sentimentos para que todos fiquem deliciados, isto é uma vergonha, não é verdade? De sorte que às vezes prefiro ficar carrancudo e calar: és inteligente, deves entender.

— O pior é que eu também sou assim; compreendi tudo que disseste. Sabes que mamãe também é assim mesmo?

— Ah, Liza, como seria bom apenas viver mais no mundo! Hein? O que disseste?

— Não, eu não disse nada.

— Só ficas olhando?

— E tu também ficas olhando. Olho para ti e te amo.

Levei-a quase até em casa e lhe dei meu endereço. Ao nos despedirmos dei-lhe o primeiro beijo em minha vida...

V

Tudo estaria bem, mas havia algo mau: uma ideia desagradável martelava dentro de mim desde a noite passada e não me saía da mente. É que, quando na tarde da véspera dera de cara com aquela infeliz bem no nosso portão, dissera-lhe que eu mesmo estava deixando minha casa, deixando o ninho, que as pessoas abandonam os maus e fundam seu próprio ninho e que Viersílov tinha muitos filhos bastardos. Semelhantes palavras ditas pelo filho sobre o pai consolidaram nela, é claro, todas as suspeitas que tinha de que Viersílov a havia ofendido. Eu acusava Stebielkóv, mas é possível que eu mesmo é que tivesse botado lenha na fogueira. Essa ideia era terrível, e continua sendo terrível até agora... Mas naquela ocasião, naquela manhã, embora eu já começasse a me atormentar, ainda assim me parecia um absurdo: "É, independentemente de mim, 'ela não podia mais de tanto sofrimento' — repetia eu de quando em quando —, é, não há de ser nada, vai passar! Saio dessa! Darei um jeito de me safar... com alguma boa ação... Ainda tenho cinquenta anos pela frente!".

Mas mesmo assim a ideia continuava a martelar.

SEGUNDA PARTE

CAPÍTULO I

I

Pulo um intervalo de quase dois meses; que o leitor não se preocupe: a exposição posterior deixará tudo claro. Destaco com ênfase o dia quinze de novembro — dia demasiado memorável para mim por muitos motivos. Em primeiro lugar, ninguém que tivesse me visto dois meses antes me reconheceria, ao menos pela aparência; isto é, reconheceria, mas não compreenderia nada. Eu me vestia como um dândi — isso é o primeiro ponto. Aquele "francês" consciencioso e de gosto, que um dia Viersílov me recomendara, não só fizera toda a minha roupa como eu já o havia desaprovado: outros alfaiates, superiores e de primeiríssima qualidade, já costuram para mim, tenho conta aberta com eles. Também tenho conta aberta em um restaurante grã-fino, mas isso aí ainda me deixa receoso e, mal aparece o dinheiro, trato logo de acertar as contas, mesmo sabendo que isto não é de bom-tom e, agindo assim, comprometo-me. Um cabeleireiro francês com ponto na avenida Niévski me trata com intimidade e me conta piadas quando me penteia. Confesso que pratico o francês com ele. Embora eu saiba a língua, e até bastante bem, temo começar a falar na alta sociedade; além disso, meu sotaque deve ser bem distante do parisiense. Tenho Matviêi, meu cocheiro carro sofisticado, com o seu trotador, que me presta serviços quando marcamos horário. Ele tem um potro baio (não gosto dos cinzentos). Há, aliás, umas coisas fora de ordem: estamos em quinze de novembro, já entramos no terceiro dia de inverno pleno e meu casaco de pele é velho, de guaxinim, roupa usada de Viersílov. Se fosse vendê-lo conseguiria uns vinte e cinco rublos. Necessito de um novo, mas os bolsos estão vazios e, além disso, hoje mesmo preciso arranjar dinheiro para a noite, e a qualquer custo — senão serei "infeliz e estarei liquidado"; eram essas as minhas sentenças naquele momento. Oh, baixeza! Ora, de onde me viriam de uma hora para outra esses milhares, esses trotadores e Boreli?[1] Como pude esquecer tudo da noite para o dia e

---

[1] Famoso restaurante situado à rua Bolchaia Morskaia, no centro de Petersburgo. (N. do T.)

mudar tanto? Uma vergonha! Leitor, agora começo a história de minha vergonha e desonra, e nada na vida me pode ser mais vergonhoso do que essas lembranças!

Falo como fala um juiz e sei que a culpa é minha. No turbilhão em que eu então me metera, mesmo estando só, sem um orientador nem conselheiros, juro que, não obstante, naquela época eu mesmo já tinha consciência de minha queda, e por isso não há perdão para mim. Entretanto, durante todos esses dois meses fui quase feliz — por que quase? Fui feliz demais! E a tal ponto que a consciência da desonra, que por alguns minutos (minutos frequentes!) eu vislumbrava e que me fazia a alma tremer, essa mesma consciência — será que acreditam? — deixava-me ainda mais embriagado: "E daí, se é para cair, então caio; e se não cair, saio dessa! Tenho estrela!". Eu caminhava por uma pontezinha estreita feita de cavacos, sem corrimão, sobre um abismo, e me sentia alegre por estar assim; chegava até a olhar para o abismo. Havia risco e era divertido. E a "ideia"? A "ideia" ficara para depois, a ideia esperava; tudo o que havia "era apenas um desvio para o lado": "por que não distrair a mim mesmo?". Eis o que a "minha ideia" tem de ruim, torno a repetir, o que permite decididamente todos os desvios; não fosse ela tão firme e radical, é possível que eu até temesse me desviar.

Por enquanto eu ainda continuava ocupando meu quartinho, ocupando, mas sem morar nele; lá ficavam minha mala, minha sacola e outras coisas; minha principal residência era a casa do príncipe Serguiêi Sokólski. Ali eu passava o dia, ali dormia, e até semanas a fio... Agora vou dizer como isso aconteceu, mas por enquanto falarei do meu quartinho. Eu já gostava dele: ali recebi a visita de Viersílov, em pessoa, pela primeira vez depois daquela briga e muitas vezes mais tarde. Repito, aquele tempo foi uma estranha desonra, mas também uma imensa felicidade... Ademais, tudo naquele tempo dava muito certo e tudo sorria! "A título de que me ocorrem todos esses antigos estados soturnos — pensava eu em outros momentos de embevecimento —, a título de que essas velhas mortificações mórbidas, minha infância solitária e sombria, minhas tolas fantasias debaixo do cobertor, os juramentos, os cálculos e inclusive a 'ideia'? Eu inventara e representava tudo isso, mas acontece que o mundo não era muito diferente; tudo para mim era alegre e fácil: eu tinha um pai, Viersílov; tinha um amigo, o príncipe Serioja; e ainda" ... porém deixemos de lado esse "ainda". Mas ah! tudo era feito em nome do amor, da magnanimidade, da honra, e depois verificou-se que era repugnante, insolente, desonroso.

Basta.

II

Ele veio ao meu quarto pela primeira vez dois dias depois daquele nosso rompimento. Eu não estava em casa e ele ficou esperando. Apesar de tê-lo esperado durante todos esses dois dias, quando entrei em meu minúsculo cubículo meus olhos ficaram como que anuviados, meu coração bateu de tal forma que até parei à porta. Por sorte ele estava com meu senhorio que, para evitar que o visitante ficasse entediado enquanto esperava, houve por bem travar imediato conhecimento com ele e começara a lhe contar alguma coisa com entusiasmo. Era um conselheiro titular[2] que já beirava os quarenta anos, de rosto bexiguento, muito pobre, sobrecarregado por uma mulher tísica e uma criança doente; tinha um temperamento extraordinariamente comunicativo e sossegado, aliás, também bastante delicado. Fiquei contente com sua presença e ele até me tirou de uma enrascada, pois, o que eu iria dizer a Viersílov? Eu sabia, sabia mesmo que naqueles dois dias Viersílov viria em pessoa, e primeiro, do jeito que eu queria, porque por nada neste mundo eu seria o primeiro a procurá-lo, não por rebeldia, mas por amor mesmo a ele, por algum ciúme amoroso — isto não consigo exprimir. Aliás, em geral o leitor não encontrará eloquência em mim. Embora eu estivesse à sua espera durante aqueles dois dias e quase não parasse de matutar como entraria em meu quarto, ainda assim nunca poderia imaginar de antemão, embora o concebesse com todas as forças, sobre o que nós dois de repente começaríamos a conversar depois de tudo o que havia acontecido.

— Ah, enfim chegaste — estendeu-me a mão de forma amistosa, sem se levantar. — Senta-te aqui conosco; Piotr Hippolítovitch está contando uma interessantíssima história sobre aquela pedra que fica nas proximidades dos quartéis da Pávlovski... ou ali por perto...

— Sim, conheço a pedra — respondi com toda pressa, sentando-me numa cadeira ao lado deles. Ele estava sentado à mesa. Todo o quarto tinha exatamente duas braças quadradas. A custo tomei fôlego.

Uma centelha de satisfação cintilou nos olhos de Viersílov: parece que ele tinha dúvida e pensava que eu quisesse fazer algum gesto. Tranquilizou-se.

— Comece pelo início, Piotr Hippolítovitch. — Os dois já se tratavam por nomes e patronímicos.

— Bem, aquilo aconteceu ainda no reinado do falecido soberano — Piotr Hippolítovitch dirigiu-se a mim nervoso e meio angustiado, como se

---

[2] Funcionário público de nona classe na escala burocrática russa. (N. do T.)

sofresse de antemão pelo efeito —, ora, os senhores conhecem aquela pedra — é uma pedra inoportuna que fica na rua não se sabe a troco de quê, para quê, só faz atrapalhar, não é? O soberano passava muitas vezes por lá, e a pedra sempre ali. Por fim a pedra lhe desagradou, pois de fato era uma verdadeira montanha, uma montanha fincada ali na rua, estragando a rua: "Que suma essa pedra!". Então disse: que ela suma daqui; entende o que significa "que suma"? Lembra-se do falecido?[3] O que fazer com a pedra? Todo mundo perdeu a cabeça; aí havia a Duma[4] e, principalmente, um dos mais importantes dignitários de então, não me lembro exatamente do nome encarregado da tarefa. Então esse dignitário ouve o seguinte: dizem que o serviço vai custar quinze mil rublos, não menos, e de prata (porque no reinado do falecido soberano o dinheiro era todo convertido em prata).[5] "Como quinze mil, que horror é esse?" Primeiro os ingleses quiseram estender trilhos, colocar tudo nos trilhos e retirar a pedra a vapor;[6] mas, quanto não custaria isso? Naquele tempo ainda não havia ferrovias, havia apenas a de Tsárskoie Sieló...[7]

— Pois é, era possível serrá-la — comecei a franzir o cenho; comecei a sentir um enorme enfado e vergonha diante de Viersílov; no entanto ele ouvia com uma visível satisfação. Eu compreendia que ele também estava contente com o senhorio, porque como eu também estava envergonhado, e eu percebia isto; lembro-me de que sua atitude até me deixava meio emocionado.

— Isso mesmo, serrar, foi essa ideia mesma que ocorreu a eles, e precisamente a Montferrand;[8] pois era ele que estava construindo a catedral de São Isaac. Vamos serrá-la, disse ele, e depois tirá-la daqui. Ora, o que isso vai custar?

---

[3] Isto, é, do imperador Nikolai I, que morreu em 1855. (N. da E.)

[4] No caso específico, Gorodskáia Duma ou Câmara Muncipal, que até a reforma urbana de 1870 respondia pela administração da cidade. (N. do T.)

[5] Entre 1839 e 1843 houve uma reforma monetária na Rússia, que tirou de circulação o dinheiro de papel. (N. do T.)

[6] *Ipsis litteris* na fala do senhorio. (N. do T.)

[7] Trata-se da primeira ferrovia construída na Rússia, que ligava São Petersburgo a Tsárskoie Sieló, famosa residência de verão dos tsares, situada a uma pequena distância da cidade. (N. da E.)

[8] August Richard de Montferrand (1786-1858), arquiteto de origem francesa, que trabalhou na Rússia a partir de 1816, dirigiu, a partir de 1818, a construção da catedral de São Isaac em São Petersburgo e construiu outros edifícios públicos. (N. da E.)

— Não custa nada, é simplesmente serrar e levá-la daqui.

— Não, permita-me, aí vai ser necessário usar uma máquina, a vapor, e ademais, para onde levá-la? E ainda por cima uma montanha como essa. Dizem que vai sair por dez mil, por menos não será possível, dez ou doze mil.

— Escute, Piotr Hippolítovitch, isso é um absurdo, não foi assim que aconteceu... — Mas nesse instante Viersílov piscou sorrateiramente para mim, e nessa piscadela percebi uma compaixão tão delicada pelo senhorio, inclusive um sofrimento por ele, que me agradou demais e caí na risada.

— Pois é, pois é — alegrou-se o senhorio, sem fazer nenhuma observação e, como sempre acontece com esses narradores, morrendo de medo de que o desorientassem com perguntas —, só que justo nesse momento se aproxima um curioso, ainda jovem, sabe como é, um russo, de cavanhaque e cafetã de abas largas, meio bêbado... se bem que não... não estava bêbado. Pois bem, está ali aquele curioso, enquanto os outros, os ingleses e Montferrand, negociam e aquele personagem, o encarregado, que acabara de chegar numa caleche, ouve e se zanga: como é que vocês ficam aí tentando resolver o problema e não resolvem nada; súbito nota à distância aquele curioso em pé, rindo com um riso falso, quer dizer, não falso mas de um jeito como que...

— Zombeteiro — fez coro Viersílov cautelosamente.

— Zombeteiro, quer dizer, um pouco zombeteiro, era aquele bondoso sorriso russo, os senhores sabem; bem, o personagem, aborrecido, os senhores sabem, diz: "Ei, barbudo, o que estás esperando? Quem és?" — "Bem, diz ele, estou olhando para essa pedrinha, meu príncipe". Parece mesmo que ele disse príncipe; aquele era quase igualzinho ao príncipe Suvórov.[9] Italiano, e descendente do chefe militar...[10] Se bem que não, não era Suvórov, mas que pena que esqueci quem era mesmo, só que, sabem, mesmo sendo príncipe era um puro homem russo, um tipo daqueles, um patriota, um evoluído coração russo; bem, ele adivinhou: "Será que tu", pergunta, "tirarias esta pedra daqui? por que essa risadinha?" — "É que os ingleses, meu príncipe, estão cobrando um preço descomunal, porque sabem que a carteira russa é gorda e em casa eles não têm o que comer. Mande pagar cem rublinhos, meu

---

[9] A. V. Suvórov (1729-1800), generalíssimo e herói nacional russo, famoso, entre outras coisas, por nunca haver perdido uma batalha. (N. do T.)

[10] "O Italiano" é uma referência ao próprio Sovórov, que, entre abril e agosto de 1799, chefiara a campanha das tropas austro-russas contra os franceses no norte da Itália. (N. do T.)

príncipe, que amanhã mesmo até o anoitecer tiraremos a pedra daqui". Bem, os senhores podem imaginar semelhante proposta. Os ingleses, é claro, estavam querendo devorá-lo; Montferrand ri; só que esse príncipe, coração russo, diz: "Deem a ele os cem rublos! Mas será que vais tirá-la?" — "Amanhã, até o anoitecer será feita a sua vontade, meu príncipe" — "Sim, mas como vais fazer?" — "Não me leve a mal, mas isso já é segredo nosso" — diz ele e, os senhores sabem, com aquele linguajar russo. Agradou: "É, deem-lhe tudo o que ele pede!". Bem, e assim o deixaram; o que os senhores acham que ele fez?

O senhorio parou e correu sobre nós um olhar enternecido.

— Não sei — sorriu Viersílov; eu estava muito carrancudo.

— Pois vejam como ele fez — proferiu o senhorio com um ar tão triunfal que era como se ele mesmo tivesse feito aquilo —; ele contratou mujiques com pás, homens russos simples, e começaram a cavar um buraco ao pé da pedra, bem na borda; durante a noite inteira cavaram um buraco enorme, exatamente da altura da pedra, com mais ou menos uma chave mais fundo e, quando acabaram de cavar, ele mandou que fossem removendo devagar e com cuidado a terra debaixo da própria pedra. Bem, depois que removeram a terra, a pedra naturalmente ficou sem ter em que se segurar, o equilíbrio foi afetado e assim que ela oscilou eles a empurraram do lado oposto já com as próprias mãos e gritando aquele urra russo: e a pedra, bum!, dentro do buraco! Então pegaram as pás e a cobriram com terra, calcaram-na com soquete, calçaram-na com pedras; tudo ficou liso, e a pedra desapareceu!

— Imagine só! — disse Viersílov.

— Pois bem, acudiu gente para olhar, gente saindo pelo ladrão; a essa altura os ingleses já tinham adivinhado há muito tempo, estavam furiosos. Veio Montferrand: isso é coisa de mujique, simples demais, disse ele. Pois a graça está justamente em que é simples e vocês, seus paspalhões, não adivinharam! Pois bem, vou dizer aos senhores que aquela autoridade, um homem do governo, se limitou a um ah! E o abraçou, deu-lhe um beijo: "De onde tu és, pergunta?" — "Sou da província de Iaroslavl, meu príncipe, faço trabalho manual de alfaiate e no verão venho para a capital vender frutas". Bem, a coisa chegou às autoridades; as autoridades mandaram dar uma medalha a ele; e assim ele ficou andando com a medalha no pescoço, mas dizem que deu para encher a cara; sabe como é o homem russo, não se contém! É por isso que até hoje os estrangeiros nos devoram, eis a razão!

— Sim, é claro, uma inteligência russa... — ia começando Viersílov.

Mas nesse momento a esposa doente do narrador o chamou, para sorte dele, e ele se foi, do contrário não teria se contido. Viersílov ria.

— Meu querido, antes de tua chegada ele passou uma hora inteira me distraindo. Aquela pedra... é o que há de mais desavergonhadamente patriótico entre semelhantes relatos, mas como interrompê-los? Tu mesmo viste como ele se derretia de prazer. Ademais, parece que aquela pedra continua até hoje no mesmo lugar, se não estou enganado, e nunca foi enterrada num buraco...

— Ah, meu Deus! — exclamei — isso é mesmo verdade. Como ele se atreveu!...

— O que estás dizendo? Parece que te sentes totalmente indignado, chega. Ele estava de fato nos distraindo: ouvi uma história parecida sobre a pedra ainda do tempo de minha infância, claro que não era desse jeito nem sobre a mesma pedra. "Chegou às autoridades." Ah, tenha dó! Ademais, toda a alma dele cantava no momento em que ele disse "Chegou às autoridades". Essa gente humilde não consegue passar sem semelhantes anedotas. Eles sabem uma infinidade delas e, o pior — não conseguem se conter. Não aprenderam nada, não sabem rigorosamente nada, bem, além de jogar baralho e trabalhar, são dados a conversar sobre algo de alcance humano, poético... O que é ele, quem é esse Piotr Hippolítovitch?

— É uma criatura paupérrima e inclusive infeliz.

— Pois bem, como podes ver, é até possível que não jogue baralho! Repito, ao narrar esse farelório, ele satisfaz seu amor pelo próximo: e também quis nos deixar felizes. O sentimento de patriotismo também foi satisfeito; por exemplo, entre eles ainda se conta a anedota segundo a qual os ingleses teriam dado milhões a Zaviálov apenas para que ele não pusesse sua marca nem rótulos em seus produtos...[11]

— Ah, meu Deus, também conheço essa anedota.

— Quem não a conhece? E quando ele narra, tem a plena certeza de que a gente na certa já ouviu aquilo, mas ainda assim continua a contar, *como que* imaginando que a gente não conhece. A visão do rei da Suécia é uma anedota que deve ter caducado para eles;[12] mas nos meus tempos de jovem ela era repetida com sofreguidão e entre cochichos misteriosos, do mesmo jeito que aquela anedota segundo a qual, no início do século, alguém

---

[11] Referência a Ivan Gavrílovitch Zaviálov, famoso artesão russo do século XIX, conhecido por seus artigos de cutelaria. (N. do T.)

[12] Esta história é contada na novela de Prosper Mérimée, *Vision de Charles XI* (1827), onde o rei Carlos XI da Suécia (1655-1697) tem um sonho premonitório sobre o assassinato de Gustavo III (1746-1792), ocorrido cinco reinados depois. (N. da E.)

teria se ajoelhado diante dos senadores no senado.[13] No tempo do comandante Bachutski[14] também havia muitas anedotas sobre o roubo de um monumento. Essa gente adora anedotas sobre a corte; por exemplo, conta-se que no passado reinado, o ministro Tchernichóv,[15] então um velho de setenta anos, deu um jeito de modificar seu aspecto a ponto de ficar com aparência de trinta, e isso a tal ponto que o falecido imperador surpreendia-se ao vê-lo...

— Essa eu também conheço.

— Quem não a conhece? Todas essas anedotas são o cúmulo da sem-vergonhice, mas fica sabendo que esse tipo de sem-vergonhice é bem mais profundo e mais difundido do que pensamos. A vontade de mentir para deixar o próximo feliz é coisa que encontramos na sociedade nobre, pois todos nós sofremos dessa imoderação de nossos corações. Só que entre nós os relatos são de outra natureza; o que em nosso país se conta de anedota sobre a América é um horror, até os homens de estado as contam! Confesso que eu mesmo pertenço a esse tipo desregrado e tenho sofrido disso a vida inteira...

— Eu mesmo contei várias vezes a anedota sobre Tchernichóv.

— Tu mesmo a contaste?

— Além de mim, aqui no nosso apartamento há um inquilino, funcionário, também de rosto bexiguento e já velho, mas este é um prosador inveterado, e mal Piotr Hippolítovitch se põe a falar, ele começa a interrompê-lo e contradizê-lo. E chegou a tal ponto que em sua presença o outro lhe agrada como escravo e o serve, contanto que ele o escute.

— Esse já é outro tipo de desregrado e é possível que seja até mais repugnante que o primeiro. O primeiro é todo entusiasmo! "É, deixa-o apenas mentir e verás como a coisa sai bem." O segundo é todo hipocondria e prosa: "Não deixo que mintam; onde foi? Quando? e em que ano?"; em suma, é um homem sem coração. Meu amigo, deixa sempre que o homem minta um pouco; é uma coisa inocente. Até deixa que minta muito. Em primeiro lugar, isto mostrará tua delicadeza e, em segundo, por isso também te deixa-

---

[13] Referência a Nikolai I. (N. da E.)

[14] Pável Iákovlievitch Bachutski (1771-1836), comandante militar de São Petersburgo nos reinados de Aleksandr I e Nikolai I, famoso por sua incultura e falta de inteligência e objeto de uma infinidade de piadas. (N. do T.)

[15] Aleksandr Ivánovitch Tchernichóv (1785-1857), príncipe, participante da guerra contra Napoleão entre 1805 e 1815. (N. do T.)

rão mentir — duas enormes vantagens ao mesmo tempo. *Que diable!*[16] é preciso amar o seu próximo. Mas está na minha hora. Arranjaste uma linda moradia — acrescentou, levantando-se da cadeira. — Vou contar a Sófia Andrêievna e à tua irmã que estive aqui e te encontrei bem de saúde. Até logo, meu querido.

Como, terá sido tudo? Ora, não era de nada disso que eu estava precisando; eu esperava outra coisa, *essencial*, embora compreendesse perfeitamente que não poderia ser de outro modo. Com uma vela na mão eu o acompanhei pela escada; o senhorio quis se precipitar para nos acompanhar mas, às escondidas de Viersílov, agarrei-o com toda força pelo braço e o repeli ferozmente. Ele insinuou surpresa mas se escafedeu num piscar de olhos.

— Essas escadas... — Viersílov mastigou e arrastou as palavras pelo visto para dizer alguma coisa e também temendo que eu dissesse algo —, essas escadas, estou desacostumado, e moras no terceiro andar, mas agora vou encontrar o caminho... Não te preocupes, meu querido, ainda acabarás gripando.

Mas eu não arredava pé. Já descíamos a escada do segundo andar.

— Eu o esperei por todos esses três dias — súbito deixei escapar como que involuntariamente; estava arfando.

— Obrigado, meu querido.

— Eu sabia que o senhor não deixaria de vir.

— E eu sabia que sabias que eu não deixaria de vir. Obrigado, meu querido.

Calou-se. Já havíamos chegado à porta de saída e eu continuava a segui-lo. Ele abriu a porta; o vento que irrompeu bruscamente apagou a vela. Súbito eu o agarrei pela mão; o escuro era total. Ele estremeceu, mas ficou calado. Agarrei a mão dele e comecei a beijá-la com sofreguidão, algumas vezes, muitas vezes.

— Meu querido menino, por que me amas tanto? — proferiu ele, mas com uma voz já bem diferente. Sua voz tremeu e nela soou algo inteiramente novo, como se não fosse ele que estivesse falando.

Eu quis responder alguma coisa, mas não consegui e corri para cima. Ele continuou no mesmo lugar e só quando cheguei ao apartamento ouvi a porta de saída fechar-se e bater estrondosamente lá embaixo. Evitando o senhorio, que mais uma vez não sei por que aparecera, esgueirei-me para o meu quarto, aferrolhei a porta e, sem acender a vela, lancei-me sobre a minha cama, de cara no travesseiro, e chorei, chorei. Era a primeira vez que eu

---

[16] Em francês, "Que diabo!". (N. do T.)

chorava desde os tempos do internato de Touchard! Os soluços me saíam com tamanha força e eu estava tão feliz... mas como hei de descrever!

Anoto estas coisas agora sem me envergonhar, porque isso talvez tenha sido até bom, apesar de todo o absurdo.

III

Ah, de minha parte sobrou muito para ele! Tornei-me um déspota terrível. É claro que depois não fizemos nenhuma menção a essa cena. Ao contrário, encontramo-nos dois dias depois como se nada houvesse acontecido; além disso, fui quase grosseiro nessa segunda noite e ele também pareceu seco. Isso tornou a acontecer em meu quarto; por alguma razão eu ainda não o procurara pessoalmente, apesar do desejo de ver minha mãe.

Durante esse tempo, isto é, durante todos esses dois meses, falávamos apenas dos assuntos mais abstratos. E é isso que me surpreende: não fazíamos outra coisa a não ser falar de temas abstratos — claro que dos temas humanos universais e dos indispensáveis, mas sem tocar um pingo no essencial. Não obstante, era necessário definir e esclarecer muita coisa essencial e até premente, e no entanto calávamos sobre isso. Eu não falava sequer de minha mãe e de Liza e... por fim, de mim mesmo, de toda a minha história. Se era por vergonha ou por alguma tolice juvenil, não sei. Suponho que fosse por tolice, porque de alguma maneira dava para pular por cima da vergonha. Eu o tiranizava ao extremo e até apelava reiteradas vezes para a insolência, e isto até contrariando o meu coração: tudo isso acontecia como que por si mesmo e de forma irresistível, eu não conseguia me conter. O tom que ele usava continuava sendo de sutil caçoada, embora sempre com extraordinária ternura, apesar de tudo. Também me impressionava que ele preferisse me visitar pessoalmente, de sorte que por fim passei a visitar minha mãe com extrema raridade, uma vez por semana, não mais, sobretudo nos últimos tempos em que eu andava assoberbado. Ele me visitava sempre às tardes, sentava-se em meu quarto e tagarelava; também gostava muito de conversar com meu senhorio; nos últimos tempos isso me deixava furioso por partir de um homem como ele. Também me passava pela cabeça: será que além de mim ele não tem ninguém para visitar? Mas eu sabia ao certo que ele tinha conhecidos; nos últimos tempos até renovara muitas das antigas relações no círculo mundano, abandonadas por ele no último ano; mas pelo visto ele não morria de amores por elas e renovara muitas das relações apenas em termos oficiais, pois gostava mais de vir ao meu quarto. Às vezes me emocionava muito que ele, ao chegar às tardes, quase sempre parecesse tímido ao abrir a porta e, no primeiro minuto, sempre me olhasse nos olhos com uma estranha intranquilidade: "Será que não estou atrapalhando? é só dizer que eu vou embora". Às vezes chegava até a dizer isso. Uma vez, por exemplo, bem nos últimos tempos, ele entrou quando eu já estava vestido com o terno que acabara de receber do alfaiate e me preparava para dar uma passada na casa do "príncipe Serioja" com o fim de tomar o devido destino, "o que explicarei depois". Ele, porém, sentou-se ao entrar, provavelmente sem perceber que eu me preparava para sair; por instantes ele era acometido de uma estranha e extraordinária distração. Como que de propósito, começou a falar do senhorio:

— Arre, com os diabos o senhorio!

— Ah, meu querido — levantou-se de súbito —, parece que ias sair e eu atrapalhei... por favor, me desculpe.

E ele se apressou humildemente para sair. Pois era essa humildade diante de mim, vinda de um homem como ele, de um homem da alta sociedade, independente e dotado de tantos atributos, que fazia renascer em meu coração toda a minha ternura por ele e toda a minha confiança nele. Mas se ele me amava tanto, por que então não me deteve no tempo da minha desonra? Era só dizer uma palavra que eu talvez tivesse me contido. Se bem que talvez não. No entanto ele via aquele dandismo, aquela fanfarronice, aquele Matviêi (uma vez eu até quis levá-lo para casa em meu trenó, mas ele não tomou assento, e isso inclusive aconteceu várias vezes sem que ele quisesse sentar-se no trenó), ora, via que eu esbanjava dinheiro e não dizia uma única palavra, uma única palavra, nem sequer ficou curioso! Isso me surpreende até agora, até hoje. Eu, é claro, não fazia nenhuma cerimônia com ele e ostentava tudo, embora, é claro, não dissesse nenhuma palavra para me explicar. Ele não perguntava, eu não tocava no assunto.

Aliás, umas duas ou três vezes esboçamos conversar sobre o essencial. Certa vez, no início, logo depois da renúncia à herança, eu lhe perguntei: de que doravante ele iria viver?

— De algum jeito, meu amigo — proferiu com uma extraordinária tranquilidade.

Hoje sei até que do minúsculo capital de Tatiana Pávlovna, uns cinco mil rublos, metade foi gasta com Viersílov naqueles dois últimos anos.

Em outra ocasião começamos a conversar sobre minha mãe:

— Meu amigo — disse de repente com tristeza —, tenho dito com frequência a Sófia Andrêievna, no início, no meio e no fim da nossa união: "Querida, eu te atormento e vou acabar te matando de tormento, e não lamento enquanto estás diante de mim; mas se morreres sei que me deixarei morrer de suplício".

Aliás, lembro-me de que naquela tarde ele esteve particularmente franco:

— Se ao menos eu fosse uma nulidade fraca de caráter e minha consciência sofresse por isso! Mas acontece que não, e sei que sou infinitamente forte, e sabes por quê? É justo por aquele poder imediato de adaptação ao que quer que seja, tão próprio de todos os russos inteligentes de nossa geração. Ninguém me destrói com nada, me extermina com nada nem me surpreende com nada. Sou vivaz como um cão de guarda. Sou capaz de experimentar, da maneira mais cômoda, dois sentimentos opostos ao mesmo tempo — e, é claro, independente da minha vontade. Mas ainda assim sei que isso é desonesto, sobretudo porque é por demais sensato. Já vivi quase cinquenta anos e até hoje não sei se isso foi bom ou ruim. É claro que gosto de viver e isso decorre imediatamente dos afazeres; contudo, uma pessoa como eu gostar de viver é uma torpeza. Nos últimos tempos começou a acontecer algo novo, ao que os Kraft não se adaptam e acabam se matando com um tiro. No entanto é claro que os Kraft são tolos; bem, mas nós somos inteligentes — logo, tampouco neste caso se pode traçar paralelos e, apesar de tudo, a questão continua em aberto. Será que a terra só existe para tipos como nós? O mais certo é que sim; mas essa ideia é demasiado desalentadora. Se bem que... se bem que, seja como for, a questão continua em aberto.

Ele falava com ar triste e mesmo assim eu não sabia se estava sendo sincero ou não. Ele sempre tinha seu modo de falar, do qual não queria abrir mão por nada.

IV

Então eu o crivava de perguntas e me precipitava para ele como um faminto para o pão. Ele sempre me respondia com disposição e sinceridade, mas continuamente acabava reduzindo tudo aos aforismos mais gerais, de sorte que, no fundo, eu não conseguia arrancar nada dele. Por outro lado, todas essas questões me inquietaram a vida inteira e confesso francamente que desde os tempos de Moscou eu vinha adiando a sua solução até o nosso efetivo encontro em Petersburgo. Eu até lhe disse isso com franqueza e ele não riu de mim — ao contrário, lembro-me de que me apertou a mão. No tocante à política geral e às questões sociais, quase não consegui extrair nada dele, e essas questões, em virtude de minha "ideia", eram as que mais me inquietavam. Sobre pessoas como Diergatchóv, uma vez arranquei dele a observação de que "estão abaixo de qualquer crítica", mas ao mesmo tempo acrescentou, de modo estranho, que "se reserva o direito de não dar nenhuma importância à sua opinião". Manteve um silêncio terrivelmente longo sobre como iriam terminar os estados atuais e o mundo e com que tornaria a renovar-se o universo social, mas certa vez acabei conseguindo arrancar-lhe algumas palavras:

— Penso que tudo isso acontecerá de modo extraordinariamente corriqueiro — disse certa vez. — Todos os estados, apesar do seu equilíbrio orçamentário e da "ausência de déficits", *un beau matin*[17] hão de acabar numa atrapalhação definitiva e todos sem exceção preferirão dar o calote para que todos sem exceção se renovem na bancarrota universal. Entretanto todos os elementos conservadores do mundo inteiro se oporão a isso, pois eles é que serão os acionistas e credores e não hão de querer admitir a bancarrota. Então, é evidente, começará, por assim dizer, uma oxidação universal; aparecerão muitos *jids* e começará o reinado dos *jids*; depois disso, todos aqueles que nunca tiveram ações e em geral não tiveram nada, quer dizer, todos os miseráveis, naturalmente se negarão a participar da oxidação... começará uma luta e, depois de setenta e sete derrotas, os miseráveis aniquilarão os acionistas, tomarão deles as ações e assumirão o seu lugar como acionistas, está entendido. O mais certo é que também acabarão falidos. Depois disso, meu amigo, não consigo vaticinar nada nos destinos que mudarão a face do mundo. Aliás, dê uma olhada no Apocalipse...

— Mas será que tudo isso é tão material; será que apenas por questões de finanças o mundo de hoje se acabará?

— Oh, é claro que eu peguei apenas um ângulo do panorama, mas esse ângulo está ligado a tudo, por assim dizer, por laços indestrutíveis.

— Então o que fazer?

— Ah, meu Deus, não te precipites: nada disso será para tão breve. Em geral, o melhor é não fazer nada: pelo menos terás a consciência tranquila de não teres participado de nada.

— Ora, basta, seja concreto. Quero saber exatamente o que devo fazer e como viver.

— O que fazer, meu querido? Ser honesto, nunca mentir, não cobiçar as coisas alheias, numa palavra, lê os dez mandamentos: lá está tudo escrito para sempre.

— Basta, basta, tudo isso é muito velho e ademais são apenas palavras; o que é preciso é agir.

[17] Em francês, "uma bela manhã". (N. do T.)

— Bem, se estiveres muito atacado de tédio procura amar alguém ou alguma coisa, ou simplesmente afeiçoar-se a alguma coisa.

— O senhor se limita a rir! Ademais, o que hei de fazer sozinho com os seus dez mandamentos?

— Cumpre-os, apesar de todas as suas perguntas e dúvidas, e serás um grande homem.

— Que ninguém conhece.

— Não há nada secreto que não se torne evidente.

— Mas o senhor decididamente ri!

— Bem, se tomas tanto as coisas a peito, o melhor é que procures te especializar o mais rápido possível, ocupar-se de construções ou advocacia e então, já envolvido com uma coisa verdadeira e séria, ficarás tranquilo e esquecerás as coisas insignificantes.

Calei-me; ora, o que eu podia extrair naquele momento? E, não obstante, depois de cada uma daquelas conversas eu ficava ainda mais inquieto do que antes. Além disso, via com clareza que nele sempre restava algo como um mistério; era isso que mais e mais me seduzia nele.

— Ouça — interrompi-o certa vez —, sempre desconfiei de que o senhor fala tudo isso apenas por raiva e sofrimento, mas secretamente, lá com seus botões, o senhor é mesmo um fanático de alguma ideia suprema e apenas o esconde ou tem vergonha de confessar.

— Obrigado, meu querido.

— Ouça, não há nada mais elevado do que ser útil. Diga-me em que eu posso ser mais útil neste dado momento. Sei que o senhor não vai resolver isto; só estou querendo a sua opinião: o senhor me diga e o que me disser, eu farei, juro! Então, em que consiste uma grande ideia?

— Bem, transforma pedras em pães; eis uma grande ideia.

— A maior de todas? Não, efetivamente o senhor me mostrou todo um caminho; mas me diga: é a maior de todas?

— É muito grande, meu amigo, muito grande, mas não é a maior; é grande, porém secundária, e só em dado momento é grande: o homem sacia-se e esquece; ao contrário, dirá no mesmo instante: "Pois bem, estou saciado, e agora, o que fazer?". A questão permanece eternamente aberta.

— Uma vez o senhor falou das "ideias de Genebra"; não entendi o que significa "ideias de Genebra".

— As ideias de Genebra[18] são a virtude sem Cristo, meu amigo, as ideias de hoje, ou melhor, as ideias de toda a civilização de hoje. Numa palavra,

[18] Na interpretação de Dostoiévski, as "ideias de Genebra" são as ideias francesas de

esta é uma das longas histórias que é muito enfadonho começar, e será bem melhor que nós dois falemos de outra coisa, e, melhor ainda, se calarmos sobre outras.

— O senhor preferiria sempre calar!

— Meu amigo, lembra-te de que calar é bom, seguro e bonito.

— Bonito?

— É claro, o silêncio sempre é bonito e o calado sempre é mais bonito do que o falante.

— Sim, falar como nós dois falamos evidentemente é o mesmo que calar. Com o diabo essa beleza e melhor ainda mandar essa vantagem aos diabos!

— Meu querido — disse-me de repente, mudando um pouco o tom e até com sentimento e uma particular insistência. — Meu querido, de maneira nenhuma pretendo te seduzir com alguma virtude burguesa em troca dos teus ideais, não te afirmo que "a felicidade é melhor que o heroísmo"; ao contrário, o heroísmo está acima de qualquer felicidade e a simples capacidade para ele é uma felicidade. Assim, isto fica resolvido entre nós. Eu te respeito justamente porque conseguiste em nossa azeda época desenvolver em tua alma a "tua ideia" (não te preocupes, guardei perfeitamente isto na memória). Mas ainda assim não se pode deixar de compreender tampouco a medida, porque agora desejas exatamente uma vida retumbante, acender algum fogo, despedaçar alguma coisa, colocar-se acima de toda a Rússia, passar como uma nuvem tempestuosa e deixar todos apavorados e extasiados, e tu mesmo te esconder nos Estados Unidos da América. Ora, na certa tens algo desse gênero em tua alma, e por isso considero necessário te prevenir porque passei a te amar sinceramente, meu querido.

O que eu poderia concluir disso? Aí havia apenas a preocupação comigo, com meu destino material; manifestava-se o pai com seus sentimentos prosaicos, ainda que bondosos; mas será que era disto que eu precisava, por causa de ideias pelas quais todo o pai honesto deveria enviar seu filho ainda que fosse para a morte, como o antigo Horácio enviou seus filhos pela ideia de Roma?[19]

---

seu tempo, ligadas a Rousseau e seus seguidores: os socialistas e os participantes da Comuna de Paris. Tais ideias se traduzem em: igualdade econômica e social entre os homens, negação da religião e da ética cristã, aspiração à abastança e à satisfação universal. (N. da E.)

[19] Segundo uma antiga lenda romana, três irmãos patrícios do clã dos Horácios, representantes de Roma, decidiram o litígio pela primazia entre Roma e Alba Longa numa luta com três irmãos Curiazi, representantes de Alba Longa. Dois dos Horácios tombaram

Eu implicava frequentemente com ele por causa da religião, porém o que aí mais havia era nebulosidade. À pergunta: o que devo dizer nesse sentido? — ele respondia da forma mais tola, como se responde a uma criança: "É preciso crer em Deus, meu querido".

— Mas e se eu não creio em nada disso? — bradei certa vez tomado de irritação.

— Também é ótimo, meu querido.

— Como ótimo?

— É o mais magnífico indício, meu amigo; é até o mais confiável, porque nosso ateu russo, se é ateu de verdade e tem um mínimo de inteligência, é o melhor homem do mundo inteiro e sempre está disposto a afagar Deus porque é sem dúvida bondoso, e bondoso porque vive infinitamente satisfeito com o fato de ser ateu. Nossos ateus são pessoas respeitáveis e confiáveis no mais alto grau, por assim dizer, são o esteio da pátria...

Isto, claro, era alguma coisa, mas eu queria outra; apenas uma vez ele se pronunciara assim, só que o fizera de modo tão estranho que me deixou mais impressionado do que com qualquer outra coisa, sobretudo em virtude de todos esses catolicismos e cilícios de que eu ouvira falar.

— Meu querido — disse-me certa vez, não em casa, mas na rua, depois de uma longa conversa; eu o acompanhava para casa. — Meu amigo, amar as pessoas como são é impossível. E no entanto é necessário. E por isso faz o bem a elas reprimindo teus sentimentos, apertando o nariz e fechando os olhos (o último é indispensável). Suporta o mal da parte delas sem te zangares com elas na medida do possível, "lembrando-te de que és homem". É claro que te cabe ser severo com elas se te for dado ser ao menos um pouquinho mais inteligente do que a média. Por sua natureza as pessoas são mesquinhas e gostam de amar por medo; não te deixes levar por esse tipo de amor e nem deixes de desprezar. Em uma passagem do Alcorão, Alá manda seu profeta olhar para os "rebeldes" como ratos, fazer o bem a eles e passar ao largo — isto é um pouco orgulhoso, mas é correto. Procura saber desprezar até quando elas são boas, pois o mais das vezes são ao mesmo tempo ruins. Oh, meu querido, eu te digo isso julgando por mim mesmo! Quem não é minimamente tolo não pode viver sem desprezar a si próprio, seja honesto ou não — tanto faz. Amar o seu próximo e não desprezá-lo é impossível. A meu ver, o homem foi criado com a impossibilidade física de amar o seu

---

no campo de batalha, o terceiro retornou vitorioso a Roma. Essa lenda serviu como fundamento da tragédia *Horácio* de Corneille (1606-1684), na qual o velho Horácio, pai dos três filhos, representa o ideal do patriotismo e do dever cívico. (N. da E.)

Исторiя русскаго (общества)

…Въ видъ всемiрности! Историческая хроника (Кат. [illegible]) которая переходитъ в комическое и в которой не обходится комически —

Случайное семейство — почтенные горды [illegible] трудящiеся

Н. П. [illegible] придавались [illegible]

[illegible]

Н. М. [illegible] вопросъ разрушенъ, довольно [illegible]

[illegible]

[illegible]

[illegible]

[illegible]

— Ихъ Случайное семейство… [illegible]

[illegible]

[illegible] Карьера хороша, а самъ [illegible]

[illegible]

[illegible]

Ст. Князь [illegible] (отъ [illegible]): Не говори! Не говори! — [illegible]

[illegible]

[illegible]

— Про Молод. Княж., Ce jeune homme, il m'a étonné, mais [illegible] [illegible] —

— [illegible]

[illegible]

[illegible]

[illegible] —

— Другъ мой, [illegible]

[illegible]

[illegible]

— [illegible] —

Сироту. [illegible]

Если [illegible]

Что [illegible]

[illegible] (изъ [illegible])

Поэмъ, Отъ [illegible]! [illegible]

— [illegible]! [illegible]

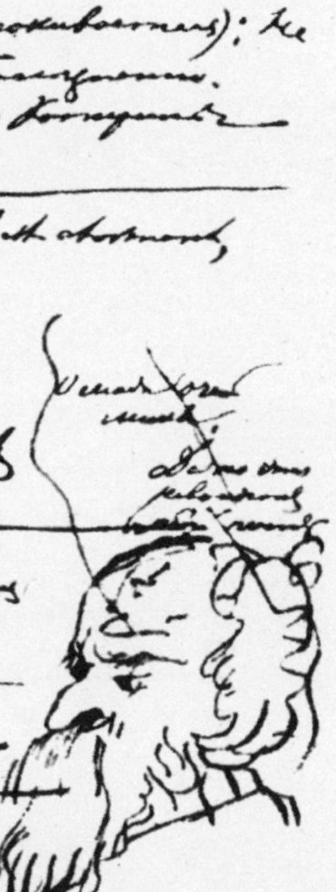

próximo. Nisso existe certo erro nas palavras que vem desde o princípio, e "o amor pela humanidade" deve ser entendido apenas como amor por aquela humanidade que tu mesmo criaste em tua alma (noutras palavras, criaste a ti mesmo e amas a ti mesmo), e por isso nunca acontecerá em realidade.

— Nunca acontecerá?

— Meu amigo, concordo que isso seria meio tolo, mas a culpa não é minha; e uma vez que durante a criação do mundo não me consultaram, reservo-me o direito de ter minha opinião a esse respeito.

— Depois disso, como chamá-lo de cristão — bradei —, de monge que usa correntes para o autoflagelo, de pregador? Não entendo!

— Mas quem me chama assim?

Contei-lhe; ele me ouviu com muita atenção, mas interrompeu a conversa.

Não consigo me lembrar, de maneira nenhuma, do motivo dessa conversa memorável para mim; contudo ele ficou até irritado, coisa que quase nunca lhe acontecia. Falava com paixão e sem zombaria, como se não falasse comigo. No entanto, mais uma vez não acreditei nele: não podia ele conversar a sério sobre tais coisas com um tipo como eu.

CAPÍTULO II

I

Naquela manhã de quinze de novembro eu o encontrei justo "em casa do príncipe Serioja". Fora eu quem o aproximara do príncipe, mas, independentemente de mim, os dois tinham bastantes pontos de convergência (falo daquelas antigas histórias no estrangeiro, etc.). Além disso, o príncipe lhe havia dado a palavra de destinar pelo menos um terço da herança, o que, sem dúvida, representaria uns vinte mil rublos. Para mim, lembro-me, era então demasiado estranho que ele destinasse apenas um terço e não a metade inteira; no entanto, fiquei calado. O príncipe fizera por si mesmo a promessa de destinar essa quantia; Viersílov não disse nem meia palavra, não tocou no assunto; o próprio príncipe saiu-se com a promessa, ao passo que Viersílov limitou-se a admitir calado e depois não mencionou o assunto uma única vez, sequer deixou transparecer a mínima lembrança da promessa. Observo a propósito que no início o príncipe estava totalmente encantado com ele, sobretudo com os seus discursos, chegava até a exultar e me disse isto várias vezes. Às vezes exclamava a sós comigo e lá com seus botões, quase no desespero, que "era muito inculto, que tomara aquele caminho muito errado!". Oh, naquele tempo ainda éramos tão amigos!... Até a Viersílov eu procurava infundir só coisas boas a respeito do príncipe, defendia os seus defeitos, embora eu mesmo os notasse; Viersílov, porém, calava ou sorria.

— Se ele tem defeitos, tem pelo menos tantas qualidades quanto defeitos! — exclamei uma vez a sós com Viersílov.

— Deus, como o lisonjeias — sorriu ele.

— Com quê? — eu não tinha entendido.

— Tantas qualidades! Ora, ele vai acabar virando santo se tem tantas qualidades quanto defeitos!

Mas isso, é claro, não era uma opinião. De um modo geral ele evitava então falar do príncipe, como em geral de tudo o que era essencial; especialmente do príncipe. Já naquele tempo eu desconfiava de que ele visitava o príncipe até mesmo sem mim e de que os dois mantinham relações especiais, e eu admitia isso. Também não tinha ciúmes de que ele conversasse com o príncipe de um jeito como que mais sério do que comigo, de um modo, por assim dizer, mais positivo, e de que caçoasse menos; naquele tempo eu era tão feliz que até isso me agradava. Eu ainda o desculpava pelo fato de que o príncipe era um pouco limitado e por isso gostava da precisão das palavras e não compreendia, em absoluto, certos gracejos. Mas eis que nos últimos tempos ele começava a emancipar-se de certo modo. Parecia até que seus sentimentos em relação a Viersílov começavam a mudar. Sensível, Viersílov o percebeu. Antecipo também que naquele tempo o príncipe mudou em relação a mim, de modo até demasiado visível; de nossa amizade inicial, quase calorosa, só restavam algumas formas mortas. Mesmo assim eu continuava indo à sua casa; aliás, como poderia deixar de fazê-lo depois de ter-me atolado naquilo tudo? Oh! como eu era inábil naquele tempo! Será que só uma tolice do coração seria capaz de levar um homem a semelhante inabilidade e humilhação? Aceitava dinheiro dele e pensava que nisto não havia nada de mau, que era assim que devia ser. Pensando bem, não era assim: mesmo naquele tempo eu sabia que não era assim — simplesmente mal pensava nisso. Não era pelo dinheiro que eu o visitava, se bem que tivesse enorme necessidade dele. Sabia que não o visitava por causa do dinheiro, mas compreendia que ia lá todos os dias apanhar dinheiro. Contudo, eu andava no meio de um turbilhão, e além de tudo isso havia naqueles idos algo bem diferente em minha alma — minha alma cantava!

Quando entrei, às onze horas da manhã, encontrei Viersílov no fim de uma grande tirada; o príncipe o ouvia, caminhando pela sala, enquanto Viersílov permanecia sentado. O príncipe parecia um tanto agitado. Viersílov quase sempre conseguia deixá-lo agitado. O príncipe era uma criatura de uma suscetibilidade extraordinária, que beirava a ingenuidade, o que em muitos casos me forçava a olhá-lo por cima dos ombros. Mas, repito-o, nos últimos dias aparecera nele um quê de malvadez ostensiva. Parou ao me ver, e algo como um tremor esboçou-se em seu rosto. Eu sabia, cá com meus botões, de onde vinha essa sombra de insatisfação naquela manhã, mas não esperava que mudasse a tal ponto a expressão de seu rosto. Era de meu conhecimento que ele acumulara diversas inquietações, mas era deplorável que só conhecesse um décimo delas — o resto era para mim um grande segredo. Por isso era detestável e tolo que amiúde eu me metesse a consolá-lo, a lhe dar conselhos e até a tratar por cima dos ombros a sua fraqueza de perder as estribeiras "por tais bobagens"! Ele calava: mas era impossível que não me odiasse terrivelmente nessas ocasiões; eu vivia uma situação por demais enganosa e nem desconfiava disso. Oh, Deus é testemunha de que eu não desconfiava do essencial!

Ele, não obstante, estendeu-me polidamente a mão. Viersílov fez sinal com a cabeça, sem interromper sua fala. Estirei-me no divã. Que tom era aquele, que procedimentos eu ostentava! Bancava o finório, tratava seus amigos por cima dos ombros como se fossem de minha intimidade... Ah, se hoje eu pudesse refazer tudo, como seria capaz de me portar de modo diferente!

Duas palavras, para não esquecer: o príncipe ainda morava no mesmo apartamento, mas agora o ocupava quase todo; Stolbêieva, a proprietária, tornara a passar apenas coisa de um mês ali e de novo partira não se sabe para onde.

II

Falavam da nobreza. Observo que às vezes essa ideia inquietava muito o príncipe, apesar de todo o seu aspecto progressista, e suspeito até que muito do que havia de mau em sua vida teve origem e início nessa ideia: apreciando seu principado e estando na miséria, passou a vida inteira a esbanjar dinheiro por falso orgulho e afundou em dívidas. Viersílov lhe insinuou várias vezes que não era nisso que consistia o principado e quis infundir em seu coração um pensamento mais elevado; contudo, o príncipe acabou se sentindo meio ofendido por lhe darem lições. Pelo visto, algo semelhante acontecia também naquela manhã, mas eu não assistira ao começo. No início as palavras de Viersílov me pareceram retrógradas, mas depois ele se corrigiu.

— A palavra honra significa dever — dizia ele (reproduzo apenas o sentido e até onde me lembro). — Quando num Estado domina uma casta superior, a terra é forte. A casta superior sempre tem sua honra e sua profissão de honra, que pode até ser falsa, mas quase sempre serve como liga e consolida a terra; é útil em termos morais, porém o é mais em termos políticos. No entanto os escravos, isto é, todos os que não pertencem a essa casta, arcam com o fardo. Para que eles não arquem com o fardo lhes concedem a igualdade de direitos. Assim se fez em nosso país, e foi ótimo. Mas em todas as experiências de igualamento de direitos, até hoje levadas a cabo em toda a parte (na Europa, bem entendido), deu-se uma redução do sentimento de honra, portanto, do dever. O egoísmo substituiu a antiga ideia cimentadora e tudo se decompôs na liberdade dos indivíduos. Os libertos, ao ficarem sem o pensamento cimentador, acabaram de tal forma privados de qualquer laço superior que até deixaram de defender a liberdade concedida. Mas o tipo russo de nobreza nunca se pareceu com o europeu. Ainda hoje, e tendo perdido direitos, nossa nobreza poderia continuar sendo uma casta superior enquanto preservadora da honra, da luz, da ciência e de uma ideia superior e, o mais importante, sem mais se fechar numa casta isolada, o que seria a morte das ideias. Ao contrário, as portas para a entrada na casta em nosso país já estão abertas há um tempo demasiado longo; hoje é chegada a hora de abri-las definitivamente. Oxalá cada feito da honra, da ciência e da coragem dê a cada um de nós o direito de juntar-se à categoria superior dos homens. Assim, a casta se transformaria por si mesma numa reunião exclusiva dos melhores no sentido literal e verdadeiro, e não no antigo sentido de casta privilegiada.[20] Nesse aspecto novo, ou melhor, renovado, a casta poderia preservar-se.

O príncipe arreganhou os dentes:

— Que nobreza então será essa? O que o senhor projeta é algo como uma loja maçônica e não a nobreza.

Repito, o príncipe era terrivelmente inculto. Eu até me virei enfastiado no divã, embora não estivesse de pleno acordo com Viersílov. Este compreendeu muito bem que o príncipe mostrava os dentes:

— Não sei em que sentido o senhor se refere à maçonaria — respondeu ele —, pois, se um príncipe russo rejeita essa ideia, fica entendido que o tempo dela ainda não chegou. A ideia de honra e de ilustração como preceito de todo aquele que deseje incorporar-se a uma casta não fechada e em constante renovação é, sem dúvida, uma utopia, mas por que é inviável? Se essa ideia vive, quando nada em algumas poucas cabeças, isto significa que ainda não está morta e brilha como um ponto luminoso nas trevas profundas.

— O senhor gosta de empregar expressões como "ideia superior", "grande ideia", "ideia cimentadora", etc.; eu gostaria de saber o que propriamente o senhor subentende por "grande ideia".

— Palavra, não sei lhe responder, meu amável príncipe — disse Viersílov com uma risota sutil. — Se lhe confesso que eu mesmo sou incapaz de responder, será mais verdadeiro. Um grande pensamento é mais amiúde um sentimento que às vezes demora demais a ser definido. Sei apenas que sempre foi aquilo de onde emanou a vida viva, isto é, uma ideia não tirada da cabeça nem fictícia, mas, ao contrário, não enfadonha e sim alegre; assim sendo,

---

[20] Era do próprio Dostoiévski a concepção de que os nobres deveriam ser as melhores pessoas, e isto ele expressou numa carta de 10 de março de 1876, endereçada ao irmão Andriêi Mikháilovitch. (N. da E.)

a ideia superior, da qual emana esse pensamento, é absolutamente indispensável, claro que para o desgosto geral.

— Por que desgosto?

— Porque é um tédio viver com ideias, mas sem ideias é sempre alegre.

O príncipe engoliu a pílula.

— E o que é essa tal de vida viva, em sua opinião? (Ele estava visivelmente furioso.)

— Também não sei, príncipe; sei apenas que deve ser algo demasiado simples, o mais corriqueiro, que salta aos olhos todos os dias e todos os minutos, e simples a tal ponto que de modo algum conseguimos crer que possa ser tão simples e que há milhares de anos passamos diante dela com a maior naturalidade, sem notá-la nem reconhecê-la.

— Eu queria dizer apenas que a sua ideia sobre a nobreza é ao mesmo tempo também uma negação da nobreza — disse o príncipe.

— Bem, se é isso o que o senhor quer muito ouvir, então é possível que a nobreza nunca tenha existido em nosso país.

— Tudo isto é terrivelmente obscuro e vago. Se uma pessoa fala, a meu ver deve desenvolver...

O príncipe franziu a testa e olhou de relance para o relógio da parede. Viersílov se levantou e pegou o chapéu:

— Desenvolver? — perguntou ele —, não, o melhor é não desenvolver, e além do mais essa é minha paixão: falar sem desenvolver. Palavra que é assim. Eis mais uma singularidade minha: se me acontece começar a desenvolver uma ideia na qual acredito, quase sempre, ao terminar a exposição, eu mesmo deixo de acreditar no exposto; temo que isto esteja me acontecendo também neste momento. Até logo, caro príncipe; em sua casa sempre acabo caindo numa tagarelice imperdoável.

Saiu; o príncipe o reconduziu polidamente até a porta, mas eu me senti ofendido.

— Por que esse ar aborrecido? — disparou de repente, sem me olhar e passando ao largo, rumo ao escritório.

— Estou aborrecido — comecei com um tremor na voz — porque, ao notar em você uma mudança tão estranha de tom em relação a mim e até a Viersílov, eu... Claro, Viersílov pode ter começado de um jeito um tanto retrógrado, mas depois se corrigiu e... e é possível que em suas palavras houvesse um pensamento profundo, mas você simplesmente não entendeu e...

— Simplesmente não quero que se apressem em me dar lições nem me tratem como um meninote! — retrucou quase furioso.

— Príncipe, tais palavras...

— Por favor, sem gestos dramáticos; faça o obséquio! Sei que o que faço é torpe, sou um esbanjador, um jogador, talvez um ladrão... sim, um ladrão, porque gasto o dinheiro de minha família, mas de maneira nenhuma quero juízes me julgando. Não quero nem admito. Sou meu próprio juiz. E a troco de que essas ambiguidades? Se ele tem algo a me dizer, que diga francamente, em vez de ficar profetizando uma barafunda mental. Mas, para me dizer isto, é preciso ter o direito, é preciso que ele mesmo seja também honesto...

— Em primeiro lugar, perdi o começo e ignoro de que vocês estavam falando e, em segundo, em que Viersílov não é honesto? permita que lhe pergunte.

— Basta, peço-lhe, basta! Ontem você me pediu trezentos rublos, aqui estão. — Pôs o dinheiro sobre a mesa à minha frente e sentou-se numa poltrona, refestelou-se nervosamente sobre o encosto e cruzou as pernas. Detive-me embaraçado:

— Não sei... — balbuciei — mesmo que eu os tenha lhe pedido... e ainda que agora eu esteja precisando muito desse dinheiro, no entanto, tendo em vista esse tom...

— Largue esse tom. Se eu disse alguma coisa ríspida, desculpe-me. Asseguro-lhe que não tive a intenção. Escute uma coisa: recebi uma carta de Moscou; meu irmão Sacha, ainda criança, você sabe, morreu há quatro dias. Meu pai, como você também sabe, já faz dois anos que está paralítico e me escreveram que piorou, não consegue pronunciar uma palavra e não reconhece mais ninguém. Eles lá ficaram contentes com a herança e estão querendo levá-lo para o exterior; mas o médico me escreveu, dizendo que é provável que ele não dure nem mais duas semanas. Portanto, restamos apenas minha mãe, minha irmã e eu, e então agora estou quase sozinho... Bem, numa palavra, estou só... Essa herança... Essa herança — oh! talvez fosse melhor que ela não tivesse absolutamente aparecido! Pois bem, veja o que eu queria mesmo lhe comunicar: dessa herança prometi a Andriêi Pietróvitch no mínimo vinte mil rublos... Por outro lado, imagine que por causa das formalidades até agora não me foi possível fazer nada. Eu até... isto é, nós, quer dizer, meu pai ainda não foi nem investido na posse daquela fazenda. Enquanto isso, perdi tanto dinheiro nas três últimas semanas, e esse crápula Stebielkóv cobra juros tão altos... Acabo de dar a você quase os meus últimos...

— Oh, príncipe, sendo assim...

— Não se trata disso, não se trata disso. Na certa Stebielkóv trará hoje o dinheiro, que chegará para uma emergência, mas o diabo sabe quem é esse Stebielkóv! Eu lhe implorei para me conseguir dez mil a fim de que eu pudesse dar pelo menos dez mil a Andriêi Pietróvitch. Minha promessa de lhe ceder um terço da herança me atormenta, me tortura. Dei-lhe minha palavra e devo cumprir com ela. Eu lhe juro que estou fazendo das tripas coração para me livrar dessas obrigações ao menos neste aspecto. Elas me são pesadas, pesadas, insuportáveis! É uma relação que me oprime... Não posso ver Andriêi Pietróvitch porque não consigo encará-lo... então, por que ele abusa?

— De que ele abusa, príncipe? — parei surpreso diante dele. — Por acaso algum dia ele lhe fez ao menos alguma insinuação?

— Oh, não, eu também aprecio isso, sou eu que insinuo a mim mesmo. E, por fim, estou cada vez mais e mais encalacrado... esse Stebielkóv...

— Escute, príncipe, acalme-se, por favor; vejo que quanto mais você fala, mais inquieto fica, e no entanto tudo isso talvez não passe de uma miragem. Oh, eu mesmo estou encalacrado, de modo imperdoável, vil; ora, mas sei que isto é apenas provisório... bastaria eu recuperar certa quantia; mas agora você me diga: com esses trezentos lhe devo uns dois mil e quinhentos rublos, não é?

— Parece que não estou lhe cobrando — o príncipe arreganhou os dentes.

— Você diz que vai dar dez mil a Viersílov. Se agora estou pegando este dinheiro com você, ele, é claro, entrará na conta dos vinte mil de Viersílov; de outro modo não admito. Porém... porém na certa eu mesmo lhe devolverei... Mas será que você pensa que Viersílov vem à sua casa por dinheiro?

— Para mim seria mais fácil se ele viesse aqui por dinheiro — proferiu o príncipe com ar misterioso.

— Você fala de uma "relação que o oprime"... Se isso é com Viersílov e comigo, juro que é ofensivo. Por fim você se pergunta: por que ele mesmo não é o que professa que os outros sejam? — eis a sua lógica! Em primeiro lugar isso não é lógica, permita que lhe diga, porque se ele não fosse tal qual, ainda assim poderia pregar a verdade... E, por último, o que você quer dizer com a palavra "prega"? Você fala em profeta. Diga-me, foi você que o chamou de "profeta de mulheres" na Alemanha?

— Não, não fui eu.

— Stebielkóv disse que foi você.

— Ele mentiu. Não sou mestre em botar apelidos jocosos. Mas se alguém prega a honra, ele mesmo deve ser honesto — eis a minha lógica, e se não estiver certa não faz diferença. Quero que seja assim e assim será. E ninguém, ninguém se atreva a vir à minha casa me julgar e me considerar um meninote! Basta — gritou e abanou a mão para mim para que eu não continuasse. — Ah, até que enfim!

Abriu-se a porta e entrou Stebielkóv.

III

Ele era o mesmo de sempre, vestido com a elegância de sempre, o peito como sempre enfunado, encarando os outros com o ar tolo de sempre, como sempre se achando astuto e muito satisfeito consigo mesmo. Desta vez, porém, ao entrar olhou ao redor de um modo um tanto estranho; havia algo de particularmente cauteloso e penetrante em seu olhar, como se ele quisesse adivinhar alguma coisa por nossas fisionomias. Aliás, acalmou-se num piscar de olhos e em seus lábios brilhou um sorriso presunçoso, aquele sorriso "descaradamente suplicante", que eu achava de uma sordidez indescritível.

Eu sabia há muito tempo que ele atormentava muito o príncipe. Já o visitara uma ou duas vezes em minha presença. Eu... também tivera um contato com ele nesse mês, mas, por algum motivo, desta feita surpreendi-me um pouco com sua chegada.

— Num instante — disse-lhe o príncipe, sem cumprimentá-lo e, de costas para nós, começou a tirar da gaveta da escrivaninha os documentos e contas de que precisava. Eu, de minha parte, estava categoricamente ofendido com suas últimas palavras; a insinuação à desonestidade de Viersílov fora tão clara (e surpreendente!) que não podia ficar sem um esclarecimento radical. E isto era impossível na presença de Stebielkóv. Tornei a me refestelar no divã e abri um livro que estava à minha frente.

— É Bielínski, segundo volume![21] É novidade; está querendo ilustrar-se? — bradei para o príncipe, creio que com muita ênfase.

Ele estava muito ocupado e com pressa, mas se voltou de repente ao ouvir minhas palavras.

— Peço-lhe que deixe esse livro em paz — proferiu com rispidez.

Isso já passava do limite, e sobretudo diante de Stebielkóv! Como de propósito, Stebielkóv escancarou a boca num sorriso e fez às furtadelas um sinal de cabeça para o príncipe. Virei as costas para esse imbecil.

---

[21] Tudo indica tratar-se do segundo volume das obras de Vissarion Bielínski (1811-1848) publicada em doze volumes entre 1859 e 1862; em 1875 começou a ser publicada a quarta edição dessa obra. (N. da E.)

— Não se zangue, príncipe; cedo-o ao homem mais importante e por ora me me eclipso...

Eu resolvera ficar descontraído.

— Esse homem mais importante sou eu? — secundou Stebielkóv, apontando o dedo para si mesmo com ar alegre.

— Sim, você mesmo; você é de fato o homem mais importante e sabe disso.

— Não, alto lá. No mundo sempre existe um segundo homem. Sou o segundo. Existe o primeiro homem e existe o segundo homem. O primeiro faz, enquanto o segundo se apropria. Então o segundo acaba sendo o primeiro e o primeiro, o segundo. É ou não é assim?

— Pode até ser, só que, como de costume, não o entendo.

— Permita-me. Na França houve uma revolução e todos foram executados. Apareceu Napoleão e se apropriou de tudo. A revolução é o primeiro homem. E Napoleão, o segundo. E aconteceu que Napoleão tornou-se o primeiro homem e a revolução, o segundo. Foi ou não foi assim?

Observo, entretanto, que no fato de ele ter começado a falar comigo sobre a Revolução Francesa notei uma astúcia anterior dele, que muito me divertiu: ele ainda continuava me considerando um revolucionário e todas as vezes que me encontrava achava necessário tocar em algum assunto dessa natureza.

— Vamos — disse o príncipe, e os dois saíram para o outro cômodo. Uma vez só, tomei a decisão definitiva de lhe devolver os seus trezentos rublos tão logo Stebielkóv saísse. Eu estava com uma extrema necessidade desse dinheiro, mas tomara a decisão.

Eles permaneceram lá uns dez minutos em total silêncio e súbito começaram a falar alto. Falavam os dois, mas de repente o príncipe começou a gritar como se estivesse tomado de uma irritação extrema, que beirava a fúria. Às vezes ele era muito irascível, de sorte que eu até o desculpava. Mas nesse exato momento apareceu um criado para anunciar algo: indiquei-lhe o cômodo onde os dois estavam e ali tudo ficou em silêncio num piscar de olhos. O príncipe saiu rápido, com ar preocupado, mas sorrindo; o criado saiu correndo e meio minuto depois entrou um visitante.

Era um visitante importante, portador de torçais nos ombros e distintivos,[22] um senhor de no máximo trinta anos, da alta sociedade e aparência um tanto severa. Previno o leitor que o príncipe Serguiêi Pietróvitch ainda

[22] Os torçais com pontas de metal eram específicos dos ajudantes de ordem ou de campo e dos oficiais do Estado Maior do Exército. (N. da E.)

não pertencia de fato à alta sociedade petersburguense, apesar de seu ardente desejo (do desejo eu sabia), razão pela qual devia apreciar ao extremo semelhante visita. Como era do meu conhecimento, ele acabara de travar esse conhecimento, e depois de grandes empenhos do príncipe o visitante agora retribuía a visita, mas, por azar, pegava o anfitrião de surpresa. Notei com que angústia e com que olhar perdido o príncipe virou-se num piscar de olhos para Stebielkóv; mas Stebielkóv suportou o olhar como se nada tivesse acontecido e, sem nenhuma intenção de escafeder-se, sentou-se com a maior sem-cerimônia no sofá e começou a eriçar o cabelo com a mão, é provável que em sinal de independência. Fez até um trejeito imponente; em suma, estava terminantemente impossível. Eu, é evidente, já sabia então me portar e, claro, não envergonharia ninguém, mas qual foi a minha surpresa quando captei o mesmo olhar perdido, lastimável e furioso do príncipe também para mim: portanto, ele nos igualava, a mim e a Stebielkóv. Essa ideia me deixou furioso; curvei-me e passei a folhear o livro com tal aparência que era como se nada me dissesse respeito. Stebielkóv, ao contrário, arregalou os olhos, projetou-se para a frente e começou a escutar com atenção o que os dois conversavam, talvez supondo que isso fosse polido e amável. O visitante olhou umas duas vezes para Stebielkóv; aliás, para mim também.

Começaram a falar das novidades em suas famílias; outrora esse senhor conhecera a mãe do príncipe, que descendia de uma família famosa. Até onde consegui concluir, apesar da amabilidade e da aparente simplicidade do tom, ele era muito afetado e, é claro, dava tanto valor a si mesmo que era capaz de considerar sua visita uma grande honra para qualquer um. Se o príncipe estivesse só, isto é, sem nós, estou certo de que teria sido mais digno e engenhoso; agora, porém, algo como um tremor particular em seu sorriso, talvez até demasiado afável, e um alheamento um tanto estranho o traíam.

Não fazia nem cinco minutos que os dois estavam ali sentados quando de repente foi anunciada mais uma visita, e, como de propósito, também daquelas que comprometem. Este visitante eu conhecia bem e ouvira falar muito dele, embora ele não me conhecesse em absoluto. Era um homem ainda muito jovem, aliás já de uns vinte e três anos, metido num traje magnífico, de boa família e bonito, mas que, sem dúvida, andava em más companhias. No ano anterior ele ainda servia em um dos mais importantes regimentos da guarda de cavalaria, mas fora forçado a solicitar pessoalmente a reforma, e todo mundo conhecia os motivos. A seu respeito os familiares chegaram até a publicar em jornais que não respondiam por suas dívidas, mas até então ele continuava com suas pândegas, arranjando dinheiro emprestado a dez por cento ao mês, jogando loucamente nos cassinos e esbanjando tudo com uma francesinha famosa. Acontecera que coisa de uma semana antes ele conseguira ganhar numa noite uns vinte mil rublos e estava triunfante. Ele e o príncipe eram íntimos: amiúde os dois jogavam de comum acordo; contudo, o príncipe até estremeceu ao vê-lo, e isto eu notei de meu lugar; esse rapazola se portava em toda parte como se estivesse em casa, falava alto e em tom alegre, não se envergonhava de nada e dizia tudo o que lhe dava na telha e, é natural, nunca lhe poderia passar pela cabeça que sua companhia fizesse o nosso anfitrião tremer tanto diante de sua importante visita.

Ao entrar ele interrompeu a conversa dos dois e no mesmo instante começou a falar de um jogo da véspera, inclusive antes de sentar-se.

— O senhor, se não me engano, também estava lá — voltou-se na terceira frase para o importante visitante, tomando-o como algum dos seus, mas atinou no mesmo instante e bradou:

— Ah, desculpe, quase o tomei por alguém que ontem também esteve lá!

— Aleksiêi Vladimírovitch Darzan, Hippolit Aleksándrovitch Naschókin — o príncipe os apresentou às pressas; apesar de tudo, esse rapazola era apresentável: era de uma família boa e famosa, mas nós dois não fomos apresentados por ele e continuamos sentados em nossos cantos. Eu me negava decididamente a voltar a cabeça para o lado deles; mas Stebielkóv, ao ver o jovem, abriu a boca num largo e alegre sorriso e pelo visto ameaçou falar. Tudo isso estava ficando até divertido para mim.

— No ano passado eu o encontrei com frequência na casa da condessa Vieríguina — disse Darzan.

— Lembro-me do senhor, mas parece que naquele tempo o senhor usava traje militar — respondeu Naschókin em tom afável.

— Sim, traje militar, mas graças... Ah, Stebielkóv já está aqui? Como é que ele está aqui? Pois é justamente graças a esses senhorezinhos que eu não estou em trajes militares — apontou direto para Stebielkóv e deu uma gargalhada. Stebielkóv também deu uma risada alegre, provavelmente tomando essas palavras por amabilidade. O príncipe corou e às pressas voltou-se para Naschókin com uma pergunta qualquer, enquanto Darzan chegava-se a Stebielkóv e começava uma conversa muito animada com ele, mas já à meia-voz.

— Parece que a condessa Catierina Nikoláievna Akhmákova era muito conhecida do senhor no estrangeiro, não? — perguntou o visitante ao príncipe.

— Oh, sim, eu a conhecia...

— Parece que por aqui logo haverá uma novidade. Dizem que ela vai se casar com o barão Bioring.

— É verdade! — bradou Darzan.

— O senhor... sabe isto ao certo? — perguntou o príncipe a Naschókin com visível inquietação e pondo um acento especial em sua pergunta.

— Contaram-me; e pelo visto já estão falando disto; se bem que não estou certo.

— Oh, é certo! — Darzan aproximou-se deles. — Dubássov me contou isso ontem; ele é sempre o primeiro a saber esse tipo de notícia. Aliás o príncipe também devia saber...

Naschókin aguardou que Darzan parasse e tornou a voltar-se para o príncipe:

— Ela passou a frequentar raramente a sociedade.

— No último mês o pai dela andou doente — observou o príncipe com certa secura.

— Ah, pelo visto por causa das aventuras da grã senhora! — deixou escapar de repente Darzan.

Ergui a cabeça e me aprumei.

— Tenho o prazer de conhecer pessoalmente Catierina Nikoláievna e assumo o dever de asseverar que todos os rumores escandalosos não passam de mentira e infâmia... e foram inventados por aqueles... que a rodeavam mas nada conseguiram.

Depois de interromper a conversa de modo tão tolo, calei-me, ainda olhando para todos aprumado e com o rosto inflamado. Todos se voltaram para mim, mas de repente Stebielkóv deu uma risadinha; Darzan também arreganhou os dentes, impressionado.

— Arkadi Makárovitch Dolgorúki — o príncipe me indicou a Darzan.

— Ah, acredite, *príncipe* — Darzan voltou-se para mim com ar franco e bonachão —, não estou falando em meu nome; se houve boatos não fui eu que os espalhei.

— Oh, não falei para o senhor! — respondi rápido, mas Stebielkóv já começara a rir de modo inaceitável e, justo como depois se esclareceu, do fato de que Darzan me chamara de príncipe. Até aqui meu sobrenome dos infernos estragou tudo. Até hoje coro ao pensar que, evidentemente por vergonha, naquele momento não ousei desfazer essa tolice e não declarei alto e bom som que era simplesmente Dolgorúki. Era a primeira vez que isso acontecia em minha vida. Darzan olhava perplexo para mim e para o sorridente Stebielkóv.

— Ah, sim! Quem era aquela criaturinha bonitinha, esguia e radiante que acabei de encontrar na escada? — perguntou de súbito ao príncipe.

— Palavra, não sei quem é — respondeu ele rápido e ruborizado.

— Ora, quem poderia saber? — riu Darzan.

— Se bem que... poderia ser... — titubeou o príncipe.

— Era... era justamente a irmãzinha dele, Lizavieta Makárovna! — Stebielkóv apontou para mim. — Porque também acabei de encontrá-la...

— Ah, de fato! — emendou o príncipe, mas desta vez com uma expressão extraordinariamente séria e respeitável —, devia ser Lizavieta Makárovna, íntima amiga de Anna Fiódorovna Stolbêieva, em cuja casa ora estou morando. Ela, é verdade, hoje visitou Dária Oníssimovna, também chegada a Anna Fiódorovna, com quem deixou a casa ao viajar...

Tudo isso acontecera exatamente assim. Aquela Dária Oníssimovna era a mãe da pobre Ólia, de quem já falei e a qual Tatiana Pávlovna enfim abrigara na casa de Stolbêieva. Eu sabia muito bem que Liza visitava Stolbêieva e depois visitava de quando em quando a pobre Dária Oníssimovna, de quem todos em nossa casa gostavam muito; mas na ocasião, depois daquela declaração, aliás, bastante concreta do príncipe, e em particular depois da tola extravagância de Stebielkóv, e talvez até porque eu acabara de ser chamado de príncipe — por causa de tudo isso, corei de repente. Por sorte, nesse mesmo instante Naschókin levantou-se para sair; estendeu a mão até para Darzan. No momento em que ficamos a sós com Stebielkóv, este me fez um repentino sinal de cabeça para Darzan, que estava de costas para ele, à porta; mostrei o punho fechado para Stebielkóv.

Depois de um minuto partiu Darzan, após combinar com o príncipe um encontro para o dia seguinte em um lugar já marcado pelos dois — numa casa de jogo, naturalmente. Ao sair ele gritou alguma coisa para Stebielkóv e também me fez uma leve reverência. Mal ele saiu, Stebielkóv levantou-se de um salto e parou no centro da sala com o dedo levantado:

— Esse senhorzinho fez a seguinte brincadeira na semana passada: emitiu uma letra de câmbio, mas a endossou com o sobrenome Averiânov. É assim que a letra de câmbio está, só que isso não é de praxe! É crime. Oito mil rublos.

— E na certa essa letra estaria em suas mãos? — olhei para ele com ar furioso.

— Eu tenho um banco, tenho um *mont-de-piété*[23] e não uma letra de câmbio. Já ouviu falar no que é um *mont-de-piété* em Paris? É pão e benefício para os pobres; eu tenho um *mont-de-piété*...

O príncipe o deteve de modo grosseiro e furioso.

— O que o senhor está fazendo aqui? Por que estava aí sentado?

---

[23] Em francês, "montepio". (N. do T.)

— Ah! — Stebielkóv deu uma rápida piscadela: — E aquilo? Acaso não é por aquilo?

— Não-não-não, não é por aquilo — o príncipe gritou e bateu os pés no chão. — Eu já disse!

— Bem, se é assim, então que seja assim. Só que não é assim...

Deu uma brusca meia-volta e, baixando a cabeça e curvando-se, saiu num estalo. À porta, o príncipe gritou-lhe alguma coisa às costas:

— Saiba, senhor, que não me mete um pingo de medo.

Estava muito irritado, quis sentar-se, mas olhou para mim e desistiu. Era como se seu olhar quisesse perguntar também a mim: "Por que também estás aí?".

— Príncipe, eu — ensaiei começar...

— Palavra que estou assoberbado, Arkadi Makárovitch, estou de saída.

— Só um minutinho, príncipe, é muito importante para mim; em primeiro lugar, receba os seus trezentos de volta.

— O que significa mais isso?

Ele caminhava, mas parou.

— Significa que depois de tudo o que aconteceu... e do que você falou sobre Viersílov, chamando-o de desonesto e, por fim, o seu tom durante todo o tempo restante... Numa palavra, de maneira alguma posso aceitar.

— No entanto *aceitou* durante um mês inteiro.

De repente sentou-se na cadeira. Eu estava em pé à mesa, com uma das mãos tocava no livro de Bielínski e com a outra segurava o chapéu.

— Eram outros sentimentos, príncipe... E, por fim, eu nunca levaria a coisa até certa quantia... Esse jogo... Em suma, não posso.

— Você simplesmente não está sendo digno de nenhuma nota e por isso está furioso; eu lhe pediria que deixasse esse livro em paz.

— O que quer dizer "não está sendo digno de nota"? E, por último, quase me equiparou a Stebielkóv diante de suas visitas.

— Eis o enigma decifrado! — deu um sorriso largo e mordaz. — Além do mais, você ficou todo confuso porque Darzan o chamou de príncipe.

Ele deu uma risada maldosa. Explodi:

— Nem sequer consigo entender... Não aceitaria nem de graça o seu título de príncipe...

— Conheço o seu caráter. Como foi ridículo você gritar em defesa de Akhmákova... Largue o livro!

— O que significa isto? — gritei também.

— Lar-gue esse livro! — berrou de súbito, aprumou-se em fúria na poltrona como se estivesse disposto a investir contra mim.

— Isso já ultrapassa todos os limites — pronunciei e saí rápido da sala. Porém, eu ainda não chegara ao fim da sala quando ele me gritou da porta do gabinete:

— Arkadi Makárovitch, volte! Vol-te! Vol-te agora mesmo!

Ignorei e continuei andando. Ele me alcançou a passos rápidos, agarrou-me pelo braço e levou-me ao gabinete. Não resisti!

— Aceite! — disse, pálido de nervosismo, entregando-me os trezentos rublos que eu largara. — Aceite-os sem falta... senão nós... sem falta.

— Príncipe, como posso aceitá-los?

— Bem, eu lhe peço perdão, quer? Então, perdoe-me!...

— Príncipe, sempre gostei de você, e se você também gosta de mim...

— Eu também; aceite-os...

Peguei o dinheiro. Os lábios dele tremiam.

— Compreendo, príncipe, que você esteja furioso com aquele patife... mas só aceito se nós dois nos beijarmos como nas desavenças anteriores...

Também tremi ao dizer isso.

— Lá vem você com essa pieguice — balbuciou o príncipe, sorrindo desconcertado, porém inclinou-se e me beijou. Estremeci: no momento do beijo li uma notória repulsa em seu rosto.

— Pelo menos ele lhe trouxe o dinheiro?...

— Ah, não importa.

— Mas para você mesmo...

— Trouxe, trouxe.

— Príncipe, nós dois éramos amigos e, por fim, Viersílov...

— Pois é, sim, está bem...

— E por fim eu, palavra, definitivamente não sei, esses trezentos...

Eu segurava o dinheiro nas mãos.

— Aceite, a-cei-te-o! — tornou a dar um risinho, mas em seu sorriso havia algo bem mau.

Peguei o dinheiro.

CAPÍTULO III

I

Aceitei-o porque gostava dele. A quem não acreditar em mim, respondo que pelo menos no momento em que aceitei esse dinheiro eu tinha a firme convicção de que, se quisesse, poderia perfeitamente consegui-lo de outra fonte. Portanto, aceitei-o não por extrema necessidade, mas por delicadeza, apenas para não o ofender. Que azar! era assim que eu então raciocinava! Mas, apesar de tudo, senti um grande peso ao deixar sua casa; percebia naquela manhã uma grande mudança em relação a mim; ele nunca empregara aquele tom; e contra Viersílov era uma revolta declarada. Claro que Stebielkóv acabara de deixá-lo muito agastado com alguma coisa, mas aquilo começara antes de Stebielkóv. Torno a repetir: a mudança já podia ter sido notada em todos os últimos dias, mas não daquela maneira, não até aquele ponto — eis o essencial.

O que também podia influenciar era aquela notícia idiota sobre aquele ajudante de campo, o barão Bioring... Eu também saíra nervoso, mas... Ocorre que na ocasião brilhava algo bem diferente e eu, por leviandade, deixava passar muita coisa: tinha pressa em deixá-la passar, afastava tudo o que era sombrio e só prestava atenção no que brilhava...

Ainda não era uma da tarde. Da casa do príncipe, saí conduzido por meu Matviêi — acreditam para onde? — direto para a casa de Stebielkóv. Era aí que a coisa pegava: ele acabava de me surpreender não tanto por sua visita ao príncipe (uma vez que lhe prometera visitá-lo) quanto pelo fato de que, mesmo tendo piscado para mim, segundo seu hábito idiota, fizera-o por um motivo que nada tinha a ver com aquele que eu esperava. Na noite da véspera eu recebera dele, pelo correio urbano, um bilhete que achei bastante enigmático, no qual me pedia muito que fosse vê-lo justo nesse dia, a partir de uma da tarde, pois "podia me comunicar coisas que eu não esperava". E justo sobre esse bilhete ele não deixara transparecer nada quando ainda há pouco estivéramos na casa do príncipe. Que segredos podia haver entre Stebielkóv e mim? Essa ideia era até ridícula; mas, diante de tudo o que se passara, eu estava até um pouquinho nervoso ao caminhar para a casa dele. É claro que eu o havia procurado uma vez, umas duas semanas antes, em busca de dinheiro, e ele se dispusera a emprestá-lo, mas por alguma razão não chegamos a um entendimento e eu mesmo não aceitei; na ocasião ele murmurou alguma coisa obscura, como era seu costume, e me pareceu que queria me propor algo, umas condições especiais; como eu o tratava decididamente por cima dos ombros todas as vezes em que o encontrava na casa do príncipe, repeli com orgulho qualquer ideia de condições especiais e saí, apesar de ele ter corrido atrás de mim até a porta; então arranjei o dinheiro com o príncipe.

Stebielkóv vivia completamente isolado, e levava vida abastada: um apartamento de quatro magníficos cômodos, móveis de boa qualidade, criados de ambos os sexos e uma governanta, aliás bastante idosa. Entrei furioso.

— Escute, meu caro — comecei logo da entrada —, antes de tudo, o que significa esse bilhete? Não admito correspondência entre nós. E por que não me disse o que queria, quando há pouco nos encontramos na casa do príncipe? Eu estava às suas ordens.

— E por que você também ficou calado e não perguntou? — e abriu a boca com um sorriso autossuficiente.

— Simplesmente porque não era eu que precisava de você, mas você de mim! — retorqui, exaltando-me de repente.

— Já que é assim, então por que veio? — quase saltou do lugar, de satisfação. Num piscar de olhos dei meia-volta, querendo ir embora, mas ele me segurou pelo ombro.

— Não, não, eu estava brincando. O negócio é importante, você vai ver.

Sentei-me. Confesso que eu estava curioso. Sentamo-nos à ponta de uma grande escrivaninha, um diante do outro. Ele sorriu de um jeito ardiloso e quis levantar o dedo.

— Por favor, sem ardis nem dedo e, principalmente, sem quaisquer alegorias, e vamos direto ao assunto, senão vou embora agora mesmo! — exclamei de novo, enfurecido.

— Você... é orgulhoso! — disse ele com uma censura idiota, oscilando na poltrona em minha direção e franzindo todas as rugas da testa.

— É assim que tem de ser entre nós.

— Hoje você... aceitou dinheiro do príncipe, trezentos rublos. Tenho dinheiro. Meu dinheiro é melhor.

— De quem você soube que aceitei? — fiquei muitíssimo surpreso. — Será ele que lhe contou isso?

— Ele me contou; não se preocupe, foi meio de passagem, para completar a conversa, apenas para completá-la, sem intenção. Ele me contou. Mas você podia não ter aceitado. É ou não é?

— No entanto, ouvi dizer que você esfola com juros escorchantes.

— Tenho um *mont-de-piété* e não esfolo ninguém. Eu o mantenho apenas para os amigos, a outros não empresto. Para os outros há o *mont-de-piété*...

Esse *mont-de-piété* era a mais trivial caixa de penhores, que funcionava com o nome de outrem em outro apartamento e estava florescendo.

— Mas aos amigos empresto grandes quantias.

— E por acaso o príncipe é um desses amigos.

— É um a-mi-go; porém... anda espalhando lorotas. Mas que não se atreva a espalhar lorotas!

— Será que você o tem tão seguro em suas mãos? Ele deve muito?

— Ele... deve muito.

— Há de lhe pagar; tem uma herança...

— Essa herança não é dele. Ele me deve dinheiro e mais outra coisa. A herança não basta. A você empresto sem juros.

— Também como a um "amigo"? Que fiz para merecer isso? — dei uma risada.

— Você há de merecer — tornou a precipitar-se de corpo inteiro para mim e fez menção de levantar o dedo.

— Stebielkóv, nada de dedo levantado! Senão vou embora.

— Escute... ele pode desposar Anna Andrêievna! — E apertou o olho esquerdo num gesto diabólico.

— Ouça, Stebielkóv, a conversa está assumindo um caráter tão escandaloso... Como se atreve a mencionar o nome de Anna Andrêievna?

— Não se zangue.

— Só a contragosto consigo ouvi-lo, porque percebo nitidamente um quê de trapaça e quero descobrir... Mas posso não tolerar, hein, Stebielkóv?

— Não fique zangado, não banque o orgulhoso. Deixe um pouco o orgulho de lado e me escute; depois volte ao seu orgulho. Você conhece a história de Anna Andrêievna. E que o príncipe pode se casar... sabe, não?

— Claro, ouvi falar dessa ideia, estou a par de tudo; mas nunca a comentei com o príncipe. Sei apenas que essa ideia brotou da cabeça do velho príncipe Sokólski, que ainda continua doente; mas nunca disse nada nem participei dessa história. Ao lhe comunicar isto unicamente a título de explicação, permito-me lhe perguntar, em primeiro lugar: por que tocou nesse assunto comigo? Em segundo, não me diga que o príncipe fala de coisas dessa natureza *com você*?

— Não foi ele quem falou; ele não quer falar comigo, sou eu quem fala com ele, mas ele se nega a me ouvir. Ainda há pouco gritou.

— Pudera! Eu o aprovo!

— O velho, o príncipe Sokólski, dará um rico dote por Anna Andrêievna; ela caiu no seu agrado. Então o noivo, o príncipe Sokólski, me devolverá meu dinheiro. E também me pagará a dívida não monetária. Na certa ele me ressarcirá! Só que agora não tem com que ressarcir.

— Mas eu, em que lhe posso ser útil?

— Numa questão essencial: vocês se conhecem; você é conhecido em toda parte. Você pode inteirar-se de tudo.

— Com os diabos... inteirar-me de quê?

— Se o príncipe quer, se Anna Andrêievna quer, se o velho príncipe quer. Você pode inteirar-se do certo.

— E você ousa me propor ser seu espião, e ainda por dinheiro! — levantei-me de um salto, indignado.

— Não banque o orgulhoso, não banque o orgulhoso. Deixe de orgulho só mais um pouquinho, apenas por uns cinco minutos. — Fez com que me sentasse de novo. Via-se que não temia meus gestos, nem minhas exclamações; mas resolvi ouvi-lo até o fim.

— Só preciso me inteirar, me inteirar depressa, porque... porque logo poderá ser tarde demais. Você viu há pouco como ele engoliu a pílula quando o oficial falou do barão e de Akhmákova?

Eu decididamente me rebaixava ao ouvi-lo por mais tempo, porém minha curiosidade estava cativada de modo irresistível.

— Escute aqui... você... você é um crápula — disse num tom categórico. — Se continuo aqui sentado, escutando-o, e se admito falar dessas pessoas... e inclusive lhe respondo, não é, em absoluto, porque lhe permito esse direito. Simplesmente percebo alguma infâmia... E, antes de qualquer coisa, que esperanças o príncipe pode alimentar em relação a Catierina Nikoláievna?

— Nenhuma, mas ele está furioso.

— Não é verdade.

— Está furioso. Agora, no tocante a Akhmákova, passo. Acho que perde a parada. Agora só lhe resta Anna Andrêievna. Empresto-lhe dois mil... sem juros nem promissórias.

Depois de dizer isto, refestelou-se com ar decidido e imponente no encosto de sua poltrona e arregalou os olhos para mim. Também o olhei fixamente.

— Você se veste com roupas da Bolchaia Milliónnaia.[24] Precisa de dinheiro, precisa de dinheiro. Meu dinheiro é melhor que o dele. Empresto a você mais de dois mil...

— E por quê? Por quê, com os diabos!

Bati com o pé. Ele se inclinou em minha direção e disse de maneira expressiva:

— Para que você não atrapalhe.

— Mas eu já não me meto mesmo — exclamei.

— Sei que vai ficar calado; isso é bom.

— Dispenso sua aprovação. De minha parte desejo muito que isso aconteça, mas considero que não é problema meu e para mim seria até indecente.

— Veja, veja só... indecente! — e levantou o dedo.

— Veja só o quê?

— Indecente!... Eh-he! — e súbito começou a rir. — Compreendo, compreendo que seria indecente para você, só que... você não vai atrapalhar, não é? — e piscou o olho; mas havia nesse piscar algo de muito descarado, até zombeteiro, baixo! Ele supunha justamente que havia em mim alguma baixeza, e era com essa baixeza que contava... Isso estava claro, mas de modo algum eu compreendia qual era o problema.

— Anna Andrêievna também é sua irmã — disse ele com imponência.

— Não se atreva a tocar nesse assunto. E de modo geral, não se atreva a falar de Anna Andrêievna.

— Não seja orgulhoso, só mais um minuto! Ouça-me: ele receberá dinheiro e abastecerá a todos nós — disse Stebielkóv com ar convincente —, *a todos nós*, está me acompanhando?

— Então você acha que vou aceitar dinheiro dele?

— Ora, não está aceitando agora?

— Aceito o que é meu.

— Que dinheiro é seu?

— O dinheiro é de Viersílov: ele deve vinte mil a Viersílov.

— A Viersílov, não a você.

— Viersílov... é meu pai.

— Não, você... é Dolgorúki, não Viersílov.

— Dá no mesmo!

De fato, naquele tempo eu podia raciocinar assim. Sabia que não dava no mesmo — não era tão tolo, e mais uma vez raciocinava daquela maneira por "delicadeza".

---

[24] "Grande Milionária", rua comercial no centro de Petersburgo. (N. do T.)

— Basta! — exclamei. — Não compreendo nada de nada. E como se atreve a me conclamar para semelhantes tolices!

— Será que não compreende mesmo? Está fazendo isto de propósito ou não? — proferiu Stebielkóv com vagar, olhando-me com um olhar penetrante e um sorriso desconfiado.

— Juro que não o compreendo.

— Estou dizendo: ele pode abastecer todos nós de dinheiro, *todos*, apenas não atrapalhe nem procure demovê-lo...

— Você deve ter enlouquecido! De onde apareceu com esse "todos"? Será que ele também vai abastecer Viersílov?

— Você não é o único, e nem Viersílov... ainda há mais gente. E Anna Andrêievna é tão sua irmã como *Lizavieta Makárovna*!

Eu o olhava de olhos esbugalhados. De repente em seu olhar nojento lampejou algo que até me deu pena:

— Você não compreende, tanto melhor! Isso é bom, muito bom que você não compreenda. É louvável... se você realmente não compreende.

Fiquei completamente furioso:

— Vá se danar com as suas tolices, seu maluco! — gritei, pegando o chapéu.

— Não são tolices! Vai sair assim? Pois saiba que você voltará.

— Não — cortei na entrada.

— Voltará, e então... e então a conversa será outra. Falaremos do essencial. Dois mil, lembre-se!

II

Ele deixou em mim uma impressão tão sórdida e confusa que, ao sair de lá, procurei até não pensar naquilo e limitei-me a cuspir. A ideia de que o príncipe pudesse ter falado com ele sobre mim e aquele dinheiro picava-me como um alfinete: "Vou ganhar e devolvê-lo hoje mesmo" — pensei decidido.

Por mais tolo e empolado que fosse Stebielkóv, eu via ali o notório canalha em todo o seu esplendor e, sobretudo, que não ia passar sem alguma intriga. Apenas me faltou tempo para investigar a fundo quaisquer intrigas, e esta foi a principal causa de meu ofuscamento! Olhei intranquilo para o meu relógio, mas ainda não eram duas horas; logo, ainda dava para fazer uma visita, senão eu estouraria de nervosismo até as três. Fui à casa de Anna Andrêievna Viersílova, minha irmã. Eu a encontrara há muito tempo em casa do meu velho príncipe, justo quando este andava doente. A ideia de que não a via há três ou quatro dias atormentava-me a consciência; e fora Anna Andrêievna quem me socorrera: o príncipe nutria por ela uma verdadeira paixão e em conversa comigo até a chamara de seu anjo da guarda. A propósito, a ideia de casá-la com o príncipe Serguiêi Pietróvitch brotara efetivamente da cabeça do bom velho, que até ma transmitira mais de uma vez, claro que confidencialmente. Eu passara essa ideia a Viersílov, depois de antes já haver notado que entre tudo o que era essencial e o que o deixava tão indiferente, ele, não obstante, sempre se interessava pelas notícias que eu lhe dava de meus encontros com Anna Andrêievna. Naquela ocasião Viersílov balbuciou que Anna Andrêievna era muito inteligente e podia dispensar os conselhos de estranhos em assunto tão delicado. Subentende-se que Stebielkóv estava certo ao supor que o velho lhe daria um dote, mas como se atrevia a contar com alguma coisa nessa questão? Ainda há pouco o príncipe lhe gritara que não tinha um pingo de medo dele: mas será que no gabinete Stebielkóv não havia mesmo falado com ele sobre Anna Andrêievna? Imagino como em seu lugar eu ficaria furioso.

Nos últimos tempos eu frequentava até com bastante assiduidade a casa de Anna Andrêievna. Mas sempre acontecia uma coisa estranha: era sempre ela quem marcava minhas visitas e por certo ficava me esperando, porém, mal eu entrava ela simulava que eu chegara de surpresa e por acaso; eu notara esse traço de seu caráter, mas mesmo assim me afeiçoei a ela. Ela morava na casa de Fanariótova, sua avó, claro que na condição de pupila (Viersílov não contribuía com nada para a sua manutenção), mas num papel nem de longe idêntico àquele em que se costumam descrever as pupilas das damas nobres como, por exemplo, o da pupila da velha condessa em "A dama de espadas" de Púchkin.[25] A própria Anna Andrêievna era uma espécie de condessa. Morava nessa casa totalmente à parte, isto é, embora no mesmo andar e no mesmo apartamento de Fanariótova, ocupava dois cômodos isolados, de modo que ao entrar ou sair eu nunca encontrava ninguém dos Fanariótov. Tinha o direito de receber quem quisesse e empregar seu tempo como quisesse. É verdade que já entrara na casa dos vinte e três anos. No ano anterior, quase deixara de frequentar a sociedade, apesar de Fanariótova não poupar despesas com sua neta, que ela ama muito, segundo ouvi dizer. Ao contrário, o que me agradava mesmo em Anna Andrêievna era que eu sempre a encontrava vestindo roupas modestas, geralmente ocupada com

[25] Lizavieta Ivánovna, pupila da velha condessa do conto "A dama de espadas", de Púchkin, que inaugura, ao lado de "O chefe da estação", do mesmo autor, a galeria dos humilhados e ofendidos na literatura russa. (N. do T.)

alguma coisa, um livro ou um bordado. Havia em sua aparência algo de conventual, quase monástico, e isto me agradava. Não era loquaz, mas falava sempre com ponderação e tinha uma imensa capacidade de ouvir, coisa que sempre me faltara. Quando eu lhe dizia que, sem ter nenhum traço comum, ela ainda assim me lembrava demais Viersílov, sempre corava um pouquinho. Corava com frequência e sempre rápido, mas só um pouquinho, e essa peculiaridade de seu rosto me agradava muito. A seu lado eu nunca chamava Viersílov pelo sobrenome, era sempre Andriêi Pietróvitch, e isto acontecia naturalmente. Eu até notara muito bem que, em geral, a gente da casa dos Fanariótov parecia ter certa vergonha de Viersílov; aliás, eu o observara só em Anna Andrêievna, mas também não sei se é possível empregar aqui a palavra "vergonha"; não obstante, havia alguma coisa dessa natureza. Eu também lhe falava sobre o príncipe Serguiêi Pietróvitch, ela me ouvia com muita atenção, e parecia-me que se interessava por essas informações; mas, sabe-se lá por quê, sempre acontecia de ser eu mesmo a lhe participar, pois ela nunca me indagava sobre o assunto. Nunca me atrevi a mencionar a possibilidade de um casamento entre eles, embora amiúde o desejasse, porque até certo ponto eu mesmo gostava da ideia. Contudo, em seu quarto algo me desencorajava a tocar numa infinidade de assuntos, apesar de me sentir muitíssimo bem ali. Também gostava muito do fato de ser ela muito instruída e ler muito, inclusive livros sérios; lia bem mais do que eu.

A primeira vez foi ela quem me convidou à sua casa. Já naquele momento eu compreendia que de quando em quando ela talvez contasse arrancar alguma coisa de mim. Oh, naquele tempo muitos podiam arrancar muita coisa de mim! "Mas que importa — pensava eu —, não é só para isso que ela me recebe em sua casa"; numa palavra, eu até estava contente com a possibilidade de lhe ser útil e... e quando me encontrava em sua casa sempre me vinha a impressão de que era a minha irmã que estava ali a meu lado, mesmo que sobre nosso parentesco nunca tivéssemos falado nada, uma única palavra, sequer feito uma alusão, como se ele não existisse em absoluto. Ao visitá-la, parecia-me totalmente inconcebível tocar nesse assunto e, palavra, olhando para ela eu vislumbrava uma ideia absurda: que ela até podia não saber nada sobre esse parentesco — tão reservada era comigo.

III

Ao entrar, encontrei Liza em companhia dela. Fiquei quase surpreso. Sabia muito bem que elas já se encontravam antes: isto se dera na casa da "criança de peito". Sobre essa fantasia da orgulhosa e recatada Anna Andrêievna, de ter visto a menina e lá haver encontrado Liza, eu talvez conte mais tarde, se houver espaço; mas de modo algum eu esperava que algum dia Anna Andrêievna convidasse Liza para ir à sua casa. Foi uma agradável surpresa para mim. Sem deixar transparecer, é claro, cumprimentei Anna Andrêievna, apertei calorosamente a mão de Liza e me sentei a seu lado. Ambas estavam *com a mão na massa*; sobre a mesa e em seus joelhos estendia-se um vestido de passeio de Anna Andrêievna, luxuoso, mas velho, isto é, já usado três vezes e que ela queria reformar. Liza era uma grande "modista" e tinha gosto, e por isso realizava-se ali um conselho de "mulheres sábias". Lembrei-me de Viersílov e comecei a rir; aliás, eu estava com um espírito radiante.

— Hoje você está muito alegre e isso é muito agradável! — disse Anna Andrêievna, dando destaque e importância às palavras. Tinha uma voz de contralto grave e sonoro, mas sempre falava em tom tranquilo e baixo, sempre baixando um pouco os longos cílios e com um sorriso fugaz no rosto pálido.

— Liza sabe como sou desagradável quando não estou alegre — respondi-lhe em tom alegre.

— É possível que Anna Andrêievna também saiba disso! — alfinetou-me a travessa Liza. Ah, querida! Se eu soubesse o que lhe passava na alma naquele momento!

— O que você anda fazendo atualmente? — perguntou Anna Andrêievna. (Observo que fora ela mesma que me pedira para ir visitá-la naquele dia.)

— Agora estou aqui sentado e me perguntando: por que sempre me agrada mais encontrá-la com um livro na mão do que com costura: não, palavra que por alguma razão a costura não lhe cai bem. Nisto concordo com Andriêi Pietróvitch.

— Você continua sem resolver ingressar na universidade?

— Eu lhe sou gratíssimo por não ter esquecido nossas conversas anteriores: isto significa que às vezes você pensa em mim; entretanto... no que se refere à universidade, ainda não formei um conceito, e além do mais, tenho meus objetivos.

— Quer dizer, ele tem um segredo — observou Liza.

— Deixa de brincadeiras, Liza. Um homem inteligente disse por um desses dias que em todo esse nosso movimento progressista dos últimos vinte anos provamos, antes de tudo, que somos sordidamente incultos. Isto, evidentemente, também diz respeito às nossas universidades.

— Ora, a afirmação de papai foi precisa; tu repetes ideias dele com enorme frequência — observou Liza.

— Liza, é como se admitisses que não tenho inteligência própria.

— Em nossa época é útil dar ouvidos às palavras das pessoas inteligentes e guardá-las na memória — Anna Andrêievna intercedia ligeiramente em meu favor.

— É isso mesmo, Anna Andrêievna — secundei com entusiasmo. — Quem não pensa no presente momento da Rússia não é um cidadão! Vejo a Rússia de um ponto de vista talvez estranho: sobrevivemos à invasão tártara, depois a dois séculos de escravidão, é claro, porque tanto uma como a outra caíram no nosso gosto. Agora nos deram a liberdade e é preciso suportar a liberdade: será que seremos capazes? Será que a liberdade cairá igualmente em nosso gosto? — eis a questão.

Liza olhou rápido para Anna Andrêievna e esta baixou incontinente a cabeça e se pôs a procurar alguma coisa a seu redor; vi que Liza fazia todos os esforços para conter-se, mas de súbito nossos olhares se cruzaram meio por acaso e ela caiu na risada; explodi:

— Liza, és incompreensível!

— Perdão! — disse ela de repente, parando de rir e quase triste. — Sabe Deus o que tenho na cabeça...

E foi como se de uma hora para outra um soluço fizesse tremer sua voz. Senti uma terrível vergonha: tomei-lhe a mão e a beijei com força.

— Você é muito bom — disse-me com brandura Anna Andrêievna, vendo-me beijar a mão de Liza.

— O que mais me contenta, Liza, é que desta vez te encontro sorridente. Acredite, Anna Andrêievna: nos últimos dias ela andou me recebendo com um olhar um tanto estranho, como se no olhar houvesse a pergunta: "Então, será que não descobriste alguma coisa? Será que tudo vai bem?". Palavra, ocorria-lhe algo desse gênero.

Anna Andrêievna lançou-lhe um olhar lento e penetrante, Liza baixou a cabeça. Aliás, percebi muito bem que as duas eram bem mais íntimas do que eu poderia supor ao entrar; essa ideia me agradou.

— Você acaba de dizer que sou bom; não conseguiria acreditar como em sua casa eu mudo para melhor e como me agrada visitá-la, Anna Andrêievna! — disse com sentimento.

— E eu estou muito contente por você falar assim justo agora — respondeu-me num tom significativo. Devo dizer que ela nunca me falava de minha vida desregrada nem do turbilhão em que eu mergulhara, embora, eu o sabia, estivesse informada de tudo e até interrogasse indiretamente a meu respeito. Assim sendo, agora ela fazia algo como uma primeira alusão, e meu coração pendeu ainda mais para ela.

— Como anda o nosso doente? — perguntei.

— Oh! está bem melhor: caminha, e saiu ontem e hoje para passear. Você por acaso não o visitou hoje? Ele o aguarda muito.

— Tenho culpa perante ele, mas agora você o visita e me substituiu plenamente: ele é um grande traidor e me trocou por você.

Ela fez uma cara muito séria, pois é muito possível que minha brincadeira tivesse sido trivial.

— Ainda há pouco estive em casa do príncipe Serguiêi Pietróvitch — balbuciei — e eu... A propósito, Liza, você visitou Dária Oníssimovna ainda há pouco?

— Sim, visitei — respondeu de um jeito meio sucinto, sem levantar a cabeça. — Mas tu, pelo visto, visitas o príncipe doente todos os dias? — perguntou meio de estalo, talvez para dizer alguma coisa.

— Sim, vou à casa dele, mas não chego até ele — dei um risinho. — Entro e dobro à esquerda.

— Até o príncipe notou que você visita Catierina Nikoláievna com muita frequência. Ontem ele disse isso e riu — disse Anna Andrêievna.

— De quê, de que riu?

— Ele estava brincando, você sabe. Disse que, ao contrário, em um rapaz de sua idade uma mulher jovem e bela sempre produz apenas uma impressão de indignação e cólera... — Anna Andrêievna deu uma súbita risada.

— Escute.... sabe que ele disse isso com uma tremenda precisão? — exclamei. — Na certa não foi ele, mas você quem lhe soprou?

— Mas por quê? Não, foi ele.

— E se essa beldade prestar atenção nele, apesar de ele ser tão insignificante, viver num canto, furioso porque é "pequeno", e de uma hora para outra preferi-lo à multidão de adoradores que a cercam, o que então acontecerá? — perguntei de estalo com o ar mais ousado e provocante. Meu coração começou a bater.

— Então simplesmente estarás perdido diante dela — Liza deu uma risada.

— Perdido? — exclamei. — Não, não estarei perdido. Acho que não me perderei. Se uma mulher atravessar o meu caminho, deverá me seguir. Ninguém cortará meu caminho impunemente...

Certa vez, recordando esse episódio muito tempo depois, Liza me disse de passagem que eu pronunciara essas frases de um modo estranhíssimo, com seriedade, como se tivesse acabado de cair em meditação; mas que naquele momento eu estivera "tão engraçado que não fora possível conter o riso"; e, de fato, Anna Andrêievna tornou a cair na risada.

— Pode rir, pode rir de mim! — exclamei embevecido, porque estava gostando demais de toda essa conversa e de seu rumo — você só me dá prazer. Gosto de seu riso, Anna Andrêievna! Você tem uma característica: está calada e num piscar de olhos começa a rir, de forma que nesse instante é até impossível adivinhar a expressão de seu rosto. Em Moscou conheci uma senhora, à distância, eu a observava de um canto: era quase tão bela como você, mas não sabia rir do mesmo jeito e o rosto dela, tão atraente como o seu, perdia o encanto; o seu atrai enormemente... justo por essa capacidade... Faz tempo que eu queria lhe dizer isso.

Quando me referi àquela senhora, dizendo "era tão bela como você",[26] usei um ardil: fingi que isso me havia escapado involuntariamente, de modo que era como se eu não tivesse notado; eu sabia muito bem que uma mulher apreciaria muito mais esse elogio "escapado" do que qualquer cumprimento polido. E por mais que Anna Andrêievna corasse, eu sabia que isso lhe agradava. Além do mais, eu havia inventado aquela senhora: não conhecera senhora nenhuma em Moscou; fiz aquilo apenas para elogiar Anna Andrêievna e lhe dar prazer.

— Com efeito, pode-se pensar — ela sorriu de um jeito encantador —, pode-se pensar que você passou os últimos dias sob a influência de alguma linda mulher.

Era como se eu voasse para algum lugar... Eu queria até revelar alguma coisa a elas... mas me contive.

— A propósito, como ainda recentemente você se referiu a Catierina Nikoláievna com total hostilidade!

— Se de algum modo eu me expressei mal — meus olhos cintilaram —, a culpa foi da monstruosa calúnia segundo a qual era ela inimiga de Andriêi Pietróvitch; a calúnia era também contra ela, no sentido de que ele também a amaria, teria proposto casamento, assim como outros absurdos afins. Essa ideia é tão monstruosa como outra calúnia segundo a qual ela, ainda com o marido vivo, teria prometido ao príncipe Serguiêi Pietróvitch casar-se com ele quando enviuvasse e depois não mantivera a palavra. Entretanto, sei em primeira mão que tudo foi diferente e houve apenas uma brincadeira. Sei disto em primeira mão. Uma vez lá, no estrangeiro, em um momento de brincadeira, ela efetivamente teria dito ao príncipe um "talvez, no futuro";

---

[26] O narrador omitiu o "quase" de sua fala anterior. (N. do T.)

mas o que isso poderia significar senão mera leviandade? Sei muito bem que o príncipe, por sua vez, não pode dar nenhum valor a semelhante promessa e ademais não tem nenhuma intenção de fazê-lo — acrescentei, lembrando-me a tempo das coisas ditas. — Acho que ele tem ideias totalmente opostas — insinuei em tom brejeiro. — Ainda há pouco, Naschókin disse na casa dele que Catierina Nikoláievna iria casar-se com o barão Bioring: podem acreditar que ele suportou essa notícia da melhor forma possível, estejam certas.

— Naschókin esteve na casa dele? — perguntou Anna Andrêievna em tom sério e como que surpresa.

— Oh, sim; parece que ele é uma daquelas pessoas decentes.

— E Naschókin também falou com ele sobre esse casamento com Bioring? — interessou-se muito e repentinamente Anna Andrêievna.

— Sobre o casamento, não, mas falou por falar, de sua possibilidade, como boato; disse que o boato estaria circulando na alta sociedade; quanto a mim, estou seguro de que se trata de um absurdo.

Anna Andrêievna ficou pensativa e inclinou-se sobre a sua costura.

— Gosto do príncipe Serguiêi Pietróvitch — acrescentei com um repentino fervor. — Ele tem os seus defeitos, é indiscutível, já lhes falei disso, ou seja, certa estreiteza de ideias... No entanto, seus defeitos também dão prova de uma alma nobre, não é verdade? Nós dois, por exemplo, quase brigamos hoje por causa de uma ideia: sua convicção de que, se uma pessoa fala de nobreza, ela mesma deve ser nobre, senão o que vier a dizer será mentira. Ora, isso tem lógica? Não obstante, isso mesmo prova que ele é imbuído de elevadas exigências de honra, de dever, de justiça, não é verdade?... Ah, meu Deus, que horas são? — exclamei e, sem querer, olhei para o relógio da lareira.

— São dez para as três — disse ela tranquilamente, olhando para o relógio. Durante todo o tempo em que falei do príncipe ela me ouviu de cabeça baixa, com um risinho matreiro porém amável nos lábios: sabia para que eu o elogiava. Liza ouvia de cabeça inclinada sobre o trabalho e fazia tempo que não interferia na conversa.

Levantei-me de um salto, como que inflamado.

— Está atrasado para algum compromisso?

— Sim... não... se bem que me atrasei, mas estou saindo. Só mais uma palavra, Anna Andrêievna — comecei nervoso —, não posso deixar de lhe dizer isso hoje! Quero lhe confessar que já louvei muitas vezes sua bondade e a delicadeza com que me convidou a frequentar sua casa... Travar conhecimento com você produziu uma fortíssima impressão em mim. Em seu quar-

[illegible]

Зове

Заве

[illegible]

Заве

[illegible]

to é como se eu ficasse de alma purificada e saio dele melhor do que sou. Isto é verdade. Quando estou a seu lado não só não posso falar de coisas más, como sequer posso ter maus pensamentos; eles desaparecem em sua presença e quando, a seu lado, me lembro de alguma coisa ruim, logo me envergonho dessa coisa ruim, fico inibido e coro. E saiba que hoje me foi particularmente agradável encontrar aqui em sua casa a minha irmã... Isso é uma prova dessa sua nobreza... dessa maravilhosa relação... Numa palavra, você disse algo tão *fraterno*, se me permite quebrar esse gelo, que eu...

Enquanto eu falava, ela se levantara e corava cada vez mais; de repente, porém, foi como se houvesse temido por algo, por algum limite que não devia ser ultrapassado, e rápido me interrompeu:

— Acredite que sou capaz de apreciar de todo coração os seus sentimentos... Até sem palavras já os havia entendido... e há muito tempo...

Parou embaraçada, apertando-me a mão. Súbito Liza me puxou às furtadelas pela manga. Despedi-me e saí; mas no cômodo seguinte Liza me alcançou.

IV

— Liza, por que me puxaste pela manga? — perguntei.

— Ela é má, é ladina, não merece... Ela te segura para arrancar alguma coisa de ti — disse-me com um murmúrio rápido e raivoso. Antes eu nunca a havia visto com aquela cara.

— Por Deus, Liza, ela é uma moça tão encantadora!

— Bem, sendo assim eu sou má!

— O que há contigo?

— Sou muito má. Ela talvez seja a moça mais encantadora e eu, má. Basta, para com isso. Escuta: ela te pede algo "que ela mesma não se atreve a dizer", palavras dela. Caro Arkadi! para com esse jogo, querido, eu te imploro... mamãe também.

— Liza, eu mesmo sei, porém... Sei que isso é uma mísera covardia, porém... são apenas bobagens e nada mais! Vê, endividei-me como um idiota e quero ganhar só para saldar a dívida. É possível ganhar porque joguei sem fazer cálculo, ao acaso, como um imbecil, e agora vou ficar tremendo por cada rublo... Não serei eu se não ganhar! A paixão pelo jogo não me domina; isso não é essencial, é apenas passageiro, eu te asseguro! Sou forte demais para não parar quando quiser. Devolverei o dinheiro e então serei todo de vocês duas, e diga a mamãe que não deixarei a companhia de vocês...

— E aqueles trezentos rublos de ainda há pouco, o que te custaram!

— Como sabes? — estremeci.

— Dária Oníssimovna acabou de ouvir...

Mas nesse instante Liza me empurrou de repente para trás do reposteiro e nós dois nos vimos atrás das cortinas na chamada "lanterna", isto é, num pequeno quarto feito só de janelas. Mal conseguira dar por mim quando ouvi uma voz conhecida, o som das esporas, e adivinhei o andar conhecido.

— O príncipe Serioja — cochichei.

— É ele — cochichou ela.

— Por que ficaste tão assustada?

— Por nada; não quero por nada nesse mundo que ele me encontre.

— *Tiens*,[27] não me digas que ele está arrastando a asa para ti? — dei um risinho —, senão eu mostraria a ele... Para onde vais?

— Vamos sair; vou contigo.

— Por acaso já te despediste lá dentro?

— Despedi-me; meu casaco está na antessala...

Saímos. Na escada fui surpreendido por uma ideia:

— Sabes, Liza, talvez ele tenha vindo propor casamento a ela!

— N-não... Ele não fará proposta... — pronunciou de modo firme, lento e em voz baixa.

— Não sabes, Liza; apesar de eu quase ter brigado com ele (se já te contaram), mesmo assim juro que gosto sinceramente dele e lhe desejo sorte. Acabamos de fazer as pazes. Quando estamos felizes somos tão bondosos... Vê, ele tem muitos pendores maravilhosos... tem humanidade... Pelo menos embriões... E ao lado de uma moça tão firme e inteligente como a Viersílova ele melhoraria completamente e seria feliz. É uma pena eu estar sem tempo... mas caminhemos um pouco juntos, eu poderia te informar algo...

— Não, vai em frente, meu caminho é outro. Vens para o almoço?

— Vou, vou, conforme prometi. Ouve, Liza: um tipo sórdido, numa palavra, o pior canalha, bem, Stebielkóv, se estás sabendo, exerce uma terrível influência sobre os negócios dele... promissórias... Bem, numa palavra, ele o mantém em suas mãos e o vem apertando a tal ponto, e o outro está tão humilhado, que ambos já não veem outra saída a não ser propor casamento a Anna Andrêievna. É preciso preveni-la de verdade; aliás, é uma tolice, depois ela mesma consertará tudo. Então, será que ela lhe dirá não, o que achas?

---

[27] Em francês, "Veja só". (N. do T.)

— Adeus, estou assoberbada — cortou Liza, e em seu olhar fugaz notei de repente tanto ódio que ali mesmo gritei, assustado:

— Liza, querida, o que há contigo?

— Não é contra ti; apenas para com esse jogo...

— Ah, insistes no jogo, vou parar.

— Acabaste de dizer: "quando estamos felizes"; então, és muito feliz?

— Feliz demais, Liza, demais! Meu Deus, já são três horas, mais!... Adeus, Lizok. Lízotchka[28] querida, diga-me uma coisa: podemos forçar uma mulher a nos esperar? Isto é permitido?

— Num encontro? — Liza deu um sorriso bem leve, meio esmaecido e trêmulo.

— Dá-me tua mão para dar sorte.

— Para dar sorte? Minha mão? Por nada nesse mundo!

E afastou-se rápido. E, o principal, sua exclamação fora muito séria.

Lancei-me ao meu trenó.

Sim, sim, essa "sorte" era então a causa principal de que eu, como uma toupeira cega, não entendia nem via nada além de mim!

[28] Hipocorísticos de Liza. (N. do T.)

CAPÍTULO IV

I

Hoje até tenho medo de contar. Tudo isso aconteceu há muito tempo e agora é como uma miragem para mim. Como uma mulher daquelas podia marcar um encontro com um rapazola tão torpe como era eu então? — eis como a coisa se apresentava à primeira vista! Quando, depois de deixar Liza, precipitei-me e meu coração começou a bater, cheguei a pensar que havia enlouquecido: a ideia do encontro *marcado* de repente me pareceu um absurdo tão claro que era impossível acreditar. Entretanto, não tive nenhuma dúvida; pior ainda: quanto mais claro me parecia o absurdo, mais eu acreditava.

Preocupava-me o fato de já terem soado as três horas: "Se me foi concedido um encontro, como posso chegar atrasado a esse encontro?" — pensava eu. No entanto, só me ocorriam fugazmente umas questões tolas como estas: "O que neste momento é melhor para mim; audácia ou timidez?". Mas tudo isso era apenas um lampejo, porque o essencial estava no coração, e era uma coisa que eu não conseguia definir. Na véspera eu dissera isso: "Amanhã às três horas estarei em casa de Tatiana Pávlovna" — eis tudo. Mas, em primeiro lugar, até na casa dela, no quarto dela, eu sempre fora recebido a sós, e então ela me poderia ter dito o que quisesse sem ir à casa de Tatiana Pávlovna; logo, por que marcar em outro lugar, na casa de Tatiana Pávlovna? E mais uma pergunta: Tatiana Pávlovna estaria em casa ou não? Se estivesse seria um encontro, o que quer dizer que Tatiana Pávlovna não estaria em casa. Mas como conseguir isto sem explicar tudo de antemão a Tatiana Pávlovna? Quer dizer que Tatiana Pávlovna também andaria com segredo? Esse pensamento me parecia absurdo e meio insensato, quase grosseiro.

Por fim, ela poderia pura e simplesmente querer visitar Tatiana Pávlovna e me informara na véspera sem nenhum propósito, e eu dera asas à imaginação. Ademais, a coisa fora dita muito de passagem, de forma bem negligente, tranquila e depois de uma reunião assaz chata, visto que durante todo o tempo que, na véspera, eu passara com ela, algo me deixara meio desorientado: estivera ali sentado, indeciso e sem saber o que dizer, furioso e inibido, enquanto ela se preparava para ir a algum lugar, como depois se verificou, e ficara visivelmente satisfeita ao me ver sair. Todas essas reflexões se amontoavam em minha cabeça. Por fim decidi que entraria, tocaria a sineta, a cozinheira me abriria a porta e eu perguntaria: "Tatiana Pávlovna está?". Se não estivesse, então seria um "encontro". Mas eu não tinha dúvida, não tinha dúvida.

Corri para a escada e na escada, ao pé da porta, todo o meu pavor desapareceu: "Seja lá o que for — pensei —, e que seja logo!". A cozinheira abriu a porta e, com sua fleuma infame, disse com voz fanhosa que Tatiana Pávlovna não estava. "E não há alguém mais, não tem alguém esperando Tatiana Pávlovna?" — quis perguntar, mas não perguntei: "É melhor que eu mesmo confira" e, dizendo à cozinheira que ia esperar, sacudi o casaco de cima dos ombros e abri a porta...

Catierina Nikoláievna estava sentada junto à janela e "esperava a chegada de Tatiana Pávlovna".

— Ela não está? — perguntou-me de repente, como que preocupada e enfadada, mal me avistou. E tanto a voz como a feição contrariavam a tal ponto as minhas expectativas que literalmente estaquei no limiar.

— Quem não está? — balbuciei.

— Tatiana Pávlovna! Sim, pois eu não lhe pedi para dizer a ela que estaria em sua casa às três horas?

— Eu... eu absolutamente não a vi.

— Esqueceu?

Sentei-me como fulminado. Então é isso! E, pior, tudo estava tão claro como dois mais dois e eu ainda teimava em acreditar.

— Nem me lembro de que você tenha me pedido para dar o recado a ela. Aliás, você não me pediu mesmo: simplesmente disse que estaria aqui às três horas — interrompi-a com impaciência. Não olhava para ela.

— Ah! — bradou de repente —, ora, se você se esqueceu de dar o recado e sabia que eu estaria aqui, então o que veio fazer aqui?

Levantei a cabeça: não havia nem zombaria, nem ira em seu rosto, havia apenas seu sorriso iluminado, alegre e uma redobrada travessura na expressão do rosto — aliás, aquela sua expressão de sempre —, uma travessura quase infantil. "Vê só", eu te peguei direitinho; então, o que agora tens a dizer?" — era como se todo o seu rosto dissesse isso.

Eu não quis responder e tornei a baixar a cabeça. O silêncio durou coisa de meio minuto.

— Vem da casa do papá? — perguntou subitamente.

— Venho da casa de Anna Andrêievna e não estive absolutamente em casa do príncipe Nikolai Ivánovitch... E você sabe disso — interrompi de repente.

— E não lhe aconteceu nada em casa de Anna Andrêievna?

— Quer dizer que estou com ar de maluco? Não, mesmo antes de ir à casa de Anna Andrêievna eu já tinha ar de maluco.

— E não ficou mais inteligente em casa dela?

— Não, não fiquei. Lá, entre outras coisas, ouvir dizer que você vai se casar com o barão Bioring.

— Foi ela quem lhe disse isso? — interessou-se.

— Não, fui eu que lhe transmiti isso, há pouco tinha ouvido Naschókin dizer ao príncipe Serguiêi Pietróvitch, ao visitá-lo.

Eu continuava sem levantar os olhos para ela: olhá-la significava banhar-me de luz, alegria, felicidade, e eu não queria ser feliz. O ferrão da indignação cravara-se em meu peito e num piscar de olhos tomei uma grandiosa decisão. Em seguida desatei a falar, mal me lembro sobre o quê. Eu ofegava e de certo modo balbuciava, mas tinha um ar já ousado. Meu coração batia. Comecei a falar de algo que nada tinha a ver com a nossa conversa, e o fazia talvez até com coerência. A princípio ela ouvia com seu sorriso inalterável e paciente, que nunca lhe saía do rosto, mas pouco a pouco a surpresa e depois até o medo se esboçaram em seu olhar fixo. O sorriso ainda não a abandonara, mas até o sorriso estremecia de quando em quando.

— O que há com você? — perguntei de chofre ao perceber que ela estremecera toda.

— Tenho medo de você — respondeu-me quase alarmada.

— Por que não vai embora? Veja, Tatiana Pávlovna não está e você sabe que não virá, então, não é o caso de você se levantar e ir embora?

— Eu queria esperar, mas agora... de fato...

Fez menção de levantar-se.

— Não, não, sente-se — detive-a —, veja só, tornou a estremecer, mas mesmo apavorada está sorrindo... Você tem sempre um sorriso nos lábios. Eis que agora está toda sorridente.

— Você está delirando?

— Delirando.

— Estou com medo... — tornou a murmurar.

— De quê?

— De que você comece a demolir a parede... — tornou a sorrir, mas já ficando de fato intimidada.

— Não consigo aguentar o seu sorriso!...

E recomecei a falar. Era como se voasse por inteiro. Como se algo me impulsionasse. Nunca, nunca havia falado com ela daquele jeito, sempre ficava inibido. Também agora estava terrivelmente inibido, mas falava; lembro-me de que começara a falar de seu rosto.

— Não posso mais aguentar o seu sorriso! — bradei de repente —, por que ainda em Moscou eu a imaginava temível, magnífica, e dotada de um sarcástico linguajar mundano? Sim, em Moscou; lá eu e Mária Ivánovna já falávamos de você e a imaginávamos como deveria ser... Lembra-se de Mária Ivánovna? Você a visitava. Durante minha viagem de trem para cá sonhei a noite inteira com você. Antes de sua chegada, passei um mês inteiro contemplando o seu retrato no gabinete de seu pai e sem atinar nada. A expressão de seu rosto é uma travessura infantil e uma eterna candura — eis a questão! Isto sempre me deixava maravilhado quando a visitava. Oh, e você sabe manter um porte altivo e esmagar com o olhar. Lembro-me de como me olhou na casa de seu pai, ao chegar de Moscou... Eu a vi naquela ocasião, mas se ao sair alguém me perguntasse: como é ela? — eu não conseguiria dizer. Nem qual é a sua altura eu conseguiria. Assim que a vi fiquei inteiramente cego. Seu retrato não tem nenhuma semelhança com você: seus olhos não são escuros, mas claros, e só pelos longos cílios parecem escuros. Você é gorducha, de estatura mediana, mas sua gordura é compacta, leve, a gordura de uma saudável jovenzinha do campo. E seu rosto também é totalmente campestre, o rosto de uma beldade campestre — não se ofenda, pois isso é bom, é melhor; um rosto redondo, rosado, radiante, ousado, risonho e... tímido! Palavra, tímido. O rosto tímido de Catierina Nikoláievna Akhmákova! Tímido e casto, juro! Mais que casto — infantil! — eis como é o seu rosto. Estive o tempo todo impressionado e o tempo todo perguntando a mim mesmo: será que esta mulher é aquela? Agora sei que você é muito inteligente, mas de início eu pensava que fosse simplória. Você tem uma inteligência alegre, mas sem quaisquer exageros... Gosto também desse sorriso sempre presente em seu rosto: isto é o meu paraíso! Também gosto de sua calma, de sua mansidão, e da suavidade, da tranquilidade e da quase indolência com que você pronuncia as palavras — é dessa indolência mesma que gosto. Tenho a impressão de que, se uma ponte desabasse sob seus pés, até nesse instante você diria algo suave e cadenciado... Eu a imaginava o auge do orgulho e das paixões, mas durante esses dois meses você tem conversado comigo como um estudante com outro estudante... Eu nunca imaginara que sua testa fosse assim: um pouco baixa como a de uma estátua, mas branca e macia como o mármore sob cabelos bastos. Você tem um busto alto, um andar leve, é de uma beleza inusitada e não tem orgulho nenhum. Só agora consigo acreditar, antes não havia meio de consegui-lo!

Ela ouviu essa terrível tirada com seus graúdos olhos abertos; viu que eu mesmo tremia. Várias vezes quis levantar, num gesto amável e cauteloso, sua mãozinha enluvada para me deter, mas sempre a recolhia tomada de perplexidade e pavor. De quando em quando chegava a recuar toda num gesto rápido. Umas duas ou três vezes o sorriso ensaiou transparecer em seu rosto; numa delas corou muito, mas no final assustou-se de fato e começou a empalidecer. Mal eu parara de falar, quis me estender a mão e, com uma expressão meio súplice mas ainda assim suave, disse:

— Não se pode falar assim... não é possível falar assim...

E num repente levantou-se de seu lugar, pegando sem pressa sua echarpe e seu regalo de pele.

— Você está saindo?

— Decididamente, tenho medo de você... Está abusando... — arrastou as palavras com um quê de lamento e censura.

— Ouça, juro que não vou demolir a parede.

— Mas você já começou — não se conteve e sorriu. — Nem sei se você vai me deixar passar. — E parece que temia mesmo que eu não a deixasse sair.

— Eu mesmo abro a porta para você, pode ir, mas fique sabendo: tomei uma grandiosa decisão; se quiser dar luz à minha alma, então volte, sente-se e escute apenas duas palavras. Mas se não quiser pode ir, e eu mesmo lhe abro a porta!

Ela olhou para mim e tornou a sentar-se.

— Com que indignação outra se retiraria, mas você ficou! — exclamei embevecido.

— Nunca antes você se permitiu falar assim.

— Antes eu sempre ficava inibido. Mesmo agora entrei sem saber o que dizer. Pensa que não estou inibido? Estou inibido. Mas de repente tomei uma grandiosa decisão e senti que vou cumpri-la. E foi só tomar essa decisão que incontinente enlouqueci e comecei a falar tudo isso... Escute, minhas duas palavras são estas: sou seu espião ou não? Responda-me — essa é a pergunta!

O rubor banhou-lhe rapidamente o rosto.

— Espere para responder, Catierina Nikoláievna, ouça tudo e depois diga toda a verdade.

Tinha rompido de vez todas as barreiras e voei ao espaço.

II

— Dois meses atrás eu estava aqui escondido atrás do reposteiro... você sabe... enquanto você conversava com Tatiana Pávlovna sobre a carta. Irrompi fora de mim e dei com a língua nos dentes. No mesmo instante você compreendeu que eu sabia alguma coisa... é impossível que não tivesse compreendido... você estava à procura de um importante documento e temia por ele... Espere, Catierina Nikoláievna, contenha-se mais um pouco antes de falar. Eu lhe declaro que suas suspeitas tinham fundamento: esse documento existe... isto é... eu o vi; é a sua carta a Andrónikov, não é?

— Você viu aquela carta? — perguntou rápido, embaraçada e agitada. — Onde a viu?

— Eu a vi... a vi com Kraft... aquele que se suicidou...

— Verdade? Você mesmo a viu? O que foi feito dela?

— Kraft a rasgou.

— Na sua presença, você viu?

— Na minha presença. Rasgou-a, provavelmente por estar prestes a morrer... Ora, eu não sabia que ele ia se matar...

— Então ela foi destruída, graças a Deus! — pronunciou devagar, deu um suspiro e benzeu-se.

Não menti para ela. Quer dizer, até menti, porque o documento estava comigo e nunca estivera com Kraft, mas isso era mera insignificância, porque em realidade não menti sobre o essencial, uma vez que no instante em que mentia dei a mim próprio a palavra de queimar a carta naquela mesma tarde. Juro que se naquele instante ela estivesse em meu bolso eu a haveria tirado e entregado a ela; mas a carta não estava comigo, estava em meu quarto. Aliás, é bem possível que eu não a tivesse entregado, porque para mim seria uma grande vergonha lhe confessar naquele momento que a carta estava comigo, pois eu a guardara por muito tempo na expectativa de entregá-la, mas não entregara. Tudo se resumia a uma coisa: em casa eu a queimaria de qualquer maneira e, assim, não mentira! Naquele instante eu era puro, juro.

— Já que é assim — continuei quase fora de mim —, diga-me uma coisa: você tentava me atrair, me afagava, me recebia porque desconfiava de que eu conhecia o documento? Espere, Catierina Nikoláievna, fique mais um minuto sem falar e deixe-me concluir: durante o tempo todo em que a visitei, durante todo esse tempo desconfiei de que você só me afagava com o intuito de arrancar de mim alguma informação sobre a carta, de levar-me a confessar... Espere mais um minuto: eu desconfiava, mas sofria. Sua duplicidade me era insuportável porque... porque eu tinha encontrado em você a mais nobre das criaturas! Vou ser franco, vou ser franco: eu era seu inimigo, mas encontrei em você a mais nobre das criaturas! Tudo foi superado de uma vez. Mas sua duplicidade, quer dizer, a suspeita de sua duplicidade me atormentava... Agora tudo deve se decidir, tudo se explicará, esse momento chegou; contudo, espere mais um pouco, não fale, saiba como eu mesmo vejo tudo isso justamente agora, neste exato momento; digo-lhe com franqueza: se foi assim que a coisa se deu, então não me zango... isto é, quero dizer que não fico ofendido porque isso é muito natural, e eu compreendo. O que aqui pode haver de antinatural e ruim? Você anda atormentada com o documento, desconfia de que alguém possa saber de tudo; então, você poderia desejar muito que esse alguém se pronunciasse... Aí não há nada de mau, rigorosamente nada. Estou sendo sincero. Mas mesmo assim preciso que agora você me diga uma coisa... Confesse (desculpe-me por esta palavra). Necessito da verdade. Necessito por alguma razão. Portanto, diga: você me cumulava de atenções para arrancar tudo de mim sobre o documento... Catierina Nikoláievna?

Eu falava como se fraquejasse e minha fronte ardia. Ela já me ouvia sem inquietação; ao contrário, tinha o afeto estampado em seu rosto; mas estava com um jeito acanhado, parecendo envergonhada.

— Para isso — proferiu com lentidão e a meia-voz. — Perdoe-me, eu era a culpada — disse de chofre, erguendo levemente as mãos para mim. Eu não esperava absolutamente por isso. Sempre esperara, mas não nessas duas palavras: nem dela, que eu já conhecia.

— E você me diz: "era culpada". De modo tão direto: "culpada"? — exclamei.

— Oh, há muito tempo eu já me sentia culpada perante você... e agora estou contente por isso ter vindo à tona.

— Sentia há muito tempo? Então por que não me disse antes?

— É que eu não sabia como dizer — sorriu —, isto é, eu saberia — tornou a sorrir —, mas algo ia me deixando cada vez mais envergonhada... porque no início eu de fato o "atraía" só para isso, como você mesmo se expressou, mas logo depois a coisa se tornou repugnante para mim... e fiquei enjoada de todo aquele fingimento, eu lhe asseguro! — acrescentou com ardor — e de todas aquelas preocupações!

— Por que, por que então não me perguntou diretamente? Eu teria respondido sem rodeios: "Ora, você sabe da existência da carta, então por que esse fingimento?". E no mesmo instante eu lhe teria entregado a carta, no mesmo instante teria confessado!

— É que eu... sentia um pouco de medo de você. Confesso que também não confiava em você. E para falar a verdade: se eu usava de astúcia, você também... — acrescentou com um risinho.

— Sim, sim, eu era indigno! — exclamei estupefato. — Você ainda não conhece todos os abismos de minha queda!

— Ora, qual abismos! Conheço seu estilo — sorriu baixinho. — Aquela carta — acrescentou com tristeza — foi o ato mais nefasto e leviano de toda a minha vida. A consciência daquele ato foi uma censura permanente para mim. Levada pelas circunstâncias e por temores, duvidei do meu amável e magnânimo pai. Sabendo que aquela carta podia cair em mãos... de gente má... tendo plenos fundamentos para pensar assim (proferiu com ardor), eu temia que pudessem usá-la, mostrá-la ao papá... e isto poderia produzir uma impressão extraordinária nele... em sua posição... em sua saúde... e ele poderia deixar de me amar... Sim — acrescentou, encarando-me serenamente e talvez tentando pegar no ar o que havia em meu olhar —, sim, eu também temia por meu destino: temia que ele, sob o efeito de sua doença... pudesse me privar de suas graças... Esse sentimento também passou, mas na certa fui culpada perante ele também naquele momento: ele era tão bom e magnânimo que, é claro, teria me perdoado. Eis tudo o que aconteceu. E quanto ao meu comportamento com você, não devia ter agido daquela maneira — concluiu mais uma vez, cheia de repentina vergonha. — Você me deixou envergonhada.

— Não, você não tem do que se envergonhar! — exclamei.

— Eu realmente contava com... sua impetuosidade... e o confesso — proferiu de cabeça baixa.

— Catierina Nikoláievna! Quem, diga-me, quem a obriga a me fazer tais confissões em voz alta? — exclamei como que inebriado. — Ora, o que lhe custaria levantar-se e com as expressões mais bem escolhidas, da maneira mais sutil, demonstrar-me, como dois mais dois, que mesmo isso tendo acontecido, ainda assim não houve nada — compreende como se costuma tratar a verdade em sua alta sociedade? Ora, sou tolo e grosseiro, no mesmo instante eu acreditaria em você, acreditaria em tudo que viesse de você, independentemente do que você dissesse! Não lhe custaria nada agir assim, hein? Ora, você na verdade não tem medo de mim, tem? Como poderia humilhar-se voluntariamente perante um arrivista, perante um mísero adolescente?

— Nisso eu pelo menos não me humilhei perante você — disse com uma extraordinária dignidade, pelo visto sem ter entendido minha exclamação.

— Oh, ao contrário, ao contrário! é só isso que estou dizendo!

— Ah, isso foi tão mal e tão leviano de minha parte! — disse ela levando a mão ao rosto e como que procurando esconder-se atrás da mão —, ainda ontem eu estava envergonhada e por isso não me sentia bem quando você esteve em minha casa... Toda a verdade — acrescentou — consiste em que agora as circunstâncias em que me encontro são tais que enfim precisei conhecer toda a verdade sobre o destino daquela infeliz carta, senão eu acabaria por esquecê-la... porque não era absolutamente só por isso que eu o recebia em minha casa — acrescentou.

Meu coração estremeceu.

— É claro que não — deu um sorriso delicado —, é claro que não! Eu... Você acabou de observar com muita precisão, Arkadi Makárovitch, que frequentemente conversei com você como uma estudante com outro estudante. Eu lhe asseguro que às vezes sinto muito tédio entre as pessoas; sobretudo depois de meu retorno do exterior e de todos esses infortúnios familiares... Hoje pouco frequento os lugares, e não só por preguiça. É constante eu sentir vontade de ir embora para o campo. Lá eu leria meus livros preferidos, que há muito tempo larguei e não encontro meios de os ler. Já lhe falei sobre isso. Lembra-se de que você ria por eu ler jornais russos, dois jornais por dia?

— Eu não ria...

— É claro, porque aquilo não o inquietava tanto, mas há muito tempo eu lhe havia confessado: sou russa e amo a Rússia. Você se lembra de que nós dois líamos "os fatos",[29] como você os chamava (ela sorriu). Embora com muita frequência você seja meio... estranho, no entanto às vezes ficava tão animado que sempre conseguia dizer a palavra certa e se interessava justamente por aquilo que me interessava. Quando você consegue ser "estudante", palavra, você é amável e original. Já outros papéis me parece que lhe caem mal — acrescentou com um risinho encantador e brejeiro. — Você se lembra de que passávamos horas a fio falando só de números, contávamos e medíamos, preocupávamo-nos com o número de escolas em nosso país, com o destino da educação. Contávamos o número de assassinatos e crimes, comparávamos com as boas notícias... queríamos saber que rumo tomaria tudo isso e o que enfim seria de nós mesmos. Em você eu encontrara sinceridade. Na sociedade nunca falam assim conosco, mulheres. Na semana

[29] Dostoiévski dedicava uma atenção especial a toda espécie de fatos do cotidiano, que, aliás, são muito recorrentes em todos os seus romances. Quando era redator-chefe da revista *Grajdanin* (O Cidadão) chegou a sonhar com a criação de um suplemento exclusivo para publicação e análise de tais fatos. (N. do T.)

passada tentei falar com o príncipe -ov sobre Bismarck, porque estava muito interessada e eu mesma não conseguia chegar a uma conclusão, e imagine que ele se sentou a meu lado e começou a falar, de forma até muito detalhada, mas sempre com certa ironia e aquela condescendência insuportável, sobretudo para mim, e com a qual os "grandes homens" costumam falar conosco, mulheres, se "nos metemos onde não somos chamadas"... Lembra-se de como nós dois quase brigamos por causa de Bismarck? Você me demonstrava que tem uma ideia própria "bem mais pura" do que a de Bismarck — deu um súbito sorriso. — Em minha vida encontrei apenas duas pessoas que conversavam comigo com plena seriedade: meu falecido marido, homem muito, muito inteligente e no-bre — pronunciou com imponência — e — você mesmo sabe quem mais...

— Viersílov! — bradei. Eu mal respirava a cada palavra dela.

— Sim; eu gostava muito de ouvi-lo e no fim me tornara com ele plenamente... talvez demasiado franca, mas então ele não acreditou em mim!

— Não acreditou?

— Sim, mas nunca ninguém acreditava em mim.

— Mas Viersílov, Viersílov.

— Ele não apenas não acreditou — balbuciou baixando os olhos e dando um sorriso um tanto estranho —, como achou que eu tinha "todos os defeitos".

— Dos quais você não tem nenhum!

— Não, alguns eu tenho.

— Viersílov não gostava de você, por isso não a compreendeu — exclamei com um brilho nos olhos.

Em seu rosto houve algo como um leve tremor.

— Pare de falar nisso e nunca mais se refira a esse... homem... — acrescentou com ardor e uma forte insistência. — Mas basta; está na minha hora. (Levantou-se para sair.) — Então, você me perdoa ou não? — perguntou, olhando nitidamente para mim.

— Quem sou eu... para... perdoar! Escute, Catierina Nikoláievna, não se zangue! é verdade que vai se casar?

— Ainda não há nada resolvido — disse embaraçada, como se tivesse se assustado com alguma coisa.

— É um homem bom? Desculpe, desculpe-me por essa pergunta!

— Sim, é muito bom...

— Não responda mais, não se digne de me responder! Porque sei que semelhantes perguntas são impossíveis de minha parte! Eu só queria saber se ele é digno ou não, mas a respeito dele saberei eu mesmo.

— Ah, escute! — falou assustada.

— Não, não insisto, não insisto. Vou fazer que não ouvi... Mas ouça apenas o que vou dizer: Deus lhe dê toda a felicidade, toda a que você mesma escolher... por você mesma ter acabado de me dar tanta felicidade em apenas uma hora! Você agora está marcada para todo o sempre em minha alma. Ganhei um tesouro: a ideia sobre sua perfeição. Eu suspeitava de perfídia, de um coquetismo grosseiro e era infeliz... porque não podia ligar essa ideia a você... passei os últimos dias e noites pensando e de repente tudo se tornou claro como o dia! Ao entrar aqui, pensava ter de suportar hipocrisia, astúcia, uma serpente perscrutadora, mas encontrei honra, glória, uma estudante! ... Está rindo? Vá, vá! Porque você é uma santa, não pode rir do que é sagrado...

— Oh, não, só ri porque você disse umas palavras horríveis... Ora, o que significa "serpente perscrutadora"? — ela deu uma risada.

— Hoje você deixou escapar uma expressão preciosa — continuei tomado de entusiasmo. — Como você foi capaz de dizer na minha frente "que contava com a minha impetuosidade"? Vamos que você seja uma santa e até reconheça isso porque imaginou ter alguma culpa e quis se martirizar... Se bem que não houve culpa nenhuma porque, se é que houve algo, tudo que vem de você é sagrado! Mas mesmo assim você poderia ter evitado justamente essa expressão! ... Uma sinceridade tão antinatural só mostra sua suprema pureza, seu respeito a mim, sua crença em mim — exclamei de forma desconexa. — Oh, não core, não core!... E quem, quem seria capaz de caluniar e dizer que você é uma mulher apaixonada? Oh, perdão, vejo uma expressão angustiada em seu rosto; perdoe a um adolescente delirante seu linguajar desajeitado! A questão agora estaria em palavras, em expressões? Você não estaria acima de todas as expressões? ... Uma vez Viersílov disse que Otelo não matou Desdêmona e depois se matou por ciúme,[30] mas porque o privaram do ideal! ... Compreendi isto porque hoje me devolveram o meu ideal!...

— Você me elogia demais: não mereço isso — disse com afeto. — Lembra-se do que eu falei sobre os seus olhos? — acrescentou em tom brincalhão.

— Que eu não tenho olhos, mas em vez de olhos dois microscópios e que transformo qualquer mosca num camelo! Não, aqui não há camelo!... Como, está indo embora?

---

[30] A interpretação do *Otelo* de Shakespeare como tragédia da confiança traída remonta a Púchkin, para quem "Otelo não era ciumento, mas... crédulo". Em *Os irmãos Karamázov*, Dostoiévski retoma essa interpretação inspirada em Púchkin. (N. da E.)

Ela estava no meio do cômodo, com o regalo e o xale na mão.

— Não, vou esperar você sair e eu mesma sairei depois. Ainda vou escrever duas palavras para Tatiana Pávlovna.

— Vou sair agora, agora, porém mais duas palavras: seja feliz, sozinha ou com aquele que escolher, e que Deus a proteja! Quanto a mim — preciso apenas de um ideal!

— Meu amável e bom Arkadi Makárovitch, acredite que a seu respeito eu... a seu respeito meu pai sempre diz: "é um amável e bom menino!". Acredite, sempre hei de recordar suas histórias sobre o pobre menino deixado com pessoas estranhas e sobre os seus sonhos solitários... Compreendo perfeitamente como se formou sua alma... mas hoje, ainda que sejamos estudantes — acrescentou apertando minha mão com um sorriso súplice e acanhado — não poderemos mais nos ver como antes e, e... na certa você entende, sim?

— Não podemos?

— Não, por muito tempo não... nisso a culpa é minha... Percebo que agora isso é totalmente impossível... Haveremos de nos encontrar às vezes em casa do papá...

"Você teme a 'impetuosidade' dos meus sentimentos, você não acredita em mim?" — tive vontade de gritar; mas num instante ela ficou tão acanhada na minha frente que minhas palavras não conseguiram sair.

— Diga-me uma coisa — parou-me de repente já bem à porta —, você mesmo viu... aquela carta... ser rasgada? Você guardou bem isso na memória? Como soube na ocasião que era a própria carta dirigida a Andrónikov?

— Kraft me contou o seu teor e inclusive me mostrou... Adeus! Quando você estava no gabinete fiquei inibido em sua presença, mas quando saiu estive disposto a me precipitar e beijar o chão que seus pés haviam pisado... — disse de chofre, sem me dar conta e nem ao menos saber para quê, e, sem olhar para ela, saí apressado.

Corri para casa; minha alma estava em êxtase. Tudo lampejava em minha mente como um turbilhão e meu coração estava pleno. Ao me aproximar da casa de minha mãe, súbito me lembrei da ingratidão de Liza com Anna Andrêievna, daquelas palavras cruéis e monstruosas que há pouco ela dissera, e de repente meu coração começou a doer por elas todas! "Que rigidez no coração de todas elas! E Liza, o que estaria se passando com ela?" — pensei, subindo a escada.

Liberei Matviêi e dei ordem para que me buscasse no apartamento às nove horas.

CAPÍTULO V

I

Cheguei atrasado para o jantar, mas eles ainda não estavam à mesa e me esperavam. Talvez porque raramente eu almoçasse com eles, apareceram algumas novidades especiais: sardinha como entrada, etc. Mas, para minha surpresa e pesar, encontrei todos um tanto preocupados, carrancudos, abatidos: Liza mal sorriu ao me ver e mamãe estava visivelmente intranquila; Viersílov sorria, mas forçado. "Será que brigaram?" — pensei. Aliás, no início tudo correu bem: Viersílov fez apenas uma pequena careta na frente da sopa de capeletti e muitos trejeitos quando lhe serviram as almôndegas recheadas.

— É só eu avisar que meu estômago não suporta esse tipo de comida que logo no dia seguinte ela aparece! — deixou escapar, contrariado.

— Mas, Andriêi Pietróvitch, o que se há de inventar? Não dá para inventar nenhum novo prato — retorquiu timidamente minha mãe.

— Tua mãe é o oposto total de alguns de nossos jornais, para os quais o que é novo é bom — Viersílov quis gracejar de um jeito mais brincalhão e amigável; contudo se saiu meio mal e só fez assustar ainda mais mamãe que, claro, não compreendeu nada ao ser comparada com os jornais e olhou perplexa ao redor. Nesse instante entrou Tatiana Pávlovna, que, após anunciar que já almoçara, sentou-se ao lado de mamãe.

Eu ainda não conseguira granjear a simpatia dessa criatura; era até o contrário, pois ela passara a me atacar ainda mais por tudo e qualquer coisa. Seu descontentamento comigo intensificara-se em particular nos últimos tempos: não suportava ver minha roupa de dândi, e Liza me confiara que ela quase tivera um faniquito ao saber que eu dispunha de um cocheiro com carro de luxo. Terminei por passar a evitá-la na medida do possível. Dois meses antes, depois da devolução da herança, eu havia corrido à sua casa para conversar sobre a atitude de Viersílov, mas não tinha encontrado nela a menor simpatia; ao contrário, ela estava terrivelmente enfurecida: ficara muito contrariada com a devolução da herança inteira, e não metade; e me fez essa observação ríspida:

— Aposto que estás certo de que ele devolveu o dinheiro e desafiou o outro para um duelo unicamente para se reabilitar na opinião de Arkadi Makárovitch.

De fato, ela quase conseguira adivinhar; no fundo, era mais ou menos isso que eu realmente sentia naquele momento.

Assim que ela entrou, compreendi como inevitável que investisse contra mim; estava até um pouco convencido de que viera justo com esse fim, e por isso logo fiquei extraordinariamente expansivo; aliás, isso não me custava nada, uma vez que eu continuava alegre e radiante como um pouco antes. Observo, de uma vez por todas, que nunca em minha vida a expansividade me caíra bem, isto é, não combinava comigo e, ao contrário, sempre me cobria de vergonha. Foi justo o que aconteceu também desta vez: num piscar de olhos saí-me com um absurdo; sem nenhum mau sentimento e por pura leviandade, notando que Liza estava por demais acabrunhada, larguei de estalo, sem sequer refletir no que dizia:

— Uma vez na vida e outra na morte almoço aqui, mas tu, Liza, como de propósito, ficas tão acabrunhada!

— Estou com dor de cabeça — respondeu ela.

— Ah! meu Deus — interferiu Tatiana Pávlovna —, que importa que ela esteja doente? Arkadi Makárovitch dignou-se vir almoçar, então ela deve dançar e divertir-se...

— A senhora é decididamente o azar de minha vida, Tatiana Pávlovna; nunca mais virei aqui quando a senhora estiver! — e com um sincero agastamento bati com a mão na mesa; minha mãe estremeceu e Viersílov me olhou com um ar estranho. Dei uma súbita risada e lhes pedi desculpas.

— Tatiana Pávlovna, retiro o "azar" — disse, voltando-me para ela ainda descontraído.

— Não, não — retrucou —, para mim é bem mais lisonjeiro ser o seu azar do que o contrário, pode estar certo.

— Meu caro, é preciso saber suportar os pequenos azares da vida — sussurrou Viersílov, sorridente. — Sem os azares a vida não vale a pena.

— Sabe, às vezes o senhor é um terrível retrógrado — exclamei com um riso nervoso.

— Meu amigo, não ligo para isso!

— Não, por que não liga? Por que não dizer francamente a um asno que ele é um asno?

— Não me digas que estás falando de ti mesmo? Em primeiro lugar, não quero julgar ninguém e nem posso.

— Por que não quer, por que não pode?

— Dá preguiça, e também repugnância. Certa vez uma mulher inteligente me disse que não tenho o direito de julgar os outros porque "não sei sofrer", e para vir a ser juiz dos outros é preciso conquistar pelo sofrimento o direito de julgar. É um pouco grandiloquente, mas, aplicado a mim, pode até ser verdade, de modo que me submeti a esse juízo até de bom grado.

— Não me diga que foi Tatiana Pávlovna quem lhe disse? — exclamei.

— Mas tu, como o adivinhaste? — Viersílov me olhou com certa surpresa.

— Ora, pela cara de Tatiana Pávlovna: ela teve um tique.

Eu o adivinhara por acaso. Essa frase, como depois se verificou, Tatiana Pávlovna a dissera na véspera a Viersílov durante uma conversa acalorada. De um modo geral, repito, apareci diante deles com minhas alegrias e minha expansividade totalmente fora de hora: cada um deles tinha seus problemas, e muito difíceis.

— Não compreendo nada, porque tudo isso é muito abstrato; eis uma característica sua: é formidável como você gosta de falar de maneira abstrata, Andriêi Pietróvitch; é um traço egoísta; só os egoístas gostam de falar de modo abstrato.

— Não te expressaste mal, porém não me amoles.

— Não, com licença — insisti com a minha expansividade. — O que significa "conquistar pelo sofrimento o direito de julgar"? Qualquer homem honesto pode ser juiz, eis minha opinião.

— Sendo assim, não vais encontrar muitos juízes.

— Conheço um.

— Quem, então?

— Está sentado e conversando comigo.

Viersílov deu um risinho estranho, inclinou-se bem ao pé do meu ouvido e, pegando-me pelo ombro, cochichou-me: "Ele está sempre te mentindo".

Até hoje não compreendo o que então ele pensava, mas era evidente que estava sob o efeito de uma extraordinária inquietação (em virtude de certa notícia, como depois atinei). Mas a frase "Ele está sempre te mentindo" foi tão inesperada, dita com tanta seriedade e uma expressão tão estranha e nada brincalhona no rosto, que fui sacudido por uma espécie de tremor nervoso, quase tive um sobressalto, e olhei assustado para ele; mas depressa Viersílov desatou a rir.

— E graças a Deus! — disse mamãe, assustada com o que ele me havia cochichado ao ouvido — senão eu ia pensar... Arkacha, não te zangues conosco; mesmo sem nós terás a teu lado pessoas inteligentes, mas quem há de te amar senão nós?

— É por isso que o amor familiar é imoral, mamãe, porque é imerecido. É preciso merecer o amor.

— Por ora ainda o mereces, e aqui te amam mesmo sem uma razão.

Todos desataram a rir.

— Bem, mamãe, talvez sem querer a senhora atirou no que viu e matou o que não viu! — exclamei, também caindo na risada.

— E tu realmente imaginaste que aqui existe razão para que te amem — tornou a investir Tatiana Pávlovna — e além do mais que te amem de graça? Eles te amam passando por cima da repulsa!

— Ah, isso não! — bradei com alegria. — Sabem quem pode ter dito hoje que me ama?

— Disse rindo de ti — emendou de súbito Tatiana Pávlovna com voz artificialmente maldosa, como se justo de mim esperassem semelhante frase. — Ora, uma pessoa delicada, e sobretudo uma mulher, só pela sujeira de tua alma já sentiria asco. Usas o cabelo repartido, camisas finas, roupa costurada por um francês, mas tudo isso é sujo! Quem te veste, quem te dá de comer, quem te dá dinheiro para jogar na roleta? Lembra-te de quem recebes dinheiro sem pejo.

Mamãe ficou por demais inflamada; eu nunca tinha visto tanta vergonha em seu rosto. Tremi por inteiro:

— Se gasto, gasto meu dinheiro e não sou obrigado a prestar contas a ninguém — cortei, todo corado.

— De quem é o teu dinheiro? Que "meu" dinheiro é esse?

— Não é meu, mas de Andriêi Pietróvitch. Ele não me negaria... Peguei emprestado com o príncipe por conta da dívida dele com Andriêi Pietróvitch...

— Meu amigo — replicou Viersílov com firmeza —, lá não há um único copeque meu.

A frase tinha um terrível significado. Titubeei em meu lugar. Oh, é claro que diante da lembrança de todo o meu estado de alma paradoxal e imprudente daquele momento, eu certamente poderia me safar apelando para algum "nobilíssimo impulso", uma palavrinha bombástica ou alguma outra coisa, mas de repente notei no rosto de Liza uma expressão carregada e meio acusatória, expressão injusta, quase uma zombaria, e foi como se o diabo me tivesse cutucado:

— Senhorita — dirigi-me incontinente a ela —, parece que a senhora visita Dária Oníssimovna com frequência no apartamento do príncipe? Então, não gostaria de entregar pessoalmente a ele esses trezentos rublos pelos quais tanto me azucrinou hoje?

Tirei o dinheiro do bolso e o entreguei a ela. Bem, não sei se acreditam que essas palavras baixas foram ditas sem qualquer objetivo, ou seja, sem a mínima alusão ao que quer que fosse. Ademais, nem poderia haver semelhante alusão porque naquele instante eu não sabia nada de nada. Talvez eu quisesse apenas alfinetá-la com alguma coisa relativamente ingênua, mais ou menos assim: pois é, senhorita, você, que se mete onde não é chamada, e já que deseja forçosamente se meter, não gostaria de encontrar-se pessoalmente com aquele príncipe, aquele jovem, aquele oficial petersburguense e lhe fazer essa entrega, "caso queira tanto meter-se em assuntos dos jovens"? No entanto, qual não foi a minha surpresa quando minha mãe se levantou de supetão e, erguendo o dedo na minha frente, gritou-me em tom ameaçador:

— Não te atrevas! Não te atrevas!

Eu mesmo não poderia imaginar nada semelhante da parte dela e me levantei de um salto, levado não propriamente pelo susto, mas por um sofrimento, uma torturante ferida no coração, ao me dar súbita conta de que acontecera algo penoso. Mamãe, porém, não se conteve por muito tempo: depois de cobrir o rosto com as mãos, deixou o cômodo às pressas. Liza saiu atrás dela sem sequer olhar em minha direção. Tatiana Pávlovna ficou cerca de meio minuto olhando calada para mim:

— Será que tu de fato quiseste arrotar algum absurdo? — exclamou em tom enigmático, olhando para mim com a mais profunda surpresa e, sem esperar a minha resposta, também saiu rápido atrás delas. Viersílov levantou-se da mesa com uma expressão hostil, quase raivosa, e apanhou seu chapéu no canto.

— Suponho que não sejas tão tolo, mas apenas inocente — arrastou num tom zombeteiro. — Se elas voltarem, diz que não me esperem para a sobremesa: vou dar uma voltinha.

Fiquei só; primeiro me senti estranho, depois ofendido, em seguida vi com clareza que a culpa era minha. Aliás, não sabia qual era mesmo a culpa, apenas tivera a sensação. Estava sentado à janela e aguardava. Depois de esperar uns dez minutos, também peguei meu chapéu e subi para o meu antigo quartinho. Eu sabia que elas, quer dizer, mamãe e Liza, estariam lá e que Tatiana Pávlovna tinha ido embora. E então encontrei as duas sentadas em meu sofá, cochichando alguma coisa. Com minha chegada, pararam no ato. Para minha surpresa não estavam zangadas comigo; pelo menos mamãe me sorriu.

— Mamãe, a culpa é minha... — comecei.

— Ora, ora, não foi nada — interrompeu mamãe —, apenas amem um ao outro e nunca briguem, e então Deus mandará a felicidade.

— Mamãe, ele nunca me ofenderá, é o que eu lhe digo! — disse Liza em tom convicto e com afeto.

— Se não fosse aquela Tatiana Pávlovna, nada teria acontecido — bradei —, ela é uma ordinária.

— Está vendo, mamãe? Está ouvindo? — Liza apontou para mim.

— Eis o que vou dizer a vocês duas — proclamei —; se há algo acanalhado no mundo, eu sou o único canalha, e todo o restante é uma maravilha!

— Arkacha, não te zangues, meu querido, mas se realmente deixasses...

— De jogar? De jogar? Vou deixar, mamãe; hoje o farei pela última vez, sobretudo depois que o próprio Andriêi Pietróvitch anunciou em voz alta que não tem nenhum copeque em mãos do príncipe. A senhora não pode acreditar como me envergonho... Eu, aliás, devo me explicar com ele... Mamãe, querida, da última vez eu disse aqui... uma coisa inconveniente... mãezinha, menti: quero acreditar sinceramente, eu estava apenas com fanfarronice, amo muito Cristo...

Da última vez houvera de fato entre nós uma conversa desse gênero; mamãe estava muito amargurada e alarmada. Ouvindo-me agora, sorriu para mim como para uma criança:

— Arkacha, Cristo perdoa tudo: perdoa tua blasfêmia, perdoa blasfêmia pior do que a tua. Cristo é pai, Cristo não é carente e brilhará até mesmo na mais profunda escuridão...

Despedi-me das duas e saí pensando na chance de ver Viersílov naquele dia; precisava muito conversar com ele, pois há pouco fora impossível. Eu alimentava a forte suspeita de que ele estivesse me esperando em meu apartamento. Fui para lá a pé; o tempo havia passado de morno a levemente frio e estava muito agradável para caminhar.

II

Eu morava perto da ponte Voznessiênski, no pátio de uma construção enorme. Quando estava quase no portão dei de cara com Viersílov, que saía do meu prédio.

— Por hábito, ao dar minha volta acabei vindo ao teu apartamento e até te esperei em casa de Piotr Hippolítovitch, mas fiquei entediado. Eles lá estão sempre brigando, e hoje a mulher dele está até chorando um pouco. Dei uma olhada e saí.

Por alguma razão me senti agastado.

— É verdade que o senhor só vem à minha casa, mas além de mim e Piotr Hippolítovitch não tem mais ninguém em toda Petersburgo?

— Meu amigo... tudo é indiferente.

— E agora, para onde vai?

— Não, para tua casa não volto. Se quiseres daremos uma volta, a noitinha está uma maravilha.

— Se em vez de reflexões abstratas o senhor falasse comigo como gente e, por exemplo, tivesse feito ao menos alguma alusão a esse maldito jogo, é possível que eu não tivesse mergulhado de cara nele como um imbecil — disse-lhe de supetão.

— Estás arrependido? Isto é bom — respondeu entre dentes —, e sempre desconfiei de que teu jogo não era a questão principal, mas um desvio pas-sa-gei-ro... Tens razão, meu amigo, o jogo é uma porcaria e ainda por cima pode-se perder tudo.

— Até dinheiro alheio.

— E tu perdeste dinheiro alheio?

— Perdi o seu dinheiro. Peguei emprestado com o príncipe por conta do seu dinheiro. Claro que isso é um terrível absurdo e uma tolice de minha parte... considerar meu o seu dinheiro, mas eu queria muito recuperar o que tinha perdido.

— Mais uma vez eu te previno, meu querido, de que lá não há dinheiro meu. Sei que aquele rapaz está pessoalmente encalacrado e não conto com nada da parte dele, apesar de sua promessa.

— Neste caso minha situação é duplamente pior... minha situação é cômica! E a título de que ele deve me emprestar e eu, aceitar dinheiro dele, depois disso?

— Isso já é problema teu... Realmente, a título nenhum deves aceitar dinheiro dele, hein?

— Além de camaradagem...

— Não, além de camaradagem? Será que não existe alguma coisa pela qual aches possível receber dinheiro dele, hein? Bem, por alguma razão?

— Por que razão? Não entendo.

— Melhor ainda que não entendas e, confesso, meu querido, eu estava certo disso. *Brisons-là, mon cher*,[31] e procura dar um jeito de não jogar.

— Se o senhor tivesse me dito isso antes! Mesmo agora o senhor está falando como se vacilasse.

---

[31] Em francês, "Deixemos isso, meu querido". (N. do T.)

— Se eu tivesse falado isso antes, nós dois apenas teríamos brigado e não me deixarias entrar em tua casa pelas tardinhas com tão boa vontade. E sabes, meu querido, que todos esses prematuros conselhos salvadores, tudo isso é apenas uma invasão da consciência alheia com assuntos alheios. Intrometi-me bastante na consciência dos outros e no fim das contas isso só me rendeu afrontas e zombarias. Para as afrontas e zombarias eu, é claro, não ligo, mas o essencial é que dessa maneira nada se consegue: ninguém te dará ouvidos por mais que te intrometas... e todos deixarão de gostar de ti.

— Estou contente pelo senhor não conversar comigo sobre abstrações. Eu queria lhe perguntar outra coisa, faz tempo que queria, mas não sei por que nunca tinha conseguido. Ainda bem que estamos na rua. Lembra-se daquela tarde em sua casa, a última tarde, dois meses atrás, quando estávamos nós dois em meu "caixão" e eu lhe fiz aquela pergunta sobre mamãe e Makar Ivánovitch; lembra-se de como eu estive "expansivo" com o senhor? Era permissível a um fedelho falar naqueles termos sobre sua mãe? E o que se viu? O senhor não deixou transparecer nada; ao contrário, o senhor mesmo "se abriu" e assim me deixou ainda mais expansivo.

— Meu amigo, agrada-me tremendamente ouvir de tua boca... semelhantes sentimentos... Sim, estou bem lembrado, naquele momento eu esperava de fato que viesses a corar, e se eu mesmo te estimulei, foi, talvez, justamente para levá-lo ao limite...

— E não fez mais que me enganar e turvar ainda mais a fonte pura de minha alma! Sim, sou um mísero adolescente e a cada instante desconheço o que é o mal e o que é o bem. Se naquele momento o senhor tivesse me mostrado ao menos uma nesga do caminho, eu teria atinado e no mesmo instante tomado o caminho certo. Mas naquele momento o senhor só fez me enfurecer.

— *Cher enfant*, sempre pressenti que, de uma forma ou de outra, nós dois acabaríamos nos entendendo: esse "rubor" em teu rosto veio agora espontaneamente e sem minha interferência e isto, juro, é melhor para ti mesmo... Meu querido, observo que ultimamente tens progredido muito... teria sido na companhia daquele príncipe?

— Não me elogie, não gosto disso. Não deixe em meu coração a penosa suspeita de que o senhor me elogia por hipocrisia e em detrimento da verdade, para que eu não deixe de gostar do senhor. Ultimamente... veja só... tenho frequentado casas de mulheres. Fui muito bem recebido, por exemplo, em casa de Anna Andrêievna, está sabendo?

— Eu soube disso por intermédio dela mesma, meu amigo. Sim, ela é fascinante e inteligente. *Mais brisons-là, mon cher*. Hoje estou estranhamente mal; será melancolia? Atribuo à hemorroida. Como vão as coisas em casa? Você, é claro, fez as pazes com elas e se abraçaram, não? *Cela va sans dire.*[32] Às vezes sinto certa tristeza em voltar para elas até mesmo depois do mais detestável passeio. Palavra, às vezes dou uma volta a mais debaixo de chuva só para retardar o meu retorno para esse ninho... E que tremenda chatice, que tremenda chatice, oh Deus!

— Mamãe...

— Tua mãe é a mais perfeita, é a mais maravilhosa criatura, *mais*...[33] Numa palavra, provavelmente não as mereço. Aliás, o que há com elas hoje? Nos últimos dias não fazem outra coisa senão... sabes, sempre procuro ignorar, mas hoje elas estão aprontando alguma coisa... Não notaste nada?

— Não sei decididamente de nada e sequer teria notado qualquer coisa, não fosse a maldita da Tatiana Pávlovna, que não pode deixar de morder alguém. O senhor está certo: lá está havendo alguma coisa. Ainda há pouco encontrei Liza em casa de Anna Andrêievna; lá ela também estava meio... até me surpreendeu. Bem, o senhor sabe que ela é recebida por Anna Andrêievna?

— Sei, meu amigo. E tu... quando estiveste em casa de Anna Andrêievna, a que horas exatamente? Preciso disso para me certificar de um fato...

— Das duas às três. Imagine, quando eu estava saindo o príncipe chegou...

Então lhe contei toda a minha visita nos mínimos detalhes. Ele ouviu tudo em silêncio; sobre a possibilidade dos esponsais do príncipe com Anna Andrêievna não pronunciou uma palavra; diante dos meus entusiásticos elogios a Anna Andrêievna, tornou a balbuciar que "ela é encantadora".[34]

— Hoje consegui deixá-la extraordinariamente surpresa ao lhe comunicar a mais fresca notícia mundana, de que Catierina Nikoláievna Akhmákova vai se casar com o barão Bioring — disse-lhe de chofre, como se me tivesse escapado.

— Sim? Imagine que ela própria me comunicou essa mesma "novidade" ainda há pouco, antes do meio-dia, isto é, bem antes que pudesses vê-la.

— O que está dizendo? — até parei. — E de que fonte ela mesma poderia saber? Se bem que, ora, o que estou dizendo? é claro que ela podia

---

[32] Em francês, "Isso é natural". (N. do T.)

[33] "Porém". (N. do T.)

[34] *Mílaya*, no original russo. Viersílov usara antes o termo *premílaya*, "fascinante". (N. do T.)

saber antes de mim, mas imagine só: ela a ouviu de mim como a mais completa novidade! Aliás... aliás, o que estou dizendo? viva a amplitude! É preciso admitir amplamente os caracteres, não é? Eu, por exemplo, contaria tudo na mesma hora, mas ela, boca fechada... Vá, vá, mesmo assim ela é a mais encantadora das criaturas e o mais magnífico caráter!

— Oh, sem dúvida, cada um a seu modo! E o mais original de tudo: esses caracteres maravilhosos às vezes são capazes de nos desconcertar com extraordinária singularidade; imagina que hoje Anna Andrêievna me fez essa pergunta: "Ama Catierina Nikoláievna Akhmákova ou não?".

— Que pergunta absurda e espantosa — bradei, mais uma vez pasmo. Até fiquei com a vista turvada. Antes eu nunca havia falado com ele sobre esse tema, e eis que ele mesmo...

— Por que ela a formulou?

— Por nada, meu amigo, absolutamente por nada; no mesmo instante a boca fechada fechou-se ainda mais, e sobretudo, observa; nem eu jamais admitira sequer a possibilidade de semelhantes conversas comigo, nem ela... Aliás, tu mesmo dizes que a conheces e por isso podes imaginar de que maneira semelhante pergunta lhe seria adequada... Acaso não estarias sabendo de alguma coisa?

— Estou tão desconcertado como o senhor. Não pode ter sido alguma curiosidade, uma brincadeira?

— Oh, ao contrário, foi uma pergunta das mais sérias, e não uma pergunta mas quase, por assim dizer, uma interpelação, e feita, visivelmente, pelos motivos mais extraordinários e categóricos. Tu não irias visitá-la? Não poderias assuntar alguma coisa? Eu até te pediria, vê só...

— Contudo, a simples possibilidade, isso é o essencial, a possibilidade de supor seu amor por Catierina Nikoláievna! Desculpe, eu ainda não estou conseguindo sair da estupefação. Nunca, nunca me permiti falar com o senhor sobre esse tema ou outro similar...

— E foste sensato, meu querido.

— Suas antigas intrigas e suas relações são, é claro, um tema indecente para uma conversa entre nós e seria até uma tolice de minha parte; mas precisamente nos últimos tempos, nos últimos dias exclamei várias vezes comigo mesmo: que aconteceria se o senhor ao menos algum dia tivesse amado essa mulher por um minuto sequer? Oh, o senhor jamais teria cometido tão terrível equívoco em sua opinião sobre ela como o que houve depois! Do que houve estou a par: da aversão entre vocês e da repulsa, por assim dizer, mútua, estou a par, ouvi dizer, ouvi demais, ainda em Moscou ouvi dizer; mas acontece que é justo neste caso que, acima de tudo, vem à tona a

Счетъ статей заимствованныхъ, находящихся въ Редакціи. —

Романъ Московскія дамы.

× О Пугачеве —— Самсона

× Квартиры —— [illegible] ——

× О Словесности ——

? Николаевича Волна —

? Статья Данчича

? Генсера

? Мещерского Благовъ —

× О Лондонскомъ очерке

? Николаевича разсказъ Пашкевича и [illegible] —

? Библіографія Страховъ —

? Мои.

просмотрены:

[illegible]

[illegible]

[illegible]

[illegible] вопросъ —

— [illegible] Чтобы [illegible]
[illegible]

[illegible]
[illegible]
[illegible]

[illegible]
[illegible]
[illegible]
[illegible]
[illegible]
[illegible]
[illegible]

repulsa furibunda, o furor da aversão, precisamente da *falta de amor*, e não obstante Anna Andrêievna lhe pergunta de chofre: "Ama ou não?". Será que ela está tão mal *rensenirada*.[35] É algo pavoroso! Ela estava caçoando, eu lhe asseguro, estava caçoando!

— No entanto observo, meu querido — ouviu-se de repente em sua voz algo nervoso e íntimo, que penetrava no coração e raríssimas vezes acontecia com ele —, observo que tu mesmo falas sobre isso com excessivo ardor. Acabaste de dizer que frequentas mulheres... para mim, é claro, te inquirir seria meio... sobre esse tema, como te expressaste... Contudo, será que "essa mulher" também não figura no rol das tuas recentes amizades?

— Essa mulher... — súbito minha voz tremeu — escute, Andriêi Pietróvitch, escute: essa mulher é aquilo a que ainda há pouco, na casa daquele príncipe, o senhor se referiu como "vida viva", está lembrado? O senhor disse que essa "vida viva" é algo tão franco e simples, que nos fita de modo tão franco, que justo por essa franqueza e clareza é impossível acreditar que seja exatamente aquilo que a tanto custo procuramos a vida inteira! Pois bem, foi com essa concepção que o senhor encontrou também a mulher-ideal, e na perfeição, no ideal, reconheceu "todos os vícios"! Aí é que está!

O leitor pode julgar em que frenesi eu me encontrava.

— "Todos os vícios"! Oh-oh! Esta frase eu conheço! — exclamou Viersílov. — E já que essa frase te foi transmitida, não seria o caso de te felicitar por alguma coisa? Isto significa tamanha intimidade entre você e ela que talvez até me caiba te elogiar pela modéstia e o sigilo de que só é capaz um jovem extraordinário...

Em sua voz reverberava um sorriso amável, amigo, carinhoso... havia algo provocante e amável em suas palavras, em seu rosto luminoso, até onde pude notá-lo no escuro da noite. Uma surpreendente excitação o dominava. Eu estava involuntariamente todo radiante.

— Modéstia, segredo! Oh, não, não! — exclamei corando e ao mesmo tempo apertando sua mão, que conseguira agarrar e, sem que me desse conta, não largava. — Não, por nada!... Numa palavra, não há de que me felicitar, e quanto a isso nunca, nunca pode acontecer nada — eu ofegava e voava, e tinha tanta vontade de voar, aquilo me era tão agradável. — Sabe... oxalá isso aconteça uma vez, só uma vezinha! Veja, meu caro, meu excelente papai (permita-me chamá-lo papai), não só a um pai com o filho mas a ninguém é permitido falar com terceiros sobre suas relações com uma mulher,

[35] Russificação do verbo francês *renseigner*, informar. (N. do T.)

nem mesmo as mais puras! E inclusive quanto mais puras tanto mais se deve proibir! Isto oprime, isto é grosseiro, numa palavra: é impossível ser confidente! No entanto, se não existe nada, nada perfeito, então é permitido falar, é permitido?

— Como o coração mandar.

— É uma pergunta indiscreta, muito indiscreta: vamos, em sua vida o senhor conheceu mulheres, manteve relações?... Estou falando em geral, em geral, sem entrar em particularidades! — eu corava e ofegava de satisfação.

— Admitamos, houve pecados.

— Então vejamos um caso, e o senhor me explique como um homem mais experiente: de repente uma mulher diz, ao se despedir de você, meio sem querer, olhando para o lado: "amanhã às três horas estarei lá"... bem, suponhamos, na casa de Tatiana Pávlovna — deixei escapar e voei de vez. Meu coração batia e parou; eu até interrompi a fala, não estava conseguindo. Ele era todo ouvidos. — Pois bem, no dia seguinte, às três horas, entro em casa de Tatiana Pávlovna e raciocino assim: "A cozinheira vai abrir" — o senhor conhece a cozinheira dela? — e a primeira coisa que perguntarei será: "Tatiana Pávlovna está?". Se a cozinheira disser que Tatiana Pávlovna não está, mas que há outra visita à sua espera, o que então devo concluir? diga-me se o senhor... Numa palavra, se o senhor...

— Pura e simplesmente que marcaram um encontro contigo. Então, isso aconteceu? E aconteceu hoje? Sim?

— Oh, não, não, não, nada, não aconteceu nada! Aconteceu mas não foi aquele encontro, não foi para isso, declaro antes de tudo para não ser um patife, aconteceu, porém...

— Meu amigo, isso está ficando tão curioso que sugiro...

— Eu mesmo dava dez e vinte e cinco copeques a pedintes! Para me safar! Só alguns copeques, quem implora é um tenente, quem pede é um ex-tenente! — de repente nos bloqueou o caminho a figura alta de um pedinte, talvez fosse mesmo um tenente reformado. O mais curioso de tudo é que ele estava bastante bem-vestido para o seu ofício, e no entanto estendia a mão.[36]

[36] A imagem de um mendigo que pede esmola e afirma que ele mesmo "dava dez e vinte e cinco copeques a pedintes" aparece em outras obras de Dostoiévski, como *O sonho de um homem ridículo*, *O idiota* e *Os demônios*. (N. da E.)

III

Nego-me deliberadamente a omitir esse misérrimo episódio sobre o reles tenente, uma vez que hoje minha lembrança não consegue abranger Viersílov inteiro senão com todos os mínimos pormenores daquele momento fatal para ele. Fatal, só que eu não sabia.

— Se o senhor não parar, chamo imediatamente a polícia — de repente Viersílov levantou a voz num tom para ele meio antinatural, parando na frente do tenente.

Eu nunca poderia imaginar tamanha ira vinda de semelhante filósofo e por um motivo tão fútil. E note-se que interrompemos a conversa no momento mais interessante para ele, e ele mesmo o declarou.

— Não é possível que o senhor não tem nenhum trocadinho! — gritou o tenente em tom grosseiro, abanando a mão. — Ora, qual o canalha que hoje em dia não tem um trocado! Miserável! Cretino! Ele mesmo está aí metido em pele de castor e por causa de um trocado levanta uma questão de Estado!

— Guarda! — gritou Viersílov.

Mas nem era preciso gritar: o guarda estava ali na esquina e ele mesmo tinha ouvido os desaforos do tenente.

— Peço-lhe que seja testemunha e que nos acompanhe à delegacia — disse Viersílov.

— Eh-eh, para mim é indiferente, o senhor não vai provar decididamente nada! Não vai provar sobretudo a sua inteligência!

— Não o deixe escapar, guarda, e vamos conosco — concluiu Viersílov em tom insistente.

— Ora, não me diga que quer ir à delegacia? Que ele fique com o diabo! — cochichei-lhe.

— Sem falta, meu querido. Esse desvairamento que anda em nossas ruas começa a me deixar horrorosamente saturado, e se cada um cumprisse com seu dever seria bem mais útil para todos. *C'est comique, mais c'est ce que nous ferons.*[37]

Durante uns cem passos o tenente esteve muito exaltado, bancava o valentão e fanfarronava; assegurava que "isso não está certo", que "por causa de um trocado", etc., etc. Mas por fim começou a cochichar alguma coisa com o guarda. O guarda, um homem sensato e pelo visto inimigo de

[37] Em francês, "É cômico, mas é o que faremos". (N. do T.)

arruaças, parecia estar do lado dele, mas só em certo sentido. Em resposta às suas perguntas, balbuciava-lhe a meia-voz que "agora não dá mais", "o caso já aconteceu" e que "se, por exemplo, o senhor se desculpar e o outro senhor aceitar, então sua desculpa se...".

— Mas es-cu-te, meu caro senhor, para onde vamos? Estou lhe perguntando: para onde estamos indo, e onde está a graça? — gritou o tenente em voz alta. — Se um homem é infeliz em seus fracassos e concorda em pedir desculpas... se, enfim, o senhor precisa da humilhação dele... Com os diabos, ora, não estamos no salão, mas na rua. Para a rua até essa desculpa basta...

Viersílov parou e deu uma súbita gargalhada: cheguei até a pensar que ele conduzia toda essa história para se divertir, mas não era assim.

— Eu o desculpo por tudo, senhor oficial, e lhe asseguro que o senhor tem aptidões. Aja assim também nos salões; logo isto bastará inteiramente aos salões, mas por enquanto tome essas duas moedas de dois copeques, beba e coma um tira-gosto; guarda, desculpe pelo incômodo, eu lhe agradeceria pelo trabalho, mas agora o senhor está num plano tão nobre... Meu querido — voltou-se para mim —, aqui por perto tem uma taberna, no fundo é uma terrível cloaca, mas lá a gente pode tomar chá até se fartar e eu te convido... ali está ela, vamos.

Repito, eu ainda não o havia visto tão excitado, embora a expressão do seu rosto fosse alegre e radiante; observei, porém, que quando ele tirava as duas moedas do porta-níqueis para dar ao oficial, suas mãos tremiam e os dedos absolutamente não obedeciam, de modo que acabou me pedindo que as tirasse e desse ao tenente; não consigo esquecer isto.

Ele me levou a uma pequena taberna na rua Kanava,[38] na parte baixa. Havia pouca gente. Tocava um orgãozinho roufenho e desafinado, o local cheirava a guardanapos engordurados; sentamo-nos em um canto.

— Talvez não saibas; às vezes, movido pelo tédio... por um terrível fastio da alma... gosto de andar por diversas cloacas. Esse clima, essa ária tartamudeante de *Lucia*,[39] esses criados em trajes russos que beiram a indecência, essa fumaça de tabaco, esses gritos oriundos da sala de sinuca — tudo isso é tão banal e prosaico que quase confina com o fantástico. Mas o que fazer, meu querido? Aquele filho de Marte nos interrompeu, se não me en-

[38] Antiga Kanal Ekaterinski, hoje Kanal Griboiédov, rua situada em pleno centro velho de São Petersburgo, onde fica a famosa Catedral do Sangue Derramado e, vizinho à direita, o Museu Russo. (N. do T.)

[39] *Lucia di Lammermoor*, ópera do compositor italiano Gaetano Donizetti (1797-1848). (N. do T.)

gano, na passagem mais interessante... bem, enfim, o chá; gosto do chá daqui... Imagina, Piotr Hippolítovitch logo asseguraria àquele inquilino de rosto bexiguento que no parlamento inglês, no século passado, foi criada especialmente uma comissão de juristas para examinar todo o processo de Cristo diante do sumo sacerdote e Pilatos com o único fim de saber como hoje em dia isso se daria segundo as nossas leis, e se tudo ocorreria com pompa e circunstância, com advogados, promotores, etc., etc., bem, e ainda se os jurados seriam forçados a proferir a sentença... É surpreendente! O imbecil do inquilino iria discutir, ficaria furioso, brigaria e anunciaria que no dia seguinte iria embora... A senhoria cairia em prantos porque perderia a renda... *Mais passons*.[40] Às vezes há rouxinóis nestas tabernas. Conheces uma velha anedota moscovita *à la* Piotr Hippolítovitch? Um rouxinol canta numa taberna moscovita, entra um comerciante daqueles, "não estrague meu gosto",[41] e pergunta: "Quanto custa o rouxinol?" — "Cem rublos." — "Mande assar e servir!". Assaram e serviram. "Mande cortar em fatias de dez copeques." Uma vez contei essa anedota a Piotr Hippolítovitch, mas ele não acreditou e ainda ficou indignado...

Ele ainda falou muito. Cito esses trechos a título de ilustração. Mal eu abria a boca para começar o meu relato, ele me interrompia a todo instante e começava a falar algo totalmente distinto e sem relação com o assunto; falava excitado, alegre; sorria sabe Deus por que e até dava risadinhas, coisa que eu nunca o vira fazer. Bebeu de um gole um copo de chá e encheu outro. Hoje compreendo: naquela ocasião ele se parecia com um homem que acabou de receber uma carta querida, curiosa, por longo tempo esperada e que a colocou diante de si e deliberadamente não a deslacra, ao contrário, fica a girá-la nas mãos num gesto demorado, examina o envelope, o selo, vai a outro cômodo tomar providências, numa palavra, adia o momento mais interessante, sabendo que ela não o deixará por nada, e faz tudo isso para que o prazer seja mais pleno.

Eu, claro, lhe contei tudo, tudo desde o início, e levei talvez cerca de uma hora contando. Aliás, como poderia ter sido diferente? Desde ainda há pouco eu ansiava por falar. Comecei por aquele nosso primeiro encontro na casa do príncipe, depois que ela havia retornado de Moscou; em seguida contei como tudo isso transcorreu gradualmente. Não omiti nada e ademais nem podia omitir: ele mesmo me infundia, ele adivinhava, ele soprava. Por

---

[40] Em francês, "Mas deixemos isso". (N. do T.)

[41] Expressão muito difundida, que caracterizava o despotismo dos comerciantes ignorantes. (N. da E.)

instantes tive a impressão de que estava acontecendo algo fantástico, que ele estivera lá sentado ou em pé atrás da porta, sempre, durante todos esses dois meses: ele conhecia de antemão cada gesto meu, cada sentimento meu. Eu experimentava um inatingível prazer nessa confissão que lhe fazia, porque via nele uma brandura tão sincera, uma sutileza psicológica tão profunda, uma capacidade tão surpreendente de adivinhar as coisas num esboço de palavra. Escutava com ternura, como uma mulher. O essencial é que ele sabia se portar de tal modo que eu não me acanhava; às vezes me detinha de repente em algum detalhe; amiúde parava e repetia nervosamente: "Não esqueças as minúcias, principalmente não esqueças as minúcias; às vezes quanto mais ínfimo é um traço, mais importante ele é". Com esse espírito interrompeu-me várias vezes. Oh, é claro que eu começara falando de cima, referindo-me a ela com arrogância, mas rápido descera ao nível da verdade. Contei sinceramente a ele que estivera disposto a me precipitar e beijar o lugar que seus pés haviam pisado.[42] O mais belo, o mais radiante era que ele compreendia em máximo grau que "se pode sofrer de pavor por um documento" e ao mesmo tempo permanecer uma pessoa pura e irrepreensível, do jeito que ela se revelara para mim naquele dia. Ele teve a máxima compreensão da palavra "estudante". Mas, quando eu já estava concluindo, notei que em meio ao seu sorriso bondoso transparecia vez por outra algo demasiado impaciente em seu olhar, algo como que distraído e ríspido. Quando cheguei ao "documento", pensei comigo mesmo: "digo-lhe a verdade verdadeira ou não?" — e não disse, apesar de todo o meu êxtase. Observo isto aqui para que me fique na memória por toda a vida. Expliquei-lhe o caso tal qual explicara a ela, isto é, atribuindo a questão a Kraft. Seus olhos brilharam. Uma estranha ruga esboçou-se em sua testa, uma ruga muito sombria.

— Meu querido, tu te lembras perfeitamente daquela carta, se Kraft a queimou com uma vela? Não estás enganado?

— Não estou enganado — confirmei.

— Acontece que aquele documento é importante demais para ela, e se hoje estivesses com ela em mãos, hoje mesmo poderias... — no entanto não concluiu o que eu "poderia". — Então, ela não estaria contigo agora?

Estremeci todo por dentro, mas não por fora. Por fora não me denunciei em nada, nem pisquei; entretanto insistia em não acreditar na pergunta.

---

[42] O crítico A. S. Dolínin associa essa afirmação de Arkadi a uma passagem das *Confissões* de Jean-Jacques Rousseau, na qual ele afirma que beijava a cama na qual dormira a Sra. De Warens, as cortinas e os móveis do seu quarto. (N. da E.)

— Como "comigo"? Comigo, *agora*? Ora, se Kraft a queimou naquela ocasião!

— Sim — fixou em mim um olhar incandescente, imóvel, um olhar memorável para mim. Aliás, ele sorria, mas toda a sua bonomia, toda a feminilidade da expressão de ainda há pouco haviam desaparecido de repente. Ele teve um quê de indefinição e transtorno; foi ficando cada vez mais e mais alheio. Se naquela ocasião ele tivesse se dominado mais, exatamente como se dominara no instante anterior, não me teria feito aquela pergunta sobre o documento; se a fez, foi na certa porque ele mesmo ficara desvairado. Aliás, só agora toco nesse assunto; na ocasião não atinei tão rápido na mudança que acontecera com ele: eu ainda continuava voando e em minha alma permanecia a mesma música. Mas meu relato estava terminado; olhei para ele.

— Uma coisa surpreendente — disse-me quando eu já havia contado tudo até a última vírgula —, uma coisa estranhíssima, meu amigo: tu dizes que estiveste lá das três às quatro e que Tatiana Pávlovna não estava em casa?

— Exatamente das três às quatro e meia.

— Pois imagina só que fui à casa de Tatiana Pávlovna exatamente às três e meia, pontualmente, e ela me recebeu na cozinha: mas quase sempre entro na casa dela pela porta dos fundos.

— Como, ela o recebeu na cozinha? — exclamei, recuando de surpresa.

— Sim, e me comunicou que não podia me receber; estive com ela uns dois minutos e entrei apenas a fim de convidá-la para almoçar.

— Pode ser que tivesse acabado de chegar de algum lugar?

— Não sei; se bem que, é claro que não. Vestia aquele seu cardigã. Eram exatamente três e meia.

— Mas... Tatiana Pávlovna não lhe disse que eu estava lá?

— Não, não me disse que você estava lá... do contrário eu saberia e não teria te perguntado sobre isso.

— Escute, é muito importante...

— Sim... depende de que ponto de vista julgar; até empalideceste, meu querido; aliás, o que há de tão importante?

— Zombaram de mim como uma criança!

— Simplesmente "temeram a tua impulsividade", como te disse ela mesma, mas ela poderia ter se escudado em Tatiana Pávlovna.

— Mas, meu Deus, que marotice foi aquela! Escute, ela me deixou dizer aquilo tudo na presença de um terceiro, de Tatiana Pávlovna; esta, por conseguinte, ouviu tudo o que eu disse! É... é até um horror imaginar isso!

— *C'est selon, mon cher.*[43] E ademais ainda há pouco tu mencionaste a "amplitude da visão" sobre a mulher em geral e exclamaste: "Viva a amplitude!".

— Se eu fosse Otelo e o senhor, Iago, o senhor poderia melhor... aliás, estou morrendo de rir! Não pode haver nenhum Otelo porque não há nenhuma relação semelhante. Então, como não morrer de rir! Vá! Mesmo assim creio no que está infinitamente acima de mim e não perco o meu ideal!... Se foi uma brincadeira da parte dela, eu perdoo. Uma brincadeira com um mísero adolescente — vá lá! Mas acontece que não usei nenhum disfarce e o estudante era estudante apesar de tudo, estava na alma dela, estava no coração dela, existe e continuará existindo! Basta! Escute, o que o senhor acha: vou à casa dela agora para descobrir toda a verdade, ou não?

Eu disse "estou morrendo de rir", mas estava com lágrimas nos olhos.

— Por que não? Vai, meu querido, se quiseres.

— É como se eu tivesse sujado minha alma contando-lhe tudo isso. Não se zangue, meu caro, mas sobre mulher, repito, sobre mulher não se pode falar a um terceiro; o confidente não entenderia. Nem um anjo entenderia. Se você respeita uma mulher, não escolha um confidente, se se respeita, não escolha um confidente! Neste momento não me respeito. Até logo; não me perdoo...

— Basta, meu querido, estás exagerando. Tu mesmo dizes que "não aconteceu nada".

Saímos para a Kanava e começamos a nos despedir.

— Mas será que nunca vais me beijar com afeto, como criança, como um filho beija o pai? — disse-me com um estranho tremor na voz. Beijei-o com ardor.[44]

— Meu querido... sê sempre puro de alma como agora.

Nunca na minha vida eu o havia beijado, nunca poderia imaginar que ele mesmo o quisesse.

---

[43] Em francês, "Depende, meu querido". (N. do T.)

[44] O motivo da confraternização ou do beijo entre dois rivais no exato momento em que o ciúme de um dos dois chega ao apogeu é recorrente em outras obras de Dostoiévski. Veja-se em *O idiota* a cena em que Rogójin propõe a Míchkin a troca das cruzes e termina com o abraço dos dois rivais, e em *O eterno marido* o episódio do beijo de Trussótski e Vieltcháninov. (N. da E.)

CAPÍTULO VI

I

"Está entendido, tenho de ir lá! — decidi apressado a caminho de casa — e ir agora mesmo. É bastante provável que a encontre sozinha em casa; sozinha ou com alguém, dá no mesmo: posso mandar chamá-la. Ela me receberá; ficará surpresa, mas receberá. E se não receber, insistirei para que me receba, mandarei dizer que é de extrema necessidade. Ela pensará que é alguma coisa ligada ao documento, e me receberá. Ficarei sabendo tudo sobre Tatiana. E aí... aí o quê? Se eu não tiver razão farei por merecê-la, mas se tiver razão e a culpa for dela, então será o fim de tudo! De qualquer maneira, será o fim de tudo! O que hei de perder? Não hei de perder nada. É ir! É ir!"

Pois bem, nunca hei de esquecer e recordarei com orgulho que *não* fui! Ninguém o saberá, isto acabará caindo no olvido, mas basta que eu saiba que num momento tão significativo fui capaz de um segundo da maior nobreza! "É uma tentação e passarei ao largo — decidi enfim, depois de pensar melhor —, tentaram me assustar usando um fato, mas não acreditei nem perdi a fé na pureza dela! Então por que ir lá, e assuntar o quê? Por que ela deveria forçosamente acreditar em mim como acredito nela, acreditar em minha 'pureza', não temer minha 'impetuosidade' e não se escudar em Tatiana? Ainda não mereci isso aos seus olhos. Vá, vá que ela ignore que mereço, que não me deixo seduzir por 'tentações', que não acredito nas malévolas calúnias contra ela: em compensação, eu mesmo sei disso e hei de me respeitar por isso. Respeitar meu sentimento. Ah, sim, ela me permitiu falar diante de Tatiana, permitiu a presença de Tatiana, sabia que Tatiana estava por ali e escutava atrás da porta (pois ela não podia deixar de escutar), sabia que a outra zombava de mim — isso é um horror, um horror!... — Mas... mas... e se não era possível evitá-lo? Que podia ela fazer em sua situação, e como culpá-la por isso? Ora, um pouco antes eu mesmo lhe mentira a respeito de Kraft, ora, eu a enganara, porque também era impossível evitar isso, e eu mentira de modo involuntário, inocente. Ah! meu Deus! — exclamei de súbito, corando angustiado — e eu mesmo, eu mesmo, o que acabo de fazer?

Por acaso não fui eu quem a colocou diante da própria Tatiana, não fui eu quem acabou de contar tudo a Viersílov? Mas por que falar de mim? aí existe uma diferença. Tratava-se apenas do documento; no fundo, só informei Viersílov sobre o documento porque não havia mais o que informar, nem podia haver. Não fui eu o primeiro a preveni-lo e a lhe gritar que "não podia haver nada?". Ele é um homem que entende as coisas. Hum... Mas, não obstante, que ódio em seu coração por essa mulher, e até hoje! E que drama deve ter havido outrora entre eles, e por quê? Claro, por amor-próprio! *Viersílov não pode ser capaz de nenhum sentimento a não ser um ilimitado amor-próprio!*

Sim, este último pensamento me escapou naquele instante, mas nem sequer o notei. Eis que pensamentos passaram então por minha cabeça, um após outro, e então fui sincero comigo mesmo: não fugia, não enganava a mim mesmo; e se então não percebi alguma coisa foi unicamente por falta de inteligência e não por hipocrisia comigo mesmo.

Voltei para casa num estado de enorme excitação e, não sei por quê, de imensa alegria, se bem que muito confusa. Eu, porém, temia analisá-lo e envidava todos os esforços para me distrair. No mesmo instante fui ter com a senhoria: de fato, entre ela e o marido houvera um terrível rompimento. Era uma mulher de funcionário, em avançado estado de tísica, talvez até bondosa, porém extremamente caprichosa como todos os tísicos. Sem perda de tempo iniciei a tentativa de reconciliá-los, procurei o inquilino Tcherviakóv, um imbecil muito grosseiro, de cara bexiguenta, cheio de amor-próprio, que trabalhava num banco, de quem eu não gostava nada, mas com o qual, não obstante, convivia em paz, pois cometia a baixeza de caçoar com ele de Piotr Hippolítovitch. Convenci-o de imediato a não se mudar, se bem que ele próprio não iria mesmo tomar essa decisão. Terminei por tranquilizar em definitivo a senhoria e, além do mais, soube dar um ótimo jeito em seu travesseiro: "Isto Piotr Hippolítovitch nunca seria capaz de fazer!" — concluiu com maldade. Depois passei algum tempo na cozinha preparando seus cataplasmas e com as próprias mãos fiz dois excelentes. O coitado do Piotr Hippolítovitch limitava-se a observar com inveja, mas não lhe permiti sequer tocar naquelas coisas e fui deveras recompensado com as lágrimas de reconhecimento dela. Pois bem, lembro-me que de repente fiquei saturado com tudo aquilo e no mesmo instante me dei conta de que não era por nenhuma bondade de alma que eu cuidava da doente, mas por alguma razão, por algum motivo, por algo bem diferente.

Eu esperava Matviêi nervosamente: naquela noite decidira tentar a sorte pela última vez e... e... além da sorte, experimentava uma terrível necessidade de jogar; do contrário seria insuportável. Se não fosse a nenhum lugar talvez eu não me contivesse e rumasse para a casa dela. Matviêi devia chegar logo, mas a porta se abriu de supetão e entrou uma visitante inesperada: Dária Oníssimovna. Franzi o cenho e fiquei surpreso. Ela sabia onde eu morava, porque uma vez me havia procurado por incumbência de minha mãe. Fi-la sentar-se e fiquei a observá-la com um ar interrogativo. Ela não dizia nada, apenas me fitava nos olhos e sorria humildemente.

— A senhora não viria da parte de Liza? — deu-me na telha perguntar.

— Não, vim por vir.

Preveni-a de que estava de saída; ela tornou a responder que viera "por vir" e que ela mesma logo iria embora. Súbito algo me fez sentir pena dela. Observo que de todos nós, de minha mãe e em particular de Tatiana Pávlovna, ela recebera muita ajuda, porém, depois que a tinham colocado na casa da Stolbêieva, todos os nossos haviam de certa forma começado a esquecê-la, talvez à exceção de Liza, que a visitava frequentemente. A causa disso parecia ser ela mesma, pois tinha a particularidade de afastar-se e escafeder-se, apesar de toda a sua humildade e de seus sorrisos servis. A mim mesmo desagradavam muito aqueles sorrisos e o fato de que ela sempre parecia ter o semblante contrafeito, e certa vez cheguei até a pensar que ela não curtira por muito tempo a tristeza pela perda de sua Ólia. Mas, sabe-se lá por quê, dessa vez senti pena dela.

E eis que de repente, sem dizer uma palavra, ela se curvou, baixou os olhos, lançou ambos os braços para a frente, tomou-me pela cintura e inclinou a cabeça sobre meus joelhos. Agarrou minha mão, pensei que fosse para beijá-la, mas a levou aos olhos e um jato de lágrimas quentes rolou sobre ela. Os soluços a sacudiam toda, mas chorava baixinho. Senti um aperto no coração, ainda que aquilo me fosse meio enfadonho. Ela, porém, me abraçava com total confiança, sem nenhum temor de que eu me zangasse, embora ainda há pouco me sorrisse com tanta timidez e servilismo. Pedi-lhe que se acalmasse.

— *Bátiuchka*,[45] meu caro, não sei mais o que fazer de mim. Assim que escurece, não consigo suportar; assim que escurece não posso mais suportar, e então sou arrastada para a rua, para a escuridão. E sou arrastada sobretudo por um devaneio. Em minha cabeça instalou-se o devaneio de que a qualquer momento, assim que eu sair, vou encontrá-la de chofre na rua. Caminho e é como se eu a estivesse vendo. Quer dizer, são outras pessoas

---

[45] Palavra que significa "meu caro", "pai", "padre", e era também empregada como tratamento afetuoso do tsar: *bátiuchka tsar*. (N. do T.)

que caminham, mas sigo-as de propósito e penso: não será ela? ei-la, penso, será mesmo minha Ólia? E penso, e penso. Acabei ficando atordoada, esbarrando a todo instante nas pessoas, sinto náuseas. Dou encontrões nas pessoas como uma bêbada, algumas dizem desaforos. Fico me consumindo e não vou à casa de ninguém. Aliás, aonde quer que eu vá a náusea só piora. Estava passando diante de sua casa e pensei: "Bem, vou lhe fazer uma visitinha; ele é o mais bondoso de todos, e presenciou aquilo". *Bátiuchka*, perdoe esta inútil; agora mesmo vou embora, estou indo...

Levantou-se de supetão e apressou-se. Justo nesse momento chegou Matviêi; fi-la sentar-se a meu lado no trenó e, de passagem, deixei-a onde morava, na casa de Stolbêieva.

II

Bem ultimamente eu vinha frequentando a roleta de Ziérschikov. Até então eu ia a umas três casas de jogo sempre com o príncipe, que me "introduzia" nesses lugares. Numa dessas casas jogava-se bacará e as apostas eram muito altas. Mas não gostei desses lugares: eu notava que o bom ali eram as apostas de grandes quantias e, além disso, o lugar era frequentado por um número excessivo de tipos descarados e jovens "barulhentos" oriundos da alta sociedade. Era disso que o príncipe gostava; também gostava de jogar, mas gostava de andar às boas com esses diabretes. Eu notava que nessas noites, ainda que às vezes ele entrasse comigo, com o correr da noite dava um jeito de se distanciar e não me apresentava a nenhum "dos seus". Eu aparentava ser um perfeito selvagem e vez por outra conseguia chamar a atenção por isso. De quando em quando até conversava algo com alguém à mesa de jogo; contudo, em certa ocasião experimentei, numa daquelas mesmas salas, cumprimentar com reverência no dia seguinte um senhor com quem na véspera não só conversara como até rira sentado a seu lado, e inclusive adivinhara duas cartas, mas ele não me reconheceu absolutamente. Quer dizer, foi até pior. Olhou-me com uma espécie de superioridade estudada e passou ao largo depois de dar um sorriso. Assim, logo abandonei esses lugares e peguei o costume de frequentar apenas uma cloaca — de outro modo não consigo denominá-la. Era uma roleta bastante reles, pequena, mantida por uma concubina, embora ela mesma não aparecesse na sala. Ali as pessoas se sentiam muitíssimo à vontade, e embora também aparecessem tanto oficiais como comerciantes ricos, tudo transcorria de modo descontraído, que era o que, aliás, atraía tanta gente. Além disso, aquele lugar frequentemente me dava sorte. Mas até este eu abandonei depois de um episódio repugnante, que se deu justo no auge do jogo e terminou com uma briga entre dois jogadores, e então passei a frequentar a casa de Ziérschikov, para onde mais uma vez o príncipe me levara. Ele era um capitão da cavalaria reformado e o estilo que imprimia às noites em sua casa era breve e prático, bastante sofrível, militar, delicadamente irritante quanto à observância das formas de honra. Por exemplo, lá não apareciam brincalhões e grandes pândegos. Além disso, o jogo era bastante sério. Jogava-se bacará e roleta. Até aquela noite, de quinze de novembro, eu estivera ali apenas três vezes, e Ziérschikov parecia me conhecer pelo rosto; porém eu ainda não tinha nenhum conhecido. Como de propósito, o príncipe e Darzan apareceram naquela noite, já por volta de meia-noite, retornando daquele mesmo bacará dos diabretes da alta sociedade que eu havia abandonado: desse modo, naquela noite eu era como um desconhecido numa turba de estranhos.

Se eu tivesse um leitor e este houvesse lido tudo o que eu já escrevera sobre as minhas aventuras, não há dúvida de que eu não precisaria lhe explicar que decididamente não nascera para nenhum tipo de sociedade. O pior é que não tenho nenhuma habilidade para me portar em sociedade. Quando entro em algum recinto em que há muita gente, sempre fico com a impressão de que todos os seus olhares me deixam eletrizado. Começo a ficar todo desestabilizado, desestabilizado fisicamente, mesmo em lugares como o teatro, já sem falar em recintos privados. Em todas aquelas casas de roleta e em aglomerações sentia-me sem nenhuma condição de assumir qualquer postura: ora ficava ali sentado me censurando por excesso de brandura e polidez, ora, de repente, me levantava e cometia alguma grosseria. Entretanto, quantos patifes, em comparação comigo, sabiam assumir ali um porte surpreendente — pois era isso o que mais me enfurecia, de modo que eu perdia cada vez mais o sangue-frio. Para ser franco, não só hoje mas também naquele tempo toda aquela gente e até mesmo o ganho no jogo, se é para falar tudo, acabaram se tornando repulsivos e torturantes. Decididamente torturantes. Eu, é claro, sentia um prazer extraordinário, mas esse prazer passava pela angústia; tudo aquilo, isto é, aquela gente, o jogo e, sobretudo, eu mesmo ao lado deles, parecia-me uma coisa demasiado suja. "É só eu ganhar que escarro para tudo!" — dizia sempre para mim mesmo ao despertar com o raiar do dia em meu apartamento, depois da jogatina noturna. E mais uma vez o ganho: tomemos apenas o fato de que eu não gostava nada de dinheiro. Quer dizer, não vou ficar repetindo estereótipos torpes, comuns nessas explicações; que eu, como se diz, jogava por jogar, para experimentar sensações, pelo prazer do risco, por paixão etc. e nunca pelo lucro. Eu estava com uma terrível necessidade de dinheiro, embora não fosse esse o meu caminho, nem a minha ideia, mas, de uma forma ou de outra, naquele tempo acabei resolvendo experimentar também esse caminho, como uma experiência. Aí uma ideia poderosa estava sempre me desorientando: "Ora, o único meio infalível de te tornares milionário é teres um caráter devidamente forte; já puseste à prova esse caráter; então mostra a que vens também agora, ou será que precisas de mais caráter diante da roleta do que para realizar tua ideia?" — eis o que eu repetia para mim mesmo. E uma vez que até hoje mantenho a convicção de que no jogo de azar, tendo uma total tranquilidade de caráter, com a qual se pode manter toda a sutileza da inteligência e do cálculo, é impossível não vencer a grosseria do acaso cego e não ganhar — então eu naturalmente deveria ficar cada vez mais irritado vendo que a todo instante deixava de manter o caráter e cedia ao entusiasmo como uma criança. "Eu, que consegui resistir à fome, não posso resistir a uma tolice como essa!" — eis o que me irritava. Além do mais, a consciência de que eu tinha, de que havia em mim, por mais ridículo e humilhado que eu parecesse, um tesouro de forças que obrigaria todos eles a um dia mudarem de opinião a meu respeito, essa consciência — já quase desde os humilhantes tempos de minha infância — era então a única fonte de minha vida, minha luz e minha dignidade, minha arma e meu consolo, senão eu possivelmente teria me matado ainda criança. Por essa razão, poderia eu me irritar comigo mesmo vendo em que lamentável criatura eu me transformava à mesa de jogo? Eis por que eu já não conseguia mais recuar diante do jogo: hoje vejo tudo isso com clareza. Além desta razão principal, sofria também meu mesquinho amor-próprio: a perda me humilhava perante o príncipe, perante Viersílov, embora este não se dignasse dizer nada diante dos demais, nem diante de Tatiana — como me parecia, como me dava a impressão. Por último, faço mais uma confissão: naquela época eu já estava depravado; já me era difícil abrir mão de uma refeição de sete pratos num restaurante, de Matviêi, da loja inglesa, da opinião do meu perfumista, bem, de tudo isso. Já então eu tinha consciência disso mas dava de ombros; hoje, porém, coro ao descrevê-lo.

III

Ao chegar sozinho e me ver no meio de uma turba de desconhecidos, inicialmente me acomodei num canto da mesa e comecei a apostar pequenas quantias, e assim permaneci umas duas horas, sem me mexer. Essas duas horas foram de um terrível impasse — não conseguia nada. Perdia chances surpreendentes e procurava não me irritar, mas manter o sangue-frio e a confiança. E o que se deu foi que ao término dessas duas horas inteiras eu não perdera nem ganhara: dos trezentos rublos que levava comigo, perdi uns dez ou quinze. Esse mísero resultado me enfureceu e, para completar, houve uma sujeira desagradabilíssima. Sei que ladrões às vezes aparecem em torno dessas roletas, isto é, não que venham direto da rua, mas simplesmente se encontram entre jogadores famosos; eu, por exemplo, estou certo de que o famoso jogador Afiérdov é um ladrão; até hoje ele faz figura pela cidade: ainda recentemente eu o encontrei conduzido por uma parelha de seus próprios pôneis, no entanto é um ladrão e me roubou. Mas falarei dessa história adiante; nessa mesma noite houve apenas um prelúdio: eu permanecera todas aquelas duas horas sentado a um canto da mesa, tendo sempre à minha esquerda um almofadinha depravado, acho que um desses *jidezinhos*; ele, aliás, colabora não sei em quê e até escreve e publica alguma coisa. Bem no último minuto ganhei de repente vinte rublos. Dois titulozinhos vermelhos[46] estavam diante de mim, e súbito vejo que esse *jidezinho* estira o braço e tranquilamente recolhe um de meus títulos. Quis detê-lo, mas ele, com a cara mais deslavada e sem levantar minimamente a voz, foi logo explicando que aquilo era o seu ganho, que acabara de jogar e ganhar; não quis nem continuar a conversa e deu-me as costas. Como de propósito, naquele segundo eu estava num deplorável estado de espírito: pensei uma grande ideia e, desistindo, levantei-me rápido e me afastei, sem sequer discutir e presenteando-lhe com um titulozinho vermelho. Sim, seria mesmo difícil continuar com essa querela com um ladrãozinho descarado, porque eu estava perdendo tempo; o jogo já havia avançado. E eis qual foi o meu imenso erro, que se refletiu posteriormente: uns três ou quatro jogadores que estavam ao nosso lado notaram nossa discussão e, vendo que eu cedia com tanta facilidade, provavelmente me tomaram por um deles. Eram doze horas em ponto; fui para a sala seguinte, pensei, imaginei um novo plano e, ao retornar, troquei meus títulos por meios-imperiais.[47] Vi-me com quarenta e poucas moedas nas mãos. Dividi-as em dez partes e resolvi fazer dez apostas seguidas no *zéro*,[48] cada uma no valor de quatro meios-imperiais, uma a uma. "Se vencer, sorte a minha, se perder, melhor ainda; nunca mais voltarei a jogar." Obser-

---

[46] Trata-se de títulos ou obrigações de dívida bancária, que podiam ser trocados em bancos, mas sem direito a juros. (N. do T.)

[47] O imperial era uma moeda de ouro que valia dez rublos. Portanto, meio-imperial valia cinco rublos. (N. do T.)

[48] Em francês no original. (N. do T.)

vo que durante essas duas horas inteiras não dera *zéro* nenhuma vez, de modo que ao fim e ao cabo ninguém mais apostava no *zéro*.

Deixei a mesa calado, de cenho franzido e rangendo os dentes. Na terceira aposta Ziérschikov anunciou em voz alta o *zéro*, que não tinha dado o dia inteiro. Pagaram-me cento e quarenta meios-imperiais de ouro. Restavam-me ainda sete apostas e eu continuei, mas enquanto isso tudo ao meu redor começou a girar e bailar.

— Venha para cá! — gritei através da mesa para um jogador que ainda há pouco estava a meu lado, um grisalho bigodudo, de rosto vermelho e fraque, que há várias horas vinha apostando pequenos punhados com uma indescritível expressão no rosto e perdia uma aposta atrás da outra. — Venha para cá! A sorte está aqui!

— É comigo que está falando? — respondeu o bigodudo do canto da mesa, com uma surpresa um tanto ameaçadora.

— Sim, com o senhor! Aí vai perder até o último centavo!

— Não é da sua conta e peço que não me atrapalhe!

Mas eu já não tinha como me conter. À minha frente, do lado oposto da mesa, havia um oficial idoso. Olhando para o meu monte, ele balbuciou para o seu vizinho:

— É estranho: *zéro*. Não, no *zéro* não me atrevo.

— Atreva-se, coronel! — gritei, apostando um novo monte.

— Peço que a mim também deixe em paz, dispenso suas sugestões — interrompeu-me bruscamente. — O senhor está gritando muito aqui.

— Estou lhe dando uma boa sugestão; bem, se quiser apostar que agora vai dar de novo o *zéro*, aposto dez moedas de ouro, estas aqui, aposto, aceita?

E então coloquei os dez meios-imperiais.

— Uma aposta de dez moedas de ouro? Essa eu posso — disse em tom seco e severo. — Aposto contra o senhor que não vai dar *zéro*.

— Dez luíses de ouro, coronel.

— Quais dez luíses de ouro?

— Dez meios-imperiais, coronel, ou luíses de ouro, num estilo elevado.

— Então diga que são meios-imperiais e não se permita brincar comigo.

Eu, é claro, não esperava ganhar a aposta: havia trinta e seis chances contra uma de não dar o *zéro*; no entanto propus, em primeiro lugar, por ostentação, e, em segundo, por querer de algum modo chamar a atenção de todos para mim. Eu notava muito bem que por alguma razão ninguém ali gostava de mim e me faziam sabê-lo com um prazer especial. A roleta começou a girar, e qual não foi a surpresa geral quando de repente tornou a dar *zéro*! Houve até um grito geral. Neste ponto a glória do ganho me ofuscou completamente. Mais uma vez me pagaram cento e quarenta meios-imperiais. Ziérschikov me perguntou se eu queria receber uma parte em títulos bancários, mas respondi com um mugido, porque já estava deveras incapaz de me explicar de modo tranquilo e circunstancial. Minha cabeça girava e minhas pernas fraquejavam. Senti de repente que iria fazer uma tremenda aposta; além disso, ainda queria empreender alguma coisa, propor mais alguma aposta, separar alguns milhares para alguém. Juntei maquinalmente um punhado de títulos na mão e moedas de ouro e não me concentrei para contá-las. Nesse instante notei de súbito o príncipe e Darzan atrás de mim: acabavam de voltar de seu bacará e, como eu soube depois, lá haviam perdido tudo.

— Ah, Darzan — gritei para ele —, eis onde está a sorte! Aposte no *zéro*!

— Perdi tudo, não tenho dinheiro — respondeu em tom seco; já o príncipe parecia não ter notado decididamente nada, nem me reconhecido.

— Eis o dinheiro! — gritei, mostrando meu monte de ouro —, de quanto precisa?

— Com os diabos! — bradou Darzan, corando todo —, parece que não lhe pedi dinheiro.

— Estão chamando pelo senhor — Ziérschikov me puxou pela manga do casaco.

Quem já me chamara várias vezes e quase aos insultos era o coronel, que havia perdido para mim a aposta de dez imperiais.

— Queira receber! — gritou, todo vermelho de ira —, não sou obrigado a ficar parado à sua espera; senão depois ainda vai dizer que não recebeu. Confira.

— Confio, confio, coronel, confio sem contar; só que, por favor, não grite comigo nem se zangue — e juntei num punhado o ouro dele.

— Meu caro senhor, peço que se meta com seu entusiasmo com outra pessoa e não comigo — gritou bruscamente o coronel. — Não alimentei porcos junto com o senhor.

— É estranho deixar esse tipo de gente entrar aqui; quem é ele?

— É um jovem qualquer — ouviram-se exclamações a meia-voz.

No entanto eu já não ouvia, apostava à toa e não mais no *zéro*. Apostei um maço inteiro de notas irisadas[49] no número dezoito da primeira fileira.

— Vamos, Darzan! — soou atrás de mim a voz do príncipe.

---

[49] Cédulas de cem rublos. (N. do T.)

— Embora? — voltei-me para ele. — Espere-me, sairemos juntos, vou ganhar.

Minha aposta venceu; tinha sido uma aposta grande.

— Basta! — gritei e, com as mãos trêmulas, comecei a enterrar, meter ouro nos bolsos, sem contar nada, e de um modo meio absurdo, pegando com os dedos montes de títulos e querendo meter todos juntos no bolso lateral. Súbito a mão gorda com anel de Afiérdov, que estava sentado à minha direita e também apostava grandes somas, pousou sobre três dos meus títulos irisados e os cobriu com a mão.

— Com licença, este não é seu — escandiu em tom severo e cadenciado com uma voz, aliás, bastante suave.

Pois era esse aquele prelúdio que mais tarde, durante vários dias, estava fadado a tamanhas consequências. Hoje, juro por minha honra que aquelas notas de cem rublos eram minhas, mas, apesar de eu estar certo de que eram minhas, ainda assim restava-me, para o meu azar, um décimo de fração de dúvida, e para um homem honesto isso é tudo; e eu sou um homem honesto. O pior é que naquela ocasião eu ainda não sabia que Afiérdov era um ladrão; tampouco conhecia o seu sobrenome, de modo que eu efetivamente podia pensar que tinha me enganado e que aquelas três notas de cem rublos não estavam entre aquelas que acabavam de me pagar. Durante todo aquele tempo deixei de contar o meu monte de dinheiro e limitava-me a recolhê-lo, mas diante de Afiérdov também sempre houve dinheiro e ali a meu lado, só que contado e em ordem. Por fim Afiérdov era conhecido ali, era tido como um ricaço e tratado com respeito: tudo isso exerceu influência sobre mim e mais uma vez não protestei. Um terrível erro! O pior de tudo é que eu estava cheio de arroubos.

— Lamento extremamente não lembrar ao certo; mas me parece demais que esse dinheiro é meu — pronunciei com os lábios trêmulos de indignação. Essas palavras provocaram queixa imediata.

— Para dizer coisas assim é preciso se lembrar *ao certo*, mas o senhor se permitiu proclamar que *não* se lembra ao certo — pronunciou Afiérdov em tom insuportavelmente alto.

— Quem é ele, como se pode permitir isso? — fizeram-se ouvir várias exclamações.

— Não é a primeira vez que ele faz isso. Ainda há pouco houve um episódio com Hechberg por causa de dez rublos — ouviu-se ao lado uma voz bem torpezinha.

— Bem, basta, basta! — exclamei —, não protesto, pegue-o! Príncipe... onde estão o príncipe e Darzan? Foram embora? Meu Deus, os senhores não viram para onde foram o príncipe e Darzan? — e, pegando finalmente todo o meu dinheiro, mas sem conseguir meter todos os meios-imperiais no bolso e mantendo-os na mão, lancei-me na tentativa de alcançar o príncipe e Darzan. Na certa o leitor nota que não me poupo e relembro integralmente o estado em que me encontrava naquele momento, até a última patifaria que cometi, para que se compreenda o que mais tarde foi possível acontecer.

O príncipe e Darzan já haviam descido a escada sem darem a mínima atenção ao meu chamado e aos meus gritos. Eu já os havia alcançado, mas parei por um segundo diante do porteiro e meti-lhe na mão três meios-imperiais, o diabo sabe com que fim; ele me olhou perplexo e nem sequer agradeceu. Mas para mim era indiferente e, se ali estivesse Matviêi, na certa eu lhe teria dado um punhado inteiro de ouro, e, aliás, acho que assim queria fazê-lo, mas ao correr para o terraço subitamente me ocorreu que ainda um pouco antes o havia mandado para casa. Nesse instante entregaram ao príncipe os seus trotões e ele se instalou no trenó.

— Vou com você, príncipe, vou para sua casa! — gritei, agarrando e sacudindo a manta do trenó para subir no trenó dele; mas de repente Darzan pulou a meu lado para o trenó e o cocheiro arrancou-me das mãos a manta e cobriu os senhores.

— Com os diabos! — gritei enfurecido. Era como se eu abrisse a manta para Darzan, como um criado.

— Vamos embora! — gritou o príncipe.

— Espere! — berrei, agarrando-me ao trenó, mas o cavalo arrancou e eu rolei na neve. Até me pareceu que eles riram. Levantei-me de um salto e, num piscar de olhos, agarrei a primeira carruagem que apareceu e voei para a casa do príncipe, fustigando a cada segundo o meu rocim.

IV

Como de propósito, o rocim arrastava o trenó com uma demora antinatural, embora eu tivesse prometido um rublo inteiro pela corrida. O cocheiro não parava de açoitar e, claro, açoitava o rocim para ganhar o rublo. Meu coração parava; comecei a falar alguma coisa com o cocheiro, mas as palavras nem sequer me saíam da boca e balbuciei um absurdo qualquer. Foi nesse estado que cheguei correndo à casa do príncipe. Ele acabara de voltar; deixara Darzan em casa e estava só. Pálido e zangado, caminhava pelo gabinete. Torno a repetir: ele havia perdido tudo. Olhou para mim com uma espécie de perplexidade difusa.

— Você outra vez! — disse, franzindo o cenho.

— Para liquidar o nosso assunto, senhor! — disse-lhe ofegando. — Como ousou agir daquele jeito comigo?

Ele estava com um ar interrogativo.

— Se você vinha com Darzan, podia ter me respondido que vinha com Darzan, mas fez o cavalo arrancar e eu...

— Ah, sim, parece que caiu na neve — e riu na minha cara.

— Por essas coisas se responde com um desafio para um duelo, e por isso vamos primeiro acertar as contas...

E com a mão trêmula comecei a tirar meu dinheiro e colocá-lo em cima do divã, da mesinha de mármore e até de um livro aberto, aos montes, aos punhados, em maços; algumas moedas rolaram pelo tapete.

— Ah, sim, parece que você ganhou... e isso se percebe por seu tom.

Ele nunca havia falado comigo de modo tão impertinente. Eu estava muito pálido.

— Aqui... não sei quanto... é preciso contar. Eu lhe devo em torno de três mil... ou quanto?... mais ou menos?

— Parece que não o estou forçando a pagar.

— Não, eu mesmo quero pagar e você deve saber por quê. Sei que nesse maço de notas irisadas há mil rublos, ei-los! — E eu ia começando a contar o dinheiro com as mãos trêmulas, mas desisti. — De qualquer forma sei que são mil rublos. Pois bem, esses mil aqui reservo para mim e todo o restante, este monte aqui, pegue por conta da dívida, de uma parte da dívida: aqui acho que há em torno de dois mil ou talvez mais!

— E mesmo assim você se reserva mil? — o príncipe arreganhou os dentes.

— Mas você está precisando? Neste caso... eu gostaria... eu pensei que você não ia querer... mas, se precisa, então aqui está...

— Não, não preciso — deu-me desdenhosamente as costas e voltou a andar pelo cômodo.

— E só o diabo sabe porque lhe deu na telha devolver! — voltou-se de súbito para mim com um terrível desafio no rosto.

— Devolvo para exigir que você me preste contas! — berrei por minha vez.

— Fora daqui com suas eternas palavras e gestos! — de repente começou a bater com os pés em minha direção, como que tomado de fúria. — Faz muito tempo que eu queria botar vocês dois, você e o senhor Viersílov, para fora daqui.

— Você está louco! — exclamei. E parecia mesmo.

— Vocês dois me deixaram extenuado com suas frases bombásticas, sempre com frases, frases, frases! Sobre a honra, por exemplo! Fu! Faz tempo que eu queria romper... estou contente, contente porque chegou a hora. Eu me achava tolhido e corava porque era forçado a recebê-los... aos dois! Agora não me sinto mais tolhido por nada, por nada, fique sabendo! O senhor Viersílov me incitou a atacar Akhmákova e comprometê-la... depois disso não se atreva mais a me falar de honra. Porque vocês são gente sem honra... ambos, ambos; você por acaso não sentiu vergonha de pegar o meu dinheiro?

Meus olhos se turvaram.

— Peguei dinheiro com você como companheiro — comecei muito baixinho —, você mesmo me ofereceu e eu acreditei na sua disposição...

— Não sou seu companheiro! Eu lhe dava dinheiro, mas não era por isso, e você mesmo sabe para quê.

— Eu aceitava por conta do dinheiro de Viersílov; é claro que era uma tolice, mas eu...

— Você não poderia aceitar dinheiro por conta de Viersílov sem permissão dele e eu não poderia lhe dar sem permissão dele... Eu lhe dei do meu dinheiro; e você sabia, sabia e recebia; eu suportava essa odiosa comédia em minha casa!

— O que é que eu sabia? Que comédia? Por que então você me emprestava?

— *Pour vos beaux yeux, mon cousin!*[50] — gargalhou direto na minha cara.

— Com os diabos! — berrei —, fique com tudo, até com esses mil! Agora estamos quites e amanhã...

E atirei nele aquele maço de notas irisadas, que eu me reservara para viver com fartura. O maço bateu direto no colete dele e despencou no chão. Rápido, com três enormes passos, chegou-se a mim à queima-roupa.

— Você se atreve a dizer — falou separando as sílabas como se seguisse um estilo — que, ao receber meu dinheiro durante todo o mês, não sabia que sua irmã estava grávida de mim?

— O quê? Como? — gritei e de repente minhas pernas bambearam e caí sem forças no divã. Mais tarde ele mesmo me contou que eu ficara pálido como um lenço. Minha mente estava confusa. Lembro-me de que ficamos um tempão olhando, calados, um para o outro. Era como se um susto se

---

[50] Em francês, "Por seus belos olhos, meu primo!". (N. do T.)

tivesse insinuado em seu rosto; súbito inclinou-se, agarrou-me pelos ombros e começou a me apoiar. Lembro-me perfeitamente do seu sorriso imóvel; nele havia desconfiança e surpresa. Sim, ele não esperava de maneira nenhuma semelhante efeito de suas palavras, porque estava convencido de minha culpa.

Acabei desmaiando, mas apenas por um minuto; voltei a mim, pus-me sobre as pernas, olhava para ele e tentava atinar — e num estalo toda a verdade se revelou à minha mente, por tanto tempo adormecida! Se antes me dissessem e perguntassem: "O que você faria com ele nesse instante?", na certa eu teria respondido que o despedaçaria. Contudo, deu-se algo bem distinto e totalmente além de minha vontade: súbito cobri o rosto com ambas as mãos e comecei a soluçar amargamente. Foi assim que aconteceu. De repente uma criancinha se revelava no jovem. Quer dizer que uma criancinha ainda habitava uma metade inteira de minha alma. Caí no divã e comecei a soluçar. "Liza! Liza! Coitada, infeliz!" De repente o príncipe acreditou inteiramente em mim.

— Deus, como sou culpado perante vocês! — exclamou com profunda amargura. — Oh, com que torpeza o julguei em minha cisma... Perdoe-me, Arkadi Makárovitch!

Levantei-me de um salto, quis lhe dizer alguma coisa, parei à sua frente, mas, sem dizer nada, saí correndo do cômodo e do apartamento. Gramei para casa a pé e mal me lembro do caminho que fiz. Lancei-me na minha cama de cara no travesseiro, no escuro, e fiquei pensando, pensando. Em momentos como esse nunca se pensa com lógica e coerência. Minha mente e minha imaginação pareciam ter descarrilado e lembro-me de que eu começara até a devanear com algo totalmente estranho; só Deus sabe o quê. No entanto, a mágoa e a desgraça me voltaram à lembrança com dor e lamentos, e de novo me contorci e exclamei: "Liza, Liza!" — e tornei a chorar. Não lembro como adormeci, mas dormi pesado, docemente.

CAPÍTULO VII

I

Acordei por volta das oito da manhã, num piscar de olhos tranquei minha porta, sentei-me à janela e fiquei a pensar. Assim permaneci até as dez. Por duas vezes a criada bateu à minha porta, mas eu a repeli. Por fim, já depois das dez, tornaram a bater. Eu ia gritar de novo, mas era Liza. Com ela entrou também a criada, trouxe o meu café e começou a aquecer a lareira. Tocá-la para fora era impossível, e durante todo o tempo em que Fiekla arrumou a lenha e soprou o fogo, fiquei andando a passos largos por meu pequeno quarto sem começar a conversar e até procurando não olhar para Liza. A criada agia com uma lentidão indescritível e o fazia de propósito, como fazem todas as criadas naqueles casos em que notam que atrapalham a conversa dos senhores com sua presença. Liza se sentara numa cadeira à janela e me observava.

— Teu café vai esfriar — disse de repente.

Olhei para ela: nem a mínima perturbação, havia tranquilidade total tanto nos lábios como até no sorriso.

Como são as mulheres! — não me contive e sacudi os ombros. Por fim a criada terminou de aquecer a lareira e ia começando a arrumar o quarto, no entanto toquei-a para fora com veemência e por fim tranquei a porta.

— Diz-me, por favor, por que tornaste a trancar a porta? — perguntou Liza.

Parei diante dela:

— Liza, como eu poderia pensar que me enganarias tanto! — exclamei num átimo, sem sequer me passar pela cabeça que começaria a falar assim. Desta vez não houve uma lágrima, mas um sentimento de quase raiva a me pungir de repente o coração, de modo que nem eu mesmo o esperava. Liza corou, mas não respondeu, limitando-se a continuar me encarando.

— Espera, Liza, espera, oh, como fui tolo! Mas será que fui tolo? Só ontem as insinuações se encaixaram, mas até então, como eu haveria de saber? Pelo fato de que visitavas a casa de Stolbêieva e aquela... Dária Oníssimovna? Mas eu te achava um sol, Liza, como poderia me passar alguma coisa pela cabeça? Tu te lembras de como te encontrei naquele dia, dois meses atrás, no apartamento *dele*, e de como nós dois saímos então andando debaixo do sol e contentes... àquela altura aquilo já tinha acontecido? Tinha?

Ela respondeu com um acento afirmativo de cabeça.

— Quer dizer que já então me enganavas! Não foi por causa de minha tolice, Liza, a causa foi antes o meu egoísmo e não a tolice, o meu egoísmo do coração e... e talvez a certeza da tua santidade. Oh, eu sempre estivera certo de que todos eram infinitamente superiores a mim, vê só! Por fim, ontem, no curso de um dia, não consegui sequer atinar, apesar de todas as insinuações. Ademais, não era isso que ontem me ocupava!

Nisso me lembrei de chofre de Catierina Nikolavna,[51] e mais uma vez algo torturante como um alfinete pungiu-me o coração e corei por inteiro. Eu, era natural, não podia ser bondoso naquele instante.

— Ora, de que te justificas? Arkadi, parece que estás te justificando de alguma coisa? — perguntou Liza baixinho e de forma sucinta, mas com voz muito firme e convincente.

— Como de quê? Ora, o que é que vou fazer agora? pelo menos isto eu te pergunto! E tu dizes: "De quê? De quê, então?". Não sei como agir! Não sei como agem os irmãos nesses casos... Sei que impõem o casamento com uma pistola na mão... Vou agir como cabe a um homem honrado! Mas acontece que não sei como um homem honrado deve agir num caso como esse!... Por quê? Porque não somos nobres, ao passo que ele é um príncipe e está fazendo lá a sua carreira; a nós, pessoas honestas, nem vai dar ouvidos. Nós dois não somos sequer irmãos, mas uns filhos bastardos, sem sobrenome, filhos de um servo; e por acaso príncipes se casam com servas? Oh, torpeza! E ainda por cima ficas aí sentada e surpreendida comigo.

— Acredito que estás atormentado — Liza tornou a corar —, mas te precipitas e te atormentas a ti mesmo.

— Precipito-me? Ora, será que a teu ver não cheguei bastante atrasado nessa história? És tu, és tu, Liza, que me falas assim? — Enfim eu me deixara arrebatar pela total indignação. — Mas, quanta vergonha suportei, e como esse príncipe deve ter me desprezado! Oh, agora está tudo claro para mim, assim como todo esse quadro que se apresenta à minha frente: ele imaginou à perfeição que eu adivinhara há muito tempo sua relação contigo, mas eu calava ou até levantava o nariz e me vangloriava de "honradez" — eis o que ele poderia até pensar a meu respeito! E eu recebendo dinheiro por

---

[51] Variação de Nikoláievna. (N. do T.)

minha irmã, pela desonra de minha irmã! Era isso que o repugnava ver e eu o justifico plenamente: ver e receber o patife todos os dias porque é o irmão dela, que ainda fala de honra... isso faz secar o coração, mesmo que seja o dele! E tu permitiste tudo isso, não me preveniste! Ele me desprezava tanto que falava de mim com Stebielkóv, e ontem à noite disse pessoalmente que queria tocar a mim e a Viersílov para fora de sua casa. E Stebielkóv! "Anna Andriêievna é tão sua irmã como Lizavieta Makárovna", e ainda gritou às minhas costas: "Meu dinheiro é melhor!". Mas eu, eu me esparramava descaradamente nos divãs *dele* e colava em seus conhecidos como um igual, o diabo que os carregue! E tu permitias tudo isso! Agora talvez até Darzan o saiba, pelo menos a julgar pelo tom que ele usou ontem à noite... todos, todos sabem, menos eu!

— Ninguém sabe nada, ele não disse a nenhum de seus conhecidos e *nem poderia* dizer — interrompeu-me Liza —, e quanto a Stebielkóv, sei apenas que Stebielkóv o atormenta e que este Stebielkóv pode apenas conjecturar... A teu respeito falei várias vezes com ele, e ele acreditou plenamente em minhas palavras, que não sabias nada, agora só não sei por que e como isso foi acontecer com vocês ontem à noite.

— Pelo menos ontem eu acertei as contas com ele, ao menos esse peso tirei do coração! Liza, mamãe sabe? Ora, como não saberia: ontem mesmo, ontem mesmo ela se levantou contra mim! Ah, Liza! Não me digas que tens razão em tudo, que ainda assim não te culpas? Não sei como julgar isso pela visão de hoje e pelas ideias que tinhas, quer dizer, a respeito de mim, de mamãe, do irmão, do pai... Viersílov sabe?

— Mamãe não disse nada a ele; ele não pergunta; é verdade que não quer perguntar.

— Sabe, mas não quer saber, é assim mesmo, esse é o jeito dele! Bem, vamos que ridicularizes o papel do irmão tolo quando ele fala de pistolas, mas mamãe, mamãe? Será que não pensaste, Liza, que isso é uma reprimenda à mamãe? Passei a noite inteira angustiado com isso; a primeira coisa que agora passará pela cabeça de minha mãe será: "Isso é porque eu também fui culpada, então, tal mãe, tal filha!".

— Oh, quanta maldade e crueldade no que disseste! — Liza exclamou com lágrimas rolando dos olhos, levantou-se e caminhou rápido para a porta.

— Espera, espera! — abracei-a, tornei a fazê-la sentar-se e sentei-me a seu lado, sem tirar o braço.

— Ao vir para cá eu pensava que irias mesmo agir assim e que acharias forçoso eu me culpar. Se quiseres eu me culpo. Só por orgulho estive até aqui calada, não falei, mas tenho muito mais pena de ti e de mamãe do que de mim... — ela não concluiu e desatou num choro forte.

— Basta, Liza, não precisa, não precisa. Não te julgo. Liza, e como está mamãe? Diz, faz tempo que ela sabe?

— Penso que há muito tempo: mas eu mesma lhe contei há pouco, quando *aquilo* aconteceu — disse baixinho, olhando para o chão.

— E ela?

— Ela disse: "Suporta!" — proferiu Liza em tom ainda mais baixo.

— Ah, sim, Liza, "suporta"! Não me faças nada contigo. Deus te livre!

— Não vou fazer — respondeu com firmeza e tornou a levantar os olhos para mim. — Fica tranquilo — acrescentou —, isso não tem nada a ver.

— Liza, querida, só sei que nessa história não sei de nada, mas em compensação só agora descobri como te amo. Só uma coisa não entendo, Liza: tudo aqui está claro para mim, só uma coisa não consigo entender de maneira nenhuma: por que te apaixonaste por ele? Como conseguiste te apaixonar por um tipo como ele? Eis a questão!

— E na certa passaste a noite te atormentando também com isso? — sorriu baixinho Liza.

— Espera, Liza, fiz uma pergunta tola e tu ris; que rias, mas é impossível não me surpreender: tu e *ele* — vocês são tão opostos! Ele — eu o estudei —, ele é sombrio, cismado, talvez muito bondoso, vá, mas, por outro lado, tem uma extrema propensão de ver o mal em tudo (nisto, aliás, é absolutamente igual a mim!). Ele tem um respeito apaixonado pela nobreza; isto eu admito, isto eu vejo, mas, ao que parece, apenas no ideal. Oh, ele é propenso ao arrependimento, a vida inteira esteve sempre se maldizendo e se arrependendo, mas, por outro lado, nunca se corrige, aliás, nisso também talvez seja como eu. Milhares de preconceitos e falsas ideias... e nenhuma ideia! Procura cometer um grande feito e se suja por ninharias. Desculpa, Liza, pensando bem, sou um imbecil: ao dizer isso estou te ofendendo e o sei; compreendo isso!

— O retrato estaria fiel — sorriu Liza —, porém estás zangado demais com ele por minha causa, e por isso nada é fiel. Desde o início ele desconfiou de ti e tu não conseguiste vê-lo por inteiro, mas comigo, ainda em Luga... Desde Luga só a mim ele via. Sim, ele é cismado e doentio e sem mim teria enlouquecido; e se vier a me deixar acabará louco ou se matará; parece que compreendeu e sabe disso — acrescentou Liza como que de si para si e pensativa. — Sim, ele é constantemente fraco, no entanto esses fracos é que são capazes de um dia realizar algo muito forte... Que coisa estranha disseste sobre pistolas, Arkadi: aqui nada disso é necessário, eu mesma sei o que há de acontecer. Não sou eu quem anda atrás dele, mas ele que anda atrás de mim. Mamãe chora, diz: "Se te casares com ele serás infeliz, ele deixará de te amar". Não acredito nisto; infeliz talvez eu venha a ser, mas de me amar ele não deixará. Não foi por isso que demorei tanto a aceitar o seu pedido, mas por outro motivo. Já fazia dois meses que eu me negava a aceitar esse pedido, mas hoje eu lhe disse: *sim*, eu me caso contigo. Sabes, Arkacha, ontem (seus olhos cintilaram e súbito ela me enlaçou o pescoço com os dois braços), ontem ele foi à casa de Anna Andrêievna e lhe disse sem rodeios, com toda a franqueza, que não pode amá-la... Sim, ele se explicou por completo e agora essa ideia chegou ao fim! Ele nunca tomara parte nessa ideia, tudo tinha sido um sonho do príncipe Nikolai Ivánovitch, e, aliás, foi pressionado por seus torturadores, Stebielkóv e mais um... Foi por isso que hoje eu lhe disse *sim*. Querido Arkacha, ele pede muito que vá à sua casa e não te ofendas pelo que houve ontem: hoje ele não está muito bem de saúde e ficará o dia inteiro em casa. Está deveras adoentado, Arkadi: não penses que isso seja um pretexto. Ele me mandou aqui deliberadamente e pediu para te transmitir que "precisa" de ti, que tem muita coisa a te dizer, mas aqui em teu apartamento seria incômodo. Bem, adeus! Ah, Arkadi, me dá até vergonha de dizer, mas ao vir para cá senti um terrível medo de que tivesses deixado de gostar de mim e me benzi o tempo todo, mas tu és tão bondoso, querido. Nunca esquecerei tua atitude! Agora vou ver mamãe. Quanto a ti, procura gostar dele ao menos um pouquinho, sim?

Abracei-a com ardor e disse-lhe:

— Liza, acho que tens um caráter forte. E ademais acredito que não és tu quem anda atrás dele, mas ele que anda atrás de ti, só que, apesar de tudo...

— Apesar de tudo, "por que te apaixonaste por ele? eis a questão" — emendou Liza rindo de repente com ar traquinas como ainda há pouco, e disse "eis a questão!" de um jeito por demais parecido com o meu. E ao dizê-lo fez exatamente como eu antes dessa frase, levantando o indicador diante dos olhos. Beijamo-nos, mas quando ela saiu tornei a sentir um aperto no coração.

II

Aqui observo apenas para mim mesmo: com a saída de Liza, houve, por exemplo, momentos em que um verdadeiro enxame dos pensamentos mais inesperados me veio à mente e até me deixou muito contente. "Ora, por que me preocupo — pensava eu —, o que hei de fazer? Isso acontece com todo mundo, ou quase. O que foi isso que aconteceu com Liza? Ora, eu, por acaso, "devo salvar a honra da família"? Observo todas essas vilezas para mostrar até que ponto ainda não estava consolidada em mim a compreensão do mal e do bem. Só um sentimento me salvava: eu sabia que Liza era infeliz, que mamãe era infeliz, e sabia por senti-lo quando me lembrava delas e por isso tinha a sensação de que tudo que havia acontecido devia ser ruim.

Agora previno que, a partir daquele dia até a catástrofe de minha doença, os acontecimentos se desenrolaram com tal velocidade que, ao recordá-los hoje, até me surpreende como consegui suportá-los, como o destino não me esmagou. Eles esgotaram minha inteligência e até meus sentimentos, e se ao fim e ao cabo eu tivesse cometido um crime por não havê-los suportado (e por pouco não houve o crime), é bem possível que os jurados viessem a me absolver. Contudo, procurarei descrever em ordem rigorosa, embora previna de que naquela época havia pouca ordem em meus pensamentos. Os acontecimentos arremeteram como o vento e meus pensamentos fizeram um redemoinho em minha mente como folhas secas no outono. Como eu era todo feito de ideias alheias, de onde eu iria tirar as minhas quando fossem necessárias para uma decisão independente? Não tinha nenhum guia.

Resolvi ir à noite à casa do príncipe conversar com ele sobre tudo e com plena liberdade, e até o anoitecer permaneci em casa. Mas à noitinha recebi pelo correio urbano mais um bilhete de Stebielkóv, de três linhas, com o pedido urgente e "mais que encarecido" de visitá-lo na manhã seguinte por volta das onze para tratar de "assuntos da maior importância, e você mesmo verá que tipo de assunto". Depois de ponderar, decidi agir segundo as circunstâncias, uma vez que ainda estávamos longe do dia seguinte.

Já eram oito horas; eu teria ido há muito tempo, mas continuava esperando por Viersílov: queria lhe dizer muita coisa e meu coração ardia. Mas Viersílov não vinha nem veio. Saí a pé e, enquanto caminhava, ocorreu-me dar uma passada na taberna da véspera, na rua Kanava. Viersílov estava naquele mesmo lugar da véspera.

— Eu já sabia que virias para cá — disse ele com um sorriso estranho, olhando para mim também de modo estranho. Seu sorriso não era bom e há muito tempo eu não vira outro assim em seu rosto.

Sentei-me à mesinha e lhe contei tudo, desde o início, com fatos a respeito do príncipe e de Liza e de minha cena da véspera em casa do príncipe depois da roleta; também não esqueci meu ganho na roleta. Ele ouviu com muita atenção e pediu para repetir a decisão do príncipe de se casar com Liza.

— *Pauvre enfant,*[52] é possível que ela não ganhe nada com isso. Mas é provável que não aconteça... embora ele seja capaz...

— Diga-me como a um amigo: o senhor sabia disso, pressentia, não?

— Meu amigo, o que eu poderia fazer? Tudo isso é uma questão de sentimento e de consciência alheia, embora por parte daquela pobre mocinha. Vou repetir para ti: outrora andei me intrometendo bastante na consciência dos outros, foi a artimanha mais inconveniente! Na desgraça não me nego a ajudar, desde que tenha forças e eu mesmo entenda do que se trata. E quanto a ti, meu querido, durante todo esse tempo não suspeitaste de nada?

— Mas como podia o senhor — exclamei todo inflamado —, como o senhor, desconfiando de que eu estivesse a par de ao menos uma gota da ligação de Liza com o príncipe, e vendo ao mesmo tempo que aceitava dinheiro dele; como o senhor podia conversar comigo, sentar-se comigo, estender a mão para mim, a quem devia considerar um patife porque, aposto, na certa desconfiava de que eu sabia de tudo e, ciente dos fatos, recebia dinheiro do príncipe por ela?

— Mais uma vez é uma questão de consciência — deu um risinho. — E como sabes — acrescentou com toda clareza e com um ar enigmático —, como sabes que eu, como tu ontem em outra circunstância, não temia perder meu "ideal", e, em vez de meu menino impetuoso e honesto, encontrar um canalha? Era por receio que eu adiava o momento. Por que não admitir em mim, em vez de indolência ou falsidade, alguma coisa mais cândida, ainda que tola, porém nobre? *Que diable!* Muito amiúde sou tolo e desprovido de nobreza. Para que me servirias se tivesses tais inclinações? Tentar persuadir e corrigir em semelhantes casos é baixo; perderias todo o valor aos meus olhos, mesmo depois de corrigido...

— E de Liza, tem pena? tem pena?

— Muita pena, meu querido. O que te faz crer que sou tão insensível? Ao contrário, procuro com todas as forças... Bem, e tu, *como* estás, como vão os *teus* negócios?

— Deixemos os meus negócios; neste momento não tenho *meus* negócios. Escute, por que o senhor duvida de que ele se case? Ontem ele esteve com Anna Andrêievna e realmente desistiu... bem, quer dizer, daquela ideia tola... aquela que havia brotado da cabeça do príncipe Nikolai Ivánovitch, de casá-los. Ele realmente se recusou.

---

[52] Em francês, "Pobre criança". (N. do T.)

— Sim? Quando isso aconteceu? E exatamente de quem ouviste isso? — quis saber com curiosidade. Contei tudo o que sabia.

— Hum... — pronunciou ele em tom meditativo, como se refletisse com seus botões —, quer dizer que isso aconteceu exatamente uma hora... antes da outra explicação. Hum... pois é, está claro que entre eles podia haver semelhante explicação... embora eu saiba que lá entre eles nunca e nada jamais fora dito ou feito até então, nem de uma parte nem de outra... Bem, é claro, bastam duas palavras para uma explicação. Mas eis uma coisa — súbito deu um risinho estranho —, agora vou te deixar interessado por uma notícia até extraordinária: se ontem teu príncipe tivesse mesmo feito uma proposta de casamento a Anna Andrêievna (o que eu, por nutrir suspeitas em relação a Liza, usaria de todas as minhas forças para impedir, *entre nous soit dit*[53]), então Anna Andrêievna na certa a teria recusado de qualquer maneira. Parece que gostas muito de Anna Andrêievna, que a estimas e aprecias? Isso é muito amável de tua parte e por isso provavelmente ficarás contente por ela: meu querido, ela vai se casar e, a julgar por seu caráter, vai se casar ao certo e eu, bem, eu, é claro, o bendigo.

— Vai se casar? Com quem? — bradei terrivelmente surpreso.

— Vamos, tenta adivinhar. Não vou te atormentar: com o príncipe Nikolai Ivánovitch, com o teu querido velhote.

Fiquei de olhos esbugalhados.

— Na certa ela vinha nutrindo essa ideia há muito tempo e, claro, elaborou-a com arte em todos os aspectos — continuou ele com indolência e clareza. — Suponho que isso tenha acontecido exatamente uma hora depois da visita do "príncipe Serioja". (Vê só que despropósito em sua investida!) Ela foi simplesmente à casa do príncipe Nikolai Ivánovitch e lhe fez a proposta de casamento.

— Como "lhe fez a proposta de casamento"? Quer dizer, ele fez a ela a proposta?

— Ora, qual ele! Foi ela, ela mesma. O fato é que ele está em completo êxtase. Andam dizendo que não faz outra coisa senão se surpreender como isso não ocorreu a ele mesmo.

— Escute, o senhor está falando de um jeito tão galhofento... Quase não posso acreditar. E ademais, de que jeito ela propôs? O que disse?

— Podes estar certo, meu querido, de que estou sinceramente alegre — respondeu de chofre, fazendo um trejeito muito sério —, ele é velho, está entendido, mas pode se casar segundo todas as leis e costumes, e ela, mais

---

[53] "Cá entre nós". (N. do T.)

uma vez é uma questão da consciência alheia, aquilo que eu já te repeti, meu amigo. Aliás, ela é demasiado competente para ter seu ponto de vista e sua decisão. E quanto aos detalhes e as palavras com que ela se exprimiu, isso não consigo te transmitir, meu amigo. Mas é claro que ela soube fazê-lo, e de um jeito que nós dois talvez não conseguíssemos imaginar. O melhor disso tudo é que não houve nenhum escândalo e tudo transcorreu *très comme il faut*[54] aos olhos da sociedade. É evidente que está por demais claro que ela quis conseguir uma posição na sociedade, e convenhamos que ela a merece de fato. Tudo isso, meu amigo, é uma coisa absolutamente mundana. E ela deve ter feito a proposta de um modo magnífico e elegante. Ela é um tipo severo, meu amigo, uma moça monástica, como uma vez a definiste; uma "moça tranquila", como há muito tempo lhe chamo. Ela é quase uma pupila dele, tu sabes, e mais de uma vez testemunhou a bondade dele para consigo. Faz muito tempo que ela me assegurou que "o estima muito e o aprecia muito, se compadece muito dele e simpatiza com ele". Bem, e outras coisas mais, de modo que em parte eu estava até preparado. Tudo isso me foi informado hoje pela manhã em nome dela e a seu pedido por meu filho e irmão dela, Andriêi Andriêievitch, que, parece, não conheces e a quem vejo pontualmente uma vez por semestre. Ele aprova respeitosamente o passo dela.

— Então isso já é público? Meu Deus, como estou surpreso!

— Não, ainda não há nada público, até este momento... não estou a par e de modo geral estou absolutamente à parte. Mas mesmo assim é verdade.

— Mas agora Catierina Nikoláievna... O que o senhor acha, esse prelúdio vai agradar a Bioring?

— Não sei... o que propriamente vai lhe agradar nessa história; mas podes acreditar que também neste sentido Anna Andrêievna é uma pessoa sumamente digna. Mas essa Anna Andrêievna, quem diria! Ontem pela manhã, justo antes desse acontecido, quis saber: "Ama ou não a senhora viúva Akhmákova?". Estás lembrado de que ontem te disse isso surpreso: não pode ela se casar com o pai se eu me caso com a filha? Agora entendes?

— Ah, realmente, realmente! — bradei. — Mas será que Anna Andrêievna podia mesmo supor que o senhor... pudesse querer se casar com Catierina Nikoláievna?

— Pelo visto, sim, meu amigo. Aliás... aliás, parece que é hora de ires para onde ias. Sabes, estou com muita dor de cabeça. Vou mandar tocar *Lucia*. Gosto da solenidade do tédio, se bem que já te disse isso... Eu me

---

[54] "Bem dentro da praxe". (N. do T.)

repito de maneira imperdoável. Pensando bem, também vou sair daqui. Eu te amo, meu querido, mas adeus; quando sinto dor de cabeça ou de dente sempre fico sequioso para estar só.

Em seu rosto apareceu uma ruga torturante; hoje acredito que naquela ocasião ele estava com dor de cabeça, sobretudo de cabeça...

— Até amanhã — disse eu.

— Que significa esse até amanhã, e o que haverá amanhã? — deu um risinho torto.

— Vou à sua casa ou o senhor vai à minha.

— Não, à tua não vou, tu que corras para a minha...

Em seu rosto havia algo demasiado ruim, mas eu não estava em condições de ligar: tamanho era o acontecimento!

III

O príncipe estava de fato adoentado e se encontrava em casa sozinho, com uma toalha molhada enrolada na cabeça. Esperava-me com ansiedade, mas não era só a cabeça que lhe doía, era antes uma doença moral que o acometia por inteiro. Torno a prevenir: durante todo esse último período, até a catástrofe, tive oportunidade de me encontrar a torto e a direito com pessoas tão excitadas que quase beiravam a loucura, de modo que eu mesmo deveria acabar como que contaminado a contragosto. Confesso que cheguei ali com sentimentos ruins, e ademais sentia muita vergonha por ter chorado diante dele no dia anterior. E mesmo assim ele e Liza tinham conseguido me enganar com tanta habilidade que eu não podia deixar de me ver como um paspalhão. Palavra, quando entrei na casa dele, cordas falsas soavam em minha alma. Mas tudo o que havia de afetado e falso passou rápido. Devo ser justo com ele: assim que passava e se dissolvia sua cisma, ele já se rendia definitivamente; nele se manifestavam traços de uma ternura quase infantil, de confiança e amor. Beijou-me entre lágrimas e foi direto ao assunto... É, ele realmente estava precisando muito de mim: em suas palavras e no fluxo de suas ideias havia muita desordem.

Anunciou-me com total firmeza sua intenção de casar-se com Liza e o mais rápido possível.

— O fato de ela não ser nobre, acredite, não me tolheu um minuto sequer — disse-me —, meu avô foi casado com uma criada, cantora do teatro de servos de um senhor de terras vizinho. É claro que meus familiares nutriam a meu respeito uma espécie de esperança, mas agora terão de ceder e não haverá nenhuma luta. Quero romper, quero romper com todo o presente de forma definitiva! Tudo diferente, tudo novo! Não sei por que sua irmã se apaixonou por mim; bem, é claro que sem ela eu talvez não estivesse vivo neste mundo. Eu lhe juro do fundo da alma que hoje vejo o meu encontro com ela em Luga como um dedo da Providência. Penso que ela se apaixonou por mim por causa de minha "queda ilimitada"... Aliás, você entenderá isso, Arkadi Makárovitch?

— Totalmente! — proferi com o máximo de convencimento na voz. Eu estava sentado numa poltrona diante da mesa enquanto ele andava pelo cômodo.

— Devo lhe contar todo esse nosso encontro sem esconder nada. Começou por meu segredo íntimo que só ela conhece porque só a ela me atrevi confiá-lo. E até hoje ninguém mais sabe. Eu chegara a Luga com o desespero na alma e morava em casa de Stolbêieva, não sei por quê, talvez procurasse o mais completo isolamento. Acabara de deixar o serviço no regimento. Entrara para esse regimento ao voltar do exterior, depois daquele encontro com Andriêi Pietróvitch. Eu tinha dinheiro e esbanjava no regimento, vivia à tripa forra; mas meus camaradas oficiais não gostavam de mim, embora eu procurasse não ofendê-los. E confesso-lhe que nunca alguém gostara de mim. Ali havia um alferes de cavalaria, um tal de Stiepánov, confesso-lhe que vazio ao extremo, insignificante e até meio esquecido, numa palavra, que não se distinguia em nada. Contudo, era indiscutivelmente honesto. Tomou-se de amizade por mim e com ele eu não fazia cerimônia, ele passava dias inteiros sentado em um canto do meu quarto, calado, mas com ar digno, e não me atrapalhava absolutamente. Certa vez eu lhe contei uma história atual, acrescentando-lhe o grande absurdo de que a filha do coronel não seria indiferente a mim e que o coronel, tendo esperança a meu respeito, evidentemente faria tudo o que eu desejasse... Numa palavra, omito os detalhes, e tudo isso redundou mais tarde na mais infame e complexa bisbilhotice. Esta partiu não de Stiepánov, mas do meu ordenança, que escutara tudo atrás da porta e guardara na memória, porque corria ali uma anedota que comprometia a jovem criatura. E eis que, quando a bisbilhotice se espalhou, esse ordenança, interrogado pelos oficiais, denunciou Stiepánov, isto é, o que eu havia contado a esse Stiepánov. Stiepánov foi colocado em tal situação que não pôde de modo algum negar o que ouvira; tratava-se de uma questão de honra. E como dois terços da anedota eram mentira minha, os oficiais estavam indignados e o comandante do regimento, tendo nos reunido em sua casa, foi forçado a se explicar. E foi aí que perguntaram a Stiepánov diante de todos: ouviu ou não? E ele declarou toda a verdade. Pois bem, o que

Тип подростка

— Мечта Лиз. навсегда отличаться, чтобы она узнала и сердилась на себя за эту мечту, она идет к «кн.», которого страшно сострадательна. А тот, чтоб корежить отца, берет скорей. 131 об.

— Надо чтобы Княгиня все время романа под. [illegible] смеялась, очень грациозно, но она сердилась потому что она очень презирает его. Это его еще пуще обозлило.

— X Это была новая тщеславная минутка моего открытия — говорит Княгиня Татьяна Павловна, я только не делаю мещанства, а его [illegible] (торг. опера) Ст. Княгиня

14 Авгус.

Новейшее.

Адм.

Княгиня искала [illegible], но это М. Князь настроили ИМЪ в деревне.

— М. Князь (Николай) [illegible] женитьба на Лиде.

— От подростка Княгиня [illegible] сведения.

ОНЪ подозревает о документе у подростка (ревнует он, а Дарья ревнует (как ревнивец) [illegible] отношений) М. Княгиня.

— Подросток [illegible]. Это подозрения должны быть [illegible] (от [illegible]).

И Княгиня [illegible], подросток давит в свой [illegible] (сотворяет подробности).

Между тем М. Князь был очень поражен Матерью и [illegible].

(Муж знает у Васина)

ОНЪ [illegible] Заступник Княгини (секундант).

— Васин [illegible] Его и причины, [illegible] ОНЪ не Клеветает на Княгиню.

— Васин [illegible] и Его [illegible].

— Подросток [illegible] на него.

— О [illegible] ловит Княгиню.

então fiz eu, um príncipe milenário? Neguei e disse na cara de Stiepánov que ele havia mentido, disse de forma polida, isto é, no sentido de que ele "não tinha entendido direito" etc. Mais uma vez omito os detalhes, porém a vantagem de minha situação estava em que, como Stiepánov me visitava com assiduidade, eu podia, não sem certa veracidade, colocar a coisa de tal modo que ele teria entrado em conluio com meu ordenança visando tirar vantagens. Stiepánov limitou-se a olhar calado para mim e sacudir os ombros. Lembro-me do seu olhar e nunca o esquecerei. Em seguida ele quis pedir imediatamente a reforma, mas o que você acha que aconteceu? Os oficiais, todos, sem exceção, fizeram-lhe uma visita e o convenceram a não pedir reforma. Duas semanas depois saí eu mesmo do regimento: ninguém me expulsou, ninguém me convidou para sair, apresentei um pretexto familiar para a reforma. E a coisa terminou aí. De início senti total indiferença e fiquei até zangado com eles; vivia em Luga, conheci Lizavieta Makárovna, mas um mês depois já olhava para o meu revólver e pensava na morte. Via cada coisa de modo sombrio, Arkadi Makárovitch. Preparei uma carta para enviar ao comandante do regimento e aos camaradas, assumindo plena consciência de minha mentira e restabelecendo a honra de Stiepánov. Depois de escrever a carta, tomei isto por objetivo: "Enviá-la e continuar vivendo ou enviá-la e morrer?". Eu não teria resolvido essa questão. Depois de uma conversa rápida e estranha com Lizavieta Makárovna, de repente o acaso, o acaso cego me aproximou dela. Antes disso ela frequentava a casa de Stolbêieva; lá nos encontrávamos, fazíamos reverência um ao outro e até, raramente, conversávamos. Súbito lhe revelei tudo. Foi então que ela me deu a mão.

— De que jeito ela resolveu o problema?

— Não enviei a carta. Ela resolveu não enviar. Usou o seguinte motivo: se eu enviasse a carta cometeria, é claro, um ato nobre, suficiente para lavar toda a minha sujeira e até bem mais; contudo, será que eu mesmo o suportaria? A opinião dela era que ninguém suportaria, porque o futuro estaria então morto e o renascimento para uma nova vida já seria impossível. Além do mais, Stiepánov sofreria um bocado; mas acontece que já sem minha carta ele havia sido absolvido pela sociedade dos oficiais. Numa palavra, um paradoxo; mas ela me conteve e eu me rendi completamente a ela.

— Ela resolveu de modo jesuíta, mas feminino! — exclamei —, ela já o amava naquele momento.

— Foi isso que me fez renascer para uma nova vida. Dei a mim mesmo a palavra de me transformar, mudar radicalmente de vida, ser digno de mim mesmo e dela, e eis em que isso veio a dar! Deu em que eu e você frequentamos as casas de roleta daqui, jogamos o bacará, eu não suportei o peso da herança, enchi-me de contentamento com essa atividade, com toda essa gente, com os riscos... atormentei Liza — uma vergonha!

Ele limpou a testa com a mão e caminhou pelo quarto.

— Nós dois fomos atingidos pelo destino comum dos russos, Arkadi Makárovitch: você não sabe o que fazer e eu também não sei o que fazer. Basta um russo escapar um mínimo da bitola estereotipada e legitimada para ele pelos costumes que logo fica sem saber o que fazer. Na bitola tudo é claro: a renda, o título, a posição social, a carruagem, as visitas, o serviço público, a esposa, mas é só acontecer uma coisinha à toa que lhe vem a dúvida: o que sou eu? Uma folha levada pelo vento. Não sei o que fazer! Durante esses dois meses tentei me manter na bitola, passei a gostar da bitola, meti-me na bitola. Você ainda desconhece a profundidade da minha queda aqui: eu amava Liza, amava sinceramente e ao mesmo tempo pensava em Akhmákova!

— Será possível? — bradei com alma dorida. — Aliás, príncipe, o que ontem você me disse sobre Viersílov, que ele o instigou a alguma canalhice contra Catierina Nikoláievna?

— É possível que eu tenha exagerado e sou tão culpado de minha cisma perante ele como perante você. Deixemos isso de lado. Ora, será que você pensa que durante todo esse tempo que estive com a própria Liza eu não nutri nenhum elevado ideal de vida? Eu lhe juro que ele não me deixou e sempre esteve diante de mim, sem perder nada de sua beleza em minha alma. Lembro-me do juramento de me regenerar que fiz a Lizavieta Makárovna. Ontem, ao falar aqui sobre a nobreza, Andriêi Pietróvitch não me disse nada de novo, pode estar certo. Meu ideal está colocado com firmeza: algumas dezenas de hectares de terra (e só algumas dezenas, porque quase não me resta mais nada da herança); depois, rompimento total, o mais completo, com a sociedade e a carreira; uma casa no meio rural, a família e eu mesmo lavrador ou coisa do gênero. Oh, em nossa família isso não é novidade: um irmão do meu pai lavrava a terra com as próprias mãos, meu avô também. Somos uma linhagem de príncipes de mil anos e nobres como os Rohan,[55] porém estamos na miséria. Era isso que eu ensinaria aos meus filhos: "Lembra-te durante a vida inteira que és um nobre, que em tuas veias corre o

---

[55] Antiga linhagem de príncipes bretões. Descendente de duques e reis da Bretanha, essa linhagem teve ramificações em muitas casas reais da Europa. Tinha o seguinte lema: "*Roy ne puys, Duc ne daygne, Rohan suys*" ("A rei não me elevarei, a duque não me dignarei, sou um Rohan"). (N. da E.)

sagrado sangue dos príncipes russos, mas não te envergonhes de teu pai ter lavrado a terra com as próprias mãos: isso ele o fez *como príncipe*". Eu não deixaria uma fortuna para eles a não ser esse pedaço de terra, mas em compensação eu lhes daria educação superior, isto eu já tomaria como obrigação. Oh, nisso Liza me ajudaria. Liza, os filhos, o trabalho, oh, como eu e ela sonhávamos com tudo isso, sonhávamos aqui, aqui nesses quartos, mas e daí? Ao mesmo tempo eu pensava em Akhmákova, sem nutrir nenhum amor por essa criatura, e na possibilidade de um casamento mundano, rico! E só depois da notícia trazida ontem por Naschókin sobre o casamento com aquele Bioring, foi que resolvi procurar Anna Andrêievna.

— Sim, mas você foi lá para desistir? Ora, isso foi uma atitude honesta, não?

— Você acha? — parou à minha frente —, não, você ainda desconhece a minha natureza! ou... ou neste caso eu mesmo desconheço alguma coisa: porque aqui talvez não se trate só de natureza. Gosto sinceramente de você, Arkadi Makárovitch, e, além disso, sou profundamente culpado perante você por esses dois meses inteiros, e por isso quero que você, como irmão de Liza, saiba de tudo: fui procurar Anna Andrêievna para lhe propor casamento e não para desistir.

— Isso pode ser possível? Mas Liza disse...

— Enganei Liza.

— Com licença: você fez uma proposta formal e Anna Andrêievna lhe disse não? Foi isso? Foi isso? Para mim, príncipe, os detalhes são de suma importância.

— Não, não, não fiz nenhuma proposta, mas só porque não tive tempo; ela mesma me preveniu; não de forma direta, é evidente, mas, não obstante, me fez entender "delicadamente", com palavras demasiado transparentes e claras, que essa ideia já não seria mais possível.

— Então é como se você não tivesse feito nenhuma proposta, e seu orgulho está salvo!

— Como é possível que você pense assim! E o julgamento da própria consciência, e Liza, que eu enganei, e... quis abandonar, então? E a promessa dada a mim mesmo e a toda a linhagem de meus ancestrais no sentido de me regenerar e me redimir de todas as antigas canalhices! Eu lhe imploro que não fale sobre isso com ela. Talvez esta seja a única coisa que ela não poderia me perdoar! Desde ontem estou adoentado. E o pior é que agora parece que tudo terminou e o último dos príncipes Sokólski irá para um campo de trabalhos forçados. Pobre Liza! Passei o dia inteiro à sua espera, Arkadi Makárovitch, para lhe revelar, como irmão de Liza, o que ela ainda não sabe. Sou um criminoso e participo da falsificação de ações da estrada de ferro -vsk.[56]

— Ainda mais essa! Como está indo para um campo de trabalhos forçados? — levantei-me de um salto, olhando horrorizado para ele. Seu rosto exprimia a amargura mais profunda, sombria, irremediável.

— Sente-se — disse, e ele mesmo sentou-se na poltrona defronte. — Em primeiro lugar, fique sabendo de um fato: há pouco mais de um ano, naquele mesmo verão de Ems, de Lídia e Catierina Nikoláievna, e depois em Paris, exatamente na ocasião em que eu viajava por dois meses a Paris, em Paris, naturalmente, fiquei sem dinheiro. Foi justo nesse momento que apareceu Stebielkóv que, aliás, eu já conhecia antes. Ele me emprestou dinheiro e prometeu me emprestar ainda mais, porém de sua parte me pediu uma ajuda e eu lhe dei: ele precisava de um artista, de um desenhista, de um gravador, de um litógrafo, além de um químico e de um técnico, e com certos fins. Dos fins ele até me falou com bastante transparência no primeiro encontro. Pois bem! Ele conhecia meu caráter, tudo aquilo apenas me fazia rir. Acontece que desde os bancos escolares eu tinha um conhecido, hoje um emigrante russo, que, aliás, não é de origem russa e mora atualmente em alguma parte de Hamburgo. Na Rússia ele já estivera implicado numa história de falsificação de papéis. Pois era com essa pessoa que contava Stebielkóv, mas ele precisava de uma recomendação e me procurou. Dei-lhe um bilhetinho de duas linhas e o esqueci. Aqui estive sempre tomando dinheiro a ele sob garantia de notas promissórias e penhor, ele rastejava diante de mim como um escravo, e ontem, de uma hora para outra, fiquei sabendo pela primeira vez através dele que sou um criminoso.

— Quando, ontem?

— Ontem, no momento em que eu e ele gritávamos no gabinete antes da chegada de Naschókin. Foi a primeira vez, e de modo já absolutamente claro, que ele se atreveu a falar sobre Anna Andrêievna comigo. Levantei o braço para lhe dar um murro, mas ele se levantou de supetão e me anunciou que eu estava ligado a ele, que me lembrasse de que sou seu cúmplice e tão fraudador quanto ele; numa palavra, embora não tenha dito com essas palavras, o sentido foi esse.

— Um absurdo, ora, mas isso é uma fantasia.

---

[56] Trata-se do processo contra a falsificação de ações da Estrada de Ferro Tambov-Kozlovski, que transitou no tribunal distrital de Petersburgo em fevereiro de 1874. A falsificação contou com a participação de nobres e teve como um de seus cérebros um tal de Kolossóv, que Dostoiévski tomou como protótipo de Stebielkóv. (N. da E.)

— Não, não é uma fantasia. Ele esteve aqui hoje e esmiuçou melhor a questão. Aquelas ações já estão há muito tempo em circulação e outras serão lançadas, mas parece que em algum lugar já começaram a farejar o negócio. É claro que eu estou à parte, mas, "não obstante, naquela ocasião o senhor se dignou me dar o bilhetinho"; eis o que me disse Stebielkóv.

— Mas acontece que você não sabia qual era a finalidade, ou sabia?

— Sabia — respondeu em voz baixa o príncipe e olhou para o chão. — Quer dizer, veja só, eu sabia e não sabia, ria, aquilo me divertia, naquela ocasião eu não pensava em nada, e ademais não tinha nenhuma necessidade de ações falsas nem pretendia fazer isso. Mas mesmo assim aqueles três mil rublos que me deu na ocasião ele nem sequer pôs mais tarde na minha conta, mas eu o permiti. Aliás, como é que você pode saber que eu não sou um falsificador de moedas? Eu não podia ignorar — não sou criança; eu sabia, mas para mim era divertido e acabei ajudando patifes e galés... e ajudei por dinheiro! Logo, também sou um falsificador de moedas!

— Oh, você está exagerando; tem culpa, mas está exagerando!

— O grave é que há nesse caso um tal de Jibelski, homem ainda jovem, que trabalha na área jurídica, é algo como auxiliar de um advogadozinho chicanista. Ele também está implicado nessas ações, procurou-me em nome daquele senhor de Hamburgo, por tolices, está entendido, nem eu mesmo sabia para quê, e quanto às ações não houve nenhuma menção... Mas, mesmo assim, ele conservou os dois documentos com minha assinatura, os bilhetes de duas linhas, que, evidentemente, também são provas; hoje compreendi bem isso. Stebielkóv esclarece que esse Jibelski está fazendo uma grande trapalhada: roubou alguma coisa, dinheiro não sei de quem, parece que do Tesouro, pretende roubar mais e em seguida emigrar; pois bem, precisa de oito mil rublos, não menos, a título de subvenção, para emigrar. Minha parte da herança satisfaz Stebielkóv, mas Stebielkóv diz que é preciso satisfazer também Jibelski... Numa palavra, tenho de abrir mão de minha parte na herança e ainda dar dez mil — é a última palavra deles. E então me devolverão os dois bilhetes. Os dois estão agindo de comum acordo, isso é claro.

— Um evidente absurdo! Ora, se eles o denunciarem, estarão entregando a si mesmos! Não vão denunciar por nada.

— Compreendo. Não estão fazendo nenhuma ameaça de denunciar; dizem apenas: "Nós, evidentemente, não vamos denunciar, porém, se o caso vier a ser revelado, então"... eis o que dizem, e é tudo; no entanto penso que isso basta! O problema não é este (aconteça o que acontecer, eu pelo menos estarei com os bilhetes no bolso), mas ser solidário com esses vigaristas, ser seu comparsa eternamente, eternamente! Mentir para a Rússia, mentir para os filhos, mentir para Liza, mentir para minha consciência!...

— Liza sabe?

— Não, de tudo ela não sabe. Em sua situação, não o suportaria. Agora estou usando o uniforme do meu regimento e a cada encontro com um soldado do meu regimento, a cada segundo tenho consciência de que não tenho o direito de usar este uniforme.

— Escute — exclamei de repente —, conversar não resolve; você tem um único caminho para a salvação: procure o príncipe Nikolai Ivánovitch, arranje dez mil rublos com ele, peça sem revelar nada, chame depois esses dois vigaristas, acerte definitivamente as contas com eles e resgate seus bilhetes... e assunto encerrado! Assunto encerrado, e vá lavrar sua terra! Largue a fantasia e confie na vida!

— Pensei nisso — disse com firmeza. — Hoje passei o dia inteiro tentando resolver e enfim resolvi. Estava apenas à sua espera; vou procurá-lo. Saiba que em toda a minha vida nunca recebi um copeque do príncipe Nikolai Ivánovitch. Ele é bom para a nossa família e inclusive... interessou-se por nós, mas eu, pessoalmente, nunca apanhei dinheiro com ele. Porém agora estou decidido... Repare, nossa linhagem dos Sokólski é mais antiga do que a do príncipe Nikolai Ivánovitch: eles são da linha mais jovem, até secundária, quase contestável... Houve animosidade entre nossos antepassados. No início da reforma de Piotr,[57] meu tataravô, também chamado Piotr, era e continuou sendo um cismático[58] e errou pelos bosques de Kostroma. Esse príncipe Piotr também era casado em segundas núpcias com uma moça não nobre... Foi então que surgiram esses outros Sokólski, mas eu... do que estou falando?

Estava exausto, era como se estivesse fatigado de falar.

— Pode ficar tranquilo — levantei-me, pegando meu chapéu —, deite-se para dormir, é a primeira coisa que deve fazer. Quanto ao príncipe Nikolai Ivánovitch, não vai lhe negar, sobretudo agora que está curtindo suas alegrias. Sabe o que está se passando com ele? Não me diga que não! Eu ouvi falar de uma coisa absurda, ele vai se casar; é segredo, mas não para você, é claro.

---

[57] Trata-se de Pedro, o Grande (1672-1725), imperador de 1696 a 1725. Em 1722 Pedro instituiu a chamada *Tábel o Rángakh*, ou Escala Hierárquica, criando um sistema hierárquico no serviço público russo, definindo a nobreza como casta orgânica e delegando-lhe com exclusividade a função de dirigir o Estado. (N. do T.)

[58] Participante de um dos muitos cismas religiosos que abalaram a Rússia entre os séculos XVII e XVIII. (N. do T.)

E lhe contei tudo, já em pé e com o chapéu na mão. Ele não sabia de nada. Rapidamente me pediu detalhes, sobretudo de tempo, lugar e grau de fidedignidade da história. Eu, claro, não escondi que, pelo que andavam dizendo, a coisa tinha acontecido logo depois da visita dele a Anna Andrêievna. Não consigo exprimir a impressão doentia que a notícia provocou em seu rosto; o rosto ficou deformado, como que contraído, um sorriso de poucos amigos espichou convulsivamente seus lábios; por último empalideceu de horror e, baixando a vista, caiu em profunda meditação. Súbito, percebi com excessiva clareza que seu amor-próprio fora por demais afetado pelo "não" que Anna Andrêievna lhe dissera na véspera. É possível que, sendo de disposição doentia, nesse minuto lhe viesse à mente com excessiva clareza o papel ridículo e humilhante que desempenhara na véspera diante dessa moça, de cuja aceitação ele estivera sempre tranquilamente seguro, como agora se verificava. E, por último, talvez a ideia de que cometera tamanha baixeza com Liza, e ainda por cima de modo gratuito! É curioso por quem esses almofadinhas da alta sociedade tomam uns aos outros e em que fundamentos pode haver respeito mútuo; porque esse príncipe até poderia supor que Anna Andrêievna já soubesse de sua relação com Liza, no fundo sua irmã, e se não soubesse na certa acabaria sabendo algum dia; e eis que ele "não duvidava da decisão dela"!

— Como é possível que você pudesse pensar — olhou-me de chofre com um ar orgulhoso e insolente — que, depois dessa notícia, eu fosse capaz de ir procurar o príncipe Nikolai Ivánovitch e lhe pedir dinheiro! A ele, o noivo dessa moça que acabou de me dizer "não": que mendicância, que servilismo! Não, agora tudo está perdido, e se a ajuda desse velhote era minha última esperança, que morra também essa esperança!

Cá com meus botões, no fundo concordei com ele; contudo, era necessário olhar para a realidade de modo mais amplo: o príncipe velhote era lá um homem, um noivo? Algumas ideias me ferveram na cabeça. Eu acabara de resolver visitar o velhote sem falta no dia seguinte. Agora eu tentaria aliviar a impressão e fazer o coitado do príncipe deitar-se para dormir: "Durma, e suas ideias ficarão mais claras, você mesmo o verá!". Ele me apertou calorosamente a mão, mas já não me beijou. Dei-lhe minha palavra de que viria à sua casa no dia seguinte à noite e "conversaríamos, conversaríamos: acumularam-se assuntos demais para conversar". A essas palavras ele deu um sorriso com um quê de fatal.

CAPÍTULO VIII

I

Passei toda aquela noite sonhando com a roleta, com o jogo, com ouro, com cálculos. Como se estivesse à mesa de jogo, calculava sem parar alguma coisa, alguma aposta, alguma chance, e isso me oprimiu a noite inteira como um pesadelo. Para dizer a verdade, apesar de todas as impressões extraordinárias que eu experimentava, o ganho no dia anterior na roleta de Ziérschikov vinha-me à lembrança a cada instante. Eu reprimia o pensamento, mas não conseguia reprimir a impressão e estremecia só de me lembrar. Aquele ganho picou-me o coração. Será que era um jogador nato? Na certa nasci ao menos com qualidades de jogador. Até quando escrevo este relato gosto de pensar por instantes no jogo! Às vezes me acontece de passar horas a fio sentado, em silêncio, com cálculos do jogo na mente e sonhando como tudo transcorre, como aposto e recolho o ganho. É, tenho em mim muitas "qualidades" diferentes e uma alma intranquila.

Às dez horas eu tencionava rumar para a casa de Stebielkóv, e a pé. Mandara Matviêi para casa tão logo ele aparecera. Enquanto tomava café, procurava refletir. Algo me deixava contente; analisando-me por um instante, adivinhei que estava contente sobretudo porque "hoje estarei em casa do príncipe Nikolai Ivánovitch". Mas esse dia de minha vida foi fatal e inesperado e começou justo por uma surpresa.

Às dez horas em ponto, minha porta se abriu com toda a força e Tatiana Pávlovna embarafustou... Eu podia esperar tudo, menos a sua visita, e levantei-me de um salto, tomado pelo susto. Ela estava com a fúria estampada no rosto, com os gestos desordenados, e se lhe perguntassem por que se precipitara para o meu quarto, ela mesma talvez não soubesse responder. Antecipo-me a prevenir: ela acabava de receber uma notícia extraordinária que a deixara arrasada e estava sob a primeira impressão dessa notícia. A notícia também me afetou. Aliás, ela passou meio minuto, bem, admitamos, um minuto inteiro, não mais, em meu quarto. Grudou de fato em mim.

— Então é assim que ages! — postou-se diante de mim, toda inclinada para a frente. — Ah, seu fedelho! Ah, o que andaste aprontando? Ou ainda não sabes? Ficas aí bebendo café! Ah, seu tagarela, ah, seu língua de trapo, ah, seu amante de papel... tipos assim se tratam a chicotadas, a chicotadas, a chicotadas!

— Tatiana Pávlovna, o que aconteceu? O que houve? É com mamãe?...

— Saberás! — gritou em tom ameaçador e correu para fora do meu quarto... e era uma vez. Eu, evidentemente, teria corrido atrás dela, porém fui detido por um pensamento, não foi nem um pensamento, mas alguma intranquilidade obscura: pressenti que "amante de papel" fora a expressão principal em seus gritos. É claro que eu mesmo não adivinharia nada sozinho, no entanto saí rápido para, tão logo encerrasse o assunto com Stebielkóv, tomar a direção da casa do príncipe Nikolai Ivánovitch. "Lá está a chave de tudo!" — pensei instintivamente.

Surpreendente como Stebielkóv já sabia tudo sobre Anna Andrêievna, e até em detalhes; não vou descrever sua conversa e seus gestos, mas estava exultante, freneticamente exultante com o "caráter artístico da façanha".

— Veja só essa criatura! Não, veja só que criatura! — exclamava ele. — Não, isso está acima do nosso alcance; ficamos aqui sentados e nada acontece, mas ela quis beber água da verdadeira fonte e bebeu. Ela... é uma estátua antiga! É a antiga estátua de Minerva, só que vestida em trajes modernos!

Pedi-lhe que fosse direto ao assunto; todo o assunto, como adivinhei plenamente, consistia apenas em eu induzir e convencer o príncipe a pedir uma ajuda definitiva ao príncipe Nikolai Ivánovitch; "veja, do contrário ele pode ficar muito, muito mal, e não mais por minha vontade; é ou não é?".

Ele me olhava nos olhos, mas pelo visto não supunha que eu já soubesse de mais coisas do que no dia anterior. Ademais, não podia supor: naturalmente não deixei escapar uma única palavra, não fiz nenhuma insinuação de que soubesse "das ações". Levamos pouco tempo nos explicando, ele logo começou a me oferecer dinheiro, "e uma quantia considerável, considerável, é só você contribuir para que o príncipe vá lá. O caso é urgente, muito urgente, e o nó da questão está em que é urgente demais".

Não quis discutir e altercar com ele como na véspera e me levantei para sair, em todo caso deixei escapar que "me empenharia". Mas de repente ele me surpreendeu de modo inexprimível: eu já caminhava para a porta quando ele me passou de chofre, e de forma afetuosa, a mão pela cintura, começou a me dizer... as coisas mais incompreensíveis.

Omito os detalhes e evito todo o fio da conversa para não cansar. Pelo sentido, propunha-me apresentá-lo "ao senhor Diergatchóv, uma vez que você frequenta a casa dele!".

Por um instante fiquei em silêncio, procurando com todas as forças evitar algum gesto que me denunciasse. No mesmo instante, porém, respondi que lá não conhecia ninguém, e que se lá estivera teria sido uma vez, por acaso.

— Contudo, se foi *admitido* uma vez, quer dizer que já pode ir lá uma segunda vez, é ou não é?

Perguntei-lhe, de forma direta e de sangue muito frio, para que ele necessitava disso. E eis que até hoje não consigo compreender como pôde chegar a semelhante grau a ingenuidade de uma pessoa que pelo visto não era tola e sim "prática", como o definira Vássin. Ele me explicou com absoluta franqueza que, segundo suas suspeitas, em casa de Diergatchóv "na certa existe algo proibido, rigorosamente proibido, e por isso, se eu investigasse, poderia conseguir certa vantagem para mim". E, sorrindo, piscou-me o olho esquerdo.

Não lhe respondi nada afirmativo, mas fingi que iria ponderar e "prometi pensar", e em seguida saí o mais rápido que pude. As coisas se complicavam: voei para a casa de Vássin e lá o encontrei.

— Ah, você também! — disse-me em tom enigmático ao me ver.

Sem ligar para a sua frase, fui direto ao assunto e lhe contei. Ele ficou visivelmente impressionado, contudo não perdeu nem um pouco do sangue-frio. Pediu-me que eu repetisse tudo em detalhes.

— É muito possível que você não tenha entendido direito.

— Não; entendi direito, o sentido é totalmente direto.

— Em todo caso, eu lhe sou extremamente grato — acrescentou com sinceridade. — Sim, de fato, se tudo aconteceu assim, ele supunha que você não resistiria a determinada quantia.

— E, além disso, ele conhece bem demais minha situação: estive sempre jogando, me comportei mal, Vássin.

— Isso eu ouvi dizer.

— Para mim, o mais enigmático é que, no tocante a você, ele sabe que você também frequenta aquela casa — arrisquei-me a dizer.

— Ele sabe perfeitamente — respondeu Vássin com toda a sinceridade — que eu não tenho nada a ver com aquilo. E ademais esses jovens todos não passam de uns tagarelas; aliás, você mesmo pode se lembrar disso melhor do que ninguém.

Tive a impressão de que ele parecia não acreditar em alguma coisa que eu disse.

— Em todo caso, sou-lhe extremamente grato.

— Ouvi dizer que os negócios do senhor Stebielkóv andam meio atrapalhados — tentei ainda assuntar —, pelo menos ouvi falar de umas ações...

— De que ações você ouviu falar?

Fiz de propósito uma observação sobre as "ações", mas, claro, sem ter em mente lhe contar o segredo que o príncipe me revelara no dia anterior. Quis apenas fazer uma insinuação e olhar para o rosto dele, descobrir pelo olhar se ele sabia alguma coisa sobre as ações. Atingi meu objetivo: pelo gesto instantâneo e imperceptível de seu rosto adivinhei que ele sabia alguma coisa sobre esse assunto. Não respondi à pergunta "De que ações..." e fiquei calado; mas ele, e isso é curioso, acabou não dando sequência ao assunto.

— Como vai a saúde de Lizavieta Makárovna? — perguntou com simpatia.

— Está bem. Minha irmã sempre o estimou...

A satisfação brilhou em seus olhos: há muito tempo eu havia adivinhado que ele não era indiferente a Liza.

— Há poucos dias esteve aqui o príncipe Serguiêi Pietróvitch — disse-me de chofre.

— Quando? — exclamei.

— Há exatos três dias.

— Não foi ontem?

— Não, não foi ontem. — Olhou para mim com ar interrogativo. — Depois eu talvez lhe dê mais detalhes desse nosso encontro, mas neste momento considero necessário preveni-lo — proferiu Vássin em tom enigmático — de que na ocasião ele me pareceu estar num estado meio anormal de espírito e... do juízo também. Aliás, também recebi mais uma visita — deu um sorriso —, ainda agora, antes de sua chegada, e também sou forçado a concluir pelo estado não inteiramente normal do visitante.

— O príncipe, ele esteve aqui agora?

— Não, não foi o príncipe, agora não quero falar do príncipe. Quem esteve aqui há pouco foi Andriêi Pietróvitch Viersílov e... você não está sabendo de nada? Não aconteceu alguma coisa com ele?

— Talvez tenha acontecido, mas aqui, entre vocês dois, o que exatamente aconteceu? — perguntei apressado.

— É claro que neste caso eu deveria manter segredo... Nós dois conversamos de modo meio estranho, demasiado secreto — ele tornou a sorrir. — Aliás, Andriêi Pietróvitch não me pediu segredo. Mas você, sendo filho dele, e já que conheço os seus sentimentos por ele, desta vez acho que até faço bem se o previno. Imagine que ele veio me procurar com uma pergunta: "Se por acaso, por esses dias, muito em breve, precisasse bater-me em duelo, você aceitaria ser meu padrinho?". Eu, é claro, me recusei inteiramente.

Fiquei com uma surpresa infinita; essa notícia era a mais preocupante de todas: houve algo, alguma coisa aconteceu, aconteceu alguma coisa que eu ainda não sei! Súbito me lembrei do que Viersílov me havia dito na véspera: "Não sou eu que irei à tua casa, mas tu que correrás para a minha". Voei para a casa do príncipe Nikolai Ivánovitch, pressentindo ainda mais que lá estava a chave do enigma. Vássin mais uma vez me agradeceu ao se despedir de mim.

II

O velho príncipe estava sentado diante da lareira com uma manta envolvendo os ombros e as pernas. Recebeu-me com um olhar até meio interrogativo, como se estivesse surpreso com minha chegada, e no entanto ele mesmo mandava me chamar quase todos os dias. Por outro lado, cumprimentou-me de modo afetuoso, mas respondeu às minhas primeiras perguntas com um ar meio enojado e com extrema distração. Vez por outra parecia refletir e fixava o olhar em mim como se tivesse esquecido alguma coisa e tentasse se lembrar de algo que devesse forçosamente se referir a mim. Disse-lhe de forma direta que já ouvira falar de tudo e que estava muito contente. Seu sorriso afável e bondoso apareceu de chofre em seus lábios e ele se tomou de ânimos; sua precaução e sua desconfiança se desfizeram de vez, como se ele as tivesse esquecido. Sim, e havia mesmo esquecido.

— Meu querido amigo, eu já sabia que serias o primeiro a aparecer e, sabes, ainda ontem pensei a teu respeito: "Quem ficará contente? Ele ficará contente". Bem, ninguém mais ficaria; mas isso não é nada. As pessoas são línguas de trapo, mas isso pouco importa... *Cher enfant*, tudo isso é tão sublime e tão encantador... Mas tu mesmo a conheces bem demais. A teu respeito Anna Andrêievna tem até umas ideias elevadas. Aquilo, aquilo é um rosto severo e encantador, um rosto de *kipsek*.[59] É a mais encantadora gravura inglesa que pode existir... Dois anos atrás eu tinha uma coleção inteira dessas gravuras... Eu sempre, sempre tive essa intenção, sempre; só me admira eu nunca ter pensado nisso.

---

[59] Russificação do inglês *keepsake*, denominação usada para álbuns ilustrados com gravuras. (N. do T.)

— Até onde me lembro, o senhor sempre gostou de Anna Andrêievna e a distinguiu.

— Meu amigo, não desejamos prejudicar ninguém. A vida com os amigos e os familiares, queridos do coração, é um paraíso. Todos são poetas... Numa palavra, isto é sabido desde os tempos pré-históricos. Sabes, no verão vamos primeiro para Soden, depois para Bad-Haschtein.[60] Entretanto, como faz tempo que não me visitas, meu amigo! O que está acontecendo contigo? Eu estava te esperando. Não é verdade que muito, muito tempo se passou desde tua última visita? Só é pena que eu não esteja tranquilo; assim que me encontro só sinto-me intranquilo. É por isso que não posso ficar sozinho, não é verdade? Isso é como dois mais dois. Isso eu compreendi desde as primeiras palavras dela. Oh, meu amigo, ela disse apenas duas palavras, mas isso... isso foi algo como o mais magnífico poema. Se bem que és irmão dela, quase irmão, não é verdade? Meu querido, não é à toa que gosto tanto de ti! Juro que eu pressentia tudo isso. Beijei a mãozinha dela e chorei.

E tirou o lenço do bolso como se de novo quisesse chorar. Estava por demais comovido e, parece, num dos piores "estados" que eu podia me lembrar desde que o conhecia. De hábito e quase sempre ele era incomparavelmente mais animado e cheio de frescor.

— Eu perdoaria a todos, meu amigo — continuou balbuciando. — Tenho vontade de perdoar todo mundo, e já não tenho mais raiva de ninguém. A arte, *la poésie dans la vie*,[61] a assistência aos infelizes e ela, uma beleza bíblica. *Quelle charmante personne,* hein? *Les chants de Salomon... non, ce n'est pas Salomon, c'est David qui mettait une jeune belle dans son lit pour se chauffer dans sa vieillesse. Enfin David, Salomon*,[62] tudo isso gira em minha cabeça — é uma balbúrdia. Qualquer coisa, *cher enfant*, pode ser majestosa e ao mesmo tempo ridícula. *Cette jeune belle de la vieillesse de David — c'est tout um poème*[63] à *la* Paul de Kock[64] e poderia ter saído de

---

[60] Soden: balneário com fontes de água mineral nas proximidades de Frankfurt, na Alemanha; Bad-Haschtein: balneário austríaco situado no vale de Haschtein. (N. do T.)

[61] Em francês, "a poesia na vida". (N. do T.)

[62] "Que criatura encantadora, hein? Os cânticos de Salomão... Não, não são de Salomão, são de Davi, que guardou em seu leito uma linda jovem para aquecer a sua velhice. Enfim, Davi, Salomão". Alusão a Davi e Abisague em I Reis, 1, 1-4. (N. do T.)

[63] "Essa bela jovem do velho Davi — é todo um poema". (N. do T.)

[64] Paul de Kock (1794-1871), escritor francês, autor de um grande número de romances centrados em temas do cotidiano e de costumes dos segmentos médios da sociedade. (N. da E.)

alguma *scène de bassinoire*[65] e faria rir todos nós. Paul de Kock não tem medida nem gosto, embora tenha talento... Catierina Nikoláievna sorri... Eu disse que não vamos atrapalhar. Começamos o nosso romance e oxalá nos deixem terminá-lo. Que isso seja um sonho, mas que não nos privem desse sonho.

— Como assim, um sonho, príncipe?

— Um sonho. Como sonho? Vamos que seja um sonho, mas que nos deixem morrer com esse sonho.

— Oh, príncipe, morrer por quê? Viver, agora é só viver!

— Mas é isso que eu digo! É só isso que afirmo. Terminantemente não sei por que a vida é tão curta. Claro, é para não entediar, pois a vida também é uma obra de arte do próprio Criador na forma definitiva e irreprochável de um poema de Púchkin. A brevidade é a primeira condição da qualidade artística. Mas se alguém não sente tédio, que se dê a ele uma vida mais longa.

— Príncipe, a coisa já é pública?

— Não!, meu querido, de maneira nenhuma; foi assim que combinamos. É uma coisa em família, em família, em família. Por enquanto eu só a revelei plenamente a Catierina Nikoláievna, porque me considero culpado perante ela. Oh, Catierina Nikoláievna, ela é um anjo!

— Sim, sim!

— Sim? Também dizes "sim"? E eu que pensava que eras inimigo dela. Ah, sim, a propósito, ela pediu que não te recebesse mais. Imagina que assim que entraste esqueci isso.

— O que o senhor está dizendo? — levantei-me de um salto. — Por quê? Quando?

(O pressentimento não me enganou; eu tinha mesmo pressentido algo dessa natureza já na casa de Tatiana!)

— Ontem, meu querido, ontem; nem consigo entender como conseguiste entrar, pois haviam sido tomadas medidas. Como entraste?

— Simplesmente entrei.

— É o mais provável. Se entrasses com astúcia na certa te teriam agarrado, e como entraste simplesmente, te deixaram passar. A simplicidade, *mon cher*, é, no fundo, a mais alta astúcia.

— Não estou entendendo nada, quer dizer que o senhor também resolveu não me receber?

— Não, meu amigo, eu disse que estou à parte... Ou seja, concordei plenamente. Podes estar certo, meu querido menino, que gosto demais de ti.

---

[65] "Cena de alcova." (N. do T.)

Mas Catierina Nikoláievna exigiu com insistência demais, demais... Ah, aí vem ela!

Nesse instante Catierina Nikoláievna apareceu à porta. Estava vestida como se fosse sair e, como sempre fazia antes, vinha dar um beijo no pai. Ao me ver deteve-se, ficou desconcertada, deu rápida meia-volta e saiu.

— *Voilà* — exclamou o príncipe perplexo e terrivelmente agitado.

— É um mal-entendido! — exclamei — só um minuto... Eu.... eu volto já, príncipe!

E então corri atrás de Catierina Nikoláievna.

Tudo o que houve depois foi tão rápido que não só não consegui me aperceber como me preparar minimamente para agir. Se tivesse conseguido me preparar, sem dúvida teria procedido de outra maneira! Mas estava perdido como um garotinho. Quis correr para seus aposentos, mas um criado me disse que Catierina Nikoláievna já havia saído e ia tomar a carruagem. Precipitei-me pela escada principal. Catierina Nikoláievna descia, envolta em seu casaco de peles e ladeada, ou melhor, conduzida por um oficial alto e esbelto, uniformizado, sem capote, de sabre ao lado, seguido por um criado que levava o seu capote. Era o barão, um coronel de uns trinta e cinco anos, o tipo do oficial elegante, magro, rosto meio exageradamente oblongo, bigodes e até os cílios arruivados. Embora o rosto fosse bastante feio, a fisionomia era bem-proporcionada e provocante. Descrevo-o às pressas, conforme reparei nele naquele momento. Nunca o havia visto até então. Corri atrás deles escada abaixo, sem chapéu nem casaco. Catierina Nikoláievna foi a primeira a me notar e rápido lhe cochichou alguma coisa. Ele esboçou olhar para trás, mas no mesmo instante fez sinal de cabeça para o criado e o porteiro. O criado esboçou dar um passo em minha direção, já bem à porta de saída, mas o afastei com a mão e saí abruptamente para o terraço atrás deles. Bioring ajudava Catierina Nikoláievna a tomar a carruagem.

— Catierina Nikoláievna! Catierina Nikoláievna! — exclamei em tom disparatado. (Como um imbecil! Como um imbecil! Oh! lembro-me, eu estava sem chapéu!)

Bioring, furioso, quis voltar-se mais uma vez para o criado e gritou-lhe uma ou duas palavras que não distingui. Senti que alguém me agarrava pelo cotovelo. Nesse instante a carruagem arrancou; dei um grito e corri atrás dela. Catierina Nikoláievna, isso eu notei, olhava pela janela e parecia muito intranquila. Mas no rápido movimento que fiz ao sair no encalce da carruagem dei de repente, e sem nenhuma intenção, um forte empurrão em Bioring e parece que lhe pisei um dos pés de modo muito dolorido. Ele deu um leve grito, rangeu os dentes e, segurando-me pelo ombro com a sua mão vigorosa, empurrou-me com tanta raiva que recuei uns três passos. Nesse instante entregaram-lhe o capote, ele o vestiu, subiu no seu trenó, deu mais um grito de ameaça, apontando-me aos criados e ao porteiro. Eles me seguraram e detiveram: um criado atirou minha peliça em meus ombros, outro me entregou o chapéu, e não me lembro mais do que disseram: falavam alguma coisa e eu escutava sem compreender nada. Mas num átimo eu os larguei e saí correndo.

III

Sem entender nada e esbarrando nos transeuntes, enfim cheguei correndo à casa de Tatiana Pávlovna, sem que no caminho me tivesse passado pela cabeça tomar um fiacre. Bioring me empurrara em sua presença! Sem dúvida, eu lhe pisara o pé e ele me repelira instintivamente como um homem a quem pisaram no calo (talvez eu tivesse mesmo pisado no seu calo!). Mas ela vira isto, e vira que os criados me tinham segurado, e tudo isso diante dela, diante dela! Quando irrompi na casa de Tatiana Pávlovna não consegui dizer nada no primeiro instante e meu maxilar inferior tremia como se eu estivesse com febre. Sim, estava mesmo com febre e ainda por cima chorava... Oh, estava tão ofendido!

— Ah! O quê? Empurraram você para fora? Bem feito! Bem feito! — proferiu Tatiana Pávlovna; sem dizer nada, deixei-me cair no divã e fiquei olhando para ela.

— Mas o que há com ele? — ela me olhava fixamente. — Vamos, bebe um copo, bebe água, bebe! E conta-me o que ainda aprontaste por lá.

Balbuciei que me haviam tocado para fora e que Bioring me empurrara na rua.

— És capaz de compreender alguma coisa ou ainda não? Pois bem, lê, deleita-te! — E tirando de cima da mesa um bilhete, ela o estendeu a mim e plantou-se na minha frente, esperando. Logo reconheci a letra de Viersílov, eram apenas algumas linhas: era um bilhete dirigido a Catierina Nikoláievna. Estremeci, e a capacidade de compreender voltou-me com todo o vigor. Eis o conteúdo desse bilhete terrível, vil, absurdo, criminoso, palavra por palavra:

> "À minha cara senhora,
> Catierina Nikoláievna.
> Por mais depravada que a senhora seja por sua natureza e por

sua arte, ainda assim eu pensava que refreasse suas paixões e não atentasse ao menos contra crianças. Mas nem disso a senhora se envergonhou. Faço-a saber que aquele documento, do seu conhecimento, decerto não foi queimado na chama de uma vela e nunca esteve em poder de Kraft, de modo que, agindo assim, a senhora não ganha nada. Por essa razão, não corrompa em vão um rapazinho. Poupe-o, ele é ainda menor de idade, quase um menino, não atingiu seu desenvolvimento intelectual e físico; que proveito lhe poderia trazer? Interesso-me por ele, e por isso me arrisco a lhe escrever, mesmo sem contar com êxito. Tenho a honra de preveni-la de que envio simultaneamente uma cópia deste bilhete ao barão Bioring.

A. Viersílov"

Empalideci ao ler isso, mas em seguida enrubesci e meus lábios começaram a tremer de indignação.

— É a mim que ele se refere! É a respeito do que lhe revelei anteontem! — exclamei furioso.

— Quer dizer que revelaste isso! — e Tatiana Pávlovna arrancou-me o bilhete das mãos.

— Mas... eu não, não foi nada disso o que eu lhe disse! Oh, meu Deus! O que é que agora ela pode pensar de mim! Mas ele está louco? É louco... Estive com ele ontem. Quando a carta foi enviada?

— Ontem, durante o dia; chegou à noite, hoje me entregaram pessoalmente.

— Mas eu mesmo estive com ele ontem, ele está louco! Viersílov não podia escrever assim, isto foi escrito por um louco! Quem pode escrever assim a uma mulher?

— Pois são loucos assim que escrevem tomados de fúria, quando o ciúme e a cólera os tornam cegos e surdos e seu sangue vira arsênio... E tu ainda não sabias do que ele é capaz, quem ele é? Agora ele vai levar tamanha sova por isso que dele não sobrará nada. Ele mesmo está dando o pescoço ao cutelo! Para ele teria sido melhor ir uma noite à estrada de ferro Nikoláievskaia e pôr a cabeça nos trilhos, pois assim a arrancariam, já que ele acha tão pesado carregá-la! E quanto a ti, o que te impeliu a contar-lhe? O que te impeliu a provocá-lo? Te deu na telha vangloriar-te?

— Mas que ódio é esse! Que ódio! — bati com a mão na cabeça — e por quê? por quê? A uma mulher! O que ela lhe fez de tão grave? Que tipo de relações os dois tiveram para que ele lhe escrevesse cartas assim?

— Ó-dio! — Tatiana Pávlovna me arremedou com uma zombaria furiosa.

O sangue tornou a me bater no rosto: era como se de uma ora para outra eu compreendesse algo completamente novo; eu a olhava com todas as forças e um ar interrogativo.

— Fora da minha casa! — ganiu ela, voltando-me as costas e dando de ombros para mim. — Estou farta de todos vocês. Agora chega! Vão para o diabo que os carregue... Só por tua mãe ainda lamento...

Eu, é claro, corri para a casa de Viersílov. Mas que deslealdade, que deslealdade!

IV

Viersílov não estava sozinho. Antecipo minha explicação: tendo remetido na véspera aquela carta a Catierina Nikoláievna, e enviado de fato uma cópia (só Deus sabe por quê!) ao barão Bioring, ele, como era natural, devia esperar, no decorrer do dia, certas "consequências" de seu ato, razão pela qual tomara uma série de providências: ainda pela manhã transferira mamãe e Liza (que, como eu soube mais tarde, depois de voltar pela manhã, caíra doente e estava de cama) para cima, para o "caixão", e os quartos, e sobretudo a nossa "sala", tinham sido cuidadosamente varridos e arrumados. E, efetivamente, às duas horas da tarde apresentou-se a ele o barão R... militar, coronel, um senhor de uns quarenta anos, de origem alemã, alto, seco e fisicamente muito forte na aparência, também arruivado como Bioring, apenas um pouco calvo. Era um desses barões R... muito numerosos no serviço militar russo, todos enormemente ciosos da dignidade de barão, sem nenhuma fortuna, que vivem apenas do soldo, são servidores e combatentes extraordinários. Eu não assistira ao início das explicações dos dois; estavam ambos muito animados, aliás, como poderia ser de outro modo? Viersílov sentara-se no divã diante da mesa, o barão numa poltrona ao lado. Viersílov estava pálido, mas falava de modo comedido e pesando as palavras, ao passo que o barão levantava a voz e pelo visto tendia a gestos impetuosos, continha-se a custo, mas tinha um ar severo, arrogante e até desdenhoso, embora não desprovido de certa surpresa. Franziu o cenho ao me ver, mas Viersílov ficou quase contente com a minha chegada.

— Olá, meu querido. Barão, este é o próprio jovenzinho a quem me referi no bilhete, e acredite-me, ele não vai atrapalhar e até pode nos ser útil. — (O barão me fitou com desprezo.) — Meu caro — acrescentou Viersílov

—, estou até feliz que tenhas vindo, e por isso senta-te um pouco aí num canto, eu te peço, enquanto eu e o barão terminamos. Não se preocupe, barão, ele apenas ficará sentado em seu canto...

Para mim era indiferente, porque estava decidido a ficar, e além do mais tudo me impressionava; sentei-me calado em meu canto e aí fiquei até o fim das explicações, sem pestanejar nem me mexer...

— Repito-lhe mais uma vez, barão — disse Viersílov, escandindo com firmeza as palavras —, considero Catierina Nikoláievna Akhmákova, a quem escrevi essa carta indigna e mórbida, não apenas a mais nobre das criaturas, como também o ápice de todas as perfeições!

— Semelhante refutação de suas próprias palavras, já lhe observei, assemelha-se à sua nova confirmação — rugiu o barão. — Suas expressões são terminantemente desrespeitosas.

— E contudo o mais certo é que o senhor as tome em seu exato sentido. Eu, veja o senhor, sofro de acessos... e de diversas perturbações... e até faço tratamento, e por isso aconteceu que num desses momentos...

— Essas explicações não são de modo algum apropriadas. Repito-lhe mais e mais uma vez que o senhor continua a insistir em seu erro, talvez queira errar de propósito. Desde o início já o preveni de que toda a questão referente a essa senhora, isto é, sua carta à própria generala Akhmákova, deve ser definitivamente afastada desta nossa explicação; mas o senhor está sempre voltando a ela. O barão Bioring me pediu e me encarregou de pôr em pratos limpos apenas o que propriamente lhe toca, isto é, sua insolente comunicação dessa "cópia", e depois o pós-escrito onde o senhor se diz "pronto a responder por isso da maneira como aprouver".[66]

— Mas me parece que este último ponto já está claro, sem mais explicações.

— Compreendo, ouvi dizer. O senhor nem sequer pede desculpas e apenas continua a afirmar que está "pronto a responder por isso da maneira como aprouver". Mas assim sairia muito barato. É por essa razão que, tendo em vista o rumo que o senhor insiste em dar à sua explicação, sinto-me agora no direito de lhe externar, já sem constrangimento: cheguei à conclusão de que o barão Bioring não pode, de modo algum, ter uma questão com o senhor... em pé de igualdade.

— Essa solução é, sem dúvida, uma das mais vantajosas para o seu amigo, o barão Bioring, e, confesso-lhe, o senhor absolutamente não me surpreende: já esperava por isso.

---

[66] Não há pós-escrito na carta de Viersílov. (N. do T.)

Observo entre parênteses: era-me por demais visível, desde as primeiras palavras e à primeira vista, que Viersílov até procurava uma explosão, provocava e excitava aquele barão irritadiço e talvez até exagerasse ao testar sua paciência. Isso agastava o barão.

— Ouvi dizer que o senhor é talvez espirituoso, mas a qualidade de espirituoso ainda não é inteligência.

— Observação extraordinariamente profunda, coronel!

— Não lhe pedi elogios — exclamou o barão —, e não vim aqui para conversa fiada. Queira me escutar: o barão Bioring, ao receber sua carta, ficou numa grande dúvida, porque ela era o testemunho da existência de um manicômio. E, é claro, naquele mesmo instante teria sido possível encontrar meios para acalmar... o senhor. Contudo, por algumas razões especiais usou-se de benevolência para com o senhor e conseguiram-se informações a seu respeito: apurou-se que o senhor, mesmo tendo pertencido à boa sociedade e outrora servido à Guarda, foi excluído dessa sociedade e sua reputação é mais que duvidosa. Contudo, apesar disso, vim para cá com o fim de me certificar pessoalmente do caso, e eis que ainda por cima o senhor se permite brincar com as palavras e confessa estar sujeito a acessos... Basta! A situação do barão Bioring e sua reputação não podem ser aviltadas nesse caso... Em suma, meu caro senhor, estou encarregado de lhe declarar que se houver repetição desse ato ou ao menos de algo parecido com o anterior, serão encontrados os meios imediatos de amansá-lo, meios assaz prestos e seguros, posso lhe asseverar. Não vivemos no mato, mas num Estado bem organizado!

— O senhor está tão certo disto, meu caro barão R...?

— Com os diabos! — o barão se levantou de supetão. — O senhor exagera me provocando a lhe provar neste momento que não sou lá muito "seu caro barão R...".

— Ah, torno a preveni-lo — Viersílov também se levantou — que minha mulher e minha filha estão aqui por perto... e por essa razão eu lhe pediria para não falar tão alto, porque seus gritos podem chegar até elas.

— Sua mulher... diabo!... Se fiquei aqui sentado a conversar com o senhor, foi unicamente com a finalidade de esclarecer essa história infame — continuou o barão com a mesma cólera e sem baixar minimamente a voz. — Basta! — gritou enfurecido —, o senhor não só está excluído do círculo de pessoas decentes como ainda é um maníaco, um verdadeiro maníaco louco, e é assim que o classificam! O senhor é indigno de condescendência e eu lhe declaro que contra o senhor hoje mesmo serão tomadas medidas e o senhor será convocado a um lugar onde saberão lhe devolver o juízo... e será excluído da cidade!

Deixou o cômodo a passos largos e rápidos. Viersílov não o levou até a porta. Estava em pé, olhando-me distraidamente e como se não me notasse; de súbito sorriu, sacudiu os cabelos e, chapéu na mão, também rumou para a porta. Agarrei-lhe a mão.

— Ah, sim, estás aí! Tu... escutaste? — parou diante de mim.

— Como foi capaz de fazer isso? Como pôde deturpar as coisas assim, como pôde desonrar assim!... Usar de tanta deslealdade?

Olhava-me fixamente, mas seu sorriso se alargava cada vez mais e transbordava de vez numa risada.

— Mas acontece que o desonrado fui eu... perante ela! perante ela! Zombaram de mim perante ela; e ele... me deu um empurrão — exclamei fora de mim,

— Foi mesmo? Ah! meu pobre menino, como tenho pena de ti... Então lá zombaram de ti!

— O senhor ri, o senhor está rindo de mim! Acha isso engraçado!

Rápido ele arrancou sua mão da minha, pôs o chapéu na cabeça e, sorrindo já um sorriso de verdade, saiu do apartamento. Por que iria alcançá-lo? para quê? Eu compreendera tudo — perdera tudo num minuto! De repente vi mamãe; ela descera e olhava com timidez ao redor.

— Ele saiu?

Abracei-a em silêncio, e ela grudou em mim com força, com força.

— Mamãe querida, será possível que consegue permanecer aqui? Vamos embora já, eu a abrigarei, trabalharei para a senhora como um galé, para a senhora e para Liza... Larguemos todos eles, todos, e vamos embora. Fiquemos sozinhos. Mamãe, lembra-se de quando a senhora foi me visitar no internato Touchard e eu não quis reconhecê-la?

— Lembro-me, meu filho, a vida inteira tenho sido culpada perante ti, eu que te pus no mundo, e não te conhecia.

— A culpa foi dele, mamãe, ele é o culpado de tudo isso; nunca nos amou.

— Não, amou.

— Vamos, mamãe.

— Para onde hei de ir largando-o, será que ele é feliz?

— Onde está Liza?

— Na cama; assim que voltou caiu doente. Estou com medo. Por que estão tão zangados com ele? O que é que hão de fazer com ele? Para onde foi ele? Por que aquele oficial o ameaçava?

— Não vai acontecer nada com ele, mamãe, nunca lhe acontece nada, nunca há de lhe acontecer nada nem pode acontecer. Ele é uma pessoa assim!

Mas eis Tatiana Pávlovna, pergunte a ela se não acredita em mim. (Tatiana Pávlovna entrara de chofre.) Adeus, mamãe. Logo voltarei, e quando voltar vou lhe pedir a mesma coisa...

Saí às pressas; não podia ver quem quer que fosse, não só Tatiana Pávlovna, e mamãe me fazia sofrer. Eu queria estar só, só.

V

Eu não tinha nem acabado de percorrer a rua quando senti que não conseguia andar, esbarrando de modo absurdo numa gente estranha e indiferente; mas, onde me meter? Quem precisaria de mim e de que eu precisaria agora? Arrastei-me maquinalmente até a casa do príncipe Serguiêi Pietróvitch, sem de maneira nenhuma estar pensando nele. Não se encontrava em casa. Disse a Piotr (seu criado) que o esperaria no gabinete (como já fizera inúmeras vezes). O gabinete era grande, um cômodo muito alto, abarrotado de móveis. Fui para o canto mais escuro, sentei-me num divã e, com os cotovelos sobre a mesa, apoiei a cabeça entre as mãos. Sim, este era o problema: "De que eu precisaria agora?". Se então eu até podia formular a pergunta, o que menos podia era respondê-la.

Entretanto não podia deixar de pensar a sério nem de perguntar. Antes já preveni que ao término daqueles dias eu estava "esmagado pelos acontecimentos"; agora estava ali sentado e tudo girava como um caos em minha mente. "Sim, tudo nele me escapou e dele nada entendi" — vinha-me de lampejo à mente. "Ainda há pouco ele riu na minha cara; não, não era de mim; tudo ali se referia a Bioring e não a mim. Anteontem no jantar já sabia de tudo e estava sombrio. Levou adiante minha tola confissão no restaurante e deformou tudo sobre a verdade, porém, para que precisava da verdade? Ele mesmo não acredita nem em meia palavra do que escreveu a ela. Só precisava ofender, ofender de maneira absurda, sem mesmo saber por quê, agarrando-se a um pretexto, e o pretexto fui eu quem deu... Uma atitude de cachorro doido! Estaria agora querendo matar Bioring? Para quê? Seu coração sabe para quê! Já eu não sei nada do que há em seu coração... Não, não, nem agora o sei. Será que a ama com tanta paixão? ou a odeia com tanta paixão? Não sei, mas será que ele mesmo sabe? Por que eu disse a mamãe que "nada pode acontecer com ele"? o que eu quis dizer com isso? Eu o perdi ou não?

"Ela viu como me empurravam... Ela também riu, ou não? Eu teria rido! Bateram no espião, no espião!..."

"O que significa (ocorreu-me de lampejo), o que significa aquilo que ele inseriu naquela carta infame, que o documento não fora absolutamente queimado, mas continuava a existir?..."

"Ele não matará Bioring, e na certa está agora sentado lá na taberna a ouvir *Lucia*! Mas é possível que depois de ouvir *Lucia* ele vá matar Bioring. Bioring me empurrou, pois, quase me bateu; será que me bateu? A Bioring repugna a ideia de bater-se com Viersílov; será que se bateria comigo? Talvez eu precise matá-lo amanhã com um tiro de revólver, espreitando-o na rua..." Pois bem, essa ideia concebi-a na mente de forma totalmente maquinal, sem nela me deter um mínimo que fosse.

Por instantes vinha-me a fantasia de que a qualquer momento a porta se abriria, Catierina Nikoláievna entraria e me estenderia a mão, e ambos cairíamos na risada. "Oh, estudante, meu caro!" Isso me ocorreu de lampejo, ou melhor, eu o desejei quando o quarto ficou muito escuro. "É, será que estava longe aquele tempo em que eu me postava diante dela, despedia-me, e ela me estendia a mão e ria? Como pôde acontecer, em tão pouco tempo, uma distância tão terrível? Seria o caso de simplesmente ir procurá-la e ter uma explicação com ela agora mesmo, neste instante, de maneira simples, de maneira simples. Senhor, como foi que de uma hora para outra começou um mundo inteiramente novo? Sim, um mundo novo, completamente, completamente novo... E Liza, e o príncipe, e mais os velhos... Eis que agora estou na casa do príncipe. E mamãe, como pôde viver com ele, se é verdade? Eu poderia, eu posso tudo, mas ela? E agora, o que vai acontecer?" Pois bem, como num turbilhão, as figuras de Liza, Anna Andrêievna, Stebielkóv, do príncipe, de Afiérdov, de todos, desfilavam em meu cérebro doente sem deixar vestígios. As ideias iam perdendo cada vez mais a forma e tornando-se incompreensíveis; eu ficava contente quando conseguia apreender alguma delas e captar seu sentido.

"Tenho uma 'ideia'! — pensei num átimo — não é? Não a estaria repisando como decorada? Minha ideia é obscuridade e solidão, mas acaso seria hoje possível retroceder, arrastando-me para a antiga obscuridade? Ah!, meu Deus, não é que não queimei o documento? Acabei me esquecendo de queimá-lo anteontem. Vou voltar para casa e queimá-lo com uma vela, isso mesmo, com uma vela; só não sei se é isso mesmo que estou pensando..."

Fazia tempo que escurecera, e Piotr me trouxe velas. Parou à minha frente e me perguntou se eu havia comido. Apenas fiz um sinal com a mão. Contudo, uma hora depois ele me trouxe chá e eu bebi avidamente uma grande xícara. Depois perguntei as horas. Eram oito e meia e nem sequer me surpreendi por estar ali há cinco horas.

— Já vim aqui três vezes — disse Piotr —, mas parece que o senhor estava dormindo.

Não me lembrava de que ele tivesse entrado. Não sei por quê, mas, tendo subitamente me espantado com o fato de ter "dormido", levantei-me e pus-me a andar pelo quarto para não tornar a "adormecer". Enfim minha cabeça começou a doer. Às dez horas em ponto o príncipe entrou e fiquei surpreso por estar à sua espera; tinha me esquecido inteiramente dele, inteiramente.

— Você aqui, e eu que fui procurá-lo em sua casa! — disse-me. Estava de cara sombria e severa, sem o mínimo sorriso. Uma ideia se fixara em seu olhar.

— Bati-me o dia inteiro e usei de todas as medidas — continuou com um ar concentrado —, mas tudo desmoronou e o futuro será um horror... (N.B.: ele acabara não indo à casa do príncipe Nikolai Ivánovitch.) Estive com Jibelski, é um homem impossível. Vê só: primeiro é preciso ter o dinheiro, depois nos veremos. Porém, se eu não conseguir o dinheiro, então... Mas hoje decidi não pensar nisso. Hoje arranjemos apenas o dinheiro, amanhã veremos tudo. Seu ganho de anteontem no jogo ainda está intacto, até o último copeque. Faltam três rublos para três mil. Descontando a sua dívida restam-lhe trezentos e quarenta rublos. Tome-os e acrescente mais setecentos, para completar mil, e eu fico com os outros dois mil. Depois iremos à banca de Ziérschikov, nos instalaremos em dois diferentes extremos e tentaremos ganhar dez mil rublos; talvez façamos alguma coisa, nem venhamos a ganhar... Aliás, é só o que nos resta.

Olhou-me com um ar fatal.

— Sim, sim! — exclamei de súbito, como se ressuscitasse. — Vamos! Eu só estava esperando por você...

Observo que em nenhum instante daquelas horas eu havia pensado na roleta.

— E a infâmia? A baixeza do ato? — perguntou de repente o príncipe.

— Isso porque vamos à roleta? Ora, isto é tudo! — exclamei — o dinheiro é tudo! Nós dois é que somos os únicos santos, ao passo que Bioring se vendeu, Anna Andrêievna se vendeu, e Viersílov; sabe que Viersílov é um maníaco? Um maníaco! Um maníaco!

— Você está bem, Arkadi Makárovitch? Está com os olhos tão estranhos!

— Está dizendo isso para ir sem mim? Mas agora não o largo mais. Não foi à toa que passei a noite inteira sonhando com o jogo. Vamos! vamos! — exclamei, como se num átimo tivesse decifrado tudo.

— Sendo assim, vamos, apesar de você estar com febre, mas lá...

Não concluiu. Havia em seu rosto algo de pesado, de terrível. Já estávamos saindo.

— Sabe — disse de repente, detendo-se à porta — que ainda há uma saída da adversidade além do jogo?

— Qual é?

— Uma saída principesca!

— Mas qual? Mas qual?

— Depois saberá qual. Apenas saiba que já não sou digno dela porque é tarde. Vamos, e lembre-se de minhas palavras. Tentemos uma saída de lacaio... Por acaso não sei que, conscientemente, estou indo para lá cheio de vontade e ajo como um lacaio?

VI

Voei para a roleta, como se toda a minha salvação, toda a saída estivesse concentrada lá, e no entanto, como já disse, antes da chegada do príncipe eu nem sequer pensava nela. E ademais eu não ia jogar para mim, mas com o dinheiro do príncipe e para ele mesmo; não consigo atinar no que me arrastava para lá, mas me arrastava de modo irresistível. Oh, nunca aquelas pessoas, aquelas caras, aqueles crupiês, aqueles gritos dos jogadores, toda aquela torpe sala de Ziérschikov — nunca aquilo tudo me parecera tão repugnante, tão sombrio, tão grosseiro e triste como desta vez! Lembro-me por demais da tristeza e da dor que por instantes me apertavam o coração durante todas as horas ali passadas à mesa de jogo. Contudo, por que eu não ia embora? Para que suportava aquilo como quem aceita uma sina, um sacrifício, uma façanha? Só uma coisa eu digo: duvido que eu possa afirmar que naquele momento estava no gozo da razão. Não obstante, nunca antes havia jogado com tanta sensatez como naquela noite. Estava calado e concentrado, atento e calculista ao extremo; estava paciente e avarento, e ao mesmo tempo firme nos momentos decisivos. Instalei-me de novo diante do *zéro*, isto é, mais uma vez entre Ziérschikov e Afiérdov, que se sentava sempre à direita de Ziérschikov; esse lugar me desagradava, mas eu queria porque queria apostar no *zéro* e todos os outros lugares em torno do *zéro* estavam tomados. Jogávamos há pouco mais de uma hora; então vi de meu lugar que o príncipe se levantara de repente e, pálido, veio para a nossa mesa e postou-se defronte a mim, do lado oposto da mesa: perdera tudo e observava meu jogo em silêncio, se bem que provavelmente não compreendesse nada e nem mesmo pensasse no jogo. Eu estava começando a ganhar e Ziérschikov me pagara uma quantia. Súbito Afiérdov, calado, diante dos meus olhos e com o ar mais descarado, pegou uma de minhas notas de cem rublos e a juntou ao monte que estava à sua frente. Dei um grito e agarrei sua mão. Então me aconteceu algo inesperado para mim: eu como que perdi as estribeiras; era como se todos os horrores e todas as ofensas daquele dia estivessem concentrados apenas naquele instante, naquele desaparecimento da nota de cem rublos. Era como se tudo o que em mim se acumulara e se comprimira só estivesse esperando aquele instante para estourar.

— Ladrão! Acaba de me roubar uma nota de cem rublos! — gritei, fora de mim, olhando ao redor.

Não vou descrever o rebuliço que tais palavras suscitaram; episódio como esse era absoluta novidade naquele lugar. Na banca de Ziérschikov as pessoas se comportavam condignamente e por isso o jogo em sua casa gozava de renome. Mas eu estava fora de mim. No meio do barulho e dos gritos ouviu-se de súbito a voz de Ziérschikov:

— Vejam só, o dinheiro sumiu, e ele estava aqui! Eram quatrocentos rublos!

No mesmo instante deu-se outra história: sumira dinheiro da banca debaixo do nariz de Ziérschikov, um maço de quatrocentos rublos. Ziérschikov mostrava o lugar onde o dinheiro estivera; "estava aqui agora mesmo", e esse "aqui" ficava debaixo do meu nariz, pertinho de mim, do lugar onde estava o meu dinheiro, ou seja, bem mais perto de mim que de Afiérdov.

— O ladrão está aqui! Foi mais uma vez ele quem o roubou, revistem-no! — exclamei, apontando para Afiérdov.

— Tudo isso acontece — ouviu-se uma voz tonitruante e imponente no meio da gritaria — porque deixam qualquer um entrar aqui. Gente sem recomendação! Quem o trouxe? Quem é ele?

— Um tal de Dolgorúki.

— Príncipe Dolgorúki?

— Foi o príncipe Sokólski que o trouxe — gritou alguém.

— Ouça, príncipe — bradei-lhe exaltado através da mesa —, eles me tomam por ladrão, quando eu mesmo acabo de ser roubado! Diga-lhes, diga a eles quem sou eu!

E então aconteceu o mais terrível de tudo o que acontecera em todo aquele dia... até em toda a minha vida: o príncipe me renegou. Vi-o encolher os ombros e, em resposta às perguntas com que o crivavam, ele responder com uma voz ríspida e clara:

— Não respondo por ninguém. Peço-lhes que me deixem em paz.

Enquanto isso, Afiérdov se postara no meio da turba e exigia aos gritos que o revistassem. E virava os próprios bolsos pelo avesso. Mas às suas exigências respondiam com gritos: "Não, não, sabe-se quem é o ladrão!". Dois criados, que haviam sido chamados, agarraram-me os braços por trás.

— Não deixo que me revistem, não o permito! — gritei, procurando me livrar.

Mas me arrastaram para um cômodo vizinho e lá, perante a multidão, revistaram-me todo, da cabeça aos pés. Eu gritava e me debatia.

— Vai ver que ele se desfez do dinheiro, é preciso procurar no chão — decidiu alguém.

— Mas como procurar agora no chão?

— Debaixo da mesa, deve ter largado por lá de algum jeito.

— É claro que os vestígios sumiram...

Expulsaram-me, mas consegui parar no limiar e gritar furioso para toda a sala:

— A roleta é proibida pela polícia. Hoje mesmo vou fazer uma denúncia contra vocês todos!

Fizeram-me descer a escada, vestiram-me o casaco e... abriram a porta da rua para mim.

CAPÍTULO IX

I

O dia terminara com uma catástrofe, mas restava a noite, e eis o que dessa noite me ficou na memória.

Acho que começava a passar das doze quando me vi na rua. Era uma noite clara, serena e fria. Eu quase corria, estava morrendo de pressa, mas não ia absolutamente para casa. "Por que para casa? por acaso pode existir casa agora? Em casa se vive, amanhã vou despertar para viver — mas acaso isso é possível agora? A vida acabou-se, viver agora já é de todo impossível". Pois bem, eu errava pelas ruas sem a menor ideia de para onde ia, e, aliás, não sei se queria mesmo correr a algum lugar. Sentia muito calor e a cada instante abria meu pesado casaco de peles de guaxinim. "Agora — era o que me parecia naquele instante —, nenhuma ação pode ter nenhum objetivo." E estranho: estava sempre com a impressão de que tudo ao redor, até o ar que eu respirava, parecia algo de outro planeta, como se eu de chofre me visse na Lua. Tudo aquilo — a cidade, os transeuntes, a avenida por onde eu corria —, tudo aquilo já era *não meu*. "Essa é a Praça dos Palácios, essa é a catedral de São Isaac — parecia-me vê-las —, mas agora não tenho mais nada a ver com elas"; de certa forma tudo se alienara de mim, tudo de repente se tornara *não meu*. "Tenho mamãe, Liza — mas e daí, de que agora me servem Liza e mamãe? Tudo está acabado, tudo se acabou de vez, menos uma coisa: que eu sou um ladrão para sempre."

"Como provar que não sou ladrão? Acaso isso agora é possível? Ir embora para a América? Mas o que isso provaria? Viersílov seria o primeiro a acreditar que roubei! A 'ideia'? Que 'ideia'? Para que 'ideia' agora? Daqui a cinquenta anos, a cem, quando eu passar sempre haverá alguém que dirá, apontando para mim: 'Vejam aquele ali — é um ladrão'. Começou 'sua ideia' roubando dinheiro da roleta..."

Será que eu guardava rancor? Não sei, talvez guardasse. É estranho que eu sempre tive, talvez desde a tenra infância, essa característica: se me faziam mal, e um mal completo, se me ofendiam até o último limite, sempre me vinha um desejo insaciável de me sujeitar passivamente à ofensa e até superar os desejos do ofensor: "Pois bem, os senhores me humilharam, então vou me humilhar ainda mais, contemplem, deliciem-se!". Touchard me batia e queria mostrar que sou um lacaio e não um filho de senador, e no mesmo instante eu mesmo assumia o papel de lacaio. Eu não só lhe servia a roupa para ele se vestir como eu mesmo agarrava uma escova e começava a tirar com ela o último grão de poeira, já sem nenhum pedido ou ordem dele, eu mesmo corria atrás dele com a escova, no ardor do zelo de lacaio, para tirar algum último cisco do seu fraque, de tal modo que às vezes ele mesmo me detinha — "Basta, basta, Arkadi, basta!". Às vezes ele chegava e tirava o sobretudo — e lá ia eu escová-lo, dobrava-o cuidadosamente e o cobria com um xale de seda quadriculado. Eu sabia que meus colegas zombavam de mim e me desprezavam por isso, sabia perfeitamente, mas até gostava disso: "Já que quiseram que eu fosse lacaio, então sou mesmo um lacaio; quiseram que eu fosse um sabujo, então sou um sabujo". Podia passar anos a fio curtindo esse ódio passivo e algo do gênero como uma raiva subterrânea. E então? No salão de Ziérschikov gritei para todos totalmente enfurecido: "Vou denunciar todo mundo, a roleta é proibida pela polícia!". E eis que, juro, houve aí algo mais ou menos do mesmo gênero: eles me humilharam, me revistaram, me chamaram publicamente de ladrão, me aniquilaram — "pois fiquem vocês todos sabendo que adivinharam — não sou apenas um ladrão, sou também um delator!". Hoje, rememorando tudo isso, resumo e explico justamente assim; naquele momento eu não estava para análises, gritei aquilo sem intenção, até sem saber um segundo antes que gritaria: o grito saiu por si só — era essa *característica* que havia em mim.

Enquanto corria, sem dúvida já começava a delirar, mas me lembro muito bem de que agia com consciência. Por outro lado, digo com firmeza que naquele momento já não me era possível ter um ciclo inteiro de ideias e conclusões; naqueles minutos eu até sentia cá comigo que "umas ideias eu podia ter, mas ter outras já me era totalmente impossível". De igual maneira algumas decisões minhas, mesmo que tomadas com nítida consciência, podiam não ter a mínima lógica naquele momento. Além do mais, lembro-me muito bem de que em alguns instantes eu podia ter plena consciência do absurdo de alguma decisão e ao mesmo tempo passar a executá-la com plena consciência. Sim, o crime me rondava naquela noite e só por acaso não se consumou.

Naquele momento passou-me de lampejo pela lembrança a frase de Tatiana Pávlovna sobre Viersílov: "Teria sido melhor ir à noite à estrada de ferro Nikoláievskaia e pôr a cabeça nos trilhos, pois assim a arrancariam". Por um instante essa ideia se apossou de todos os meus sentimentos, mas num estalo e com a alma dorida eu a afugentei: "Ponho a cabeça nos trilhos e morro, mas amanhã dirão: ele fez isso porque roubou, fez por vergonha — não, de maneira nenhuma!". Pois foi então, disto eu me lembro, que senti um instante de terrível maldade. "O que fazer? — passou-me como um raio pela mente. — Justificar-me já não há mais como, começar uma nova vida também é impossível — então é o caso de resignar-me, tornar-me um lacaio, um cão, um inseto, um delator, um verdadeiro delator, e enquanto isso ir me preparando devagarzinho e um dia mandar tudo de repente para o espaço, destruir tudo, todos, culpados e inocentes, para que todos saibam que sou o mesmo que foi chamado de ladrão... e então me matar."

Não me lembro de como corri até o beco ali perto do bulevar Konogvardêiski. De ambos os lados desse beco, quase por uma centena de passos, estendiam-se altos muros de pedra — muros de pátios dos fundos. Por trás de um muro, à esquerda, vi um enorme depósito de lenha, um longo depósito, um verdadeiro pátio de lenha, com pouco mais de uma braça acima do muro. Parei de chofre e comecei a ponderar. Tinha fósforos no bolso, numa pequena fosforeira de prata. Repito, na ocasião eu tinha plena consciência do que ponderava e do que queria fazer e assim me lembro até hoje, mas para quê eu queria fazer aquilo não sei, absolutamente não sei. Lembro-me apenas de que de repente eu quis muito fazer uma coisa. "Dá bem para subir no muro" — raciocinava eu; justo a dois passos dali apareceu um portão no muro, que devia estar fechado hermeticamente por meses a fio. "Subindo na trave de baixo — continuava a refletir — e agarrando-me por cima do portão, dá para subir no próprio muro — e ninguém há de notar, não tem ninguém, é tudo silêncio! Depois me sento em cima do muro e tranquilamente ponho fogo na lenha, até mesmo sem descer dá para fazer, porque a lenha está quase roçando o muro. Com o frio ela vai queimar ainda com mais força, é só pegar com a mão um galho de bétula... Aliás, não há nenhuma necessidade de pegar um galho: sentado no muro, posso arrancar uma casca direto da bétula com a mão e com o fósforo acendê-la, acendê-la e enfiá-la no meio da lenha — e eis um incêndio. Então pulo para o chão e vou embora; não vai ser nem necessário correr, porque ainda vão demorar a perceber..." Era assim que eu matutava tudo, e de repente tomei de vez a decisão. Senti uma satisfação extraordinária, senti prazer e subi. Eu era ótimo em escaladas: a ginástica fora minha especialidade ainda no colégio, mas eu estava de galochas e a coisa ficou mais difícil. Mas mesmo assim consegui agarrar com a mão uma saliência quase imperceptível na parte alta e comecei a subir, movi a outra para me agarrar no alto da parede, mas de repente perdi o equilíbrio e caí de costas. Suponho ter batido com a nuca no chão e devo ter ficado um ou dois minutos desacordado. Voltando a mim, fechei maquinalmente o casaco por ter de repente sentido um frio insuportável e, ainda atinando mal no que fazia, arrastei-me até o ângulo do portão e ali me sentei contraído e enroscado na cavidade entre o portão e o ressalto do muro. Meus pensamentos estavam confusos e, provavelmente, comecei a dormitar muito rápido. Como através de um sonho, lembro-me agora de que me soou de chofre aos ouvidos o som grave e pesado de um sino e com prazer comecei a escutá-lo.

II

O sino batia com força e precisamente uma vez a cada dois ou até três segundos, porém não era um toque de alarme mas um som agradável, suave, e de repente distingui que era um som conhecido, um som que vinha da igreja de São Nikolai, a igreja vermelha que ficava defronte ao internato de Touchard — a antiga igreja moscovita de que me lembro tanto, com seus desenhos, suas múltiplas cúpulas e "sobrecolunas", construída ainda no reinado de Aleksiêi Mikháilovitch.[67] Acabava de terminar a semana da Páscoa e nas mirradas bétulas do jardinzinho defronte à casa de Touchard já se agitavam as tenras folhinhas verdes. O vivo sol do crepúsculo derramava seus raios oblíquos em nossa sala de aula, e em meu pequeno quarto, à esquerda, onde Touchard me havia alojado um ano antes para me separar dos "filhos de condes e senadores", havia uma visita.[68] Sim, em meu quarto, de um filho de ninguém, súbito aparecia uma visita — pela primeira vez desde que eu ingressara no internato de Touchard. Reconheci no ato essa visita tão logo ela entrou: era mamãe, embora eu não a tivesse visto uma única vez desde que ela me levara para comungar no templo da aldeia e um pombo atravessara a cúpula em seu voo. Estávamos nós dois ali sentados e eu a examinava de um modo estranho. Depois de passados muitos anos, eu soube que ela, tendo ficado então sem Viersílov, que de uma hora para outra viajara ao exterior, viera a Moscou *por iniciativa própria*, com seus parcos

---

[67] Trata-se de Aleksiêi Mikháilovitch Románov (1629-1976), que reinou de 1645 a 1676. (N. do T.)

[68] Imagens simbólicas de tenras folhinhas verdes e raios oblíquos do sol crepuscular, essenciais no imaginário de Dostoiévski, não aparecem aqui sem motivação. Prenunciam o surgimento da mãe, cuja imagem acaba assim cercada por uma aura luminosa e conciliadora. (N. da E.)

recursos, quase às escondidas daqueles que haviam sido incumbidos de cuidar dela, e unicamente para me ver. Ainda era estranho que ela, depois de entrar e ter falado com Touchard, não disse a mim mesmo uma única vez que era minha mãe. Estava sentada a meu lado e, lembro-me, eu até me admirava de que ela falasse tão pouco. Trazia uma trouxinha e a desamarrou: ali havia seis laranjas, alguns pães de mel e dois pães franceses comuns. Ofendi-me com os pães franceses e com ar de ofendido lhe disse que nossa "comida" ali era muito boa e que todos os dias nos serviam um pão francês inteiro com o chá.

— Dá no mesmo, meu caro, por minha ingenuidade eu pensei: "Pode ser que lá na escola eles estejam mal alimentados", não leves a mal, meu filho.

— Antonina Vassílievna (mulher de Touchard) vai se sentir ofendida. Meus colegas também vão rir de mim...

— Não queres, mas pode ser que comas, não?

— Pode ser, deixa-os...

Eu nem sequer toquei naqueles presentes; as laranjas e os pães de mel se encontravam à minha frente, em cima da mesa, mas eu estava sentado, de cabeça baixa, porém com um acentuado ar de dignidade. Quem sabe se não é possível que eu também não quisesse lhe esconder que sua visita até me envergonhava perante meus colegas; precisava lhe mostrar pelo menos uma gota disso para que ela entendesse: "Vê só, tu me envergonhas e tu mesma não o compreendes". Oh, naquele tempo eu corria com a escova na mão atrás de Touchard para tirar os grãos de poeira de sua roupa! Eu também fazia ideia do quanto iria suportar de zombaria dos meninos e talvez até do próprio Touchard tão logo ela fosse embora — e em meu coração não havia para com ela um único sentimento de bondade. Eu olhava só de esguelha para o seu vestidinho escuro e velhinho, para suas mãos bastante grossas, quase mãos operárias, para seus sapatos bem grosseiros e seu rosto fortemente emagrecido; as rugas já sulcavam sua testa, se bem que Antonina Vassílievna me disse mais tarde, à noite, depois que ela se foi: "Outrora, sua *maman* deve ter sido bem bonita".

Assim estávamos ali quando de repente Agáfia entrou trazendo na mão uma bandeja com uma xícara de café. Era a hora do pós-almoço, quando os Touchard sempre tomavam café em sua sala de visitas. No entanto mamãe agradeceu e não aceitou a xícara de café: como eu soube depois, naquele tempo ela não tomava absolutamente café porque lhe provocava palpitações. Acontece que, pelo visto, os Touchard deviam considerar lá com seus botões a visita dela e a permissão para me ver como uma condescendência extraordinária de sua parte, de modo que a xícara de café enviada a mamãe já era, por assim dizer, um feito humanista que, falando em termos comparativos, honrava de modo extraordinário os seus sentimentos civilizados e suas concepções europeias. E, como de propósito, mamãe a havia recusado.

Fui chamado à presença de Touchard e ele me ordenou que pegasse todos os meus cadernos e livros e os mostrasse à mamãe: "Para que ela veja o quanto você conseguiu aproveitar em minha instituição". Nisso Antonina Vassílievna me resmungou de sua parte, comprimindo os lábios, com ar ofendido e zombeteiro:

— Parece que sua *maman* não gostou do nosso café.

Juntei os cadernos e os levei para mamãe, que esperava ao lado dos "filhos dos condes e senadores" que se haviam aglomerado na sala e olhavam para mim e mamãe. Pois bem, até gostei de cumprir a ordem de Touchard com uma precisão literal. Comecei a abrir metodicamente meus cadernos e explicar: "Este é de lições de gramática francesa, este, de ditados, este aqui, de exercícios dos verbos auxiliares *avoir* e *être*, este é de geografia, com a descrição das principais cidades da Europa e de todas as partes do mundo", etc., etc. Por meia hora ou mais expliquei com minha vozinha regular de criança, de cabeça baixa, como um menino bem-educado. Eu sabia que mamãe não entendia nada de ciências, talvez nem soubesse escrever, mas o papel que eu ali desempenhava até me agradava. Contudo, não consegui fatigá-la — ela ouvia tudo sem me interromper, com uma extraordinária atenção e até com veneração, de modo que eu mesmo acabei entediado e parei; aliás, seu olhar era triste e havia qualquer coisa de lastimável em seu rosto.

Enfim ela se levantou para sair; súbito entrou o próprio Touchard e perguntou, com seu idiota ar imponente: estaria ela contente com os êxitos de seu filho? Mamãe começou a balbuciar e agradecer de forma desconexa; Antonina Vassílievna também se aproximou. Mamãe passou a pedir a ambos para "não abandonar um órfão, agora ele é como se fosse um órfão, conceda-lhe a vossa benevolência..." — e com lágrimas nos olhos fez reverência a ambos, a um de cada vez, a cada um uma reverência profunda, justo como reverenciam "os humildes" quando têm oportunidade de pedir alguma coisa a senhores importantes. Touchard nem sequer esperava por isso, Antonina Vassílievna estava visivelmente abrandada e, é claro, mudou no mesmo instante sua conclusão sobre a xícara de café. Touchard respondeu com redobrada imponência e ar humanitário que "aqui não se distinguem crianças, que todos ali são seus filhos e ele seu pai, que eu estava ali quase em pé de igualdade com os filhos dos senadores e condes e que isso devia ser apreciado", etc., etc. Mamãe se desfazia em reverências, mas, não obstante, confundia-se, por último virou-se para mim e disse, com lágrimas que lhe brilhavam nos olhos: "Adeus, meu caro!".

E me beijou, quer dizer, eu permiti que me beijasse. Era visível que queria me beijar ainda mais e mais, me abraçar, me apertar, porém não sei se ela mesma sentiu vergonha diante das pessoas ou alguma amargura, ou se adivinhou que eu me envergonhava dela, o fato é que se limitou a mais uma reverência apressada a Touchard e tomou o rumo da porta. Eu estava parado.

— *Mais suivez donc votre mère* — proferiu Antonina Vassílievna. — *Il n'a pas de coeur cet enfant!*[69]

Em resposta a ela Touchard sacudiu os ombros, o que, claro, significava: "não é à toa que eu o trato como um lacaio".

Desci obedientemente atrás de minha mãe; saímos ao terraço externo. Eu sabia que naquele momento todos eles olhavam pelas janelinhas. Mamãe voltou-se para a igreja e três vezes se benzeu contritamente, seus lábios estremeceram, um badalar grave e sonoro se fez ouvir do campanário. Ela se voltou para mim e, sem se conter, pôs ambas as mãos na minha cabeça e começou a chorar.

— Mãezinha, chega... dá vergonha... vamos, agora eles estão vendo isso das janelas...

Ela estremeceu e apressou-se:

— Bem, Deus... bem, fica com Deus... que os anjos do céu te protejam, a Virgem Imaculada, São Nikolai... Meu Deus, meu Deus! — repetia falando pelos cotovelos, sempre me benzendo, sempre procurando me benzer mais vezes e com mais frequência. — Meu caro, meu querido! Espera, meu caro...

Às pressas, meteu a mão no bolso e tirou um lencinho, um lencinho azul quadriculado, com uma das pontas formando uma trouxinha amarrada e começou a desamarrar a trouxinha... mas ela não se desamarrava...

— Bem, dá no mesmo, recebe com o lencinho mesmo, está limpinho, há de servir, aí tem quatro moedas de vinte copeques, talvez precises, desculpa, meu caro, mais eu mesma não tenho... desculpa, meu caro.

Aceitei o lencinho, quis observar que "todos somos muito bem mantidos pelo senhor Touchard e Antonina Vassílievna, e não precisamos de nada", mas me contive e aceitei o lencinho. Tornou a me benzer, mais uma vez murmurou uma reza qualquer e de repente — de repente me fez uma reverência igualzinha à que fizera lá em cima a Touchard — uma reverência

---

[69] Em francês, "Acompanhe sua mãe até a porta... Que menino sem coração!". (N. do T.)

profunda, demorada, longa — nunca hei de esquecer isso! De sorte que estremeci e eu mesmo não sei a razão. O que estaria querendo dizer com aquela reverência: "que reconhecia sua culpa perante mim?" — como uma vez me passou pela cabeça muitos anos depois — não sei. Porém, naquele mesmo instante senti ainda mais vergonha porque "lá de cima estavam olhando, e Lambert talvez viesse a me bater".

Enfim ela foi embora. As laranjas e os pães de mel foram consumidos ainda antes do meu retorno pelos filhos de senadores e condes, as quatro moedas de vinte copeques Lambert as tomou no mesmo instante, e com elas compraram bolos e chocolate na confeitaria, e nem sequer me ofereceram.

Passara-se meio ano inteiro, e outubro chegara com seus ventos e suas intempéries. Eu tinha esquecido inteiramente minha mãe. Oh, naquele momento o ódio, o ódio surdo a tudo já havia penetrado em meu coração, impregnando-o por completo; embora eu ainda continuasse escovando a roupa de Touchard, no entanto já o odiava com todas as minhas forças e a cada dia mais e mais. E eis que certa vez, numa dessas horas tristes do crepúsculo, comecei a arrumar minha gaveta sem saber por que e súbito vi num canto o lencinho de cambraia azul dela; estava lá do mesmo jeito desde que eu o metera ali. Tirei-o e fiquei a examiná-lo até com certa curiosidade; a pontinha do lenço ainda conservava plenamente o vestígio do antigo nó e o vinco redondinho de uma moeda nitidamente marcado; de resto, pus o lencinho no lugar e fechei a gaveta. Estávamos em festa e o sino bateu, chamando para o ofício das vésperas. Os alunos já haviam se dispersado para as suas casas depois do almoço, mas desta vez Lambert ficara até o domingo, não sei por que não mandaram buscá-lo. Embora ele ainda continuasse a me bater, me informava sobre muita coisa e precisava muito de mim. Conversamos a noite inteira sobre as pistolas Lepage, que nenhum de nós conhecia, sobre os sabres circassianos, sobre como eles degolavam, sobre como seria bom formar uma quadrilha de bandidos. Por fim Lambert passou às suas conversas preferidas sobre certo assunto torpe, e embora isso me fizesse pasmar, ainda assim eu gostava muito de ouvir. Desta vez a coisa ficou subitamente insuportável para mim e eu lhe disse que estava com dor de cabeça. Às dez horas nos deitamos para dormir; enrolei-me da cabeça aos pés com o cobertor e tirei de sob o travesseiro o lencinho azul: por alguma razão eu voltara uma hora antes à gaveta atrás dele e, mal haviam feito nossas camas, metera-o debaixo do travesseiro. No mesmo instante apertei-o contra meu rosto e, ato contínuo, comecei a beijá-lo. "Mamãe, mamãe" — murmurava, recordando-a, e todo o meu peito se comprimia como se estivesse num torno. Fechei os olhos e vi seu rosto com os lábios trêmulos no instante em que ela

Она
10 февр
15
22 февр
Lambert
22 февраля
начать высылать
27 января

se benzia de frente para a igreja, depois me benzia e eu lhe dizia: "Dá vergonha, estão olhando". "Mãezinha, mamãe, uma vez na vida me visitaste... mãezinha, por onde andarás, minha visitante? Será que agora te lembras de teu pobre menino a quem vieste visitar... Ah, se tu me aparecesses uma vezinha agora, se me aparecesses ainda que fosse em sonho, unicamente para que eu te dissesse como te amo, só para eu te abraçar e beijar teus olhos azuizinhos, te dizer que agora já não me envergonho nem um pouco de ti e que naquele momento eu te amava, e que o coração me doía mas eu me limitava a ser um lacaio! Mãezinha, onde estarás agora, estarás me ouvindo? Mamãe, mamãe, tu te lembras daquele pombinho na aldeia?..."

— Com os diabos... O que há com ele! — rosnou Lambert de sua cama —, espera, vou te mostrar! Não me deixas dormir... — pulou enfim da cama, correu até a minha e começou a me arrancar o cobertor, mas eu me segurava com toda a força ao cobertor, no qual estava enrolado da cabeça aos pés.

— Choramingas; de que estás choramingando, seu imbecil de uma figa? Toma! — e me bate, e me dá socos doloridos nas costas, dos lados, e cada vez mais e mais e... de repente abro os olhos...

O dia já amanhece com força, a geada agulheada brilha na neve, no muro... Estou sentado, encolhido, a duras penas vivo, hirto em meu casaco de peles, e alguém está debruçado sobre mim, tentando me acordar, me destratando em voz alta e batendo-me dolorosamente de um lado com o bico da bota direita. Soergo-me, olho: um homem metido num rico casaco de peles, com chapéu de marta, olhos negros, negros como o azeviche, costeletas elegantes, nariz aquilino, dentes brancos arreganhados para mim e um rosto branco e corado como uma máscara. Está muito inclinado sobre mim e sua boca emite um vapor frio sempre que ele respira:

— Estás congelado, besta bêbada, imbecil! Estás congelando como um cachorro, levanta-te! Levanta-te!

— Lambert! — grito.

— Quem és tu?

— Dolgorúki!

— Que diabo de Dolgorúki é esse?

— *Simplesmente* Dolgorúki!... Touchard... aquele em quem tu meteste um garfo no flanco na taberna.

— Ah-ah-ah! — gritou, sorrindo um sorriso longo de quem se lembra (será que ele tinha esquecido?). — Ah! Então és tu!

Ele me levanta, me põe de pé; mal consigo ficar em pé, mal consigo me mover, ele me conduz, segurando-me pelo braço. Olha-me nos olhos como que tentando atinar, lembrar-se, e fazendo todos os esforços para me entender, enquanto eu balbucio também com todas as forças, sem parar, sem me calar, dizendo que estou muito contente, muito contente por estar falando, e contente pelo fato de ser ele, Lambert. Se foi porque ele, por alguma razão, me pareceu "minha salvação", ou eu me precipitei para ele naquele minuto porque o tomei por um ser totalmente de outro mundo, não sei — naquele momento eu não raciocinava —, no entanto me precipitei para ele sem raciocinar. Do que eu então falava não tenho nenhuma lembrança e é pouco provável que falasse com um mínimo de coerência, é pouco provável que pronunciasse ao menos uma palavra com clareza; mas ele era todo ouvidos. Parou diante de mim o primeiro fiacre que passava e uns minutos depois eu já estava sentado no calor do seu quarto.

III

Qualquer pessoa, seja ela quem for, na certa conserva algum tipo de lembrança de alguma coisa que lhe aconteceu, que ela vê ou inclina-se a ver como algo fantástico, inusitado, invulgar, quase mágico, seja isso um sonho, um encontro, uma predição, um pressentimento ou algo desse gênero. Até hoje me inclino a ver esse meu encontro com Lambert como algo até profético... a julgar, quando nada, pelas circunstâncias e consequências do encontro. Aliás, tudo aquilo aconteceu, ao menos sob um aspecto, com o máximo de naturalidade: ele simplesmente voltava meio embriagado de uma de suas ocupações noturnas (qual delas, explico depois) e, ao parar por um instante junto a um portão daquele beco, viu-me. Fazia apenas alguns dias que estava em Petersburgo.

O quarto onde fui parar não era grande, era um habitual *chambre garni*[70] de Petersburgo, medíocre, arrumado com bastante jeito. O próprio Lambert, aliás, vestia um traje magnífico e luxuoso. No chão havia duas malas desfeitas só pela metade. Um canto do quarto estava bloqueado por biombos que escondiam uma cama.

— Alphonsine![71] — gritou Lambert.

— *Présente!* — respondeu de trás do biombo uma voz feminina de cana

---

[70] Em francês, "quarto mobiliado". (N. do T.)

[71] Tudo indica que Dostoiévski escolheu esse nome da cúmplice de Lambert por analogia a outra Alphonsine, uma cantora francesa bastante famosa e muito citada na imprensa de São Petersburgo na década de 1870. Cabe observar que o narrador também emprega os nomes Alfonsina e Alfonsinka para a personagem. (N. do T.)

rachada com sotaque parisiense, e não mais de dois minutos depois apareceu *mademoiselle* Alphonsine, de camisola, que acabava de vestir às pressas ao sair da cama; era uma criatura um tanto estranha, alta, magra como um palito, morena, longilínea, de rosto oblongo, olhos saltados e faces encovadas — uma criatura terrivelmente gasta.

— Depressa! (eu traduzo, porque ele falava com ela em francês), aqui deve haver um samovar; arranje depressa água fervendo, vinho tinto e açúcar, traga um copo, depressa, ele está congelado, é meu amigo... passou a noite dormindo na neve.

— *Malheureux!*[72] — fez que ia gritar, levantando as mãos num gesto teatral.

— Ei-ei! — gritou Lambert com ela como quem grita com um cachorrinho, e ameaçou com o dedo em riste; no mesmo instante ela parou com os gestos e correu para cumprir a ordem.

Ele me examinava e me apalpava; tirou meu pulso, apalpou-me a testa, as têmporas. "Estranho — rosnou — como não congelaste... se bem que estavas todo coberto pelo casaco de peles, da cabeça aos pés, como se estivesses num buraco forrado de pele..."

Um copo de chá quente apareceu, eu o sorvi com sofreguidão e no mesmo instante ele me animou; recomecei a balbuciar; estava meio deitado em um canto num divã e falava sem parar — sufocava-me ao falar —, porém, do que eu contava e como contava, mais uma vez não me lembro de quase nada; esquecera-me por completo de instantes e passagens inteiras. Repito: se ele compreendeu alguma coisa daquilo que eu então contava, não sei; entretanto, uma coisa depois adivinhei com clareza, ou seja: ele conseguira me entender tanto quanto necessitava para concluir que não devia desprezar aquele encontro comigo... Depois explico oportunamente qual era o seu cálculo ali.

Eu não só estava animadíssimo, acho que também alegre em alguns instantes. Lembro-me do sol que de chofre iluminara o quarto quando abriram as cortinas e de um forno estalando enquanto alguém o aquecia — quem e como o fazia, não me recordo. Lembra-me agora um minúsculo cãozinho preto que *mademoiselle* Alphonsine segurava nas mãos, apertando-o com coquetismo ao coração. Esse cãozinho estava conseguindo me divertir muito, de tal forma que até parei de narrar e umas duas vezes me inclinei para ele, mas Lambert fez um gesto de mão e num piscar de olhos Alphonsine escafedeu-se com seu cãozinho atrás do biombo.

---

[72] Em francês, "Coitado!". (N. do T.)

Ele mesmo estava muito calado, sentado à minha frente e, inclinado para mim, ouvia sem me interromper; às vezes sorria um sorriso longo, demorado, arreganhava os dentes e entrefechava os olhos como se fizesse esforços para atinar alguma coisa e desejasse adivinhar. Só consigo me lembrar com nitidez de que, quando naquele instante lhe falei do "documento", não consegui me exprimir de maneira compreensível e narrar com coerência, e por sua cara eu notava perfeitamente que ele não conseguia arranjar nenhum jeito de me entender, mas gostaria muito de me entender, de modo que até se arriscou a me interromper com uma pergunta, coisa muito perigosa, porque pelo mínimo que me interrompessem eu logo mudava de assunto e esquecia o que falava. Quanto tempo ficamos ali sentados e conversando, eu não sei, e nem sequer faço ideia. Súbito ele se levantou e chamou Alphonsine.

— Ele precisa de paz; talvez seja necessário chamar um médico. Faça tudo o que ele pedir, isto é... *vous comprenez, ma fille? vous avez de l'argent?*,[73] não? Tome! — e entregou-lhe uma nota de dez rublos. Passou a cochichar com ela: "*Vous comprenez! vous comprenez!*" — repetia, ameaçando-a com o dedo e franzindo severamente o cenho. Notei que ela tremia terrivelmente diante dele.

— Eu volto, e o melhor que fazes é dormir à vontade — sorriu para mim e pegou o chapéu.

— *Mais vous n'avez pas dormi du tout, Maurice!*[74] — exclamou pateticamente Alphonsine.

— *Taisez-vous, je dormirai après*[75] — e ele saiu.

— *Sauvée!*[76] — murmurou ela pateticamente, fazendo-me um gesto com a mão atrás dele. — *Monsieur, monsieur!* — declamou em seguida, fazendo uma pose no centro do quarto —, *jamais homme ne fut si cruel, si Bismarck, que cet être, qui regarde une femme comme une saleté de hasard. Une femme, qu'est-ce que ça dans notre époque? "Tue-la!" — voilà le dernier mot de l'Académie Française!...*[77]

---

[73] "Você compreende, minha querida? você tem dinheiro?" (N. do T.)

[74] "Mas você mesmo não dormiu nada, Maurice!" (N. do T.)

[75] "Cale-se, dormirei depois." (N. do T.)

[76] "Salva!" (N. do T.)

[77] "Senhor, senhor! jamais homem algum foi tão cruel, tão Bismarck, como essa criatura que olha para uma mulher como se ela fosse uma sujeira ocasional. Uma mulher, o que significa isso em nossa época? 'Mate-a!', eis a última palavra da Academia Francesa!..." (N. do T.)

Arregalei os olhos para ela; eu estava com a visão duplicada, tinha a impressão de ver duas Alphonsines... Súbito, percebi que ela estava chorando, estremeci e atinei que já fazia muito tempo que ela me falava enquanto eu, por conseguinte, dormia ou estava sem sentidos.

— ... *Hélas! de quoi m'aurait servi de le découvrir plus tôt* — exclamou ela —, *et n'aurais-je pas autant gagné à tenir ma honte cachée toute ma vie? Peut-être n'est-il pas honnête à une demoiselle de s'expliquer si librement devant monsieur, mais enfin, je vous avoue que s'il m'était permis de vouloir quelque chose, oh!, ce serait de lui plonger au coeur mon couteau, mais en détournant les yeux, de peur que son regard exécrable ne fît trembler mon bras et ne glaçât mon courage! Il a assassiné ce pope russe, monsieur, il lui arracha sa barbe rousse pour la vendre à un artiste en cheveux au pont des Maréchaux, tout près de la maison de monsieur Andrieux — hautes nouveautés, articles de Paris, linge, chemises, vous savez, n'est-ce pas? Oh!, monsieur, quand l'amitié rassemble à table épouse, enfants, soeurs, amis, quand une vive allègresse enflamme mon coeur, je vous le demande, monsieur: est-il bonheur préférable à celui dont tout jouit? Mais il rit, monsieur, ce monstre exécrable et inconcevable et si ce n'était pas par l'entremise de monsieur Andrieux, jamais, oh, jamais je ne serais... Mais quoi, monsieur, qu'avez vous, monsieur?*[78]

Ela se lançou para mim: pelo visto eu estava com calafrios e talvez até desfalecido. Não consigo exprimir quão penosa e dorida era a impressão que produzia em mim aquela criatura meio louca. Talvez ela imaginasse que recebera ordem para me distrair: em todo caso não se afastava de mim um só instante. É possível que algum dia tivesse participado do teatro; declamava exageradamente, girava, falava sem parar, ao passo que eu me calara havia muito tempo. Tudo o que pude entender dos seus relatos foi que ela

---

[78] "... Ai de mim! que me adiantaria descobrir isso mais cedo... não teria lucrado mais em ter minha vergonha escondida durante a vida inteira? Talvez não seja honesto para uma senhorita explicar-se tão livremente diante do senhor, mas enfim, confesso-lhe que, se me fosse permitido querer alguma coisa, oh!, seria mergulhar meu punhal em seu coração, mas desviando os olhos de medo de que seu olhar execrável não fizesse tremer meu braço e não gelasse minha coragem! Ele assassinou esse pope russo, senhor, arrancou-lhe a barba ruiva para vendê-la a um artista do cabelo da Ponte dos Marechais, bem pertinho da casa do senhor Andrieux — altas novidades, artigos de Paris, roupas brancas, camisas, o senhor sabe, não é?... Oh! senhor, quando a amizade reúne à mesa esposa, crianças, irmãos, amigos, quando uma viva alegria inflama meu coração, pergunto-lhe, senhor: há felicidade preferível para aquele que goza de tudo? Mas ele ri, senhor, esse monstro execrável e inconcebível, e se não fosse pela intervenção do senhor Andrieux, nunca, oh, nunca, eu seria... Mas o que, senhor, o que é que está sentindo?". (N. do T.)

estava de certo modo estreitamente ligada a uma tal de "*la maison de monsieur Andrieux — hautes nouveautés, articles de Paris*, etc." e talvez até fosse oriunda da *la Maison de monsieur Andrieux*, mas de certa maneira estava desligada para sempre do *monsieur Andrieux, par ce monstre furieux et inconcevable*,[79] e era nisso que consistia a tragédia... Ela soluçava, mas isso me parecia apenas pró-forma, e que não estava chorando coisa nenhuma, vez por outra me dava a impressão de que num abrir e fechar de olhos começaria a se desmanchar como um esqueleto; pronunciava as palavras com uma voz sufocada de cana rachada; a palavra *préférable*, por exemplo, pronunciava *préfé-a-able* e parecia balir como uma ovelha na sílaba *a*. Uma vez voltando a mim, vi que ela fazia piruetas no centro do quarto, mas não dançava, e ligava essas piruetas também a algum relato, que ela se limitava a representar. Súbito precipitou-se e abriu um piano pequeno, velho e desafinado que estava no quarto, começou a surrar o teclado e a cantar... Acho que fiquei uns dez ou mais minutos totalmente esquecido, adormeci, porém o cãozinho começou a ganir e acordei: de repente a consciência me voltou plenamente por um instante e me iluminou com toda a sua luz; levantei-me de um salto, horrorizado.

"Lambert, estou em casa de Lambert!" — pensei e, agarrando o chapéu, precipitei-me para pegar meu casaco.

— *Où allez-vous, monsieur?*[80] — gritou a vigilante Alphonsine.

— Quero ir embora, quero sair! Deixe-me ir, não me retenha...

— *Oui, monsieur!* — corroborou Alphonsine com todas as forças e ela mesma precipitou-se para abrir a porta do corredor. — *Mais ce n'est pas loin, monsieur, c'est pas loin du tout, ça ne vaut pas la peine de mettre votre choubà, c'est ici près, monsieur!*[81] — exclamou para todo o corredor. Depois de sair às pressas do quarto, guinei para a direita.

— *Par ici, monsieur, c'est par ici!*[82] — exclamou com todas as forças, agarrando-se ao meu casaco com seus dedos longos e ossudos, enquanto com a outra mão apontava para o corredor à esquerda, para onde eu não tinha nenhuma vontade de ir. Livrei-me e corri para a porta de saída na direção da escada.

---

[79] "Por esse monstro furioso e inconcebível." (N. do T.)

[80] "Para onde vai, senhor?" (N. do T.)

[81] "Mas não é longe, senhor, não é nada longe, não vale a pena vestir sua peliça, é perto daqui, senhor!" (N. do T.)

[82] "Por aqui, senhor, é por aqui!" (N. do T.)

— *Il s'en va, il s'en va!*[83] — Alphonsine corria atrás de mim, gritando com sua voz rasgada. — *Mais il me tuera, monsieur, il me tuera!*[84] — porém eu já havia me precipitado para a escada e, embora ela também se precipitasse atrás de mim, ainda assim consegui abrir a porta de saída, embarafustar para a rua e me lançar ao primeiro fiacre que passava. Dei o endereço da minha mãe...

IV

Contudo, a consciência que se insinuara por um instante rápido se extinguiu. Ainda me lembro vagamente de como me levaram até a casa de minha mãe, mas lá quase no mesmo instante perdi os sentidos. No dia seguinte, segundo me contaram mais tarde (e eu mesmo, aliás, me lembro disso), minha razão mais uma vez se iluminou por um instante. Lembro-me de mim no quarto de Viersílov, em seu divã; lembro-me do rosto de Viersílov, de minha mãe e de Liza ao meu redor, lembro-me bem de como Viersílov me falava de Ziérschikov, do príncipe, me mostrava uma carta qualquer, procurava me tranquilizar. Mais tarde, eles contaram que a todo instante eu perguntava horrorizado por um tal de Lambert e sempre ouvia o latido de algum cãozinho. Porém, a fraca luz da consciência logo se apagou: no entardecer desse segundo dia eu já estava completamente tomado de febre. No entanto, antecipo os acontecimentos e explico de antemão.

Quando naquela noite escapuli do salão de Ziérschikov, e quando lá tudo serenara um pouco, Ziérschikov, tendo iniciado o jogo, de chofre declarou alto e bom som que havia ocorrido um lamentável erro: o dinheiro que desaparecera, quatrocentos rublos, fora encontrado no monte de outro dinheiro e se verificara que as contas da banca estavam totalmente certas. Então o príncipe, que permanecera no salão, foi a Ziérschikov e insistiu que este declarasse publicamente minha inocência e, além disso, me apresentasse suas desculpas por escrito. De sua parte, Ziérschikov considerou a exigência digna de respeito e, perante todos os presentes, deu a palavra de que logo no dia seguinte me enviaria uma carta com suas explicações e suas desculpas. O príncipe lhe deu o endereço de Viersílov e, de fato, logo no dia seguinte, Viersílov recebeu pessoalmente de Ziérschikov uma carta destinada a mim e

[83] "Ele vai embora, ele vai embora!" (N. do T.)

[84] "Mas ele me matará, senhor, ele me matará!" (N. do T.)

com mais de mil e trezentos rublos que me pertenciam e eu havia esquecido na roleta. Assim estava encerrado o caso com Ziérschikov; essa feliz notícia contribuiu fortemente para a minha recuperação quando voltei a mim.

Ao retornar do jogo, o príncipe escreveu duas cartas na mesma noite — uma para mim, outra para o seu antigo regimento, onde se dera com ele a história do alferes Stiepánov. Enviou ambas as cartas na manhã seguinte. Ato contínuo, escreveu um relatório para os superiores e com esse relatório em mãos apresentou-se na manhã seguinte ao próprio comandante do seu regimento e lhe declarou que era um "criminoso", implicado em falsificação de ações, entregava-se à Justiça e pedia para ser julgado. No ato entregou o relatório em que expunha tudo isto por escrito. Foi preso.

Eis a carta que me escreveu naquela noite, palavra por palavra:

> "Inestimável Arkadi Makárovitch,
>
> Depois de tentar uma 'saída' de lacaio, perdi assim o direito de consolar ao menos minimamente minha alma com a ideia de que enfim fui capaz de me decidir por um feito justo. Sou culpado perante a pátria, perante minha linhagem e, por isso, sendo o último da linhagem, castigo-me a mim mesmo. Não compreendo como fui capaz de me aferrar à baixa ideia de autopreservação e durante certo tempo acalentar o sonho de me redimir através do dinheiro! De qualquer maneira eu continuaria para sempre um criminoso perante minha consciência. Mesmo que aquelas pessoas me devolvessem os bilhetes que me comprometiam, não me largariam por nada nesse mundo por toda a minha vida! O que me restaria: viver ao lado delas, permanecer em comum acordo com elas, por toda a vida — eis o destino que me esperava! Eu não podia aceitá-lo e enfim encontrei em mim mesmo firmeza suficiente ou talvez apenas o desespero para agir como estou agindo agora.
>
> Escrevi uma carta aos antigos camaradas do antigo regimento e absolvi Stiepánov. Nessa atitude não há nem pode haver nenhum feito redentor: é apenas um testamento feito na hora suprema por um morto de amanhã. É assim que deve ser encarado.
>
> Perdoe-me por lhe ter dado as costas na casa de jogos; isso se deu porque naquele instante não confiei em você. Agora, quando já sou um homem morto, posso até fazer tais confissões... do outro mundo.
>
> Pobre Liza! Ela não sabia nada sobre essa decisão; que me maldiga, mas que ela mesma julgue. Não posso me justificar e

sequer encontro palavras para explicar alguma coisa a ela. Saiba ainda, Arkadi Makárovitch, que ontem pela manhã, quando ela veio à minha casa pela última vez, eu lhe revelei o meu embuste e confessei ter ido procurar Anna Andrêievna com a intenção de lhe propor casamento. Eu não podia deixar isso na minha consciência ante a última decisão já pensada, vendo o amor que ela nutria por mim, e lhe revelei. Ela me perdoou, perdoou tudo, mas não acreditei nela; isso não é perdão; em seu lugar eu não conseguiria perdoar.

Lembre-se de mim.

Seu infeliz e último príncipe,

Sokólski"

Passei exatos nove dias acamado, desfalecido.

TERCEIRA PARTE

CAPÍTULO I

I

Agora falemos de algo bem diferente.

Estou sempre anunciando: "de outra coisa, de outra coisa", mas eu mesmo continuo escrevendo sobre mim. Contudo, já proclamei mil vezes que não tinha nenhuma intenção de me descrever e me neguei firmemente a fazê-lo ao iniciar estes escritos: compreendo muito bem que não tenho nenhuma necessidade do leitor. Descrevo e quero descrever os outros e não a mim, mas, se sempre apareço, então se trata de um triste equívoco porque não há nenhum meio de evitá-lo, por mais que eu queira. O que sobretudo me deixa agastado é que, descrevendo com tanto ardor as minhas próprias aventuras, dou pretexto para que pensem que continuo o mesmo daquele tempo. Aliás, o leitor está lembrado de que já exclamei mais de uma vez: "Ah, se pudesse mudar o passado e recomeçar tudo de novo!". Eu não poderia fazer semelhante exclamação se hoje não tivesse mudado radicalmente nem me tornado em tudo outro homem. Isto é mais que evidente; se alguém pudesse imaginar a que ponto estou farto de todas essas desculpas e prefácios que a todo instante sou forçado a inserir até mesmo no cerne de meus escritos!

Vamos aos fatos!

Depois de nove dias inconsciente, despertei renascido, mas não emendado; aliás, meu renascimento foi insignificante, claro que se considerado no mais amplo sentido, e talvez fosse diferente caso ocorresse hoje. A ideia, isto é, o sentimento, mais uma vez consistia apenas (como sucedera mil vezes antes) em deixar de vez a companhia deles, mas deixá-la obrigatoriamente e não como eu fazia antes, quando mil vezes me propusera essa tarefa e nunca conseguira realizá-la. Vingar-me eu não queria, de ninguém, dou minha palavra de honra — embora estivesse ofendido com todos. Eu me preparava para partir sem repulsa, sem maldições, mas dispondo de minha própria força, e desta feita verdadeira, independente de quem quer que fosse, da parte deles e do mundo inteiro; logo eu, que já estivera a ponto de me reconciliar com tudo no mundo! Anoto esse meu devaneio de então não como uma ideia, mas como uma sensação irresistível daquele momento. Eu ainda não queria formulá-la enquanto me encontrava acamado. Doente e sem forças, deitado no quarto de Viersílov, que eles me haviam destinado, era com uma sensação dorida que eu me dava conta do grau de impotência a que havia descido: era um fiapo de palha que se arrastava numa cama e não um homem, e não só pela doença — como eu me sentia ofendido! E eis que do mais profundo de meu ser um protesto começou a erguer-se com todas as forças, e eu me sufocava movido por não sei que sentimento de desdém infinitamente exagerado e de desafio. Não me lembro de nenhum período de toda a minha vida em que eu tivesse ficado repleto de sensações mais desdenhosas do que nesses primeiros dias de minha convalescença, isto é, quando o fiapo de palha se arrastava pela cama.

Mas por ora eu calava e até resolvera não ponderar nada! Sondava os seus rostos, tentando adivinhar em sua expressão tudo de que precisava. Era visível que eles também não desejavam me interrogar nem mostrar curiosidade e falavam comigo sobre coisas que nada tinham a ver com o assunto. Isso me agradava e ao mesmo tempo me amargurava; não vou explicar essa contradição. Eu via Liza mais raramente do que minha mãe, embora ela me procurasse todos os dias, e até duas vezes por dia. De fragmentos de suas conversas e de tudo que aparentavam, concluí que Liza tinha acumulado uma infinidade de afazeres e que frequentemente até se ausentava de casa em vista de seus interesses: na simples ideia de que ela pudesse ter "seus interesses" já havia para mim algo de ofensivo; aliás, tudo isso eram apenas sensações mórbidas, meramente fisiológicas, que não vale a pena descrever. Tatiana Pávlovna também me visitava quase todos os dias e, mesmo sem mostrar nenhum afeto por mim, ao menos não me destratava como antes, o que me levava ao auge do agastamento, de modo que eu simplesmente lhe disse: "A senhora, Tatiana Pávlovna, quando não está me destratando, é o cúmulo da chatice." — "Bem, sendo assim não volto mais a te visitar" — retrucou e se foi. Eu, porém, fiquei contente por ter enxotado ao menos uma.

A pessoa que eu mais atormentava e com quem me irritava era mamãe. Fora assaltado por um apetite feroz e rosnava muito, dizendo que minha comida estava atrasada (mas ela nunca atrasava). Mamãe não sabia como me satisfazer. Uma vez me trouxe sopa e, como de costume, ela mesma começou a me servir, mas eu não parava de rosnar enquanto a tomava. E súbito me senti agastado com meus rosnados. "Ela é talvez a única pessoa que amo, mas é a ela que atormento!" No entanto minha maldade não cessava, e por causa da maldade caí de repente em pranto, mas a coitada pensou que eu chorasse de enternecimento, inclinou-se sobre mim e começou a me beijar. Ganhei força e a custo suportei, mas naquele segundo eu a odiava. Contudo, sempre amei mamãe, naquele instante eu também a amava e de maneira alguma a odiava, no entanto acontecia o que sempre acontece: a pessoa que a gente mais ama é a primeira que a gente ofende.

Naqueles primeiros dias eu só odiava mesmo um médico. Esse doutor era um homem jovem e de aspecto arrogante, ríspido no falar e até descortês. Todos esses tipos dão a impressão de que ainda ontem descobriram algo especial na ciência, apesar de ontem não ter acontecido nada de especial; mas assim são sempre a "mediocridade" e a "rua". Eu o suportei por muito tempo, mas de uma hora para outra acabei perdendo as estribeiras e lhe declarei, diante de toda a família, que ele estava gastando seu tempo à toa, que eu me curaria sem nenhuma participação dele, que ele, tendo uma aparência de realista, era apenas um poço de superstições e não compreendia que a medicina ainda não havia curado ninguém; que, enfim, ao que tudo indicava, ele era de uma ignorância crassa, "como todos os nossos técnicos e especialistas de hoje, que nestes últimos tempos andam de nariz tão empinado". O doutor ficou muito ofendido (só com esse gesto já mostrou o que era), mas continuou suas visitas. Declarei finalmente a Viersílov que, se o doutor não deixasse de me visitar, eu lhe diria algo dez vezes mais desagradável. Viersílov apenas me observou que já não era mais possível dizer algo nem duas vezes mais desagradável do que aquilo que eu já lhe dissera, quanto mais dez. Fiquei contente por ele ter dito isso.

Que homem, apesar de tudo! É de Viersílov que estou falando. Ele, só ele era a causa de tudo — e no entanto era o único de quem eu não sentia raiva. Não era só sua maneira de agir comigo que me cativara. Acho que nós dois tínhamos a percepção mútua de que devíamos muitas explicações um ao outro... e justo por isso o melhor era nunca nos explicarmos. Agrada sobremaneira quando em semelhantes situações da vida a gente topa com um homem inteligente! Já antecipei, na segunda parte de minha narrativa, que ele havia sido muito sucinto e claro ao falar da carta que o príncipe, agora preso, me endereçara falando de Ziérschikov, de sua explicação em meu favor, etc... Uma vez que eu resolvera me calar, fiz-lhe, com toda a secura, apenas duas ou três perguntas sucintas; ele as respondeu com clareza e precisão, porém sem nenhuma palavra supérflua e, o que era melhor, sem sentimentos supérfluos. Eram os sentimentos supérfluos que então eu temia.

Calo sobre Lambert, mas na certa o leitor adivinhou que eu pensava demasiado nele. No delírio eu falara várias vezes em Lambert; porém, assim que voltei a mim e passei a observar, depressa descobri que tudo o que se referia a Lambert continuava em segredo e que eles não sabiam de nada, sem excluir Viersílov. Então me alegrei e meu temor passou, mas para minha surpresa eu estava enganado, como soube mais tarde: ele já me havia visitado durante minha doença, mas Viersílov calara e eu concluí que para Lambert eu tinha caído no esquecimento. Contudo, pensava amiúde nele; digo mais: pensava nele não só sem repulsa, não só com curiosidade, mas até com simpatia, como se pressentisse algo de novo e uma saída consentânea com os novos sentimentos e os novos planos que germinavam em mim. Em suma, decidi primeiro refletir bem sobre Lambert quando resolvesse começar a pensar. Insiro uma coisa estranha: esquecera completamente onde ele morava e em que rua tudo aquilo havia acontecido. O quarto, Alphonsine, o cãozinho, o corredor — estou lembrado de tudo; agora mesmo poderia desenhá-los; mas onde tudo aquilo se passara, quer dizer, em que rua e em que prédio — tinha esquecido por completo. E o mais estranho de tudo foi que só notei isso no terceiro ou quarto dia de meu pleno estado de consciência, quando já fazia muito tempo que começara a me preocupar com Lambert.

Pois bem, essas foram as minhas primeiras sensações depois de minha ressurreição. Só assinalei o mais superficial, e o mais provável é que não tenha sabido ressaltar o essencial. De fato, é possível que tenha sido justo naquele momento que o essencial formulou-se e definiu-se em meu coração; ora, eu não estava sempre agastado e enfurecido só porque não me traziam o caldo de carne. Oh!, lembro-me de como eu me sentia triste e como às vezes ficava melancólico naqueles momentos, sobretudo quando passava muito tempo sozinho! Como se fosse de propósito, logo compreenderam como sua presença me pesava e que sua simpatia me irritava, e passaram a me deixar cada vez mais e mais sozinho: era a excessiva sutileza da perspicácia.

II

No quarto dia de pleno estado de consciência, eu me encontrava em minha cama depois das duas da tarde e não havia ninguém comigo. O tempo estava claro e eu sabia que depois das três, quando o sol estivesse declinando, um oblíquo raio vermelho cairia direto sobre o canto de minha parede e iluminaria esse lugar com uma mancha viva. Eu sabia disso por tê-lo observado nos dias anteriores, e o fato de que isso se daria infalivelmente dentro de uma hora e, sobretudo, que eu o sabia por antecipação como dois mais dois, irritou-me até à fúria. Virei-me de corpo inteiro num gesto convulsivo e súbito e, no meio do silêncio profundo, ouvi com clareza as palavras: “Senhor Jesus Cristo, Deus nosso, tende piedade de nós”. Tinham sido pronunciadas num meio sussurro, foram seguidas de um profundo suspiro de peito inteiro e depois tudo voltou ao silêncio total. Soergui rapidamente a cabeça.

Antes, isto é, na véspera e até na antevéspera, eu já havia notado algo especial naqueles nossos três quartos de baixo. Tudo indicava que naquele quartinho do lado oposto da sala, onde antes ficavam mamãe e Liza, agora havia alguma outra pessoa. Mais de uma vez eu já ouvira certos sons tanto de dia como durante as noites, mas apenas por alguns e os mais breves instantes, e o silêncio logo se restabelecia, absoluto, por várias horas, de modo que eu não ligava. Na véspera se me insinuara a ideia de que se tratasse de Viersílov, ainda mais porque logo em seguida ele entrou em meu quarto, embora pela conversa deles eu soubesse, e ademais ao certo, que durante minha doença Viersílov se mudara para outro apartamento, onde pernoitava. Quanto a mamãe e Liza, há muito eu estava sabendo que as duas tinham se transferido (isso eu pensava para minha própria tranquilidade) para o meu "caixão" lá em cima, e uma vez até cheguei a pensar com meus botões: "Como as duas conseguiram se acomodar lá?". E agora se verificava de repente que no antigo quarto delas morava outro homem, e que este não era absolutamente Viersílov. Com uma facilidade que eu nem sequer supunha ter (imaginando até então que estava sem nenhuma força), desci meus pés da cama, meti-os nos chinelos, atirei sobre os ombros o roupão cinzento de pele de cordeiro que se achava a meu lado (que Viersílov me cedera) e, atravessando o nosso salão, dirigi-me ao antigo dormitório de minha mãe. O que lá vi me desnorteou totalmente; eu nunca poderia supor nada semelhante e parei no limiar da porta, como se estivesse plantado.

Ali se encontrava um velho de cabeça bem branquinha, barba grande, demasiado branca, e era claro que morava ali havia muito tempo. Estava sentado não na cama, mas no banquinho de mamãe, só com as costas apoiadas na cama. Aliás, mantinha-se tão empertigado que parecia não precisar de nenhum apoio, embora fosse notório que estava doente. Tinha sobre a camisa uma pequena sobrecasaca coberta de pele, sobre os joelhos, a manta de minha mãe, e os pés metidos em chinelos. Era alto, como dava para adivinhar, espadaúdo, de aparência bem-disposta, apesar da doença, se bem que um pouco pálido e magro, rosto oval, com cabelos bastos, mas não muito compridos, e parecia ter mais de setenta anos. Perto dele, na mesinha ao alcance da mão, havia três ou quatro livros e uns óculos de prata. Embora não me passasse minimamente pela cabeça que fosse encontrá-lo, no mesmo instante adivinhei quem era, só que ainda não conseguia atinar como ele havia passado todos aqueles dias ali, quase a meu lado, de modo tão silencioso que até então eu não tinha percebido nada.

Não se moveu ao me ver, mas ficou olhando fixo e calado para mim, assim como eu para ele, com a diferença de que eu olhava com uma desmedida surpresa e ele, sem a mínima surpresa. Ao contrário; tendo, nesses cinco ou dez segundos de silêncio, como que me examinado por inteiro, até o último detalhe, deu um súbito sorriso e até uma risada abafada, e, embora o riso depressa tivesse passado, deixara-lhe um vestígio luminoso e alegre no rosto e principalmente nos olhos, muito azuis, muito radiantes, graúdos, mas de pálpebras caídas e inchadas pela velhice e rodeadas por uma infinidade de ínfimas rugas. Esse riso foi o que mais me marcou.

Penso que quando um homem ri, na maioria das vezes repugna contemplá-lo. É no riso das pessoas que se revela com maior frequência algo vulgar, algo que parece humilhar quem vê, embora quem ri quase sempre ignore a impressão que produz. De igual maneira ignora, como em geral todo mundo ignora, como fica sua cara ao dormir. Uns, quando dormem, ficam com a cara inteligente até durante o sono, outros, mesmo inteligentes, ao dormirem ficam com a cara aparvalhada e por isso ridícula. Não sei qual é a origem disso: quero apenas dizer que quem ri, assim como quem dorme, o mais das vezes não sabe com que cara fica. Uma infinidade de gente não tem nenhuma capacidade de rir. Aliás, aí não se trata de capacidade: trata-se de dom, e este ninguém elabora. Elabora unicamente reeducando-se, desenvolvendo-se para melhorar e superar seus maus instintos: neste caso é bastante provável que até o riso de uma pessoa assim possa mudar para melhor. Há pessoas que são totalmente traídas pelo riso, e de uma hora para outra a gente fica sabendo de todos os seus podres. Às vezes até um riso de incontestável inteligência é abominável. O riso exige antes de tudo franqueza, mas onde encontrar franqueza nas pessoas? O riso exige ausência de maldade, e as pessoas riem mais amiúde com maldade. O riso franco e sem maldade é alegria, mas onde encontrar alegria nas pessoas em nossa época, e as pessoas sabem lá alegrar-se? (Foi Viersílov que fez essa observação sobre a alegria em nossa época e eu a gravei na memória.) A alegria no homem é o traço que mais o revela, e por inteiro. Há caracteres que demoramos a decifrar, mas é só um homem desatar a rir um riso bem franco que de repente todo o seu caráter se revela com nitidez. Só uma pessoa que atingiu o desenvolvimento mais elevado e mais feliz é capaz de uma alegria comunicativa, isto é, irresistível e boa. Não falo do seu desenvolvimento intelectual, mas do caráter, do conjunto do homem. Pois bem: se você quiser estudar um homem e conhecer sua alma, não se aprofunde na maneira como ele cala ou como fala, ou como chora, ou até mesmo como se inquieta com as ideias mais nobres; perscrute-o melhor quando ele ri. Se o homem ri bem, significa que é bom. De mais a

ревности, он к этой [illegible] и умерла его своя жена (могли подозревать) так что от того и вовсе [illegible] обстановки от своих [illegible] и героичен.

19! М. Он втайне [illegible] посещать [illegible] Дѣтская арава ([illegible]) это проведала. [illegible] объявляется [illegible] героическим мальчиком, который поражает [illegible] удивленная ему, приходит арава к [illegible] к нему, в его обстановке. Сообщение ЕГО [illegible] к другому героическому мальчику, предводителю аравы, [illegible] ([illegible] или республики? — спор) не поддается ЕМУ, [illegible] враждует. Он всегда был [illegible] и врагом [illegible] мальчику, а втайне другом. Теперь он страдает [illegible] страдает до самоубийства.

М. (после [illegible], он не [illegible] [illegible] более [illegible] от [illegible] ([illegible]) [illegible] умершей жены. (М. А. Мальчик бьет ему пощечину). На обстановке его [illegible] ([illegible]) он [illegible] или [illegible]. И [illegible] вдруг [illegible].

Дѣтская республика разрушается сама собою.

Примечание. — Это картина атеиста.

Это главная мысль драмы, (т. е. главная сущность ЕГО характера);

Н. Верховенский непременно несколько [illegible] [illegible] лиц (как губернатор [illegible]) чтоб [illegible] картину.

Социализм [illegible] — [illegible] [illegible] [illegible] ([illegible] под [illegible] обществ). —

[illegible]

mais, repare em todos os matizes: é preciso, por exemplo, que o riso desse homem jamais lhe pareça tolo, por mais alegre ou cândido que seja. Se notar o mínimo traço de tolice em seu riso, significa que na certa esse homem tem uma inteligência limitada, ainda que não faça outra coisa senão esbanjar ideias. Mesmo que seu riso não seja tolo, mas ele próprio, ao rir, por alguma razão subitamente lhe pareça ridículo — ainda que seja um pouco —, saiba que esse homem é desprovido da verdadeira dignidade própria, ao menos no sentido pleno. Ou, por último, se esse riso, embora comunicativo, por algum motivo lhe parecer vulgar, saiba que a natureza desse homem é vulgar e tudo de nobre e elevado que antes você notava nele era ou deliberadamente afetado ou inconscientemente copiado, e que é inevitável que mais tarde esse homem venha a mudar para pior, dedicar-se a coisas "proveitosas" e que largue sem piedade as ideias nobres, como se fossem equívocos e arroubos da juventude.

É de modo deliberado que incluo aqui esta longa tirada sobre o riso, inclusive sacrificando o fluxo da narração, pois a considero uma de minhas mais sérias conclusões sobre a vida. E a recomendo particularmente às moças noivas que estão dispostas a desposar o homem eleito, mas ainda o observam com cisma e desconfiança e estão por tomar a decisão definitiva. E que não zombem de um mísero adolescente por ele se meter com seus sermões em matéria nupcial, assunto de que não entende uma vírgula. Contudo, só entendo que o riso é a amostra mais fiel da alma. Observem uma criança: umas crianças sabem rir com perfeição, por isso são sedutoras. Uma criança chorona é repugnante para mim, mas a que ri e se alegra é um raio do paraíso, uma revelação do futuro, de quando o homem enfim se tornará puro e cândido como uma criancinha. Pois bem, algo de infantil e incrivelmente encantador fez-se entrever também no riso fugaz daquele velho. Imediatamente eu me cheguei a ele.

III

— Senta-te, senta-te um pouco, tuas pernas podem ainda não estar firmes — convidou-me amavelmente, indicando-me um lugar a seu lado e continuando a fitar-me o rosto com o mesmo olhar radiante. Sentei-me a seu lado e disse-lhe:

— Eu o conheço. O senhor é Makar Ivánovitch.

— Sim, meu caro. Foi ótimo que te levantaste. És jovem, isto é ótimo para ti. Para os velhos, os túmulos, para os moços, a vida.

— O senhor está doente?

— Sim, meu amigo, sobretudo das pernas; até a porta minhas perninhas me trouxeram, mas assim que me sentei, incharam. Isto começou na última quinta-feira, quando o termômetro coalhou (N.B.: isto é, o frio chegou). Antes, eu passava um unguento nelas, estás vendo; foi o doutor Lichten Edmond Karlovitch que me receitou em Moscou, uns três anos atrás, e o unguento ajudava, e como ajudava; só que agora não ajuda mais. Também ando sentindo um peso no peito. Desde ontem as costas também me doem, parece até que tem uns cachorros mordendo... Não durmo mais à noite.

— E como é que ninguém aqui ouve o senhor? — interrompi. Ele me fitou como se tentasse atinar:

— Apenas não acordes tua mãe — acrescentou, como se de repente algo lhe viesse à lembrança. — Ela passou a noite inteira azafamada aqui ao lado, mas sem fazer nenhum ruído, como se fosse uma mosca; mas agora está descansando, eu sei. Oh!, é ruim ser um velho doente — suspirou —, porque parece que só a alma da gente está agarrada a alguma coisa mas ainda aguenta, continua contente com a luz; parece que se precisasse recomeçar a vida inteira de novo, nem disso minha alma teria medo; mas, pensando bem, pode ser pecado pensar assim.

— Por que pecado?

— É uma fantasia essa ideia, e um ancião deve ir embora de um jeito bonito. Se recebe a morte com queixumes ou descontentamento, isso também é um grande pecado. Bem, mas se foi por alegria espiritual que amou a vida, então suponho que Deus perdoará até mesmo um ancião. É difícil ao homem saber sobre qualquer pecado, o que é e o que não é pecado: é um mistério que ultrapassa o entendimento humano. Um ancião deve estar sempre contente em qualquer tempo, mas ele deve morrer com a mente em plena flor, de forma ditosa e bela, farto dos dias, exalando sua última hora e regozijando-se por partir, como uma espiga num feixe de trigo depois de completado o seu mistério.

— O senhor fala sempre de "mistério"; o que significa "depois de completado seu mistério?" — perguntei, voltando-me para a porta. Estava contente porque nos encontrávamos sozinhos e um silêncio imperturbável nos envolvia. O sol poente derramava sua luz viva sobre a janela. Ele falava meio empolado e de forma imprecisa, mas com muita sinceridade e uma forte excitação, como se de fato minha presença o alegrasse. Mas observei que estava num evidente estado febril, até mesmo forte. Eu também estava doente, e igualmente com febre desde que entrara em seu quarto.

— O que é mistério? Tudo é mistério, meu amigo, em tudo está o mistério de Deus. Em cada árvore, em cada talo de erva encerra-se esse mistério. Se um pequeno passarinho canta, se uma multidão de estrelas brilha à noite no céu; tudo é só mistério, o mesmo mistério. Mas o maior de todos os mistérios está em que a alma do homem é esperada no outro mundo. É só isso, meu amigo.

— Não sei em que sentido o senhor... É claro que não vim aqui para provocá-lo, pode acreditar que creio em Deus; mas há muito tempo a inteligência descobriu todos esses mistérios e o que ainda não foi descoberto o será com absoluta certeza, e talvez no tempo mais breve. A botânica sabe perfeitamente como uma árvore cresce, o fisiologista e o anatomista sabem até por que um pássaro canta, ou logo o saberão, e quanto às estrelas, não só foram todas contadas, mas cada um de seus movimentos foi calculado com a precisão de um minuto, de modo que se pode prever com até mil anos de antecedência, minuto a minuto, o surgimento de qualquer cometa... e hoje já se conhece até a composição das constelações mais distantes. Tome um microscópio, é uma lente de aumento que amplia os objetos um milhão de vezes, e examine dentro dele uma gota de água, e então o senhor verá todo um mundo novo, toda uma vida de criaturas vivas, e todavia isso também era um mistério, mas eis que o descobriram.

— Ouvi falar nisso, meu caro, e inúmeras vezes, através das pessoas. Dizer o quê? é uma grande coisa, e também excelente; tudo foi dado ao homem pela vontade de Deus; não foi à toa que Deus insuflou nele o sopro da vida: "Vive e conhece".[1]

— Ora, isso são lugares-comuns. Será que o senhor não é um inimigo da ciência, um clerical? Quer dizer, não sei se compreende...

— Não, meu caro, desde pequeno respeito a ciência e, embora não compreenda, não me queixo disso; não foi dado a mim, foi dado a outros. Assim talvez seja melhor, pois a cada um o que é seu. É por isso, meu caro amigo, que a ciência não é para qualquer um. Todas as pessoas são imoderadas, cada um quer deixar todo o universo admirado, e talvez eu quisesse mais do que todos os outros, se fosse habilitado. Mas sendo hoje muito inabilitado, como posso me engrandecer quando não sei de nada? Já tu és jovem e perspicaz, esse destino te coube, então estuda. Procura conhecer tudo a fim de que, quando encontrares um herege ou um travesso, tenhas com que lhe responder e ele não te lance palavras exaltadas nem possa em-

---

[1] O velho Makar narra a seu modo o mito bíblico da criação do homem, que se encontra no "Paraíso", segundo capítulo do livro do Gênesis. (N. do T.)

baraçar teus pensamentos imaturos. Quanto àquela lente, não faz muito tempo que vi uma.

Tomou fôlego e deu um suspiro. Decididamente, eu lhe proporcionava um prazer extraordinário com minha presença. Sua sede de comunicação era doentia. Além disso, não cometo nenhum engano ao afirmar que, por instantes, ele me olhava até com um afeto singular: pousava com carinho sua mão sobre a minha, acariciava meu ombro... mas, por instantes, devo confessar, parecia me haver esquecido por completo, como se estivesse sozinho, e, embora continuasse falando com ardor, parecia dirigir-se às nuvens.

— Há, meu amigo — continuou —, na ermida de Guenádiev, um homem de grande inteligência. É de linhagem nobre, tem patente de tenente-coronel e uma grande fortuna. Quando vivia na sociedade recusou a obrigação do casamento; já vive recolhido da sociedade pelo décimo ano, depois de tomar-se de amor por abrigos tranquilos e silenciosos e serenar seus sentimentos em relação às futilidades mundanas. Observa todas as regras monásticas, mas não quer tomar o hábito. E, meu amigo, há tantos livros em sua cela como nunca vi em casa de ninguém — ele mesmo me disse que valem oito mil rublos. Chama-se Piotr Valeriánitch. Em diferentes momentos ele me ensinou muitas coisas, e eu tinha o máximo gosto de ouvi-lo. Uma vez eu lhe disse: "Por que o senhor, com uma inteligência tão grande como a sua e já praticando há dez anos a obediência monacal e a completa renúncia à sua própria vontade, por que não toma o honrado hábito para ser ainda mais perfeito?". E ele me retrucou: "O que estás dizendo sobre minha inteligência? talvez tenha sido a minha inteligência que me fez prisioneiro e não eu que a tornei mais séria. E quanto ao que pensas sobre minha obediência: é possível que eu tenha perdido o senso de medida há muito tempo. E também sobre tua interpretação de minha renúncia à própria vontade? Pois bem, no mesmo instante renuncio a todo o meu dinheiro, devolvo minha patente, jogo nesta mesa todas as insígnias da cavalaria e também o meu cachimbo... do qual há dez anos venho tentando inutilmente me separar. Depois disso, que monge seria eu, que renúncia à minha própria vontade tu enalteces?". Também me deixou surpreso tal humildade. Pois vê só; no verão passado, no dia de São Pedro, voltei àquela ermida, foi Deus quem o quis, e vi em sua cela aquele mesmo objeto, o microscópio que ele havia encomendado no exterior por uma grande quantia. "Espera um pouco — diz o velho —, vou te mostrar uma coisa surpreendente, porque outra igual tu nunca viste. Estás vendo uma gota de água, pura como uma lágrima, mas observa bem o que tem dentro e verás que a mecânica em breve descobrirá todos os segredos de Deus... não deixará um só para nós dois" — foi o que ele me disse e gravei na memória.

Mas eu já tinha olhado por um microscópio pouco mais de trinta e cinco anos antes, na casa de Aleksandr Vladímirovitch Malgássov, nosso amo, tio de Andriêi Pietróvitch pelo lado materno, cuja propriedade, depois de sua morte, passou às mãos de Andriêi Pietróvitch. Era um senhor importante, um grande general, possuía uma grande matilha de cães de caça, e vivi muitos anos com ele como seu monteiro-mor. Foi então que ele instalou também aquele microscópio, tinha trazido consigo, mandou que toda a criadagem se aproximasse, um a um, tanto do sexo masculino como do feminino, e que cada um também olhasse e examinasse uma pulga e um piolho, uma ponta de agulha, um fio de cabelo e uma gota de água. Foi um Deus nos acuda! Tínhamos medo de chegar perto, mas também tínhamos medo do amo — ele era muito irascível. Uns não sabiam nem olhar, apertavam os olhos e não viam nada; outros ficavam apavorados e gritavam, e o administrador Sávin Makárov tapou os olhos com ambas as mãos, gritando: "Faça de mim o que quiser, mas não vou!". Rimos à vontade! Contudo, não confessei a Piotr Valeriánitch que ainda antes, há pouco mais de trinta e cinco anos, eu tinha visto aquela mesma maravilha, porque notava que ele mostrava aquilo com um grande prazer e eu, ao contrário, estava surpreso e apavorado. Ele me deixou por um momento e depois me perguntou: "E então, velho, o que dizes agora disto?". Mas eu me inclinei e respondi: "O Senhor disse: Faça-se a luz, e a luz se fez". E ele, bruscamente: "E as trevas também não se fizeram?". Disse isso de um jeito muito esquisito, sem nem um risinho. Ele me deixou surpreso, mas se calou como se estivesse zangado.

— O seu Piotr Valeriánitch está no mosteiro pura e simplesmente comendo *kutyá*[2] e fazendo reverências, mas não acredita em Deus, e o senhor o encontrou num desses momentos, eis tudo — disse-lhe —; além do mais, é um homem bastante engraçado: veja, na certa ele já tinha visto aquele microscópio umas dez vezes antes, então por que ficou tão maluco na décima primeira? Teria adquirido alguma impressionabilidade nervosa... no mosteiro.

— É um homem puro e de inteligência elevada — proferiu o velho em tom imponente —, e não é um herege. Tem uma mente densa, mas um coração inquieto. Hoje há muita gente assim, vinda do meio dos senhores e dos senhores titulados. E eis ainda o que te digo: o próprio homem castiga-se a si mesmo. Mas, quanto a ti, evita pessoas assim, não fiques agastado com elas e antes de dormir procura mencioná-las em tuas orações, pois são pessoas assim que estão à procura de Deus. Rezas antes de dormir?

---

[2] Alimento feito de arroz ou outro cereal com mel ou passas. (N. do T.)

— Não, acho isso um rito vazio. Aliás, devo lhe confessar que o seu Piotr Valeriánitch me agrada: ele, pelo menos, não é um trapo, mas um homem, um pouco parecido com outro homem que ambos conhecemos e é chegado a nós dois.

O velho só prestou atenção na primeira frase de minha resposta:

— Não há mal em rezar, meu amigo; é uma boa coisa, que alegra o coração, e antes de dormir, e ao despertar, e ao acordar no meio da noite. Sou eu que estou te dizendo. Num verão, no mês de julho, fomos às pressas a uma festa no mosteiro Bogoródski. Quanto mais a gente se aproximava, mais aumentava o número de pessoas, e por fim éramos quase duzentas pessoas, todas com pressa de beijar as santas e veneráveis relíquias dos dois grandes milagreiros Aniki e Grigóri. Tínhamos pernoitado no campo, e acordei de manhãzinha quando os outros ainda dormiam e até então o sol não espiara de trás do bosque. Levantei a cabeça, meu caro, corri a vista ao redor e suspirei; por toda a parte uma beleza inefável! Tudo sereno, o ar leve, a relva crescendo — cresce, relvinha de Deus! — um passarinho cantando — canta, passarinho de Deus! — e uma criancinha piando nos braços da mãe — fica com Deus, homenzinho, cresce e sê feliz, bebezinho! Pois bem, naquele instante foi como se eu tivesse guardado tudo aquilo dentro de mim pela primeira vez na vida... Tornei a me deitar e adormeci com muita leveza! É bom viver no mundo, meu caro! Mas se melhorasse, eu meteria de novo o pé na estrada com a chegada da primavera. E quanto ao mistério, é até melhor que exista: é um pavor para o coração e uma maravilha, mas esse pavor alegra o coração: "Tudo está em ti, Senhor, e eu mesmo estou em ti, recebe-me!". Não te queixes, jovem: a coisa é ainda mais bela porque é mistério — acrescentou com enternecimento.

— "É até mais belo porque é um mistério." Guardarei na memória essas palavras. O senhor se exprime de uma maneira terrivelmente imprecisa, mas eu compreendo... O que me surpreende é que o senhor conhece e compreende muito mais coisas do que pode exprimir; só que fala como se delirasse... — deixei escapar ao mirar os seus olhos febris e seu rosto empalidecido. Mas parece que ele nem sequer ouviu minhas palavras.

— Sabes, meu caro jovem — recomeçou, como se continuasse o discurso anterior —, sabes que há um limite para a memória do homem nesta Terra? Este limite para a memória do homem foi fixado em apenas cem anos. Cem anos depois de sua morte ele ainda pode ser lembrado por seus filhos ou netos, que viram o seu rosto, mas depois, mesmo que sua memória possa perdurar, será apenas oral, mental, porque todos os que lhe viram o rosto vivo terão ido embora. E seu túmulo no cemitério será coberto pela relva, as pedras de seu revestimento virarão caliça, todas as pessoas, inclusive os seus descendentes, o esquecerão, e depois esquecerão também seu nome, pois só uns poucos permanecem na memória dos homens — vamos que assim seja! Vamos que vocês, meus queridos, me esqueçam, mas hei de amá-los do fundo de minha cova. Hei de ouvir, criancinhas, suas vozes alegres, seus passos sobre os túmulos de seus pais no dia dos pais; enquanto isso, vivam sob o sol, alegrem-se, e eu orarei a Deus por vocês, descerei sobre vocês em seus sonhos... apesar de tudo haverá amor até depois da morte!...

O grave era que eu estava tão febril quanto ele; em vez de ir-me embora ou de persuadi-lo a acalmar-se, ou até talvez botá-lo na cama, porque ele parecia completamente delirante, segurei-o de repente pela mão e, inclinando-me sobre ele e apertando-lhe a mão, disse-lhe num emocionado sussurro e com a alma em lágrimas:

— Estou contente com o senhor. Eu o esperava talvez há muito tempo. Não gosto de nenhum deles: neles não há beleza... Não vou segui-los, não sei para onde vou, vou com o senhor...

Mas por sorte minha mãe entrou de repente, do contrário não sei como aquilo teria acabado. Entrou com a cara de quem acabava de acordar e estava inquieta, trazendo na mão um frasco e uma colher de sopa; vendo-nos, exclamou:

— Eu bem que sabia! Não lhe dei o quinino a tempo, e aí está ele, todo febril! Dormi demais, Makar Ivánovitch, meu caro!

Levantei-me e saí. Assim mesmo ela lhe deu o remédio e o fez deitar-se. Eu também me deitei, mas tomado de grande inquietação. Voltara com uma grande curiosidade e meditava com todas as minhas forças sobre esse encontro. O que então esperava dele não sei. Eu, evidentemente, pensava de forma desconexa e o que me passava de relance pela mente não eram ideias, mas fragmentos de ideias. Estava deitado com o rosto contra a parede e de repente vi num canto a mancha viva e luminosa do sol poente, aquela mesma mancha que ainda há pouco eu esperava maldizendo tanto, e lembro-me de que toda a minha alma pareceu rejubilar-se e algo como uma luz nova me invadiu o coração. Recordo-me desse doce momento e não quero esquecê-lo. Foi apenas um instante de uma nova esperança e de uma nova força... Eu convalescia e, por conseguinte, tais arrebatamentos podiam ser consequência inevitável do estado de meus nervos; mas até hoje acredito naquela esperança luminosa — eis o que agora eu queria anotar e lembrar. É claro que, naquele momento, eu tinha plena ciência de que não iria peregrinar com Makar Ivánovitch, e que eu mesmo ignorava em que consistia a nova aspiração que se apoderara de mim, mas já proferira, ainda que delirando: "Neles não há beleza!". Está acabado, pensei em minha exaltação, a partir deste momento vou procurar a beleza, eles não a têm, por isso os deixo.

Algo se mexeu atrás de mim, voltei-me; era mamãe que se inclinava sobre mim e me fitava nos olhos com uma curiosidade tímida. Peguei-lhe de súbito na mão:

— Mamãe, por que não me disse nada sobre o nosso caro hóspede? — perguntei-lhe de estalo, quase sem esperar que falaria assim. Toda a expressão de inquietude logo desapareceu de seu rosto e uma espécie de alegria o iluminou, mas ela nada me respondeu, a não ser por algumas palavras:

— Também não te esqueças de Liza, de Liza; tu esqueceste Liza.

Disse isso de forma atabalhoada, enrubescendo, e fez menção de ir logo embora, pois ela também tinha horror de dar asas aos seus sentimentos, e nesse particular era toda parecida comigo, isto é, era acanhada e cheia de pudor; além disso, naturalmente não queria iniciar conversa comigo a respeito de Makar Ivánovitch; já bastava o que tínhamos podido dizer com a troca de olhares. Mas fui eu, e justo por detestar qualquer pieguice, que a retive à força pela mão: olhava-a com doçura nos olhos, ria de maneira suave e mansa, e com a outra mão acariciava seu rosto querido e suas faces cavadas. Curvou-se e apoiou sua testa contra a minha:

— Bem, Cristo esteja contigo! — disse de súbito, curvando-se e toda radiante — cura-te! Conto contigo para isto. Ele está doente, muito doente... Na vida é a vontade de Deus... Ah!, o que foi que eu disse, ora, isso é impossível!

Foi embora. Durante toda a sua vida ela sempre honrara com temor, e tremor, e veneração, seu legítimo esposo e errante Makar Ivánovitch, que a perdoara com magnanimidade e de uma vez por todas.

CAPÍTULO II

I

Eu não "esquecera" Liza, mamãe se enganava. Esta mãe sensível notava que havia uma espécie de frieza entre o irmão e a irmã, mas não se tratava de desamor, e sim de ciúmes. Vou explicar em duas palavras em tendo em vista d a continuidade desta narrativa.

Desde a prisão do príncipe, a pobre Liza ficara com um orgulho presunçoso, certa arrogância inacessível, quase insuportável; mas em casa todo mundo percebeu a verdade, assim como o sofrimento dela, e se no início eu ficava amuado e franzia o cenho diante das maneiras com que nos tratava, era apenas em virtude de minha mesquinha irascibilidade, decuplicada pela doença — é assim que penso hoje. Quanto a amar Liza, disso eu absolutamente nunca deixei e, ao contrário, amava-a cada vez mais, só não queria dar o primeiro passo por compreender, aliás, que ela mesma não o daria por nada neste mundo.

Acontece que assim que veio à tona toda a história do príncipe, logo após sua prisão, a primeira coisa que Liza fez foi assumir às pressas, perante nós e quem quer que fosse, a postura de quem parecia não admitir sequer a ideia de que pudessem ter compaixão dela ou consolá-la com alguma coisa e justificar o príncipe. Ao contrário, procurando não dar nenhuma explicação nem discutir com ninguém, sempre parecia orgulhar-se da conduta de seu desgraçado noivo como se fosse de um heroísmo supremo. Era como se a todo instante dissesse a todos (sem pronunciar uma palavra, repito-o): "Ora, nenhum de vocês agiria assim, nenhum de vocês trairia a si próprio por exigências da honra e do dever; nenhum de vocês tem uma consciência tão sensível e pura. Quanto aos atos praticados por ele, quem não traz maus atos na alma? Todos os outros apenas os escondem, ao passo que esse homem preferiu arruinar-se a continuar indigno perante seus próprios olhos". Eis o que pelo visto significava cada um de seus gestos. Não sei, mas em seu lugar eu teria agido exatamente da mesma maneira. Também não sei se eram essas mesmas ideias que ela tinha em mente, isto é, lá com seus botões: suspeito que não. Na outra metade do seu juízo, a metade lúcida, ela devia ter a necessária clareza de toda a nulidade de seu "herói"; porque, quem hoje não concordaria que aquele "herói" desafortunado e até a seu modo magnânimo era, ao mesmo tempo, o cúmulo da nulidade personificada? Até essa arrogância dela, essa espécie de disposição a lançar-se sobre todos nós, essa eterna suspeita de que tivéssemos sobre ele uma opinião diferente da sua — tudo isso levava de quando em quando a conjecturar que no recôndito de sua alma podia ter-se formado outro juízo sobre seu infeliz amigo. Contudo, apresso-me a acrescentar de minha parte que, a meu ver, ela estava ao menos com metade da razão; a ela era até mais desculpável que a todos nós hesitar em sua conclusão definitiva. Eu mesmo confesso, de todo coração, que até hoje, quando tudo já se passou, não sei absolutamente como e em que julgar de forma definitiva esse infeliz, que a todos nós deixou semelhante incumbência.

Contudo, por causa dela a casa começou a se transformar num pequeno inferno. Liza, que amara com tanta intensidade, devia estar sofrendo muito. Com seu caráter, preferiu sofrer calada. Seu caráter era parecido com o meu, isto é, despótico e orgulhoso, e sempre achei, e ainda acho, que ela amara o príncipe por despotismo, justamente porque ele não tinha caráter e desde a primeira palavra e o primeiro momento se subordinara inteiramente a ela. De certo modo isso se forma naturalmente no coração, sem nenhum cálculo prévio; mas esse amor do forte pelo fraco é às vezes incomparavelmente mais intenso e mais torturante do que o amor entre caracteres iguais, porque a gente assume de modo involuntário a responsabilidade por seu amigo fraco. Ao menos é assim que penso. Desde o início, todos lá em casa cercaram-na dos mais ternos cuidados, sobretudo mamãe; mas ela não abrandava, não respondia a esse interesse e parecia rejeitar qualquer ajuda. No início ainda conversava com mamãe, mas a cada dia foi ficando menos comunicativa, mais ríspida e até mais cruel. No início consultava Viersílov, mas logo tomou Vássin por conselheiro e auxiliar, como eu soube mais tarde com surpresa... Ia todos os dias à casa de Vássin, ia também aos tribunais, procurava os superiores do príncipe, os advogados, o promotor; por fim passava quase dias inteiros fora de casa. Está entendido que todo santo dia, por duas vezes, visitava o príncipe, que estava na prisão, na seção dos nobres, mas esses encontros, como depois tive plena convicção, eram muito penosos para Liza. Ora, que terceiro pode conhecer à perfeição o que se passa entre dois seres que se amam? Sei, contudo, que a todo instante o príncipe a ofendia profundamente. E como? Coisa estranha: com um ciúme incessante. Aliás, deixo isto para depois, mas acrescento apenas uma ideia: é difícil decidir quem dos dois atormentava mais o outro. Liza, que entre nós se orgulhava de seu herói, a sós com ele tratava-o talvez de modo inteiramente diverso, segundo a firme suspeita que nutro a partir de certos indícios que, aliás, também deixo para mais tarde.

Pois bem, no que se refere aos meus sentimentos e às minhas relações com Liza, tudo o que vinha à tona não passava de uma mentira fingida e ciumenta de ambas as partes, mas nunca nos amamos com tanta intensidade como naquele momento. Acrescento ainda que, desde o aparecimento de Makar Ivánovitch em nossa casa, Liza, depois de um primeiro gesto de surpresa e curiosidade, não sei por que passou a tratá-lo com um quase desdém, até com arrogância. Como se agisse de propósito, não lhe dava a mínima atenção.

Tendo dado a mim mesmo a palavra de "calar", como expliquei no capítulo anterior, pensava, é claro que em teoria, isto é, em minhas fantasias, cumprir com minha palavra. Oh!, com Viersílov, por exemplo, eu falaria antes de zoologia ou dos imperadores romanos do que, por exemplo, *dela*, ou daquela importantíssima frase da carta que ele lhe endereçara e na qual a informava de que o "documento não foi queimado, mas existe e aparecerá" — frase essa em que me pus imediatamente a pensar assim que me recobrei e recuperei a razão depois da febre. Mas, ai de mim!, aos primeiros passos práticos e quase ainda antes de dá-los, adivinhei a que ponto era difícil e impossível persistir nessas decisões preconcebidas: logo no dia seguinte ao meu primeiro encontro com Makar Ivánovitch, eu estava terrivelmente agitado por uma circunstância inesperada.

II

Eu ficara agitado com a visita imprevista de Nastácia Iegórovna,[3] a mãe da falecida Ólia. Eu já soubera por intermédio de minha mãe que ela viera me visitar umas duas vezes durante minha doença, e que se interessava muito por minha saúde. Não perguntei se era realmente por mim que nos visitava aquela "bondosa mulher", como minha mãe sempre a chamava, ou simplesmente visitava mamãe, segundo um costume estabelecido. Minha mãe sempre me contava todos os acontecimentos domésticos, de hábito, quando

---

[3] Nesta terceira parte de *O adolescente*, Dostoiévski troca o nome desta personagem, de Dária Oníssimovna para Nastácia Iegórovna. (N. do T.)

trazia a sopa para me servir (quando eu ainda não conseguia comer sozinho), com o fim de me distrair; eu sempre procurava mostrar que pouco me interessavam aquelas informações, por isso não lhe pedia pormenores sobre Nastácia Iegórovna e até me calei de vez a seu respeito.

Eram quase onze horas; eu estava querendo me levantar da cama e passar à poltrona junto à mesa quando ela entrou. Fiquei na cama intencionalmente. Mamãe estava muito ocupada lá em cima e não desceu com a chegada dela, e assim nós dois ficamos a sós. Ela se sentou à minha frente numa cadeira próxima à parede, sorrindo e sem dizer uma palavra. Eu pressentia o silêncio; aliás, em geral sua chegada produzia em mim a impressão mais irritante. Não lhe fiz sequer um sinal com a cabeça e fixei meu olhar em seus olhos; mas ela também me olhava fixo no rosto.

— Agora, sozinha no apartamento sem o príncipe, a senhora está sentindo tédio? — perguntei-lhe de repente, perdendo a paciência.

— Não, não estou mais naquele apartamento. Por iniciativa de Anna Andrêievna, agora cuido da criança dele.

— Da criança de quem?

— De Andriêi Pietróvitch — declarou com um sussurro confidencial, olhando a porta.

— Mas Tatiana Pávlovna está lá...

— Tatiana Pávlovna e Anna Andrêievna, ambas, e também Lizavieta Makárovna, e sua mamãe... todas. Todas estão tomando parte. Tatiana Pávlovna e Anna Andrêievna são agora grandes amigas.

Era uma novidade. Ela falava com muita animação. Eu a olhava com ódio.

— A senhora ficou muito animada desde a última vez que me visitou.

— Ah, sim!

— Parece que engordou?

Ela ficou com um ar esquisito.

— Agora gosto muito dela, muito.

— Mas de quem?

— Ora, de Anna Andrêievna! Muito! Uma moça tão nobre e ajuizada...

— Vejam só! Bem, e como está ela agora?

— Está muito calma, muito.

— Mas ela sempre foi calma.

— Sempre.

— Se veio aqui para bisbilhotar — exclamei de supetão, sem me conter —, fique sabendo que não me meto em nada e decidi largar... tudo, todos... tudo me é indiferente; vou-me embora!

Calei-me, porque recobrara os sentidos. Para mim foi humilhante lhe dar alguma explicação sobre meus novos objetivos. Ela, porém, ouviu-me sem surpresa nem agitação, mas em seguida fez-se novo silêncio. De repente ela se levantou, foi até a porta e deu uma olhada no quarto vizinho. Certificando-se de que não havia ninguém e estávamos a sós, voltou com o ar mais do que tranquilo e tornou a sentar-se no mesmo lugar.

— A senhora agiu bem! — disse-lhe, começando a rir.

— E o seu quarto, na casa dos funcionários, pretende mantê-lo? — perguntou de súbito, inclinando-se levemente em minha direção e baixando a voz, como se isso fosse a principal pergunta que ela viera me fazer.

— Meu quarto? Não sei. Talvez o deixe... Como vou saber?

— É que os senhorios o esperam ansiosamente; aquele funcionário está muito impaciente, sua mulher também. Andriêi Pietróvitch lhes assegurou que seu regresso era certo.

— Mas que lhe interessa isso?

— Anna Andrêievna também queria saber; ela ficou muito contente ao saber que o senhor vai continuar nele.

— E por que ela está tão certa de que vou continuar naquele quarto?

Eu queria acrescentar: "Mas que interesse ela tem nisso?", porém me contive, por orgulho.

— Aliás, o senhor Lambert também lhe confirmou a mesma coisa.

— O q-q-uê?

— O senhor Lambert. Ele também confirmou com toda a ênfase a Andriêi Pietróvitch que o senhor continuaria, e também o assegurou a Anna Andrêievna.

Fiquei meio atônito. Que história é essa? Então Lambert já conhece Viersílov, Lambert até já se dá com Viersílov; Lambert e Anna Andrêievna — até com ela ele também já se dá! Um calor apoderou-se de mim, porém me calei. Toda a minha alma foi inundada por um terrível afluxo de orgulho, de orgulho ou não sei de quê. Mas foi como se nesse momento eu dissesse a mim mesmo: "Se pedir ao menos uma palavra como explicação, tornarei a me meter nesse mundo e nunca ajustarei as contas com ele". O ódio inflamou-se em meu coração. Fazendo os maiores esforços, resolvi silenciar e fiquei imóvel em minha cama; ela também ficou um minuto inteiro em silêncio.

— E o príncipe Nikolai Ivánovitch? — perguntei de súbito, como se perdesse o juízo. Acontece que perguntei com um tom decidido, para mudar de assunto, e voltava a fazer involuntariamente a pergunta capital, tornando como um louco ao mundo do qual ainda há pouco resolvera fugir com tanta agitação.

— Está em Tsárskoie Sieló.[4] Anda um pouco doente, mas a cidade está cheia dessas febres de agora, todo mundo o aconselhou a recolher-se a Tsárskoie, a uma casa que possui lá, para aproveitar o bom clima.

Não respondi.

— Anna Andrêievna e a generala o visitam de três em três dias, viajam juntas.

Anna Andrêievna e a generala (isto é, *ela*), amigas! Viajando juntas! Calei-me.

— As duas se tornaram tão amigas, ambas, e Anna Andrêievna fala tão bem de Catierina Nikoláievna...

Continuei sempre silencioso.

— Catierina Nikoláievna voltou a "lançar-se" à sociedade, não perde festas, é um brilho só; dizem até que a Corte está apaixonada por ela... e quanto ao senhor Bioring, tudo acabou e não vai mais haver casamento; é o que todo mundo assegura.... tudo teria ido por água abaixo logo depois daquilo.

Ela quis dizer: depois da carta de Viersílov. Tremi todo, mas não disse palavra.

— Como Anna Andrêievna lamenta pelo príncipe Serguiêi Pietróvitch, e Catierina Nikoláievna também! E todo mundo diz que será absolvido e o outro, Stebielkóv, condenado...

Fitei-a com ódio. Ela se levantou e de repente se inclinou para mim:

— Anna Andrêievna me mandou, particularmente, pedir informação sobre sua saúde — disse, sussurrando baixinho —, e me ordenou com insistência que lhe pedisse para visitá-la assim que começasse a sair. Adeus. Cure-se, e é isso que vou dizer...

Saiu. Sentei-me na cama, um suor frio me correu pela testa, mas não era medo o que eu sentia: a notícia, para mim inconcebível e revoltante sobre Lambert e suas artimanhas, não me infundiu, por exemplo, nenhum medo, considerando o pavor talvez inconsciente com que, durante a doença e nos primeiros dias de minha convalescença, eu me lembrara de meu encontro com ele naquela noite. Ao contrário, naquele primeiro e confuso momento que passei em minha cama logo após a partida de Nastácia Iegórovna nem sequer me detive em Lambert, porém... o que mais me arrebatou foi a notícia sobre *ela*, sobre seu rompimento com Bioring e sua felicidade na alta sociedade, sobre as festas, seu sucesso e seu "brilho". "É um brilho" — parecia-

---

[4] "Vila dos Tsares", lugar aprazível e residência de verão da nobreza russa, situado nos arredores de Petersburgo. (N. do T.)

-me ouvir as palavrinhas de Nastácia Iegórovna. E de repente senti que com as forças que estava não conseguiria me livrar desse turbilhão, embora tivesse conseguido me conter, calar-me e não interrogar Nastácia Iegórovna depois de seus estrambóticos relatos! Todo o meu espírito foi tomado de uma desmedida sede dessa vida, da vida *deles*, e... de mais outra doce sede que não sei definir, que eu experimentava quase com felicidade e até um sofrimento torturante. Meus pensamentos pareciam girar, e eu os deixava girar. "Para que raciocinar!" — dizia comigo mesmo. "Mas até mamãe me escondeu que Lambert me visitara — pensava eu com frases desconexas — foi Viersílov que a mandou calar-se... Morro mas não pergunto a Viersílov sobre Lambert!" — "Viersílov — voltava-me de relance à mente —, Viersílov e Lambert, oh! quantas novidades entre eles! Viersílov é um bravo! Deu um susto no alemão Bioring com aquela carta; caluniou-a: *La calomnie... il en reste toujours quelque chose*,[5] e o cortesão alemão temeu o escândalo — ah-ah!... boa lição para ele!" — Lambert... será que Lambert também já se daria com ela? Pudera! Por que ela iria recusar uma "relação" também com ele?

Aqui parei bruscamente de pensar em todo esse absurdo e, desesperado, caí de cabeça no travesseiro. "Ah, isso não vai acontecer!" — exclamei numa repentina decisão, saltei da cama, calcei-me, vesti o roupão e fui direto para o quarto de Makar Ivánovitch, como se lá estivesse o remédio para todas as alucinações, a salvação, a âncora em que me agarraria.

De fato, era possível que na ocasião eu experimentasse esse pensamento com todas as forças de minha alma; do contrário, para que então teria saltado tão irresistível e repentinamente da cama e me precipitado naquele estado moral para o quarto de Makar Ivánovitch?

III

Contudo, sem que de modo algum eu esperasse, encontrei Makar Ivánovitch com visitas — mamãe e o médico. Como, ao ir para lá, algo me forçava a imaginar que encontraria o velho sozinho como na véspera, detive-me à entrada numa obtusa perplexidade. Mas não tive nem tempo de fran-

[5] Em francês, "A calúnia... dela sempre resta alguma coisa". Citação modificada da comédia *O barbeiro de Sevilha*, de Pierre Beaumarchais (1732-1799), ato II, cena 8, onde se lê: "*Calomniez, calomniez, il en restera toujours quelque chose*" ("Caluniem, caluniem, sempre restará alguma coisa"). (N. da E.)

zir o cenho, que logo apareceu Viersílov, seguido imediatamente por Liza... Então, todos estavam reunidos no quarto de Makar Ivánovitch e "justo quando não era necessário!".

— Vim saber de sua saúde — disse eu, indo direto a Makar Ivánovitch.

— Obrigado, querido, eu estava te esperando: sabia que virias! Esta noite pensei em ti.

Olhava-me carinhosamente nos olhos, e eu via que ele quase gostava mais de mim do que de todos os outros, porém notei de modo imediato e involuntário que, embora houvesse alegria em seu rosto, a doença não deixara de progredir durante a noite. O médico acabava de examiná-lo com muita seriedade. Depois eu soube que esse doutor (aquele mesmo jovem com quem eu brigara e que cuidava de Makar Ivánovitch desde sua chegada) cuidava de seu paciente com muita atenção e — só não sei me exprimir em sua linguagem médica — supunha que ele sofria de uma complicação geral de várias doenças. Como eu observara à primeira vista, Makar Ivánovitch já mantinha com ele as mais estreitas relações de amizade; no mesmo instante isso me desagradou; aliás, naquele instante eu também me sentia muito mal.

— Aleksandr Semiónovitch, qual é hoje o real estado do nosso caro doente? — quis saber Viersílov. Se eu não estivesse tão impressionado, minha primeira atitude teria sido estudar com imensa curiosidade também as relações de Viersílov com aquele velho, coisa em que eu já havia pensado no dia anterior. O que agora mais me impressionava era a expressão extraordinariamente branda e agradável do rosto de Viersílov; havia nela um quê de absoluta sinceridade. Acho que de certo modo já notei que o rosto de Viersílov ganhava uma beleza surpreendente assim que ele se mostrava cândido.

— Mas nós só fazemos brigar — respondeu o médico.

— Com Makar Ivánovitch? Não acredito: com ele não dá para brigar.

— Mas ele não me obedece: não dorme durante as noites.

— Pare com isso, Aleksandr Semiónovitch, chega de altercar! — Makar Ivánovitch deu uma risada. — Então, meu caro Andriêi Pietróvitch, como estão tratando nossa senhorinha? Ela passou a manhã inteira agitada, intranquila — acrescentou, apontando para minha mãe.

— Ah, Andriêi Pietróvitch — exclamou minha mãe com uma inquietude realmente extraordinária —, conte logo, não nos deixe aflitos: o que fizeram com a nossa coitadinha?

— Condenaram a nossa senhorinha!

— Oh! — exclamou minha mãe.

— Mas ela não vai para a Sibéria, fica tranquila: foi apenas uma multa de quinze rublos; uma comédia!

Sentou-se, o médico também. Estavam falando de Tatiana Pávlovna, e eu ainda não sabia nada sobre essa história. Eu me sentara à esquerda de Makar Ivánovitch, e Liza, defronte a mim, à direita; via-se que estava com algum desgosto bem seu, que se manifestava particularmente nesse dia, e que para falar sobre ele tinha vindo ter com mamãe; tinha estampadas no rosto a inquietação e a irritação. Nesse momento, trocamos um olhar e súbito eu pensei com meus botões: "Nós dois estamos desonrados e cabe a mim dar o primeiro passo em sua direção". Meu coração se abrandara de repente com ela. Entrementes, Viersílov começava a contar o incidente sucedido pela manhã.

Acontece que naquela manhã Tatiana Pávlovna estivera na presença do juiz de paz em função de um processo movido por sua cozinheira. O caso era de suma banalidade; já mencionei que aquela *tchukhonka* raivosa, quando ficava furiosa, chegava às vezes a passar semanas inteiras sem dizer uma única palavra em resposta às perguntas de sua patroa; também mencionei o fraco que Tatiana Pávlovna tinha por ela, suportando tudo e sem querer de maneira nenhuma mandá-la de vez para o olho da rua. A meu ver, todos esses caprichos psicológicos de solteironas e patroas são, no mais alto grau, dignos de desprezo e jamais de atenção, e se aqui resolvo mencionar essa história é unicamente porque a essa cozinheira está destinado um papel nada desprezível e fatal no curso ulterior de minha narrativa. Pois bem, perdendo enfim a paciência com a cabeçuda *tchukhonka*, que já não lhe respondia nada há vários dias, súbito Tatiana Pávlovna dera-lhe uma bofetada, coisa que antes nunca acontecera. Nem nesse instante a *tchukhonka* emitiu o mínimo som, mas no mesmo dia entendeu-se com Ossietrov, suboficial de marinha reformado, que morava na mesma escada de serviço, em algum canto embaixo, e vivia de demandar toda espécie de causas e, entende-se, de mover esse gênero de queixas perante os tribunais por uma questão de luta pela sobrevivência. A coisa terminou com Tatiana Pávlovna sendo intimada a comparecer perante o juiz de paz e, sabe-se lá por quê, Viersílov tendo de depor como testemunha no julgamento do caso.

Viersílov contou tudo num tom de extraordinário gracejo, brincalhão, de tal modo que até mamãe desatou a rir; imitou as caras de Tatiana Pávlovna, do suboficial de marinha e da cozinheira. A cozinheira começara por declarar ao juiz que reclamava uma multa em dinheiro, "senão, quando meterem a patroa na cadeia, para quem hei de cozinhar?". Às perguntas do juiz, Tatiana Pávlovna respondia com uma grande arrogância, sem se dignar sequer a justificar-se; ao contrário, concluiu com estas palavras: "Bati nela e baterei de novo", o que a fez ser multada no ato pela resposta insolente ao juiz. O suboficial reformado, um moço desengonçado e magrelo, encetou um longo discurso em favor de sua cliente, mas perdeu vergonhosamente o fio da meada e fez toda a plateia rir. O julgamento logo terminou e Tatiana Pávlovna foi condenada a pagar quinze rublos à ofendida Mária. Sem demora, tirou ali mesmo o porta-níqueis e começou o pagamento, mas no mesmo instante o suboficial aproximou-se, querendo estender a mão para receber, porém Tatiana Pávlovna quase lhe deu uma pancada para afastá-lo e voltou-se para Mária. "Chega de preocupação, senhora, pode incluir na minha conta, com esse aí eu mesma acerto." — "Vê só, Mária, que desengonçado tu arranjaste!" — Tatiana Pávlovna apontou para o suboficial, tomada de enorme contentamento porque Mária enfim começara a falar. "Ele é mesmo um desengonçado, senhora" — respondeu Mária com um ar malicioso —, "foram almôndegas com ervilhas que a senhora mandou fazer para hoje? Há pouco não ouvi direito, porque tinha pressa de vir para cá." — "Ah, não: foi com repolho, Mária, e por favor não deixes queimar como ontem." — "Não, vou me empenhar, sobretudo hoje, senhora; e por favor me dê a mãozinha" — e beijou a mão de sua patroa em sinal de reconciliação. Em suma, fez a alegria de toda a plateia.

— Mas que criatura! — minha mãe balançou a cabeça muito satisfeita com a notícia e também com o relato de Andriêi Pietróvitch, mas olhando às furtadelas e com inquietação para Liza.

— Desde pequena a senhorinha sempre teve caráter — deu um risinho Makar Ivánovitch.

— Bílis e ociosidade! — respondeu o doutor.

— Sou eu que tenho caráter, eu que sou bílis e ociosidade? — entrou Tatiana Pávlovna no nosso círculo, pelo visto muito contente de si mesma. — Ora, Aleksandr Semiónovitch, não devias dizer tolices; ainda tinhas dez anos quando me conheceste, que ociosa sou eu, e quanto à bílis, já faz um ano inteiro que me tratas e não consegues me curar, de modo que isso fica por conta de tua vergonha! Vamos, chega de vocês zombarem de mim; obrigada, Andriêi Pietróvitch, pelo trabalho de ter ido ao tribunal. Então, Makáruchka,[6] só vim aqui para te visitar, e não a este — apontou para mim, mas no mesmo instante me deu uma batidinha amigável no ombro; eu nunca a tinha visto de tão bom humor.

---

[6] Hipocorístico carinhoso de Makar. (N. do T.)

— E então? — concluiu, voltando-se de súbito para o médico e franzindo o cenho com um ar preocupado.

— Pois veja só, ele não quer se deitar na cama e assim, sentado, só vai ficar extenuado.

— Mas vou ficar só um pouquinho com a gente aqui — sussurrou Makar Ivánovitch com um ar súplice, como de criança.

— Sim, nós gostamos mesmo disso, gostamos de uma roda de conversa, quando há gente reunida em torno de nós; conheço o nosso Makáruchka — disse Tatiana Pávlovna.

— E como ele é desembaraçado! — tornou a sorrir o velho, dirigindo-se ao médico —, mas não deixa falar; espera, deixa eu falar: vou me deitar, meu caro, já ouvi, mas vê o que se diz entre nós: "Se a gente se deita, pode ser que já não se levante" — Minhas costas que paguem o pato.

— Essa é boa, eu já sabia, são superstições populares: "Se me deito, sabe como é, pode ser que não me levante mais"; eis o que a gente do povo teme com mais frequência, e prefere passar uma doença em pé a ficar acamada num hospital. Mas no seu caso, Makar Ivánovitch, é simplesmente a nostalgia que bate, a nostalgia da liberdade e da estrada real; eis toda a sua doença: perdeu o costume de viver demoradamente num lugar. Porque o senhor não é o que se chama de peregrino? Ora, em nosso povo a vida errante quase se transforma em paixão. Já notei isso mais de uma vez. Nosso povo é de preferência um povo errante.

— Então a teu ver Makar é um errante? — retorquiu Tatiana Pávlovna.

— Oh!, não nesse sentido. Empreguei a palavra em seu sentido geral. Bem, há o errante religioso, piedoso, mas assim mesmo errante. No bom sentido, no sentido honroso, mas um errante... Falo do ponto de vista médico...

— Eu lhe asseguro — dirigi-me de repente ao médico — que errantes somos antes nós dois e todos os que aqui estão, e não esse velho, com quem nós dois ainda temos o que aprender, porque ele tem algo de sólido na vida, ao passo que nós, independentemente de quantos somos, não temos nada de sólido na vida... Aliás, como você iria compreender isso?

Pelo visto eu falara com rispidez, mas era para isto que estava ali. No fundo não sei por que continuava ali, e estava como um louco.

— O que estás dizendo? — Tatiana Pávlovna me olhou com um ar de suspeita. — Então, Makar Ivánovitch, o que achaste dele? — perguntou, apontando-me com o dedo.

— Que Deus o abençoe, ele é espirituoso — disse o velho com ar sério, mas diante da palavra "espirituoso" quase todos caíram na risada. Eu me aguentei a duras penas: quem mais ria era o médico. O mal era que naquele momento eu ignorava o que eles haviam combinado. Três dias antes Viersílov, o médico e Tatiana Pávlovna já se tinham comprometido a fazer todos os esforços para desviar mamãe dos maus pressentimentos e dos temores por Makar Ivánovitch, que estava muito mais doente e desenganado do que eu então suspeitava. Eis por que todos brincavam e procuravam rir. Só o médico era um tolo e naturalmente incapaz de brincar; isto foi a causa de tudo o que veio depois. Se eu também soubesse o que eles haviam combinado, não teria agido como agi. Liza também não sabia de nada.

Eu estava sentado e ouvia de passagem; falavam e riam, enquanto eu tinha na cabeça Nastácia Iegórovna com suas notícias e não conseguia me livrar dela; parecia-me vê-la sentada, observando-me e se levantando com cautela para espiar o outro quarto. Enfim todos caíram de repente na risada: não sei por que motivo, Tatiana Pávlovna tinha subitamente chamado o médico de ateu: "Ah, mas todos vocês, doutorezinhos, são ateus!".

— Makar Ivánovitch! — exclamou o médico, fingindo da maneira mais tola que estava ofendido e procurava justiça —, sou ateu ou não?

— Logo tu, ateu? Não, não és ateu — respondeu o velho com ar grave, olhando-o fixamente —, não, graças a Deus — balançou a cabeça —, tu és uma pessoa alegre.

— E quem é alegre não pode ser ateu? — salientou ironicamente o doutor.

— É um modo de pensar! — disse Viersílov, mas sem nenhum riso.

— É um pensamento forte! — exclamei, involuntariamente impressionado por essa ideia. O médico olhou ao redor com um ar interrogativo.

— Esses sabichões, esses professores (é provável que antes tivessem dito alguma coisa sobre professores) — começou Makar Ivánovitch, baixando ligeiramente os olhos — antes me davam medo: eu não me atrevia a falar na frente deles, pois temia acima de tudo os ateus. Alma eu só tenho uma, pensava eu; se a perco, não consigo encontrar outra; mas depois ganhei ânimo: "Ora, pois", pensava eu, "eles não são deuses, são homens como nós, e tão servis como nós". E ademais a curiosidade era grande: "Vou descobrir, pois, o que é ateísmo". Só que, meu amigo, depois essa mesma curiosidade também passou.

Calou-se um momento, porém com a intenção de continuar, e com o mesmo sorriso sereno e grave. Existe uma ingenuidade que confia em todos e cada um sem suspeitar de galhofa. Pessoas assim são sempre limitadas, pois são propensas a exibir diante do primeiro que aparecer o que têm de mais precioso no coração. Parecia-me, porém, que em Makar Ivánovitch havia algo diferente e que era esse algo diferente, e não só a ingenuidade de sua simplicidade, que o movia a falar: era como se nele se manifestasse o pregador. Foi com satisfação que notei nele algo até parecido com um risinho ladino, endereçado ao médico e talvez também a Viersílov. Essa conversa era, evidentemente, a continuação das discussões que antes eles haviam desenvolvido durante a semana; mas, por azar, tinham deixado escapar mais uma vez a mesma palavrinha fatal que tanto me eletrizara na véspera e me levara a uma extravagância que até hoje lamento.

— O ateu — continuou o velho com ar concentrado — talvez me dê medo até hoje; veja apenas uma coisa, meu caro Aleksandr Semiónovitch: nunca topei uma única vez com nenhum ateu, em vez dele encontrei um tipo irrequieto; eis como se deve chamá-lo. São pessoas de toda espécie; não dá para atinar no tipo de pessoas; são grandes e pequenas, tolas e sábias, e até gente do povo, mas todas irrequietas. Pois passam a vida inteira a ler e explicar, saturados pela doçura dos livros, mas permanecem sempre na perplexidade e nada conseguem resolver. Alguns ficam tão dispersivos que não notam nem a si mesmos. Outros ficam mais endurecidos que pedra, com o coração varrido por fantasias; há os que ficam insensíveis e levianos só para não pagar por suas galhofas. Outros só colheram dos livros os maus rudimentos, e ainda assim de acordo com o que pensam; mas são sempre irrequietos e ignoram a predestinação. Eis o que torno a dizer: há muito tédio. O pequeno homem está passando necessidade, não tem pão, não tem nada com que sustentar os filhos, dorme em cima de palhas pontudas, mas tem sempre o coração alegre, leve: comete pecados e diz grosserias, mas seu coração continua leve. O grande homem se encharca de bebida, empanturra-se, vive sentado em cima de um montão de ouro, mas só tem tristeza no coração. Alguns passaram pelo aprendizado de todas as ciências, mas estão sempre tristes. Penso que quanto mais aumenta a inteligência, maior é o tédio. E tem mais uma coisa: as pessoas estudam desde que o mundo é mundo, mas o que aprenderam de bom para tornar o mundo a morada mais maravilhosa e alegre e repleta de toda sorte de alegria? E digo mais: elas não têm beleza e nem sequer o querem; estão todas perdidas, e cada uma se limita a elogiar a sua perdição, mas nem pensam em voltar-se para a única verdade; porém viver sem Deus é um tormento só. E resulta que maldizemos exatamente aquilo que nos ilumina e nós mesmos não nos damos conta. Aliás, que sentido tem isso? O homem não pode viver sem se curvar; esse homem não suportaria a si mesmo, aliás, nenhum homem se suportaria. Renega Deus, mas se curva perante um ídolo; de madeira, ou de ouro, ou imaginário. São todos idólatras e não ateus, eis como se deve qualificá-los. Mas, e como não haver ateus? Há alguns que são de fato ateus, só que estes são muito mais terríveis que os outros porque trazem na boca o nome de Deus. Ouvi falar deles muitas vezes, mas nunca topei com nenhum. Eles existem, amigo, e penso que devem existir.

— Existem, Makar Ivánovitch — de repente confirmou Viersílov —, existem e "devem existir".

— Sem dúvida existem e "devem existir"! — deixei escapar de modo incontido e com ardor, não sei por quê; mas fora envolvido pelo tom de Viersílov e estava fascinado por uma ideia na expressão "eles devem existir". Essa conversa foi totalmente inesperada para mim. Mas nesse instante houve algo também de todo inesperado.

IV

O dia estava extraordinariamente claro; por ordem do médico, costumava-se passar o dia inteiro sem levantar o estore da janela de Makar Ivánovitch: contudo, a janela não estava com estore, mas com uma cortina, de modo que ainda assim toda a sua parte superior estava devassada; isto acontecia porque o velho ficava deprimido quando não via sol nenhum com o antigo estore. Pois bem, tínhamos ficado ali até o momento em que um raio de sol batera de repente no rosto de Makar Ivánovitch. Por causa da conversa, a princípio ele não prestara atenção, mas durante as falas guinou várias vezes a cabeça para um lado num gesto maquinal, porque um raio vivo do sol incomodava muito e irritava seus olhos doentes. Mamãe, que estava a seu lado, já olhara várias vezes para a janela, preocupada; simplesmente era necessário bloquear de algum modo e por inteiro a janela, contudo, para não atrapalhar a conversa, ela resolvera tentar arrastar para o lado direito o banco em que Makar Ivánovitch estava sentado: precisava afastá-lo uns quinze ou, se muito, uns vinte centímetros. Ela já se inclinara várias vezes e agarrara o banco, mas não conseguia arrastá-lo; o banco com Makar Ivánovitch não se movia. Percebendo os seus esforços, mas levado pelo calor da conversa, Makar Ivánovitch fez várias menções de soerguer-se num gesto de total inconsciência, porém as pernas não lhe obedeceram. Não obstante, mesmo assim mamãe continuava em seus esforços para arrastar o banco, e tudo isso acabou levando Liza à extrema irritação. Lembro-me de alguns dos seus olhares faiscantes e irritados, só que, num primeiro momento, eu não soube a que atribuí-los, e ainda por cima estava envolvido pela conversa. E eis que de repente ouviu-se Liza quase gritar com rispidez para Makar Ivánovitch:

— Ora, soerga-se um pouco: está vendo a dificuldade de mamãe!

O velho lançou-lhe um olhar rápido, ponderou depressa e, num abrir e fechar de olhos, tentou soerguer-se, mas nada conseguiu: soergueu-se cerca de uns dez centímetros e tornou a cair sobre o banco.

— Não consigo, minha cara — respondeu-lhe em tom meio queixoso e olhando-a com ar de total obediência.

— Consegue narrar um livro inteiro, mas não tem forças para se mexer?

— Liza! — bradou Tatiana Pávlovna. Makar Ivánovitch tornou a fazer um esforço extraordinário.

— Pegue a muleta que está ao lado e soerga-se! — interrompeu Liza mais uma vez.

— É mesmo — disse o velho, e agarrou às pressas a muleta.

— Simplesmente, precisamos levantá-lo! — Viersílov ergueu-se; moveu-se também o médico, Tatiana Pávlovna saltou do lugar, mas antes que se aproximassem Makar Ivánovitch fez todos os esforços e apoiou-se na muleta, soergueu-se de repente e ficou em pé, olhando ao redor com um ar de alegre triunfo.

— Ah, consegui me levantar! — disse quase com orgulho, sorrindo, alegre. — Obrigado, querida, ensinaste a usar a inteligência, e eu que pensava que minhas perninhas já não serviam para nada...

Contudo, permaneceu pouco tempo em pé, não conseguira nem proferir as palavras quando de repente a muleta em que se apoiava com todo o peso do corpo deu uma escorregada no tapete e, como as "perninhas" quase não o seguravam, desabou de corpo inteiro no chão. Foi quase um horror ver aquilo, lembro-me. Todos soltaram um ah! e se precipitaram para levantá-lo, mas graças a Deus ele não se machucara; apenas batera pesadamente com os dois joelhos no chão, fazendo barulho, e mesmo assim conseguira colocar a mão direita à frente e apoiar-se nela. Levantaram-no e puseram-no na cama. Ficou muito pálido, não de susto, mas pelo choque. (O médico descobriu nele, além de tudo mais, uma doença cardíaca.) O susto deixara mamãe descontrolada. Súbito Makar Ivánovitch, que continuava todo pálido e trêmulo, como se ainda não tivesse recobrado os sentidos, voltou-se para Liza e lhe disse com uma voz baixa, quase terna:

— Não, querida, minhas perninhas não se sustentam mesmo!

Não consigo exprimir a impressão que tive naquele momento. Ocorre que nas palavras do pobre velho não soava a mínima queixa e censura; ao contrário, era visível que desde o início ele não havia percebido nenhuma maldade nas palavras de Liza e interpretara seu grito com ele como algo

Finale. И раздумывая вспомнил, что Версилов будет с ними, сделал обратному в Шантаже, разубедился, моя идея реальность. 84

В последней главе: письмо к ней про документ надо от Татьяны.

[illegible]

— У Ламберта, le grand dadais, ce petit vilain, по 3 рубли.

— Le grand dadais прогнал от дома, за то что уговаривал к офицеру. Стоял и ждал долго у окон.

Dies irae dies illa solvet saeclum in favilla. — Я Маргариту любил недолго.

Dona nobis pacem. — Что любовь прекрасная.

О Ефимове.

Ламберт: вот есть. —

В финале: Подросток: Я давал читать мои записки одному человеку и вот что он сказал мне (и тут привести мнение автора, не Подросткового).

И вместо мемуаров родовых семейство вырождающееся, род эфемерный, [illegible] и [illegible] с [illegible] сторон,

devido, isto é, que deviam mesmo "desancá-lo" por sua culpa. Tudo isso exerceu um terrível efeito sobre Liza. No momento da queda ela se levantara de um salto, como todos, e ficara toda petrificada e, claro, sofrendo porque fora a causa de tudo, mas ao ouvir aquelas palavras quase no mesmo instante ficou toda enrubescida de vergonha e arrependimento.

— Basta! — comandou de repente Tatiana Pávlovna —, chega de conversas! É hora de cada um tomar o seu rumo; o que pode resultar de bom quando o próprio médico desencadeia a tagarelice?!

— Isso mesmo — secundou Aleksandr Semiónovitch, que se agitava ao lado do doente. — Desculpe, Tatiana Pávlovna, ele precisa de paz.

Porém Tatiana Pávlovna não ouviu: estava calada há meio minuto, observando Liza à queima-roupa.

— Vem até aqui, Liza, dá um beijo nessa velha imbecil, se é que podes — disse de surpresa.

E ela a beijou não sei por quê, mas era de fato necessário; de modo que eu mesmo quase me precipitei para beijar Tatiana Pávlovna. O que não se devia fazer era pressionar Liza com censura, e sim tratá-la com alegria e felicitá-la pelo novo e belo sentimento que na certa devia estar germinando nela. Entretanto, em vez de experimentar todos esses sentimentos, levantei-me de repente e comecei, escandindo com firmeza as palavras:

— Makar Ivánovitch, o senhor tornou a usar a palavra "beleza", e eu, justo ontem e por todos esses dias, andei atormentado com essa palavra... Aliás, andei atormentado a vida inteira, só que antes não sabia com quê. Acho essa coincidência de palavras fatídica, quase maravilhosa... Explico isso em sua presença...

Porém fui contido no mesmo instante. Repito: eu desconhecia o que eles haviam combinado a respeito de mamãe e Makar Ivánovitch; por minhas antigas atitudes, eles, é claro, achavam-me capaz de qualquer escândalo dessa natureza.

— Contenham-no, contenham-no! — enfureceu-se de vez Tatiana Pávlovna. Mamãe começou a tremer. Percebendo o susto geral, Makar Ivánovitch também ficou assustado.

— Arkadi, basta! — bradou Viersílov com severidade.

— Para mim, senhores — levantei ainda mais a voz —, para mim, ver todos vocês ao lado dessa criança (apontei para Makar) é um horror. Aqui só existe uma santa: é mamãe, mas até ela...

— Você o assusta! — disse o médico em tom insistente.

— Sei que sou inimigo do mundo inteiro — quis balbuciar (ou algo do gênero), mas, tornando a olhar ao redor, fitei Viersílov com ar de desafio.

— Arkadi! — tornou a gritar-me —, antes já houve uma cena igualzinha a esta entre nós. Imploro que agora te contenhas!

Não consigo exprimir o forte sentimento com que ele disse isso. Sua fisionomia exprimia a tristeza mais extraordinária, sincera e completa. O mais surpreendente de tudo é que tinha um quê de culpado: eu era o juiz, ele, o criminoso. Tudo isso me deixou aniquilado.

— Sim! — bradei em resposta —, uma cena igualzinha já houve quando sepultei Viersílov e o arranquei de meu coração... Mas depois veio a ressurreição dos mortos, porém agora... agora já não há recomeço! Mas... mas aqui todos vocês verão do que sou capaz! Nem sequer imaginam o que posso provar!

Dito isso, precipitei-me para o meu quarto. Viersílov correu atrás de mim...

V

Tive uma recaída, um fortíssimo acesso de febre e, ao anoitecer, caí em delírio. Mas nem tudo foi delírio: tive inúmeros sonhos, um rosário inteiro e sem medida, e um deles ou um trecho dele gravei na memória pelo resto da vida. Narro sem quaisquer explicações: aquilo foi profético e não posso omiti-lo.

Acordei de repente com uma intenção grande e orgulhosa no coração, em um quarto grande e alto; mas não era o de Tatiana Pávlovna: lembro-me perfeitamente desse quarto; antecipo-me a observar. Embora eu estivesse só, sentia a todo instante, com grande preocupação e angústia, que não estava inteiramente só, que esperavam algo de mim. Em algum lugar atrás da porta havia gente sentada, aguardando o que eu viesse a fazer. A sensação era insuportável: "Ah, se eu estivesse só!". De repente, entra *ela*. Está com um jeito tímido, com um terrível medo, olha-me embevecida nos olhos. *Em minhas mãos está o documento*. Ela sorri com o fim de me cativar, gruda em mim; tenho pena, mas começo a sentir repulsa. Súbito ela cobre o rosto com as mãos. Atiro o "documento" sobre a mesa com um desprezo inexprimível: "Não peça, tome-o, não preciso de nada de sua parte! Vingo com o desprezo toda a minha humilhação!". Deixo o quarto sufocado por um orgulho desmedido. Mas, no limiar, no escuro, Lambert me agarra: "Cretino, cretino!" — cochicha-me ao ouvido, agarrando-me com toda a força pelo braço — "ela deve abrir uma pensão para moças nobres na ilha Vassílievski". (N.B.: isto é, para se alimentar se o pai deserdá-la ao saber da história do documento por meu intermédio e expulsá-la de casa. Registro as palavras de Lambert ao pé da letra, conforme sonhei.)

"Arkadi Makárovitch procura a 'beleza'" — ouve-se a vozinha de Anna Andrêievna ali por perto, na escada; entretanto, não foi um elogio, mas uma zombaria insuportável que ecoou em suas palavras. Retorno ao quarto com Lambert. Sem que tivesse visto Lambert, *ela* começa subitamente a gargalhar. Minha primeira impressão é de um terrível susto, um tal susto que paro e não quero me aproximar. Olho para ela e não acredito; é como se de estalo ela tivesse tirado a máscara do rosto: os mesmos traços, mas é como se cada tracinho do rosto tivesse sido deformado por uma desmedida desfaçatez. "É o resgate, senhorita, o resgate!" — grita Lambert, e os dois gargalham ainda mais, enquanto fico com o coração na mão: "Oh, será que essa desavergonhada é a mesma de quem um simples olhar deixava meu coração ardendo de virtude?".

"Eis o que são capazes de fazer por dinheiro esses arrogantes em sua alta sociedade!" — exclama Lambert. Mas a sem-vergonha não se perturba nem com isso; gargalha justo com o fato de que estou tão assustado. Oh, ela está pronta para o resgate, estou vendo e... o que se passa comigo? Já não sinto nem pena, nem asco; tremo como nunca... Assalta-me um novo sentimento, intraduzível, que eu desconhecia totalmente, e é forte como o mundo inteiro... Oh, agora já não tenho condições de ir embora por nada! Oh, como me agrada que isso seja tão desavergonhado! Seguro-a pelas mãos, o contato com suas mãos me dá um tremor angustiante e aproximo meus lábios dos seus lábios impudentes, rubros, que tremem com o riso e me convidam.

Oh, fora com essa vil lembrança! Maldito sonho! Juro que antes desse sonho abominável não me passara pela mente algo nem parecido com esse pensamento vergonhoso! Nem mesmo uma fantasia involuntária desse gênero (embora eu guardasse o "documento" costurado no bolso e às vezes agarrasse o bolso com um risinho estranho). De onde me aparecera tudo aquilo, totalmente pronto? Era porque havia em mim uma alma de aranha! Isso quer dizer que tudo já surgira há muito tempo e jazia em meu coração devasso, jazia em meu *desejo*, mas, em estado de vigília, o coração ainda se envergonhava e a mente não havia concebido de forma consciente algo semelhante. Mas no sonho a própria alma concebia e trazia à tona tudo o que havia no coração, com total precisão e no panorama mais completo — e também em forma profética. Mas teria sido *isto* que eu quisera lhes *provar* naquela manhã, ao correr do quarto de Makar Ivánovitch? Esse sonho que tive foi uma das mais estranhas aventuras de minha vida.

CAPÍTULO III

I

Três dias depois me levantei da cama pela manhã e, uma vez em pé, senti de repente que não voltaria a ficar acamado. Sentia por inteiro a proximidade da cura. Talvez não valesse a pena registrar todos esses pequenos detalhes, contudo sobrevieram alguns dias que, mesmo não tendo acontecido nada de especial, eles permaneceram em minha memória como algo prazeroso e tranquilo, e isso é uma raridade em minhas lembranças. Por ora não vou expor com precisão o meu estado de espírito; se o leitor soubesse em que ele consistia, na certa não acreditaria. É melhor explicar tudo depois, a partir dos fatos. Por ora direi apenas uma coisa: que o leitor se lembre daquela *alma de aranha*. E daquele que queria deixar a companhia deles e de toda a sociedade em nome da "beleza"! A sede de beleza era suprema e isso, claro, é verdade, mas de que modo ela podia combinar-se com outras sedes — sabe Deus quais — é um mistério para mim. Aliás, sempre fora um mistério e milhares de vezes eu me havia surpreendido com essa capacidade que tem o homem (e, pelo visto, principalmente o homem russo) de acalentar na alma o mais elevado ideal ao lado da maior torpeza, e tudo com a mais plena sinceridade. Será isso uma largueza especial no homem russo, que o levará longe, ou simplesmente uma torpeza — eis a questão!

Mas deixemos isso. Seja como for, no deserto há calmaria. Eu compreendi simplesmente que precisava me curar a qualquer custo e o mais rápido possível para começar depressa a agir, e por isso resolvi viver com higiene e obedecer ao médico (fosse lá quem fosse), e adiei as intenções tempestuosas com um extraordinário bom-senso (fruto da largueza) até o dia de minha alta, isto é, de minha cura. De que modo todas as impressões pacíficas e os prazeres com a calmaria podiam combinar-se com as batidas angustiosamente doces e alarmantes do coração ante o pressentimento de decisões próximas e tempestuosas, não sei, mas torno a atribuir tudo à "largueza". Contudo, já não havia em mim aquela intranquilidade anterior; eu deixara tudo para depois, já sem tremer perante o futuro como até bem pouco acontecia, mas como um ricaço seguro de seus recursos e forças. A arrogância e o desafio ao destino, que me esperava, só faziam aumentar e, suponho, em parte por causa da cura real e das forças vitais que efetivamente me voltavam. São aqueles poucos dias de minha cura definitiva e até real que hoje recordo com todo o prazer.

Oh, eles me perdoaram tudo, isto é, aquela extravagância, e justo aquelas pessoas que chamei na cara de repugnantes. É isso que aprecio nas pessoas, é isso que chamo de inteligência do coração; pelo menos isso me cativou de imediato, é claro que até certo ponto. Com Viersílov, por exemplo, continuei conversando como o melhor dos conhecidos, mas até certo ponto: mal se manifestava uma expansividade exagerada (e ela se manifestava), nós dois nos contínhamos como se sentíssemos uma pontinha de vergonha de alguma coisa. Há casos em que o vencedor não pode deixar de envergonhar-se do vencido, e justo por ter conseguido vencê-lo. O vencedor era evidentemente eu; e eu me envergonhava.

Naquela manhã, isto é, quando me levantei da cama depois da recaída, ele veio ao meu quarto e pela primeira vez eu soube do acordo que eles então haviam feito a respeito de minha mãe e Makar Ivánovitch; ele observou que, embora o velho estivesse melhor, o médico não tinha nenhuma resposta positiva sobre ele. Fiz-lhe de todo o coração minha promessa de doravante me portar com mais cautela. Quando Viersílov me transmitiu tudo isso, percebi de repente e pela primeira vez que ele mesmo estava se ocupando de um modo extraordinariamente sincero desse velho, isto é, bem mais do que eu poderia esperar de um homem como ele, e que ele via o velho como uma criatura que por alguma razão lhe era muito cara, e não apenas por causa de mamãe. Isso logo me interessou, quase me surpreendeu, e confesso que sem Viersílov eu teria deixado de prestar atenção e apreciar nesse velho muita coisa que permaneceu em meu coração como uma das mais sólidas e originais lembranças.

Viersílov parecia temer por minhas relações com Makar Ivánovitch, isto é, não confiava nem em minha inteligência nem em meu tato, e por isso foi tomado de uma extraordinária alegria ao perceber que às vezes sou capaz de entender como tratar um homem dotado de concepções e visões de mundo diferentes; em suma, que quando é necessário sou capaz de transigir e ser largo. Confesso ainda (acho que sem me rebaixar) que naquele ser oriundo do povo encontrei algo absolutamente novo para mim no tocante a outros sentimentos e outras visões de mundo, algo que eu desconhecia, algo bem mais claro e consolador do que minha compreensão anterior dessas coisas. Contudo, era simplesmente impossível que às vezes eu não perdesse as estribeiras por causa de algumas superstições categóricas, nas quais ele acreditava com a mais revoltante tranquilidade e firmeza. Mas nisso, é claro, a culpa era apenas de sua pouca instrução; sua alma era bastante bem organizada, e de tal forma que eu ainda não encontrara em ninguém nada melhor nesse gênero.

II

Como já observei, o que antes de tudo me atraía nele era a sua extraordinária sinceridade e a ausência de um mínimo de amor-próprio; pressentia-se um coração quase puro. Havia a "alegria" do coração e por isso também a "beleza". Ele gostava muito da palavrinha "alegria" e a empregava com muita frequência. É verdade que às vezes era tomado de um entusiasmo meio doentio, de uma espécie de doença do enternecimento, e suponho que isto se devia, em parte, ao fato de que a febre nunca o abandonou durante todo aquele tempo; porém, não impedia a beleza. Também havia contrastes: ao lado de uma impressionante candura, que às vezes não deixava transparecer nenhuma ironia (amiúde para o meu desgosto), havia nele algo como uma sutileza astuta que o mais das vezes se manifestava em embates polêmicos. E ele gostava de polêmica, mas só de quando em quando e a seu modo. Via-se que andara muito pela Rússia, que ouvira muitas histórias, mas, repito, do que mais gostava era de comover, porque tudo conduzia para a comoção, e, além do mais, ele mesmo gostava de contar coisas comoventes. Em geral, gostava muito de contar histórias. Ouvi muitas contadas por ele, que englobavam suas próprias errâncias e diversas lendas tiradas da vida dos mais antigos "ascetas". Desconheço esse assunto, mas penso que ele alterou muitas dessas lendas por ter assimilado a maior parte delas de relatos orais ouvidos da plebe. Era simplesmente impossível admitir algo diferente. Contudo, ao lado de evidentes falsificações ou de simples mentiras, sempre transparecia um conjunto surpreendente, cheio de sentimento popular e sempre comovente... Dessas histórias narradas por ele lembro-me de um longo relato — *A hagiografia de Maria Egipcíaca*. Até então eu não fazia nenhuma ideia dessa "hagiografia" e de quase todas semelhantes. Digo francamente: era quase impossível suportá-la sem chorar, e não por comoção, mas por um êxtase estranho — sentia-se algo inusitado e ardente como aquele deserto de areia escaldante povoado de leões, por onde errava a santa. Pensando bem, não quero falar sobre isso e, aliás, não sou competente.

Além da comoção, nele me agradavam certas concepções, vez por outra sumamente originais, sobre algumas coisas ainda bastante discutíveis na realidade atual. Certa vez contou, por exemplo, uma história recente sobre um soldado que estava em férias; ele foi praticamente testemunha desse incidente. Um soldado voltava do serviço militar para a pátria, mais uma vez para a companhia dos mujiques; não gostou de voltar a viver com os mujiques e, ademais, ele mesmo não caiu no agrado dos mujiques. O homem se desencaminhou, entregou-se à bebida e assaltou alguém em algum lugar; não havia provas sólidas, mas mesmo assim o prenderam e começaram a julgá-lo. Durante o julgamento o advogado já havia quase conseguido absolvê-lo — não havia provas — quando de repente o réu ouviu, ouviu e súbito levantou-se e contrariou o advogado: "Não, para de falar", e então contou tudo "até os mínimos detalhes"; assumiu a culpa por tudo, entre lágrimas e arrependimento. Os jurados saíram, trancaram-se para julgar, e de repente todos saíram: "Não, não é culpado". Todos gritaram, ficaram alegres, mas o soldado permaneceu inalterado em seu lugar, como se tivesse se transformado num poste, sem entender nada; também não entendeu nada do que o presidente do júri lhe disse na exortação ao lhe dar a liberdade. Mais uma vez o soldado se viu livre e sem acreditar em si mesmo. Pôs-se a refletir, caiu em meditação, não comia nem bebia, não conversava com ninguém e no quinto dia pegou e enforcou-se. "Eis o que significa viver com pecado na alma!" — concluiu Makar Ivánovitch. Essa história é, sem dúvida, banal, e hoje em dia se encontra um monte delas nos jornais, mas o que nela me agradou foi o tom, e mais ainda algumas palavrinhas que traziam decididamente um novo pensamento. Quando disse, por exemplo, que ao voltar para o campo o soldado não agradou aos mujiques, Makar Ivánovitch acrescentou: "Ora, sabe-se o que é um soldado: um soldado é um *mujique estragado*". Falando depois do advogado, que por pouco não ganhou a causa, ele também se exprimiu assim: "E quanto ao advogado, sabe-se o que é: o advogado é a *consciência alugada*". Ele proferiu essas duas expressões sem forçar nada nem se dar conta do que dizia, e no entanto há nessas duas expressões toda uma concepção desses dois temas, e mesmo que não seja, evidentemente, de todo o povo, é, não obstante, de Makar Ivánovitch, própria e não tomada de empréstimo! Essas prevenções do povo acerca de vários temas são às vezes verdadeiramente maravilhosas por sua originalidade.

— E o que o senhor, Makar Ivánovitch, acha do pecado do suicídio? — perguntei-lhe pelo mesmo pretexto.

— O suicídio é o maior pecado do homem — respondeu ele, suspirando —, mas neste caso o único juiz é Deus, porque só Ele conhece tudo, todo limite e toda medida. Nós mesmos devemos forçosamente rezar por semelhante pecador. Sempre que ouvires falar de um pecado como esse, ao te recolheres para dormir reza com enternecimento por esse pecador; mesmo que apenas suspires por ele perante Deus; ainda que não saibas nada sobre ele, tua oração será ainda mais proveitosa.

— Será que minha oração o ajudará se ele já estiver condenado?

— Como hás de saber? Muitos, oh, muitos não acreditam e com isso deixam estonteadas pessoas pouco entendidas; não dê ouvidos a elas, pois elas mesmas não sabem para onde vão. A oração de um homem por um condenado é verdadeiramente proveitosa. Então, que será daquele que não tem quem reze por ele? Porque, quando fores rezar na hora de dormir, acrescenta ao terminares: "Senhor Jesus, tem piedade de todos aqueles que não têm quem reze por si". Porque essa oração é proveitosa e agrada. E ora também por todos os pecadores ainda vivos, dizendo: "Senhor, pondera os destinos deles e perdoa todos os impenitentes"; esta também é uma boa oração.

Prometi-lhe que iria orar, sentindo que essa promessa lhe dava um prazer extraordinário. E de fato a alegria resplandeceu em seu rosto; mas me apresso a acrescentar que em tais situações ele nunca me olhava por cima dos ombros, ou seja, como um ancião[7] dirigindo-se a um adolescente; ao contrário, gostava de me ouvir com bastante frequência sobre diversos temas e deixava-se levar, admitindo que tratava com um "jovenzinho", como se exprimia em estilo elevado (sabia muito bem que devia dizer "mocinho" e não "jovenzinho"), mas compreendendo ao mesmo tempo que esse "jovenzinho" era infinitamente superior a ele em instrução. Gostava, por exemplo, de falar muito amiúde da vida dos eremitas, e atribuía ao "deserto"[8] uma incomparável superioridade sobre a "peregrinação". Fiz-lhe uma exaltada objeção, enfatizando o egoísmo dessas pessoas que renunciam ao mundo e à utilidade que poderiam trazer para a humanidade só pela ideia egoísta de sua salvação. A princípio ele não entendeu, desconfio até de que não entendeu nada; no entanto defendeu com ardor o deserto: "De início a gente tem pena de si mesma (isto é, quando se instala no deserto), mas depois vai ficando a cada dia mais alegre porque até já consegue ver Deus". Nisso expus diante dele todo um panorama da atividade útil de um cientista, médico ou em geral amigo da humanidade no mundo, e o deixei em verdadeiro êxtase, porque eu mesmo falava com ardor; a todo instante ele fazia coro comigo: "É isso, querido, é isso, que Deus te abençoe, pensas de acordo com a ver-

---

[7] No original, *stárietz*, termo que pode significar ancião, velho monge, monge recoleto superior de mosteiro ou eremita. (N. do T.)

[8] Leia-se "vida no deserto" (N. do T.).

dade"; no entanto, quando terminei ele não concordou inteiramente, apesar de tudo: "Vamos que seja assim" — deu um suspiro profundo —, "mas será que existem muitos desses que suportam a prova e não se divertem? Ora, o dinheiro não é Deus, mas mesmo assim é um semideus, uma grande tentação; e aí ainda tem o sexo feminino, aí ainda tem a presunção e a inveja. Pois bem, vão esquecer uma grande causa e cuidar de causa pequena. Será assim no deserto? No deserto o homem se fortalece a ponto de cometer qualquer façanha. Meu amigo! O que acontece no mundo?" — exclamou com um sentimento desmedido. — "Isto não seria mero sonho? Pega areia e a semeia sobre uma pedrinha; quando tua areia amarela fizer volume sobre a pedra, então teu sonho no mundo se realizará; eis o que se diz entre nós. O mesmo diz Cristo: 'Vai e distribui tua riqueza e torna-te servo de todos'.[9] E te tornarás mais rico do que antes uma infinidade de vezes; porque não serás feliz apenas pelo alimento, pelas roupas caras, pelo orgulho nem pela inveja, mas pelo amor multiplicado ao infinito. Pois não adquirirás uma pequena riqueza, nem cem mil, nem um milhão, mas o mundo inteiro! Hoje juntamos de maneira insaciável e esbanjamos com loucura, mas então não haverá nem órfãos, nem miseráveis, porque todos serão meus, todos serão parentes, terei adquirido todos, comprado todos até o último! Hoje não é raro que o mais rico e notável seja indiferente ao número dos seus dias, e ele mesmo não sabe que prazer inventar; então teus dias e horas vão se multiplicar como que por mil vezes, porque não hás de querer perder um só minuto e sentirás cada um deles na alegria do coração. Então adquirirás a suma sabedoria não apenas dos livros, mas porque estarás cara a cara com o próprio Deus; e a Terra brilhará mais que o Sol e não haverá nem tristeza, nem suspiro, mas apenas um paraíso precioso..."

Era dessas extravagâncias extremamente entusiásticas que Viersílov parecia gostar. Dessa vez ele estava ali mesmo, no quarto.

— Makar Ivánovitch! — interrompi-o de súbito, exaltando-me sem qualquer medida (lembro-me daquela noite) —, desse jeito o senhor está propagando o comunismo, o verdadeiro comunismo!

Uma vez que ele não sabia decididamente nada sobre a doutrina comunista, e ademais ouvia a própria palavra pela primeira vez, passei no mesmo instante a lhe expor tudo o que sabia sobre esse tema. Confesso que conhecia pouco e de forma dispersa, e aliás ainda hoje não sou muito competente

---

[9] Makar relata a seu modo uma passagem do Evangelho de Mateus, 19, 21, em que Cristo responde ao jovem rico: "Se queres ser perfeito, vai, vende tens bens, dá-os aos pobres, e terás um tesouro no céu". (N. da E.)

nesse tema; mas o que sabia, expus com imenso ardor, apesar de tudo. Até hoje me lembro com prazer da extraordinária impressão que produzi no velho. Inclusive, não foi uma impressão, mas quase um abalo. Além do mais ele tinha o maior interesse pelos detalhes históricos: "Onde? Como? Quem construiu? Quem disse?". Aliás, observei que em geral essa é uma qualidade da plebe: ela não se interessa por uma ideia geral e, caso se interesse muito, forçosamente começa a pedir os detalhes mais exatos e sólidos. Eu acabei me atrapalhando nos detalhes, e como Viersílov estava presente, senti um pouco de vergonha dele, o que me deixou ainda mais exaltado. A coisa terminou com Makar Ivánovitch comovido e apenas repetindo a cada palavra que eu dizia: "É, é!", mas já era visível que não compreendia e perdera o fio da meada. Fiquei agastado, mas de uma hora para outra Viersílov interrompeu a conversa, levantou-se e anunciou que era hora de dormir. Estávamos todos presentes e era tarde. Quando, alguns minutos depois, ele apareceu em meu quarto, perguntei-lhe no mesmo instante: o que acha de Makar Ivánovitch em geral e o que pensa dele? Viersílov deu um risinho alegre (mas sem ter nada a ver com meus erros sobre o comunismo — ao contrário, não os mencionou). Torno a repetir: ele estava de vez como que grudado em Makar Ivánovitch e com frequência eu percebi em seu rosto um sorriso extraordinariamente atraente quando ouvia o velho. Pensando bem, o sorriso não impedia a crítica.

— Antes de mais nada, Makar Ivánovitch não é um mujique, mas um servo — disse ele muito à vontade —, um ex-servo e ex-criado, que nasceu criado e filho de criado. Os servos e criados partilhavam muito e extraordinariamente dos interesses da vida privada e espiritual dos seus senhores nos tempos antigos. Observe que até hoje Makar Ivánovitch se interessa muito pelos acontecimentos da vida dos senhores e da alta sociedade. Tu ainda não sabes até que ponto ele se interessa por outros acontecimentos da Rússia nos últimos tempos. Sabes que ele é um grande político? Não lhe dê mel como aliemento, mas conte onde alguém anda combatendo e se nós mesmos vamos combater. Antes eu o deixava deliciado com esse tipo de conversa. Aprecia muito a ciência, e a astronomia mais que todas as outras. Com tudo isso elaborou consigo algo tão independente que por nada neste mundo se consegue demovê-lo. Tem convicções firmes, e bastante claras... e verdadeiras. Com toda a sua ignorância, é capaz de surpreender de repente com um inesperado conhecimento de certos conceitos que ninguém suporia que os tivesse. Elogia com entusiasmo o deserto, mas por nada neste mundo iria para o deserto nem para um mosteiro, porque ele é o "errante" em sua expressão maior, como amavelmente o chamou Aleksandr Semiónovitch, com quem estás zangado à toa, como o disseste de passagem. O que mais, enfim: é um pouco artista, tem um grande vocabulário, mas também usa vocabulário alheio. Claudica um pouco na exposição lógica, é por vezes muito abstrato; tem ímpetos de sentimentalismo, mas absolutamente popular, ou melhor, com ímpetos daquela mesma comoção popular que nosso povo insere com tanta largueza em seu sentimento religioso. Omito sua sinceridade e sua doçura: não somos nós dois que vamos enveredar por esse tema...

III

Para concluir a caracterização de Makar Ivánovitch, transmito um de seus relatos que, no fundo, já trata da vida privada. O caráter desses relatos era estranho, é melhor dizer que não tinham nenhum caráter geral; não dava para tirar deles alguma lição de moral ou uma orientação geral, salvo que eram todos mais ou menos comoventes. Mas também havia alguns não comoventes, havia alguns até muito alegres, havia até galhofas com alguns monges libertinos, de modo que ele prejudicava francamente sua ideia ao narrar — coisa que eu lhe observei: mas ele não entendeu o que eu quis dizer. Às vezes era difícil entender o que tanto o motivava a narrar, de modo que vez por outra eu até me surpreendia com sua loquacidade e a atribuía em parte à velhice e à doença.

— Ele não é como era antes — cochichou-me Viersílov —, antes ele era bem diferente. Ele logo vai morrer, bem antes do que pensamos, e precisamos estar preparados.

Esqueci-me de dizer que entre nós se estabelecera alguma coisa como uns "serões". Além de mamãe, que não arredava pé de Makar Ivánovitch, Viersílov sempre vinha às noites ao seu quarto; eu também sempre comparecia, e aliás eu não tinha para onde ir; nos últimos dias Liza quase sempre comparecia, ainda que mais tarde que os outros, e quase sempre ficava calada. Comparecia Tatiana Pávlovna e também o médico, ainda que raramente. De uma hora para outra eu passara a me entender de algum modo com o médico; não muito, mas pelo menos sem grandes extravagâncias. Eu gostava de uma espécie de simplicidade que notei nele, e de certo apego por nossa família, de modo que enfim decidi perdoar sua arrogância médica e, ainda por cima, ensinei-lhe a lavar as mãos e limpar as unhas, já que ele não conseguia usar roupa limpa. Expliquei-lhe francamente que não estava lhe dizendo aquilo por nenhum dandismo nem por quaisquer belas-artes, mas que o asseio era coisa natural no ofício de médico, e isto eu lhe demonstrei. Enfim

Lukéria também vinha amiúde de sua cozinha até a porta e, ali postada, ouvia os relatos de Makar Ivánovitch. Uma vez Viersílov a chamou de trás da porta e a convidou para sentar-se conosco. Gostei dessa atitude; mas depois disso ela deixou de vir. Cada um tem seus hábitos!

Incluo mais um de seus relatos, aleatoriamente, apenas porque o guardei todo na memória. Trata-se da história de um comerciante, e acho que tais histórias acontecem aos milhares em nossas cidades e cidadezinhas, basta saber observá-las. Quem quiser pode contornar o relato, ainda mais porque eu o narro com o estilo dele.

IV

— Aconteceu em nossa cidade, Afímievsk; vou contar agora, vejam só que maravilha. Havia um comerciante chamado Skotobóinikov,[10] Maksim Ivánovitch, e no distrito não tinha ninguém mais rico. Ele construíra uma fábrica de chita e empregava várias centenas de operários; e se achava o máximo. É preciso dizer que tudo transcorria segundo suas incumbências, as autoridades não criavam nenhum empecilho e o arquimandrita[11] lhe era grato pelo zelo que ele demonstrava: destinava muitas contribuições para o mosteiro e, quando lhe dava a louca, suspirava muito por sua alma e não se preocupava pouco com a vida futura. Era viúvo e não tinha filhos; a respeito de sua esposa corriam rumores de que a havia levado à morte no primeiro ano de casados de tanto surrá-la e que, desde jovem, gostava de brigar; só que isso eram coisas de muitos anos antes; quanto a voltar a assumir as obrigações do casamento, não queria. Também tinha um fraco pela bebida, e quando estava de cara cheia corria nu pela cidade, aos berros; a cidade não é grande e tudo vira escândalo. Quando vinha a ressaca ficava zangado, tudo o que julgava dava por bem julgado e tudo o que ordenava dava por bem ordenado. Ajustava as contas com as pessoas de forma arbitrária; pegava o ábaco, punha os óculos: "Fomá, quanto tens a receber?" — "Não recebi nada desde o Natal, Maksim Ivánovitch, então tenho a receber trinta e nove rublos." — "Ah, quanto dinheiro! É muito para ti; inteiro não vales esse dinheiro todo, isso não é para o teu bico: adeus dez rublos, toma vinte

[10] Literalmente, matador de gado. (N. do T.)

[11] Superior de mosteiro, tal como na Igreja ortodoxa grega. (N. do T.)

e nove". E o homem se cala; aliás, ninguém se atreve a soltar um pio, ficam todos de bico calado.

"Eu", diz ele, "sei quanto se deve pagar a eles. Com essa gente daqui não dá para ser diferente. A gente daqui é depravada; sem mim todos aqui já teriam morrido de fome, todos, sem exceção. Torno a dizer, a gente daqui é toda formada por ladrões: roubam tudo o que veem e não têm coragem para nada. E ainda é preciso acrescentar que são todos uns bêbados: é só receberem o pagamento que vão logo para a taberna, por lá ficam lisos, a nenhum, e saem pelados. E depois são uns patifes: ficam sentados numa pedra diante da taberna e começam a lamentar: 'Mamãe querida, por que me deste à luz, um bêbado inveterado como eu? Teria sido melhor se tivesses me estrangulado, a mim, este bêbado inveterado, quando nasci!'. Ora, isso lá é um homem? É um bicho e não um homem. Antes de mais nada é preciso educá-lo, e depois lhe dar dinheiro. Sei a hora de dar."

Era assim que Maksim Ivánovitch falava do povo de Afímievsk; embora fosse ruim que falasse dessa maneira, mesmo assim havia ali uma verdade: o povo era fatigado, fracote.

Vivia nessa mesma cidade outro comerciante, mas morreu; era um homem jovem e leviano, que tinha falido e perdido todo o seu capital. No último ano, debatera-se como um peixe fora da água, mas sua hora havia chegado. Sempre se desentendera com Maksim Ivánovitch e estava encalacrado com ele. Em sua última hora ainda amaldiçoou Maksim Ivánovitch. E deixou uma viúva ainda jovem, com cinco filhos. Uma viúva que fica sozinha é como uma andorinha sem ninho — não é pequena sua provação, e não só pelos cinco filhos que não tem com que alimentar: sua última fazendinha com a casa de madeira, Maksim Ivánovitch tomou-lhe por conta da dívida. Então ela pôs todos os filhos em fila no adro da igreja: o mais velho era um menino de oito anos, os restantes eram meninas, cada uma um ano mais nova que a outra; a mais velha tinha quatro anos e a caçula ainda mamava. Terminada a missa, Maksim Ivánovitch sai, e todas as criancinhas, todas enfileiradas, ajoelham-se diante dele — ela lhes ensinara antes como proceder, e todos de uma vez lhe estendem as mãozinhas abertas, enquanto atrás, com a caçulinha nos braços, ela o saúda inclinando-se até o chão diante de todo mundo: "*Bátiuchka* Maksim Ivánovitch, tem piedade destes pobres órfãos, não lhes tires seu último pedaço de pão, não os enxotes do ninho paterno!". E todos os que presenciaram a cena, todos, derramaram lágrimas — tão bem ela ensinara aos filhos! Ela pensava assim: "diante dos outros, ele ficará vaidoso e perdoará, devolverá a casa aos órfãos", só que não aconteceu assim. Maksim Ivánovitch para e diz: "Tu és uma viúva jovem, queres um marido, e não é por causa destes órfãos que estás chorando. Teu falecido me amaldiçoou no leito de morte" — e passou ao largo, não devolveu a casa. "Por que haveria de imitar (quer dizer, endossar) as parvoíces dos outros? Fosse ele fazer um benefício, logo iriam reclamar ainda mais; isso tudo não dá para nada e só faz aumentar os boatos." Mas corriam mesmo os boatos de que, uns dez anos antes, quando essa viúva ainda era donzela, ele teria mandado procurá-la e doado uma alta quantia (ela era muito bonita), esquecido de que cometer um pecado como esse é o mesmo que arruinar um templo de Deus; porém não conseguiu nada. Mas indecências como essa ele cometeu muitas, tanto na cidade como no resto da província, e nisso perdeu todos os limites.

A mãe berrou, acompanhada de seus pintinhos, ele expulsou os órfãos da casa, e não só por malvadeza, pois às vezes não se sabe o que faz um homem não dar o braço a torcer. Bem, primeiro a ajudaram, depois ela saiu a procurar trabalho. Mas onde, em nossa cidade, arranjar trabalho a não ser na fábrica? Lavar um assoalho aqui, cuidar de um jardim ali, esquentar um banho, e ainda com uma criança chorando nos braços e os outros quatro correndo em camisa pela rua! Quando ela os pusera ajoelhados no adro da igreja, eles ainda tinham seus sapatinhos e suas roupinhas, tudo, pois eram filhos de comerciante; mas agora corriam de pés descalços; sabe-se que roupa em criança evapora. Ora, o que basta para as crianças: havendo um solzinho ficam contentes, não sentem a morte, parecem passarinhos, suas vozinhas são que nem campainhas. A viúva pensava: "O inverno vai chegar, onde vou enfiar vocês? Se pelo menos Deus se lembrasse de mim nesse momento!". Porém ela não precisou esperar até o inverno. Há em nossos lugares uma tosse infantil, a coqueluche, que passa de uma pessoa para a outra. Primeiro morreu a criança de peito, depois os outros caíram doentes, e as quatro meninas, no mesmo outono, foram levadas uma atrás da outra. É verdade que uma foi esmagada pelos cavalos no meio da rua. Então, o que achas? Enterrou-as entre uivos; antes as amaldiçoava, mas quando Deus as levou teve compaixão. Coração de mãe!

Só restava vivo o menino, o mais velhinho, e ela se desfazia em cuidados com ele, estremecia. Era fraquinho e meigo, tinha uma carinha graciosa como uma menininha. Ela o levou para a fábrica, para a casa de seu padrinho, que era administrador, e depois se empregou como aia na casa de um funcionário. Uma vez o menino corria pelo pátio, chega Maksim Ivánovitch em sua carruagem puxada por uma parelha de cavalos, totalmente bêbado. O menino, que vinha direto da escada, corre por acaso em sua direção, escorrega e choca-se com ele no momento em que descia da carruagem, batendo-lhe com ambas as mãos na barriga. O outro o agarra pelos cabelos, aos berros: "De quem ele é filho? As varas! Açoitem-no agora mesmo, na minha frente!". O menino fica morto de medo, passam a açoitá-lo, ele começa a gritar. "E ainda gritas? Açoitem-no até que pare de gritar!" Se o açoitaram pouco ou muito não se sabe, mas ele não parou de gritar enquanto não pareceu completamente sem vida. Então pararam de açoitá-lo, assustados: o menino não respirava mais, continuava estirado no chão, sem sentidos. Contaram depois que até não o tinham açoitado muito, mas que ele era muito medroso. Maksim Ivánovitch também ficou assustado! "De quem é filho?", perguntou. Disseram-lhe. "Vejam só! Levem-no para a casa da mãe dele; o que andava fazendo aqui na fábrica?" Dois dias depois ele perguntou: "E o menino?". As coisas estavam ruins para o menino: estava doente, deitado em um canto na casa da mãe, que abandonara o emprego na casa do funcionário porque seu filho estava com pneumonia. "Vejam só", disse, "e por que isso? Se pelo menos o tivessem açoitado para valer: só lhe fizeram um medinho à toa. Eu mesmo dei surras como essa em todos os outros; e nunca redundou nessas bobagens." Esperava que a mãe fosse dar queixa e, envaidecido, calava-se; mas, queixar-se a quem? Ela não se atreveu a dar queixa. E então ele lhe enviou de sua parte quinze rublos e um médico; não porque tivesse ficado com medo de alguma coisa; fizera-o por fazer, ficara matutando. Logo lhe chegou a hora de beber, passou umas três semanas de cara cheia.

O inverno terminara e, na plena alegria do domingo de Páscoa, no mais grandioso dos dias, Maksim Ivánovitch torna a perguntar: "E o que aconteceu com aquele menino?". Ficara o inverno todo calado, sem perguntar nada. Segue-se a resposta: "Curou-se, está na casa da mãe, e ela passa o dia todo trabalhando fora". No mesmo dia, Maksim Ivánovitch procura a viúva, mas não entra na casa, permanece na carruagem e manda chamá-la da entrada: "Ouve, digna viúva, quero ser o verdadeiro benfeitor de teu filho e lhe prestar benefícios ilimitados; a partir de hoje, levo-o para a minha própria casa. Se ele me agradar um pouco, deixo-lhe capital suficiente; e se me agradar completamente, posso fazê-lo herdeiro de toda a minha fortuna depois de minha morte, como se fosse meu filho de verdade, mas com a única condição de que jamais venhas à minha casa, exceto nos dias de grandes festas. Se concordares, leva-me o menino amanhã de manhã, ele não pode continuar brincando à toa". Dito isso, ele foi embora, deixando a mãe como que louca. As pessoas tinham ouvido, e lhe dizem: "O menino vai crescer e ele mesmo há de te censurar porque o privaste desse destino". Ela passou a noite chorando sobre ele e na manhã seguinte levou a criança. O menino estava mais morto do que vivo.

Maksim Ivánovitch o vestia como um jovem senhor e contratou um preceptor, e desde aquele momento o pôs diante dos livros; e chegou ao ponto de não tirar os olhos de cima dele, tinha-o sempre a seu lado. Quando o menino ficava distraído, ele logo bradava: "Ao livro! Estuda: quero fazer de ti um homem". Mas o menino era fraquinho, desde a surra tinha passado a tossir. "Será que leva uma vida ruim em minha casa?", surpreende-se Maksim Ivánovitch, "na casa da mãe vivia correndo descalço, mastigava cascas de pão. Por que está mais fraco que antes?" Então o preceptor lhe disse: "Toda criança precisa também de brincar, não pode viver sempre estudando; tem necessidade de exercitar-se...". E lhe explicou tudo isso com argumentos. Maksim Ivánovitch pensou: "Estás falando a verdade". O preceptor era Piótr Stiepánovitch — que Deus o tenha em seu reino, ele parecia um *iuród*;[12] bebia muito, e até demais, e por isso mesmo já tinha sido despedido há muito tempo de todos os empregos e vivia pela cidade apenas de esmolas, embora fosse um homem de grande inteligência e sólido em ciências. "Eu não era para estar aqui", dizia a si mesmo, "eu deveria estar na universidade como professor, porque aqui vivo afundado na lama 'e até minhas próprias roupas têm nojo de mim'".[13] Senta-se Maksim Ivánovitch, grita ao menino: "Vai brincar!" — mas o outro mal consegue respirar diante dele. A coisa chegara a tal ponto que a criança não conseguia suportar aquela voz dele — começou a tremer da cabeça aos pés. Maksim Ivánovitch ficava cada vez mais surpreendido: "Ele não ata nem desata; tirei-o da lama, vesti-o com roupas finas; ele usa botinas forradas de tecido, camisa bordada, trato-o como um filho de general, e ele não se apega a mim? Por que é calado feito um lobinho?". E embora há muito tempo ninguém mais se surpreendesse com Maksim Ivánovitch, súbito as surpresas voltaram: o homem perdera as estribeiras; tinha se apegado a um menino tão pequeno e não conseguia largá-lo. "Nem que eu morra, mas vou torcer esse pepino. Seu pai me amaldiçoou em seu leito de morte quando já tinha recebido a extrema-unção. Ele saiu ao pai pelo caráter." E olhem que nenhuma vez usou a vara (desde

---

[12] Miserável, tipo atoleimado, excêntrico, inimputável, bastante comum na vida russa, sobretudo à porta das igrejas. Pessoas religiosas e supersticiosas viam no *iuród* um louco com dons proféticos e até filosóficos. Com esses dons aparece com frequência na literatura russa e Dostoiévski o tomou como um dos protótipos do príncipe Míchkin no romance *O idiota*. (N. do T.)

[13] O preceptor usa a seu modo palavras de Jó: "Por mais que me lavasse na neve, que limpasse minhas unhas na lixívia, tu me atirarias na imundície, e as minhas próprias vestes teriam horror de mim". Livro de Jó, 9, 30-1. (N. da E.)

aquela vez ele ficara com medo). Ele o havia amedrontado, era isso. Amedrontado sem usar a vara.

Então aconteceu uma coisa. Certa vez ele tinha acabado de deixar o recinto, o menino largou o livro e subiu numa cadeira: antes tinha atirado uma bola em cima de uma cômoda e queria apanhá-la, mas a manga do casaco enganchou numa lâmpada de porcelana que estava sobre a cômoda; a lâmpada despencou, espatifou-se no chão e seus cacos retiniram pela casa inteira, e era um objeto caro — porcelana de Saxe. Maksim Ivánovitch ouviu do terceiro cômodo e começou a esbravejar. Amedrontado, o menino desata a correr sem rumo, corre para o terraço, atravessa o jardim e, pela cancela traseira, vai direto para a marginal do rio. Pela marginal estende-se um bulevar, com velhos salgueiros, é um lugar alegre; ele desce correndo para o rio, as pessoas o notam, ele ergue os braços no mesmo lugar onde o vapor atraca, parece sentir pavor da água — estaca como que plantado. O lugar é amplo, o rio corre veloz, passam barcas, do outro lado há vendas, uma praça, um templo de Deus com cúpulas douradas brilhando. Justo nesse momento a coronela Ferzing descia às pressas da barca com a filha — havia ali um regimento de infantaria. A filha, também uma criancinha de uns oito anos, passa com seu vestidinho branco, olha para o menino e ri, leva nas mãos um cestinho de madeira, e dentro do cestinho um ouriço. "Olhe, mamãe, como o menino está olhando para o meu ouriço!" — "Não", diz a coronela, "ele se assustou com alguma coisa." — "Por que você se assustou tanto, bom menino?" (Foi assim que contaram depois.) "E que menino bonitinho", diz ela, "e como está bem-vestido; de quem você é filho, menino?" Acontece que ele nunca tinha visto um ouriço: chega-se e fica olhando, e já esquecido — coisa da infância! "O que é isso que você tem aí dentro?" — "Isto", responde a menina, "é o nosso ouriço, compramos ainda agora de um mujique: ele o achou num bosque." — "Como assim", diz ele, "um ouriço?" — e já está rindo, e começa a tocá-lo com um dedinho, o ouriço se eriça todo e a menina fica contente pelo menino: "Nós", diz ela, "vamos levá-lo para casa e domá-lo." — "Ah! me dê seu ouriço de presente". Ele pediu com muita meiguice e, mal tinha acabado de falar, ouviu de repente Maksim Ivánovitch falando do alto: "Ah! Eis onde estás! Segurem-no!" (tinha ficado tão enfurecido que saíra de casa atrás dele sem chapéu). Foi só se lembrar de tudo que o menino deu um grito, precipitou-se para o rio, apertou cada mãozinha contra o peito, olhou para o céu (as pessoas viram, viram!) — e, pimba!, na água. Bem, pessoas gritaram, pularam da balsa, tentaram capturá-lo, mas a água o arrastou, o rio era veloz, e quando o tiraram já estava sufocado — mortinho. Era fraco do peito, não resistiu à água e, aliás, nem é preciso tanto. Pois bem, ainda não havia na lembrança das pessoas daquele lugar uma criança pequena que tivesse atentado contra a própria vida! Um pecado como esse! E o que essa alminha pequenina pode dizer a Deus no outro mundo?

Foi com essas coisas que desde então Maksim Ivánovitch pôs-se a refletir. E o homem mudara tanto que não dava para reconhecê-lo. Uma tristeza de doer o dominava. Meteu-se a beber, bebia muito, mas desistiu — não ajudava. Deixou também de ir à fábrica, não dava ouvidos a ninguém. Se alguém lhe dirigia a palavra ele calava ou dava de mão. Assim passou coisa de dois meses, e depois deu para falar sozinho. Vivia falando sozinho. Um incêndio atingiu a aldeiazinha de Váskova, nos arredores da cidade, nove casas foram consumidas: Maksim Ivánovitch foi lá dar uma olhada. As vítimas do incêndio o rodearam, rugiram — ele prometeu ajudar e deu uma ordem, depois chamou o administrador e cancelou tudo: "Não precisa dar nada" — e não disse por quê. "O Senhor", diz ele, "me entregou a todos os homens para ser desprezado como um verdadeiro monstro, então que assim seja." "Minha fama", diz ele, "se espalhou como o vento." O próprio arquimandrita o visitou, o *stárietz* era severo e havia introduzido a vida comum no mosteiro. "O que pretendes?" — e lhe falou de um jeito um tanto severo. "Veja o que pretendo" — e Maksim Ivánovitch abriu o livro e lhe mostrou essa passagem:

"Mas se alguém fizer cair em pecados um destes pequenos que creem em mim, melhor fora que lhe atassem ao pescoço a mó de um moinho, e o lançassem no fundo do mar."[14]

— Sim — disse o arquimandrita —, embora aí não haja referência direta a isso, mas mesmo assim há uma ligação. É um mal se o homem perde sua medida; acaba liquidado.

Maksim Ivánovitch está sentado, como que petrificado. O arquimandrita o olha, olha:

— Ouve — diz ele —, e guarda na memória. Foi dito: "As palavras de um desesperado voam ao vento". E lembra-te ainda que nem os anjos de Deus são perfeitos, que perfeito e puro só nosso Jesus Cristo, e é a ele que os anjos servem. Ademais não quiseste a morte daquela criança, apenas foste um insensato. Eis — diz ele — o que para mim é até maravilhoso: pouco importa que tenhas cometido excessos ainda mais nefastos, pouco importa que puseste tanta gente na mendicância, pouco importa quantos corrompeste, quantos arruinaste; não é tudo uma espécie de assassinato? E

[14] Evangelho de Mateus, 18, 6. (N. da E.)

não foram as irmãs dele que antes morreram, todas as quatro criancinhas, quase perante os teus olhos? Por que aquele foi o único a te deixar perturbado? Ora, de todas as anteriores não tiveste, suponho, já nem digo compaixão, mas sequer a preocupação de pensar nelas, hein? Por que ficaste tão aterrorizado com aquela criança, por cuja morte não tens tanta culpa?

— Tenho sonhado com ele — disse Maksim Ivánovitch.

— E então?

Contudo, ele não revelou mais nada, continuou sentado, em silêncio. O arquimandrita ficou surpreso e assim foi embora: nada mais havia a fazer.

E então Maksim Ivánovitch mandou chamar o receptor, mandou chamar Piotr Stiepánovitch; este não aparecia desde aquele incidente.

— Tu te lembras dele? — pergunta.

— Lembro-me.

— Pintaste quadros a óleo na taberna daqui e fizeste uma cópia do retrato do bispo. Podes pintar um quadro em cores para mim?

— Posso tudo — diz o outro —; eu tenho talento para tudo e posso tudo.

— Então pinta para mim o maior quadro possível, em toda a parede, e pinta nele antes de tudo o rio, a encosta e a barca, e com todas as pessoas que lá estavam naquela ocasião. E que também estejam a coronela e a menina, e até mesmo o ouriço. Sim, e também pinta a outra margem toda, para que fique vista como é: e a igreja, e a praça, e as vendas, e onde os cocheiros ficam; pinta tudo como é. E o menino ali, junto da barca, sobre a margem do rio, naquele mesmo lugar, e na certa com os dois punhozinhos apertados assim contra o peito, contra ambos os biquinhos do peito. Isto sem falta. E abre à frente dele o céu inteiro do outro lado, acima da igreja, e que na claridade do céu todos os anjos voem ao encontro dele. Podes me comprazer com isso ou não?

— Eu posso tudo.

— Olha que eu não preciso chamar um Trifão como tu;[15] posso mandar vir até o primeiro pintor de Moscou, e inclusive da própria Londres; trata de te lembrar das feições dele. Se não sair parecida, mas pouco parecida, só te dou cinquenta rublos, mas, se sair totalmente parecida, então te dou duzentos rublos. Lembra-te, os olhinhos azuizinhos... Sim, e que o quadro seja o maior, o maior.

---

[15] Provável alusão a Trifão de Constantinopla (?-933), patriarca desta cidade entre 923 e 931, que, vítima de um complô para destituí-lo da função, foi acusado de não saber escrever. (N. do T.)

Aprestaram-se; Piotr Stiepánovitch começou a pintar, mas de repente ele diz:

— Não, desse jeito não posso pintar.

— Por quê?

— Porque esse pecado, o suicídio, é o maior de todos os pecados. Então, como é que os anjos vão recepcioná-lo depois de um pecado como esse?

— Ora, ele era uma criança, e não era responsável.

— Não, não era uma criança, mas um adolescente: já estava com oito anos quando a coisa se deu. Apesar de tudo, ao menos alguma responsabilidade devia ter.

Maksim Ivánovitch estava ainda mais horrorizado.

— Veja o que pensei — diz Piotr Stiepánovitch —: não vou abrir o céu e nada de pintar anjos; faço cair um raio do céu como que ao encontro dele; um raio bem luminoso: seja como for, alguma coisa há de sair.

E ele lançou o raio. E depois eu mesmo vi esse quadro, e o próprio raio, e o rio — estendido por toda a parede, todo azul; e o amável adolescente ali, com ambas as mãozinhas apertadas contra o peito, e a pequena senhorinha, e o ouriço — tudo como fora pedido. Entretanto Maksim Ivánovitch nunca franqueou o quadro a ninguém, e trancou-o debaixo de chave em seu gabinete, longe de todos os olhos. Contudo, as pessoas se precipitaram à cidade para vê-lo: ele mandava escorraçar todo mundo. Isso deu muito o que falar. Por outro lado, Piotr Stiepánovitch parecia não caber em si: "Eu", dizia, "agora já posso tudo; eu tinha era que estar em São Petersburgo, servindo na corte". Era um homem amabilíssimo, mas tinha um gosto inaudito de engrandecer-se. E a sina logo o abateu: assim que recebeu todos os duzentos rublos, foi logo tratando de beber e mostrar o dinheiro a todo mundo, vangloriando-se; uma noite, um morador da cidade que bebia com ele o assassinou em estado de embriaguez e roubou-lhe o dinheiro; tudo isso foi esclarecido na manhã seguinte.

Tudo terminou de tal modo que até hoje o assunto é o primeiro a ser lembrado por lá. De uma hora para outra Maksim Ivánovitch chega e procura aquela mesma viúva: ela morava como inquilina na isbá de uma mulher no extremo da cidade. Desta vez ele entrou no pátio; parou diante dela e lhe fez uma reverência até o chão. Ela estava doente desde aqueles incidentes, mal se movimentava. "Minha cara, honrada viúva", disse em voz alta, "casa-te comigo, com este monstro, deixa-me viver neste mundo!" Ela observa mais morta do que viva. "Quero", diz ele, "que ainda tenhamos um menino, e se nascer, significará que o outro menino perdoou a nós dois. Foi assim que o menino me ordenou." Ela percebe que o homem está tresvariado, como que delirando, mas mesmo assim não se contém:

— Tudo isso são tolices — responde-lhe — e mera covardia. Foi por essa mesma covardia que perdi todos os meus pintinhos. Não posso nem vê-lo à minha frente, quanto mais aceitar esse suplício eterno!

Maksim Ivánovitch foi embora, mas não sossegou. Esse milagre ribombou pela cidade inteira. Então Maksim Ivánovitch arranja intermediários. Faz vir da província duas tias suas, que levavam uma vida pequeno-burguesa. Tias ou não, em todo caso eram parentas, uma honra, portanto; elas se põem a persuadir a viúva, a lisonjeá-la, não saem da isbá. Ele manda para lá também pessoas da cidade, mulheres de comerciantes, a mulher do arcipreste da catedral e esposas de funcionários; a cidade inteira passa a cortejá-la, mas ela se esquiva: "Se", diz ela, "meus órfãos ressuscitassem, mas agora, para que isso? Eu aceitaria um pecado perante meus pobres órfãos!". Ele persuade até o arquimandrita, e este também vai soprar no ouvido dela: "Tu", diz ele, "podes despertar nele um novo homem". Ela fica horrorizada. As pessoas se surpreendem com ela: "Mas como é que pode recusar uma felicidade como essa!". E eis de que maneira ele acabou por conquistá-la. "Apesar de tudo", disse-lhe, "ele se suicidou, não era uma criança, mas um adolescente, e pela idade não lhe era mais permitido receber a santa comunhão sem se confessar, logo, alguma responsabilidade devia ter. Se te casas comigo, te faço uma grande promessa: edifico uma nova igreja unicamente para o repouso eterno da alma dele." A este argumento ela não resistiu e concordou. E assim se casaram.

O resultado surpreendeu todo mundo. Desde o primeiro dia passaram a viver em grande e sincera harmonia, mantendo à risca sua vida conjugal como uma só alma em dois corpos. Ela concebeu naquele mesmo inverno, e eles começaram a visitar os templos de Deus e temer a cólera do Senhor. Foram a três mosteiros e ouviram com atenção as profecias. Quanto a ele, ergueu o templo prometido e edificou na cidade um hospital e um asilo para velhos. Deu uma parte de seu capital às viúvas e aos órfãos. Lembrou-se de todos que havia ofendido, e desejou fazer restituições; mas passou a distribuir dinheiro a torto e a direito, de modo que sua esposa e o arquimandrita lhe ataram as mãos: "Isso já é o bastante!". Maksim Ivánovitch obedeceu: "Uma vez, enganei Fomá". Fomá foi reembolsado. Até derramou lágrimas: "Nós", disse ele, "já estávamos satisfeitos e ficamos eternamente obrigados a orar a Deus". Portanto, todos estavam comovidos, e então era verdade o que diziam, que o homem vive dos bons exemplos. A gente daquelas paragens é bondosa.

Foi a própria mulher dele que passou a administrar a fábrica, e de tal maneira que ainda hoje se lembram dela. Ele não deixou de beber, porém ela passou a vigiá-lo nesses dias e depois tentou curá-lo. Seu modo de falar passou a ser grave, e até a voz mudou. Tornou-se incomparavelmente piedoso, até com os animais: certa vez viu pela janela um mujique açoitando de modo revoltante a cabeça de um cavalo e no mesmo instante mandou comprar o animal pelo dobro do preço. E ganhou o dom das lágrimas; quem quer que começasse a conversar com ele, ia logo se debulhando em lágrimas. Quando chegou o momento de ela dar à luz, o Senhor finalmente atendeu às suas orações e lhes enviou um filho, e pela primeira vez desde aquela ocasião Maksim Ivánovitch ficou radiante; distribuiu muitas esmolas, perdoou muitas dívidas, convidou a cidade inteira para o batizado. Convidou a cidade, mas no dia seguinte, assim que a noite desceu, saiu de casa. A esposa viu que algo estava lhe acontecendo e levou até ele o recém-nascido. "O adolescente", disse ela, "nos perdoou, atendeu às nossas lágrimas e orações por ele." É preciso dizer que nesse assunto eles não haviam tocado uma única vez durante o ano inteiro, limitando-se ambos a guardá-lo consigo. E Maksim Ivánovitch olhou para ela sombrio como a noite: "Espera", diz ele, "durante o ano inteiro ele não me apareceu em sonho, mas esta noite sonhei com ele". "E foi então que pela primeira vez o horror penetrou em meu coração depois daquelas palavras estranhas" — lembrou-se ele mais tarde.

Não foi à toa que a criança lhe reaparecera em sonho. Assim que Maksim Ivánovitch disse isso, quase, por assim dizer, no mesmo instante, algo aconteceu com o recém-nascido: num átimo caiu doente. E a criança passou oito dias doente, rezaram sem esmorecer, e chamaram médicos, e mandaram vir de Moscou, pela ferrovia, o primeiro de todos os doutores. Chegou e zangou-se: "Eu", disse ele, "sou o primeiro de todos os médicos, toda Moscou me espera". Receitou umas gotas e se foi às pressas. Cobrou oitocentos rublos. Mas à noite o menino morreu.

E o que aconteceu depois? Maksim Ivánovitch legou toda a fortuna à sua encantadora esposa, entregou-lhe todo o seu capital e os documentos, legou tudo de forma correta e legal, e depois se inclinou diante dela e lhe fez uma referência até o chão: "Deixa-me partir, minha inestimável esposa, para salvar minha alma enquanto posso. Se eu passar o tempo sem êxito para minha alma, já não retornarei. Fui duro e cruel e fiz os outros sofrerem, mas penso que por minhas futuras tristezas e peregrinações o Senhor não me negará a recompensa, pois abandonar tudo isto não é uma cruz pequena nem uma tristeza pequena". Sua mulher tentou contê-lo com muitas lágrimas: "Agora és a única pessoa que tenho no mundo, quem cuidará de mim? Neste ano, ganhei ternura em meu coração". E durante um mês a cidade inteira lhe pediu que ficasse, e lhe suplicou, e resolveu mantê-lo à força. Porém ele não deu ouvidos a ninguém, partiu uma noite às escondidas e já não voltou mais. Dizem que continua a peregrinar e a sofrer, e que todos os anos visita sua encantadora esposa.

CAPÍTULO IV

I

Agora passo à catástrofe final que conclui estas notas. Mas, para continuar, devo me antecipar e explicar algo de que eu então não tinha nenhum conhecimento, mas que vim a conhecer e esclareci plenamente a mim mesmo já bem mais tarde, isto é, quando tudo já havia terminado. De outro modo não conseguiria ser claro, pois teria de escrever tudo por enigmas. Por isso farei um esclarecimento direto e simples, sacrificando a chamada qualidade estética, e o faço de um modo como se não fosse eu quem escrevesse e meu coração não participasse, mas como uma espécie de *entrefilet*[16] de jornal.

Acontece que Lambert, meu colega de infância, poderia ser perfeita e até diretamente incluído naquelas abomináveis quadrilhas de pequenos velhacos que entram em conluio para praticar o que hoje se chama de chantagem, e que está sujeita às sentenças e penalidades do código de leis. A quadrilha da qual Lambert participava havia se formado ainda em Moscou, onde já fizera bastantes trapalhadas (posteriormente, a quadrilha foi em parte descoberta). Depois ouvi dizer que em Moscou eles tiveram, durante certo tempo, um dirigente assaz experiente, nada tolo e já idoso. Eles se metiam em seus empreendimentos com toda a quadrilha ou parte dela. Ao lado das coisas mais sórdidas e indecentes (que, aliás, já povoavam as notícias dos jornais), eles também realizavam empreendimentos bastante complexos e até astutos sob a orientação do seu chefe. Mais tarde tomei conhecimento de alguns deles, mas não vou transmiti-los em detalhes. Menciono apenas que a natureza principal dos seus procedimentos consistia em colher informações sobre esses ou aqueles segredos de pessoas às vezes honradíssimas e detentoras de posições bastante elevadas; depois procuravam essas pessoas e ameaçavam revelar documentos (que às vezes simplesmente não tinham) e exigiam recompensa em dinheiro pelo silêncio. Para mostrar com que habi-

[16] Em francês, nota ou pequena notícia. (N. do T.)

lidade seu chefe às vezes agia, vou contar, sem quaisquer detalhes e em apenas três linhas, uma de suas trapalhadas. Em uma família por demais honesta houve uma coisa realmente pecaminosa e criminosa, ou seja, a mulher de um homem famoso e respeitável entrou numa relação amorosa secreta com um oficial jovem e rico. Os membros da quadrilha farejaram isto e agiram assim: fizeram chegar ao jovem, por via direta, que levariam a história ao conhecimento do marido. Não tinham a mínima prova, o jovem sabia perfeitamente disso e eles mesmos não lho ocultavam; mas toda a habilidade do procedimento e toda a astúcia do cálculo consistia na consideração de que, uma vez informado e sem quaisquer provas, o marido agiria e daria os mesmos passos que daria se tivesse recebido as próprias provas matemáticas. Neste caso, eles especulavam com o conhecimento do caráter desse homem e das suas circunstâncias familiares. Note-se que participava da quadrilha um jovem oriundo do círculo mais decente, que conseguiu informações prévias. Extorquiram do amante uma quantia bastante considerável e sem correr nenhum risco, porque a própria vítima tinha sede de segredo.

Lambert, embora também participasse, não pertencia integralmente àquela quadrilha moscovita; tomando gosto, porém, começou a agir pouco a pouco por iniciativa própria e a título de experiência. Antecipo-me: ele não era de todo capaz para esse tipo de coisa. Era calculista e nada tolo, mas era exaltado e ainda por cima simplório, ou melhor, ingênuo, isto é, não conhecia as pessoas nem a sociedade. Por exemplo, parecia não compreender em absoluto a importância do chefe moscovita e supunha que era muito fácil dirigir e organizar esses empreendimentos. Por último, supunha que quase todos eram tão canalhas quanto ele mesmo. Ou, por exemplo, tendo imaginado que alguma pessoa tinha medo, ou devia tê-lo por isso e por aquilo, ele já não duvidava de que o fulano era realmente medroso; era um axioma. Não consigo exprimir isto; mais tarde hei de esclarecer com fatos, mas, a meu ver, ele tivera um desenvolvimento bastante tosco e, quando se tratava de certos sentimentos bondosos e nobres, ele não só não acreditava mas talvez não tivesse sequer noção deles.

Viera para Petersburgo porque há muito tempo vinha pensando nessa cidade como um campo mais amplo do que Moscou, e ainda porque em Moscou tinha dado um passo em falso e alguém o procurava com as piores intenções a seu respeito. Tendo chegado a Petersburgo, entrou logo em conluio com um antigo comparsa, mas encontrou o campo pobre e os negócios pequenos. Esse conhecimento veio a aumentar depois, mas não deu em nada. "A gente daqui é reles, aqui só tem meninotes" — disse-me depois. E eis que numa bela manhã, ao raiar do dia, de repente ele me encontra congelado ao pé de uma cerca e entra direto na pista de um "negócio", em sua opinião, "riquíssimo".

Todo o negócio residia na lorota que eu contara quando descongelava naquele dia em seu apartamento. Oh, naquela ocasião eu estava como que em delírio! Mesmo assim, minhas palavras deixaram claro que, de todas as ofensas que eu sofrera naquele dia fatídico, a que eu mais conservara na memória e no coração fora a que partira de Bioring e *dela*: senão eu não teria delirado só por isso em casa de Lambert: teria delirado também por causa de Ziérschikov, por exemplo; verificou-se, entretanto, que fora apenas pela primeira, como eu soube posteriormente através do próprio Lambert. Ademais, eu estava encantado e naquela terrível manhã olhava para Lambert e Alfonsina como se fossem meus libertadores e salvadores. Quando, mais tarde, me recuperei, pus-me a pensar ainda na cama: o que Lambert poderia ter descoberto de minhas lorotas e até exatamente que ponto eu dera com a língua nos dentes? — é que nenhuma vez me passara pela cabeça nem ao menos a suspeita de que ele pudesse ter descoberto tanto naquela ocasião! Oh, é claro, a julgar pelos remorsos eu já então suspeitava de que deixara escapar muito mais do que devia, porém, repito: nunca poderia supor que tivesse chegado a tal ponto! Eu também esperava e julgava que não estava em condições de pronunciar as palavras com clareza, e isso se firmara em minha lembrança, e, no entanto, verificou-se de fato que eu falara então com muito mais clareza do que depois viria a supor e esperar. O grave, porém, é que tudo isso só se revelou posteriormente e muito tempo depois, e era nisso que consistia a minha desgraça.

Através do meu delírio, das lorotas, do balbucio, do encantamento etc., ele descobriu, em primeiro lugar, quase todos os sobrenomes com precisão e inclusive alguns endereços. Em segundo lugar, formou uma noção bastante aproximada da importância dessas pessoas (do velho príncipe, *dela*, de Bioring, de Anna Andrêievna e até de Viersílov); em terceiro, descobriu que eu estava ofendido e ameaçava vingar-me e, por último, em quarto lugar e o mais importante: descobriu que existia e estava escondido aquele documento secreto, uma carta, que, se mostrada ao velho príncipe meio louco, ele, ao lê-la e descobrir que a própria filha o considerava louco e já "consultara advogados" para saber como interná-lo, enlouqueceria definitivamente ou a expulsaria de casa e a deserdaria, ou então se casaria com *mademoiselle* Viersílova, com quem já queria casar-se, mas não lho permitiam. Numa palavra, Lambert havia compreendido muita coisa; não há dúvida de que muitas e muitas outras coisas permaneciam obscuras, mas apesar de tudo o chantagista refinado pegara a pista certa. Quando depois fugi de Alfonsina, ele descobriu imediatamente meu endereço (da maneira mais simples: no departamento de endereços); em seguida, tomou as devidas informações, através das quais soube que todas essas pessoas sobre quem eu lhe havia mentido existiam de fato. Então foi direto ao primeiro passo.

O essencial consistia em que existia um *documento*, que estava em minha posse, e que esse documento tinha alto valor: disto Lambert não duvidava. Aqui omito uma circunstância que prefiro mencionar depois e no devido lugar, mas refiro apenas que essa circunstância consolidou determinantemente em Lambert a convicção da real existência e, sobretudo, do valor do documento. (Era uma circunstância fatídica, previno por antecipação, que eu de modo algum conseguia imaginar não só naquele momento como até o final de toda a história, quando tudo de repente desmoronou e se explicou por si mesmo.) Pois bem, convencido do essencial, seu primeiro passo foi procurar Anna Andrêievna.

Por outro lado, para mim até hoje é um enigma: como Lambert conseguiu passar pelo crivo e insinuar-se a uma criatura superior e inacessível como Anna Andrêievna? É verdade que ele tomou informações, mas e daí? É verdade, ele se vestia de forma magnífica, falava o francês parisiense e tinha sobrenome francês, no entanto, Anna Andrêievna não podia deixar de logo perceber nele um vigarista. Ou é de supor que era de um vigarista que ela precisava naquele momento. Mas será que era isso mesmo?

Nunca consegui descobrir os detalhes do encontro entre os dois, porém mais tarde essa cena me veio muitas vezes à imaginação. O mais provável é que Lambert, à primeira palavra e ao primeiro gesto, tenha fingido diante dela ser meu amigo de infância, que estremecia pelo amável e querido colega. É claro, porém, que nesse primeiro encontro ele soube insinuar com muita clareza também que eu tinha o "documento", soube fazer saber que se tratava de um segredo, e que só ele, Lambert, estava a par desse segredo, e que eu pretendia me vingar da generala Akhmákova com esse documento etc. etc. O principal é que ele soube explicar a ela, com a maior precisão, a importância e o valor desse papel. Quanto a Anna Andrêievna, ela estava justo numa situação em que não podia deixar de se agarrar a alguma notícia dessa natureza, não podia deixar de escutar com extraordinária atenção e... não podia evitar morder a isca — "por uma questão de luta pela sobrevivência". Justo nesse momento tiraram-lhe o noivo e o levaram sob tutela para Tsárskoie, e, aliás, ela mesma também foi posta sob tutela. E de repente esse achado: aqui já não se trata de cochichos de mulher ao pé do ouvido, nem de queixas lacrimosas, nem de maledicências, nem de bisbilhotices, mas de uma carta, de um manuscrito, ou seja, de uma prova matemática da pérfida intenção da filha do príncipe e de todos aqueles que queriam separá-lo dela, e por conseguinte ele precisava salvar-se ainda que fugindo para ela mesma, para a própria Anna Andrêievna, e casar-se com ela pelo menos em vinte e quatro horas; senão podiam interná-lo à força em um manicômio.

Também é possível que nem por um minuto Lambert estivesse usando de nenhuma astúcia com essa moça, e mesmo assim deixara escapar às primeiras palavras: "*Mademoiselle*, fique para titia ou se torne uma princesa e milionária: eis o documento, eu o roubarei do adolescente e lhe entregarei... por uma promissória em seu nome no valor de trinta mil rublos". Penso até que foi isso mesmo. Oh, ele acha que todos são tão patifes quanto ele; repito, havia nele uma simplicidade de patife, uma ingenuidade de patife... Seja como for, é bem possível que Anna Andrêievna, mesmo diante de semelhante ataque, não tenha experimentado um só minuto de perturbação e conseguiu se conter otimamente e escutar o chantagista, que falava em seu estilo — e tudo devido à "largueza". É claro, porém, que primeiro corou um pouco, mas se manteve firme e escutou até o fim. E quando imagino essa moça inacessível, orgulhosa, realmente digna e com semelhante inteligência, de mãos dadas com Lambert, então... logo com sua inteligência! A inteligência russa é dada a tais dimensões, a larguezas; e ainda mais uma inteligência feminina, e ainda mais em semelhantes circunstâncias!

Agora farei um resumo: no dia e na hora de minha saída depois da doença, Lambert estava com os dois seguintes projetos (hoje estou certo disso): o primeiro era receber de Anna Andrêievna pelo documento uma promissória no valor nunca inferior a trinta mil rublos e em seguida ajudá-la a assustar o príncipe, sequestrá-lo e, ato contínuo, casá-la com ele — em suma, coisa desse gênero. Tinha inclusive traçado um plano inteiro; restava apenas esperar minha ajuda, ou seja, o próprio documento.

O segundo projeto: trair Anna Andrêievna, abandoná-la e vender o papel à generala Akhmákova, se isso fosse mais vantajoso. Nisso ele contava também com Bioring. No entanto, Lambert ainda não aparecera perante a generala e apenas a espreitava. Também esperava por mim.

Oh, eu era necessário, quer dizer, não eu, mas o documento! A meu respeito ele chegara até a formular dois planos. O primeiro consistia em que, caso não desse para ser diferente, agir de comum acordo comigo e tomar-me por sócio, antes me dominando moral e fisicamente. No entanto, o segundo plano lhe sorria bem mais; consistia em me engazopar como uma criança e me roubar o documento ou até simplesmente tomá-lo à força. Este plano era o preferido e fora acalentado em seus sonhos. Repito: havia uma circunstância através da qual ele quase não duvidava do êxito do segundo plano, porém, como já disse, explicarei isto depois. Em todo caso ele me esperava com uma impaciência convulsiva: tudo dependia de mim, todos os passos e a decisão que viesse a tomar.

É preciso ser justo com ele: conteve-se até o último momento, apesar de sua impetuosidade. Não me visitara durante a minha doença — viera apenas uma vez e se encontrara com Viersílov; não me inquietava, não me assustava, até o dia de minha alta manteve o ar da mais completa independência em relação a mim. Quanto ao fato de que eu pudesse entregar, informar ou destruir o documento, era uma coisa que o deixava tranquilo. De minhas palavras ditas em sua casa ele pôde concluir como eu mesmo prezo o segredo e como temo que alguém venha a descobrir a existência do documento. E quanto a eu procurar por ele e não por outra pessoa no primeiro dia após o restabelecimento, disso ele também não tinha nenhuma dúvida: às vezes Nastácia Iegórovna vinha à minha casa por incumbência dele e ele sabia que a curiosidade e o medo já haviam despertado em mim e que eu não aguentaria... Além disso, ele tomara todas as medidas, sabia até o dia da minha alta, de modo que eu não tinha como me livrar dele mesmo que o quisesse.

Entretanto, se Lambert me esperava, talvez Anna Andrêievna me esperasse ainda mais. Digo francamente: em parte Lambert podia até ter razão ao se preparar para traí-la, e a culpa era dela mesma. Apesar do indubitável trato entre eles (de que forma não sei, mas do qual não duvido), Anna Andrêievna não foi inteiramente franca com ele até o último minuto. Não se revelou em toda a plenitude. Fez-lhe alusões a todas as concordâncias de sua parte e a todas as promessas — mas se limitou a alusões; ouviu, talvez, todo o plano dele até os últimos detalhes, mas o aprovou apenas com o silêncio. Tenho sólidos dados para assim concluir, e a causa de tudo está no fato de que *ela me esperava*. Preferia tratar do nosso negócio comigo e não com o patife do Lambert — eis um fato indubitável para mim! Isso eu compreendo; o erro dela, porém, consistiu em que Lambert também acabou compreendendo isso. Para ele seria excessivamente desvantajoso se ela, contornando-o, tirasse o documento de mim e fizesse acordo comigo. Além disso, a essa altura ele já estava certo da firmeza do "negócio". Em seu lugar outro se acovardaria e ainda duvidaria de tudo; mas Lambert era jovem, impertinente, tinha uma insuportável sede de lucro, conhecia mal as pessoas e sem dúvida achava que todas eram torpes; disso não podia duvidar, ainda mais porque arrancara de Anna Andrêievna todas as confirmações mais importantes.

Uma última palavra sobre o essencial: será que àquela altura Viersílov sabia alguma coisa e já então participava ao menos de alguns planos distantes com Lambert? Não, não e não, *naquele momento* ainda não, embora talvez já tivesse escapado a palavrinha fatal... Mas chega, chega, eu me antecipei demais.

Bem, e eu com isso? Será que eu sabia alguma coisa, e o que sabia até o dia da alta? Ao começar este *entrefilet*, informei que não sabia de nada até o dia da alta, que ficara a par de tudo tarde demais, e inclusive quando tudo já havia acontecido. Isso é verdade, mas plenamente? Não, não é assim: não há dúvida de que eu já sabia de alguma coisa, sabia até em excesso, mas como? Que o leitor se lembre do *sonho*! Se esse sonho foi possível, se ele conseguiu escapar de meu coração e assim se formular, então significa que eu sabia demais — não sabia, mas *pressentia* por aquilo mesmo que acabava de esclarecer e o que, em realidade, só vim a saber "quando tudo já havia terminado". Conhecimento eu não tinha, mas o coração batia movido por pressentimentos e os maus espíritos já haviam dominado os meus sonhos. Pois bem, era para esse homem que eu me atirava, sabendo perfeitamente quem era e pressentindo até os detalhes! E por que eu me atirava? Imagine: agora, neste mesmo instante em que escrevo, parece-me que já então eu sabia em todos os detalhes por que me atirava a ele, apesar de mais uma vez não saber de nada. Talvez o leitor compreenda isto. Mas agora mãos à obra, fato por fato.

II

A coisa começou quando, ainda dois dias antes da minha alta, Liza voltou à noite para casa, inquieta. Estava terrivelmente ofendida; e, de fato, havia-lhe acontecido algo insuportável.

Já mencionei suas relações com Vássin. Ela tinha ido visitá-lo não apenas para nos mostrar que não precisava da gente, mas também porque tinha um real apreço por Vássin. O conhecimento entre os dois começara ainda em Luga e sempre me parecera que ela não era indiferente a Vássin. Na infelicidade que a acometera, ela naturalmente podia desejar os conselhos daquela inteligência firme, tranquila e sempre elevada que ela pressupunha em Vássin. Além disso, as mulheres não são grandes mestras na avaliação da inteligência masculina se um homem lhe agrada, e acolhem prazerosamente os paradoxos como conclusões severas desde que estejam de acordo com seus próprios desejos. Em Vássin, Liza gostava da simpatia por sua situação e, como lhe pareceu desde as primeiras vezes, da simpatia pelo príncipe. Desconfiando ademais dos sentimentos dele para consigo, ela não podia deixar de apreciar nele a simpatia por seu rival. E o príncipe, a quem ela mesma informou que às vezes se aconselhava com Vássin, recebeu essa notícia com extrema intranquilidade desde a primeira vez; passou a ter ciúme dela. Liza sentiu-se ofendida, mas continuou a manter de propósito suas relações com Vássin. O príncipe se calara, mas andava sombrio. A própria Liza me confessou mais tarde (muito tempo depois) que muito depressa Vássin deixara de lhe agradar; era tranquilo, e justo por essa eterna e regular tranquilidade que tanto lhe agradara no início, depois lhe pareceu bastante desagradável. Tinha um jeito prático e de fato lhe dava alguns conselhos aparentemente bons, mas, como que de propósito, todos esses conselhos se revelaram inexequíveis. Às vezes ele julgava as coisas com excessiva arrogância, sem se perturbar um mínimo diante dela — e perturbando-se cada vez menos —, o que ela atribuía ao seu desprezo crescente e involuntário por sua situação. Certa vez ela lhe agradeceu por ele ser sempre condescendente comigo e, sendo tão superior a mim pela inteligência, conversar comigo como um igual (ou seja, ela lhe transmitiu minhas próprias palavras). Ele respondeu:

— Não é assim e nem é por isso. É porque não vejo nele nenhuma diferença em comparação com os outros. Não o considero nem mais tolo que os inteligentes nem pior que os bons. Sou igual com todo mundo porque a meus olhos todos são iguais.

— Como, por acaso você não vê diferenças?

— Oh, é claro, de algum modo todos são diferentes uns dos outros, mas aos meus olhos as diferenças não existem porque as diferenças entre as pessoas não me dizem respeito; para mim todos são iguais e tudo é igual, e por isso sou igualmente bom com todos.

— E isso não lhe dá tédio?

— Não; estou sempre contente comigo mesmo.

— E não deseja nada?

— Como não desejar? Mas não muito. Não preciso de quase nada, de nem um rublo a mais. Vestindo uma roupa de ouro ou como sou, para mim dá no mesmo; uma roupa de ouro não acrescenta nada a Vássin. Os pedaços de pão não me seduzem: podem as posições ou as honras valer o lugar que eu valho?

Liza me assegurou de boa vontade que ele tinha dito literalmente isso. Pensando bem, neste caso não se deve julgar assim, mas conhecer as circunstâncias em que isso foi dito.

Pouco a pouco Liza foi chegando à conclusão de que ele tratava com condescendência também o príncipe, talvez apenas porque para ele todos eram iguais e "não existiam diferenças", e não porque nutrisse simpatia por ela. Por fim, era um tanto visível que ele começara a perder o equilíbrio e passara a tratar o príncipe não só com censura, mas também com uma desdenhosa ironia. Isso deixou Liza exaltada, mas Vássin não sossegou. O principal é que ele sempre se exprimia com muita brandura, inclusive censurava sem indignação e simplesmente se limitava a tirar conclusões lógicas sobre toda a insignificância do herói dela; mas era nessa forma lógica que consistia a ironia. Por último, deduziu de forma quase franca perante ela acerca da total "irracionalidade" do seu amor, de toda a teimosa violência desse amor. "Você se equivocou nos seus sentimentos, e os equívocos, uma vez conscientizados, devem ser forçosamente corrigidos."

Isso acontecera justo naquele dia; Liza se levantou indignada para sair, mas o que fez e como concluiu a conversa esse sensato homem? Ofereceu-lhe sua mão com o ar mais digno e até com afeto. Incontinente, Liza o chamou de imbecil na cara e se retirou.

Sugerir a traição de um infeliz porque esse infeliz "não a merece" e, mais grave, a uma mulher grávida do infeliz — que gente! Considero isso um horrível teorismo e um total desconhecimento da vida, decorrente de um desmedido amor-próprio. E, para completar, Liza discernia da maneira mais clara que ele até se orgulhava de sua atitude, quando nada porque, por exemplo, já sabia que ela estava grávida. Banhada em lágrimas de indignação, ela se precipitou ao encontro do príncipe e este — este até sobrepujara Vássin: pareceria que depois do relato pudesse se convencer de que já não havia mais razão para ciúme; mas foi justo aí que ele perdeu o juízo. Aliás, todos os ciumentos são assim! Armou uma terrível cena diante dela e a ofendeu tanto que no mesmo instante ela quase resolveu romper todas as relações com ele.

Entretanto, ela voltou para casa ainda se contendo, mas não conseguiu esconder de mamãe. Na mesma noite as duas voltaram a entender-se exatamente como antes: o gelo estava quebrado; subentende-se que as duas choraram e se abraçaram como era de costume e Liza parecia ter se acalmado, embora estivesse muito sombria. À noite ficou sentada no quarto de Makar Ivánovitch, sem dizer uma palavra, mas tampouco sem deixar o quarto. Ouvia com muita atenção o que ele dizia. Desde aquela cena do banco, passara a nutrir por ele um respeito extraordinário e como que tímido, porém continuava taciturna.

Mas desta vez, de modo meio inesperado e surpreendente, Makar Ivánovitch mudou de assunto, e observo que naquela manhã Viersílov e o médico haviam conversado sobre a saúde dele com ar sombrio. Observo ainda que lá em casa já nos preparávamos há alguns dias para comemorar o aniversário de minha mãe, que seria dali a exatos cinco dias, e falávamos com frequência sobre isso. A propósito desse dia, Makar Ivánovitch, não se sabe por quê, dera de repente para remexer em suas memórias, e evocou a infância de minha mãe e o tempo em que ela ainda "não se sustentava sobre as perninhas". "Ela não saía dos meus braços", recordava o velho, "e acontecia de eu a ensinar a andar, punha-a num cantinho a uns três passos de mim e a chamava, e ela saía em minha direção a passos trôpegos, atravessando o quarto sem medo, sorrindo e, ao correr até onde eu estava, pulava em meu pescoço e me abraçava." "Depois eu te contava histórias, Sófia Andrêievna; gostavas muito de ouvir histórias; chegavas a passar até duas horas sentada em meus joelhos, ouvindo. Na isbá as pessoas se surpreendiam: 'Xi, como o Makar se afeiçoou'. Eu te levava para o bosque, procurava uma moita de framboeseiro, te sentava embaixo e fazia para ti um apitinho de madeira. Fartos de passear, levava a criancinha nos braços de volta para casa. Uma vez tiveste medo de um lobo, correste para mim toda trêmula, mas não havia lobo nenhum."

— Disso eu me lembro — disse mamãe.

— Será possível?

— Lembro-me de muita coisa. Desde que me entendi por gente vi seu amor e sua ternura por mim — disse ela com voz penetrante, e de repente ficou toda enrubescida.

Makar Ivánovitch aguardou um pouco:

— Desculpem, meus filhinhos, eu estou indo embora. O fim dos meus dias chegou. Na velhice ganhei o consolo por todas as tristezas; obrigado a vocês, meus queridos.

— Basta, Makar Ivánovitch, meu caro — exclamou Viersílov um tanto inquieto —, ainda há pouco o doutor me disse que o senhor está incomparavelmente melhor...

— Ora, o que esse teu Aleksandr Semiónovitch sabe? — sorriu Makar Ivánovitch —, ele é uma pessoa amável, mas não é Deus. Chega, meus amigos, ou pensam que tenho medo de morrer? Hoje, depois de minha oração da manhã, senti em meu coração que não sairei mais daqui; isso me foi dito. Ora, pois, bendito seja o nome do Senhor; só que eu ainda gostaria de olhar para vocês até me fartar. Jó, o sofredor, consolava-se olhando para seus novos filhinhos, mas teria esquecido os primeiros, poderia tê-los esquecido? Isso é impossível! Só com o passar dos anos a tristeza parece se misturar com a alegria, transforma-se num luminoso suspiro. Assim acontece neste mundo: toda alma é experimentada e consolada. Resolvi, meus filhinhos, dizer a

отнимая гнев от автора (т. е. наставлял подросток автора [illegible] предупреждая [illegible] нота бене!

И исповедь разъяснит, что это значит и что прочтено его (т. е. в прежней части от подростка) несмотря на то что случилось [illegible] то что [illegible] в душевной [illegible] быть на [illegible] и т. д. и т. д.)

№ 1

Не озаглавить-ли:

(Вступленіе на поприще —)

роман и т. д.

Еще название: Безпорядок (26 Июля)

Еще лучше Подробная исторія

или:

Одна подробная исторія —

— Когда, в начале, после теоріи обогащенія, Лиза оборвала [illegible] слушать дурака подростка [illegible] и самого обругала за [illegible] фру-фру и [illegible] вообще. (Когда она, Лиза, вдруг обратилась к нему, начала с грубостью [illegible] на счет обогащенія [illegible] самого [illegible] образовал, и [illegible] подростка [illegible] разгорячась, он вдруг чрезвычайно оскорбленный ее новой грубостью, в экзальтаціи, в исступленіи: [illegible], говорит, [illegible] от грубости, но и от [illegible] [illegible] ваша [illegible] ея привычка? [illegible] обрывать [illegible] и обращаться к [illegible] — [illegible] привычка? и т. д. И [illegible] ненависть к [illegible] к фру-фру. и проч.

— Невероятно. Первое [illegible] в [illegible] [illegible] [illegible] [illegible] Жалость его и [illegible] [illegible] [illegible] с страдательно-[illegible] характеров.

vocês umas palavrinhas, breves — continuou com um sorriso sereno, belo, que nunca hei de esquecer, e de repente se dirigiu a mim: — Tu, meu querido, zela pela Santa Igreja e, se chegar a tua hora, morre por ela; mas espera, não te assustes, não é agora — deu um risinho. — Neste momento talvez não penses nisso, mas depois podes vir a pensar. Eis apenas mais uma coisa: se pensares em fazer o bem, faze-o por Deus e não para causar inveja. Mantém com firmeza os teus propósitos e não desistas por nenhuma covardia; procura fazê-los aos poucos, sem precipitação nem menosprezo; bem, eis tudo o que precisas fazer. Só precisas te habituar a fazer tuas orações todos os dias e invariavelmente. Mas isto só quando por acaso te lembrares. Ao senhor, Andriêi Pietróvitch, eu também queria dizer alguma coisa, mas Deus achará seu coração sem minha interferência. Aliás, faz muito tempo que nós dois paramos de tocar nesse assunto; desde que a flecha transpassou meu coração. Mas agora, que estou indo embora, apenas lhe lembro... o que o senhor então prometeu...

Ele quase murmurou essas últimas palavras, de cabeça baixa.

— Makar Ivánovitch! — disse Viersílov perturbado e levantou-se de sua cadeira.

— Ora, ora, não se perturbe, senhor, estou apenas lembrando... O maior culpado por tudo isso perante Deus sou eu; pois, mesmo o senhor sendo então meu amo, ainda assim eu não devia ter tolerado aquela fraqueza. Por isso tu, Sófia, também não perturbes demais a tua alma, porque todo o teu pecado é meu, porque é pouco provável que naquele tempo tu estivesses com o juízo no lugar, e talvez o senhor também junto com ela — sorriu com os lábios tremendo por causa de alguma dor —, e embora eu então pudesse aplicar a ti, minha esposa, até um corretivo de vara, e era o que eu devia ter feito, tive pena quando caístes a meus pés banhada em lágrimas e não escondestes nada... beijaste meus pés. Não foi para te censurar que te lembrei isso, minha amada, mas apenas para lembrar a Andriêi Pietróvitch... porque, senhor, o senhor mesmo está lembrado da palavra nobre que deu, e o casamento encobre tudo... Digo isto perante meus filhinhos, meu senhor, meu *bátiuchka*.

Ele estava excessivamente comovido e olhava para Viersílov como se esperasse dele uma palavra confirmativa. Repito, tudo isso foi tão inesperado que eu ficara estático. Viersílov, inclusive, não estava menos comovido do que ele; foi até minha mãe e, calado, abraçou-a fortemente; em seguida minha mãe foi até Makar Ivánovitch e, também calada, inclinou-se até os pés diante ele.

Numa palavra, a cena foi impressionante; desta vez só estávamos nós de casa, nem Tatiana Pávlovna estava. Liza se aprumara toda na cadeira e ouvia em silêncio; levantou-se de repente e disse com firmeza a Makar Ivánovitch:

— Abençoe a mim também, Makar Ivánovitch, pelo grande suplício. Amanhã todo o meu destino será decidido... e peço que reze hoje por mim.

E saiu do quarto. Sei que Makar Ivánovitch já soubera, através de minha mãe, o que acontecera com ela. Mas esta era a primeira vez que eu via Viersílov e mamãe juntos; até então eu tinha visto a seu lado apenas uma escrava. Havia um horror de coisas que eu ainda não sabia nem notara nesse homem, a quem já condenara, e por isso voltei perturbado para o meu quarto. E é preciso dizer que foi justamente nesse período que se adensaram todas as minhas perplexidades com ele; ele nunca havia se mostrado tão misterioso e enigmático para mim como naquele tempo; mas é disto mesmo que trata toda a história que estou escrevendo; cada coisa a seu tempo.

"Entretanto" — pensei comigo quando já me deitava para dormir —, "quer dizer que ele deu a Makar Ivánovitch sua 'nobre palavra' de casar-se com a minha mãe se ela enviuvasse. Ele omitiu isso naquela vez em que me falou de Makar Ivánovitch."

Liza passou todo o dia seguinte fora de casa e, retornando já bastante tarde, foi direto ao quarto de Makar Ivánovitch. Eu fiz que não queria entrar para não atrapalhar os dois, mas, assim que notei que minha mãe e Viersílov já estavam lá, entrei. Liza estava sentada ao lado do velho e chorava em seu ombro, e ele, com expressão de tristeza no rosto, afagava em silêncio sua cabeça.

Viersílov me explicou (já em meu quarto) que o príncipe fincara o pé e decidira casar-se com Liza na primeira oportunidade, ainda antes da decisão do tribunal. Para Liza estava difícil decidir-se, embora quase não tivesse o direito de não decidir. E ademais Makar Ivánovitch tinha ordenado que ela se casasse. É claro que depois tudo se resolveria por si mesmo e ela mesma sem dúvida se casaria sem ordens nem vacilações, mas naquele momento estava tão ofendida por quem amava e tão humilhada por aquele amor que até aos seus próprios olhos lhe era difícil tomar uma decisão. Contudo, além da ofensa, enunciava-se uma nova circunstância da qual eu nem sequer podia suspeitar.

— Tu ouviste falar que todos aqueles jovens de Petersburgo foram presos ontem? — perguntou de súbito Viersílov.

— Como? Diergatchóv? — exclamei.

— Sim; até Vássin.

Eu estava estupefato, sobretudo por ouvir o nome de Vássin.

— Por acaso ele está implicado em alguma coisa? Meu Deus, o que vai ser dele agora? E, de propósito, no mesmo instante em que Liza tanto acusava Vássin?... O que o senhor acha que pode acontecer com ele? Stebielkóv está metido nisto! Juro que Stebielkóv está metido nisto!

— Deixemos isso — disse Viersílov, olhando-me de modo estranho (exatamente como se olha para uma pessoa que não compreende nem adivinha) —, quem sabe em que eles estão metidos e quem pode saber o que vai acontecer com eles? Não é disso que quero falar: ouvi dizer que pretendes sair amanhã. Não irias visitar o príncipe Serguiêi Pietróvitch?

— É a primeira coisa que vou fazer; se bem que, confesso, isso é muito difícil para mim. E o senhor, não precisa que lhe transmita algo?

— Não, nada. Eu mesmo vou ter com ele. Tenho pena de Liza. E o que Makar Ivánovitch pode aconselhar a ela? Ele mesmo não entende nada nem das pessoas, nem da vida. Vê só, meu querido (fazia tempo que ele não me chamava de "meu querido"), no meio disso também há... alguns jovens... um dos quais é teu ex-colega Lambert... Acho que todos eles são grandes patifes... Eu queria apenas te prevenir... se bem que tudo isso, evidentemente, é problema teu, e compreendo que não tenho o direito...

— Andriêi Pietróvitch — agarrei-o pelo braço sem pensar e quase tomado de inspiração, como frequentemente acontece comigo (a coisa se deu quase no escuro) —, Andriêi Pietróvitch, eu calava; ora, o senhor mesmo viu isso, até agora sempre me calei, sabe por quê? para evitar conhecer os seus segredos. Decidira mesmo nunca tomar conhecimento deles. Sou covarde e temo que seus segredos arranquem o senhor do meu coração, e isto eu não quero de maneira nenhuma. Sendo assim, por que o senhor também queria saber dos meus segredos? Ora, seja também indiferente quanto ao destino que eu venha a tomar! Não é mesmo?

— Tens razão, porém nem mais uma palavra sobre isso, eu te imploro! — disse e saiu do meu quarto. Desse modo, acabamos por acaso nos explicando ao menos um tiquinho. Entretanto, isso só fez aumentar a minha inquietação diante do novo passo que daria na vida no dia seguinte, de modo que passei a noite inteira sem dormir, acordando a todo instante; mas estava bem.

III

No dia seguinte saí de casa e, mesmo já tendo passado das nove da manhã, procurei com todas as minhas forças andar devagar, sem me despedir nem dizer nada a ninguém; por assim dizer, esgueirei-me. Por que agi assim, não sei, mas se até mamãe tivesse notado que eu estava saindo e começado a falar comigo, eu lhe teria respondido com alguma malcriação. Quando me vi na rua e respirei o seu ar frio, estremeci de fato, levado por uma fortíssima sensação — quase animalesca, que eu chamaria de *feroz*. Com que finalidade eu caminhava, para onde ia? Isso era completamente indefinido e ao mesmo tempo *feroz*. Eu sentia pavor e também alegria — tudo junto.

"Será que hoje vou ou não vou me sujar?" — pensei comigo mesmo com galhardia, embora soubesse muito bem que o passo que desse hoje, uma vez dado, já seria terminantemente irreparável pelo resto da vida. Mas nada de falar por enigmas.

Eu caminhava direto para a prisão do príncipe. Já fazia três dias que tinha em mãos um bilhetinho de Tatiana Pávlovna endereçado ao encarregado do presídio, e este me recebeu muitíssimo bem. Não sei se ele é um bom homem e acho isso dispensável; mas ele permitiu meu encontro com o príncipe e o organizou em seu quarto, cedendo-o gentilmente a nós dois. Era um quarto comum — um quarto habitual usado em um apartamento público por um funcionário de certa condição —, isso também acho dispensável descrever. Assim, eu e o príncipe ficamos a sós.

Ele saiu ao meu encontro numa roupa caseira de estilo meio militar, mas de camisa branca limpíssima, gravata elegante, limpo e penteado, e ao mesmo tempo terrivelmente magro e pálido. Percebi esse amarelão até em seus olhos. Numa palavra, ele havia mudado tanto de aparência que até parei, perplexo.

— Como você mudou! — bradei.

— Isso não é nada! Sente-se, meu caro — mostrou-me uma poltrona e sentou-se defronte. — Passemos ao principal: veja só, meu caro Aleksiêi Makárovitch.

— Arkadi — corrigi.

— O quê? Ah, sim; ora, ora, tanto faz. Ah, sim! — súbito se apercebeu —, desculpe, meu caro, vamos ao principal...

Em suma, mostrava uma terrível pressa de passar a algum assunto. Estava todo imbuído de alguma coisa, da cabeça aos pés, de alguma ideia central que queria formular e me expor. Falava demais e rápido, explicando e gesticulando de forma tensa e sofrida, mas no primeiro instante não entendi decididamente nada.

— Em suma (já usava "em suma" pela décima vez), em suma — concluiu —, se eu, Arkadi Makárovitch, o incomodei e ontem pedi com tanta insistência, por intermédio de Liza, que viesse até aqui como se acudisse a um incêndio, então, como a essência da decisão deve ser extraordinária e definitiva, nós dois...

— Desculpe, príncipe — interrompi-o —, você mandou me chamar ontem? Liza não me disse absolutamente nada.

— Como? — bradou, parando numa extraordinária perplexidade, quase assustado.

— Ela não me disse coisa nenhuma. Chegou em casa ontem à noite tão perturbada que não conseguiu sequer trocar uma palavra comigo.

O príncipe pulou da cadeira.

— Será que está falando a verdade, Arkadi Makárovitch? Neste caso trata-se de... de...

— Ora, mas o que há de tão grave nisso? Por que você está tão preocupado? Ela simplesmente esqueceu ou algo...

Sentou-se, mas estava como que petrificado. Parecia que a notícia de que Liza não tinha me transmitido nada simplesmente o esmagava. Súbito começou a falar rápido e a abanar as mãos, mas de novo era dificílimo entendê-lo.

— Espere! — disse-me, calando-se e erguendo um dedo. — Espere, isso... isso... se eu não estiver enganado... foi uma coisa!... — balbuciou com um sorriso de maníaco — e significa que...

— Isso não significa absolutamente nada! — interrompi-o. — E só não entendo por que uma circunstância tão fútil o atormenta tanto... Ah, príncipe, desde aquela noite, está lembrado...

— De que noite e do quê? — bradou com ar caprichoso, claramente importunado por ter sido interrompido.

— No salão de Ziérschikov, onde nos vimos pela última vez, pois bem, antes de sua carta. Naquela ocasião você também estava num terrível nervosismo, mas agora é muito diferente daquele momento, e fico até horrorizado por você... ou não se lembra?

— Ah, sim — disse com uma voz de homem mundano, como que se lembrando de repente —, ah, sim! Aquela noite... Ouvi... Bem, como você vai de saúde e como se sente depois daquilo tudo, Arkadi Makárovitch?... Mas, não obstante, vamos ao principal. Veja só, no fundo eu mesmo persigo três objetivos: tenho três tarefas diante de mim e eu...

Retomou rapidamente o seu "principal". Enfim, compreendi que via diante de mim um homem em quem se precisava pôr sem nenhuma demora ao menos uma toalha com vinagre na cabeça ou fazer uma sangria. Toda a sua conversa desconexa girava, é claro, em torno de um processo, em torno de um possível desfecho; ainda em torno do fato de que fora visitado pelo próprio comandante do regimento e que este lhe dera longos conselhos, mas ele não havia obedecido; em torno do bilhete não sei de quem, que acabavam de lhe entregar; em torno do promotor; em torno de que na certa, por ele ter perdido os direitos, o enviariam para algum lugar do polo norte da Rússia; em torno da possibilidade de ser enviado como colono para servir em Tashkent; em torno do que ensinaria ao seu filho (que futuramente viria de Liza) e de algo que lhe transmitiria "naquele fim de mundo, em Arkhánguesk, em Kholmógori". "Se eu desejei pedir sua opinião, Arkadi Makárovitch, acredite, é que prezo muito o sentimento... Se você soubesse, se você soubesse, Arkadi Makárovitch, meu querido, meu irmão, o que Liza significa para mim, o que ela significou para mim aqui, agora, durante todo esse tempo!" — bradou de repente, agarrando a cabeça com as duas mãos.

— Serguiêi Pietróvitch, será possível que vai arruiná-la e levá-la consigo? Para Kholmógori! — deixei escapar de forma incontida. "A sorte de Liza está lançada pelo resto da vida ao lado desse maníaco" — súbito me acudiu com toda a clareza à consciência, como que pela primeira vez. Ele olhou para mim, tornou a levantar-se, deu uns passos, voltou-se, tornou a sentar-se, sempre agarrando a cabeça com as duas mãos.

— Estou sempre sonhando com aranhas! — disse de súbito.

— Você está terrivelmente nervoso, príncipe. Eu lhe sugeriria deitar-se agora mesmo e chamar um médico.

— Não, permita-me, depois. Chamei-o aqui principalmente para lhe dar uma explicação a respeito do casamento. Você sabe que o casamento será realizado aqui mesmo na igreja, já tratei disso. Aqui já concordaram com tudo e até estimulam... E quanto a Liza, então...

— Príncipe, poupe Liza, meu caro — exclamei —, não a atormente ao menos agora, não tenha ciúmes!

— Como! — exclamou, olhando para mim de olhos quase arregalados e à queima-roupa, e entortou todo o rosto num sorriso longo, absurdamente interrogativo. Via-se que, por algum motivo, a expressão "não tenha ciúmes" o havia deixado estupefato.

— Desculpe, príncipe, foi sem querer. Oh, príncipe, nos últimos tempos conheci um velho, meu pai, de quem tenho o patronímico... Ah, se você o visse, ficaria mais calmo... Liza também o aprecia muito.

— Ah, sim... ah, sim, é o seu pai? Ou... *pardon, mon cher*,[17] alguma coisa... Lembro-me... ela me disse... um velhote... estou certo, estou certo.

---

[17] Em francês, "perdão, meu querido". (N. do T.)

Eu também conheci um velhote... *Mais passons*,[18] porém o principal é que, para esclarecer toda a essência do momento, é necessário...

Levantei-me para sair. Doía-me olhar para ele.

— Não entendo! — disse com ar severo e importante, ao ver que eu me levantava para sair.

— Dói-me olhar para você — disse-lhe.

— Arkadi Makárovitch, uma palavra, mais uma palavra! — agarrou-me de repente pelos ombros com um ar e um gesto bem diferente e me fez voltar ao sofá. — Você ouviu falar sobre aqueles, está entendendo? — inclinara-se para mim.

— Ah, sim, sobre Diergatchóv. Stebielkóv também está implicado nisso! — exclamei sem me conter.

— Sim, Stebielkóv e... não está sabendo?

Interrompeu-se e tornou a fixar em mim os mesmos olhos arregalados, e com o mesmo sorriso largo, convulsivo e absolutamente interrogativo, que se alargava cada vez mais e mais. Seu rosto empalidecia pouco a pouco. Súbito algo pareceu me sacudir: lembrei-me do olhar de Viersílov na véspera, quando ele me informava sobre a prisão de Vássin.

— Oh, será possível? — bradei assustado.

— Veja só, Arkadi Makárovitch, chamei-o aqui para lhe explicar... Gostaria... — ensaiou me sussurrar rapidamente.

— Então você delatou Vássin! — bradei.

— Não; veja só, havia um manuscrito. Bem no último dia Vássin entregou a Liza... para guardar. E ela me deixou aqui para dar uma olhada, e depois aconteceu que eles se desentenderam no dia seguinte...

— E você apresentou o manuscrito às autoridades!

— Arkadi Makárovitch... Arkadi Makárovitch!

— Então, você — gritei saltando da poltrona e escandindo as palavras —, você, sem qualquer outra motivação, sem qualquer outro objetivo, e unicamente porque o infeliz do Vássin é *seu rival*, só por ciúme você passou adiante um *manuscrito confiado a Liza*... Entregou a quem? A quem? Ao promotor?

No entanto, ele não teve tempo de responder e dificilmente responderia, porque estava postado à minha frente como uma estátua, com aquele mesmo sorriso doentio e o olhar imóvel; mas num átimo a porta se abriu e Liza entrou. Ela ficou quase gelada ao nos ver juntos.

---

[18] "Mas deixemos isso". (N. do T.)

— Tu, aqui? Então estás aqui? — exclamou com o rosto subitamente deformado e segurando-me as mãos — então tu... *estás sabendo*?

Mas ela já havia lido em meu rosto que "eu sabia". Abracei-a num gesto rápido e incontido, com força, com força! E só naquele instante percebi pela primeira vez, com toda a intensidade, o infortúnio irremediável, ilimitado e sem fim que descera para todo o sempre sobre todo o destino dessa... voluntária procuradora de tormentos!

— Ora, por acaso dá para conversar com ele neste momento? — súbito desgrudou-se de mim. — Por acaso pode-se estar com ele? Por que estás aqui? Olha para ele, olha! Por acaso pode-se... pode-se julgá-lo?

Em seu rosto havia um sofrimento infinito e compaixão quando ela apontara para o infeliz em suas exclamações. Ele estava sentado na poltrona cobrindo o rosto com as mãos. E ela tinha razão: era um homem acometido de transtorno mental, e inimputável. E talvez já estivesse inimputável pelo terceiro dia. Na mesma manhã foi internado e à noite já estava com encefalite.

IV

Depois de deixar o príncipe com Liza, por volta de uma da tarde, fui para o meu antigo apartamento. Esqueci-me de dizer que o dia estava úmido, embaçado, com um início de degelo e um vento morno capaz de irritar os nervos até de um elefante. O senhorio me recebeu alegre, agitado e correndo de um canto a outro, o que detesto, sobretudo em tais momentos. Passei secamente e fui direto para o meu quarto, mas ele me seguiu e, embora não se atrevesse a me interrogar, a curiosidade brilhava em seus olhos e, além disso, ele se portava com ar de quem já tivesse algum direito à curiosidade. Convinha que eu me portasse com delicadeza para tirar proveito; contudo, embora me fosse indispensável descobrir alguma coisa (e eu sabia que descobriria), mesmo assim sentia asco de iniciar um interrogatório. Perguntei pela saúde da mulher e fomos ter com ela. Esta, embora me recebesse com atenção, tinha um aspecto extremamente prático e taciturno. Isto me deixou um pouco conformado. Em suma, desta vez fiquei sabendo de coisas assaz maravilhosas.

Bem, entende-se que Lambert aparecera uma vez por lá, depois viera mais duas vezes e "examinara" todos os quartos, dizendo que talvez viesse a alugar um. Nastácia Iegórovna estivera várias vezes, mas sabe Deus por quê. "Estava cheia de curiosidades" — acrescentou o senhorio, mas não lhe dei o prazer de indagar com que ela estava curiosa. Em geral eu não fazia indagações, só ele falava, enquanto eu fingia remexer em minha mala (na qual quase nada havia restado). Contudo, o que mais me aborrecia era que também lhe dera na telha fazer mistério e, tendo notado que eu me abstinha de indagar, sentiu-se no dever de falar de modo mais desconexo, quase enigmático.

— Também veio uma senhorita — acrescentou, fitando-me.

— Que senhorita?

— Anna Andrêievna; veio duas vezes; conheceu minha mulher. É uma pessoa muito amável, muito agradável. Um conhecimento como esse se pode apreciar até demais, Arkadi Makárovitch... — Dito isto, chegou mesmo a dar um passo em minha direção: queria muito que eu compreendesse alguma coisa.

— Será que foram duas vezes? — surpreendi-me.

— Na segunda vez veio com o irmão.

"Com Lambert" — logo pensei involuntariamente.

— Não, não foi com o senhor Lambert — tinha mesmo adivinhado tudo, como se seus olhos tivessem pulado para dentro de minha alma —, mas com seu irmãozinho, o verdadeiro, o jovem senhor Viersílov. Parece que ele é camareiro de corte, não?

Eu fiquei aturdido. Ele me olhava sorrindo de modo terrivelmente carinhoso.

— Ah, houve mais alguém perguntando pelo senhor: foi uma *mademoiselle*, francesa, a *mademoiselle* Alfonsina de Verdun. Ah, como canta bem e também declama versos maravilhosamente! Tinha ido às escondidas visitar o príncipe Nikolai Ivánovitch em Tsárskoie, dizendo que queria lhe vender um cãozinho raro, pretinho, do tamanho de um punho...

Pedi-lhe para me deixar só, pretextando dor de cabeça. Num piscar de olhos atendeu meu pedido, inclusive sem terminar sua frase, não só sem se sentir minimamente ofendido mas até com prazer, abanando a mão num gesto misterioso, como se dissesse: "Compreendo, compreendo", e mesmo sem ter dito isso, saiu na ponta dos pés, proporcionando-se esse prazer. Existe gente enfadonha neste mundo.

Fiquei sozinho, ponderando durante uma hora e meia; aliás, não ponderava, apenas meditava. Embora estivesse embaraçado, em compensação não estava minimamente surpreso. Eu até esperava por mais alguma coisa, por maravilhas ainda maiores. "É possível que o estrago já esteja feito!" — pensei. Desde muito tempo, quando ainda preso em casa, eu tinha a firme convicção de que a máquina fora acionada e estava em pleno funcionamento. "Eles só estão precisando de mim, é isso" — tornei a pensar, com um quê de presunção irritadiça e agradável. Que eles me esperavam com todo o empenho e queriam tramar alguma coisa em meu próprio quarto, estava claro como a luz do dia. "Não será o casamento do velho príncipe? Está havendo uma verdadeira caçada a ele. Contudo, será que vou permitir, senhores? eis a questão" — concluí mais uma vez com um prazer arrogante.

"Se eu entrar nisso, logo serei tragado pelo remoinho como um pedacinho de palha. Agora, neste momento, sou um homem livre ou já não o sou mais? Hoje, ao voltar à noite para a casa de mamãe, ainda poderei dizer a mim mesmo, como em todos esses dias: 'Sou senhor dos meus atos?'."

Eis a essência de minhas perguntas ou, para melhor dizer, das batidas de meu coração durante a hora e meia que passei sentado num canto da cama, os cotovelos nos joelhos e a cabeça apoiada nas mãos. Ora, eu já sabia, já então sabia que todas essas questões eram um total absurdo e que só *ela* me atraía —, ela e apenas ela! Enfim pronuncio isto francamente e o escrevo com a pena no papel, pois mesmo neste momento em que escrevo, depois de transcorrido um ano, ainda não sei que nome dar àquele sentimento que eu então nutria!

Oh, eu tinha pena de Liza e sentia no coração a mais sincera dor! Só esse sentimento de dor nutrido por ela parecia reprimir e dissipar em mim a *ferocidade* (torno a mencionar essa palavra), ainda que provisoriamente. Eu, porém, era arrastado por uma curiosidade desmedida e uma espécie de medo, e por mais um sentimento — não sei qual; mas sei e já então sabia que não era bom. Talvez eu pretendesse cair *a seus pés*, mas também é possível que desejasse entregá-la a todos os tormentos e "depressa, depressa" provar-lhe alguma coisa. Nenhuma dor, nenhuma compaixão por Liza podia mais me deter. Contudo, podia me levantar e ir para casa... fazer companhia a Makar Ivánovitch?

"E por acaso não é permitido ir ter com eles, me informar de tudo com eles e de repente deixá-los para sempre, passando incólume ao largo das maravilhas e dos monstros?"

Às três horas, depois de me aperceber e considerar que quase me atrasara, saí depressa, peguei um fiacre e voei para a casa de Anna Andrêievna.

CAPÍTULO V

I

Assim que minha presença foi anunciada, Anna Andrêievna largou a costura e correu para me receber no primeiro cômodo — o que antes nunca havia acontecido. Estendeu-me ambas as mãos e de imediato corou. Calada, levou-me ao seu quarto, voltou a sentar-se diante de sua costura e me fez sentar-me a seu lado; contudo não retomou a costura e continuou a me examinar com o mesmo interesse vivo, sem dizer uma palavra.

— Você mandou Nastácia Iegórovna me chamar — comecei sem rodeios, um pouco incomodado com seu interesse exageradamente afetuoso, embora isso me agradasse.

Súbito ela começou a falar sem responder à minha pergunta:

— Ouvi falar de tudo, estou sabendo de tudo. Aquela noite terrível... Oh, como você deve ter sofrido! É verdade, é verdade que o encontraram já sem sentidos, exposto ao frio?

— Isso foi... Lambert lhe contou... — balbuciei corando.

— No mesmo dia fiquei sabendo de tudo através dele; mas eu estava esperando por você. Oh, ele veio me visitar assustado! No seu quarto... onde você estava acamado, não quiseram deixá-lo entrar... e o receberam de modo estranho... Palavra que não sei como isso aconteceu, mas ele me contou tudo sobre aquela noite: disse que você, mal voltou a si, foi logo fazendo menção a mim e... à sua dedicação a mim. Fiquei comovida até às lágrimas, Arkadi Makárovitch, e nem sei o que fiz por merecer tão vivo interesse de sua parte e ainda mais na situação em que você mesmo se encontrava! Diga-me uma coisa: o senhor Lambert é seu colega de infância?

— É, mas esse caso... confesso que naquela ocasião fui imprudente com ele e falei talvez demais.

— Oh, mesmo sem a participação dele eu ficaria sabendo dessa terrível e negra intriga! Eu sempre, sempre pressenti que eles o levariam a esse ponto. Diga-me, é verdade que Bioring ousou levantar a mão contra você?

Ela falava de um jeito como se só por causa de Bioring e *dela* eu aparecera ao pé daquela cerca. Mas ela está certa, pensei comigo, mas estourei.

— Se ele tivesse levantado a mão contra mim não teria saído impune, nem eu estaria aqui diante de você sem ter me vingado — respondi com veemência. O grave foi ter me parecido que ela queria me instigar com algum fim, me indispor com alguém (aliás, sabe-se contra quem); e mesmo assim cedi. — Se você diz ter previsto que me levariam *a esse ponto*, então, da parte de Catierina Nikoláievna, foi apenas um mal-entendido... Embora também seja verdade que ela substituiu com excessiva pressa seus bons sentimentos para comigo por esse mal-entendido.

— O problema é que foi com excessiva pressa! — secundou Anna Andrêievna, com um interesse exaltado. — Oh, se você soubesse que intriga andam tecendo por lá! É claro, Arkadi Makárovitch, que agora seria difícil para você compreender toda a delicadeza de minha situação — disse corando e abaixando a cabeça. — Depois daquela manhã em que nós dois nos vimos pela última vez, dei aquele passo que nem todos são capazes de compreender e analisar como o compreenderia uma pessoa com sua inteligência ainda não contaminada, com seu coração apaixonado, viçoso e puro. Pode estar certo, meu amigo, de que sou capaz de apreciar sua dedicação a mim e lhe pagarei com a eterna gratidão. Pessoas da sociedade, é claro, vão levantar e já levantaram pedras contra mim. Mas mesmo que, de seu infame ponto de vista, elas estivessem certas, quem poderia, quem dentre elas se atreveria a me condenar mesmo naquele momento? Fui abandonada desde criança por meu pai; nós, os Viersílov, somos uma linhagem russa antiga, elevada, somos uns velhacos, e eu como o pão alheio por benevolência. Não seria natural que eu recorresse àquele que ainda em minha infância substituiu meu pai e cuja benevolência para comigo tenho presenciado durante tantos anos? Só Deus vê e julga meus sentimentos por ele, e não admito o julgamento mundano do passo que dei! Quando, ainda por cima, se trama a mais pérfida, a mais sombria intriga e a própria filha entra em conluio para arruinar o pai crédulo e magnânimo, por acaso se pode suportar? Não, mesmo que arruíne minha própria reputação, eu o salvarei! Estou disposta a viver em sua casa simplesmente como uma ama-seca, ser sua guarda, sua enfermeira auxiliar, mas não permitirei que triunfe o cálculo mundano frio e infame!

Ela falava com uma inspiração incomum, é muito possível que meio afetada, mas ainda assim sincera porque era visível até que ponto se envolvera nesse assunto. Oh, eu sentia que ela estava mentindo (ainda que sinceramente, pois se pode mentir até com sinceridade) e que nesse momento era má; mas é surpreendente o que acontece com as mulheres: aquele ar de decência, aquelas formas superiores, aquela inacessibilidade do alto tom mundano e da pudicícia orgulhosa — tudo isso me desnorteou e passei a concordar com ela em tudo, isto é, enquanto permaneci em sua casa; pelo menos não me atrevi a contrariá-la. Oh, o homem vive numa terminante escravidão moral perante a mulher, sobretudo se é magnânimo! "Ela e Lambert — meu Deus!" — pensava eu, olhando perplexo para ela. Aliás, vou dizer tudo: até hoje não consigo julgá-la; seus sentimentos, só Deus realmente podia ver, porque o ser humano é, ainda por cima, uma máquina tão complexa que em alguns casos não compreende nada e ainda mais se esse ser é mulher.

— Anna Andrêievna, o que você espera mesmo de mim? — perguntei, mas em tom bastante decidido.

— Como? O que significa sua pergunta, Arkadi Makárovitch?

— Ao que tudo indica... e por algumas outras considerações... — eu tentava explicar e me confundia —, parece-me que você mandou me chamar porque espera algo de mim; então, precisamente o quê?

Sem responder à pergunta, num abrir e fechar de olhos ela recomeçou a falar com a mesma rapidez e animação:

— No entanto eu não posso, sou orgulhosa demais para dar explicações e fazer transações com pessoas desconhecidas como o senhor Lambert! Eu esperava por você e não pelo senhor Lambert. Minha situação é extremamente terrível, Arkadi Makárovitch! Sou forçada a bancar a astuta, cercada pelas artimanhas dessa mulher! E isso para mim é insuportável. Eu me humilho quase a ponto de fazer intrigas e o esperava como um salvador. Não posso ter culpa por olhar com avidez ao meu redor, procurando encontrar ao menos um amigo, e por isso não podia deixar de me alegrar com esse amigo. Aquele que mesmo numa noite como aquela, quase gelada, foi capaz de se lembrar de mim e repetir apenas o meu nome, esse é evidentemente dedicado a mim. Foi assim que pensei durante todo esse tempo e por isso depositava minha esperança em você.

Ela me olhava nos olhos com uma interrogação impaciente. E eis que mais uma vez me faltou ânimo para dissuadi-la e lhe explicar de maneira franca que Lambert a enganara e que de modo algum eu lhe havia dito que era tão especialmente dedicado a ela e que não tinha me lembrado "apenas do nome dela". Assim, com meu silêncio eu como que confirmei a mentira de Lambert. Oh, estou certo de que ela mesma compreendia muito bem que Lambert havia exagerado e até simplesmente mentido com o único fim de arranjar um pretexto justificável para visitá-la e estabelecer relações com ela; se ela me olhava nos olhos como alguém seguro da verdade de minhas palavras e de minha dedicação, sabia, é claro, que eu não me atreveria a lhe dizer não, por assim dizer, movido pela delicadeza e devido à minha juventude. Aliás, se minha hipótese estava ou não certa não sei. Talvez eu seja o cúmulo do depravado.

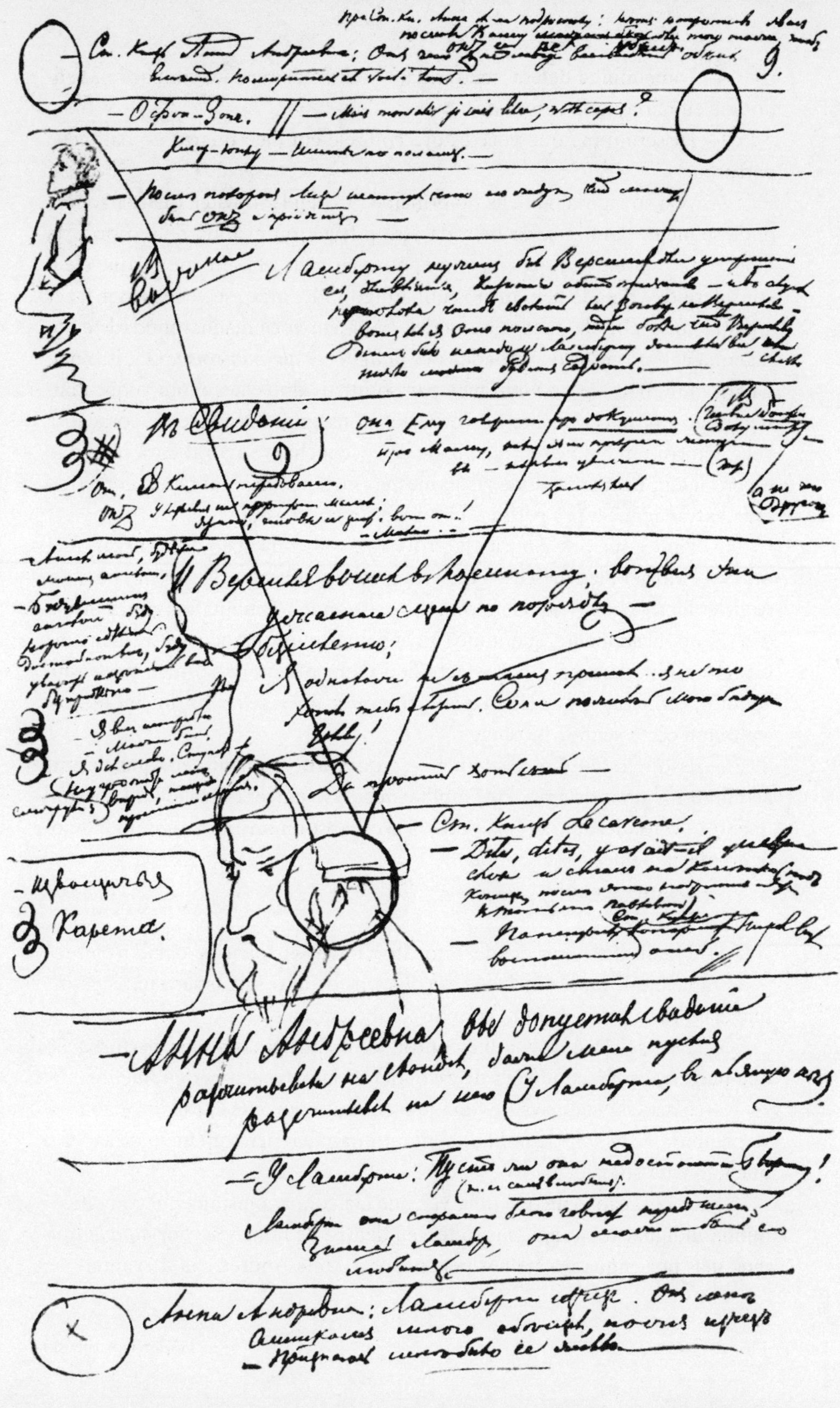

Карета
Анна Андреевна

— Tome minha defesa, meu irmão — disse de repente com ardor, vendo que eu não queria responder.

— Disseram-me que você esteve com ele em meu quarto — balbuciei perturbado.

— Veja só, agora o infeliz do príncipe Nikolai Ivánovitch quase não tem onde se meter para se safar de toda essa intriga, ou melhor, de sua própria filha, a não ser em seu quarto, isto é, no quarto de um amigo; porque ele o considera de verdade pelo menos um amigo!... E então, se você quiser fazer alguma coisa por ele, faça-o; se puder, se há em você magnanimidade e coragem... e, por fim, se de verdade você *pode fazer alguma coisa*. Oh, isto não é para mim, não é para mim, mas para o infeliz do velho, o único que conseguiu gostar sinceramente de você, que conseguiu apegar-se de coração a você como a um filho e sente saudade de você inclusive agora! Para mim não espero nada, nem mesmo de você; mesmo meu próprio pai tendo cometido uma extravagância tão pérfida, tão maldosa contra mim!

— Parece-me que Andriêi Pietróvitch... — fiz menção de começar.

— Andriêi Pietróvitch — interrompeu-me com um risinho amargo —, Andriêi Pietróvitch, naquele momento, respondeu à minha pergunta direta dizendo honestamente que nunca tivera quaisquer intenções a respeito de Catierina Nikoláievna, no que acreditei piamente ao dar o meu passo; no entanto, verificou-se que ele só esteve tranquilo até receber a primeira notícia sobre um certo senhor Bioring.

— Isso não bate! — exclamei —, houve um momento em que eu quis acreditar no amor dele por essa mulher, mas isso não era verdade... E mesmo que fosse verdade, agora ele já poderia estar absolutamente tranquilo... diante do afastamento desse senhor.

— De que senhor?

— Bioring.

— Quem lhe falou de afastamento? Pode ser que esse cidadão nunca teve, talvez, tal importância — ela deu um risinho sarcástico; pareceu-me que ela olhara até para mim com ar zombeteiro.

— Nastácia Iegórovna lhe contou — balbuciei com uma perturbação que não estava em condições de esconder e ela percebeu perfeitamente.

— Nastácia Iegórovna é uma pessoa muito amável e, é claro, não posso proibi-la de gostar de mim, no entanto não tem nenhum meio de saber o que não é da sua alçada.

Meu coração gemeu; e uma vez que ela contava justamente com atiçar minha indignação, a indignação ferveu dentro de mim, não *por aquela* mulher, mas por enquanto apenas pela própria Anna Andrêievna. Levantei-me.

— Como homem honesto, devo preveni-la, Anna Andrêievna, de que as suas expectativas... em relação a mim... podem ser sumamente vãs.

— Espero que você tome a minha defesa — ela me olhou com firmeza —, a defesa desta que foi abandonada por todos... de sua irmã, se o quiser, Arkadi Makárovitch!

Mais um instante e eu desataria a chorar.

— Bem, o melhor é não esperar, porque "talvez" não aconteça nada — balbuciei com um sentimento insuportavelmente angustiante.

— Como devo entender suas palavras? — pronunciou de um modo demasiadamente temeroso.

— Assim: que vou abandonar vocês todos, e basta! — exclamei de repente quase tomado de fúria. — E o *documento*, vou rasgar. Adeus!

Fiz-lhe uma reverência e saí calado, ao mesmo tempo em que quase não ousava olhar para ela; porém ainda não havia acabado de descer a escada quando fui alcançado por Nastácia Iegórovna, que trazia um papel de carta dobrado. De onde brotara Nastácia Iegórovna, e onde se encontrava enquanto eu conversava com Anna Andrêievna, eu nem sequer consigo entender. Ela não disse nenhuma palavrinha e limitou-se a me entregar o papelote e voltar correndo. Desdobrei a folha: nela estava escrito com clareza e precisão o endereço de Lambert e, pelo visto, havia sido escrito alguns dias antes. Súbito me lembrei de que quando Nastácia Iegórovna esteve em meu quarto eu lhe disse que não sabia onde Lambert morava, mas só no sentido de que "não sei nem quero saber". Mas àquela altura eu já soubera do endereço de Lambert através de Liza, a quem pedira intencionalmente para se informar junto ao departamento de endereços. A extravagância de Anna Andrêievna me pareceu demasiadamente decisiva e até cínica: apesar da minha negativa em colaborar, ela, como se não acreditasse um pingo em mim, mandou-me procurar Lambert. Para mim estava claro demais que ela já sabia tudo sobre o documento — e através de quem senão de Lambert, com quem me enviara para entrar em acordo?

"Todos eles, sem exceção, me consideram um menino sem vontade nem caráter, com quem tudo podem fazer" — pensei indignado.

II

Mesmo assim acabei indo procurar Lambert, apesar de tudo. Onde eu iria tomar informações com minha curiosidade daquele tempo? Como se verificou, Lambert morava muito longe, no beco Kossói, junto do Jardim de

Verão, aliás, no mesmo apartamento; mas quando, naquela ocasião, fugi da casa dele, o caminho e a distância me haviam passado tão despercebidos que, ao receber de Liza seu endereço quatro dias antes, fiquei até admirado e quase não acreditei que ele morasse lá. Quando ainda subia a escada, notei à porta do apartamento dele, no terceiro andar, dois jovens, e pensei que eles tivessem tocado a campainha antes de mim e esperassem que lhe abrissem a porta. Enquanto eu subia, os dois, de costas para a porta, me examinavam cuidadosamente. "Aqui existem mais apartamentos, e eles, é claro, vieram procurar outros inquilinos" — franzi o cenho ao me aproximar deles. Para mim era muito desagradável encontrar alguém em casa de Lambert. Estendi o braço para tocar a campainha procurando não olhar para eles.

— *Atande!*[19] — gritou-me um deles.

— Por favor, espere para chamar — disse o outro jovem com a vozinha sonora e suave e arrastando um pouco as palavras. — Nós vamos terminar e então chamaremos todos juntos, quer?

Parei. Os dois ainda eram muito jovens, de uns vinte ou vinte e dois anos; faziam alguma coisa estranha diante daquela porta e eu, com surpresa, procurava entender. O que gritou "*atande!*" era um rapaz muito alto, de cerca de um metro e noventa, não menos, magro e de rosto macilento, mas muito musculoso, com a cabeça muito pequena para a sua altura e uma expressão estranha, meio cômica, no rosto meio bexigoso, mas nada tolo e até agradável. Seus olhos olhavam com uma fixidez um tanto desmedida e uma firmeza até desnecessária e excessiva. Estava muito malvestido: um velho capote de algodão com um colarinho de pele de guaxinim pequeno e caído, menor do que ele (via-se que era emprestado), metido numas botas ordinárias, quase de mujique, e uma cartola terrivelmente amarrotada e desbotada na cabeça. No conjunto via-se um desleixado: as mãos estavam sem luvas e sujas, e as unhas, compridas e escuras. Seu colega, ao contrário, estava vestido com elegância, trazia um leve casaco de peles de uma variedade de marta, um chapéu elegante e luvas claras e limpas nos dedos finos; era da minha altura, mas com uma expressão extraordinariamente amável em seu rostinho fresco e jovem.

O rapaz comprido tirava uma gravata (uma fita totalmente surrada e ensebada, ou quase um cadarço), enquanto o rapazinho bem-apessoado tirava do bolso outra gravata novinha, preta, recém-comprada, e a amarrava no pescoço do rapaz comprido, que com uma expressão terrivelmente séria e obediente esticava o pescoço, muito comprido, depois de tirar o capote.

---

[19] Corruptela do francês *attendez*, "espere". (N. do T.)

— Não, assim não dá, ficar com uma camisa suja como essa — dizia o outro —; não só não vai fazer efeito como vai parecer ainda mais suja. Ora, eu te disse que pusesse o colarinho. Não sei dar o laço... você não sabe? — perguntou-me de repente.

— O quê? — perguntei.

— Veja, você sabe, dar o nó na gravata dele. Veja, é preciso dar um jeito para que a camisa suja dele não apareça, se não se perde todo o efeito. Acabei de comprar por um rublo especialmente para ele uma gravata no cabeleireiro Filipp.

— Tu a compraste com aquele rublo? — balbuciou o comprido.

— Sim, com aquele; agora não tenho mais nenhum copeque. Então você não sabe? Neste caso precisamos pedir a Alfonsina.

— Vai à casa de Lambert? — perguntou-me rispidamente o comprido.

— À casa de Lambert — respondi com igual firmeza, olhando-o nos olhos.

— Dolgorowky? — repetiu ele com o mesmo tom e a mesma voz.

— Não, Koróvikin, não — respondi com a mesma rispidez, depois de ouvir errado.

— Dolgorowky! — quase gritou o comprido, repetindo e investindo contra mim num gesto quase ameaçador. Seu colega caiu na risada.

— Ele disse Dolgorowky e não Koróvikin — explicou-me. — Sabe, no *Journal des Débats*,[20] francês, deformam frequentemente os sobrenomes russos...

— No *Indépendance*[21] — mugiu o comprido.

— ... Ora, dá no mesmo que seja no *Indépendance*. Por exemplo, eles escrevem Dolgorowky como Dolgorúki, eu mesmo li; e sempre Vaniev como *comte* Wallonieff.

— Doboyny! — gritou o comprido.

— Sim, também existe um tal de Doboyny; eu mesmo li e nós dois rimos; é uma tal de madame Doboyny russa que mora no estrangeiro... mas, vê só, por que mencionar todos eles? — de repente ele se dirigiu ao comprido.

— Desculpe, você é o senhor Dolgorúki?

— Sim, sou Dolgorúki, como você sabe?

O comprido cochichou de repente algo para o rapazinho agradável,

---

[20] Jornal fundado em Paris, em 1879, que publicava notícias do governo e comunicados oficiais, entre eles, sobre visitas de personalidades estrangeiras à França. (N. da E.)

[21] *L'Indépendance Belge*, jornal editado em Bruxelas de 1831 a 1940. (N. da E.)

este franziu o cenho e fez um gesto negativo; mas no mesmo instante o comprido se dirigiu a mim:

— *Monseigneur le prince, vous n'avez pas de rouble d'argent pour nous, pas deux, mais un seul, voulez-vous?*[22]

— Ah, como você é desagradável! — exclamou o rapazinho.

— *Nous vous rendons*[23] — concluiu o comprido, pronunciando de forma grosseira e desajeitada as palavras francesas.

— Sabe, ele é um cínico — o rapazinho deu uma risota —, e você acha que ele não sabe falar francês? Fala como um parisiense e apenas arremeda os russos, que em sociedade morrem de vontade de falar francês em voz alta, mas eles mesmos não sabem...

— *Dans les wagons*[24] — explicou o comprido.

— Pois é, até nos vagões; ah, como você é chato! não precisa explicar isso. Ele também é metido a se fazer de parvo.

Enquanto isso, tirei o rublo do bolso e estendi ao comprido.

— *Nous vous rendons* — disse ele escondendo o rublo e, voltando-se de repente para a porta com uma expressão totalmente imóvel e séria no rosto, começou a chutá-la com o bico de sua bota enorme e tosca, e sobretudo sem a mínima irritação.

— Ah, vais brigar de novo com Lambert! — observou o rapazinho com preocupação. — É melhor tocar a campainha.

Toquei a campainha, mas mesmo assim o comprido continuou a chutar a porta com a bota.

— *Ah, sacré...*[25] — ouviu-se de repente a voz de Lambert de trás da porta e ele logo a abriu.

— *Dites donc, voulez-vous que je vous casse la tête, mon ami?!*[26] — gritou ele para o comprido.

— *Mon ami, voilà Dolgorowky, l'autre mon ami*[27] — disse o comprido com ar imponente e sério, olhando à queima-roupa para um Lambert vermelho de raiva. Este, ao me ver, logo pareceu transformar-se todo.

---

[22] Em francês, "Príncipe, o senhor não teria um rublo de prata para nós? Não dois, um mesmo serve". (N. do T.)

[23] "Nós lhe devolveremos." (N. do T.)

[24] "Nos vagões." (N. do T.)

[25] "Ah, maldito..." (N. do T.)

[26] "Escute, meu amigo, está querendo que eu quebre sua cabeça?!" (N. do T.)

[27] "Meu amigo, eis Dolgorúki, outro amigo meu." (N. do T.)

— És tu, Arkadi! Até que enfim! Oh, como estás saudável; enfim saudável?

Agarrou-me as mãos e as apertou com força; numa palavra, estava tão sinceramente encantado que por um instante achei aquilo demasiado agradável e até gostei dele.

— É a ti que estou fazendo minha primeira visita!

— Alphonsine! — gritou Lambert.

Esta brotou de trás do biombo num piscar de olhos.

— *Le voilà!*[28]

— *C'est lui!*[29] — exclamou Alphonsine, erguendo os braços fechados e tornando a abri-los, e quis se lançar para me abraçar, mas Lambert me defendeu.

— Na-na-ni-na-não! — gritou-lhe como quem grita para uma cadelinha. — Vê, Arkadi: eu e alguns rapazes combinamos almoçar hoje nos Tártaros. Não te dispenso de maneira nenhuma e irás conosco. Almoçaremos; agora mesmo ponho esses dois porta afora e então conversaremos. Então, entrem, entrem! Agora mesmo vamos sair, é só esperar um minutinho!

Entrei e parei no centro daquele quarto, olhando para os lados e remexendo a memória. Lambert trocou apressadamente de roupa atrás do biombo. O comprido e seu colega também nos seguiram, apesar das palavras de Lambert. Todos nós esperamos em pé.

— *Mademoiselle Alphonsine, voulez-vous me baiser?*[30] — mugiu o comprido.

— *Mademoiselle Alphonsine* — o jovenzinho ensaiou um movimento mostrando-lhe a gravata, mas ela investiu furiosamente contra os dois.

— *Ah, le petit vilain!* — gritou ela para o jovenzinho — *Ne m'approchez pas, ne me salissez pas; et vous, le grand dadais, je vous flanque à la porte tous les deux, savez-vous cela!*[31]

O jovenzinho — apesar de ela ter se afastado dele com desdém e nojo, como se de fato temesse se sujar com ele (o que não consegui entender, porque ele era tão bonitinho e estava muito bem-vestido quando tirou o casaco de peles) — começou a lhe pedir com insistência que ela desse o laço na

[28] "Olhe ele!" (N. do T.)

[29] "É ele!" (N. do T.)

[30] "Senhorita Alphonsine, me dê um beijo." (N. do T.)

[31] "Ah, rapazinho torpe! Não se aproxime de mim, você vai me sujar; nem você, grande pateta, senão agora mesmo ponho vocês dois porta afora!" (N. do T.)

gravata do seu amigo comprido e lhe prendesse previamente um dos colarinhos limpos de Lambert. Ela por pouco não investiu furiosa para bater neles por causa de semelhante proposta, mas Lambert, que tinha ouvido, gritou-lhe de trás do biombo para que ela não retardasse e fizesse o que pediam, "do contrário eles não parariam de importunar", acrescentou, e num piscar de olhos Alphonsine agarrou o colarinho e pôs-se a dar o laço na gravata do comprido, já sem o mínimo nojo. Este, como o fizera na escada, esticou o pescoço enquanto ela dava o laço em sua gravata.

— *Mademoiselle Alphonsine, avez-vous vendu votre bologne?*[32]

— *Qu'est que ça, "ma bologne"?*[33]

O jovenzinho explicou que "*ma bologne*" significava um cãozinho.

— *Tiens, quel est ce baragouin?*[34]

— *Je parle comme une dame russe sur les eaux minérales*[35] — observou *le grand dadais*, ainda com o pescoço estirado.

— *Qu'est que ça qu'une dame russe sur les eaux minérales etc.; où est donc votre jolie montre, que Lambert vous a donné?*[36] — perguntou ela de repente ao jovenzinho.

— Como, está de novo sem o relógio? — respondeu Lambert de trás do biombo em tom irritado.

— Comemos! — mugiu *le grand dadais*.

— Eu o vendi por oito rublos: ele era de prata folheada a ouro, e você disse que era de ouro. Hoje em dia se encontram iguais nas lojas, só que custam dezesseis rublos — respondeu o jovenzinho a Lambert, justificando-se a contragosto.

— É preciso pôr um fim nisso! — continuou Lambert em tom ainda mais irritado. — Meu jovem amigo, eu não compro roupa e lhe dou coisas belas para que você gaste com seu amigo comprido... Que gravata é essa que você ainda comprou?

— Ela custou apenas um rublo; não foi com seu dinheiro. Ele não tinha nenhuma gravata, e ainda precisa comprar um chapéu.

— Absurdo — Lambert já estava realmente zangado —, dei bastante

---

32 "*Mademoiselle* Alphonsine, você vendeu o seu *bologne*?" (N. do T.)

33 "O que significa 'meu *bologne*'?" (N. do T.)

34 "Que jargão estranho é esse?" (N. do T.)

35 "Fala como uma dama russa em estação de águas." (N. do T.)

36 "O que é uma dama russa em estação de águas etc.; onde está aquele relógio bonito que Lambert lhe deu de presente?" (N. do T.)

dinheiro a ele para o chapéu e na mesma hora ele gastou com ostras e champanhe. Ele cheira mal; é um desleixado; não se pode levá-lo a lugar nenhum. Como vou levá-lo para almoçar?

— Na carruagem — mugiu o *dadais*. — *Nous avons un rouble d'argent que nous avons prêté chez notre nouvel ami.*[37]

— Não dê nada a eles, Arkadi! — voltou a gritar Lambert.

— Com licença, Lambert: neste momento exijo dez rublos de você — zangou-se de repente o rapazinho, de modo que corou todo, o que o fez ficar quase duas vezes mais bonito — e não se atreva nunca a falar bobagens como acabou de falar com Dolgorúki. Exijo dez rublos para dar agora mesmo um rublo a Dolgorúki e com o restante vou comprar imediatamente um chapéu para Andrêiev; você mesmo o verá.

Lambert saiu de trás do biombo.

— Eis três notinhas amarelas, três rublos, e mais nada até terça-feira, e não se atreva... senão...

Le grand dadais arrancou o dinheiro das mãos dele.

— Dolgorowky. Receba seu rublo, *nous vous rendons avec beaucoup de grâce.*[38] Piétia, vamos! — gritou para o colega, e de repente ergueu para o alto duas notas e, agitando-as e olhando à queima-roupa para Lambert, berrou com toda a força: — *Ohé, Lambert! où est Lambert, as-tu vu Lambert?*[39]

— Não se atreva, não se atreva! — Lambert também berrou com uma fúria terrível; eu percebia que em tudo isso havia qualquer coisa antiga que eu absolutamente desconhecia e observava com surpresa. Mas o comprido não teve medo nenhum da ira de Lambert, ao contrário, berrou ainda mais forte. "*Ohé, Lambert!*" etc. Com esse grito saíram para a escada. Lambert quis se precipitar atrás deles, mas, não obstante, voltou.

— Ah, eu logo ponho os dois porta afora! Me saem mais caro do que valem... Vamos, Arkadi! Estou atrasado. Lá me espera um homem também... necessário... Também é um canalha... São todos uns canalhas! Uns trastes, uns trastes! — ele tornou a gritar, quase rangendo os dentes; mas súbito lhe veio a lembrança definitiva. — Estou contente porque enfim apareceste. Alphonsine, nem um passo fora de casa! Vamos.

---

[37] "Temos um rublo de prata que tomamos emprestado ao nosso novo amigo." (N. do T.)

[38] "Nós lhe devolvemos com muita gratidão." (N. do T.)

[39] "Ei, Lambert! Onde está Lambert, não viste Lambert?" (N. do T.)

À entrada, uma carruagem de luxo nos esperava. Embarcamos: nem ao longo de todo o caminho ele conseguiu se refazer e acalmar-se da fúria com aqueles dois jovens. Surpreendia-me que a coisa fosse tão séria, e ainda o grande desrespeito com que eles tratavam Lambert, enquanto este quase se acovardava diante deles. Por uma velha impressão que eu trazia da infância, parecia-me que todos sempre deviam ter medo de Lambert, de modo que, apesar de toda a minha independência, na certa eu também tivera medo de Lambert naquele momento.

— Estou te dizendo que são todos uns terríveis trastes — não se continha Lambert. — Podes crer: esse canalha alto me atormentou três dias atrás num círculo social elevado. Plantado à minha frente, gritava: "*Ohé, Lambert!*". Num círculo social elevado! Todos riram e sabiam que ele fazia aquilo para que eu lhe desse dinheiro; podes imaginar a cena. E dei. Oh, são uns patifes! Acredita, ele foi cadete de um regimento e expulso de lá e, imagina só, é instruído; foi educado por uma boa família, imagina isso! Tem ideias, poderia... Ah, com os diabos! E é forte como Hércules. É útil, mas pouco. Repara só; não lava as mãos. Eu o recomendei a uma senhora, uma velha nobre, argumentando que ele estava arrependido e queria se matar por remorso, mas ele chegou à casa dela, sentou-se e começou a assobiar. Esse outro, bonitinho, é filho de general; a família se envergonha dele, eu o livrei das barras de um tribunal, salvei-o, mas vê como me paga. Isso não é gente! Vou botá-los na rua, na rua.

— Eles sabem o meu nome; falaste com eles a meu respeito?

— Fiz essa tolice. Por favor, procura te controlar à mesa e... Virá mais um terrível canalha. Vê esse ali: é um terrível canalha, um horrível finório; aqui só tem patifes; aqui não há nenhum homem honesto! Pois é, a gente termina e então... O que gostas de comer? Bem, não faz diferença, aqui se come bem. Eu pago, não te preocupes. É bom que estás bem-vestido. Posso te dar dinheiro. Aparece sempre. Imagina, aqui eu dou de comer e beber a eles, todo dia comem *kulebiaka*,[40] aquele relógio que ele vendeu; é a segunda vez que faz isso. O baixo, Trichátov; tu viste, Alfonsina tem nojo até de olhar para ele e o proíbe de se aproximar dela; e de repente, no restaurante, diante dos oficiais diz: "Quero galinhola". Mandei servir galinhola! Mas vou me vingar.

— Lambert, tu te lembras daquela vez em Moscou, quando nós dois fomos a uma taberna e lá tu me furaste com um garfo, e estavas com quinhentos rublos no bolso?

---

[40] Pastelão recheado de peixe ou repolho. (N. do T.)

— Sim, me lembro! Ah, com os diabos, me lembro! Eu gosto de ti... Podes crer. Ninguém gosta de ti, mas eu gosto, procura te lembrar disso. O sujeito que vai vir pra cá, o bexigoso, é o mais canalha dos ladinos; não lhe responda nada se ele começar a conversar, e se começar a perguntar responde com um absurdo, cala-te...

Por estar nervoso, pelo menos não me interrogou a caminho do restaurante. Senti-me até ofendido por ele estar tão seguro de mim e nem sequer suspeitar de minha desconfiança; parecia-me que tinha uma ideia idiota na cabeça, que se atrevia a continuar me dando ordens. "Além do mais, é terrivelmente ignorante", pensei ao entrar no restaurante.

III

Eu já frequentara esse restaurante da Morskaia em Moscou, no tempo de minha ignóbil queda e depravação, e por isso a impressão provocada por aquelas salas, por aqueles garçons, que me observavam e me reconheciam como um frequentador conhecido, enfim, a impressão deixada por essa misteriosa turma de amigos de Lambert, na qual eu me encontrava tão de repente até como se já pertencesse por inteiro a ela, e, o pior, o sombrio pressentimento de que eu caminhava voluntariamente para certas torpezas e, sem dúvida, acabaria cometendo alguma má ação — tudo isso pareceu me transpassar a alma num piscar de olhos. Houve um instante em que estive a ponto de me retirar; mas esse instante passou e eu permaneci.

Aquele "bexigoso", de quem não sei por que Lambert tinha tanto medo, já nos esperava. Era um homem de uma daquelas aparências tolamente práticas, um daqueles tipos que tanto detesto quase desde menino; de uns quarenta e cinco anos, estatura mediana, uns fios de cabelo branco, cara escanhoada beirando o obsceno e finas suíças grisalhas aparadas com harmonia como duas linguiças em ambas as bochechas de um rosto ao extremo achatado e mau. Entende-se que era enfadonho, sério, calado e, como é o hábito de toda essa gentinha, presunçoso sabe-se lá por quê. Examinou-me com muita atenção, mas não disse uma palavra, e Lambert era tão imbecil que, ao nos colocar diante da mesma mesa, não houve por bem nos apresentar, e então o outro podia me tomar por um dos chantagistas que acompanhavam Lambert. Com os jovens (que haviam chegado quase junto conosco) ele também não trocou nenhuma palavra durante todo o jantar, mas, não obstante, via-se que se conheciam intimamente. Só tratava de algum assunto com Lambert, e mesmo assim quase sussurrando, e ademais Lambert era quase o único a falar, enquanto o bexigoso se limitava a umas expressões fragmentadas, zangadas e ameaçadoras. Portava-se de um jeito presunçoso, era mau e debochado, ao passo que Lambert, ao contrário, estava muito excitado e via-se que insistia em persuadi-los, na certa tentando incliná-los para algum empreendimento. Uma vez estirei o braço para pegar uma garrafa de vinho tinto; súbito o bexigoso pegou a garrafa de xerez e passou-a a mim, sem que até então tivesse trocado uma única palavra comigo.

— Experimente este — disse-me, passando-me a garrafa.

Então adivinhei que ele já devia saber tudo a meu respeito — e minha história, e meu nome, e talvez até o que Lambert esperava de mim. A ideia de que ele me tomava por um serviçal de Lambert tornou a me enfurecer e no rosto de Lambert transpareceu a mais forte e estúpida intranquilidade tão logo o outro começou a conversar comigo. O bexigoso percebeu isto e deu uma risada. "Lambert depende decididamente de todos eles", pensei, odiando-o do fundo da alma nesse instante. Assim, apesar de todos nós termos passado o jantar inteiro à mesma mesa, estivemos separados em dois grupos: o bexigoso com Lambert mais próximos da ponta, um de frente para o outro, e eu ao lado do sebento Andrêiev, tendo Trichátov à minha frente. Lambert estava apressado com a comida e a todo instante pressionava o garçom para servi-la. Quando serviram o champanhe, ele estendeu de repente sua taça para mim.

— Brindemos a tua saúde! — disse ele, interrompendo sua conversa com o bexigoso.

— E você me permite que toquemos as taças? — o bonitinho Trichátov estendeu em minha direção sua taça por cima de toda a mesa. Antes do champanhe ele estava como que muito pensativo e calado. O *dadais* não falava nada, mas comia muito e em silêncio.

— É um prazer — respondi a Trichátov. Tocamos as taças e bebemos.

— Mas eu não vou beber por sua saúde — dirigiu-se de repente a mim o *dadais* —, não por desejar sua morte, mas para que hoje você não beba mais aqui. — Pronunciou essas palavras com ar sombrio e sério. — Para você bastam três taças. Pelo que vejo, você está olhando para o meu punho sujo? — continuou, botando o punho sobre a mesa. — Eu não o lavo e assim o empresto sujo a Lambert para quebrar cabeças de estranhos em casos delicados para Lambert. — E, ao dizer isto, de repente deu um murro na mesa com tanta força que saltaram todos os pratos e taças. Além de nós, havia mais quatro mesas ocupadas naquela sala, todas por oficiais e senhores bem-apessoados. Era um restaurante da moda; no mesmo instante todos pararam de falar e olharam para o nosso canto; pelo visto já havíamos suscitado certa curiosidade há muito tempo. Lambert corou por inteiro.

— Ah, ele está começando de novo! Nikolai Semiónovitch, parece que lhe pedi para se comportar — disse ele com um murmúrio furioso a Andrêiev. Este lançou sobre ele um olhar demorado e lento:

— Não quero que meu novo amigo Dolgorowky beba muito vinho hoje aqui.

Lambert ficou ainda mais inflamado. O bexigoso obedeceu calado, porém com uma visível satisfação. Não sei por que sua extravagância agradou a Andrêiev. Só não entendi por que eu não devia tomar vinho.

— Ele só está fazendo isso para receber dinheiro! Escute: você vai receber mais sete rublos depois do jantar; apenas deixe que a gente termine e não dê vexame — rangeu-lhe os dentes Lambert.

— Tá bom! — mugiu o *dadais* com ar triunfal. Isto deixou o bexigoso totalmente encantado e ele deu uma risada maldosa.

— Escuta, tu está passando... — disse Trichátov com ar intranquilo e quase sofrido ao seu amigo, pelo visto tentando contê-lo. Andrêiev calou-se, mas não por muito tempo; esse não era o seu cálculo. A uns cinco passos de nossa mesa jantavam dois senhores que conversavam com muita animação. Eram dois senhores de meia-idade e delicadíssima aparência. Há muito tempo o *dadais* vinha olhando e escutando os dois com curiosidade. Eles falavam dos últimos acontecimentos na Polônia. Pelo visto o polonês baixo lhe pareceu uma figura cômica e no mesmo instante ele se tomou de ódio por ele, a exemplo de todos os tipos coléricos e biliosos com quem essas coisas sempre acontecem sem que haja para isso nenhum motivo. De repente o polonês baixo pronunciou o nome do deputado Madier de Montjau,[41] mas, como era hábito de muitos poloneses, ele o pronunciou à polonesa, isto é, acentuando a penúltima sílaba e a pronúncia saiu não Madier de Montjau mas Mádier de Móntjau. Era só do que o *dadais* precisava. Virou-se para os poloneses e, empertigando-se com ar imponente, súbito pronunciou em voz alta e escandindo as palavras como quem faz uma pergunta:

— Mádier de Móntjau?

Os poloneses se viraram para ele com ar furioso.

---

[41] Noël-François-Alfred Madier de Montjau (1814-1892), político francês que participou da Revolução de 1848 e foi inimigo de Napoleão III, sob cujo governo emigrou. Depois de 1871 foi membro da Assembleia Nacional, quando se juntou aos grupos de oposição de esquerda. Quando Dostoiévski escrevia a terceira parte de *O adolescente* (1874), o nome de Madier de Montjau apareceu várias vezes em jornais russos. (N. da E.)

— O que o senhor deseja? — gritou ameaçadoramente em russo o polonês alto e gordo. O *dadais* aguardou que ele concluísse:

— Mádier de Móntjau — tornou a repetir para a sala inteira, sem dar mais nenhuma explicação, tal qual acabara de repetir tolamente para mim à entrada: Dolgorowky? Os poloneses se levantaram de um salto, Lambert também se levantou e quis investir contra Andrêiev, mas, deixando-o de lado, correu para os poloneses e pôs-se a desculpar-se humildemente perante eles.

— São uns palhaços, *pani*,[42] são uns palhaços! — repetia desdenhosamente o polonês baixo, todo vermelho de indignação, como um pimentão. — Logo não se vai mais poder frequentar isso aqui! — Na sala também houve um bulício, também houve descontentamento, mas mas deu para ouvir risos.

— Saia... por favor... venha comigo! — balbuciou Lambert totalmente desnorteado e esforçando-se por retirar Andrêiev de algum modo. Este, depois de escrutar Lambert e adivinhar que agora ele já lhe daria dinheiro, concordou em acompanhá-lo. É provável que não fosse a primeira vez que ele arrancava dinheiro de Lambert com esse procedimento vergonhoso. Trichátov também fez menção de acompanhá-los, mas, olhando para mim, permaneceu.

— Ah, que coisa detestável — disse, cobrindo os olhos com seus dedinhos finos.

— Muito detestável — disse o bexigoso, desta vez com um jeito já enfurecido. Nesse ínterim, Lambert voltou quase lívido e, com gestos animados, começou a cochichar com o bexigoso. Enquanto isso, este mandava o garçom acelerar com o café; ele ouvia com nojo; pelo visto tinha a maior pressa de ir embora. E, não obstante, toda a história não passava de uma simples criancice. Trichátov passou do seu lugar para o meu lado com uma xícara de café na mão e sentou-se.

— Gosto muito dele — começou a me falar de um jeito muito franco como se sempre tivesse falado disso comigo.

— Você não pode acreditar como Andrêiev é infeliz. Comeu e bebeu o dote de sua irmã, aliás, comeu e bebeu tudo o que a família tinha em casa no ano em que fez o serviço militar, e noto que agora anda atormentado. E quanto ao fato de não se lavar, faz isso por desespero. Tem umas ideias estranhíssimas: num instante ele lhe diz que o canalha e o honesto são a mesma coisa e que entre os dois não há diferença; que não é necessário fazer nada, nem de bom, nem de mau, e que é a mesma coisa fazer tanto o bem quanto

---

[42] Em polonês, "senhores". (N. do T.)

o mal, e que o melhor de tudo é ficar deitado sem trocar de roupa o mês inteiro, beber, comer e dormir — e só. Mas acredite, ele faz isso só por fazer. E, sabe, eu até acho que agora ele anda fazendo das suas porque quer romper de vez com Lambert. Ontem mesmo disse isso. Acredite, às vezes ele passa muito tempo sentado à noite ou, quando está só, começa a chorar, e, quando chora, é algo especial, chora como ninguém: começa a bramir, brame terrivelmente e, sabe, isso dá ainda mais pena... Além disso, sendo tão grande e forte, de repente cai no pranto. É um coitado, não é verdade? Quero salvá-lo, mas eu mesmo sou um meninote muito detestável, desnorteado, você não vai acreditar! Se eu for visitá-lo você me deixará entrar, Dolgorúki?

— Oh, vá, eu até gosto de você.

— Por que isso? Então, obrigado. Escute, bebamos mais uma taça. Aliás, por quê? É melhor você não beber. Ele lhe disse a verdade quando falou que era melhor que você não bebesse mais — piscou de repente para mim com ar significativo —, mas mesmo assim eu vou beber. Em mim isso não faz mais efeito e eu, não sei se acredita, não tenho como me controlar. Diga-me que não devo mais almoçar nos restaurantes e estarei disposto a tudo só para jantar. Oh, desejamos sinceramente ser honestos, asseguro-lhe, só que sempre o adiamos.

Mas os anos se vão, e sempre os melhores anos.[43]

Quanto a ele, temo muito que se enforque. E sem avisar ninguém. Ele é assim. Hoje em dia todo mundo se enforca; como se vai saber que há muitos assim como nós? Eu, por exemplo, não consigo viver de maneira nenhuma sem algum dinheiro extra. Para mim o dinheiro extra é bem mais importante do que o necessário. Escute, você gosta de música? Eu gosto terrivelmente. Quando for à sua casa vou tocar alguma coisa para você. Toco piano muito bem e estudei durante muito tempo. E estudei a sério. Sabe, se eu compusesse uma ópera, eu pegaria um tema do *Fausto*. Gosto muito desse tema. Criaria toda uma cena numa catedral, assim, só de cabeça, na imaginação. Uma catedral gótica, seu interior, coros, hinos, entra Gretchen e, sabe, coros medievais para que assim se escute o século XV. Gretchen está melancólica, de início ouve-se um recitativo, baixo, mas terrivelmente angustiante, e os coros soam num tom lúgubre, severo, indiferente:

---

[43] Citação imprecisa do poema de Mikhail Liérmontov, "Tédio e tristeza" (1840), no qual se lê: "Mas passam os anos, todos os melhores anos". (N. da E.)

Dies irae, dies illa![44]

E de repente ouve-se a voz do diabo, o canto do diabo. Ele está invisível, só se ouve o canto, ao lado dos hinos, junto com os hinos, quase coincidindo com os hinos, e no entanto é totalmente outra coisa — preciso fazer mais ou menos assim. O canto é longo, incansável, de um tenor, forçosamente de um tenor. Começa baixinho, suave: "Gretchen, tu te lembras quando, ainda inocente, ainda uma criança, vinhas com tua mãe a esta catedral e balbuciavas orações de um livro antigo?". Porém o canto é cada vez mais forte, cada vez mais apaixonado, mais impetuoso; as notas são altas: nelas há lágrimas, uma melancolia incansável, irremediável e, por fim, o desespero: "Não há perdão, Gretchen, para ti aqui não há perdão!". Gretchen quer orar, mas apenas gritos irrompem do seu peito — sabe, quando há convulsão no peito provocada por lágrimas —, mas o canto de Satã não cessa, crava-se cada vez mais fundo na alma como uma lâmina, cada vez mais alto — e súbito é interrompido quase por um grito: "É o fim de tudo, maldita!". Gretchen cai de joelhos, torce os braços à sua frente — e eis a sua oração, algo muito breve, um semirrecitativo, porém ingênuo, sem nenhum acabamento, algo sumamente medieval, quatro versos, apenas quatro versos — em Stradella[45] há algumas notas assim — e com a última nota vem o desmaio! Perturbação. Erguem-na, carregam-na, e de repente ouve-se o coro tonitruante. É uma espécie de estrondo de vozes, um coro inspirado, triunfal, esmagador, algo como o nosso *Dori-no-ci-ma chin-mi*,[46] e visa a que os alicerces de tudo sejam abalados e tudo transborde no brado universal extasiado e jubiloso da "Hosana!" como uma espécie de grito de todo o universo, mas ela continua sendo carregada, carregada, e então descem as cortinas! Não, sabe, se eu pudesse faria alguma coisa! Só que hoje já não consigo fazer mais nada e me limito a sempre sonhar. Estou sempre sonhando, sempre sonhando; toda a minha vida transformou-se em um sonho, e até de noite eu sonho. Ah, Dolgorúki, você leu *A loja de antiguidades* de Dickens?

---

[44] "Dia da ira, nesse dia". Palavras iniciais do *Réquiem* católico, que representa o Juízo Final. Em seu plano imaginário de recriar à maneira russa passagens do *Fausto* de Goethe, Trichátov emprega matéria das cenas "Catedral" e "Cárcere", ambas da primeira parte da tragédia. (N. do T.)

[45] Alessandro Stradella (1639-1682), compositor e cantor italiano, autor de óperas e cantos religiosos. (N. da E.)

[46] Palavras do *Hino dos Querubins*, cantado nas liturgias da Igreja Ortodoxa. (N. da E.)

— Li; e daí?

— Lembra-se... Espere, vou beber mais uma taça... Lembra-se de uma passagem, já no final, quando eles, aquele velho louco e aquela encantadora mocinha de treze anos, sua neta, depois de sua fuga fantástica e das peregrinações, acabaram encontrando abrigo em algum recanto da Inglaterra, perto de uma catedral gótica medieval, e a mocinha ganhou um emprego para mostrar a catedral aos visitantes?... E eis que o sol está se pondo e, no adro da catedral, essa menina, toda banhada pelos últimos raios do sol, olha em pé o crepúsculo com uma serena contemplação meditativa na alma infantil, alma admirada, como se estivesse diante de algum enigma porque tanto uma coisa como a outra são como um enigma — o sol como uma ideia de Deus, a igreja como uma ideia humana... não é verdade? Oh, não consigo exprimir isto, só sei que Deus ama esses primeiros pensamentos oriundos das crianças... E nisto, ao lado dela, nos degraus, aquele velho louco, seu avô, contempla-a com um olhar fixo... Sabe, não há nada de excepcional nessa cena em Dickens, absolutamente nada, mas isto você não esquecerá pelo resto da vida e ficou gravado na lembrança de toda a Europa — por quê? Eis a maravilha! Aí reside a inocência! Eh! Não sei o que reside aí, só sei que é belo. No colégio estive sempre lendo romances. Sabe, tenho uma irmã no campo que é apenas um ano mais velha do que eu... Oh, hoje tudo lá já foi vendido e não temos mais nada! Nós dois estávamos sentados no terraço, debaixo de nossas velhas tias, lendo esse romance e o sol também se punha, e de repente paramos de ler e dissemos um para o outro que também seríamos bons, que seríamos belos — naquela época eu me preparava para ingressar na universidade e... Ah, sabe, Dolgorúki, cada um tem as suas lembranças!...

Súbito deitou sua cabecinha bonita sobre meu ombro e começou a chorar. Senti muita, muita pena dele. É verdade que ele tinha bebido muito vinho, mas falava comigo de um modo tão sincero e tão fraternal e com tal afeto... De repente ouviram-se um grito da rua e fortes batidas na nossa janela (ali as janelas eram inteiriças, grandes, e ficavam rentes ao chão, de modo que era possível bater nelas da rua). Era Andrêiev, que havia sido posto para fora.

— *Ohé, Lambert! Où est Lambert? As-tu vu Lambert?* — ouviu-se da rua um grito furioso.

— Ah, ele está aqui! Então não foi embora? — exclamou meu rapazinho, precipitando-se do lugar.

— A conta! — rangeu para o garçom. Suas mãos até tremeram de raiva quando ele começou a acertar a conta, mas o bexigoso não permitiu que ele pagasse sua parte.

— Por que isso? Ora, você é meu convidado, não aceitou o convite?

— Não, permita-me — o bexigoso tirou seu porta-níqueis e, depois de calcular a sua parte, pagou em separado.

— Você me ofende, Semión Sídoritch![47]

— Mas é assim que eu quero — interrompeu Semión Sídorovitch e, pegando o chapéu, e sem se despedir de ninguém, deixou a sala sozinho. Lambert atirou o dinheiro para o garçom e precipitou-se atrás dele, até me esquecendo em sua perturbação. Eu e Trichátov saímos depois de todos.

— Patife! — Lambert não se conteve.

— Ora essa! — rangeu Andrêiev para ele e, com um tapa, derrubou-lhe o chapéu redondo, que rolou pela calçada. Lambert precipitou-se de forma humilhante para apanhá-lo.

— *Vingt-cinq roubles!*[48] — Andrêiev apontou para Trichátov com a cédula que ainda há pouco arrancara de Lambert.

— Basta — gritou-lhe Trichátov. — Por que continuas com esses desatinos... e por que arrancaste vinte e cinco rublos dele? Apenas sete lhe caberiam.

— Por que arranquei? Ele prometeu um almoço reservado, com mulheres atenienses, mas no lugar das mulheres serviu o bexigoso e, além disso, não comi direito e fiquei congelando no frio, o que sem dúvida corresponde a dezoito rublos. Ele ainda ficou devendo sete rublos; eis exatos vinte e cinco rublos.

— Vão vocês dois para o in-fer-no! — berrou Lambert. — Ponho os dois na rua, e vou dobrá-los...

— Lambert, sou eu que te ponho na rua, sou eu que vou dobrá-lo! — gritou Andrêiev. — *Adieu, mon prince*,[49] e não beba mais vinho! Pétia, em marcha! *Ohé, Lambert! Où est Lambert? As-tu vu Lambert?* — rugiu ele pela última vez, afastando-se a passos enormes.

— Então vou à sua casa, posso? — balbuciou-me às pressas Trichátov, precipitando-se atrás do seu amigo.

Eu e Lambert ficamos a sós.

— Então, vamos! — disse ele, tomando fôlego com certa dificuldade e até meio aturdido.

---

[47] Variação de Sídorovitch. (N. do T.)

[48] Em francês, "Vinte e cinco rublos". (N. do T.)

[49] "Adeus, meu príncipe." (N. do T.)

— Para onde vou? Não vou a lugar nenhum contigo! — apressei-me em gritar-lhe em tom de desafio.

— Como não vais? — agitou-se com ar assustado e recobrando-se. — Eu estava só esperando que ficássemos a sós.

— E ainda ir para onde? — Confesso que estava com um pingo de zumbido na cabeça por causa das três taças de vinho e dos dois cálices de xerez.

— Para esse canto ali, para esse canto ali, estás vendo?

— Mas ali tem ostras frescas, veja, está escrito. Ali cheira muito mal.

— É porque acabaste de almoçar, e essas são as ostras de Miliútin; não vamos comer ostras, vou te servir champanhe...

— Não quero! Estás querendo me embebedar.

— Foram eles que te disseram isso; estavam debochando de ti. Acreditas naqueles canalhas!

— Não, Trichátov não é um canalha. E ademais eu mesmo sei ser precavido; eis a questão.

— Então, tu tens caráter?

— Sim, tenho caráter mais do que tu, porque bancas o escravo do primeiro que aparece. Tu nos envergonhaste, pediste desculpas aos polacos como um lacaio. Parece que sempre apanhas nas tabernas?

— Ora, nós dois precisamos conversar, cretino! — exclamou com aquela impaciência desdenhosa que quase chegava a dizer: "Até tu?". — Ora, será que estás com medo? És ou não és meu amigo?

— Não sou teu amigo e tu és um vigarista. Vamos, só para que eu te prove que não tenho medo de ti. Ah, que cheiro horrível! Que nojeira!

CAPÍTULO VI

I

Torno a pedir que se lembrem de que eu estava com um pouco de zumbido na cabeça; não fosse isso, teria falado e agido de outro modo. Naquele restaurante, na sala dos fundos, poder-se-ia de fato comer ostras, e nos sentamos diante de uma pequena mesa coberta por uma asquerosa toalha suja. Lambert mandou que servissem champanhe; uma taça do vinho dourado e frio apareceu à minha frente e ficou a me espiar com ar sedutor; eu estava agastado.

— Vê, Lambert, o que principalmente me ofende é achares que até hoje podes me dar ordens como no internato de Touchard, enquanto aqui tu mesmo ages como escravo diante de todos.

— Cretino! Ah, ergamos nossas taças!

— Nem sequer te dignas fingir diante de mim; podias ao menos não esconder que queres me embebedar.

— Estás enganado, e bêbado. Precisas beber mais e então ficarás mais alegre. Vamos, pega uma taça, pega!

— Que história é essa de "vamos, pega"? Vou embora e assunto encerrado.

E de fato eu ia me levantar. Ele ficou terrivelmente zangado.

— Foi Trichátov que cochichou algo contra mim: eu vi vocês dois cochichando. Então és um cretino. Alfonsina até evita que ele chegue perto dela... É um canalha. Vou te contar como é ele.

— Já disseste isso. Só sabes falar em Alfonsina; és limitado demais.

— Limitado? — ele não entendeu. — Agora eles se passaram para o bexigoso. É isso! Eis por que os toquei para fora. São uns desonestos. Aquele bexigoso é um bandido que vai perverter todos eles. Por isso exigi que sempre se comportassem com nobreza.

Sentei-me e, como que maquinalmente, peguei uma taça e tomei um gole.

— Sou incomparavelmente superior a ti em educação — disse-lhe. Mas ele estava demasiado contente por eu ter me sentado e no mesmo instante me serviu mais vinho.

— Ora, tu tens medo deles? — continuei a provocá-lo (nesse momento eu era mais torpe do que ele mesmo). — Andrêiev derrubou o chapéu da tua cabeça e em troco lhe deste vinte e cinco rublos.

— Dei, mas ele vai me pagar. Andam rebeldes, mas vou torcê-los...

— O bexigoso te deixa muito nervoso. Sabe, acho que sou o único que ainda te resta. Todas as tuas esperanças estão depositadas apenas em mim, hein?

— Sim, Arkachka, é verdade: és o único amigo que me restou; tu o disseste bem! — deu-me uma palmada no ombro.

O que se havia de fazer com um homem tão grosseiro? Era totalmente atrasado e tomava zombaria por elogio.

— Tu poderias me livrar das coisas ruins se fosses um bom camarada, Arkadi — continuou, olhando carinhosamente para mim.

— Como eu poderia te livrar?

— Tu mesmo sabes como. Sem mim és como um cretino e na certa continuarás um parvo, mas eu poderia te dar trinta mil rublos e nós dividiríamos a coisa ao meio, tu mesmo sabes como. Ora, quem és tu, observa: não tens nada: nem nome, nem família, e de repente um dinheirão; e com semelhante dinheiro sabes como podes começar uma carreira!

Fiquei simplesmente surpreso com tal procedimento. Eu supunha com firmeza que ele iria apelar para a astúcia, mas foi muito franco comigo, começou mesmo como uma criança. Resolvi ouvi-lo por uma questão de largueza e... de uma terrível curiosidade.

— Vê, Lambert: tu não entendes isto, mas aceito te ouvir porque sou amplo — declarei com firmeza e sorvi mais um gole de vinho. Incontinente, Lambert me serviu mais.

— Vê só, Arkadi: se um tipo como Bioring se atrevesse a me destratar e me bater perante a dama que eu adoro, não sei o que eu faria! Mas tu aguentaste e fiquei com nojo de ti: és um trapo!

— Como te atreves a dizer que Bioring me bateu?! — bradei enrubescido. — Fui antes eu que bati nele do que ele em mim.

— Não, foi ele que bateu em ti, e não tu nele.

— Estás enganado, ainda esmaguei o pé dele!

— Mas ele te rebateu com a mão e mandou os criados te arrastarem... enquanto ela permaneceu sentada, olhando da carruagem e rindo de ti; ela sabe que não tens pai e que podem te ofender.

— Não sei, Lambert, nós dois estamos numa conversa de garotos que me envergonha. Estás dizendo isto para me provocar, e de forma tão grosseira e franca como se falasses com algum garoto de dezesseis anos. Estás de conluio com Anna Andrêievna! — exclamei trêmulo de raiva e sempre sorvendo maquinalmente o vinho.

— Anna Andrêievna é uma tratante! Está engazopando a ti, a mim, e a todo mundo! Eu estava à tua espera porque és quem melhor pode liquidar o assunto com aquela fulana.

— Com que fulana?

— Com madame Akhmákova. Estou a par de tudo. Tu mesmo me disseste que ela teme aquela carta que está contigo...

— Que carta... estás mentindo... Tu a viste? — balbuciei atrapalhado.

— Vi. Ela é bonita. *Très belle*;[50] tens gosto.

— Sei que a viste; no entanto, não te atreveste a conversar com ela e quero que também não te atrevas a falar sobre ela.

— Ainda és um menino e ela zomba de ti; essa é a questão. Em Moscou nós tivemos uma virtuosa assim: ah, como empinava o nariz! Mas começava a tremer quando ameaçávamos contar tudo e no mesmo instante obedecia; e nós usufruíamos das duas coisas: do dinheiro e daquilo, compreendes de quê? Hoje ela está novamente inacessível na sociedade, fu, diabos, como voa alto! e que carruagem usa, ah se tu soubesses em que espelunca morava! Ainda não viveste a vida; se soubesses que espeluncas não lhe metem medo...

— Era o que eu pensava — balbuciei sem me conter.

— Elas são depravadas até o último fio de cabelo; não sabes de que são capazes! Alfonsina morou numa dessas casas, tem até nojo.

— Era o que eu pensava — tornei a confirmar.

— Tu apanhas, mas te compadeces.

— Lambert, tu és um canalha, és um maldito!... — bradei, atinando algo de repente e tremendo. — Vi tudo isso em sonho, tu em pé, e Anna Andrêievna... Oh, és um maldito! Será que pensavas que eu fosse tamanho patife? Ora, eu só sonhei com isso porque sabia que era o que irias dizer. E, por fim, nada disso pode ser tão simples para que o abordes com tanta franqueza e simplicidade!

— Ora vejam, ficou zangado! Eh-eh-eh! — arrastou Lambert risonho e triunfante. — Bem, irmão Arkachka, agora sei de tudo que preciso. Por isso estava à tua espera. Escuta, então tu a amas e queres te vingar de Bioring; eis o que eu precisava saber. Desconfiei disso o tempo todo em que te esperei aqui. *Ceci posé, cela change la question.*[51] Isso é ainda melhor porque ela

---

[50] Em francês, "Muito bonita". (N. do T.)

[51] "Sendo assim, isso muda a questão." (N. do T.)

mesma te ama. Então te cases com ela sem nenhuma demora, assim é melhor. Aliás, não podes agir de outro modo, pegaste o caminho mais seguro. E de mais a mais, fica sabendo, Arkadi, que tens um amigo, eu, de quem podes abusar. É este amigo que vai te ajudar a se casar com ela: arranjo tudo nem que tenha de remover o chão, Arkacha! E então darás trinta milzinhos de rublos a um velho colega pelo trabalho; que tal? E vou te ajudar, não tenhas dúvida. Conheço todas as sutilezas de todos esses assuntos, receberás todo o dote e então serás um ricaço com uma carreira!

Embora minha cabeça girasse, eu olhava admirado para Lambert. Ele estava sério, ou seja, não propriamente sério, mas para mim era claro que ele tinha plena convicção de que era possível me casar e até encarava a ideia com entusiasmo. É claro que eu também notava que ele armava uma cilada para mim como para um menino (isto eu também notava como certo); contudo, a ideia do casamento com ela me transpassava de tal modo que eu até me surpreendia como Lambert podia acreditar em semelhante fantasia, mas, ao mesmo tempo, eu mesmo acreditava ardorosamente nela, ainda que não perdesse por um só instante a consciência de que na certa esse casamento não podia se realizar em hipótese nenhuma.

— Ora, por acaso isso é possível? — balbuciei.

— Por que não? Tu lhe mostras o documento, ela fica amedrontada e se casa contigo para não perder o dinheiro.

Decidi não deter Lambert em suas canalhices porque ele as expunha de modo tão simplório para mim que nem sequer desconfiava de que de uma hora para outra eu pudesse ficar indignado; no entanto balbuciei que não desejava um casamento apenas por coação.

— Não quero coagir em hipótese nenhuma; como podes ser tão patife a ponto de me supor capaz disso?

— Qual! Ela mesma aceitará: não serás tu, mas é ela mesma que levará um susto e se casará contigo. E se casará ainda porque te ama — lembrou Lambert.

— Tu mentes! Zombas de mim. E como sabes que ela me ama?

— Não há dúvida. Sei. E Anna Andrêievna o supõe. Estou te falando a sério e dizendo que Anna Andrêievna o supõe. E por isso, quando vieres à minha casa, te contarei mais uma coisa e verás que ela te ama. Alfonsina esteve em Tsárskoie; lá ela também ficou sabendo.

— De que ela poderia ficar sabendo lá?

— Ora, vamos para a minha casa: ela mesma te contará e acharás agradável. Aliás, és pior do que quem? És bonito, és educado...

— Sim, sou educado — murmurei, mal conseguindo tomar fôlego. Meu coração palpitava, e, claro, não só por causa do vinho.

— És bonito. Andas bem-vestido.

— Sim, ando bem-vestido.

— E és bondoso...

— Sim, sou bondoso.

— Por que ela não concordaria? Quanto a Bioring, apesar de tudo não se casará sem que haja dinheiro, ao passo que tu podes privá-la do dinheiro; isso vai deixá-la assustada; tu te casarás e assim te vingarás de Bioring. Ora, tu mesmo me contaste naquela noite, depois do frio, que ela está apaixonada por ti.

— E por acaso te falei isso? Tenho certeza de que não falei.

— Não, falaste.

— Estava delirando. Na certa foi então que te falei do documento, hein?

— Sim, disseste que tens essa carta; então pensei: como é que ele, tendo essa carta, perde a sua chance?

— Tudo isso são fantasias e não sou absolutamente tão tolo para ter te confiado isso — murmurei. — Em primeiro lugar, existe a diferença de idade, e em segundo, não tenho nome.

— Ah, mas ela aceitará; não pode deixar de aceitar com tanto dinheiro a perder; isso eu arranjo. E ainda por cima ela te ama. Sabes que aquele velho príncipe nutre total simpatia por ti; sabes que relações podes estabelecer usando a proteção dele; e quanto ao fato de não teres nome, hoje em dia não se precisa de nada disso: é só meteres a mão na bolada que vais crescer, crescer, e dentro de dez anos serás tamanho milionário que deixarás toda a Rússia em polvorosa; então, para que precisarias de nome? Na Áustria pode-se comprar um título de barão. E, uma vez casado, é só deitar a mão em tudo. É preciso ter jeito com elas. A mulher, se passa a amar, ama para ser mantida sob punho forte. No homem a mulher ama o caráter. É só tu assustá-la com a carta que lhe mostrarás o teu caráter. "Ah", dirá ela, "ele é tão jovem, mas tem caráter."

Eu estava atônito em meu assento. Nunca eu me aviltaria numa conversa tão tola com ninguém. Mas nesse momento uma doce sede me impelia a conduzi-la. Além do mais, Lambert era tão tolo e canalha que não dava para me envergonhar dele.

— Não, sabes, Lambert — disse-lhe de súbito —, como queiras, mas nisso há muito absurdo; falei contigo porque somos colegas e não temos de que nos envergonhar; mas com outra pessoa eu jamais me humilharia. Diz-

-me, sobretudo, por que me asseguras que ela me ama? Tu acabaste de te exprimir bem sobre o capital; mas vê, Lambert, não conheces a alta sociedade: lá entre eles tudo isso repousa nas relações mais patriarcais, familiares, por assim dizer, de modo que neste momento, quando ela ainda não conhece minha capacidade e até o que posso conseguir na vida, sentirá vergonha, apesar de tudo. Mas não escondo de ti, Lambert, que nesta questão existe de fato um ponto que pode dar esperança. Vê: ela pode se casar comigo por gratidão porque eu a livrarei do ódio de um homem. E ela tem medo dele, teme esse homem.

— Ah, estás falando de teu pai? Quer dizer então que ele a ama muito? — Lambert animou-se de repente com uma curiosidade incomum.

— Oh, não! — exclamei — e como és terrível e ao mesmo tempo tolo, Lambert. Ora, se ele a amasse, poderia eu querer me casar com ela? Isso acabaria envolvendo filho e pai e, convenhamos, seria uma vergonha. Ele ama minha mãe, minha mãe, e vi como ele a abraça, mas antes eu mesmo achava que ele amava Catierina Nikoláievna, mas para mim agora está claro que ele talvez a tenha amado algum dia, porém há muito a odeia... e deseja vingança, e ela o teme, e vou te dizer, Lambert, que ele é terrível quando resolve se vingar. Fica quase louco. Quando se enfurece com ela faz de tudo. Trata-se de uma hostilidade numa antiga linhagem motivada por princípios elevados. Em nossa época estão se lixando para todos os princípios comuns; nossa época não é de princípios comuns, mas tão somente de casos privados. Ah, Lambert, tu não entendes nada; és imbecil como uma toupeira. Estou te falando desses princípios, mas na certa não compreendes nada. És terrivelmente inculto. Estás lembrado de que me batias? Agora sou mais forte do que tu; sabes disso?

— Arkachka, vamos para a minha casa! Passaremos a noite lá e tomaremos mais uma garrafa, enquanto isso Alfonsina cantará ao violão.

— Não, não vou. Ouve, Lambert, tenho uma "ideia". Se eu fracassar e não me casar, recolho-me à ideia; já tu não tens ideia.

— Está bem, está bem, tu me falarás dela, vamos.

— Não vou! — levantei-me — não quero e não vou. Vou à tua casa, mas és um patife. Eu te dou trinta mil rublos, vá lá, no entanto sou mais puro e superior... Ora, percebo que queres me enganar em tudo. E quanto a ela, eu te proíbo até pensar: ela está acima de todos e teus planos são tamanha baixeza que tu até me surpreendes, Lambert. Quero me casar; isso é outro assunto, mas não preciso de capital, desprezo o capital. Eu mesmo não aceitaria se ela me desse o seu capital de joelhos... Quanto a me casar, a me casar, esse já é outro assunto. Sabes, tu te exprimistes bem quando falaste em mantê-la sob punho forte. Amar, deve-se amar apaixonadamente, com toda a magnanimidade que há no homem e que nunca poderá haver na mulher, mas usar de despotismo é bom. Porque, sabes Lambert, a mulher gosta de despotismo. Tu conheces as mulheres, Lambert. Mas és surpreendentemente tolo em todo o resto. Sabes, Lambert, não és em tudo aquele patife que pareces, és simples. Gosto de ti. Ah, Lambert, por que és tamanho velhaco? Senão poderíamos viver com grande alegria. Sabes, Trichátov é amável.

Balbuciei já na rua todas essas últimas frases desconexas. Oh, lembro tudo isso em detalhes para que o leitor perceba que, com todo o entusiasmo e com todos os juramentos e promessas de renascer para melhor e procurar a beleza, eu era capaz de resvalar tão facilmente nessa lama! E juro que, se eu não tivesse a plena convicção de que agora já não era mais quem fora e de que havia elaborado meu caráter através da vida prática, por nada no mundo confessaria tudo isso ao leitor.

Tínhamos saído do restaurante e Lambert me apoiava, abraçando-me levemente. Súbito olhei para ele e notei a mesma expressão de seu olhar observador, por demais atento e sóbrio no máximo grau, como naquela manhã em que eu congelava e ele me conduziu, abraçando-me do mesmo modo, para a carruagem e ouvia atento, com os ouvidos e os olhos, meu balbucio desconexo. Os beberrões, quando ainda não de todo embriagados, têm súbitos momentos da mais plena lucidez.

— Por nada irei à tua casa! — disse-lhe de modo firme e conexo, olhando-o com ar zombeteiro e afastando-o com a mão.

— Ora, basta, vou mandar Alfonsina preparar o chá, basta!

Ele estava convencidíssimo de que eu não me soltaria; ele me abraçava e me segurava com prazer como se faz com uma vítima, e sem dúvida eu lhe era necessário naquele instante, justo naquela noite e naquela situação! Mais tarde, explicarei a razão de tudo isso.

— Não vou! — repeti. — Cocheiro!

Justamente nesse instante chegou um cocheiro e pulei para dentro do trenó.

— Para onde vais? O que estás fazendo! — berrou Lambert tomado do maior pavor, agarrando-me pelo casaco.

— E não te atrevas a me seguir! — gritei —, não tentes me alcançar. — Neste exato momento o cocheiro deu partida e meu casaco escapou das mãos de Lambert.

— Seja como for, tu virás! — gritou atrás de mim com uma voz raivosa.

— Irei se quiser, sou dono da minha vontade — voltei-me do trenó para ele.

II

Ele, é claro, não saiu em meu encalço porque não apareceu outra carruagem à mão e eu consegui fugir de suas vistas. Fui apenas até a praça Siennáia, e lá desci e liberei o trenó. Estava com uma imensa vontade de dar uma caminhada. Não sentia cansaço nem grande embriaguez, tinha apenas ânimo; estava com um afluxo de forças, com uma aptidão fora do comum para qualquer empreendimento e uma infinidade de ideias agradáveis na cabeça.

Meu coração batia forte e pesado — eu ouvia cada batida. Tudo me era encantador, tudo me era muito leve. Ao passar ao lado da Casa da Guarda[52] na Siennáia tive uma tremenda vontade de dar um beijo no guarda. Estávamos no degelo, a praça havia escurecido e cheirava mal, mas até a praça me agradava muito.

"Estou a caminho da avenida Obúkhovskaia — pensava —, depois dobro à esquerda na direção do Semiónovski Polk e aí dou uma guinada, é excelente, tudo é excelente. Meu casaco está desabotoado — porque ninguém o tira de mim, onde estão os ladrões? Dizem que na Siennáia há ladrões; que apareçam, talvez eu até lhes dê meu casaco. Para que eu quero casaco? Casaco é propriedade. *La propriété c'est le vol.*[53] Mas, pensando bem, que absurdo e como tudo isso é bom. É bom estarmos no degelo. Para que frio? Não há nenhuma necessidade de frio. É bom até dizer besteiras. O que foi que eu disse a Lambert sobre os princípios? Eu disse que não existem princípios comuns, mas apenas casos privados; isso foi uma lorota, uma lorota deslavada! E o fiz de propósito, por gabolice. É um pouco vergonhoso mas, pensando bem, não é nada, vou consertar. Não se envergonhe, não se atormente, Arkadi Makárovitch. Gosto de você, Arkadi Makárovitch. Até gosto muito de você, meu jovem amigo. É uma pena que sejas um velhaquinho... e... e... ah, sim... ah!"

Súbito tornei a parar e o enlevo me invadiu o coração:

"Meu Deus! O que foi que ele disse? Disse que ela me ama. Oh, ele é

---

[52] O prédio da Casa da Guarda teve certo papel na biografia de Dostoiévski. Ali ele passou dois dias preso quando era redator da revista *Grajdanin*. (N. da E.)

[53] "A propriedade é um roubo". A frase foi cunhada por Jacques-Pierre Brissot (1754-1793), um dos líderes girondistas, e tornou-se proverbial graças a Pierre-Joseph Proudhon (1809-1865). (N. da E.)

um vigarista, disse uma grande mentira; fez isso para que eu fosse pernoitar em sua casa. Mas talvez não. Ele disse que Anna Andrêievna também pensa assim... Bah! nisso Nastácia Iegórovna pode ter descoberto alguma coisa para ele: ela fareja tudo. E por que não fui à casa dele? teria descoberto tudo! Hum! ele tem um plano e eu pressentia tudo isso até o último detalhe. Um sonho. Bolou a coisa de forma ampla, senhor Lambert, só que está enganado, isso não vai ser assim. Mas pode até ser assim! Pode até ser assim! E por acaso ele pode me casar? Mas pode, pode mesmo. É ingênuo e crédulo. É tolo e descarado como todos os homens de negócios. A tolice e o descaramento, uma vez juntos, são uma grande força. E confesse, Arkadi Makárovitch, que mesmo assim você estava com medo de Lambert! E para que ele precisa de pessoas honestas? É por isso que ele fala a sério: aqui não existe nenhum homem sério! Mas, e tu mesmo, quem és? Ora, quem sou eu! Por acaso os canalhas não precisam de pessoas honestas? Na trapaça as pessoas honestas são ainda mais necessárias do que em qualquer outra parte. Ah-ah! Só você, Arkadi Makárovitch, com sua total inocência, ignorava isso até hoje. Meu Deus! E se ele efetivamente me casar?"

Tornei a parar. Aqui devo confessar uma tolice (uma vez que isso já se passou há muito tempo), devo confessar que antes disso já fazia muito tempo que eu queria me casar —, quer dizer, não queria e isso nunca aconteceria (e aliás não há de acontecer, dou minha palavra), porém mais de uma vez e muito antes disso eu fantasiara como seria bom me casar, ou seja, uma infinidade de vezes, sobretudo quando toda noite aguardava adormecer. Isto começou ainda aos dezesseis anos. No colégio eu tinha um colega, Lavrovski, da mesma idade que eu, um menino muito amável, sereno e bom, se bem que não se distinguisse em nada dos outros. Nós dois quase nunca conversávamos. Um dia estávamos sentados lado a lado, ele muito pensativo, e de repente virou-se para mim: "Ah, Dolgorúki, o que você acha de a gente se casar agora; palavra, em que momento a gente iria se casar senão agora; é o melhor momento e, não obstante, não há a menor possibilidade!". E disse isso com muita franqueza. No mesmo instante concordei com tudo de todo o coração porque eu mesmo andava com algum devaneio. Em seguida passamos vários dias nos encontrando e conversando sobre a mesma coisa, como que em segredo, aliás, falando só sobre isso. Depois, não sei como isso aconteceu, nós nos afastamos e deixamos de conversar. Foi desde então que comecei a sonhar. Isso, é claro, não valia a pena ser lembrado, mas eu só queria sugerir que às vezes essas coisas vêm de longe.

"Aqui há apenas uma séria objeção — eu continuava a fantasiar, sempre caminhando. — Oh, é claro, uma diferença insignificante de idade entre nós não é um obstáculo, mas vejam uma coisa: ela é tão aristocrática e eu simplesmente Dolgorúki! Um horror! Hum! Se eu me casasse com ela, Viersílov não poderia pedir ao governo uma autorização para me perfilhar... pelos méritos, por assim dizer, de pai... Ora, ele foi um servidor, logo, teve também méritos; foi juiz de paz... ah, com os diabos, que torpeza!"

Fiz essa súbita exclamação e de repente parei pela terceira vez, porém já como que esmagado no lugar. Todo esse torturante sentimento de humilhação, decorrente da consciência de que eu podia ter desejado uma desonra tão grande como mudar de sobrenome por perfilhamento, traição a toda a minha infância — tudo isso destruiu quase que num piscar de olhos toda a minha anterior disposição e toda a minha alegria se esfumaçou. "Não, isto não contarei a ninguém — pensei, corando em demasia —, eu me humilhei assim porque estou... apaixonado... e sou um tolo. Não, se Lambert tem razão em alguma coisa é no fato de que hoje em dia todas essas tolices são de todo dispensáveis e em nossa época o principal é o homem, depois é que vem o seu dinheiro. Quer dizer, não o dinheiro, mas o poder. Com um capital desses nas mãos eu me lanço à 'ideia' e dentro de dez anos toda a Rússia entrará em polvorosa e eu me vingarei de todos. E quanto a ser cerimonioso com ela, não tenho por quê, e nisso Lambert tem razão. Ficará amedrontada e simplesmente aceitará. Aceitará da maneira mais simples e banal. 'Tu não sabes, não sabes em que cubículo aquilo aconteceu!' — Vieram-me à lembrança as recentes palavras de Lambert. E é verdade — confirmei —, Lambert tem razão em tudo, tem mil vezes mais razão do que eu, do que Viersílov e todos esses idealistas! Ele é realista. Ela verá que tenho caráter e dirá: 'Ah, ele tem caráter!'. Lambert é um canalha e só quer arrancar trinta mil rublos de mim, mas mesmo assim é o único amigo que tenho. Outra amizade não há nem pode haver, isso é tudo invenção de gente sem senso prático. E a ela eu nem humilho; por acaso eu a humilho? Nem um pouco: todas as mulheres são assim! Por acaso existe mulher sem baixezas? Por isso ela vive sob o poder do homem, porque foi criada como um ser subordinado. A mulher é vício e tentação, já o homem é nobreza e magnanimidade. Assim será para todo o sempre. E quanto ao fato de que eu pretendo usar o 'documento', isso não é nada. Isso não impede a nobreza nem a magnanimidade. Não existem Schillers em estado puro — foram inventados. Não há mal em se apelar para a sujeira se o fim é magnífico! E de mais a mais tudo se lava, tudo se ajeita, mas agora é tudo uma questão de largueza, é tudo uma questão de vida, é apenas a verdade da vida — é assim que isso se chama hoje!"

Oh, torno a repetir: que me perdoem por eu citar até a última linha todo esse delírio de bêbado daquele momento. Entende-se que se trata apenas da essência dos pensamentos daquele tempo, no entanto parece-me que foi com essas mesmas palavras que então falei. Tinha de citá-las porque resolvera escrever para me julgar. E o que julgar senão isso? Por acaso pode haver algo de mais sério na vida? O vinho não justificava. *In vino veritas.*[54]

Assim eu sonhava mergulhado por inteiro em fantasias e não percebi que enfim chegara em casa, isto é, ao apartamento de minha mãe. Não percebi sequer como havia entrado no apartamento; contudo, tão logo entrei na nossa minúscula antessala compreendi incontinente que em nossa casa havia acontecido algo fora do comum: falavam alto pelos cômodos, gritavam, e dava para ouvir mamãe chorar. À porta, Lukéria não me derrubou por um triz ao correr com ímpeto do quarto de Makar Ivánovitch para a cozinha. Tirei o casaco e entrei no quarto de Makar Ivánovitch, porque ali todos estavam aglomerados.

Lá se encontravam Viersílov e mamãe. Mamãe estava deitada em seus braços e ele a abraçava com força contra o peito. Makar Ivánovitch estava sentado como sempre em seu banquinho, mas era como se estivesse sem forças, de modo que Liza conseguia a custo segurá-lo pelos ombros para que ele não caísse; até se via com clareza que ele não estava se curvando para cair. Eu me aproximei com um passo impetuoso, senti um tremor e percebi: o velho estava morto.

Acabara de morrer coisa de um minuto antes de minha chegada. Uns dez minutos antes ainda se sentia como sempre. Só Liza lhe fazia companhia; estava sentada a seu lado, falava-lhe de seu infortúnio e ele, como sempre, afagava sua cabeça. Súbito estremeceu por inteiro (contou Liza), fez menção de soerguer-se, quis gritar e, em silêncio, começou a tombar para o lado esquerdo. "Infarto fulminante!" — disse Viersílov. Liza gritou para a casa toda ouvir e então todos correram para lá — e tudo isso coisa de um minuto antes de minha chegada.

— Arkadi! — gritou-me Viersílov —, corre num piscar de olhos à casa de Tatiana Pávlovna. Ela deve estar em casa sem falta. Pede que venha imediatamente. Pega um fiacre. Depressa, te imploro!

Seus olhos brilhavam — disso eu me lembro com clareza. Em seu rosto não notei nada que aparentasse uma compaixão genuína nem lágrimas — só mamãe, Liza e Lukéria choravam. Ao contrário, lembro-me muito bem de que o rosto dele impressionava por uma excitação incomum, quase um êxtase. Corri para chamar Tatiana Pávlovna.

---

[54] Em latim, "No vinho está a verdade". (N. do T.)

O trajeto, como já é sabido, não era longo. Não peguei fiacre, mas corri todo o trajeto sem parar. Minha mente estava perturbada e até meio extasiada. Eu compreendia que havia acontecido algo radical. Minha embriaguez desaparecera por completo, até a última gota, e junto com ela todas as ideias ignóbeis que eu tinha quando toquei a campainha de Tatiana Pávlovna.

A *tchukhonka* abriu: "Não está em casa" — e quis fechar no mesmo instante.

— Como não está? — irrompi à força na antessala —, ora, não é possível! Makar Ivánovitch morreu!

— O quê?! — ouviu-se de repente o grito de Tatiana Pávlovna através da porta fechada de sua antessala.

— Morreu! Makar Ivánovitch morreu! Andriêi Pietróvitch pede que a senhora vá agora mesmo para lá!

— Ora, estás mentindo!...

O ferrolho estalou, mas a porta se abriu apenas umas duas polegadas: "O que houve, conta!".

— Eu mesmo não sei, tinha acabado de chegar e ele já estava morto. Andriêi Pietróvitch diz que foi um infarto fulminante!

— Agora mesmo, só um minuto. Corre, diz lá que vou: vai, vai, vai! Ora, por que ainda estás parado?

Contudo, vi com clareza pela porta semiaberta que alguém saíra de trás da cortina onde ficava a cama de Tatiana Pávlovna e postara-se no fundo do quarto atrás dela. Agarrei o ferrolho maquinalmente, por instinto, e não deixei que fechassem a porta.

— Arkadi Makárovitch! Será mesmo verdade que ele morreu? — ouviu-se a voz serena, suave e metálica que eu conhecia e que fazia tudo estremecer de vez em minha alma: em sua pergunta ouvia-se algo que *lhe* invadia e comovia a alma.

— Sendo assim — Tatiana Pávlovna largou de repente a porta —, sendo assim, vocês que se arranjem como quiserem. Vocês mesmos o quiseram.

Ela se precipitou para fora do quarto, de imediato pôs o lenço e o casaco e lançou-se escada abaixo. Ficamos a sós. Tirei o casaco, dei um passo e fechei a porta atrás de mim. Ela estava à minha frente como daquela vez naquele encontro, com seu rosto claro, seu olhar radiante e, como daquela vez, estendia-me a mão. Foi como se eu tivesse sido abatido e caí literalmente a seus pés.

III

Eu ia chorar não sei por quê; não me lembro de ela me haver feito sentar-me a seu lado, minhas inestimáveis recordações registram apenas que ficamos sentados um ao lado do outro, de mãos dadas, e conversando com ardor: ela me interrogava sobre o velho e sua morte e eu lhe falava sobre ele, de modo que dava para pensar que eu estivesse chorando por Makar Ivánovitch, quando isso seria o cúmulo do absurdo; e sei que em hipótese alguma ela podia supor em mim essa banalidade pueril. Por fim me dei súbita conta disso e senti vergonha. Hoje suponho que naquele momento chorei apenas movido pelo enlevo, e penso que ela mesma não entendeu muito bem, de modo que estou tranquilo quanto a essas lembranças.

Súbito me pareceu muito estranho que ela interrogasse tanto a respeito de Makar Ivánovitch.

— Por acaso você o conhecia? — perguntei surpreso.

— Há muito tempo. Eu nunca o havia visto, mas ele também teve seu papel em minha vida. Outrora quem me falou muito sobre ele foi aquele homem de quem tenho medo. Você sabe quem é esse homem.

— Hoje sei apenas que "esse homem" esteve bem mais próximo de sua alma do que você antes me revelou — disse-lhe, sem saber o que queria dizer com isso, mas com uma espécie de censura e todo carrancudo.

— Você me disse que ele ainda há pouco estava beijando sua mãe? Abraçando-a? Você mesmo viu isso? — Ela não me ouvia e continuava a interrogar.

— Sim, vi; e acredite que tudo isso foi com a máxima sinceridade e magnanimidade — apressei-me em confirmar, notando sua alegria.

— Deus queira! — ela se benzeu. — Agora ele está desimpedido. Esse velho maravilhoso não passava de um estorvo na vida dele. Com sua morte tornarão a renascer nele o dever e... a dignidade, como já renasceram uma vez. Oh, ele é acima de tudo um homem magnânimo, há de tranquilizar o coração de sua mãe, a quem mais ama na face da Terra, e enfim se tranquilizará a si mesmo, e graças a Deus, porque já era tempo.

— Você o aprecia muito?

— Sim, aprecio muito, embora não seja no sentido em que ele mesmo desejaria nem no que você pergunta.

— Mas agora, você teme mais por ele ou por si? — perguntei de supetão.

— Bem, essas perguntas são complicadas, deixemo-las para lá.

— Deixemos, sem dúvida; só que eu ignorava tudo isso, talvez igno-

Последній планъ 16/28 Іюня.

— Нѣсколько первыхъ словъ. Лиза

— Первая встрѣча съ Макаромъ. [illegible] и семейство. [illegible] мамы

— Ушелъ къ себѣ: о домашнихъ и докторѣ. [illegible] то все сошлись [illegible]

Когда на другой день я сошелъ къ Макару, [illegible]

Извѣстіе, что Татьяну Павловну [illegible] разсказъ Версилова.

— Появленіе Лизы. Отношеніе всѣхъ къ Макару. Въ родѣ ссоры.

— Разсказъ Макара; странствія и анекдоты. [illegible]

— Съ Версиловымъ о домашнихъ дѣлахъ (ни слова о томъ)

x, — Я поправился и вышелъ. Настасья Егоровна — Анна Андреевна.

Извѣстіе о ней, очень взволнованъ. Сходилъ къ князю, къ Васину.

Очень взволнованъ, узналъ отъ Версилова, [illegible]

— Пришелъ — опять къ Макару. Объ [illegible]

Разговоръ съ Версиловымъ о коммунизмѣ и [illegible] по Макару.

Подростокъ сдерживается, онъ обиженъ. Про себя же говоритъ,

что онъ никогда болѣе не будетъ преданъ Версилову, какъ теперь.

къ ней ненависть.

— Исторія Лизы съ Васинымъ. Лиза обижена. Князь ревнуетъ. [illegible]

Васинъ вдругъ арестованъ. [illegible]

— [illegible]. Идетъ къ [illegible]

— ~~Встрѣча съ Ламбертомъ~~

— Подростокъ идетъ къ Ней на квартиру [illegible]

— О встрѣчѣ съ нею.

Здѣсь — Внезапная встрѣча съ Ламбертомъ. [illegible] Подростокъ [illegible]

[illegible] о документѣ. [illegible]

— ~~[illegible]~~

— Внезапная смерть Макара.

— Въ день смерти Макара онъ приходитъ къ [illegible]

— по подвигу. И поводы, друзья. [illegible]

объ Ламбертѣ. Подростокъ [illegible]

какъ подѣйствовалъ на него Макаръ. [illegible]

~~[illegible]~~

— О князѣ, о свадьбѣ Лизы и проч. [illegible]

Анна Андреевна передаетъ предложеніе. Его руки ей.

— [illegible] мамы, букетъ, [illegible] образовъ. Версиловъ [illegible]

— [illegible] Версилова. Свиданіе Версилова съ нею.

— Онъ къ Ламберту почти плачетъ. [illegible]

— Но когда уходятъ [illegible]

— Бѣжитъ отъ князя. — Оскорбленіе [illegible]

Подростокъ представляетъ [illegible] какъ [illegible] Версиловъ! [illegible]

~~[illegible]~~ Подростокъ идетъ къ Ламберту [illegible]

— [illegible] Въ [illegible] Крафтомъ, [illegible]

[illegible] сомнѣнія.

x) 3 — Подростокъ къ [illegible] — [illegible] Старый князь

Записки развязки [illegible]

Версиловъ идетъ, и она и образъ.

Идея

[illegible] о Макарѣ, [illegible]

[illegible] Васинъ Нетаковъ когда [illegible] и подростокъ [illegible]

[illegible]

rasse coisas demais; mas vamos, você tem razão, tudo agora tomará novos rumos, e se alguém renasceu, fui o primeiro. Perante você, Catierina Nikoláievna, sou uma pessoa de pensamentos baixos, e não faz, talvez, mais de uma hora que cometi uma baixeza contra você e de forma concreta, mas veja; estou sentado aqui a seu lado e não sinto nenhum remorso. Porque agora tudo desapareceu e tudo será novo, e não conheço nem quero saber daquele homem que uma hora antes tramou uma baixeza contra você!

— Acorde — ela sorriu —, você parece delirar um pouco.

— Por acaso alguém pode se julgar estando a seu lado... — continuei — seja ele honesto ou vil? De qualquer maneira você é como o sol, inatingível... Diga-me como pôde sair ao meu encontro depois de tudo o que houve? Ah, se você soubesse o que houve uma hora antes, apenas uma hora! E que o sonho se realizou!

— Devo saber de tudo! — ela sorriu baixinho —, ainda agora você queria se vingar de mim por alguma coisa, jurou me arruinar e na certa mataria ou espancaria qualquer um que se atrevesse a falar o mínimo contra mim em sua presença.

Oh, ela sorria e brincava; mas isso se devia apenas à sua desmedida bondade, porque nesse momento toda a sua alma estava repleta, como percebi depois de passar por uma preocupação pessoal tão grande e experimentar tão poderosa sensação de que ela não poderia conversar comigo e responder às minhas perguntas vazias e irritantes senão como se responde a uma pergunta pueril e obsessiva de uma criancinha para se livrar dela. Compreendi isso de estalo e senti vergonha, porém já não conseguia desistir.

— Não — disse-lhe sem me dominar —, não, eu não mataria quem falasse mal de você, mas, ao contrário, até o apoiaria!

— Oh, pelo amor de Deus, isso é dispensável, não é necessário, não conte nada —, e, ato contínuo, estendeu a mão para me deter, estava até com uma expressão de sofrimento no rosto, no entanto eu já havia pulado do meu lugar e me postara à sua frente para dizer tudo e, se o tivesse dito, não teria havido o que houve depois, porque na certa eu teria acabado por confessar tudo e lhe devolvido o documento. Mas de repente ela começou a rir:

— Não precisa, não precisa dizer nada, nenhum detalhe! Estou a par de todos os seus delitos: aposto que você queria se casar comigo ou coisa desse gênero e acabou de combinar isso com algum dos seus auxiliares, dos seus amigos de colégio... Ah, mas parece que adivinhei! — exclamou, observando seriamente o meu rosto.

— Como... como conseguiu adivinhar? — ensaiei balbuciar como um imbecil, estupefato.

— Mais essa! Ora, chega, chega! eu o desculpo, mas pare com isso — tornou a abanar a mão já com uma visível impaciência. — Eu mesma sou uma sonhadora, e se você soubesse a que recursos eu apelo em meus sonhos nos momentos em que não me contenho! Basta, você está sempre me desnorteando. Estou muito contente por Tatiana Pávlovna ter saído; queria muito vê-lo, e na presença dela seria impossível falar como estou falando agora. Acho que sou culpada perante você por aquilo que aconteceu naquele dia. Não é? Pois não é?

— Você, culpada? Mas naquele momento eu a entreguei a *ele* e; o que você podia pensar de mim! Passei todo esse tempo pensando nisso, todos esses dias, cada minuto desde então, pensando e sentindo. (Eu não lhe mentia.)

— Você se atormentou à toa; naquele momento eu compreendi muito bem como tudo se deu; dominado pela alegria, você simplesmente deixou escapar a ele que estava apaixonado por mim e que eu... bem, e que eu lhe dava ouvidos. Por isso você tem vinte anos. Então você o ama mais do que tudo nesse mundo, procura nele um amigo, um ideal? Isto eu compreendi muito bem, mas já era tarde; ah, sim, naquela ocasião eu mesma tive culpa: devia ter mandado chamá-lo incontinente para tranquilizá-lo, mas me senti agastada e pedi que não o recebesse mais em nossa casa; por isso se deu aquela cena à entrada e depois houve aquela noite. Sabe, durante todo esse tempo, assim como você, também sonhei que nos encontrávamos às escondidas, apenas não sabia arranjar isso. E o que você acha que eu mais temia no mundo? Que você acreditasse nas calúnias dele contra mim.

— Nunca! — exclamei.

— Aprecio nossos antigos encontros; aprecio em você o jovem e talvez essa própria sinceridade... Veja, tenho um caráter muito sério. Tenho o mais sério e sisudo caráter de todas as mulheres de hoje, saiba disso... ah-ah-ah! Ainda haveremos de conversar à vontade, mas neste momento estou me sentindo um pouco mal, nervosa e... como se estivesse... histérica. Mas até que enfim, até que enfim ele também *me* deixará viver neste mundo!

Essa exclamação saiu involuntariamente; compreendi-o de imediato e não quis revelá-lo, mas tremi todo.

— Ele sabe que o perdoei! — tornou a exclamar de súbito como se falasse sozinha.

— Acaso você conseguiu perdoá-lo por aquela carta? E como ele pôde saber que você o perdoou? — exclamei já sem me conter.

— Como soube? Oh, ele sabe — continuou a me responder, mas com ar de quem parecia ter me esquecido, como se falasse sozinha. — Agora ele deu por si. Ora, como ele não iria saber que eu o havia perdoado se conhece minha alma a fundo? Porque sabe que eu também sou um pouco da mesma espécie que ele.

— Você?

— Pois é, ele sabe disso. Oh, não sou um tipo apaixonado, sou tranquila; mas, como ele, eu também gostaria que todos fossem bons... Ora, ele se apaixonou por mim por alguma coisa.

— Como então ele disse que em você estão todos os vícios?

— Ele apenas disse isso; guarda consigo outro segredo. E não é verdade que escreveu aquela carta de modo terrivelmente ridículo?

— Ridículo?! — (Eu a ouvia com todo o empenho; suponho que ela estava de fato com uma espécie de histeria e... talvez não se exprimisse absolutamente para mim; mas não pude me abster de interrogá-la.)

— Ah, sim, ridículo, e como eu riria se... se não tivesse medo. Aliás, não sou tão medrosa assim, não pense; mas por causa daquela carta passei aquela noite sem dormir, ela foi escrita com uma espécie de sangue doentio... e depois daquela carta... o que ainda resta? Amo a vida e temo demais por minha vida, e nesse ponto sou demasiado covarde... Ah, escute! — ergueu-se de repente. — Vá procurá-lo! Agora está só, não pode estar o tempo todo lá, e na certa foi a algum lugar sozinho: encontre-o depressa, sem falta, depressa, corra para ele, mostre-lhe que é um filho que o ama, demonstre-lhe que é um menino amável, bom, meu estudante, que eu... oh, Deus lhe dê felicidade! Eu não amo ninguém, e assim é melhor; no entanto, desejo a felicidade de todo mundo, de todos, primeiro dele, e que ele fique sabendo disso... mesmo agora, para mim seria muito agradável...

Levantou-se e, num piscar de olhos, desapareceu atrás do reposteiro; naquele instante, lágrimas (histéricas, depois da risada) brilharam em seu rosto. Fiquei só, nervoso e embaraçado. Positivamente não sabia a que atribuir a agitação que havia nela e que eu nunca podia supor que houvesse. Algo parecia apertar meu coração.

Aguardei cinco minutos, enfim dez; súbito, um silêncio profundo me impressionou e resolvi olhar pela porta e chamar. Ao meu chamado Mária apareceu e me explicou, no tom mais tranquilo, que há muito tempo a patroa trocara de roupa e saíra pela porta dos fundos.

CAPÍTULO VII

I

Era só o que faltava. Agarrei meu casaco e atirei-o em cima dos ombros enquanto corria para fora, pensando: "Ela me mandou ir procurá-lo, mas onde hei de encontrá-lo?".

Entretanto, além de tudo eu estava impressionado com a pergunta: por que ela pensa que chegou o momento de alguma coisa e que *ele* a deixará em paz? Estaria contente por ele se casar com mamãe ou, ao contrário, era por isso que estava infeliz? Era por isso que estava histérica? Por que não consigo resolver isso?

Observo de forma precisa esse segundo pensamento que então me veio de relance para registrá-lo na memória: é importante. Aquela noite foi funesta. E eis que talvez se acredite a contragosto na predestinação: eu não tinha dado nem cem passos a caminho do apartamento de mamãe quando de repente esbarrei naquele que eu procurava. Ele me segurou pelo ombro e me fez parar.

— És tu! — exclamou com alegria e ao mesmo tempo aparentando a maior surpresa. — Imagina que estive em teu apartamento — depressa começou a falar —, estava à tua procura, perguntei por ti, neste momento és a única pessoa de quem preciso em todo o universo! Teu funcionário me contou sabe Deus que lorotas; mas tu não estavas e eu saí até sem me lembrar de pedir para te dizer que corresses sem demora para minha casa; e então? Apesar de tudo eu vinha com a firme certeza de que o destino não poderia deixar de te enviar agora quando mais preciso de ti, e eis que és o primeiro a aparecer. Vamos para a minha casa: nunca estiveste em minha casa.

Em suma, ambos procurávamos um ao outro e cada um de nós passara por algo parecido. Seguimos com muita pressa.

No trajeto ele proferiu apenas algumas frases curtas, dizendo que deixara mamãe com Tatiana Pávlovna etc. Conduzia-me pelo braço. Morava ali por perto e logo chegamos. Eu realmente nunca estivera em sua casa. Era um pequeno apartamento de três cômodos, que ele alugava (ou melhor, Tatiana Pávlovna alugava) apenas para a "criança de peito". Antes esse apartamento sempre estivera sob a vigilância de Tatiana Pávlovna e nele se abrigava a babá com a criança (e agora Nastácia Iegórovna); mas ali sempre houvera um quarto para Viersílov, justamente o primeiro, o da entrada, bastante amplo e com mobília muito boa e confortável, uma espécie de gabinete de leitura e trabalho. De fato, na mesa, em um armário e numa estante havia muitos livros (que quase nunca se viam no apartamento de mamãe); viam-se papéis rabiscados, maços amarrados de cartas — numa palavra, tudo parecia um canto habitado há muito tempo, e sei que já antes Viersílov se mudava de tempos em tempos (embora de modo bastante raro) para esse apartamento e ali permanecia até semanas a fio. A primeira coisa a deter minha atenção foi um retrato de mamãe pendurado acima da escrivaninha em uma moldura esplêndida e suntuosa de madeira cara — uma fotografia tirada sem dúvida no estrangeiro e, a julgar pelo tamanho incomum, coisa muito cara. Eu não sabia e nunca antes ouvira nada a respeito desse retrato, e o que sobretudo me impressionou foi a semelhança fora do comum em fotografia, por assim dizer, a semelhança espiritual — numa palavra, era como se fosse um retrato de verdade saído das mãos de um pintor e não uma cópia mecânica. Assim que entrei, parei involuntariamente diante dele.

— Não é verdade? não é verdade? — repetiu de repente Viersílov atrás de mim.

Quis dizer "não é verdade que se parece?". Voltei-me para ele e fiquei impressionado com a expressão de seu rosto. Ele estava um pouco pálido, mas com um olhar ardente e tenso, que irradiava algo como felicidade e intensidade: nunca tinha visto tal expressão em seu rosto.

— Eu não sabia que o senhor amava tanto minha mãe! — interrompi de chofre também extasiado.

Ele sorria com um sorriso beatífico, embora em seu sorriso se refletisse qualquer coisa de sofrido, ou melhor, qualquer coisa de humano, de superior... Não consigo exprimi-lo; contudo, as pessoas muito desenvolvidas, como me parece, não podem ter rostos solenes e triunfalmente felizes. Sem me responder, ele despendurou o retrato com ambas as mãos, chegou-o para perto, beijou-o e em seguida tornou a colocá-lo no lugar com um gesto sereno.

— Repare — disse ele —, é raríssimo que as fotografias saiam parecidas, e isso é compreensível: o próprio original, isto é, cada um de nós, é parecido consigo em casos extremamente raros. Só em raros instantes o rosto humano traduz seu traço essencial, seu pensamento mais característico. O pintor estuda o rosto e nele adivinha esse pensamento essencial, mesmo que este esteja de todo ausente do rosto no momento em que ele o retrata. Já a fotografia surpreende o homem como ele é, e é bem possível que em algum instante Napoleão saísse mais tolo e Bismarck mais meigo. Aqui, neste retrato, o sol como que de propósito surpreendeu Sônia em seu momento essencial — de amor pudico, dócil e de sua pudicícia um tanto feroz e assustadiça. E como ficou feliz quando enfim se convenceu de que eu almejava tanto o seu retrato! Embora não faça muito tempo que esse retrato foi tirado, mesmo assim ela era então mais jovem e mais bonita; entretanto, já naquele momento tinha as faces encovadas, essas rugas na testa, essa timidez assustadiça no olhar, que hoje parece aumentar com o passar dos anos — quanto mais o tempo passa, mais aumenta. Acredita, meu querido? hoje quase não consigo imaginá-la com outro semblante, mas outrora ela era jovem e encantadora! As mulheres russas enfeiam rápido, sua beleza mal consegue se delinear e, palavra, isso não se deve apenas às peculiaridades etnográficas do seu tipo, mas também ao fato de que elas sabem amar sem reservas. A mulher russa, se ama, entrega tudo de uma vez — e o instante, e o destino, e o presente, e o futuro: não tem parcimônia, não guarda reservas e sua beleza rápido se dilui naquele a quem ama. Essas faces encovadas também são a beleza que se diluiu em mim, em meu breve passatempo. Estás contente porque amo tua mãe, e talvez nem acreditasses que eu a amava, hein? Sim, meu amigo, eu a amo muito, no entanto não lhe fiz outra coisa senão o mal... Eis aqui mais um retrato — olha-o também.

Ele o tirou de cima da mesa e me entregou. Também era uma fotografia de tamanho incomparavelmente inferior, uma moldura de madeira fina e oval — o rosto de uma mocinha, magro e tísico e, apesar de tudo, belo; meditativo e ao mesmo tempo quase estranho pela ausência de pensamento. Traços regulares, de um tipo aprimorado por gerações, mas que deixavam uma impressão mórbida: parecia que essa criatura fora de chofre assaltada por alguma ideia fixa, angustiante, justo por estar acima de suas forças.

— Esta é... aquela moça com quem o senhor quis se casar e que morreu tísica... a enteada *dela*? — falei com um pouco de timidez.

— Sim, quis me casar, morreu de tísica, é a enteada *dela*. Eu sabia que estavas a par... de todas essas bisbilhotices. Aliás, além de bisbilhotices, tu não poderias tomar conhecimento de nada. Deixe o retrato, meu amigo, é uma pobre louca e nada mais.

— Totalmente louca?

— Ou idiota; se bem que acho que era louca. Ela teve um filho do príncipe Serguiêi Pietróvitch (pela loucura e não por amor; foi um dos mais torpes atos do príncipe Serguiêi Pietróvitch); agora a criança está aqui, naquele quarto ali, e há muito tempo eu te queria mostrá-la. O príncipe Serguiêi Pietróvitch não se atreveu a vir aqui e ver a criança; esse foi meu acordo com ele ainda no exterior. Eu trouxe a criança comigo, com a permissão de tua mãe. E foi com a permissão de tua mãe que naquela ocasião quis me casar com essa... infeliz...

— Por acaso é possível uma permissão como essa? — deixei escapar com veemência.

— Oh, sim! Ela me permitiu: elas têm ciúme de mulheres, mas esta não era uma mulher.

— Não era uma mulher para todos, exceto para mamãe! Não acredito que mamãe não tenha sentido ciúme! — bradei.

— E tens razão! Adivinhei isso quando tudo já havia terminado, isto é, quando ela havia dado a permissão. Mas deixemos esse assunto. A coisa não se consumou por causa da morte de Lídia; aliás, é possível que não houvesse se consumado mesmo que ela tivesse sobrevivido e, quanto à tua mãe, até hoje não deixo que ela veja a criança. Isso foi apenas um episódio. Meu querido, há muito tempo eu te esperava aqui. Há muito tempo eu sonhava em nos encontrarmos aqui; sabes há quanto tempo? — já sonhava com isso há dois anos.

Olhou-me com ar sincero e verdadeiro, com o coração cheio de ardor. Segurei sua mão:

— Por que demorou, por que não me chamou há muito tempo? Se o senhor soubesse o que teria acontecido... e o que não teria acontecido se há muito tempo tivesse me chamado!...

Nesse instante puseram o samovar e de repente Nastácia Iegórovna trouxe a criança adormecida.

— Olha para ela — disse Viersílov —, eu a amo e mandei trazê-la com a intenção de que tu também a vejas. Bem, Nastácia Iegórovna, agora pode levá-la. Senta-te diante do samovar. Vou imaginar que nós dois sempre vivemos assim e que todas as noites nos encontramos, sem nos separarmos. Deixa que te olhe: senta-te aqui, assim, para que eu veja teu semblante; como eu amo esse teu rosto! como imaginei esse teu rosto quando ainda esperava tua chegada de Moscou! Perguntas: por que por tanto tempo não mandei te chamar? Espera, agora talvez entendas.

— Mas será que só a morte daquele velho lhe destravou agora a língua? é estranho...

Contudo, se proferi isso, por outro lado o contemplava com amor. Conversávamos como dois amigos no sentido máximo e pleno da palavra. Ele me levara para lá com o intuito de me esclarecer, de relatar, de justificar alguma coisa; e, no entanto, tudo já estava esclarecido e justificado antes de suas palavras. Agora, independentemente do que eu ouvisse de sua boca, o resultado já fora atingido e nós dois, felizes, sabíamos disso e assim fitávamos um ao outro.

— Não foi só a morte daquele velho — respondeu —, não foi só a morte; ainda houve outra coisa que agora veio encaixar-se em um ponto... Que Deus abençoe esse instante e a nossa vida daqui para a frente e por muito tempo! Meu querido, vamos conversar. Estou sempre me dispersando, me distraindo, quero conversar sobre uma coisa e me meto em milhares de detalhes laterais. Isso sempre acontece quando o coração está repleto... Mas conversemos; chegou o momento e há muito tempo sou apaixonado por ti, menino...

Ele se recostou em sua poltrona e mais uma vez olhou para mim.

— Como isso é estranho! Como é estranho ouvir isso! — repetia eu afogando-me de deslumbramento.

Pois bem, lembro-me de que em seu rosto relanceei aquela ruga de sempre, como que de tristeza e galhofa ao mesmo tempo, que eu conhecia tão bem. Ele se conteve e, depois de um pequeno esforço, começou a falar.

II

— Vê só, Arkadi: se eu até tivesse te chamado antes, o que te teria dito? Nesta pergunta está toda a minha resposta.

— Quer dizer que o senhor pretende dizer que agora é o marido de mamãe e meu pai, mas então... Quanto à condição social, o senhor, por assim dizer, não saberia o que me dizer antes? É isso?

— Não é só isso, querido, não saberia o que te dizer: teria de silenciar sobre muita coisa. Nesta história há muito de ridículo e humilhante pelo fato de parecer um truque; palavra, um verdadeiro truque de palhaço. Mas como antes iríamos compreender um ao outro quando eu mesmo compreendi a mim mesmo só hoje, às cinco da tarde, a exatas duas horas da morte de Makar Ivánovitch. Tu me olhas com uma desagradável perplexidade. Não te preocupes: vou explicar o truque; mas o que eu disse é perfeitamente justo: toda uma vida de errâncias e perplexidades e de repente a solução de tudo em um dia tal, às cinco da tarde! Isso até ofende, não é verdade? Num passado recente eu me ofenderia a valer.

Eu ouvia mesmo com uma perplexidade doentia; projetava-se fortemente a antiga ruga de Viersílov, que eu não gostaria de ver naquela noite depois das palavras já ditas. Súbito exclamei:

— Meu Deus! O senhor recebeu alguma coisa dela... às cinco horas de hoje?

Ele fixou o olhar em mim e, pelo visto, surpreso com minha exclamação ou talvez com a minha expressão provocada pelas palavras "dela".

— Saberás de tudo — disse com um sorriso pensativo —, e, é claro, nada do que for necessário ocultarei de ti, porque foi para isto que te trouxe aqui; mas, por ora, adiemos tudo. Vê, meu amigo, há muito tempo eu sabia que temos filhos que desde a infância meditam sobre sua família, ofendidos pela fealdade dos seus pais e do seu meio. Notei essas criaturas meditativas ainda em meus tempos de escola, e então concluí que tudo isso se devia ao fato de que elas começavam a invejar cedo demais. Observa, porém, que eu mesmo fui uma dessas crianças meditativas, mas... desculpa, meu querido, sou surpreendentemente distraído. Eu queria apenas dizer que aqui estive sempre, quase o tempo todo, temendo por ti. Sempre te imaginei uma daquelas criaturas pequeninas, porém conscientes de seu talento e encaramujadas. Como tu, eu também jamais gostei dos meus colegas. Pobres daquelas criaturas deixadas à mercê de suas forças e devaneios e com uma sede demasiado prematura e quase vingativa, exatamente "vingativa", de beleza. Mas basta, querido: tornei a me desviar... Ainda antes de começar a te amar, já povoavas minha imaginação, assim como teus devaneios asselvajados e retraídos... Mas chega; esqueci mesmo o que começara a falar. De resto, precisava externar tudo isso. Mas antes, o que antes eu poderia te dizer? Agora vejo teu olhar fixado em mim e sei que é meu *filho* quem me olha; e, no entanto, até ontem eu ainda não podia acreditar que algum dia, como o de hoje, pudesse me sentar e conversar com meu menino.

Ele ia ficando de fato muito distraído, mas ao mesmo tempo era como se algo o comovesse.

— Não preciso sonhar e devanear, agora o senhor me basta! Eu o seguirei! — disse-lhe, entregando-me a ele de todo o coração.

— Seguir-me? Mas justo hoje minhas errâncias terminaram: chegaste tarde, meu querido. Hoje é o final do último ato e a cortina está descendo. Esse último ato durou muito. Começou há muito tempo, quando fugi pela última vez para o estrangeiro. Naquele momento larguei tudo e saiba, meu querido, que então me descasei de tua mãe e lhe disse pessoalmente isto. Deves saber disto. Naquele momento eu lhe expliquei que partia para sempre e que ela nunca mais me veria. O pior de tudo é que me esqueci de lhe deixar dinheiro. Em ti também não pensei um só minuto. Parti com a finalidade de permanecer na Europa, meu querido, e nunca mais voltar. Eu emigrara.

— Para se juntar a Herzen?[55] Participar da propaganda no estrangeiro? Na certa o senhor participou a vida inteira de alguma conspiração — bradei sem me conter.

— Não, meu amigo, não participei de nenhuma conspiração. Mas teus olhos chegaram até a brilhar; gosto de tuas exclamações, meu querido. Não, eu simplesmente parti naquele momento levado pelo tédio, por um inesperado tédio. Era o tédio do nobre russo; palavra que não consigo me exprimir melhor, era o tédio da nobreza e nada mais.

— A servidão... a libertação do povo? — quis balbuciar, mas me sufocava.

— A servidão? Achas que eu suspirava pela servidão? Que não era capaz de suportar a libertação do povo? Oh, meu amigo, nós mesmos fomos os seus libertadores. Emigrei sem nenhuma raiva. Acabara de ser juiz de paz e me batera com todo o meu empenho; batera-me desinteressadamente e não parti porque tivesse ganhado pouco com meu liberalismo. Naquela época nenhum de nós recebia nada, quer dizer, mais uma vez pessoas como eu. Parti antes por orgulho que por arrependimento, e podes acreditar que estava muito distante da ideia de que tivesse me chegado a hora de terminar a vida como um modesto sapateiro. *Je suis gentilhomme avant tout et je mourrai gentilhomme!*[56] Mas mesmo assim eu estava triste. Na Rússia talvez haja cerca de mil pessoas assim como eu; de fato é possível que não haja mais, no entanto, isso já basta para que a ideia não morra. Somos os exportadores da ideia, meu querido! Meu amigo, falo com uma estranha esperança de que compreenderás todas essas asneiras. Eu te convidei por um capricho do coração: há muito tempo eu vinha sonhando em te dizer alguma coisa... a ti, justamente a ti! Aliás... aliás...

— Não, diga — exclamei —, vejo mais uma vez a sinceridade estampada em seu rosto... O que houve, a Europa o ressuscitou naquele tempo? Ademais, o que significa o seu "tédio nobre"? Desculpe, meu caro, ainda não estou entendendo.

— A Europa teria me ressuscitado? Ora, eu mesmo parti para lá a fim de enterrá-la!

— Enterrá-la? — repeti surpreso.

Ele sorriu.

---

[55] Aleksandr Ivánovitch Herzen (1812-1870), escritor, jornalista, filósofo e homem público, talvez o mais profundo e consistente pensador político da Rússia do século XIX e pregador do fim do regime de servidão. (N. do T.)

[56] Em francês, "Sou acima de tudo um nobre e nobre hei de morrer!". (N. do T.)

— Amigo, Arkadi, agora estou com a alma comovida e o espírito revoltado. Nunca hei de esquecer aqueles meus primeiros momentos na Europa. Antes já havia morado na Europa, mas dessa outra vez foi um momento especial, pois eu nunca viajara para lá com uma tristeza tão desesperada e... com tão grande amor como naquele momento. Vou te contar uma das minhas primeiras impressões daquele tempo, um sonho que então tive, um sonho real. Isso aconteceu ainda na Alemanha. Eu acabara de sair de Dresden e por distração passei da estação onde devia mudar de trem e acabei saindo em outra ramificação. No mesmo instante me fizeram descer; eram três da tarde, o dia estava claro. Era uma minúscula cidadezinha alemã. Indicaram-me um hotel. Precisava esperar: o próximo trem passava às onze da noite. Eu estava até contente com a aventura, porque não ia com grande pressa a lugar nenhum. Eu deambulava, meu amigo, deambulava. Verificou-se que o hotel era uma porcaria, pequeno, porém cercado de verde e sempre há canteiros de flores na Alemanha. Deram-me um quarto apertado, e uma vez que eu havia passado a noite inteira viajando, adormeci depois do almoço, às quatro da tarde. Tive um sonho absolutamente inesperado para mim, porque nunca tivera outro igual. Numa galeria de Dresden há um quadro de Claude Lorrain, que consta no catálogo como *Ácis e Galateia*; sempre o chamei de *Idade de Ouro*,[57] sem que eu mesmo soubesse por quê. Eu já vira esse quadro, mas desta vez dei mais uma espiada passageira uns três dias antes. Foi com esse quadro que sonhei, mas não como quadro e sim como algo que parecia realidade. Se bem que eu não saiba com que foi mesmo que sonhei: tratava-se de um cantinho, exatamente como no quadro: um cantinho de um arquipélago grego, e ainda por cima até o tempo parecia ter recuado três mil anos; acariciantes ondas azuis, ilhas e rochedos, um litoral florido, um panorama mágico à distância, um crepúsculo convidativo... não dá para transmitir em palavras. Neste ponto veio-me à lembrança o meu berço da sociedade europeia, e a ideia que daí sobreveio pareceu deixar minha alma repleta de amor filial. Ali existira o paraíso terrestre da humanidade: os deuses desciam dos céus e se familiarizavam com as pessoas... Oh, ali viviam pessoas maravilhosas! Elas se levantavam e dormiam felizes e inocentes; prados e matas enchiam-se de cantos e gritos alegres; um grande excedente de forças virgens transbordava em amor e cândida alegria. O sol banhava tudo de

---

[57] Claude Lorrain (1600-1682), pintor paisagista francês, foi um dos artistas preferidos de Dostoiévski. Segundo alguns biógrafos e críticos, durante sua estada em Dresden, Dostoiévski frequentou várias vezes a Gemäldegalerie com o intuito de observar o quadro de Lorrain. (N. da E.)

calor e luz, contente com seus maravilhosos filhos... Um sonho maravilhoso, um grande equívoco da humanidade. A Idade de Ouro é o sonho mais inverossímil de todos os que houve, mas pela qual as pessoas davam toda a sua vida e todas as suas forças, pela qual os profetas morriam e se matavam, sem a qual os povos não querem viver e sequer podem morrer. Foi como se eu tivesse vivido toda essa sensação nesse sonho; rochedos, o mar, os raios oblíquos do poente; era como se eu continuasse vendo tudo isso quando despertei e abri os olhos literalmente banhados de lágrimas. Lembro-me de que eu estava contente. A sensação de uma felicidade que eu ainda desconhecia atravessou-me o coração a ponto de fazê-lo doer; era o amor de toda a humanidade. A tarde chegava ao fim; pela janela do meu quartinho, por entre o verde das flores que havia nela, irrompia um feixe de raios oblíquos que me banhava de luz. E eis, meu amigo, eis que, tão logo despertei e abri os olhos, aquele sol poente do primeiro dia da humanidade europeia, que eu vira em meu sonho, transformou-se no sol poente do último dia da humanidade europeia! Então se ouviu especialmente sobre a Europa uma espécie de dobre de Finados.[58] Não estou falando apenas da guerra nem do incêndio das Tulherias; eu já sabia que tudo iria passar, que mudaria toda a face do Velho Mundo, mais cedo ou mais tarde; eu, porém, como um russo europeu não podia admitir tal coisa. Ora, eles acabavam de incendiar as Tulherias...[59] Oh, não te preocupes, sei que isso era "lógico", e compreendo muito bem o que há de irresistível na ideia corrente, porém, como portador do superior pensamento cultural russo não podia admitir tal coisa, pois o superior pensamento russo é uma conciliação universal de ideias. E quem, no mundo inteiro, poderia compreender semelhante pensamento naquele tempo: eu deambulava sozinho. Não falo de mim mesmo, falo do pensamento russo. Na Europa reinavam os desaforos e a lógica; lá o francês era apenas um francês, o alemão, apenas um alemão, e isso ocorria com a maior tensão já vista em toda a história; logo, o francês nunca prejudicara tanto a França e o alemão, a sua Alemanha, como justamente naquele tempo! Em toda a Europa de então não havia um único europeu! Só eu, entre todos os incendiários, podia dizer na cara deles que as suas Tulherias eram um equívoco;

---

[58] Trata-se da guerra franco-prussiana de 1870-71, que terminou com a derrota da França e sua ocupação pelas tropas alemãs, bem como da Comuna de Paris, que sucedeu a esses acontecimentos. (N. da E.)

[59] Durante os duros combates entre os partidários da Comuna e as tropas do governo de Adolphe Thiers (1797-1877) muitos edifícios de Paris foram destruídos pelo fogo e por bombas, entre eles as Tulherias, antiga residência dos reis franceses. (N. da E.)

e só eu, entre todos aqueles conservadores vingativos, podia dizer aos vingadores que as Tulherias, mesmo sendo um crime, eram a lógica, apesar de tudo. E isso porque, meu menino, só eu, como russo, era então o *único europeu* na Europa. Não falo de mim — falo de todo o pensamento russo. Eu deambulava, meu amigo, deambulava e sabia com certeza que precisava calar e deambular. E mesmo assim estava triste. Eu, meu menino, não posso deixar de respeitar a minha nobreza. Parece que estás rindo?

— Não, não estou rindo — disse com voz penetrante —, não estou absolutamente rindo: o senhor abalou meu coração com suas ideias da Idade de Ouro e esteja certo de que começo a compreendê-lo. Contudo, o que mais me alegra é que o senhor se respeita muito. Apresso-me a lhe declarar isto. Eu nunca esperaria tal coisa do senhor!

— Já te disse que gosto das tuas exclamações, querido — tornou a sorrir com a minha ingênua exclamação e, levantando-se da poltrona e sem se dar conta, começou a andar de um canto a outro do quarto. Também me soergui. Ele continuou falando em sua linguagem estranha, mas profundamente imbuído de pensamento.

III

— Sim, meu menino, repito que não posso deixar de respeitar minha nobreza. Ao longo dos séculos criou-se entre nós um tipo superior de cultura que não existe no mundo inteiro: um tipo de sofrimento universal por todos. É o tipo russo, mas como é tirado da camada cultivada superior do povo russo, posso, por conseguinte, ter a honra de pertencer a ela. Ele traz em si o futuro da Rússia. É possível que sejamos apenas mil pessoas, talvez mais, talvez menos, mas até hoje a Rússia viveu apenas para produzir esse milhar. Dirão que é pouco, reclamarão que foram despendidos muitos séculos e muitos milhões de pessoas para produzir um milhar de homens. Acho que não é pouco.

Eu ouvia tenso. Manifestava-se uma convicção, a tensão de toda uma vida. Esse "milhar de pessoas" o punha em grande relevo! Eu sentia que sua expansividade comigo decorria de algum abalo externo. Ele proferia para mim todos esses discursos ardorosos, amando-me; no entanto eu continuava desconhecendo a causa que o levava a falar de repente e por que resolvera fazê-lo justo comigo.

— Eu emigrei — continuou — e não lamentei nada do que deixei para trás. Tudo o que tinha de forças dediquei então à Rússia enquanto nela estive; depois de partir, também continuei a lhe servir, mas apenas ampliando a ideia. Contudo, assim servindo servi bem mais a ela do que se fosse apenas um russo, assim como o francês era apenas um francês e o alemão, um alemão. Na Europa isto ainda não seria entendido. A Europa criou tipos nobres de francês, de inglês, de alemão, mas quase ainda não sabe nada a respeito do seu homem do futuro. E parece que ainda continua sem querer saber. Compreende-se: os europeus não são livres, mas nós somos livres. Só eu, com meu tédio russo, era livre na Europa. Repare, meu amigo, uma singularidade: todo francês pode servir não só à sua França mas até à humanidade unicamente sob a condição de permanecer mais francês; o mesmo acontece com o inglês e o alemão. Só o russo, inclusive em nossa época, isto é, ainda bem antes de se haver tirado uma conclusão geral da situação, já adquiriu a capacidade de tornar-se mais russo só e precisamente quando é mais europeu. É essa a nossa mais importante diferença nacional que nos distingue de todos os outros, e em nenhum país isso acontece como no nosso. Na França sou francês, com os alemães, sou alemão, com o grego antigo sou grego, e assim sou mais russo. Assim sou um verdadeiro russo e sirvo mais à Rússia, pois promovo o seu pensamento essencial. Sou pioneiro desse pensamento. Emigrei naquele momento, mas por acaso abandonei a Rússia? Não, continuei a lhe servir. Vamos que eu não tenha feito nada na Europa, vamos que eu tenha partido só para deambular (aliás, eu até sabia que partia só para deambular), mas já basta que eu tenha partido com meu pensamento e minha consciência. Levei para lá meu tédio russo. Oh, o que me assustava não era só o sangue que então derramavam, nem mesmo o incêndio das Tulherias, mas tudo o que sucederia a isso. Eles ainda estavam fadados a bater-se por muito tempo porque continuavam sendo demasiado alemães e demasiado franceses e não tinham concluído a sua causa nesses papéis que desempenhavam. Mas até então eu lamentava a destruição. Para o russo a Europa é tão preciosa quanto a Rússia: cada pedra que lá existe é querida e cara a ele. A Europa era tão nossa pátria como a Rússia. Oh, mais! É impossível amar mais a Rússia do que eu amo, mas nunca me censurei porque Veneza, Roma, Paris, os tesouros de suas ciências e sua arte, toda a sua história me são mais queridos que a Rússia. Oh, para os russos são caras essas velhas pedras alheias, essas maravilhas do Velho Mundo de Deus, esses remanescentes dos milagres dos santos; e isto é até mais caro para nós do que para eles mesmos! Hoje eles têm outras ideias e outros sentimentos, e deixaram de apreciar as pedras antigas... Lá o conservador luta apenas pela sobrevivência; além disso, os incendiários só reivindicam o direito a um pedaço de pão. A Rússia é a única que não vive apenas para si, mas para o pensamento, e convém tu, meu amigo, que é notável o fato de já fazer quase um século que a Rússia decididamente não vive para si, mas apenas para a Europa! E eles? Oh, eles estão condenados a terríveis tormentos antes de conquistar o reino de Deus.

Confesso que eu o ouvia com grande perturbação; até o tom de sua fala me assustava, embora eu não pudesse deixar de me impressionar com as ideias. Eu tinha um medo doentio da mentira. Súbito lhe fiz uma observação com uma voz severa:

— O senhor acabou de dizer "reino de Deus". Ouvi dizer que lá o senhor pregava Deus, usava cilícios.

— Quanto aos meus cilícios deixe para lá — sorriu —, isso é uma coisa bem diferente. Naquele tempo eu ainda não pregava nada, mas suspirava pelo Deus deles, isso é verdade. Então eles proclamaram o ateísmo...[60] Foi um punhado deles, mas isso dá no mesmo; foram apenas as primeiras escaramuças, mas foi o primeiro ato de *execução* — eis o que importa. Aqui aparece mais uma vez a lógica deles; mas acontece que na lógica sempre há tédio. Eu era de outra cultura e meu coração não admitia tal coisa. Aquela ingratidão com a qual eles se despediam da ideia, aqueles assobios e aquela lama eram insuportáveis para mim. A barbeiragem do processo me assustava. Aliás, a realidade sempre responde com uma botinada, até mesmo quando há o mais nítido empenho para um ideal e eu, é claro, devia saber disso; mas mesmo assim eu era outro tipo de homem, eu era livre para escolher e eles não, e chorei, chorei por eles, chorei pela velha ideia, e chorei derramando talvez lágrimas verdadeiras, desprovidas de eloquência.

— O senhor acreditava tão intensamente em Deus? — perguntei em tom incrédulo.

— Meu amigo, essa pergunta pode ser dispensável. Admitamos que eu não acreditasse muito, mas mesmo assim não podia deixar de suspirar pela ideia. De quando em quando eu não podia deixar de imaginar como seria a vida de um homem sem Deus e se algum dia isso seria possível. Meu coração sempre decidia que era impossível; mas em certo período talvez seja possível... Para mim nem há dúvida de que esse período chegará; mas nesse ponto eu sempre imaginei outro quadro...

— Qual?

É verdade que antes ele já anunciara que era feliz; é claro que em suas palavras havia muito entusiasmo; é assim que eu interpreto muito do que ele então me disse. Por respeitar esse homem, sem dúvida não me atrevo a pôr

[60] Em um decreto datado de 3 de abril de 1871, a Comuna de Paris separou a Igreja do Estado. (N. da E.)

agora no papel tudo o que falamos naquele momento; no entanto vou reproduzir algumas linhas do estranho panorama que mesmo assim consegui arrancar de suas palavras. O que durante todo esse tempo sempre me atormentou em particular foram aqueles "cilícios", e eu queria elucidar isso — por isso insistia. Algumas ideias fantásticas e sumamente estranhas que ele então emitiu permaneceram para todo o sempre em meu coração.

— Imagino, meu querido — começou ele com um sorriso meditativo —, que o combate já terminou e a luta serenou. Depois da maldição dos punhados de lama e dos assobios veio a calmaria, e as pessoas ficaram *sós* como desejavam: a grande ideia anterior as abandonara; a grande fonte de forças, que até então as alimentava e aquecia, fora embora como aquele sol majestoso e convidativo do quadro de Claude Lorrain, mas isso já era como que o último dia da humanidade. De repente as pessoas compreenderam que haviam ficado totalmente sós e no mesmo instante sentiram uma grande orfandade. Meu querido menino, nunca pude imaginar as pessoas ingratas e estupidificadas. Tornadas órfãs, no mesmo instante as pessoas grudariam mais estreita e afetivamente umas nas outras; segurariam as mãos umas das outras, compreendendo que agora só elas representavam tudo umas para as outras. A grande ideia da imortalidade desapareceria e teria de ser substituída; e todo o grande excedente do antigo amor por aquele que era a imortalidade se canalizaria em todos para a natureza, o mundo, as pessoas, para qualquer haste de erva. Passariam a amar a terra e a vida de forma irresistível e na medida em que tomassem paulatina consciência de sua transitoriedade e de sua finitude, mas já com um amor especial, não mais com aquele antigo. Passariam a observar e descobririam na natureza fenômenos e segredos que antes nem sequer supunham, porque olhariam a natureza com novos olhos, com o olhar do amante para a amada. Despertariam e se apressariam em beijar umas às outras, precipitando-se para amar conscientes de que os dias eram curtos e de que isso era tudo o que lhes restava. Trabalhariam umas para as outras, e cada uma entregaria a todas tudo o que era seu e só com isso seria feliz. Cada criança saberia e sentiria que qualquer um na Terra seria como um pai e uma mãe. "Vamos que amanhã seja meu último dia — pensaria cada um contemplando o sol poente —, de qualquer forma eu vou morrer, mas todos eles permanecerão, e depois deles os seus filhos", e essa ideia de que todos permaneceriam, amando do mesmo modo e tremendo uns pelos outros substituiria a ideia do encontro após a morte. Oh, eles se apressariam em amar para abafar a grande tristeza em seus corações. Seriam altivos e corajosos por si, mas se tornariam tímidos uns com os outros; cada um tremeria pela vida e a felicidade de cada um. Eles se tornariam afetuosos uns com os outros e não se envergonhariam disso como hoje em dia, e acarinhariam uns aos outros como crianças. Ao se encontrarem, olhariam uns para os outros com um olhar profundo e inconsciente e em seus olhares haveria amor e tristeza... Meu querido — interrompeu-se de repente, sorrindo —, tudo isso é uma fantasia, inclusive a mais inverossímil; mas já a imaginei com demasiada frequência, porque durante toda a minha vida não pude viver sem isso nem sem pensar nisso. Não estou falando de minha fé. Minha fé não é grande, sou um deísta,[61] um deísta filosófico como todo o nosso milhar, assim suponho, porém... porém é notável que sempre concluí meu quadro com uma visão, como no "Cristo no Báltico" de Heine.[62] Eu não conseguia passar sem ele, não podia, enfim, deixar de imaginá-lo entre as pessoas que ficaram órfãs. Ele chegaria a elas, lhes estenderia os braços e diria: "Como conseguiram esquecê-lo?". E nisto cairia uma espécie de venda de todos os olhos e se faria ouvir o grande hino entusiástico da nova e última ressurreição... Deixemos isto, meu amigo; quanto aos meus "cilícios", é um absurdo; não te preocupes com eles. Eis mais uma coisa: sabes que sou recatado e sóbrio na linguagem; se agora soltei a língua, isto... isto se deve a diferentes sentimentos e também ao fato de estar contigo; jamais diria isso a outra pessoa. Acrescento para que fiques tranquilo.

Mas eu estava até comovido; não houvera a mentira que eu temia e isto me alegrava sobretudo porque me ficara claro que ele realmente sentia tédio e sofria, sem dúvida amava muito, e isso era o mais valioso para mim. Eu lhe disse isso com entusiasmo.

— Mas fique sabendo — súbito acrescentei —, tenho a impressão de que, apesar de todo o seu tédio, o senhor devia ser sumamente feliz naquele tempo.

Ele deu uma alegre risada.

— Hoje estás particularmente preciso nas observações — disse-me. — Pois é, eu era feliz, mas, pensando bem, poderia ser infeliz com aquele tédio? Dentre os oriundos do nosso milheiro não existe errante russo europeu mais livre e feliz. Palavra que o digo sem rir, e nisto há muito de sério. Sim, eu não trocaria nenhuma outra felicidade por meu tédio. Neste sentido, meu queri-

---

[61] O deísmo é uma doutrina filosófico-religiosa que admite a existência de Deus apenas como causa primeira do mundo e nega a existência do Deus pessoa (teísmo), bem como sua interferência na vida da natureza e da sociedade. (N. da E.)

[62] Referência ao poema "Frieden", de Heinrich Heine (1797-1856), do ciclo *Die Nordsee*. (N. do T.)

do, sempre fui feliz, e durante toda a minha vida. E por causa dessa felicidade me apaixonei por tua mãe naquele tempo, pela primeira vez na vida.

— Como pela primeira vez na vida?

— Exatamente assim. Em minhas errâncias e em meu tédio passei de repente a amá-la como nunca amara antes, e então mandei buscá-la.

— Oh, conte-me sobre isso, conte-me sobre mamãe.

— Mas foi para isso que te chamei, e sabes — deu um sorriso alegre —, eu já temia que tivesses perdoado tua mãe por causa de Herzen ou de alguma conspiraçãozinha...

CAPÍTULO VIII

I

Como conversamos toda a noitinha e assim prosseguimos até altas horas, dispenso referir todas as falas, limitando-me a transmitir o que enfim me elucidou um ponto enigmático de sua vida.

Começo por aquilo que não me deixa dúvida; ele amava mamãe e, se a abandonou e "descasou-se" ao partir, isto sem dúvida se deveu ao excesso de tédio que o acometia ou algo similar, o que, pensando bem, acontece com todo mundo na face da Terra e sempre é difícil explicar. No estrangeiro, aliás, depois de muito tempo transcorrido, de uma hora para outra voltou a sentir seu amor por mamãe, à distância, isto é, em pensamento, e mandou buscá-la. Talvez digam que foi um "desatino", mas para mim foi outra coisa: a meu ver, ali aconteceu a única coisa séria que pode haver na vida de um homem, a despeito do visível hábito de farrista que eu, convenhamos, em parte admito. Mas juro que ponho fora de dúvida seu tédio europeu não só no mesmo nível, mas incomparavelmente acima de qualquer atividade prática atual de construção de estradas de ferro, por exemplo. Reconheço seu amor pela humanidade como o sentimento mais sincero e profundo, desprovido de quaisquer truques; seu amor por mamãe como algo absolutamente indiscutível, embora possa haver aí um pouco de fantasia. No estrangeiro, "no tédio e na felicidade" e, acrescento ainda, no mais severo isolamento monacal (já mais tarde recebi essa informação especial de Tatiana Pávlovna), de uma hora para outra ele se lembrou de mamãe — e lembrou-se justamente de suas "faces encovadas", e, ato contínuo, mandou buscá-la.

— Meu amigo — esta frase lhe escapou de passagem —, tive a súbita consciência de que servir a uma ideia não me isentava, como ser moral e sensato, do dever de fazer ao menos uma pessoa praticamente feliz no decorrer de minha vida.

— Será que uma ideia livresca foi a causa de tudo? — perguntei, perplexo.

— Não era uma ideia livresca. Pensando bem, talvez fosse. Aí tudo se mistura, veja só: eu realmente amava tua mãe, de modo sincero, não livresco. Se eu não a amasse tanto não teria mandado buscá-la, mas "feito a felicidade" de algum alemão ou alemã que aparecesse se eu tivesse inventado essa ideia. E fazer forçosamente em minha vida e com alguma atitude a felicidade de ao menos uma criatura, só que na prática, isto é, de fato, eu colocaria como mandamento para todo e qualquer homem avançado, assim como faria constar numa lei ou tornaria obrigação, que todo homem deveria plantar ao menos uma árvore durante a vida, tendo em vista o desflorestamento da Rússia; aliás, só uma árvore seria pouco, seria possível ordenar o plantio de uma árvore por ano. Um homem superior e avançado, ao perseguir um pensamento mais elevado, às vezes se desvia do essencial, torna-se ridículo, caprichoso e frio, e inclusive tolo, para te ser franco, e tolo não só na vida prática como, por fim, até em suas teorias. Assim, o dever de ocupar-se da prática e fazer a felicidade de pelo menos uma criatura de carne e osso acabaria corrigindo e renovando de fato o próprio benfeitor. Como teoria isso é muito ridículo; mas caso se transformasse em prática e se tornasse hábito, não seria nada tolo. Eu mesmo experimentei isso: mal comecei a desenvolver a ideia de um novo mandamento, e de início por brincadeira, está entendido, logo passei a compreender toda a intensidade do amor por tua mãe, que estava oculto dentro de mim. Até então eu não compreendia, em absoluto, que a amava. Enquanto vivíamos juntos eu apenas me deleitava com ela por continuar bonita, mas depois vieram os meus caprichos. Somente na Alemanha compreendi que a amava. Isto começou com as suas faces encovadas, que eu nunca podia recordar, e às vezes nem sequer ver sem uma dor no coração —, uma dor genuína, verdadeira, física. Há lembranças doentias, meu caro, que causam dor real; existem em praticamente cada um de nós, só que as pessoas as esquecem; acontece, porém, que mais tarde elas as retomam de repente, ainda que seja algum vestígio, e então já não conseguem se livrar delas. Comecei então a evocar mil pormenores de minha vida com Sônia; ao fim e ao cabo elas mesmas se fizeram lembrar e me assaltaram em massa, quase chegando a me atormentar enquanto eu esperava por ela. O que mais me atormentava era a lembrança de sua eterna humildade diante de mim e de que ela sempre se considerara desmedidamente inferior a mim em todos os aspectos, e, imagina só, até no físico. Ela se envergonhava e corava quando, às vezes, eu olhava para suas mãos e seus dedos, que nada tinham de aristocráticos. E não era só dos dedos que se envergonhava, mas de todo o seu conjunto, embora eu amasse a sua beleza. Comigo ela sempre fora recatada até o absurdo. E o mal era que, nesse recato, sempre transparecia uma espécie de temor. Em suma, diante de mim ela se considerava algo insignificante ou até quase indecente. Palavra que no começo, vez por outra, de quando em quando, eu pensava que ela continuava a ver em mim o seu amo e que me temia, mas não era isso. E, não obstante, juro, mais que qualquer outra pessoa ela era capaz de compreender meus defeitos, e nunca encontrei em minha vida um coração de mulher tão delicado e perspicaz como o seu. Oh, como ficava infeliz no início, quando ainda era tão bela e eu exigia que se arrumasse! Nisso havia amor-próprio e algum outro sentimento de ofensa: ela compreendia que nunca seria uma grã-senhora e que em um traje estranho seria apenas ridícula. Como mulher não queria ser ridícula em seu próprio traje e compreendia que toda mulher deve ter o *seu próprio* traje, o que milhares e centenas de milhares de mulheres nunca haveriam de compreender: o que importava mesmo era estar na moda! Temia meu olhar zombeteiro, era isso! Mas o que particularmente me entristecia era a lembrança de seus olhares profundamente surpresos, que muito amiúde eu flagrei fixos em mim durante todo o nosso convívio: neles se manifestava uma perfeita compreensão de seu destino e do futuro que a esperava, a ponto de eu mesmo sentir certo desconforto, embora reconheça que não entrava em conversa com ela e tratava tudo isso mais ou menos por alto. E, sabes, ela nem sempre foi tão assustadiça e agreste como hoje; mesmo agora há momentos em que, de uma hora para outra, enche-se de alegria e fica mais bonita como aos vinte anos; mas naquela época, quando jovem, às vezes gostava muito de tagarelar e rir, claro que em seu grupo, com as moças, as comensais; e como às vezes estremecia quando de repente eu a flagrava sorrindo, como rapidamente corava e me olhava assustada! Uma vez, já pouco antes de minha partida para o estrangeiro, isto é, quase na véspera do meu descasamento com ela, entrei em seu quarto e a encontrei sozinha, sem fazer nenhum trabalho, com os cotovelos sobre a mesa e mergulhada em profunda meditação. Quase nunca lhe acontecia ficar assim desocupada. Àquela altura eu já deixara de acariciá-la há muito tempo. Consegui me aproximar em silêncio, na ponta dos pés, e súbito a agarrei e beijei... Levantou-se de um salto — nunca hei de esquecer aquele êxtase, aquela felicidade estampada em seu rosto —, e de repente tudo deu lugar a um rápido rubor e seus olhos cintilaram. Sabes o que li naquele olhar cintilante? "O senhor me deu uma esmola, pois é!" Ela começou a soluçar histericamente a pretexto de que eu a assustara, e até fiquei pensativo. Em geral, todas essas lembranças são a coisa mais penosa, meu amigo. É como se dá nos poemas dos grandes artistas, quando às vezes aparecem cenas tão *dolorosas* que depois nos deixam lembranças dolorosas pela vida inteira, como, por exemplo, o último monólogo de Otelo em Shakespeare, Ievguêni aos pés de Tatiana,[63] ou então o

[63] Referência a uma cena do romance *Ievguêni Oniéguin*, de Púchkin. (N. do T.)

encontro do galé fugitivo com a criança, com a mocinha numa noite fria à beira do poço em *Os miseráveis* de Victor Hugo; isso nos punge o coração uma vez e depois a ferida permanece para sempre. Oh! Como eu esperava Sônia e como queria abraçá-la depressa! Com uma impaciência convulsiva, eu sonhava com todo um novo programa de vida; sonhava destruir em sua alma, pouco a pouco, com um esforço metódico, esse eterno medo de mim, explicando-lhe bem o seu próprio valor e tudo em que ela era até superior a mim. Oh!, até naquele momento eu sabia muito bem que sempre começava a amar tua mãe mal nos separávamos e que sempre esfriava com ela quando voltávamos a viver juntos; mas naquele instante era diferente, era diferente.

Eu estava surpreso: "*E ela?*" — veio-me de relance essa pergunta.

— Então, como foi seu encontro com mamãe naquele momento? — perguntei com cautela.

— Naquele momento? Mas não houve nenhum encontro. Ela mal conseguiu chegar a Königsberg e lá ficou, enquanto eu permaneci no Reno. Não fui ao encontro dela, mandei-lhe dizer que permanecesse lá e me esperasse. Só nos vimos bem mais tarde, oh!, muito tempo depois, quando fui lhe pedir permissão para me casar.

II

Aqui já relatarei a essência da questão, isto é, só o que consegui reter; ademais, ele mesmo começou sua exposição de modo desconexo. De repente sua fala ficou dez vezes mais desconexa e mais desordenada, assim que ele chegou a esse ponto.

Ele encontrara Catierina Nikoláievna por acaso, no exato momento em que esperava mamãe, no instante mais impaciente da espera. Estavam todos então no Reno, numa estação de águas, todos em tratamento. O marido de Catierina Nikoláievna já estava quase moribundo ou ao menos desenganado pelos médicos. Ao primeiro encontro ela o impressionou, como se o tivesse enfeitiçado com alguma coisa. Era uma fatalidade. Vale notar que agora, ao relembrar e fazer este registro, não me lembro de que ao menos uma vez ele tenha empregado em seu relato a palavra "amor", nem dito que estivera "apaixonado". Da palavra "fatalidade" eu me lembro.

E foi mesmo uma fatalidade. Ele *não quis* isso, "não quis amar". Não sei se conseguirei transmitir isso com clareza; só sei que tinha a sua alma cheia de indignação justamente pelo fato de tal coisa ter acontecido com ele. Tudo o que ele tinha de livre teria sido destruído de vez nesse encontro, e o homem atrelou-se para sempre a uma mulher que nada tinha a ver com ele. Ele não desejara essa escravidão da paixão. Vou ser franco: Catierina Nikoláievna é um tipo raro de mulher de sociedade — um tipo que talvez nem exista nesse círculo. É um tipo de mulher simples e sincera no mais alto grau. Ouvi dizer, ou melhor, sei ao certo que era isso que a tornava irresistível na sociedade quando aí aparecia (amiúde se afastava dela inteiramente). Entende-se que no primeiro encontro com ela Viersílov não tenha acreditado que ela fosse assim, acreditando justamente no oposto, isto é, que era fingida e hipócrita. Pondo o carro diante dos bois, menciono aqui o juízo que ela fizera dele: afirmava que não podia ter a seu respeito outra opinião, "porque um idealista, ao chocar-se com a realidade, sempre é mais propenso do que os outros a supor qualquer baixeza". Não sei se em geral isso é justo a propósito dos idealistas, mas no caso dele era, sem dúvida, perfeitamente exato. Inscrevo aqui meu próprio juízo, que me ocorreu enquanto o escutava: achei que ele amava mamãe com um amor, por assim dizer, mais humanitário e universal do que o amor simples com que em geral se amam as mulheres e que, ao primeiro encontro que ele teve com uma mulher a quem amou com esse amor simples, rejeitou esse amor mais provavelmente por falta de hábito. Pensando bem, isto pode ser uma ideia equivocada: é claro que não a expus a ele. Seria uma indelicadeza: ademais, juro que ele se encontrava num estado quase merecedor de compaixão: estava nervoso; em algumas passagens de seu relato às vezes simplesmente se interrompia e calava por alguns minutos, andando pelo quarto com a raiva estampada no rosto.

Rápido ela penetrou em seu segredo; oh, talvez bancasse a coquete com ele intencionalmente: nesses casos até as mulheres mais lúcidas soem ser ordinárias, e esse é o seu invencível instinto. O caso entre eles terminou com um rompimento violento e parece que ele quis matá-la; ele a assustou e talvez a tivesse matado; "mas súbito tudo isso se transformou em ódio". Depois sobreveio um período estranho: súbito ele se envolveu com uma ideia estranha: martirizar-se pela disciplina, "pela mesma disciplina adotada pelos monges. Através de uma prática gradual e metódica você sobrepuja sua vontade, começando pelas coisas mais ínfimas e risíveis e terminando por dominar inteiramente sua vontade, e assim torna-se livre". Acrescentou que entre os monges isso é uma coisa séria porque foi erigida em ciência através de uma experiência milenar. Porém, o que mais admira é que naquele momento ele não se envolveu com essa ideia de "disciplina" para livrar-se de Catierina Nikoláievna, mas por ter a mais plena convicção de que não só não a amava mais como até a odiava até o último grau. Acreditou tanto em seu ódio a ela que de repente achou de apaixonar-se por sua enteada enganada pelo príncipe e desposá-la, persuadiu-se inteiramente a si mesmo de seu novo amor e despertou de modo irresistível o amor daquela pobre idiota, proporcionando--lhe a seu lado a plena felicidade nos últimos meses de sua vida. Por que, no lugar dela, não se lembrou de mamãe, que continuava a esperá-lo em Königsberg, é algo que para mim ficou sem explicação... Ao contrário, de uma hora para outra ele se esqueceu totalmente de mamãe, deixou até de lhe remeter dinheiro para o sustento, de modo que foi Tatiana Pávlovna quem a socorreu naquele momento; e, não obstante, de repente foi procurá-la com o fim de "lhe pedir permissão" para se casar com aquela moça, sob o pretexto de que "semelhante noiva não era uma mulher". Oh!, tudo isso talvez seja apenas o retrato de um "homem livresco", como mais tarde Catierina Nikoláievna o qualificaria. Mas por que esses "homens de papel" (se é verdade que são de papel) são, todavia, capazes de atormentar-se de modo tão verdadeiro e de chegar a semelhantes tragédias? Aliás, naquela noite eu pensava de um modo um pouco diferente, e fui sacudido por uma ideia:

— Toda a sua evolução, toda a sua alma custaram-lhe uma vida inteira de sofrimento e combate, ao passo que ela ganhou de graça toda a sua perfeição. Aí há uma desigualdade... Por isso a mulher é revoltante. — Eu disse isto sem a menor intenção de cativá-lo, mas até com veemência e indignação.

— A perfeição? Sua perfeição? Mas se ela não tem nenhuma perfeição! — proferiu ele quase surpreso com minhas palavras. — Ela é a mais ordinária das mulheres, é inclusive uma mulher reles... Mas é obrigada a ter perfeição!

— Por que obrigada?

— Porque com tamanho poder é obrigada a ter todas as perfeições — bradou com raiva.

— O mais triste é que até neste momento o senhor está atormentado!

— Neste momento? Atormentado? — tornou a repetir as minhas palavras plantado à minha frente, como que tomado de alguma perplexidade.

E eis que de repente um sorriso sereno, longo e meditativo iluminou-lhe o rosto e ele levantou um dedo como se atinasse algo. Em seguida, já plenamente refeito, pegou de sobre a mesa uma carta aberta e lançou-a diante de mim:

— Vamos, lê! É forçoso que saibas de tudo... e por que me fizeste passar tanto tempo escarafunchando nessa droga!... Só fiz ofender e exasperar meu coração!...

Não consigo exprimir minha surpresa. Era uma carta *dela* endereçada a ele, naquele mesmo dia, recebida por volta das cinco da tarde. Li-a quase tremendo de agitação. Não era longa, mas fora escrita com tanta franqueza e sinceridade que eu, lendo-a, era como se a visse em pessoa diante de mim e escutasse suas palavras. Com a máxima veracidade (e por isso de um modo quase tocante), ela lhe confessava seu pavor e em seguida simplesmente lhe implorava que a "deixasse em paz". Concluía informando-o que decididamente agora se casaria com Bioring. Antes disso ela nunca lhe havia escrito.

E eis o que então compreendi de suas explicações:

Mal acabara de ler essa carta, ele experimentou a mais inesperada manifestação: pela primeira vez nesses dois anos fatídicos não sentiu o mínimo ódio por ela e o mínimo estremecimento, como acontecia até bem recentemente quando "ficava louco" ao ouvir uma simples menção a Bioring. "Ao contrário, enviei-lhe minha bênção de todo o coração" — disse-me com um sentimento profundo. Ouvi encantado essas palavras. Então tudo o que havia nele de paixão, de tormento, desaparecera de uma vez, por si mesmo, como um sonho, como uma alucinação que dura dois anos. Ainda sem confiar em si mesmo, apressara-se em procurar mamãe um pouco antes, e veja-se o que se deu: entrara no exato momento em que ela se tornara *livre* e o velho, que na véspera a legara a ele, estava morto. Pois foram essas duas coincidências que lhe abalaram a alma. Um pouco depois ele se lançara à minha procura — e essa sua ideia tão apressada nunca me cairá no esquecimento.

Tampouco hei de esquecer o fim daquela noite. Mais uma vez esse homem se transformou de repente e por inteiro. Continuamos juntos até tarde da noite. Adiante, no devido momento, falarei do efeito que essa "notícia" exerceu sobre mim, limitando-me por ora a algumas palavras conclusivas sobre ele. Hoje, ao refletir sobre aquilo, compreendo que o que mais me fascinou foi uma espécie de humildade dele para comigo, foi sua sinceridade verdadeira com um rapazinho como eu! "Aquilo foi um inebriamento, mas bendito seja ele!" — bradou. "Sem aquele ofuscamento é possível que eu nunca viesse a encontrar em meu coração minha rainha tão integral e para sempre única — tua mãe, minha sofredora." Ressalto em particular essas suas palavras entusiásticas, que lhe escaparam de modo incontido, tendo em vista o que se seguirá. Mas naquele momento ele se apossou e venceu minha alma.

Lembro-me de que no fim estávamos no auge da alegria. Ele mandou servir champanhe, e nós dois bebemos por mamãe e pelo "futuro". Oh, ele estava tão cheio de vida e pretendia tanto viver! Mas não estávamos no auge da alegria por causa do champanhe: havíamos bebido apenas duas taças cada um. Não sei por quê, mas no fim quase não nos contínhamos de rir. Falávamos de coisas totalmente estranhas; ele me contava anedotas e eu também lhe contava. E tanto o nosso riso como as anedotas eram singelas e desprovidas de zombaria, mas era divertido. Ele teimava em não me deixar sair. "Fica, fica mais um pouco!" — repetia, e eu ia ficando. Até saiu para me acompanhar; a noite estava esplêndida, levemente fria.

— Diga-me uma coisa: o senhor já respondeu *a ela*? — súbito lhe perguntei totalmente por acaso, apertando-lhe a mão pela última vez.

— Ainda não, mas isso é indiferente. Vem amanhã, vem mais cedo... Sim, mais uma coisa: larga Lambert de uma vez, e destrói o documento, e depressa. Adeus!

Dito isso, foi-se de repente; eu, porém, permaneci plantado onde estava e tão perturbado que não me atrevi a lhe pedir que voltasse. A palavra "documento" me deixara particularmente abalado: através de quem ele soubera disso, e de modo tão preciso, senão de Lambert? Voltei para casa presa de uma forte sensação. Ora, como pudera acontecer, passou-me de relance pela cabeça, que uma "alucinação de dois anos" tivesse desaparecido como um sonho, como um inebriamento, como uma visão?

CAPÍTULO IX

I

No entanto, na manhã seguinte acordei mais viçoso e afetuoso. Cheguei até a me censurar de forma involuntária e cordial por certa leviandade e uma espécie de arrogância com que, ainda me lembro, ouvira na véspera algumas passagens da "confissão" dele. Se em parte esta era desordenada, se algumas revelações foram um tanto obscuras e até desarticuladas, não seria o caso de perguntar se ele teria estudado oratória ao me convidar então à sua casa. Ele apenas me fez uma grande honra ao me procurar como o único amigo num momento como aquele, e isto nunca hei de esquecer. Ao contrário, sua confissão foi "tocante", por mais que riam de mim devido a essa expressão, e, se fez alguma insinuação cínica ou ridícula, eu era dotado de largueza suficiente para deixar de entender e de admitir que aí havia realismo sem, ademais, macular o ideal. O essencial foi que enfim eu compreendi esse homem e até senti um pouco de pena e fiquei meio agastado por tudo isso ter se mostrado tão simples: sempre colocara esse homem numa altura extraordinária em meu coração, nas nuvens, e nunca deixara de revestir seu destino de algo misterioso, de modo que era natural que até então desejasse que a coisa resultasse mais engenhosa. De resto, no encontro dele com *ela* e nos seus dois anos de sofrimento houvera problemas inúmeros e complexos: "Ele recusava a fatalidade da vida; precisava de liberdade e não da escravidão da fatalidade; através da escravidão da fatalidade fora forçado a ofender mamãe, que o aguardava em Königsberg...". Além do mais, em todo caso eu considerava esse homem um pregador: ele trazia no coração a Idade de Ouro e conhecia o futuro do ateísmo; e eis que o encontro com *ela* deixou tudo em frangalhos, deformou tudo! Oh, não a traí, mas mesmo assim tomei o partido dele. Mamãe, por exemplo, em nada atrapalharia o destino dele, nem mesmo casando-se com ele — raciocinava eu. Isto eu compreendia; isto era bem diferente do encontro com *a outra*. É verdade que mamãe não lhe daria mesmo paz, mas isso seria até melhor: gente assim precisa ser julgada de outra maneira, e deixemos que sua vida seja sempre assim; isso não é nenhum horror; ao contrário, seria um horror se eles se acomodassem ou em geral se tornassem parecidos com todas as pessoas medianas. Os elogios à sua nobreza e suas palavras "*Je mourrai gentilhomme*"[64] não me perturbavam nem um pouco: eu percebia que *gentilhomme* era ele; era um tipo que doava tudo e se tornava arauto de uma cidadania universal e da "ideia que tudo une", que é parte do pensamento superior russo. Embora tudo isso, ou seja, a "ideia que tudo une" (o que, evidentemente, é inconcebível) fosse até um absurdo, ainda assim já era bom que ele tivesse passado a vida inteira reverenciando essa ideia e não algum tolo bezerro de ouro. Meu Deus! Bem, tendo concebido minha "ideia", por acaso eu, eu mesmo iria reverenciar o bezerro de ouro, por acaso eu precisava de dinheiro naquele momento? Juro que precisava apenas de uma ideia! Juro que não forraria de veludo nenhum divã, nenhuma cadeira e, mesmo possuindo cem milhões, me alimentaria do mesmo prato de sopa com carne de gado como o faço hoje.

Vesti-me e me precipitei de forma incontida ao encontro dele. Acrescento: quanto àquela tirada dele sobre o documento, eu também estava cinco vezes mais tranquilo do que na véspera. Em primeiro lugar, esperava me explicar com ele, e, em segundo, que mal haveria se Lambert se insinuasse e tivesse tratado de algum assunto com ele? Contudo, minha maior alegria estava numa sensação extraordinária: era a ideia de que ele "não amasse mais *a outra*"; disto eu tinha plena convicção e sentia que alguém me havia arrancado uma terrível pedra do coração. Lembro-me até de uma hipótese que então me viera de relance à cabeça; justamente a do horror e do absurdo daquela sua última e furiosa explosão provocada pela referência a Bioring e à remessa daquela carta ofensiva; era justo esse extremo que podia servir como uma espécie de predição e prenúncio da mudança mais radical em seus sentimentos e de seu breve retorno ao bom-senso; deveria ser mais ou menos como uma daquelas coisas que acontecem durante uma doença e, pensava eu, ele teria mesmo de chegar a um ponto oposto — a um mero caso clínico.

"Vamos, vamos que *ela* disponha como queira de seu destino, vamos que se case com o seu Bioring do jeito que quiser, contanto que meu pai, meu amigo, não mais a ame" — exclamava eu. De resto havia aí algum mistério em meus próprios sentimentos, mas sobre eles não desejo me estender aqui nestes escritos.

Agora chega. Doravante transmitirei, já sem quaisquer considerações, todo o horror subsequente e toda a maquinação dos fatos.

---

[64] Em francês, "Hei de morrer um nobre". (N. do T.)

II

Às dez horas, mal eu me dispusera a sair — é claro que para a casa dele — apareceu Nastácia Iegórovna. Perguntei-lhe com ar alegre: "Não está vindo da parte dele?" — e ouvi agastado que não vinha absolutamente da parte dele, mas de Anna Andrêievna, e que ela, Nastácia Iegórovna, "saíra do apartamento assim que o dia amanhecera".

— De que apartamento?

— Do mesmo de ontem. Pois o apartamento de ontem, onde fica o bebê, está agora alugado em meu nome e é Tatiana Pávlovna quem paga...

— Ora bolas, para mim é indiferente! — interrompi agastado. — Pelo menos ele está em casa? Vou conseguir encontrá-lo?

E, para minha surpresa, ouvi que ele havia saído de casa ainda antes dela; então ela saiu "assim que o dia amanheceu" e ele ainda antes.

— Bem, então agora já voltou?

— Não, e na certa não voltará, e talvez nunca mais volte — disse ela, fitando-me com o mesmo olhar agudo e velhaco e sem desviá-lo de mim, como naquela visita que me fizera durante minha doença e que já descrevi. O que sobretudo me enfurecia era o fato de que mais uma vez se manifestavam certos segredos e tolices dessa gente e que, pelo visto, ela não pode passar sem esses segredos nem sem essas artimanhas.

— Por que a senhora diz que na certa não voltará? O que está subentendendo? Ele foi visitar mamãe: eis tudo!

— N-não sei.

— Então o que foi que a senhora veio fazer aqui?

Ela me explicou que vinha da casa de Anna Andrêievna e que esta mandara me chamar e me esperava com urgência, senão "seria tarde". Mais uma vez essa palavrinha enigmática me pôs fora de mim:

— Por que tarde? Não quero ir e não vou! Não vou permitir que tornem a manobrar comigo! Estou me lixando para Lambert, é assim que deve dizer a ela, e que se ela mandar o próprio Lambert me procurar eu o expulsarei aos empurrões; é assim que deve lhe dizer!

Nastácia Iegórovna ficou assustadíssima.

— Ah, não — deu um passo em minha direção, de mãos postas, como se me implorasse —, não se precipite. Trata-se de uma coisa importante, muito importante para o senhor mesmo, também para todo mundo, tanto para Andriêi Pietróvitch como para sua mãezinha, para todos... Vá visitar

Anna Andrêievna agora mesmo, porque ela não tem como continuar esperando... isto eu lhe asseguro por minha honra... e depois o senhor toma sua decisão.

Eu a observava surpreso e enojado.

— Absurdo, nada disso vai acontecer, não vou! — e olhei para ela com ar obstinado e cheio de maldade. — Agora vai ser tudo de um novo jeito! Aliás, será que a senhora é capaz de entender isso? Adeus, Nastácia Iegórovna, é de caso pensado que não vou e de caso pensado não a interrogarei. A senhora só me desnorteia. Não desejo penetrar em seus enigmas.

Porém, uma vez que ela não se afastava e continuava plantada, peguei meu casaco e meu chapéu de peles e saí, largando-a no meio do quarto. Em meu quarto não havia nenhuma carta ou papel e ademais eu quase nunca o fechava antes ao sair. Entretanto, não havia conseguido chegar nem à porta de saída quando meu senhorio Piotr Hippolítovitch correu da escada atrás de mim, uniformizado.

— Arkadi Makárovitch! Arkadi Makárovitch!

— O que é que o senhor ainda deseja?

— Não quer dar nenhuma ordem ao sair?

— Nenhuma.

Ele me fitava com um olhar penetrante e uma visível inquietação:

— A respeito do apartamento, por exemplo.

— O que quer dizer a respeito do apartamento? Eu não estou lhe pagando em dia?

— Ah, não, não estou falando de dinheiro — sorriu de repente com um sorriso largo e continuou a me fitar com um olhar penetrante.

— Então por que me vem com tudo isso? — bradei enfim, quase totalmente enfurecido —, o que o senhor ainda deseja?

Ele aguardou mais alguns segundos, como se ainda esperasse algo de minha parte.

— Bem, então o senhor deixa as ordens para depois... já que agora está com esse humor — balbuciou, dando um risinho ainda mais largo —, pode ir, eu mesmo estou saindo para o trabalho.

Correu para seu apartamento pela escada. É claro que tudo isso podia infundir reflexões. Faço questão de não omitir o mínimo detalhe de todo esse pequeno mal-entendido daquele momento, porque cada mínimo detalhe integrará posteriormente o conjunto definitivo em que ele encontrará o seu lugar, do que o leitor se convencerá. E quanto ao fato de que naquele momento eles realmente me desnorteavam, isso é verdade. Se eu estava tão nervoso e irritado era justo porque tornava a ouvir por suas palavras aquele tom de intrigas e enigmas que tanto me saturava e me lembrava do passado. Mas prossigo.

Viersílov não estava em casa e de fato havia saído assim que amanhecera. "É claro que foi visitar mamãe" — insistia eu em minha toada. Não interroguei a babá, uma mulher bastante tola, e além dela não havia ninguém no apartamento. Corri para a casa de mamãe e, confesso, tão intranquilo que a meio caminho peguei um fiacre. *Em casa de mamãe ele não estivera desde a véspera*. Mamãe estava acompanhada de Tatiana Pávlovna e Liza. Mal entrei, Liza começou a se preparar para sair.

Todas estavam no andar de cima, em meu "caixão". Em nossa antessala, no térreo, estava Makar Ivánovitch sobre a mesa e a seu lado um velho lia salmos de forma cadenciada. Não vou descrever nada do que não diz respeito ao assunto, limitando-me a observar que o caixão que haviam mandado fazer e estava ali não era simples, embora fosse de madeira escura, forrado de veludo, e a mortalha do falecido era coisa fina — uma suntuosidade que contrariava o velho e suas convicções; mas essa fora a insistente vontade de minha mãe e de Tatiana Pávlovna.

Subentende-se que eu não esperava encontrá-las alegres; entretanto, a tristeza sufocante que em particular li em seus olhos, acompanhada de preocupação e intranquilidade, no mesmo instante me afetou e num piscar de olhos concluí que "isso não se deve só ao falecido". Tudo isso, repito, gravei perfeitamente na memória.

Apesar de tudo, abracei mamãe com ternura e em seguida perguntei *por ele*. Num instante brilhou no olhar de mamãe uma curiosidade inquietante. Depressa lhe mencionei que passara com ele toda a noite anterior, até altas horas, mas que hoje ele saíra de casa desde que o dia amanhecera e que ele mesmo me havia convidado na véspera, ao se despedir de mim, para ir à sua casa o mais cedo possível. Mamãe nada respondeu, mas Tatiana Pávlovna aproveitou o momento e me fez um gesto ameaçador com o dedo.

— Adeus, meu irmão — interrompeu Liza, deixando o quarto rapidamente. Eu, claro, a alcancei, mas ela parou bem junto à porta.

— Eu bem sabia que adivinharias e virias — disse num rápido murmúrio.

— Liza, o que está havendo?

— Eu mesma não sei, só sei que está havendo muita coisa. Na certa é o desfecho da "eterna história". Ele não apareceu, mas elas têm algumas notícias dele. Não vão te contar, não te preocupes, e tu mesmo não faças perguntas, se tens inteligência; mas mamãe está arrasada. Eu também não interrogo sobre nada. Adeus.

— Liza, e tu mesma não sabes de nada? — levantei-me de um salto e saí para o vestíbulo atrás dela. Seu aspecto, por demais arrasado e desesperado, transpassou-me o coração. Ela me olhou não propriamente com raiva, mas de um jeito até meio obstinado, deu um risinho amargo e abanou a mão.

— Se tiver morrido, então graças a Deus! — lançou-me ela da escada e se foi. Referia-se ao príncipe Serguiêi Pietróvitch, que naquele momento estava acamado com febre e inconsciente. A "eterna história"! Que "eterna história"? — pensei com ar de desafio, e eis que nesse instante achei forçoso contar a elas ao menos uma parte das impressões que na noite da véspera eu colhera da confissão que ele me fizera, assim como a própria confissão. "Neste momento elas estão com algum pensamento ruim sobre ele — então que saibam tudo!" — passou-me de chofre pela cabeça.

Lembro-me de que consegui começar meu relato com muita habilidade. Num instante estampou-se no olhar das duas uma terrível curiosidade. Desta feita Tatiana Pávlovna cravou os olhos em mim, no entanto mamãe se manteve mais contida; estava muito séria, porém suave, linda, embora um sorriso de total desespero transparecesse em seu rosto e permanecesse durante todo o meu relato. Eu, é lógico, falava bem, embora soubesse que para elas era quase incompreensível. Para minha surpresa, Tatiana Pávlovna não chateou, não insistiu em precisão, não me veio com rodeios, como costumava fazer sempre que eu começava a falar alguma coisa. Apenas apertava de quando em quando os lábios e os olhos como quem se esforça para apreender a essência da questão. Vez por outra até me parecia que elas compreendiam tudo, mas isso não era possível. Por exemplo, falei das convicções dele, mas sobretudo do entusiasmo que na véspera revelara, do entusiasmo por mamãe, de seu amor por mamãe e dos beijos que dera em seu retrato... Ao ouvir isto, as duas se entreolharam rápido e em silêncio e mamãe ficou ruborizada, embora as duas continuassem caladas. Em seguida... em seguida eu, é claro, não pude tocar na questão central *na presença de mamãe*, isto é, tocar no encontro *com a outra* e tudo o mais, e sobretudo na carta que no dia anterior *ela* enviara a ele e no "renascimento" moral dele depois da carta; e essa era a questão central, de modo que todos os sentimentos que ele então revelara e com os quais eu pensara tanto em contentar mamãe ficaram naturalmente incompreensíveis, embora, é claro, não por minha culpa, porque tudo o que eu podia relatar relatei de forma magnífica. Terminei mergulhado em total perplexidade; o silêncio das duas continuou e para mim ficou muito difícil permanecer em sua companhia.

— Na certa ele já voltou e talvez esteja me esperando em meu quarto — disse e me levantei para sair.

— Vá, vá! — fez coro firme Tatiana Pávlovna.

— Estiveste lá embaixo? — perguntou-me mamãe com um meio sussurro ao se despedir de mim.

— Estive, fiz-lhe uma reverência e orei por ele. Que aspecto tranquilo e bonito o dele, mamãe! Obrigado, mamãe, por não ter economizado com o caixão dele. De início isso me pareceu estranho, mas no mesmo instante pensei que eu próprio teria feito o mesmo.

— Vais à igreja amanhã? — perguntou-me, e seus lábios tremeram.

— Que pergunta é essa, mamãe? — surpreendi-me. — Hoje mesmo venho para as exéquias e ainda virei depois; e... além do mais, amanhã é o dia do seu aniversário, mamãe, minha amiga querida! Só faltou a ele viver mais três dias!

Saí com uma surpresa dorida: como é que ela me faz semelhantes perguntas — se venho ou não à missa de corpo presente? Ora, se acham isso de mim, o que então pensam *dele*?

Eu sabia que Tatiana Pávlovna correria atrás de mim e parei de propósito à porta de saída; mas ela, ao me alcançar, empurrou-me com a mão para a escada, saiu atrás de mim e fechou a porta.

— Tatiana Pávlovna, quer dizer que vocês não viram Andriêi Pietróvitch hoje e nem o esperam amanhã? Estou assustado...

— Cala-te. Grande coisa, tu assustado! Fala: o que não concluíste ao relatar a barafunda de ontem?

Não achei necessário ocultar e, quase irritado com Viersílov, relatei tudo a respeito da carta que na véspera Catierina Nikoláievna lhe enviara e o efeito que a carta produzira, isto é, a ressurreição dele para uma nova vida. Para minha surpresa, a notícia da carta não a impressionou minimamente e adivinhei que ela já sabia a respeito.

— Ora, estarás mentindo?

— Não, não estou mentindo.

— Ora veja — deu um sorriso venenoso como se refletisse —, ressuscitou! Até disto ele é capaz! É verdade que ele beijou o retrato?

— Verdade, Tatiana Pávlovna.

— Beijou com afeto, não estava fingindo?

— Fingindo? Por acaso ele fingiu algum dia? É uma vergonha para a senhora, Tatiana Pávlovna; sua alma é grosseira, é de mulher.

Eu disse isso com veemência, mas foi como se ela não me tivesse ouvido: pareceu voltar a refletir sobre alguma coisa, apesar do frio intenso que fazia na escada. Eu mesmo estava de casaco de peles, mas ela apenas de vestido.

— Eu queria te dar uma incumbência, mas lamento que sejas muito pateta — disse-me com desdém e parecendo meio agastada. — Escuta, vai até à casa de Anna Andrêievna e observa o que está acontecendo por lá... mas não, não vás; sempre foste um paspalhão e paspalhão continuas! Vai embora, marcha, porque continuas aí plantado?

— Pois não vou à casa de Anna Andrêievna! A própria Anna Andrêievna mandou me chamar.

— A própria? Através de Nastácia Iegórovna? — voltou-se rápido para mim; já estava de saída e até abrira a porta, mas tornou a batê-la.

— Não vou de jeito nenhum procurar Anna Andrêievna! — repeti com um prazer malévolo —, e não vou porque a senhora acabou de me chamar de paspalhão, embora eu nunca tenha sido tão perspicaz como hoje. Vejo todos os problemas da senhora na palma da mão; mas mesmo assim não vou à casa de Anna Andrêievna!

— Eu bem que sabia! — exclamou sem mais uma vez atentar absolutamente para as minhas palavras, mas continuando com suas maquinações. — Agora vão lhe meter a corda no pescoço e dar o laço mortal.

— De Anna Andrêievna?

— Imbecil!

— Então de quem a senhora está falando? Não seria de Catierina Nikoláievna? De que laço mortal está falando? — Eu estava assustadíssimo. Uma ideia vaga, porém terrível, me percorreu a alma inteira. Tatiana Pávlovna me fitou com um olhar penetrante.

— O que andas maquinando? — perguntou-me de supetão. — Em que andas metido? Ouvi falar alguma coisa a teu respeito, vê lá!

— Escute, Tatiana Pávlovna! Vou lhe revelar um terrível segredo, mas não agora, agora não tenho tempo, mas amanhã lhe contarei quando estivermos a sós, mas agora quero que me conte toda a verdade e também o que significa esse laço mortal... porque eu estou tremendo todo...

— Estou me lixando para o teu tremor — exclamou. — Que segredo é esse que ainda queres me contar amanhã? Será que não estás mesmo a par de alguma coisa? — cravou em mim um olhar interrogativo. — Porque naquela ocasião tu mesmo juraste a ela que havias queimado a carta de Kraft.

— Tatiana Pávlovna, torno a repetir, não me atormente — continuei batendo em minha tecla sem, de minha parte, responder à sua pergunta porque estava fora de mim —, veja, Tatiana Pávlovna, o que a senhora me esconde pode provocar algo ainda pior... porque ontem ele estava no mais pleno, num pleníssimo renascimento.

— Fora daqui, palhaço! Vai ver que também estás morto de paixão: pai e filho atraídos pelo mesmo objeto! Fu!, que desordeiros!

Ela saiu de minha vista batendo indignada a porta. Furioso com o cinismo impudente e desavergonhado de suas últimas palavras — cinismo do qual só uma mulher é capaz, corri para fora dali profundamente ofendido. Contudo, não vou descrever minhas vagas sensações, uma vez que já empenhei minha palavra; vou continuar me apoiando apenas nos fatos, que agora resolverão tudo. É claro que dei mais uma rápida passagem por lá e mais uma vez ouvi da babá que ele estava ausente.

— E não voltará absolutamente?

— Deus sabe dele.

III

Aos fatos, aos fatos!... Mas, será que o leitor compreende alguma coisa? Lembro-me de como naquele tempo esses mesmos fatos me pressionavam e não me deixavam apreender nada, de modo que ao fim daquele dia eu estava com a cabeça totalmente desnorteada. É por isso que vou antecipar duas ou três palavras!

Todas as minhas angústias consistiam no seguinte: se ontem ele renasceu e deixou de amá-la, então onde deverá estar hoje? Resposta: antes de tudo em meu quarto, pois me abraçou ontem, e logo depois em casa de mamãe, cujo retrato beijou ontem. E eis que, em vez de dar lugar a esses dois passos naturais, de repente saiu de casa "assim que o dia amanheceu" e escafedeu-se, enquanto Nastácia Iegórovna fica delirando, dizendo, sei lá por quê, que "dificilmente ele voltará". Como se não bastasse, Liza se mete a assegurar um tal desenlace de uma "eterna história" e a dizer que mamãe tem algumas notícias dele e inclusive as mais recentes; além do mais, na certa também elas lá estão sabendo da carta de Catierina Nikoláievna (isto eu mesmo notei) e ainda assim não acreditam no "renascimento dele para uma nova vida", embora me tenham ouvido com atenção. Mamãe está arrasada, enquanto Tatiana Pávlovna reage com escárnio ao ouvir a palavra "renascimento". Mas se tudo isto é verdade, quer dizer então que mais uma vez deu-se com ele uma reviravolta durante a noite e ele está de novo em crise, e isto depois do seu entusiasmo, do enternecimento e do tom enfático de ontem! Então todo esse "renascimento" se desfez como uma bolha e de novo ele anda vagueando por aí tomado da mesma fúria que o dominou quando soube daquela notícia sobre Bioring! Pergunta-se o que então será de mamãe, de mim, de todos nós e... — o que enfim será *dela*? A respeito de que "laço mortal" tagarelou Tatiana ao me enviar à casa de Anna Andrêievna? Quer dizer então que é lá, em casa de Anna Andrêievna, que está esse "laço mortal"! Por que em casa de Anna Andrêievna? Está entendido que vou correr à casa de Anna Andrêievna; foi só de pirraça, por despeito, que eu disse que não iria; vou agora mesmo. Mas o que foi aquilo que Tatiana falou sobre o "documento"? Não foi ele mesmo que ontem me fez a pergunta: "queimou o documento"?

Eram esses os meus pensamentos, era o que me pressionava também com o laço mortal; mas o grave é que eu precisava *dele*. Na companhia dele eu logo decidiria — isto eu sentia; nós dois nos entenderíamos com duas palavras! Eu o seguraria pelas mãos, apertaria as duas; encontraria em meu coração palavras calorosas — acalentava um sonho irresistível. Oh, eu dominaria a loucura!... Mas onde está ele? Onde está ele? E eis que Lambert tinha de me aparecer justo num momento como esse, quando eu estava tão inflamado. Quando faltavam alguns passos para chegar à minha casa, de repente dei de cara com Lambert; ao me ver, ele começou a berrar cheio de alegria e agarrou-me pelo braço:

— Já estive três vezes em tua casa... *Enfin!*[65] Vamos tomar o café da manhã.

— Espera! Estiveste em minha casa? Andriêi Pietróvitch não está lá?

— Não, lá não há ninguém. Deixa todos eles pra lá! És um pateta, ontem ficastes zangado; estavas bêbado, tenho algo importante para te dizer; hoje ouvi notícias maravilhosas sobre aquilo de que falamos ontem...

— Lambert — interrompi ofegando e apressado, e declamando um pouco a contragosto —, se parei para te falar foi só para te dizer que estou rompendo definitivamente contigo. Ontem eu já te disse isso, mas não me entendes. Lambert, és uma criança, e pateta como um francês. Continuas pensando como no internato de Touchard, que ainda sou o mesmo palerma que era no internato... Mas não sou tão palerma como era no internato... Ontem eu estava bêbado, e não era de vinho, mas porque já estava mesmo excitado; e se fiz coro com a tua tagarelice foi porque apelei para a astúcia com o fim de descobrir o que pensavas. Eu te enganava e tu te alegravas pensando que eu acreditava na tua tagarelice. Saiba que casar-me com ela é um absurdo no qual nem um colegial de classe preparatória acreditaria. Daria para pensar que eu acreditaria? Mas tu acreditaste. Acreditaste porque não és recebido na alta sociedade e nada sabes de como se age nessa alta sociedade. Não é tão simples o que se faz nessa alta sociedade, e é impossível que seja tão simples — a mulher resolver e casar-se... Agora vou te dizer com

[65] Em francês, "Enfim!". (N. do T.)

clareza o que queres: queres me atrair para me embebedar, para eu te entregar o documento e junto contigo perpetrar alguma vingança contra Catierina Nikoláievna! Mas estás enganado! Nunca irei à tua casa e fica sabendo que amanhã mesmo, ou sem falta depois de amanhã, aquele papel estará nas próprias mãos dela porque esse documento lhe pertence, porque foi escrito por ela e eu mesmo lhe entregarei pessoalmente e, se queres saber, então saibas que o farei através de Tatiana Pávlovna, conhecida dela, no apartamento de Tatiana Pávlovna, na presença de Tatiana Pávlovna o entregarei e não cobrarei nada por isso... E agora some de minha frente para sempre, senão... senão, Lambert, não serei tão cortês...

Ao concluir essas palavras, um tremor miúdo me sacudia o corpo inteiro. A pior coisa e o hábito mais detestável na vida, que põe tudo a perder em cada coisa que se faz, é... é abrir a guarda. O diabo me cutucou e fiquei tão acalorado diante dele que, ao terminar de falar, e escandindo com prazer as palavras e elevando cada vez mais a voz, entrei de repente em tal exaltação que inseri o detalhe absolutamente desnecessário de que iria entregar o documento através de Tatiana Pávlovna e ainda por cima em seu apartamento! Mas naquele momento dera-me uma tremenda vontade de aturdi-lo! Quando lhe escorreguei, de modo tão direto, a referência ao documento e de repente notei seu susto idiota, tive a súbita vontade de esmagá-lo ainda mais com a precisão dos detalhes. E eis que mais tarde essa jactanciosa tagarelice de mulherzinha veio a ser a causa de terríveis infortúnios, porque o detalhe acerca de Tatiana Pávlovna em seu apartamento entrincheirou-se no mesmo instante em sua mente de vigarista e homem prático em pequenas questões; nas coisas superiores e importantes ele é uma nulidade e não compreende nada, mas, apesar de tudo, tem tato para essas minudências. Tivesse eu silenciado sobre Tatiana Pávlovna, teria evitado grandes infortúnios. Entretanto, ao me ouvir ele ficou totalmente desnorteado no primeiro instante.

— Ouve — murmurou —, Alfonsina... Alfonsina vai cantar... Alfonsina esteve com *ela*; escuta: tenho uma carta, quase uma carta, na qual a Akhmákova se refere a ti, foi o bexigoso que a conseguiu; tu te lembras do bexigoso? E então tu verás, então tu verás, vamos!

— Mentes, mostra a carta!

— Está em casa, com Alfonsina, vamos!

É claro que ele mentia e delirava, temendo que eu fugisse dele; mas de repente eu o larguei no meio da rua e, quando ele quis me acompanhar, parei e o ameacei com o punho. Mas ele já estava parado e refletindo — e deixou-me ir embora: é possível que já esboçasse na cabeça um novo plano. Mas para mim as surpresas e os encontros não haviam terminado... E, quando me lembro de todo aquele dia infeliz, tenho a impressão de que todas aquelas surpresas e aqueles imprevistos pareciam estar mancomunados, pois choveram deveras sobre minha cabeça saídos de alguma maldita cornucópia. Mal abri a porta para entrar em meu apartamento, ainda na antessala esbarrei com um jovem alto, de rosto alongado e pálido, aparência imponente e elegante, metido num magnífico casaco de peles. Tinha um pincenê sobre o nariz; contudo, mal me viu tirou-o do nariz (pelo visto por cortesia) e, erguendo cordialmente a cartola, mas sem se deter, disse-me sorrindo com elegância: "*Ah, bonsoir*"[66] — e passou ao largo a caminho da escada. Em parte nós dois nos reconhecemos no mesmo instante, embora eu só o tivesse visto de passagem uma vez na vida, em Moscou. Era o irmão de Anna Andrêievna, o jovem Viersílov, camareiro de corte, filho de Viersílov, logo, quase meu irmão. Estava acompanhado da senhoria (o senhorio ainda não voltara do trabalho). Quando ele saiu investi direto contra ela:

— O que ele estava fazendo aqui? Esteve em meu quarto?

— Não esteve absolutamente em seu quarto. Veio me visitar... — cortou de modo rápido e seco, voltando para o seu quarto.

— Não, assim não é possível! — bradei —, faça o favor de responder: o que ele veio fazer aqui?

— Ah, meu Deus! tenho de lhe contar tudo, o que as pessoas vêm fazer aqui. Parece que nós também podemos ter os nossos interesses. É possível que o rapaz tenha querido me pedir dinheiro emprestado e pegou meu endereço. Talvez eu tenha lhe prometido da última vez...

— Quando da última vez?

— Ah, meu Deus! não é a primeira vez que ele me procura!

Ela se foi. O essencial é que eu tinha entendido que o tom ali mudara: eles começavam a falar comigo de modo grosseiro, estava claro que havia um novo segredo; os segredos se acumulavam a cada dia, a cada hora. Na primeira vez o jovem Viersílov viera com a irmã, Anna Andrêievna, quando eu estava doente; disto me lembro bem demais, assim como de que Anna Andrêievna já me deixara escapar na véspera a notícia surpreendente de que o velho príncipe talvez se instalasse em meu apartamento... mas tudo isso era tão confuso e tão monstruoso que quase não consegui pensar nada a respeito. Depois de dar uma palmada na testa, e sem sequer me sentar para descansar um pouco, corri para a casa de Anna Andrêievna: ela não estava e o porteiro me disse que ela "foi para Tsárskoie; talvez só volte amanhã por volta desta hora".

[66] Em francês, "Ah, boa tarde". (N. do T.)

"Ela em Tsárskoie; é claro, foi visitar o velho príncipe, e o irmão está examinando meu apartamento! Não, isso não vai acontecer! — rangi os dentes. — E se por aqui há de fato algum laço mortal vou defender a 'pobre mulher'!"

Da casa de Anna Andrêievna não voltei para a minha, porque à minha excitada cabeça veio de relance a lembrança da taberna da rua Kanava, que Andriêi Pietróvitch costumava frequentar em algumas de suas horas sombrias. Contente com o achado, corri para lá num abrir e fechar de olhos; caminhávamos para as quatro da tarde e já escurecia. Na taberna fui informado de que ele estivera lá: "Esteve um pouco e foi embora, mas é possível que ainda volte". De repente fiz um grande empenho de esperá-lo e mandei que me servissem o almoço; ao menos surgira uma esperança.

Consumi o almoço, até comi demais para ter o direito de permanecer o maior tempo possível, e acho que fiquei por lá umas quatro horas. Não descrevo minha tristeza nem minha febril impaciência; era como se tudo dentro de mim tivesse se sacudido e tremesse. Aquele órgão, aqueles visitantes — oh, toda aquela melancolia ficou gravada em minha alma talvez pela vida inteira. Tampouco descrevo os pensamentos que fervilhavam em minha cabeça como uma nuvem de folhas secas do outono depois da investida de um remoinho. Palavra, havia algo parecido com isso e, confesso, eu sentia que de quando em quando a razão começava a me trair.

No entanto, o que me atormentava a ponto de doer (de passagem, é claro, deixando de lado o tormento principal) era uma impressão importuna, venenosa — obsessiva como uma mosca venenosa do outono na qual a gente não pensa mas que gira em torno de nós, incomoda-nos e de repente nos dá uma picada bem dolorosa. Era apenas uma lembrança, um episódio que ainda não contei a ninguém no mundo. Eis a questão, pois, a despeito de tudo, preciso narrar também isto em alguma parte.

IV

Quando, em Moscou, já estava decidido que eu iria para Petersburgo, fizeram-me saber, através de Nikolai Semiónovitch, que eu devia esperar a remessa do dinheiro para a viagem. De quem viria o dinheiro não me informei; eu sabia que viria de Viersílov, mas como naquele tempo eu passava dia e noite imaginando ansioso e cheio de planos soberbos o meu encontro com Viersílov, deixara de falar abertamente sobre ele até com Mária Ivánovna. Lembro, aliás, que eu também tinha o meu dinheiro para a viagem; mas mesmo assim decidi esperar; por outro lado, supunha que o dinheiro viria pelo correio.

Certa vez, Nikolai Semiónovitch voltou para casa e de chofre me disse (de forma sucinta e sem se estender, como era seu costume) que eu fosse no dia seguinte, às onze da manhã, à rua Miásnitskaia, no prédio onde ficava o apartamento do príncipe V-ski, que lá o camareiro de corte Viersílov, que viera de Petersburgo, e que era filho de Andriêi Pietróvitch e se hospedara em casa do príncipe V-ski, seu colega de colégio, me entregaria a quantia enviada para minha viagem. A coisa parecia bastante simples: Andriêi Pietróvitch podia perfeitamente ter incumbido seu filho dessa missão em vez de enviar o dinheiro pelo correio; mas, de um modo meio antinatural, essa notícia me deprimia e assustava. Não havia dúvidas de que Viersílov queria unir-me com seu filho, meu irmão; assim se delineavam as intenções e os sentimentos do homem com quem eu sonhava; no entanto, uma enorme questão se apresentava para mim: como eu ficaria e como devia me comportar nesse encontro absolutamente inesperado, e se de algum modo eu não viria a perder minha própria dignidade?

No dia seguinte, às onze em ponto, cheguei à casa do príncipe V-ski, um apartamento de solteiro mas, como adivinhei, mobiliado com elegância, com criados vestidos de libré. Parei na antessala. Do interior do apartamento chegavam sons de conversa alta e risos: além do camareiro de corte o príncipe tinha outras visitas. Mandei que o criado me anunciasse e parece que o fiz com expressões um tanto orgulhosas: pelo menos ao se afastar para me anunciar ele olhou para mim de um modo estranho, pareceu-me até que não tão respeitoso como deveria. Para minha surpresa ele levou muito tempo me anunciando, coisa de uns dez minutos, e enquanto isso continuaram a se fazer ouvir lá de dentro o mesmo riso e os mesmos ecos da conversa.

Eu, é lógico, fiquei aguardando em pé, sabendo muito bem que a "um senhor igual aos outros" não era decente nem possível sentar-se na antessala onde ficavam os criados. Eu mesmo, por minha própria vontade, em hipótese alguma daria um passo à sala sem um convite especial, por uma questão de orgulho; talvez por orgulho refinado, mas era o que cabia fazer. Para minha surpresa, os criados que permaneceram (dois) se atreveram a sentar-se em minha presença. Virei-me para não perceber tal coisa e, não obstante, comecei a tremer da cabeça aos pés e, súbito, voltando-se e caminhando em direção a um criado, *mandei* que fosse "imediatamente" lá dentro e me anunciar mais uma vez. Apesar do meu olhar severo e de minha extraordinária excitação, o criado me olhou com ar indolente, sem se levantar, e o outro respondeu por ele:

— Será anunciado, não se preocupe!

Decidi continuar esperando ao menos por mais um minuto ou na medida do possível até meio minuto e então *me retirar forçosamente*. O grave é que eu estava muito bem-vestido: a roupa e o sobretudo eram novos e a camisa branca estava totalmente limpa, com que a própria Mária Ivánovna se preocupara intencionalmente para esse fim. Entretanto, a respeito daqueles criados eu soube *ao certo*, bem depois e já em Petersburgo, que ainda na véspera ficaram sabendo que "iria chegar um fulano, irmão bastardo e estudante". Hoje tenho certeza disto.

O minuto passara. É estranha a sensação que a gente tem quando está à beira de uma decisão e não consegue tomá-la. "Ir embora ou não, ir embora ou não?" — eu repetia a cada segundo quase entre calafrios; de repente apareceu o criado que fora me anunciar. Entre os dedos de uma de suas mãos tremulavam quatro notas vermelhas, quarenta rublos.

— Aqui está, queira receber quarenta rublos!

Enfureci-me. Era uma grande ofensa! Passara toda a noite anterior sonhando com o encontro entre dois irmãos organizado por Viersílov; passara a noite inteira em febril devaneio sobre como me comportar e não me comprometer — não comprometer todo um ciclo de ideias que nutria em meu isolamento e pelas quais podia me orgulhar em qualquer tipo de círculo. Eu fantasiava como seria nobre, orgulhoso e triste, talvez até na companhia do príncipe V-ski, e assim viria a ser introduzido diretamente nessa sociedade. — Oh, não hei de me poupar, e vá, e vá: preciso mesmo descrever isto nestes detalhes exatos! E de repente quarenta rublos entregues por um criado, numa antessala, e ainda por cima depois de dez minutos de espera, e ademais direto das mãos, dos dedos de um criado, nem sequer num prato, num envelope!

Gritei tanto com o criado que ele estremeceu e recuou; ordenei-lhe imediatamente que levasse o dinheiro de volta e que o "próprio amo o trouxesse" —, numa palavra, minha exigência era, sem dúvida, incoerente e, claro, incompreensível para um criado. Contudo, gritei tanto que ele se foi. Para completar, parece que meu grito foi ouvido no salão, pois o vozerio e o riso cessaram de repente.

Quase no mesmo instante ouvi passos importantes, vagarosos, macios, e a figura alta de um jovem bonito e desdenhoso (na ocasião ele me pareceu ainda mais pálido e magro do que no encontro anterior) apontou à porta da antessala — ficou a poucos centímetros do limiar. Vestia um magnífico roupão de seda vermelha e usava sapatos, tinha um pincenê sobre o nariz. Sem dizer uma palavra, pôs o pincenê em minha direção e começou a fazer perguntas. Feito uma fera, dei um passo em sua direção e o encarei com ar desafiador. No entanto ele me olhou apenas por um instante, coisa de uns dez segundos; súbito, a mais imperceptível risota apareceu em seus lábios e, não obstante, a mais venenosa, e venenosa justamente porque era quase imperceptível; deu meia-volta em silêncio e retornou ao interior da casa com o mesmo andar vagaroso, o mesmo jeito silencioso e macio como havia entrado. Oh, esses tipos melindrosos, ainda em sua infância, no seio de sua família são ensinados pelas mães a ofender! É evidente que fiquei desconcertado... Oh, por que fiquei desconcertado!

Quase simultaneamente reapareceu o mesmo criado com as mesmas notas nas mãos:

— Queira receber, mandaram de Petersburgo para o senhor, mas não podem recebê-lo; "noutra ocasião, se calhar, quando eles tiverem tempo livre". — Percebi que ele acrescentara por conta própria essas últimas palavras. Mas meu desconcerto ainda continuava; recebi o dinheiro e tomei o caminho da saída; recebi-o justamente porque estava desnorteado, pois não devia ter aceitado; o criado, porém, com um nítido desejo de melindrar, permitiu-se a mais típica extravagância de criado: súbito escancarou com força a porta diante de mim e, mantendo-a escancarada, pronunciou com ar imponente e ênfase quando eu saía:

— Faça o favor!

— Canalha! — berrei para ele e súbito levantei o braço, mas não o baixei — e teu amo também é um canalha! Comunica isso a ele também agora mesmo! — acrescentei, e me dirigi rápido para a escada.

— O senhor não se atreva a falar assim! Se eu comunicasse isto imediatamente ao amo agora mesmo, eu o acompanharia à delegacia com um bilhete na mão. E não se atreva a levantar o braço...

Desci a escada. Era a entrada principal, toda aberta, e de cima eu podia ser visto por inteiro enquanto descia pelo tapete vermelho. Todos os três criados estavam no andar superior, apoiados na balaustrada. Eu, é claro, resolvi me calar: trocar insultos com os criados era impossível. Desci toda a escada sem aumentar os passos e parece até que os retardei.

Oh, vamos que haja filósofos (e vergonha para eles!) que digam que tudo isso são bobagens, irritação de um fedelho — vamos, mas para mim foi uma ferida, uma ferida que até hoje não cicatrizou, nem neste exato instante em que escrevo, em que tudo já terminou e até já me vinguei. Oh, juro! não sou rancoroso nem vingativo. Não há dúvida de que sempre desejo, de forma até doentia, me vingar quando recebo uma ofensa, mas só me vingar com magnanimidade, juro. Deixem que eu a pague com magnanimidade, mas desde que o outro perceba, que o outro compreenda — e estarei vingado! Aliás, acrescento: não sou vingativo, mas sou rancoroso, ainda que magnânimo; será que acontece a mesma coisa com os outros? Naquela ocasião, oh, naquela ocasião eu fui lá imbuído de sentimentos magnânimos, talvez ridículos, mas vá lá; é melhor serem ridículos porém generosos do que não serem ridículos mas vis, triviais, medíocres. Nunca revelei esse encontro com o "irmão" a ninguém, nem mesmo a Mária Ivánovna, nem mesmo a Liza em Petersburgo; esse encontro equivaleu a uma bofetada que vergonhosamente me tivessem dado. E eis que topo com esse senhor quando menos esperava encontrá-lo; ele me sorri, tira o chapéu para mim e diz com ar amabilíssimo: "*Bonsoir*". Sem dúvida isso dava o que pensar... Mas ainda é cedo para me abrir!

V

Depois de pouco mais de quatro horas esperando na taberna, corri de repente para fora como tomado de um acesso — claro que novamente para a casa de Viersílov e, claro, mais uma vez não o encontrei em casa: não retornara em absoluto; a aia estava aborrecida e súbito me pediu para enviar Nastácia Iegórovna; oh, eu lá estava para isso? Corri para a casa de mamãe, mas não entrei, limitando-me a chamar Lukéria ao vestíbulo; soube por ela que ele não passara por lá e que Liza também não estava em casa. Percebi que Lukéria também queria perguntar alguma coisa e talvez ainda me dar alguma incumbência. Mas eu lá estava para isso? Restava a última esperança de que ele tivesse ido ao meu quarto; porém nem nisso eu acreditava mais.

Já preveni que quase perdera o juízo. E eis que de repente encontro Alfonsinka[67] e meu senhorio em meu quarto. É verdade que estavam saindo e Piotr Hippólitovitch tinha uma vela na mão.

— O que é isso? — berrei para o senhorio de forma quase absurda —, como se atreveu a introduzir essa espertalhona em meu quarto?

— *Tiens!* — exclamou Alfonsinka — *et les amis?*[68]

— Fora! — berrei.

---

[67] Como vimos, o nome desta personagem aparece com três grafias diferentes: Alphonsine, Alfonsina, e russificado como Alfonsinka. (N. do T.)

[68] Em francês, "Eis você! e seus amigos?". (N. do T.)

— *Mais c'est un ours!*[69] — saiu voando pelo corredor fingindo estar assustada e num piscar de olhos sumiu em direção ao apartamento do senhorio. Ainda com a vela na mão, Piotr Hippólitovich chegou-se a mim com ar severo:

— Permita lhe observar, Arkadi Makárovitch, que o senhor está excessivamente exaltado; por mais que o estimemos, *mademoiselle* Alfonsina não é uma espertalhona, mas bem o contrário, está de visita e não ao senhor, mas à minha mulher, e as duas já se conhecem há algum tempo.

— E como o senhor se atreveu a introduzi-la em meu quarto? — repeti com as mãos na cabeça, que quase de repente começara a doer muito.

— Foi por acaso. Eu tinha entrado para fechar o postigo que eu mesmo havia aberto para entrar ar fresco; e como eu e Alfonsina Karlovna continuávamos a conversar, no meio da conversa ela acabou entrando no quarto unicamente para me acompanhar.

— Não é verdade, Alfonsinka é uma espiã de Lambert, uma espiã! Talvez o senhor mesmo também seja um espião! E Alfonsinka veio para me roubar alguma coisa.

— Isso já fica a seu critério. Hoje o senhor se permite dizer uma coisa, amanhã, outra. Quanto ao meu quarto, eu o aluguei por algum tempo e eu mesmo vou me mudar para um cubículo com minha mulher; de modo que doravante Alfonsina Karlovna é quase uma inquilina como o senhor.

— O senhor alugou um quarto a Lambert? — bradei assustado.

— Não, não a Lambert — ele sorriu com aquele sorriso longo de ainda há pouco, no qual, aliás, percebia-se firmeza em vez da perplexidade que mostrara pela manhã —, suponho que o senhor mesmo sabe a quem aluguei e só finge à toa que desconhece, unicamente para disfarçar porque está zangado. Boa noite!

— É, é, deixe-me em paz! — dei de ombros quase chorando, de modo que ato contínuo ele me olhou surpreso; mas foi embora. Meti o gancho na porta e desabei na cama, caindo de bruços no travesseiro. E eis que para mim terminara esse primeiro dia terrível entre os três últimos dias fatídicos que concluem meus escritos.

---

[69] "Mas é um urso!" (N. do T.)

CAPÍTULO X

I

Entretanto, prevenindo mais uma vez sobre o curso dos acontecimentos, acho por bem esclarecer o leitor, embora com um pouco de antecedência, que ao transcurso lógico dessa história juntaram-se tantos acasos que, se não os esclareço por antecipação, ficará impossível entender. Tratava-se, pois, do mesmo "laço mortal" que Tatiana Pávlovna deixara escapar. Esse laço consistira em que Anna Andrêievna enfim se arriscava a dar o passo mais insolente que se poderia imaginar em sua situação. Realmente, um caráter. Embora, a pretexto de seu estado de saúde, o velho príncipe estivesse então confinado em Tsárskoie Sieló, de modo que a notícia de seu casamento com Anna Andrêievna não podia se difundir na sociedade e estivesse temporariamente abafada, por assim dizer, em pleno embrião, apesar disso esse velhote fraco, com quem tudo se podia fazer, por nada no mundo aceitaria abrir mão de sua ideia e trair Anna Andrêievna, que lhe fizera a proposta de casamento. Quanto a isso ele era um cavalheiro; de modo que mais dia, menos dia poderia decidir-se de uma hora para outra e passar à concretização de seu intento com uma força incontida, o que ocorre de modo assaz frequente justo com caracteres fracos, pois estes têm um limite ao qual não se deve levá-los. Além do mais, ele tinha plena consciência de toda a delicadeza da situação de Anna Andrêievna, a quem estimava desmedidamente, pois estava ciente da possibilidade de rumores, zombarias e boatos que a esse respeito corriam na alta sociedade. A única coisa que por hora o serenava e o detinha era o fato de que, em sua presença, Catierina Nikoláievna jamais se permitira deixar escapar, por palavras ou insinuações, nenhuma maldade sobre Anna Andrêievna, nem exprimir a mínima objeção à sua decisão de desposá-la. Ao contrário, ela demonstrava uma extraordinária amabilidade e atenção pela noiva de seu pai. Assim, Anna Andrêievna fora colocada numa situação de extremo desconforto, e compreendia sutilmente, com seu tato feminino, que a mínima maledicência que esboçasse contra Catierina Nikoláievna — a quem o príncipe também venerava, e agora até mais do que nunca justo por ela ser tão benevolente e respeitosa ao consentir que ele se casasse —, que a mínima maledicência contra a outra ofenderia todos os delicados sentimentos dele e despertaria sua desconfiança e talvez até sua indignação com ela. Portanto, era nesse campo que por ora transcorria a batalha: ambas as rivais como que competiam entre si em delicadeza e paciência, e no fim das contas o príncipe já não sabia com qual das duas se surpreender e, como é hábito de todos os fracos, porém meigos de coração, terminou começando a sofrer e culpar somente a si por tudo. Sua melancolia, dizem, transbordou em doença; seus nervos foram deveras afetados e, em vez de recuperar a saúde em Tsárskoie, como lhe asseguravam, ele já estava a ponto de cair de cama.

Aqui observo entre parênteses o que vim a saber muito tempo depois: que teria sido Bioring a propor francamente a Catierina Nikoláievna levar o velho para o exterior, inclinando-o para isto com algum embuste, enquanto anunciavam às escondidas na sociedade que ele perdera totalmente o juízo e, uma vez no exterior, tentariam conseguir um atestado médico apropriado. Mas isto Catierina Nikoláievna não aceitara por nada nesste mundo; foi o que pelo menos se afirmou mais tarde. Ela teria recusado esse projeto com indignação. Tudo isso é apenas um boato muito distante, mas acredito nele.

Pois bem, quando o caso chegou, por assim dizer, ao último impasse, Anna Andrêievna soube de repente, através de Lambert, que existia a tal carta na qual a filha já consultara um advogado sobre os meios de declarar o pai louco. Sua inteligência vingativa e orgulhosa fora despertada no mais alto grau. Lembrando-se de antigas conversas comigo e pesando uma infinidade de circunstâncias mínimas, ela não podia duvidar da veracidade da notícia. Então, nesse coração firme e inflexível de mulher, amadureceu de forma irresistível o plano de ataque. O plano consistia em anunciar tudo de chofre ao príncipe, sem quaisquer rodeios e maledicências, assustá-lo, deixá-lo abalado, mostrar que o aguardava inelutavelmente o manicômio, e quando ele resistisse, ficasse indignado, deixasse de acreditar, então lhe apresentariam a carta da filha: "sabe como é, já houve uma vez a intenção de declará-lo louco; então agora, para impedir o casamento, talvez façam ainda pior". Em seguida pegariam o velho assustado e liquidado e o transfeririam para Petersburgo — *direto para o meu apartamento*.

Era um risco terrível, mas ela nutria uma firme esperança em seu poder. Aqui, recuando por um instante do relato, ponho o carro diante dos bois para dizer que ela não se enganou quanto ao efeito do ataque; além do mais, o efeito superou todas as expectativas. A notícia dessa carta produziu no velho príncipe um efeito possivelmente várias vezes mais forte do que ela mesma e todos nós supúnhamos. Nunca antes eu soubera que o velho já tivesse algum conhecimento anterior dessa carta; contudo, como é costume de todos os fracos e tímidos, ele não acreditou no boato e procurava afugentá-lo por todos os meios para ficar tranquilo; além do mais, acusava-se pela vileza de sua credulidade. Acrescento ainda que o fato da existência da carta surtiu também em Catierina Nikoláievna um efeito muito mais intenso do que eu mesmo então esperava... Em suma, esse papel se mostrou bem mais importante do que eu mesmo, que o carregava no bolso, supunha. Mas aqui eu já estou me antecipando demais.

Entretanto, por que me pediam um lugar no apartamento? Por que transferir o príncipe para os nossos míseros cubículos e, talvez, assustá-lo com o nosso reles ambiente? Se já não era possível mantê-lo em sua casa (pois lá podiam impedi-lo em definitivo de fazer qualquer coisa), então por que não o instalar em um apartamento especial e "rico", como propusera Lambert? Mas era aí que residia todo o risco do passo excepcional de Anna Andrêievna.

A essência da questão consistia em apresentar o documento ao príncipe assim que ele chegasse; mas eu não entregava o documento em hipótese nenhuma. E como já não dava mais para perder tempo, Anna Andrêievna, confiando em seu poder, resolveu dar andamento ao caso até mesmo sem o documento, contanto que levassem o príncipe direto para o meu quarto — para quê? Justo para, com esse mesmo passo, me pegar de surpresa e, por assim dizer, matar dois coelhos de uma só cajadada, como diz o ditado. Ela contava agir também sobre mim com um empurrão, um abalo, um imprevisto. Raciocinava que, vendo o príncipe em meu apartamento, vendo o seu susto, seu desamparo, e ouvindo seus pedidos gerais, eu me entregaria e apresentaria o documento! Confesso que o cálculo era ladino e inteligente em termos psicológicos e, além do mais, ela quase chegou a ter sucesso... E, quanto ao velho, Anna Andrêievna só o seduziu porque o fez acreditar nela, ao menos em sua palavra, porque lhe declarou que o levava *para minha companhia*. Tudo isso chegou ao meu conhecimento mais tarde. Até a simples notícia de que o documento estava comigo destruiu no tímido coração dele as últimas dúvidas quanto à fidelidade do fato — a tal ponto ele gostava de mim e me respeitava!

Observo ainda que a própria Anna Andrêievna não tinha dúvida de que o documento continuava comigo e de que eu ainda não me desfizera dele. O grave é que ela compreendia meu caráter de forma deturpada e contava cinicamente com minha ingenuidade, minha candura, até com minha suscetibilidade; por outro lado, supunha que mesmo que eu até resolvesse entregar a carta, por exemplo, a Catierina Nikoláievna, não o faria a não ser sob certas circunstâncias especiais, e foram justamente essas circunstâncias que ela se apressou em prevenir com o imprevisto, o impensado, o ataque.

E, por último, foi Lambert quem levou tudo isso ao conhecimento dela. Já afirmei que a situação de Lambert naquela época era a mais crítica: ele, traidor, fazia das tripas coração para me afastar de Anna Andrêievna com o fim de, juntos, venderem o documento a Akhmákova, o que por alguma razão ele achava mais vantajoso. Porém, uma vez que até o último minuto nada me fizera entregar o documento, ele resolveu, num caso extremo, colaborar até com Anna Andrêievna para não deixar de tirar nenhum proveito e, com esse objetivo, fazia todo o empenho para lhe prestar servilmente todos os seus serviços, até o último instante, propondo-lhe inclusive conseguir um padre, caso fosse necessário... Porém Anna Andrêievna lhe pediu, com um sorriso de desdém, não mencionar tal coisa. Lambert lhe parecia demasiado grosseiro e suscitava nela total repugnância; mas, apesar de tudo, por precaução aceitava os seus serviços, que consistiam, por exemplo, em espionar. Aliás, até hoje não sei ao certo se eles subornaram ou não Piotr Hippólitovitch, meu senhorio, e se este recebeu dos dois alguma quantia por serviços prestados ou simplesmente entrou em sociedade com eles movido pela alegria da intriga; sei apenas que ele me espionava, e quanto à sua mulher, tenho certeza de que também o fazia.

Agora o leitor compreenderá que eu, embora estivesse em parte prevenido, de forma alguma poderia adivinhar que no dia seguinte ou dois dias depois encontraria o velho em meu apartamento e em semelhante ambiente. Ademais, eu jamais poderia imaginar semelhante descaramento por parte de Anna Andrêievna! Em palavras poder-se-ia dizer e insinuar qualquer coisa; mas decidir, passar de fato à ação — não, isso eu lhes digo... é mister ter caráter!

II

Prossigo.

Na manhã seguinte acordei tarde, e dormira um sono inusualmente pesado e sem sonhos, o que recordo com surpresa, pois, ao acordar, senti-me uma vez mais com uma extraordinária disposição moral, como se não tivesse havido todo o dia anterior. Decidira não visitar mamãe, mas ir direto à igreja do cemitério para mais tarde, depois da cerimônia, voltar ao apartamento de mamãe e não mais me afastar de sua companhia pelo restante do dia. Eu tinha a firme convicção de que, em todo caso, o encontraria nesse dia em casa de mamãe, cedo ou tarde — mas infalivelmente.

Fazia muito tempo que nem Alfonsinka nem o senhorio estavam em casa. Eu não queria perguntar nada ao senhorio, e em geral decidira cortar quaisquer relações com ele e inclusive deixar o apartamento o mais breve possível; por isso, mal me trouxeram o café, tornei a meter o gancho na porta. De repente, porém, bateram à porta; para minha surpresa era Trichátov.

Abri-lhe a porta no mesmo instante e, contente, pedi que entrasse, mas ele não queria entrar.

— Quero dizer só duas palavras aqui da entrada... ou melhor, vou entrar porque, parece, aqui se precisa falar cochichando; apenas não vou me sentar. Você está olhando para o meu casaco surrado: foi Lambert quem me tomou o casaco de peles.

De fato, ele vestia um casaco ordinário, velho e de um tamanho maior que o seu. Estava plantado à minha frente meio sombrio e triste, com as mãos nos bolsos e sem tirar o chapéu.

— Não vou me sentar, não vou me sentar. Escute, Dolgorúki, não sei nada em detalhes, mas sei que Lambert está preparando alguma traição contra você, iminente e inevitável; isso é coisa certa. Por isso, cuide-se. Foi o bexigoso que deixou escapar; lembra-se do bexigoso? Mas ele não disse nada do que se tratava, de modo que não posso lhe dizer mais nada. Vim apenas preveni-lo. Adeus.

— Ora, sente-se um pouco, caro Trichátov! Mesmo estando apressado, sua visita me deixa tão contente... — quis exclamar.

— Não vou me sentar, não vou me sentar: e quanto a você ficar contente com a minha visita, guardarei na memória. Eh, Dolgorúki, por que enganar os outros? Aceitei de modo consciente e por vontade própria toda sorte de canalhice e de baixeza, que até sinto vergonha de estar em sua casa. Agora moro com o bexigoso... Adeus. Não mereço me sentar em sua casa.

— Basta, Trichátov, caro...

— Não, você está vendo, Dolgorúki, que sou um descarado perante todo mundo e agora vou cair na farra. Em breve farão um casaco de peles ainda melhor para mim e passearei a andar de carruagem puxada por trotões. Mas sempre hei de saber cá comigo que, apesar de tudo, não me sentei em sua casa porque julguei a mim mesmo, porque sou vil perante todo mundo. Apesar de tudo, para mim será agradável me lembrar disso na hora que estiver farreando desonestamente. Adeus, bem, adeus. E não vou lhe dar a mão, pois até Alfonsina se nega a apertar minha mão. Por favor, não procure me alcançar nem me visitar; temos um contrato.

O estranho rapazinho deu meia-volta e se foi. Eu estava assoberbado, mas decidi descobrir de qualquer jeito onde ele morava mal pusesse nossas coisas em ordem.

Não vou descrever toda aquela manhã, embora pudesse recordar muita coisa. Viersílov não estava na igreja para assistir aos funerais, e pelo aspecto dos presentes dava para concluir que não o aguardavam antes da saída do caixão. Mamãe orava com devoção e parecia toda entregue à oração. Só Tatiana Pávlovna e Liza estavam ao lado do caixão. Mas não vou descrever nada, nada. Depois do enterro todos voltaram e sentaram-se à mesa, e mais uma vez, pelo aspecto delas, concluí que provavelmente não o esperavam para a mesa. Quando se levantaram fui até mamãe, dei-lhe um abraço caloroso e meus parabéns pelo aniversário; Liza me seguiu, fazendo o mesmo.

— Escuta, meu irmão — cochichou-me Liza às furtadelas —, elas estão esperando por ele.

— Adivinho, Liza, estou vendo.

— Na certa ele virá.

Então elas têm notícias precisas, pensei, mas não perguntei. Embora eu não descreva os meus sentimentos, todo esse enigma, apesar de todo o meu ânimo, mais uma vez pesou como uma pedra em meu coração. Todos nós nos sentamos a uma mesa redonda na antessala em torno de mamãe. Oh, como me agradava estar com ela e contemplá-la! Súbito mamãe pediu que eu lesse alguma coisa do Evangelho. Li um capítulo de Lucas. Ela não chorou e inclusive não estava muito triste, mas seu rosto nunca me parecera tão espiritualmente convicto. Seu olhar sereno irradiava uma ideia, mas não me foi possível perceber que ela esperasse alguma coisa em seu desassossego. A conversa não cessava; passaram a recordar muitas coisas sobre o falecido, até Tatiana Pávlovna relatou muita coisa sobre ele que até então eu desconhecia por completo. Tatiana Pávlovna até parecia ter mudado seu aspecto habitual: estava muito serena, muito carinhosa e, sobretudo, também muito tranquila, embora falasse muito para distrair mamãe. Contudo há um detalhe que me ficou demasiado na memória: mamãe estava sentada no divã e, à esquerda deste, numa mesinha redonda isolada, havia uma imagem que parecia preparada para alguma coisa — um ícone antigo, sem o adorno metálico, só com as auréolas nas cabeças dos santos, dois deles. Essa imagem pertencera a Makar Ivánovitch — fui informado disto e fiquei sabendo ainda que o falecido nunca se separava desse ícone e o considerava milagroso. Tatiana Pávlovna olhou várias vezes para ele.

— Ouve, Sófia — disse ela de repente, mudando de assunto —, por que deixam o ícone aí, não seria o caso de colocá-lo na mesa, encostando-o na parede e acender uma lâmpada votiva diante dele?

— Não, é melhor deixá-lo como está — disse mamãe.

— Realmente. Senão vai parecer muito solene...

Na ocasião não compreendi nada, mas acontece que há muito tempo essa imagem havia sido legada verbalmente a Andriêi Pietróvitch por Makar Ivánovitch, e agora mamãe se preparava para entregá-la a ele.

Já eram cinco da tarde; nossa conversa continuava e súbito notei uma espécie de estremecimento no rosto de mamãe; ela se empertigou rápido e aguçou o ouvido, enquanto Tatiana Pávlovna, então com a palavra, continuava falando sem nada perceber. No mesmo instante voltei-me para a porta e num piscar de olhos vi Andriêi Pietróvitch à entrada. Ele não entrara pela frente, mas pela porta de serviço, passando pela cozinha e pelo corredor, e de todos nós só mamãe ouvira os seus passos. Agora vou descrever toda a louca cena subsequente, gesto por gesto, palavra por palavra; ela foi breve.

Em primeiro lugar, no rosto dele, ao menos à primeira vista, não notei a mínima mudança. Vestia-se como sempre, isto é, de forma quase elegante. Tinha nas mãos um buquê de flores frescas, pequeno porém precioso. Ele se aproximou e, com um sorriso nos lábios, entregou-o a mamãe. Ela olhou com uma perplexidade assustada, mas recebeu o buquê, e de repente um rubor animou levemente suas faces pálidas e a alegria brilhou em seus olhos.

— Eu bem sabia que aceitarias, Sônia — disse ele. Como todos nos levantamos com sua entrada, ele, chegando-se à mesa, pegou a poltrona de Liza, que estava em pé à esquerda de mamãe, e, sem notar que estava ocupando um lugar alheio, sentou-se nela. Assim, ficou ao lado da mesinha na qual estava a imagem.

— Saúdo a todos. Sônia, eu queria sem falta te trazer este buquê hoje no dia do teu aniversário, e por isso não fui ao cemitério para não aparecer com o buquê diante do morto; aliás, tu mesma não me esperavas para o enterro, eu sei. Na certa o velho não se zangará com estas flores porque ele mesmo nos legou a alegria, não é verdade? E penso que ele está em algum lugar aqui na sala.

Mamãe olhou estranhamente para ele; Tatiana Pávlovna pareceu ter um arrepio.

— Quem está aqui na sala? — perguntou ela.

— O falecido. Deixemos isso. Vocês sabem que não creio plenamente nessas coisas, mas sou sempre mais propenso a atribuir tudo isso a superstições... Mas é melhor que falemos do buquê: não entendo como consegui trazê-lo. Na vinda, quis umas três vezes atirá-lo na neve e pisoteá-lo.

Mamãe estremeceu.

— Tive muita vontade. Tem pena de mim, Sônia, de minha pobre cabeça. Quis jogá-lo fora porque era bonito demais. O que há no mundo mais bonito do que uma flor? Eu o trazia rodeado por neve e frio. Nosso frio e flores, que opostos! Aliás, não é disso que quero falar: simplesmente quis amarrotá-lo porque é bonito. Sônia, embora eu agora vá sumir mais uma vez, muito em breve voltarei porque parece que vou sentir medo. Vou sentir medo, então quem há de me curar do medo, onde iria encontrar um anjo como Sônia?... Que imagem é essa ali? Ah, é do falecido, lembrei-me. É de família, vem do avô; ele passou a vida inteira com ela sem se separar; sei, ele a legou a mim; lembro-me perfeitamente... e parece que eles eram cismáticos... deixa-me dar uma olhada.

Pegou o ícone nas mãos, levou para perto da vela e o examinou atentamente, porém, tendo-o segurado por apenas alguns segundos, colocou-o de volta na mesa já em sua frente. Eu estava admirado, porém todas essas estranhas palavras foram pronunciadas por ele de modo tão repentino que eu ainda não conseguia compreender nada. Lembro-me apenas de que um medo doentio penetrou em meu coração. O susto de mamãe se transformou em perplexidade e sofrimento; ela enxergou nele acima de tudo apenas um infeliz; antes ele chegava às vezes a falar de modo quase tão estranho como agora. Súbito Liza ficou não sei por que muito pálida e me fez um sinal com a cabeça apontando para ele. Porém a mais assustada de todas era Tatiana Pávlovna.

— Ora, o que se passa com você, meu caro Andriêi Pietróvitch? — disse ela com cautela.

— Palavra que não sei o que se passa comigo, amável Tatiana Pávlovna. Não se preocupe, ainda me lembro de que você é Tatiana Pávlovna e que é amável. Entretanto, vim aqui apenas por um minuto; queria dizer algo de bom a Sônia e procuro a palavra adequada, embora meu coração esteja cheio de palavras que não consigo pronunciar; são todas palavras muito estranhas. Sabe, parece-me que é como se eu estivesse todo me duplicando — ele olhou para todos nós com uma expressão de extrema seriedade no rosto e do modo mais sinceramente comunicativo. — Palavra que no pensamento eu me duplico e tenho um medo terrível disso. É como se a nosso lado estivesse um duplo nosso; nós mesmos somos inteligentes e sensatos, mas o outro deseja forçosamente cometer algum absurdo a nosso lado e fazer uma coisa às vezes divertidíssima, e às vezes observamos que somos nós mesmos que queremos fazer essa coisa absurda. E sabe Deus para quê, ou seja, é algo como querendo sem querer, resistindo com todas as forças e querendo. Conheci um médico que durante o enterro de seu pai começou de repente a assobiar na igreja. Palavra que hoje tive medo de assistir aos funerais porque, por alguma razão, me veio à mente a infalível convicção de que de uma hora para outra começaria a assobiar ou a gargalhar como aquele médico infeliz, que teve um fim bastante mau... Palavra que não sei por que hoje estou o tempo todo com esse médico na lembrança; e ele está tanto em minha lembrança que não consigo me livrar dele. Sabe, Sônia, vou pegar outra vez a imagem (ele a pegou e a girou nas mãos) e, sabes, estou agora, neste instante, com uma tremenda vontade de batê-la contra o forno, contra esse ângulo ali. Estou certo de que ela vai se partir de vez em duas metades — nem mais, nem menos.

O grave é que ele pronunciou tudo isso sem nenhum tipo de fingimento ou extravagância; falava com absoluta simplicidade, e isso era ainda mais terrível; e parece que estava de fato com um enorme medo de alguma coisa; súbito percebi que suas mãos tremiam levemente.

— Andriêi Pietróvitch! — exclamou mamãe erguendo os braços.

— Largue, largue a imagem, Andriêi Pietróvitch, largue-a, ponha-a no lugar! — Tatiana Pávlovna se levantara de um salto. — Troque de roupa e deite-se. Arkadi, vá procurar um médico.

— Contudo... contudo como vocês ficaram agitados — disse ele baixinho, correndo um olhar fixo sobre todos nós.

Em seguida pôs os cotovelos sobre a mesa e segurou a cabeça com as mãos:

— Estou deixando vocês assustados, mas eis uma coisa, meus amigos: deem-me um pingo de prazer, tornem a sentar-se e fiquem mais tranquilos; ao menos por um minuto! Sônia, não foi sobre nada disso que vim conversar; vim para comunicar algo, só que bem diferente. Adeus, Sônia, estou novamente saindo em peregrinação, como já te deixei várias vezes por isso... Bem, é claro que algum dia tornarei a voltar para ti; neste sentido és inevitável. Quem eu haveria de procurar quando tudo chegar ao fim? Acredita, Sônia, que agora vim te procurar como um anjo e não como um inimigo: que inimiga és para mim, que inimiga és para mim! Não penses que vim para quebrar esta imagem, porque, sabes, Sônia, apesar de tudo estou com vontade de quebrá-la...

Quando antes Tatiana Pávlovna exclamara "Largue, largue a imagem!", arrancara o ícone das mãos dele e o segurava com as suas. Súbito, ao dizer a última palavra, ele se levantou num ímpeto, num piscar de olhos arrancou a imagem das mãos de Tatiana e, levantando furiosamente o braço, bateu com ela com toda a força contra a quina do forno azulejado. A imagem partiu-se exatamente em dois pedaços... Ato contínuo, ele se voltou para nós com o rosto vermelho, quase rubro, e cada traço do rosto pôs-se a tremer e a mexer-se.

— Não tomes isso por alegria, Sônia, eu não quebrei a herança de Makar, apenas quebrei por quebrar... Mesmo assim voltarei para ti, para o último anjo! Se bem que podes tomá-la até mesmo por alegoria; ora, foi sem dúvida o que houve!...

E saiu de supetão da sala, de novo passando pela cozinha (onde deixara o casaco de peles e o chapéu). Não entrarei nos detalhes do que aconteceu com mamãe: mortalmente assustada, estava em pé com os braços levantados e cruzados sobre o pescoço e súbito gritou atrás dele:

— Andriêi Pietróvitch, volte, ao menos para despedir-se, querido!

— Ele voltará, Sófia, voltará! Não te preocupes! — bradou Tatiana Pávlovna toda trêmula, num acesso de fúria, de fúria animalesca. — Tu mesma ouviste, ele mesmo prometeu voltar! Deixa esse maluco mais uma vez sair por aí batendo pernas, pela última vez. Envelhecerá, então quem realmente há de pajear um aleijado senão tu, sua velha aia? Ora, ele mesmo o anunciou, sem se envergonhar...

Quanto a nós, Liza tinha desmaiado. Eu quis sair correndo atrás dele, mas me lancei para mamãe. Eu a abracei e a mantive em meus braços. Lukéria trouxe correndo um copo d'água para Liza. Mas mamãe logo se refez; arriou no divã, cobriu o rosto com as mãos e começou a chorar.

— Entretanto, entretanto... entretanto tenta alcançá-lo! — de repente gritou Tatiana Pávlovna com todas as forças, como se tivesse se refeito. — Vai... vai... alcança-o, não te afastes dele um só passo, vai, vai! — Ela me puxava com todas as forças para me afastar de mamãe —, ah, eu mesmo vou correr atrás dele!

— Arkacha, ah, corre atrás dele, depressa! — mamãe também gritou de repente.

Saí em desabalada carreira, também passando pela cozinha e pelo pátio, mas já não o encontrei em lugar nenhum. À distância transeuntes negrejavam pela calçada. Corri para alcançá-los e, ao alcançá-los, passei a observar o rosto de cada um ao passar ao lado. Assim corri até um cruzamento.

"Ninguém se zanga com loucos — passou-me de relance pela cabeça —, mas Tatiana Pávlovna ficou uma fera com ele, levada pela raiva; então, ele nada tem de louco..." Oh, sempre me parecia que aquilo fora uma *alegoria* e que ele queria forçosamente pôr termo a alguma coisa como a essa imagem, e foi a impressão que todos, mamãe e todos nós, tivemos. Contudo, o "duplo" também estava evidentemente ao lado dele; nisto não havia nenhuma dúvida...

III

Contudo, ele não estava em lugar nenhum e não tinha para a casa de quem correr; era difícil imaginar que tivesse tomado tão simplesmente o caminho de casa. Súbito uma ideia brilhou diante de mim e precipitei-me para a casa de Anna Andrêievna.

Anna Andrêievna já havia retornado e no mesmo instante fui recebido. Entrei, contendo-me até onde era possível. Em pé, contei-lhe de forma direta o que acabara de acontecer, ou seja, sobre o próprio "duplo". Nunca hei de esquecer nem lhe perdoarei a curiosidade sequiosa, mas impiedosamente tranquila e presunçosa, com que me ouviu também em pé.

— Onde ele está? É possível que você saiba? — concluí persistente. — Tatiana Pávlovna me mandou procurá-la antes...

— Ainda ontem mandei procurar por você. Ontem ele estava em Tsárskoie, esteve também comigo, mas agora (olhou para o relógio), agora são sete horas... Então na certa está em sua casa.

— Estou vendo que você sabe de tudo, então diga, diga! — bradei.

— Sei muito, mas não sei de tudo. É claro que não vou esconder nada de você. — Ela me mediu com um olhar estranho, sorrindo, e como que refletindo. — Ontem de manhã, em resposta à carta de Catierina Nikoláievna, ele lhe fez o pedido formal de casamento.

— Isso não é verdade! — arregalei os olhos.

— A carta passou por minhas mãos; eu mesma a levei para ele deslacrada. Desta vez ele agiu "como um cavalheiro" e não ocultou nada de mim.

— Anna Andrêievna, não estou entendendo nada.

— É claro que é difícil entender, mas ele é uma espécie de jogador que lança na mesa a última moeda de ouro e mantém no bolso o revólver já engatilhado; eis o sentido da sua proposta. Há nove chances em dez de que ela recusará; mas mesmo assim ele contava com a décima chance e, confesso, acho muito curioso, se bem que... se bem que aí pode estar havendo um delírio, estar agindo o mesmo "duplo" que você acabou de referir tão bem.

— E você ri? E por acaso eu posso acreditar que a carta foi entregue por seu intermédio? Ora, você é a noiva do pai dela. Poupe-me, Anna Andrêievna.

— Ele me pediu para que eu sacrificasse o meu destino à sua felicidade, mas, pensando bem, não pediu de verdade: tudo isso foi urdido pelas caladas, eu apenas li tudo em seus olhos. Ah, meu Deus, o que mais ainda: ele não foi a Königsberg procurar sua mãe com o fim de lhe pedir autorização para se casar com a enteada de madame Akhmákova? Ora, isso é muito parecido com sua escolha de ontem para eu ser sua emissária e confidente.

Ela estava um pouco pálida. Mas sua tranquilidade apenas intensificava o sarcasmo. Oh, eu lhe perdoei muita coisa naquele momento enquanto ia aos poucos captando o sentido da questão. Ponderei por um instante; ela calava e esperava.

— Sabe — dei um súbito risinho —, você entregou a carta porque não corria nenhum risco, porque o casamento não vai acontecer, mas, e ele? Enfim, e ela? Subentende-se que ela recusará a proposta dele e então... o que então pode acontecer? Onde ele está agora, Anna Andrêievna? — bradei. — Neste momento cada minuto é precioso, cada minuto pode ser uma desgraça!

— Está em sua casa, eu lhe disse. Na própria carta para Catierina Nikoláievna, que eu entreguei, ele lhe pediu que *em todo caso* fosse a seu encontro em seu apartamento, hoje, às sete da noite em ponto. Ela prometeu.

— Que ela fosse ao apartamento dele? Como isso é possível?

— Por quê? Aquele apartamento pertence a Nastácia Iegórovna: os dois podiam encontrar-se na casa dela como suas visitas...

— Mas ela tem medo dele... ele pode matá-la!

Anna Andrêievna apenas sorriu.

— Catierina Nikoláievna, apesar de todo o pavor que eu mesma notei nela, desde muito tempo sempre nutriu certa reverência e admiração pela nobreza dos modos e pela elevada inteligência de Andriêi Pietróvitch. Desta vez ela confiou nele com o fim de romper para sempre. Na carta ele lhe deu a palavra mais solene, mais cavalheiresca de que ela não tinha nada a temer... Em suma, não me lembro das expressões da carta, mas ela confiou... por assim dizer, pela última vez... e, por assim dizer, correspondendo aos sentimentos mais heroicos. Nisso pode ter havido certa disputa cavalheiresca de ambas as partes.

— Mas, e o duplo, o duplo? — exclamei. — Ora, ele enlouqueceu!

— Ao dar ontem sua palavra de comparecer ao encontro, Catierina Nikoláievna provavelmente não supunha a possibilidade desse fato.

Súbito dei meia-volta e precipitei-me a correr... atrás deles, atrás deles, é claro! Mas na sala ainda olhei para trás por um instante.

— Talvez você precise mesmo de que ele a mate! — gritei e deixei a casa correndo. Apesar de eu estar tremendo da cabeça aos pés como num acesso, entrei no apartamento em silêncio, pela cozinha, e pedi cochichando que me chamassem Nastácia Iegórovna, mas a própria apareceu no mesmo instante e em silêncio cravou em mim um olhar terrivelmente interrogativo.

— Ele, ele não está em casa.

Mas eu, de forma direta e precisa, expus com um rápido cochicho que soubera de tudo através de Anna Andrêievna e que eu mesmo estava vindo da casa de Anna Andrêievna.

— Nastácia Iegórovna, onde eles estão?

— Estão no salão; lá mesmo onde o senhor esteve anteontem, à mesa...

— Nastácia Iegórovna, deixe-me ir até lá!

— Como isso é possível?

— Não para lá, mas para o cômodo contíguo. Nastácia Iegórovna, talvez seja isso que Anna Andrêievna está querendo. Se não quisesse não teria me dito que os dois estão aqui. Eles não vão me ouvir... ela mesma está querendo isso.

— E como não haveria de querer? — Nastácia Iegórovna não desviava o olhar fixado em mim.

— Nastácia Iegórovna, lembro-me de sua Ólia... deixe-me entrar.

Súbito tremeram seus lábios e seu queixo:

— Meu caro, só por Ólia... pelo teu[70] sentimento... não abandones Anna Andrêievna, meu caro. Não a abandonarás, hein? não abandonarás?

— Não abandonarei!

— Dá-me tua palavra de honra que não correrás para onde eles estão e não irás gritar se eu te puser lá?

— Juro por minha honra, Nastácia Iegórovna!

Ela me segurou pela sobrecasaca, levou-me para um cômodo escuro, contíguo ao deles, conduziu-me quase em silêncio pelo tapete macio em direção à porta, pôs-me bem junto ao reposteiro arriado e, levantando uma pontinha do reposteiro, mostrou-me os dois.

Fiquei, ela saiu. Subentende-se que fiquei. Eu compreendia que estava escutando, escutando o segredo alheio, mas permaneci. Pudera não permanecer — ora, e o duplo? Pois ele não tinha quebrado a imagem diante dos meus olhos?

---

[70] Nastácia Iegórovna alterna os pronomes de segunda pessoa no diálogo com Arkadi. (N. do T.)

IV

Os dois estavam sentados frente a frente à mesma mesa em que eu e ele havíamos tomado vinho por sua "ressurreição"; eu podia ver perfeitamente os seus rostos. Ela trajava um vestido preto simples, estava bela, e pelo visto tranquila como sempre. Ele falava e ela o ouvia com uma atenção extraordinária e preventiva. Talvez até se percebesse nela certa timidez. Ele, por sua vez, estava excitadíssimo. Cheguei quando a conversa já havia começado e por isso fiquei algum tempo sem entender nada. Lembro-me de que ela perguntou de repente:

— E eu fui a causa?

— Não, eu fui a causa — respondeu ele — e você foi apenas uma culpada sem culpa. Sabe que existem culpados sem culpa? Trata-se das culpas mais imperdoáveis, e elas quase sempre acabam castigadas — acrescentou ele com um sorriso estranho. — Por um minuto pensei de verdade que a havia esquecido de vez e ria completamente de minha tola paixão... mas isso é do seu conhecimento. Não obstante, o que tenho a ver com o homem com quem você vai se casar? Ontem lhe fiz uma proposta de casamento, desculpe-me por isso, por essa tolice, e no entanto não tenho nada com que substituí-la... O que eu poderia fazer senão essa tolice? Não sei...

Deu uma risada confusa ao dizer isso, erguendo subitamente os olhos para ela; até esse momento ele havia falado como se olhasse para o lado. Se eu estivesse no lugar dela teria me assustado com essa risada, isso eu senti. Súbito ele se levantou.

— Diga-me, como pôde concordar em vir até aqui? — perguntou de chofre, como se tivesse se lembrado do essencial. — Meu convite e minha carta são uma tolice... Espere, ainda posso adivinhar como você concordou em vir, mas por que veio, essa é a questão. Será possível que veio apenas por medo?

— Vim para vê-lo — respondeu ela, fitando-o com uma tímida cautela. Ambos se calaram por meio minuto. Viersílov tornou a sentar-se e começou com uma voz dócil mas penetrante, quase trêmula:

— Faz um tempo enorme que não a vejo, Catierina Nikoláievna, faz tanto tempo que já não achava possível que um dia estivesse sentado a seu lado como agora, olhando para o seu rosto e ouvindo sua voz... Por dois anos não nos vimos, por dois anos não conversamos. E quanto a falar com você foi coisa em que nunca pensei. Bem, vá lá, o que passou, passou, e o que existe amanhã desaparecerá como fumaça; admitamos isso! Concordo, porque mais uma vez não há como mudar tal coisa, mas não saia agora em vão — acrescentou de repente, quase implorando —, se deu a esmola de vir, então não saia em vão: responda a uma pergunta.

— A que pergunta?

— Bem, nunca mais tornaremos a nos ver; o que lhe custa? Diga-me a verdade de uma vez por todas, responda a uma pergunta que as pessoas inteligentes nunca fazem: você pelo menos algum dia me amou ou eu... me enganei?

Ela enrubesceu.

— Amei — respondeu.

Era o que eu esperava que ela respondesse; oh, autêntica, oh, sincera, oh, honesta!

— E agora?

— Agora não amo.

— E ri?

— Não, acabei de rir sem querer, porque já sabia que você me perguntaria: "E agora?". Por isso ri...

Para mim era até estranho; nunca a havia visto tão cautelosa, até meio tímida, e tão confusa. Ele a devorava com os olhos.

— Sei que não me ama... e... não amava absolutamente?

— Talvez não amasse absolutamente. Não o amo — acrescentou com firmeza e já sem sorrir nem corar. — Bem, eu o amei, mas por pouco tempo. Naquela época logo deixei de amá-lo...

— Sei que você percebeu que eu não era a pessoa de que precisava, no entanto... do que você precisa? Explique-me mais uma vez...

— Por acaso eu já lhe expliquei isso algum dia? Do que preciso? Ora, eu sou uma mulher das mais comuns; sou uma mulher tranquila e gosto... gosto de pessoas alegres.

— Alegres?

— Veja como eu não sei nem conversar com você. Acho que se naquele tempo você me amasse menos eu o teria amado — tornou a sorrir de forma tímida. A mais plena sinceridade transparecia em sua resposta; mas será que ela não conseguia compreender que essa resposta era a fórmula mais definitiva das relações entre os dois, que tudo explicava e resolvia? Oh, como ele devia compreender isso! No entanto ele a fitava com um estranho sorriso.

— Bioring é um homem alegre? — continuou ele a perguntar.

— Ele não deve preocupá-lo de modo algum — respondeu ela com certa precipitação. — Vou me casar com ele apenas porque a seu lado tudo será mais tranquilo. Continuarei dona de toda a minha alma.

— Dizem que voltou a gostar da sociedade.

— Não da sociedade. Sei que em nossa sociedade reina a mesma desordem que em toda parte; mas na aparência as formas ainda são bonitas, de modo que, se é para viver passando ao largo das coisas, então é melhor aqui do que em outra parte.

— Tenho ouvido com frequência a palavra "desordem"; naquele tempo você também se assustou com a minha desordem, com os cilícios, as ideias, as tolices?

— Não, aquilo não tinha nada a ver com esse assunto...

— Como assim? Pelo amor de Deus, seja franca.

— Bem, vou lhe ser franca porque o considero a maior inteligência... Sempre achei algo ridículo em você.

Ao dizer isso ela corou de repente, como se tomasse consciência de que havia cometido uma extraordinária imprudência.

— Pois bem, pelo que você acabou de me dizer, posso lhe perdoar muita coisa — disse ele com ar estranho.

— Eu não concluí — ela se apressou, corando cada vez mais —, eu é que sou ridícula... Já pelo fato de conversar com você como uma imbecil.

— Não, você não é ridícula, é apenas uma depravada mulher de sociedade! — ele estava terrivelmente pálido. — Também não concluí quando há pouco lhe perguntei por que veio até aqui. Quer que eu conclua? Aqui existe uma carta, um documento, e você morre de medo porque seu pai, com esta carta nas mãos, pode amaldiçoá-la em vida e privá-la legalmente da herança no testamento. Você tem medo dessa carta e veio até aqui atrás dela — disse ele tremendo da cabeça aos pés e quase rangendo os dentes.

Ela ouviu com uma expressão melancólica e dolorida no rosto.

— Sei que você pode me causar muitos dissabores — disse ela como que desprezando as palavras dele —, mas vim até aqui não tanto para convencê-lo a não me perseguir quanto para vê-lo pessoalmente. Eu até vinha querendo encontrá-lo há muito tempo, eu mesma... Mas o encontrei tal qual você era antes — acrescentou de repente como que levada por uma ideia especial e definitiva e até com um estranho sentimento.

— E esperava encontrar outro? E isso depois de minha carta sobre a sua depravação? Diga-me, veio até aqui sem medo de nada?

— Vim porque antes o amei; mas lhe peço o favor de não me ameaçar com nada enquanto estivermos juntos, que não me lembre de meus maus pensamentos e sentimentos. Se pudesse conversar comigo sobre alguma outra coisa eu ficaria muito contente. Deixe as ameaças para depois, mas agora falemos de outra coisa... Vim, palavra, para vê-lo por um minuto e ouvi-

-lo. Mas se isso lhe é impossível então me mate logo, mas não ameace nem se atormente diante de mim — concluiu, olhando para ele com uma estranha expectativa, como se realmente supusesse que ele fosse capaz de matá-la. Ele tornou a levantar-se e, contemplando-a com um olhar ardente, disse com firmeza:

— Você sairá daqui sem sofrer a mínima ofensa.

— Ah, sim, sua palavra de honra! — ela deu um risinho.

— Não, não só porque dei minha palavra de honra na carta, mas porque quero e vou pensar em você a noite inteira.

— Vai se atormentar?

— Quando estou só sempre a tenho em minha imaginação. Não faço outra coisa a não ser conversar com você. Passo por lugares degradados e casebres e, como contraste, você aparece à minha frente. Mas está sempre rindo de mim como agora... — ele disse isso meio fora de si.

— Nunca, nunca ri de você! — ela exclamou com uma voz penetrante, e uma expressão que aparentava o maior sofrimento estampou-se em seu rosto. — Se vim, foi porque fiz todos os esforços para fazê-lo de tal forma que você não se sentisse ofendido por nada — acrescentou de repente. — Vim até aqui para lhe dizer que quase o amo... Desculpe, talvez eu não tenha me expressado direito — apressou-se a acrescentar.

Ele deu uma risada:

— Por que você não sabe fingir? Por que é tão simplória, por que não é como todo mundo?... Ora, como dizer a um homem a quem você está escorraçando: "Quase o amo"?

— Eu apenas não soube me expressar — precipitou-se —, não falei direito: é porque sempre me senti acanhada em sua presença e não soube falar desde nosso primeiro encontro. Bem, se não me exprimi a contento ao dizer "quase o amo", em pensamento foi quase isso; eis por que o disse, embora eu o ame com um amor assim... bem, com aquele amor *comum* com o qual amamos todas as pessoas e nunca temos vergonha de confessá-lo...

Ele ouvia calado, sem desviar dela seu olhar ardente.

— Eu, é claro, a ofendo — continuou ele meio fora de si. — Isso deve ser realmente aquilo que se chama paixão... O que sei é que perante você estou liquidado; sem você, também. Não faz diferença se é sem você ou perante você, pois onde quer que você esteja estará sempre diante de mim. Também sei que posso odiá-la muito, mais do que amá-la... É bem verdade que há muito tempo não penso em nada; para mim é tudo indiferente. Só lamento ter amado uma pessoa como você...

Faltou-lhe voz; ele continuou como se ofegasse.

[illegible] [illegible] — Мне [illegible] [illegible], но [illegible] оставил. [illegible] [illegible] [illegible] что [illegible] [illegible] [illegible] [illegible] [illegible] [illegible] [illegible] [illegible] [illegible] через 5 [illegible] [illegible] [illegible] себе. [illegible] [illegible] о моей идее.

Окончательно: лучше без медленных объяснений и оговорок, а сразу только про год назад! —

Д. Версилов. Я хочу сперва тебе передать от конца до начала [illegible]. [illegible] только [illegible] на [illegible]. —

О фру-фру. Тогда я был под настроением.

Окончательно:

Тут были все элементы общества. Шиллер, Карлейль [illegible] [illegible], все непонимание друг друга, а между тем говорили на одном языке, в одном государстве и все одной семьи.

Во

(М. [illegible]. И переход к другой главе. Отрывочность заметок. Не писать отрывочно.) —

Беспорядок.

— O que você tem? está horrorizada por eu falar assim? — sorriu com um sorriso pálido. — Penso que, se pudesse cativá-la, eu passaria trinta anos em algum lugar numa perna só... Percebo que você está com pena de mim; seu rosto diz: "Eu o amaria se pudesse, mas não posso"... Não é? Não importa, não tenho orgulho. Estou disposto, como um mendigo, a aceitar de você qualquer esmola; está ouvindo, qualquer... Que orgulho tem um mendigo?

Ela se levantou e chegou-se a ele.

— Meu amigo! — disse tocando-lhe com a mão no ombro e com um sentimento intraduzível no rosto —, não consigo ouvir semelhantes palavras! Pensarei a vida inteira em você como o homem mais precioso, como o coração mais grandioso, como algo sagrado entre tudo o que posso respeitar e amar. Andriêi Pietróvitch, compreenda minhas palavras: vim até aqui por alguma coisa, meu caro, caro antes e caro agora. Nunca hei de esquecer como você impressionou minha mente em nossos primeiros encontros. Então nos despeçamos como amigos e você será o meu pensamento mais sério e mais caro em toda a minha vida.

— "Despeçamo-nos e então eu o amarei"; eu o amarei contanto que nos despeçamos. Escute — estava totalmente pálido —, dê-me mais uma esmola; não me ame, não viva comigo, nunca mais voltemos a nos ver; serei seu escravo se me chamar, e desapareço no mesmo instante se você não quiser me ver, nem me ouvir, só... *só não se case com ninguém!*

Meu coração se confrangeu a ponto de doer ao ouvir essas palavras. Esse pedido ingenuamente humilhante foi ainda mais lastimável, pungiu-me de modo ainda mais forte o coração por ter sido franco e impossível. Sim, é claro que ele pedia uma esmola! Não obstante, seria capaz de pensar que ela viesse a concordar? Entretanto, humilhou-se a ponto de pedir: experimentou pedir. Era insuportável ver esse último grau de decadência do espírito. Foi como se todas as feições do rosto dela ficassem subitamente desfiguradas por uma dor; mas antes que ela conseguisse pronunciar uma palavra, ele se recobrou num piscar de olhos.

— Eu a *aniquilarei* — disse-lhe com uma voz esquisita, deformada, meio estranha.

Mas ela também lhe respondeu de um jeito estranho, com uma voz também estranha, inesperada.

— Experimente eu lhe dar a esmola — disse-lhe com firmeza — e mais tarde você se vingará de mim com uma energia ainda maior do que essa contida na ameaça que agora me faz, porque nunca há de esquecer que se fez de tamanho mendigo diante de mim... Não consigo ouvir ameaças de sua parte! — concluiu ela quase indignada, olhando-o com um ar de quase desafio.

— "Ameaças de sua parte", isto é, de semelhante mendigo! Estou brincando — disse ele baixinho, sorrindo. — Não vou fazer nada com você, não precisa temer, saia... e farei todo o empenho para lhe enviar aquele documento, apenas saia, saia! Eu lhe escrevi uma carta idiota, mas você respondeu a essa carta idiota vindo até aqui; estamos quites. Venha por aqui — ele indicou a porta (ela queria passar pelo quarto onde eu estava atrás do reposteiro).

— Perdoe-me, se puder — ela parou à porta.

— Pois é, e se nós nos encontrarmos algum dia, plenamente amigos, e recordarmos esta cena com um riso radiante? — proferiu ele de repente; mas todos os traços de seu rosto tremiam como os de um homem acometido de um ataque.

— Oh, Deus queira! — bradou ela de mãos postas, mas olhando assustada para o rosto dele como se o sondasse para dizer alguma coisa.

— Vá embora! Nós dois temos muita inteligência, mas você... Você é da mesma índole que eu! Escrevi uma carta louca e você aceitou vir até aqui para me dizer que "quase me ama". Não, nós dois somos dotados da mesma loucura! Seja sempre dessa loucura, não mude e nos reencontraremos como amigos; isto eu lhe predigo, lhe juro!

— E então eu o amarei inevitavelmente porque o sinto inclusive neste momento! — A mulher que havia nela não resistiu e lançou-lhe da porta essas últimas palavras.

Ela foi embora. Passei às pressas e em silêncio pela cozinha e, quase sem olhar para Nastácia Iegórovna, que me esperava, precipitei-me pela escada de serviço e pelo pátio em direção à rua. Mas só tive tempo de avistá-la tomando a carruagem que a aguardava à entrada. Saí correndo pela rua.

CAPÍTULO XI

I

Corri para a casa de Lambert. Oh, eu me recusava a dar um aspecto lógico e a procurar o mínimo de bom-senso em meus atos naquela tarde e em toda aquela noite, e, mesmo hoje, quando já consigo apreciar tudo, não tenho a mínima condição de imaginar o caso com a devida clareza. Ali havia um sentimento, ou melhor, todo um caos de sentimentos no meio dos quais eu, naturalmente, devia ficar desnorteado. É verdade que havia um sentimento superior que me esmagava e comandava tudo, porém... seria o caso de confessá-lo? Ainda mais porque não estou seguro...

Corri para a casa de Lambert, claro que fora de mim. Cheguei até a assustá-los, ele e Alfonsina. Sempre observei que os franceses mais desregrados, mais desnorteados, têm, em seu ambiente doméstico, um desmedido apego a certo tipo de ordem burguesa, a certo modo de vida corriqueiro e ritual, dos mais prosaicos, e para sempre adotado na vida. Aliás, Lambert compreendeu de pronto que havia acontecido algo e ficou entusiasmado ao me ver finalmente em sua casa, por fim *apossando-se* de mim. E era só nisso que vinha pensando dia e noite, durante todos esses dias! Oh, como eu lhe era necessário! E eis que quando ele já havia perdido toda a esperança eu mesmo apareço de chofre em sua casa, e ainda por cima com aquela loucura — justo do jeito que ele precisava.

— Lambert, vinho! — gritei —, vamos beber, vamos cair na desordem. Alfonsina, cadê seu violão?

Não vou descrever a cena — é dispensável. Bebíamos e eu lhe contava tudo, tudo. Ele ouvia com avidez. Eu mesmo usei de franqueza e fui o primeiro a lhe propor um complô, um incêndio. Em primeiro lugar devíamos convidar por carta Catierina Nikoláievna para nos fazer companhia...

— Isso é possível — Lambert fez coro, agarrando cada palavra minha.

Em segundo, para efeito de persuasão, enviaríamos na carta uma cópia inteira do seu "documento", de modo que ela poderia ver francamente que eu não a estava enganando.

— É assim que deve ser, é assim que se precisa fazer! — Lambert fazia coro, trocando constantes olhares com Alfonsinka.

Em terceiro, era Lambert que devia convidá-la, em seu nome, como que por incumbência de um desconhecido que chegara de Moscou, cabendo-me trazer Viersílov...

— E pode-se também chamar Viersílov — fazia coro Lambert.

— Pode-se não, deve-se! — exclamei —, é indispensável! É para ele que estamos fazendo tudo! — expliquei, sorvendo um gole de vinho atrás do outro (bebíamos os três e, parece, eu bebi toda a garrafa de champanhe enquanto eles apenas fingiam). — Vamos ficar no outro quarto com Viersílov (Lambert, é preciso conseguir outro quarto!), e quando de repente ela concordar com tudo, com o resgate em dinheiro e com o *outro* resgate, porque são todas vis, então eu apareço com Viersílov e provaremos até que ponto ela é vil, e Viersílov, ao ver o quanto ela é canalha, ficará imediatamente curado e a botará para fora a pontapés. Mas é preciso que Bioring também esteja presente e olhe para ela! — exclamei em delírio.

— Não, de Bioring não carecemos — quis observar Lambert.

— Carecemos, carecemos! — tornei a berrar —, tu não entendes nada, Lambert, porque és um pateta! Ao contrário, é bom que saia um escândalo na alta sociedade; com isto nos vingaremos da alta sociedade e dela, e tomara que ela seja castigada! Lambert, ela te dará uma promissória. Eu não preciso de dinheiro, estou escarrando para o dinheiro, mas tu te rebaixarás e meterás tudo no bolso junto com meus escarros, mas em compensação eu a demolirei.

— Sim, sim — Lambert só fazia coro — aí tu, assim... — ele não parava de trocar olhares com Alfonsinka.

— Lambert! Ela venera terrivelmente Viersílov; acabei de me convencer disso — balbuciava eu.

— Foi bom que examinaste tudo: nunca supus que fosses tamanho espião e tivesses tanta inteligência! — ele disse isso para me adular.

— Estás enganado, francês, não sou espião, mas tenho muita inteligência! Sabes, Lambert, ela o ama mesmo! — continuei fazendo todo o empenho para me manifestar. — Mas ela não se casará com ele porque Bioring é um oficial da guarda e Viersílov, apenas um homem magnânimo e amigo da humanidade, para eles um homem cômico e nada mais! Oh, ela compreende essa paixão e se delicia com ela, faz-se de coquete, fica a seduzi-lo, mas não se casa! É mulher, é serpente! Precisamos curá-lo; precisamos arrancar o véu da cara dele; que veja quem ela é e se cure. Eu o trarei à tua casa, Lambert!

— Assim é preciso — disse Lambert, sempre apoiando, servindo-me champanhe a cada minuto.

Ele tremia a valer de medo de me irritar com alguma coisa, de me contradizer, e se empenhava para que eu continuasse bebendo cada vez mais. A coisa era tão grosseira e evidente que na ocasião nem eu pude deixar de observar. Mas eu mesmo já não podia ir embora por nada nesse mundo; bebia e falava sem parar e tinha uma terrível vontade de dizer tudo até o fim. Quando Lambert saiu para pegar outra garrafa, Alfonsinka tocou um motivo espanhol no violão; por pouco não comecei a chorar.

— Lambert, será que sabes de tudo?! — exclamei com um sentimento profundo. — Precisamos salvar sem falta esse homem porque ao seu redor é tudo... feitiçaria. Se ela se casasse com ele, na manhã seguinte à primeira noite ele a expulsaria a pontapés... porque isso acontece. Porque esse tipo de amor violento e feroz age como um ataque, como um laço mortal, como uma doença e, mal atinge o prazer, no mesmo instante cai o véu e aparece o sentimento contrário: repulsa e ódio, vontade de exterminar, de esmagar. Conheces a história de Abisag, Lambert, tu a leste?[71]

— Não, não me lembro; é um romance? — balbuciou Lambert.

— Oh, Lambert, tu não sabes de nada! És terrivelmente, terrivelmente inculto... mas estou me lixando. Não tem importância. Oh, ele ama mamãe; ele beijou o retrato dela; ele vai escorraçar a outra na manhã seguinte, ele mesmo vai procurar mamãe; mas já será tarde e por isso precisamos salvá-lo agora...

Por fim comecei a chorar amargamente, mas continuei a falar e bebi um horror. O mais sintomático foi que Lambert passou a noite inteira sem me perguntar uma única vez pelo "documento", isto é: cadê, onde está ele? Quer dizer, para que eu o mostrasse, o pusesse sobre a mesa. Ora, o mais natural não seria perguntar por isso persuadindo-se para agir? Mais uma coisa sintomática: nós apenas falávamos de que precisávamos fazer isso, que faríamos "isso" sem falta, mas no tocante a onde isso seria feito, como e quando também não dizíamos uma única palavra! Ele se limitava a fazer coro comigo e a trocar olhares com Alfonsinka — e nada mais! É claro que naquele momento eu não tinha condições de atinar nada disso, mas mesmo assim gravei-o na memória.

---

[71] Na Bíblia, no primeiro Livro dos Reis, 1, 1-5, encontra-se o seguinte relato: "O rei Davi estava muito velho, avançado em anos, e por mais que o cobrissem de roupas não se aquecia. Seus familiares disseram-lhe: busquemos para o nosso senhor, o rei, uma donzela virgem que sirva o rei e tenha cuidado dele e durma em seu seio para que ele se aqueça. Procuraram, pois, em toda terra de Israel, uma donzela formosa; encontraram Abisag, a sunamita, e levaram-na ao rei. Esta donzela era muito formosa. Ela cuidava do rei e o servia, mas o rei não a possuía". (N. da E.)

Acabei adormecendo no divã dele sem trocar de roupa. Dormi por muito tempo e acordei bem tarde. Lembro-me de que, ao despertar, continuei por algum tempo deitado no divã, como que aturdido, procurando atinar e recordar e fingindo que continuava a dormir. Lambert, porém, não estava mais no quarto: havia saído. Já caminhávamos para as dez horas; o forno aquecido estalava, exatamente como na outra ocasião, quando, depois daquela noite, vi-me pela primeira vez em casa de Lambert. No entanto Alfonsinka me vigiava por trás do biombo: isto eu notei de imediato, porque umas duas vezes ela olhou e observou, mas a cada vez fechei os olhos e fingi que ainda dormia. Agi assim porque estava esmagado e precisava ponderar minha situação. Horrorizado, percebia todo o absurdo e toda a baixeza da confissão que eu fizera à noite para Lambert, de meu acordo com ele, do erro que cometera ao correr para sua casa. Mas, graças a Deus, o documento ainda continuava comigo, cosido do mesmo jeito em meu bolso lateral; eu o apalpei — estava lá! Então, bastava apenas me levantar agora de um salto e fugir, e depois não tinha nada de que me envergonhar de Lambert: Lambert não merecia tal coisa.

No entanto eu me envergonhava de mim mesmo! Era meu próprio juiz e — oh, Deus, o que se passava em minha alma! Mas não vou descrever esse sentimento infernal e insuportável e essa consciência da sordidez e da vilania. Mesmo assim devo confessá-lo porque chegou o momento. Isso deve ser ressaltado em meus escritos. Pois bem, que fiquem sabendo que eu não queria difamá-la, e me propunha testemunhar seu pagamento do resgate a Lambert (oh, baixeza!) para salvar o louco Viersílov e devolvê-lo a mamãe, para... oh!... porque eu mesmo estava talvez apaixonado por ela, apaixonado e com ciúme! Com ciúme de quem: de Bioring, de Viersílov? De todos para quem ela iria olhar no baile e com quem conversaria enquanto eu ficaria em um canto com vergonha de mim mesmo?... Oh, monstruosidade!

Em suma, não sei de quem eu tinha ciúmes; no entanto, eu sentia apenas, e desde a noite da véspera estava persuadido como dois e dois são quatro de que ela estava perdida para mim, de que essa mulher me repeliria e me ridicularizaria pela falsidade e pelo absurdo! Ela é autêntica e honesta, ao passo que eu sou um espião na posse de um documento!

Eu ocultava tudo isso em meu coração desde aquele tempo, mas agora chegou o momento e vou fazer um balanço. No entanto, de novo e pela última vez: pode ser que em metade ou mesmo setenta e cinco por cento eu tenha me caluniado! Naquela noite eu a odiava como um frenético e depois como um bêbado enfurecido. Já disse que aquilo era um caos de sentimentos e sensações das quais eu mesmo não conseguia entender nada. Mas mesmo assim preciso externá-los, porque ao menos uma parte desses sentimentos era verdadeira.

Com uma repulsa incontida e uma intenção irrefreável de reparar tudo, súbito pulei do divã; contudo, mal pulei dali, Alfonsinka brotou de repente. Agarrei o casaco e o chapéu e ordenei que dissesse a Lambert que eu havia delirado na véspera e caluniado uma mulher, que tinha brincado deliberadamente e que Lambert nunca mais se atrevesse a me procurar... Disse tudo isso do jeito que deu, de um modo tardo e desajeitado, falando precipitadamente em francês e, claro, de modo por demais obscuro, porém, para minha surpresa, Alfonsinka compreendeu tudo muito bem; no entanto, o mais surpreendente foi ela ter ficado contente com alguma coisa.

— *Oui, oui* — fazia coro comigo — *c'est une honte! Une dame... Oh, vous êtes généreux, vous! Soyez tranquille, je ferai voir raison à Lambert...*[72]

Acontece que, ainda em meu primeiro encontro com Lambert, na ocasião em que eu descongelava em seu apartamento, murmurei-lhe, como um idiota, que o documento estava cosido em meu bolso. Então adormeci de repente e tirei um cochilo em seu divã, que ficava num canto, e, ato contínuo, Lambert apalpou meu bolso e certificou-se de que ali havia de fato um papel cosido. Mais tarde se certificou várias vezes de que o papel ainda estava lá: assim, por exemplo, lembro-me de que durante nosso jantar no restaurante dos tártaros ele passou várias vezes o braço em minha cintura. Compreendendo enfim a importância que tinha esse papel, fez seu plano muito especial, que eu jamais supunha que tivesse feito. Como um idiota, imaginei o tempo todo que ele insistia em me convidar à sua casa só para me convencer a fazer parte de sua turma e não agir senão junto com eles. Mas qual! Ele me convidava para algo muitíssimo diferente! Convidava-me para me dar de beber até eu cair e, quando estivesse estendido sem sentidos e começasse a roncar, cortar meu bolso e apoderar-se do documento. Foi exatamente assim que ele e Alfonsinka agiram naquela noite; foi Alfonsinka quem cortou o bolso. Tendo retirado a carta, *a carta dela*, meu documento de Moscou, pegaram um simples papel de carta do mesmo tamanho, colocaram-no no bolso cortado e tornaram a cosê-lo como se nada tivesse acontecido, de modo que não notei nada. Foi Alfonsinka quem coseu. E eu, e eu... quase até o fim, quase um dia e meio depois, continuei a achar que era detentor do segredo e que o destino de Catierina Nikoláievna ainda continuava em minhas mãos.

---

[72] Em francês, "Sim, sim, isso é uma vergonha! Uma dama... Oh, como você é generoso! Não se preocupe, conseguirei chamar Lambert à razão...". (N. do T.)

Uma última palavra: esse roubo do documento foi a causa de tudo, de todas as outras desgraças!

II

Chegaram os últimos dias de meus escritos e eu — cheguei ao fim.

Eram, acho eu, cerca de dez e meia quando, excitado e, até onde me lembro, estranhamente distraído, mas com a decisão definitiva no coração, cheguei ao meu apartamento. Não tinha pressa, já sabia como agir. E súbito, mal entrei em nosso corredor, compreendi que acontecera uma desgraça e houvera uma complicação extraordinária no caso: o velho príncipe, que acabara de ser trazido de Tsárskoie Sieló, estava em nosso apartamento, e, ademais, acompanhado de Anna Andrêievna!

Não o instalaram em meu quarto, mas nos dois quartos do senhorio, ao lado do meu. Como se verificou, ainda na véspera haviam sido feitas algumas mudanças e decoração nesses quartos, aliás, as mais leves. O senhorio se mudara com sua mulher para o cubículo do inquilino bexigoso, ao qual já me referi, enquanto o bexigoso fora confinado não sei onde.

Fui recebido pelo senhorio, que no mesmo instante esgueirou-se para o meu quarto. Ele tinha um ar não tão decidido quanto no dia anterior, mas estava num estado excepcionalmente excitado, por assim dizer, à altura dos acontecimentos. Eu não lhe disse nada, mas, afastando-me para um canto, pus as mãos na cabeça e fiquei uns cinco minutos nessa posição. A princípio ele pareceu pensar que eu estava "representando", mas acabou não se contendo e ficou assustado.

— Por acaso há algo errado? — murmurou. — Estava à sua espera para lhe perguntar — acrescentou, vendo que eu não respondia — se não quer mandar abrir esta porta ali para ter uma comunicação direta com os aposentos do príncipe... em vez de fazê-la pelo corredor. — Apontou para a porta lateral que estava sempre fechada e se comunicava com os quartos dos senhorios e agora, por conseguinte, com os do príncipe.

— Veja só, Piotr Hippolítovitch — dirigi-me a ele com ar severo —, peço-lhe encarecidamente que vá lá e convide agora mesmo Anna Andrêievna a vir aqui para negociarmos. Faz tempo que estão aqui?

— Bem, já faz quase uma hora.

— Então vá até lá.

Ele foi e voltou com a estranha resposta de que Anna Andrêievna e o príncipe me aguardavam com impaciência em seu quarto; isso significava que Anna Andrêievna não quisera vir até o meu. Ajeitei e limpei minha sobrecasaca, que se amassara durante a noite, lavei-me, penteei-me, tudo isso sem pressa e, compreendendo como devia me precaver, fui ter com o velho.

O príncipe estava sentado no divã diante de uma mesa redonda e Anna Andrêievna, no outro canto, diante de outra mesa coberta por uma toalha sobre a qual fervia o samovar do senhorio, que fora polido como nunca e estava sendo preparado para o chá. Entrei com a mesma expressão severa no rosto, e o velhote, logo percebendo isto, estremeceu e seu sorriso foi rapidamente substituído em seu rosto por um notório susto; mas no mesmo instante não me contive, dei uma risada e lhe estendi a mão; o coitado atirou-se em meus braços.

Sem dúvida, compreendi no mesmo instante com quem estava metido. Em primeiro lugar, ficou-me claro como dois mais dois que, no espaço de tempo em que não nos tínhamos visto, do velho ainda até meio disposto e, apesar de tudo, dotado de um mínimo de sensatez e ao menos de algum caráter, eles tinham feito uma espécie de múmia e uma autêntica criança, assustadiça e desconfiada. Acrescento: ele tinha pleno conhecimento da razão pela qual o haviam levado para aquele lugar e tudo acontecera tal qual expliquei antes, ao me antecipar aos fatos. De uma hora para outra, num ai e sem rodeios, haviam-no afetado, abatido e esmagado com a notícia da traição de sua filha e do manicômio. Ele se permitira ser levado, mal atinando o que fazia por causa do pavor. Disseram-lhe que eu era o detentor do segredo e que tinha a chave da solução definitiva. Digo por antecipação: era essa solução definitiva e sua chave que ele mais temia. Esperava que eu pegasse e entrasse em seu quarto com alguma sentença na testa e um papel nas mãos, e ficou numa terrível alegria ao ver que por enquanto eu estava disposto a rir e conversar sobre outra coisa bem diferente. Quando nos explicamos ele começou a chorar. Confesso que também chorei um tiquinho; mas súbito senti muita pena dele... O cãozinho de Alfonsinka começou a soltar um latido fino como o som de um sino e precipitou-se do divã para mim. Ele não se separava desse minúsculo cãozinho desde que o adquirira, até dormia com ele.

— *Oh, je disais qu'il a du coeur!*[73]

— Mas como o senhor melhorou, príncipe, que aspecto magnífico, viçoso e saudável! — observei. Qual! Era tudo o contrário: aquilo era uma múmia e falei daquela maneira apenas para animá-lo.

---

[73] Em francês, "Oh, eu já disse que ele tem coração!". (N. do T.)

— *N'est-ce pas, n'est-ce pas?*[74] — repetia ele alegremente. — Oh, minha saúde melhorou de forma surpreendente.

— Mas tome o seu chá, e se me der uma xícara eu também tomo com o senhor.

— Que maravilha! "Vamos beber e nos deliciar...", ou, como é que dizem aqueles versos? Anna Andrêievna, sirva-lhe chá; *il prend toujours par les sentiments...*[75] Sirva-nos chá, querida.

Anna Andrêievna serviu o chá, mas súbito voltou-se para mim e começou a falar com uma solenidade excepcional.

— Arkadi Makárovitch, nós dois, eu e meu benfeitor, o príncipe Nikolai Ivánovitch, nos abrigamos em seu apartamento. Considero que viemos para a sua companhia, só para a sua companhia, e nós dois lhe pedimos abrigo. Lembre-se de que quase todo o destino deste homem santo, nobre e ofendido está em suas mãos... Esperamos pela decisão do seu coração verdadeiro.

Mas ela não conseguiu concluir; o príncipe ficou apavorado e quase tremeu do susto:

— *Après, après, n'est-ce pas? Chère amie!*[76] — repetia, erguendo as mãos para ela.

Não consigo exprimir o quanto a extravagância dela me afetou de modo desagradável. Não respondi nada e contentei-me apenas com uma reverência fria e grave; em seguida sentei-me à mesa e comecei de modo até proposital a falar de outra coisa, de algumas tolices, comecei a rir e gracejar... O velho me estava visivelmente agradecido e foi tomado de uma alegria arrebatadora. Mas era visível que sua alegria, ainda que arrebatadora, era um tanto instável e podia ser momentaneamente substituída por um desânimo total; isto já estava claro à primeira vista.

— *Cher enfant*, ouvi dizer que estiveste doente... *Ah, pardon!* Ouvi dizer que ficaste o tempo todo ocupado com espiritismo?

— Nem pensei nisso — sorri.

— Não? Mas quem foi que me falou de es-pi-ri-tis-mo?

— Foi o funcionário morador daqui, Piotr Hippolítovich, que falou ainda há pouco — explicou Anna Andrêievna. — Ele é uma pessoa muito alegre e conhece uma infinidade de anedotas; quer que eu o chame?

---

[74] "Não é verdade, não é verdade?" (N. do T.)

[75] "Ele é sempre dominado pelos sentimentos..." (N. do T.)

[76] "Depois, depois, não é? Minha querida!" (N. do T.)

— *Oui, oui, il est charmant...*[77] conhece anedotas, mas é melhor a gente chamá-lo depois. Nós o chamaremos e ele nos contará tudo; *mais après*. Imagine que ainda há pouco a mesa estava sendo posta e ele disse: "... não se preocupe, a mesa não vai voar; não somos espíritas". Será que as mesas dos espíritas voam?

— Palavra que não sei; dizem que as quatro pernas se levantam.

— *Mais c'est terrible ce que tu dis*[78] — olhou-me assustado.

— Oh, não se preocupe, isso é um absurdo.

— É o que eu mesmo digo. Nastácia Stiepánovna Salomêieva... ora, tu a conheces... ah, sim, tu não a conheces... imagina, eu também acredito no espiritismo, imagina, *chère enfant* — virou-se para Anna Andrêievna —, é o que eu digo: no ministério também há mesas, sobre elas há oito pares de mãos de funcionários sempre escrevendo, então, por que as mesas de lá não bailam? Imagina, de repente elas começam a bailar! uma rebelião de mesas no ministério das Finanças ou da Educação — era só o que faltava!

— Como o senhor continua a dizer coisas agradáveis, príncipe — exclamei, procurando sinceramente cair na risada.

— *N'est-ce pas? je ne parle pas trop, mais je dis bien.*[79]

— Vou trazer Piotr Hippolítovitch. — Anna Andrêievna levantou-se. Seu rosto ficou radiante de prazer: ao me ver tão afetuoso com o velho, ficou contente. Porém, mal ela saiu, o rosto do velho mudou num piscar de olhos. Ele olhou às pressas para a porta, para os lados, curvando-se do divã em minha direção, cochichou-me com uma voz assustada:

— *Cher ami!* Oh, se eu pudesse ver as duas aqui juntas! *Oh, cher enfant!*

— Príncipe, acalme-se...

— Sim, sim, mas... nós reconciliaremos as duas, *n'est-ces pas*? Aí há uma pequena desavença vazia de duas mulheres digníssimas, *n'est-ces pas?* Tu és minha única esperança... nós poremos tudo isso aqui em ordem; e que apartamento estranho — olhava para os lados quase com medo —, e sabes, esse senhorio... tem uma cara... Diz-me, ele não é perigoso?

— O senhorio? Oh, em que ele pode ser perigoso?

— *C'est ça.*[80] Assim é melhor. *Il semble qu'il est bête, ce gentil-hom-*

---

[77] "Sim, sim, ele é muito amável..." (N. do T.)

[78] "Mas o que tu dizes é terrível." (N. do T.)

[79] "Não é verdade? eu não falo demais, mas falo bem..." (N. do T.)

[80] "Sim, é claro." (N. do T.)

me.[81] *Cher enfant*, por Cristo, não diga a Anna Andrêievna que aqui tenho medo de tudo; no primeiro instante elogiei tudo aqui, elogiei o senhorio. Ouve, conheces a história de Von Sohn,[82] estás lembrado?

— Sim, mas e daí?

— *Rien, rien du tout... Mais je suis libre ici, n'est-ce pas?*[83] O que achas, aqui não pode acontecer alguma coisa comigo... uma dessas coisas...?

— Mas eu lhe asseguro, meu caro... tenha dó!

— *Mon ami! Mon enfant!* — exclamou de repente, cruzando os braços e já sem esconder o medo —, se tu realmente tens alguma coisa... documentos... em suma, se tens algo a me dizer, não digas; pelo amor de Deus não digas nada; é melhor que não digas nada... silencia até onde for possível...

Quis lançar-se e me abraçar; as lágrimas lhe escorriam no rosto; não consigo exprimir o aperto que senti no coração: o pobre velho parecia uma criança lastimável, fraca, assustada, que fora arrancada do ninho paterno por ciganos e levada para gente estranha. No entanto não deixaram que nos abraçássemos: a porta se abriu e entrou Anna Andrêievna, mas não com o senhorio e sim com seu irmão, o camareiro de corte. Essa novidade me fez pasmar; levantei-me e tomei a direção da porta.

— Arkadi Makárovitch, permita-me apresentá-lo — Anna Andrêievna falou alto, de modo que tive de parar involuntariamente.

— Já conheço *demais* o seu irmão — escandi, acentuando em especial a palavra "demais".

— Ah, aqui houve um terrível engano! e sou tão cul-pa-do, caro And... Andriêi Makárovitch — começou o jovem mastigando as palavras, chegando-se a mim com o cúmulo do descaramento e agarrando minha mão, que não tive condições de retirar —, a culpa toda é do meu Stiepán; naquela ocasião ele o anunciou de forma tão tola que o tomei por outro, isso foi em Moscou — explicou ele à irmã —, e depois o procurei com todo o empenho a fim de encontrá-lo e esclarecer, mas adoeci, pergunte a ela... *Cher prince, nous devons être amis, même par droit de naissance...*[84]

---

[81] "Esse cavalheiro parece tolo." (N. do T.)

[82] Em 1869 o funcionário público Von Sohn foi assassinado em um prostíbulo. Seu nome é mencionado nos manuscritos de *Os demônios*, assim como posteriormente nas falas do velho Karamázov em *Os irmãos Karamázov*. (N. da E.)

[83] "Não é nada, não é nada... Mas aqui sou livre, não é verdade?" (N. do T.)

[84] "Caro príncipe, devemos ser amigos, ao menos por direito de nascimento..." (N. do T.)

E o descarado jovem se atreveu até a pôr uma das mãos em meu ombro, o que já era o cúmulo da familiaridade. Afastei-me, mas, confuso, preferi ir embora depressa sem dizer uma palavra. Ao entrar em meu quarto, sentei-me na cama refletindo, inquieto. A intriga me sufocava, mas eu não podia deixar Anna Andrêievna tão francamente aturdida e abatida. Senti de súbito que também a apreciava e sua situação era terrível.

III

Como eu esperava, ela mesma entrou em meu quarto, deixando o príncipe com o irmão, que passou a contar ao velho uns boatos mundanos, os mais frescos e quentes, com o que de imediato deixou alegre o impressionável velhote. Levantei-me da cama em silêncio e com um ar interrogativo.

— Eu lhe disse tudo, Arkadi Makárovitch — começou de forma direta —, nosso destino está em suas mãos.

— Ora, mas eu também a preveni de que não posso... as obrigações mais sagradas me impedem de cumprir com o que vocês estão contando...

— É? Essa é a sua resposta? Bem, que eu me dane, mas e o velho? É assim que você pensa: ora, até o anoitecer ele terá enlouquecido!

— Não, ele enlouquecerá se eu lhe mostrar a carta da filha na qual ela consulta um advogado a respeito de como declarar o pai louco! — exclamei com veemência. — Eis o que ele não suportará. Sabe que ele não acredita nessa carta? Ele já me disse isso.

Menti ao afirmar que ele me havia dito; mas isso veio a propósito.

— Já disse? Era o que eu pensava! Neste caso estou liquidada; desde então ele vem chorando e pedindo para ir para casa.

— Diga-me, em que propriamente consiste o seu plano? — perguntei com insistência.

Ela corou, por assim dizer, ferida em sua presunção, mas se manteve firme:

— Com a carta da filha dele nas mãos estaríamos justificados perante a sociedade. No mesmo instante eu a enviaria ao príncipe V-k e a Boris Mikháilovitch Pielischóv, seus amigos de infância; ambos são homens respeitáveis e influentes na sociedade, e sei que dois anos atrás trataram com indignação certos atos da impiedosa e cobiçosa filha dele. Eles, evidentemente, o reconciliariam com a filha a meu pedido, e seria nisso que eu mesma insistiria; por outro lado, a situação mudaria por completo. Além disso, meus parentes, os Fanariótov, como espero, decidiriam apoiar meus direitos. Mas para mim está em primeiro lugar a felicidade dele; oxalá ele finalmente compreenda e aprecie quem de fato lhe é dedicado. Sem dúvida eu conto mais com a sua influência, Arkadi Makárovitch: você gosta tanto dele... Sim, e quem gosta dele exceto nós dois? Nos últimos dias ele só falou em você; sentiu saudade de você, você é o "seu jovem amigo"... É natural que depois minha gratidão não terá limites pelo resto da vida...

Assim ela já estava me oferecendo uma recompensa — dinheiro, talvez.

Eu a interrompi com rispidez.

— Não importa o que você diga, não posso — disse-lhe com ar de quem tem uma decisão inabalável —, posso apenas lhe pagar com a mesma sinceridade e lhe informar minhas últimas intenções: vou entregar com a maior brevidade essa fatídica carta a Catierina Nikoláievna, mas contanto que não se faça um escândalo de tudo que acabou de acontecer e que ela dê por antecipação a palavra de que não impedirá a sua felicidade. Eis tudo o que posso fazer.

— Isso é impossível! — disse ela, enrubescida. A simples ideia de que Catierina Nikoláievna viesse a *poupá-la* deixou-a indignada.

— Não vou mudar a decisão, Anna Andrêievna.

— Talvez mude.

— Procure Lambert!

— Arkadi Makárovitch, você não sabe que desgraças podem advir de sua teimosia — proferiu ela em tom severo e obstinado.

— Desgraças advirão, isso é certo... minha cabeça está girando. Basta de conversa: decidi e está acabado. Só lhe peço que por Deus não traga seu irmão à minha casa.

— Mas ele quer justamente reparar...

— Não tem nada que reparar! não preciso, não quero, não quero! — exclamei, pondo as mãos na cabeça. (Oh, talvez eu tenha sido excessivamente arrogante com ela.) — Diga-me, onde o príncipe vai passar a noite de hoje? Será aqui?

— Ele vai dormir aqui, em seu quarto, e com você.

— Até o anoitecer me mudo para outro apartamento!

E em seguida a essas palavras implacáveis, peguei meu chapéu de peles e comecei a vestir o casaco. Anna Andrêievna me observava calada e com ar severo. Eu tinha pena, oh, eu tinha pena dessa moça orgulhosa! Mas saí correndo do quarto sem lhe deixar uma única palavra de esperança.

IV

Tentarei resumir. Minha decisão fora tomada de modo irreversível e fui direto para a casa de Tatiana Pávlovna. Mas ai!, poderia ter prevenido uma grande desgraça se naquele momento a tivesse encontrado em casa. Porém, como de propósito, fui à casa de mamãe em primeiro lugar para ver minha pobre mãe e, em segundo, calculando quase como certo encontrar Tatiana Pávlovna por lá; mas lá ela também não se encontrava; acabara de sair não sei para onde e mamãe estava acamada, apenas com Liza em sua companhia. Liza me pediu para não entrar nem acordar mamãe: "Passou a noite inteira sem dormir, atormentada; graças a Deus que pelo menos agora adormeceu". Abracei Liza e lhe disse apenas duas palavras sobre a grande e fatal decisão que havia tomado e iria cumprir imediatamente. Ela ouviu sem maiores surpresas, como se fossem as palavras mais comuns. Oh, naquele tempo eles estavam todos acostumados às minhas constantes "últimas decisões" e depois às minhas covardes revogações das mesmas. Mas agora — agora a coisa era diferente! Entretanto, fui à taberna da Kanava e fiquei por lá com o fim de aguardar para depois ir, já com certeza, encontrar Tatiana Pávlovna em casa. Aliás, explico por que tão de repente precisei dessa mulher. É que queria mandá-la imediatamente procurar Catierina Nikoláievna para lhe pedir que fosse ao apartamento de Tatiana Pávlovna e na presença da própria devolver--lhe o documento, explicando tudo de uma vez e para sempre. Em suma, eu queria apenas o que era devido; queria me justificar de uma vez por todas. Resolvido esse ponto, eu decidira como forçoso e premente dizer no mesmo instante algumas palavras em favor de Anna Andrêievna e, se possível fosse, pegar Catierina Nikoláievna e Tatiana Pávlovna (esta como testemunha), trazê-las ao meu apartamento, isto é, à presença do príncipe, lá reconciliar as mulheres rivais, ressuscitar o príncipe e... e... numa palavra, pelo menos nesse grupo e nesse mesmo dia fazer todos felizes, de modo que só restariam Viersílov e mamãe. Eu não podia duvidar do êxito: Catierina Nikoláievna, agradecida por eu lhe devolver a carta sem nada lhe cobrar por ela, não podia me recusar semelhante pedido. Mas ai! Eu ainda me imaginava de posse do documento. Oh, em que situação tola e indigna eu me encontrava sem o saber!

Já estava muito escuro e perto das quatro da tarde quando dei mais uma passada em casa de Tatiana Pávlovna. Mária respondeu em tom grosseiro que ela "não havia chegado". Lembro-me agora do estranho olhar de esguelha de Mária; contudo, subentende-se que na ocasião ainda não podia me ocorrer nada. Ao contrário, súbito fui picado por outra ideia: descendo agastado e com certo desânimo a escada da casa de Tatiana Pávlovna, lembrei-me do pobre príncipe que na véspera me estendera a mão, e súbito me censurei duramente por tê-lo abandonado talvez até por um despeito pessoal. Intranquilo, comecei a imaginar que em minha ausência pudesse ter acontecido com eles até alguma coisa ruim e tomei às pressas o caminho de casa. Em casa, porém, haviam ocorrido apenas as seguintes circunstâncias.

Anna Andrêievna, tendo saído furiosa um pouco antes de minha casa, ainda não perdera o ânimo. Cabe dizer que já mandara chamar Lambert pela manhã, mais tarde tornou a mandar chamá-lo, e, como Lambert não estivesse em casa, mandou enfim seu irmão ir procurá-lo. Coitada, ao ver minha resistência depositara sua última esperança em Lambert e em sua influência sobre mim. Esperava Lambert com impaciência e só se admirava de que ele, que não largava dela e a bajulava até esse dia, de repente a abandonara de vez e sumira. Ai! Não lhe podia sequer passar pela cabeça que Lambert, agora de posse do documento, já tomara decisões bem diferentes e, por isso, é claro, até se escondia dela deliberadamente.

Assim, temerosa e com uma crescente inquietação na alma, Anna Andrêievna estava quase sem condições de distrair o velho; enquanto isso a intranquilidade dele crescera, atingindo proporções perigosas. Ele fazia perguntas estranhas e assustadoras, passara até a olhar para ela de um modo suspeito e várias vezes começara a chorar. O jovem Viersílov permanecera pouco tempo. Depois que ele saiu, Anna Andrêievna enfim trouxe Piotr Hippolítovitch, em quem depositava muita esperança, mas este não agradou minimamente e até provocou repulsa. Em geral, não se sabe por que o príncipe olhava para Piotr Hippolítovitch com desconfiança e suspeitas cada vez maiores. E, como de propósito, o senhorio agora tornava a falar de espiritismo e de certas prestidigitações a que ele mesmo teria assistido em um espetáculo, ou seja, um charlatão de fora, perante toda uma plateia, teria cortado cabeças de pessoas, fazendo o sangue jorrar à vista de todos, e depois colocado as cabeças de volta nos pescoços, elas teriam se fixado, também na presença de todos, e tudo isso teria acontecido no ano de cinquenta e nove. O príncipe ficou tão assustado e ao mesmo tempo tão indignado que Anna Andrêievna foi obrigada a afastar imediatamente o narrador. Por sorte chegou o jantar, que haviam deliberado encomendar na véspera ali pelas proximidades — através de Lambert e Alfonsinka — a um magnífico cozinheiro francês, que estava desempregado e procurava colocação numa casa aristocrática ou em um clube. O almoço com o champanhe deixou o velho numa extraordinária alegria; ele comeu muito e brincou muito. Depois do almoço, é claro, sentiu-se pesado e teve vontade de dormir, e como sempre dormia depois do almoço, Anna Andrêievna lhe preparou a cama. Antes de adormecer, ficou o tempo todo beijando a mão dela, dizendo que ela era seu paraíso, sua esperança, sua *huri*,[85] sua "florzinha dourada", em suma, apelou para as expressões mais orientais. Por fim adormeceu, e foi então que retornei.

Anna Andrêievna entrou às pressas em meu quarto, juntou as mãos à minha frente e disse que "já não era para ela, mas para o príncipe que me implorava para não sair e, quando ele acordasse, ir ter com ele; temo que ele não aguente mais até a noite...". Acrescentou que ela mesma tinha premência de afastar-se, "talvez até por duas horas e que, por conseguinte, só deixava o príncipe sob os meus cuidados". Dei-lhe com fervor a palavra de que ficaria até a noite e que, quando ele acordasse, envidaria todos os esforços para distraí-lo.

— Cumprirei o meu dever! — concluiu ela em tom enérgico.

Ela saiu. Antecipo-me em acrescentar: ela mesma fora procurar Lambert; era sua última esperança; além do mais, estivera com o irmão e seus parentes Fanariótov; dava para compreender em que estado de espírito deveria retornar.

O príncipe acordou mais ou menos uma hora depois que ela saíra. Ouvi seu gemido do outro lado da parede e corri no mesmo instante para o seu quarto; já o encontrei sentado na cama, de roupão, mas tão assustado por estar só, com a luz de uma vela solitária e o quarto estranho, que quando entrei ele estremeceu, ergueu-se de um salto e gritou; precipitei-me para ele e, quando percebeu que era eu, começou a me abraçar com lágrimas de alegria.

— Mas me disseram que havias te mudado para outro apartamento, tinhas te assustado e fugido.

— Quem foi capaz de lhe dizer isso?

— Quem? Vê, é possível que eu mesmo tenha inventado isso e talvez alguém tenha dito. Imagina que acabei de ter um sonho: entra um velho de barba e com um ícone na mão, um ícone partido em dois, e de repente diz: "Assim se partirá tua vida!".

— Ah, meu Deus, na certa o senhor ouviu alguém dizer que ontem Viersílov quebrou um ícone?

— *N'est-ce pas?* Ouvi, ouvi! Ainda ontem pela manhã ouvi isso de Nastácia Iegórovna. Ela trouxe para cá minha mala e o cãozinho.

— E aí o senhor sonhou.

---

[85] Mulher belíssima, que o Corão promete ao muçulmano na outra vida. (N. do T.)

— Bem, mas dá no mesmo; imagina que o velho esteve sempre me ameaçando com o dedo. Onde está Anna Andrêievna?

— Vai voltar num instante.

— De onde? Ela também foi embora? — exclamou em tom dorido.

— Não, não, ela estará aqui num instante e me pediu para fazer companhia ao senhor.

— *Oui*, virá. Pois bem, nosso Andriêi Pietróvitch ficou maluco; "tão de repente, tão rápido!". Sempre lhe predisse que acabaria assim. Meu amigo, espere...

Agarrou-me subitamente pela manga da sobrecasaca e me puxou em sua direção.

— Ainda há pouco — cochichou — o senhorio trouxe umas fotos, umas repulsivas fotos de mulheres, todas nuas e em diferentes poses orientais, e começou a me mostrar por trás de uma lente... Vê, eu as elogiei a contragosto, mas ele trouxe exatamente essas mulheres repulsivas para um infeliz com o intuito de depois embriagá-lo mais facilmente...

— O senhor está repetindo tudo isso sobre Von Sohn, mas basta, príncipe! O senhorio não passa de um imbecil!

— Imbecil, não passa de um imbecil! *C'est mon opinion!*[86] Meu amigo, se pudesses me salvar tirando-me daqui — juntou de repente as mãos à minha frente.

— Príncipe, tudo o que eu puder! Sou todo seu... Meu caro príncipe, espere, e talvez eu dê um jeito em tudo!

— *N'est-ce pas?* A gente pode até fugir deixando a mala à vista para que ele pense que voltaremos.

— Fugir para onde? E Anna Andrêievna?

— Não, não, juntos com Anna Andrêievna... *Oh, mon cher*, tudo na minha cabeça está embaralhado... Espera: ali à direita, no saco de viagem, há o retrato de Cátia;[87] ainda há pouco o meti lá às escondidas para que Anna Andrêievna e sobretudo Nastácia Iegórovna não notassem; vamos, pelo amor de Deus, depressa, com cautela, cuidado para que não nos encontrem... Sim, será que não dá para meter um gancho na porta?

De fato, encontrei no saco um retrato de Catierina Nikoláievna em uma moldura oval. Ele o pegou com a mão, levou à luz e súbito as lágrimas rolaram em suas faces amarelas, magras.

---

[86] Em francês, "É a minha opinião!". (N. do T.)

[87] Hipocorístico de Catierina. (N. do T.)

— *C'est un ange, c'est un ange du ciel!*[88] — exclamou. Por toda a minha vida tive culpa perante ela... e agora também! *Chère enfant*, não acredito em nada, não acredito em nada! Meu amigo, diga-me: pode-se imaginar que queiram me internar num manicômio? *Je dis des choses charmantes et tout le monde rit...*[89] E súbito levam esse homem para um manicômio?

— Nunca houve isso — exclamei. — É um engano. Conheço os sentimentos dela!

— E tu também conheces os sentimentos dela? Ah, isso é ótimo! Meu amigo, tu me ressuscitaste. Como eles te caluniaram? Meu amigo, manda chamar Cátia até aqui. E que as duas se beijem em minha presença e então as levarei para casa, e, quanto ao senhorio, nós o escorraçaremos!

Levantou-se, juntou as mãos e súbito ajoelhou-se à minha frente.

— *Cher* — murmurou, já tomado de um pavor louco, tremendo todo como uma folha —, meu amigo, diz-me toda a verdade: onde vão me meter agora?

— Meu Deus — exclamei, levantando-o e pondo-o na cama —, por fim o senhor não acredita mais nem em mim; pensa que até eu estou nesse complô? Ora, aqui não permitirei que ninguém toque um dedo no senhor!

— *C'est ça*, não permitas — balbuciou ele, agarrando-me com força os cotovelos com ambas as mãos e continuando a tremer. — Não me deixes por conta de ninguém! E tu mesmo não me mintas em nada... por que, será que vão me levar daqui? Ouve, esse senhorio Hippolit, quem é ele, ele... é médico?

— Que médico?

— Isso aqui... isso não é um manicômio, esse quarto aqui?

Mas nesse instante a porta se abriu e entrou Anna Andrêievna. Pelo visto ela havia escutado atrás da porta e, não se contendo, abriu-a de supetão — e o príncipe, que estremecia a cada rangido, deu um grito e lançou-se de bruços no travesseiro. Teve enfim uma espécie de ataque que terminou em prantos.

— Eis os frutos da sua obra — disse eu a ela, apontando para o velho.

— Não, esses são os frutos da sua obra! — Ela levantou bruscamente a voz. — Pela última vez lhe peço, Arkadi Makárovitch: deseja revelar a intriga infernal contra um velho indefeso e sacrificar seus "sonhos loucos e infantis" para salvar sua "irmã carnal"?

---

[88] "É um anjo, é um anjo do céu!" (N. do T.)

[89] "Digo coisas magníficas e todo mundo ri..." (N. do T.)

— Vou salvar todos vocês, mas só do jeito que eu lhe disse ainda há pouco! Vou correr mais uma vez; é possível que dentro de uma hora a própria Catierina Nikoláievna esteja aqui! Reconciliarei todos e todos ficarão felizes! — exclamei quase inspirado.

— Traga-a, traga-a para cá — o príncipe se esforçava para se levantar. — Leve-me até ela! Quero Cátia, quero ver Cátia e abençoá-la! — exclamou ele, erguendo as mãos e tentando levantar-se da cama.

— Está vendo — apontei-o à Anna Andrêievna —, está ouvindo o que ele diz: seja como for, agora nenhum "documento" a ajudará.

— Estou vendo, mas ele ainda ajudaria a justificar a minha atitude perante a opinião da sociedade; porém agora estou desonrada! Basta; minha consciência está limpa. Fui abandonada por todos, até por meu irmão carnal, que teve medo do fracasso... No entanto cumprirei meu dever e permanecerei ao lado desse infeliz como sua aia, sua enfermeira!

No entanto, não havia tempo a perder e deixei o quarto correndo.

— Voltarei dentro de uma hora e não voltarei só! — gritei da saída.

CAPÍTULO XII

I

Enfim encontrei Tatiana Pávlovna! Expus-lhe tudo de uma vez — tudo sobre o documento e tudo, até a última linha, sobre o que agora estava acontecendo em nosso apartamento. Embora ela mesma compreendesse perfeitamente esses acontecimentos, e com duas palavras apreendesse a essência da questão, mesmo assim esses acontecimentos ocuparam acho que uns dez minutos de nosso tempo. Falei sozinho, disse toda a verdade e não me envergonhei. Ela ouvia com todo o empenho, calada e imóvel, retesada como uma estaca em sua cadeira, comprimindo os lábios e sem desviar o olhar de mim. Mas, quando terminei, levantou-se de um salto e com tal ímpeto que eu também pulei do lugar.

— Ah, seu fedelho! Quer dizer que essa carta estava de fato cosida em teu bolso e a pateta da Mária Ivánovna a cosera! Ah, seus canalhas, desordeiros! Quer dizer que vieste para cá a fim de cativar os corações, conquistar a sociedade, vingar-te de um diabo qualquer porque és um filho bastardo, foi isso que quiseste?

— Tatiana Pávlovna — bradei —, não se atreva a me injuriar! Talvez por causa de suas injúrias a senhora tenha sido desde o início a causa de minha exasperação aqui. Sim, sou um filho bastardo, e talvez tenha mesmo desejado me vingar por ser filho bastardo, e é possível que tenha de fato me vingado de um diabo qualquer porque neste caso nem o próprio diabo encontrará um culpado; mas lembre-se de que recusei uma aliança com os canalhas e venci minhas paixões! Porei o documento diante dela em silêncio e vou embora sem sequer esperar que me diga uma palavra; a senhora mesma será testemunha!

— Dá-me, dá-me a carta agora, põe a carta agora aqui na mesa! Ora, estás mentindo, é possível?

— Está cosida em meu bolso; a própria Mária Ivánovna a coseu. E como mandei fazer aqui uma nova sobrecasaca, tirei-a da velha e eu mesmo a cosi na nova sobrecasaca; aqui está ela, apalpe-a, não estou mentindo!

— Dá-me, tira-a daí! — insistia Tatiana Pávlovna.

— Por nada neste mundo, isto eu lhe repito; vou botar diante dela na sua presença, e saio sem esperar uma única palavra; mas é preciso que ela saiba e veja com seus próprios olhos que eu, eu mesmo a entrego a ela, voluntariamente, sem pressão nem recompensa.

— Mais uma vez pavoneando-te? Estás apaixonado, fedelho?

— Pode proferir quantas descomposturas quiser: vamos, eu mereci, mas não me ofendo. Oh, vamos que eu me revele a ela um mísero rapazote, que a espreitou e maquinou um complô; mas que ela reconheça que venci a mim mesmo e pus a felicidade dela acima de tudo no mundo! Não é nada, Tatiana Pávlovna, não é nada. Grito para mim mesmo: audácia e esperança! Que seja esse o meu primeiro passo em minha caminhada, mas em compensação ele terminará bem, terminará de forma nobre! Qual é o mal de eu amá-la — continuei inspirado e com os olhos brilhando —, não me envergonho disso: mamãe é um anjo do céu, mas *ela* é a rainha da Terra! Viersílov voltará para mamãe e diante dela não tenho de que me envergonhar; ora, ouvi o que ela e Viersílov conversaram lá, eu estava escondido atrás do reposteiro... Oh, todos nós três somos "dotados da mesma loucura"! Ora, a senhora sabe de quem são essas palavrinhas? "Dotados da mesma loucura." Essas palavrinhas são dele, de Andriêi Pietróvitch! E a senhora sabe que nós aqui talvez sejamos até mais do que três dotados da mesma loucura? Ora, aposto que a senhora também é, é a quarta pessoa dotada dessa mesma loucura! Se quiser eu lhe digo: aposto que a senhora mesma passou a vida inteira apaixonada por Andriêi Pietróvitch, e é possível que até hoje continue...

Repito, eu estava inspirado e dominado por certa felicidade, mas não consegui concluir a frase: súbito ela me agarrou os cabelos de um modo um tanto antinatural e umas duas vezes me sacudiu com força para baixo... depois me largou de chofre e se foi para um canto, ficou de cara para o canto e cobriu o rosto com o lenço.

— Fedelho! Nunca mais te atrevas a me dizer isso! — disse, chorando.

Foi tudo tão inesperado que eu, naturalmente, pasmei. Estava em pé e olhava para ela sem saber o que fazer.

— Fu!, pateta! Vem aqui, dá um beijo nesta pateta! — disse de repente, chorando e rindo —, não te atrevas, jamais te atrevas a me repetir isso... mas eu te amo e te amei a vida inteira... pateta!

Beijei-a. Digo entre parênteses: desde então eu e Tatiana Pávlovna nos tornamos amigos.

— Ah, sim! O que foi que eu estava pensando! — exclamou de súbito, dando uma palmada na testa —, o que é que estás dizendo: o velho príncipe está no teu apartamento? É verdade?

— Eu lhe asseguro.

— Ah, meu Deus! Oh, estou com nojo! — Deu um giro e ficou circulando pelo quarto. — E lá eles estão dispondo dele! Ai, nada amedronta os imbecis! E desde a manhã de hoje? Ah, sim, Anna Andrêievna! Ah, sim, aqueja monjazinha! Ora, aquela Militrissa não entende nada!

— Que Militrissa?

— Ora, a tal rainha da Terra, o tal ideal! Ah, o que fazer agora?

— Tatiana Pávlovna! — exclamei depois de refletir. — Estávamos dizendo bobagens e esquecendo o principal: vim até aqui justamente para levar Catierina Nikoláeivna e lá estão todos mais uma vez à minha espera.

E expliquei que entregaria o documento contanto que ela apenas desse a palavra de reconciliar-se imediatamente com Anna Andrêievna e até concordasse com o casamento dela...

— Magnífico — interrompeu Tatiana Pávlovna —, e eu mesma repeti isso cem vezes a ela. Ora, ele morrerá antes do casamento, de qualquer forma não se casará, e se vai deixar dinheiro no testamento para ela, Anna, esse dinheiro já foi inscrito e legado...

— Será que Catierina Nikoláievna só lamenta pelo dinheiro?

— Não, ela sempre temeu que o documento estivesse com Anna e eu também. Por isso nós a vigiávamos. A filha não queria deixar o velho abalado, mas o alemãozão Bioring, é verdade, lamentava também pelo dinheiro.

— E depois disso ela pode se casar com Bioring?

— Ora, o que se há de fazer com uma idiota? Uma vez idiota, sempre idiota: "Ora", diz ela, "é preciso me casar com alguém, então seria mais cômodo me casar com ele"; mas veremos como será mais cômodo para ela. Depois, quando cair em si, já será tarde.

— Então, por que a senhora admite? Ora, a senhora gosta dela; a senhora mesma não lhe disse na cara que é apaixonada por ela?

— E sou apaixonada, e a amo mais do que todos vocês juntos, mas mesmo assim ela é uma idiota rematada.

— Então corra agora atrás dela e nós mesmos resolveremos tudo e a levaremos ao pai.

— Mas não posso, não posso, seu bobinho! Essa é a questão! Ah, o que fazer! Ah, estou com nojo! — tornava a agitar-se, pegando o manto com a mão. — Ora, se tivesses aparecido aqui quatro horas antes, mas agora caminhamos para as oito e ainda há pouco ela foi jantar na casa dos Pielischóv e depois foram juntos à ópera.

— Meu Deus, então não seria possível irmos até a ópera?... mas não, não é possível! Então, agora o que será do velho? Porque é possível que morra esta noite!

— Ouve, não vai para lá, vai à casa de tua mãe, pernoita por lá e amanhã cedo...

— Não, por nada deixarei o velho, aconteça o que acontecer.

— E não deixes; ages bem. Quanto a mim, sabes... vou todavia à casa dela e lhe deixo um bilhete... Sabes, escrevo com nossas palavras (ela compreenderá!) que o documento está aqui e amanhã às dez da manhã em ponto deve estar em minha casa — às dez em ponto! Não te preocupes, aparece, aqui as pessoas me obedecem: então resolveremos tudo de uma vez. E tu apela para a astúcia com o velho até onde puderes, põe-no na cama, pode ser que aguente até o amanhecer! Também não assustes Anna; também gosto dela; não és justo com ela porque não consegues compreender a questão: ela está ofendida, desde a infância foi ofendida; arre, vocês todos desabaram em cima de mim! Não te esqueças de te dizer em meu nome que eu mesma assumi essa questão, eu mesma, e de todo o coração, e que ela fique tranquila que seu orgulho não será ofendido... Vê, nos meus últimos dias nós duas nos ofendemos, brigamos demais, nos insultamos... mas espera, mostra-me de novo o bolso... sim, será verdade, será verdade? Oh, será verdade?! Ora, entrega-me esta carta ao menos por uma noite, o que te custa? Deixa aí, não vou comê-la. Porque talvez possas deixá-la cair durante a noite... mudarás de ideia?

— De jeito nenhum! — exclamei —, veja, apalpe, observe, mas de jeito nenhum vou deixar com a senhora!

— Estou vendo que há um papel — apalpou-o. — Ah, está bem, anda, talvez eu vá ao teatro procurá-la, disseste-o bem! Vamos, corre, corre!

— Tatiana Pávlovna, espere, como está mamãe?

— Viva.

— E Andriêi Pietróvitch?

Ela abanou a mão.

— Há de recobrar-se.

Corri animado, esperançoso, embora não tivesse conseguido o que esperava. Mas, ai, o destino determinara outra coisa e outra coisa me esperava — existe realmente fatalidade no mundo!

II

Ainda da escada ouvi um barulho na casa, e a porta do apartamento estava aberta. No corredor, havia um criado desconhecido, de libré. Piotr Hippolítovitch e sua mulher, ambos assustados, sabe-se lá com quê, também estavam no corredor e aguardavam alguma coisa. A porta do quarto do príncipe estava aberta, e de lá se ouvia uma voz tonitruante, que logo reconheci — a voz de Bioring. Eu ainda não conseguira dar dois passos quando súbito vi o príncipe, chorando, trêmulo, arrastado pelo corredor por Bioring e seu acompanhante, o barão R..., aquele mesmo que aparecera para negociar com Viersílov. O príncipe soluçava, abraçava e beijava Bioring. Bioring, por sua vez, gritava com Anna Andrêievna, que também quisera sair para o corredor atrás do príncipe; ele a ameaçava e tenho a impressão de que batia com o pé — em suma, revelava-se um grosseiro soldado alemão, apesar de toda a sua "alta sociedade". Descobriu-se mais tarde que por alguma razão encasquetara que Anna Andrêievna era culpada por algo de teor até criminal e agora deveria forçosamente responder por seu ato, inclusive perante a Justiça. Por desconhecer o caso, exagerava-o, como acontece a muita gente, razão por que já se achava no direito de chegar ao cúmulo da sem-cerimônia. O grave é que ainda não tivera tempo de aprofundar-se no assunto: recebera a respeito uma informação anônima, como depois se verificou (o que mencionarei depois), e investira contra ela ainda naquele estado de um senhor enfurecido, no qual até as pessoas mais espirituosas dessa nacionalidade ficam, às vezes, a ponto de se engalfinharem como ineptos. Anna Andrêievna enfrentara toda essa investida com o mais alto grau de dignidade, mas eu não o testemunhei. Vi apenas que depois de ter posto o velho no corredor, Bioring o deixou de repente nas mãos do barão R... e, voltando-se com ímpeto para Anna Andrêievna, gritou-lhe, provavelmente em resposta a alguma observação dela:

— A senhora é uma intrigante. Precisa do dinheiro dele! A partir deste momento está desonrada perante a sociedade e responderá à Justiça por seu ato!...

— É o senhor que está explorando o coitado do doente e o levou à loucura... e grita comigo porque sou uma mulher e não tenho quem me defenda...

— Ah!, sim, a senhora é a noiva dele, a noiva! — Bioring deu uma gargalhada maldosa e frenética.

— Barão, barão... *Chère enfant, je vous aime*[90] — chorou o príncipe, estendendo as mãos para Anna Andrêievna.

— Vamos, príncipe, vamos, houve um complô contra o senhor, e talvez contra a sua vida! — vociferou Bioring.

---

[90] Em francês, "Querida menina, eu te amo". (N. do T.)

— *Oui, oui, je comprends, j'ai compris au commencement...*[91]

— Príncipe — Anna Andréievna quis levantar a voz —, o senhor me ofende e deixa que me ofendam!

— Fora! — gritou-lhe Bioring de chofre.

Isto eu não pude suportar.

— Canalha! — berrei com ele. — Anna Andrêievna, sou seu defensor!

Aqui não vou nem posso descrever todos os pormenores. Deu-se uma cena terrível e reles, e foi como se de repente eu tivesse perdido o juízo. Parece que arremeti e dei-lhe um murro, pelo menos lhe dei um forte empurrão. Ele também me golpeou com toda a força, na cabeça, de tal modo que caí no chão. Voltando a mim, lancei-me em seu encalço já pela escada; lembro-me de que o sangue me escorria pelo nariz. À entrada, uma carruagem os esperava, e enquanto nela embarcavam o príncipe, corri para a carruagem e, apesar de um criado tentar me afastar, tornei a investir contra Bioring. Aí não me lembro de como apareceu a polícia. Bioring me agarrou pela gola do casaco e ordenou ameaçadoramente ao guarda que me levasse à delegacia. Gritei que ele também devia ir para que se fizesse um boletim de ocorrência, e que ninguém se atrevesse a me prender quase à saída de meu apartamento. Porém, como isso acontecia na rua e não no apartamento, como eu gritava, praguejava e me debatia como um bêbedo, e como Bioring estava fardado, o policial me prendeu. Mas aí fiquei completamente enfurecido e, resistindo com todas as minhas forças, parece que dei até um murro no guarda. Em seguida, lembro-me, mais dois policiais chegaram de supetão e me levaram. Recordo a muito custo que me introduziram numa sala escurecida por fumaça de cigarro, onde havia uma infinidade de pessoas diferentes, sentadas e em pé, esperando e escrevendo; aí também continuei a gritar, exigindo que se fizesse um boletim de ocorrência. O caso, porém, já não se resumia a um boletim, mas se complicava com a inclusão de resistência e revolta contra a autoridade. É, eu estava com uma péssima aparência. Súbito alguém gritou ameaçadoramente comigo. Enquanto isso, o policial me acusava de briga, citava um coronel...

— Seu sobrenome? — gritou alguém para mim.

— Dolgorúki.

— Príncipe Dolgorúki?

Fora de mim, respondi com injúrias indecentíssimas e em seguida... em seguida me lembro de que me arrastaram para um cubículo escuro para "me desembriagar". Oh!, não protesto. Todo mundo leu recentemente nos

---

[91] "Sim, sim, compreendo, compreendi desde o início..." (N. do T.)

jornais a queixa de um senhor que passou a noite inteira na delegacia, acorrentado, e também num quarto para "desembriagar", mas parece que ele era até inocente; eu, porém, era culpado. Desabei na tarimba, na companhia de dois indivíduos que dormiam como mortos. Minha cabeça doía, as têmporas latejavam, o coração palpitava. Eu devia ter perdido a consciência e parece que delirava. Lembro-me apenas de que acordei alta noite e me sentei na tarimba. Num instante lembrei-me de tudo e atinei tudo, e, com os cotovelos sobre os joelhos e a cabeça apoiada nas mãos, mergulhei em profunda meditação.

Oh, não vou descrever meus sentimentos, além do mais me falta tempo, limitando-me a observar o seguinte: é possível que minha alma nunca tenha vivido instantes mais deleitosos do que esses minutos de meditação no meio da noite morta, sentado na tarimba, preso. Isto pode parecer bizarro ao leitor, uma espécie de escrevinhadura, um desejo de brilhar pela originalidade — e no entanto tudo se deu como estou dizendo. Foi um daqueles momentos que acontecem talvez com todo mundo, mas apenas uma vez na vida. Num momento como esse se decide o destino de uma pessoa, define-se sua visão de mundo e diz-se de uma vez por todas: "Eis onde está a verdade e eis aonde se deve ir para consegui-la". Sim, aqueles instantes foram a luz de minha alma. Ofendido pelo arrogante Bioring e esperando no dia seguinte ser ofendido por aquela mulher da alta sociedade, eu sabia demais que podia me vingar deles de forma terrível, mas resolvi não me vingar. Decidi, a despeito de toda a tentação, que não revelaria o documento, que não o levaria ao conhecimento de toda a sociedade (como até já me passava pela mente); repetia para mim mesmo que no dia seguinte poria a carta diante dela e, se fosse preciso, em vez de sua gratidão suportaria até seu sorriso zombeteiro, mas mesmo assim não diria uma palavra e a deixaria para sempre... Pensando bem, não havia por que me estender. Quanto ao que ali viesse a acontecer comigo no dia seguinte, como me levariam à presença das autoridades e o que fariam comigo — nisso eu até quase me esquecera de pensar. Persignei-me com amor, deitei-me na tarimba e adormeci num sereno sono de criança.

Acordei tarde, com o dia já claro.[92] Já estava sozinho no cubículo. Sentei-me e fiquei esperando em silêncio, durante muito tempo, cerca de uma hora; já devia faltar pouco para as nove quando subitamente me chamaram. Eu poderia entrar em detalhes mais profundos, porém não vale a pena, pois agora tudo isso é alheio ao assunto; a mim caberia apenas concluir o essen-

---

[92] Os dias de inverno na Rússia costumam amanhecer bastante escuros. (N. do T.)

cial. Observo apenas que, para minha maior surpresa, fui tratado com uma inesperada cortesia; perguntaram-me sei lá o quê, respondi-lhes não sei o quê, e no mesmo instante me deixaram ir embora. Saí em silêncio, e li com satisfação que nos olhos deles havia até certa surpresa com um homem que, mesmo numa situação como aquela, conseguira não perder a dignidade. Se eu não tivesse observado isso não o anotaria aqui. À porta de saída Tatiana Pávlovna me esperava. Explico em duas palavras por que saí tão facilmente impune daquele episódio.

De manhã cedo, talvez às oito horas, Tatiana Pávlovna se precipitara para minha casa, isto é, para a casa de Piotr Hippolítovitch, ainda esperando encontrar o príncipe lá, e de repente soube de todos os horrores da véspera, e sobretudo que eu estava preso. Num piscar de olhos ela correu à casa de Catierina Nikoláievna (que ainda na véspera, ao voltar do teatro, avistara-se com o pai, que acabavam de trazer para a casa dela), acordou-a, assustou-a e exigiu minha soltura imediata. Munida de um bilhete dela, voou de imediato para a casa de Bioring e, sem perda de tempo, exigiu dele um novo bilhete para "quem de direito", com o encarecidíssimo pedido do próprio Bioring para que me libertassem sem demora, porque eu tinha sido "preso por equívoco". Com esse bilhete ela chegou à delegacia e seu pedido foi atendido.

III

Agora prossigo sobre o essencial.

Tatiana Pávlovna me pegou, meteu-me numa carruagem e me levou para sua casa, mandou preparar imediatamente o samovar e ela mesma me lavou e me limpou na cozinha. Nesta mesma cozinha, disse-me em voz baixa que às onze e meia a própria Catierina Nikoláievna estaria ali em sua casa — como um pouco antes as duas haviam combinado — para um encontro comigo. Mária também ouviu suas palavras. Ao cabo de alguns minutos ela pôs o samovar, e, mais dois minutos depois, quando de repente Tatiana Pávlovna a chamou, não respondeu: havia saído. Isto eu peço ao leitor que observe bem: faltavam, como suponho, quinze para as dez. Embora Tatiana Pávlovna se zangasse com sua saída não autorizada, pensou apenas que ela tivesse ido a alguma venda e por ora esqueceu o assunto. Aliás, não estávamos para isso; falávamos sem parar porque havia de quê, de modo que eu, por exemplo, quase não dei nenhuma atenção ao sumiço de Mária; peço que o leitor se lembre disso.

É claro que eu estava meio estonteado; expunha meus sentimentos e sobretudo esperávamos Catierina Nikoláievna, e a ideia de que dentro de uma hora eu finalmente a encontraria, e ademais num instante tão decisivo de minha vida, fazia-me palpitar e tremer. Por fim, depois que tomei duas xícaras de chá, Tatiana Pávlovna levantou-se de supetão, pegou uma tesoura que estava sobre a mesa e disse:

— Dá-me o teu bolso, precisamos tirar a carta; não é na presença dela que vais cortar isto!

— Sim! — exclamei e desabotoei a sobrecasaca.

— Por que está bagunçado! Quem costurou isto?

— Eu mesmo, eu mesmo, Tatiana Pávlovna.

— Logo se vê que foste tu. Bem, cá está ela...

Retiramos a carta; o velho envelope era o mesmo, mas dentro havia um papel em branco.

— Isto, o que é isto? — exclamou Tatiana Pávlovna, girando-o. — O que há contigo?

Mas eu estava em pé, com a língua presa, pálido... e súbito arriei sem forças na cadeira; palavra que por pouco não desmaiei.

— Ora, o que significa mais isso? — esbravejou Tatiana Pávlovna. — Onde está tua carta?

— Lambert! — levantei-me de um salto, adivinhando e dando uma palmada na testa.

Às pressas e ofegante, expliquei-lhe tudo — a noite em casa de Lambert, e nosso complô de então; aliás, ainda na véspera eu lhe havia explicado esse complô.

— Foi roubada! Foi roubada! — gritava eu, batendo com os pés e puxando os cabelos.

— É uma desgraça! — concluiu de repente Tatiana Pávlovna, compreendendo do que se tratava. — Que horas são?

Eram cerca de onze horas.

— E Mária que não está aqui. Mária, Mária!

— O que deseja, patroa? — prontamente respondeu Mária da cozinha.

— Estás aqui? Mas e agora, o que fazer? Vou dar um pulo até a casa dela... Ai, que molenga, que molenga tu és!

— Eu mesmo vou atrás de Lambert! — vociferei. — Vou estrangulá-lo, se for preciso!

— Patroa! — gritou Mária, da cozinha. — Tem uma fulana aqui perguntando pela senhora...

Ela ainda não terminara de falar quando a própria "fulana" irrompeu com ímpeto na cozinha entre ganidos e lamentos. Era Alfonsinka. Não vou descrever a cena em todos os detalhes; era uma cena de embuste e farsa, mas é preciso notar que Alfonsinka a desempenhou magnificamente. Com um pranto de arrependimento e gestos frenéticos, contou (em francês, está entendido), que a carta fora ela quem a tirara e que agora estava com Lambert, e que este, junto com "esse bandido", *cet homme noir*[93] insistia em atrair à casa dele *madame la générale*[94] e matá-la com um tiro, imediatamente, dentro de uma hora... que ela soubera de tudo através deles mesmos e no mesmo instante ficara com um terrível medo porque os tinha visto com uma pistola, *le pistolet*, e que correra para cá, para a nossa casa, a fim de que fôssemos até lá, que a salvássemos, que preveníssemos... *Cet homme noir...*

Em suma, tudo isso era extremamente verossímil, e até a própria tolice de algumas explicações de Alfonsinka reforçavam a verossimilhança.

— Que *homme noir* é esse? — exclamou Tatiana Pávlovna.

— *Tiens, j'ai oublié son nom... Un homme affreux... Tiens, Versiloff.*[95]

— Viersílov!, não é possível! — vociferei.

— Ah, não, é possível! — ganiu Tatiana Pávlovna. — Mas me diz uma coisa, minha cara, sem pular, sem abanar as mãos; o que é que eles lá estão querendo? Explica direito, minha cara: não posso acreditar que queiram atirar nela...

A "minha cara" explicou assim (N.B.: tudo era mentira, torno a prevenir): Viersílov ficaria sentado atrás da porta, enquanto Lambert lhe mostraria *cette lettre* assim que ela entrasse, e então Viersílov se levantaria de um salto e eles a... *Oh, ils feront leur vengeance.*[96] E ela, Alfonsina, temia uma desgraça porque ela mesma era cúmplice, e *cette dame, la générale*, viria sem falta "agora, agora mesmo, porque eles tinham lhe enviado uma cópia da carta e ela logo veria que eles estavam mesmo de posse do original, então ela iria encontrá-los, mas fora Lambert sozinho quem lhe escrevera a carta e ela não sabia nada sobre Viersílov; Lambert, por sua vez, apresentara-se como uma pessoa vinda de Moscou da parte de uma dama de Moscou (N.B.: de Mária Ivánovna!).

— Ah! que nojo! Estou enojada — exclamou Tatiana Pávlovna.

---

93 Em francês, "Esse homem sinistro". (N. do T.)

94 "Senhora generala." (N. do T.)

95 "Ah, esqueci como se chama... É um homem terrível... Sim, Versiloff." Versiloff é grafia afrancesada de Viersílov. (N. do T.)

96 "Oh, eles cometerão sua vingança." (N. do T.)

— *Sauvez-la, sauvez-la!*[97] — gritava Alfonsinka.

E, de fato, mesmo à primeira vista essa notícia maluca resumia algo de incongruente, mas não havia tempo para refletir porque no fundo tudo era sumamente verossímil. Ainda se poderia supor, e com excepcional verossimilhança, que Catierina Nikoláievna recebera o convite de Lambert, viria primeiro nos procurar, na casa de Tatiana Pávlovna, para esclarecer a questão; mas, por outro lado, isso até podia não acontecer e ela iria direto ao encontro deles, e então estaria perdida! Também era difícil acreditar que ao primeiro chamado ela se precipitasse para Lambert, seu desconhecido; mais uma vez, porém, até isso poderia acontecer por alguma razão, por exemplo, vendo ela a cópia e certificando-se de que eles efetivamente estavam de posse de sua carta, e então a desgraça estaria feita. O mais grave é que não nos restava um pingo de tempo nem para raciocinar.

— Mas Viersílov vai degolá-la! Se ele se rebaixou ao nível de Lambert, ele a degolará! Aí entra o duplo! — exclamei.

— Ah, esse "duplo"! — Tatiana Pávlovna estava inquieta. — Bem, não há nada a fazer — decidiu subitamente —, pega teu chapéu, o casaco e vamos nós. Conduze-nos, minha cara, direto à presença deles. Ah, é longe! Mária, Mária, se Catierina Nikoláievna aparecer, diz-lhe que volto logo e que ela se sente e me espere, e se ela não quiser esperar tranca a porta e a mantém aqui, à força. Diz-lhe que foi assim que ordenei! Cem rublos para ti, Mária, se fizeres por merecer.

Lançamo-nos para a escada. Sem dúvida não era possível pensar nada melhor porque, em todo caso, o mal principal estava na casa de Lambert e, se Catierina Nikoláievna viesse mesmo antes à casa de Tatiana Pávlovna, Mária sempre podia retê-la. Mas Tatiana Pávlovna, já depois de ter chamado um fiacre, mudou de repente de opinião:

— Vai com ela! — ordenou-me, deixando-me com Alfonsinka. — E lá morre, se for preciso, compreendes? Logo irei ao teu encontro, mas primeiro vou dar um pulo até a casa dela, pode ser que a encontre, porque, queiras ou não, tenho cá minhas suspeitas!

E voou para a casa de Catierina Nikoláievna. Eu e Alfonsinka corremos para a casa de Lambert. Eu apressava o cocheiro e ao mesmo tempo continuava a interrogar Alfonsinka, mas Alfonsinka se limitava a exclamações e, por último, a lágrimas. Mas Deus nos guardou e nos protegeu quando tudo estava por um fio. Não tínhamos percorrido um quarto do percur-

---

[97] "Salve-a, salve-a." (N. do T.)

so quando de repente ouvi um grito atrás de mim: chamavam por meu nome. Olhei para trás: era Trichátov que nos alcançava num fiacre.

— Para onde vai? — gritava com um ar espantado —, e com ela, Alfonsinka!

— Trichátov! — gritei-lhe —, você disse a verdade: uma desgraça! Estou indo à casa do patife do Lambert! Vamos juntos, será mais gente!

— Volte, volte agora! — gritou Trichátov. — Lambert está enganando e Alfonsinka também. Foi o bexigoso que me mandou; eles não estão em casa: acabo de deparar com Viersílov e Lambert; foram à casa de Tatiana Pávlovna... neste momento estão lá...

Mandei parar o fiacre e pulei para o de Trichátov. Até hoje não compreendo como pude tomar tão súbita decisão, mas de estalo acreditei nele e de estalo tomei a decisão. Alfonsinka começou a berrar terrivelmente, mas a deixamos lá e até ignoro se deu meia-volta e nos seguiu ou retornou para casa, mas o fato é que não a vi mais.

No fiacre, Trichátov me informou, atrapalhado e ofegante, que havia uma maquinação, que Lambert teria feito um acordo com o bexigoso, mas que o bexigoso o traíra no último minuto e acabara de mandar que ele, Trichátov, fosse à casa de Tatiana Pávlovna com o fim de avisá-la para que não acreditasse em Lambert e Alfonsinka. Trichátov acrescentou que não sabia de mais nada porque o bexigoso nada mais lhe informara por falta de tempo, pois estava apressado e tudo aquilo era urgente. "Vi" — continuou Trichátov — "vocês passarem e corri atrás." Sem dúvida, estava claro que o bexigoso também sabia de tudo, pois mandara Trichátov ir direto à casa de Tatiana Pávlovna; mas isto já era um novo enigma.

Para evitar confusão, antes de descrever a catástrofe explicarei toda a verdade real, e pela última vez ponho o carro diante dos bois.

IV

Depois de roubar a carta, no mesmo instante Lambert juntou-se a Viersílov. Por ora omito como Viersílov foi capaz de unir-se a Lambert; deixo para depois; o essencial aí era o "duplo!". Entretanto, tendo se juntado com Viersílov, Lambert teria de atrair Catierina Nikoláievna com a maior artimanha possível. Viersílov lhe afirmava francamente que ela não viria. Mas Lambert, desde o exato momento em que, ao encontrá-lo na rua na noite da antevéspera, lhe declarara, para fazer fita, que restituiria a carta na casa de Tatiana Pávlovna e na presença de Tatiana Pávlovna —, desde aquele exato momento Lambert organizara uma espécie de espionagem do apartamento de Tatiana Pávlovna: subornara Mária. Dera-lhe vinte rublos e, um dia depois, quando se concretizou o roubo do documento, visitou Mária pela segunda vez e então fez um acordo definitivo com ela, prometendo-lhe duzentos rublos pelos seus serviços.

Eis por que Mária, mal acabara de ouvir que às onze e meia Catierina Nikoláievna estaria em casa de Tatiana Pávlovna e que eu também estaria, saíra de supetão e correra de fiacre para levar a notícia a Lambert. Era justo o que devia comunicar a Lambert — e nisso consistiam seus serviços. Nesse exato momento Viersílov estava em casa de Lambert. Num instante armou essa combinação dos infernos. Dizem que em certos momentos os loucos são terrivelmente ladinos.

A combinação consistia em nos atrair, nós dois, eu e Tatiana, para fora do apartamento a qualquer custo, ainda que fosse por um quarto de hora, mas antes da chegada de Catierina Nikoláievna. Em seguida esperar na rua e, tão logo eu e Tatiana Pávlovna saíssemos, correr para o apartamento que Mária lhes abriria e ficar esperando Catierina Nikoláievna. Ao mesmo tempo, Alfonsinka devia usar de todas as forças para nos reter onde e como quisesse. Catierina Nikoláievna, por sua vez, devia, como prometera, chegar às onze e meia, esperando, sem falta, o dobro do tempo que podíamos levar para retornar. (É lógico que Catierina Nikoláievna não havia recebido nenhum convite de Lambert e que Alfonsinka mentira, e eis que fora justo essa a coisa que Viersílov inventara em todos os detalhes, restando a Alfonsinka representar o papel de traidora assustada.) É claro que eles se arriscavam, mas seu raciocínio era correto: "Se der certo estará bem, se não der certo ainda não se perderá nada porque, apesar de tudo, o documento está em nossas mãos". Mas a coisa deu certo, e, aliás, não poderia deixar de dar porque não tínhamos outra opção além de correr atrás de Alfonsinka com base naquela suposição: "E se tudo for verdade?". Torno a repetir: não havia tempo para raciocinar.

V

Eu e Trichátov entramos correndo na cozinha e encontramos Mária assustada. Estava impressionada porque, ao dar entrada a Lambert e Viersílov, súbito notou um revólver na mão de Lambert. Embora tivesse recebido dinheiro, o revólver não entrara absolutamente em seus cálculos. Estava perplexa e, mal me avistou, precipitou-se para mim:

— A generala chegou, e eles estão com uma pistola.

— Trichátov, espera aqui na cozinha — ordenei —, e assim que eu gritar corre a toda para me ajudar.

Mária me abriu a porta que dava para um corredorzinho e eu deslizei para o dormitório de Tatiana Pávlovna — para aquele mesmo cubículo no qual só cabia a cama de Tatiana Pávlovna e onde uma vez eu escutara a conversa sem querer. Sentei-me na cama e no mesmo instante procurei uma brecha no reposteiro.

Mas lá dentro já havia ruído e falavam alto; observo que Catierina Nikoláievna entrara no apartamento exatamente um minuto depois deles. Ainda da cozinha eu ouvira o ruído e o murmúrio de vozes; Lambert gritava. Ela estava sentada no divã e ele, em pé à sua frente, gritava como um imbecil. Hoje sei por que ele ficara tão apatetadamente desnorteado: tinha pressa e temia que os pegassem em flagrante; depois explico quem mesmo ele temia. Estava com a carta na mão. Mas Viersílov não se encontrava no recinto; preparei-me para me lançar ante o primeiro perigo. Vou transmitir apenas o sentido das falas, talvez não tenha guardado muita coisa na memória, pois naquele momento eu estava inquieto demais para memorizar tudo com a máxima exatidão.

— Esta carta vale trinta mil rublos e a senhora se surpreende! Ela vale cem mil e eu estou pedindo apenas trinta! — proferiu Lambert em voz alta e terrivelmente exaltado.

Catierina Nikoláievna, embora fosse visível o seu susto, olhava-o, não obstante, com uma espécie de surpresa desdenhosa.

— Vejo que aqui foi armada uma cilada e não estou compreendendo nada — disse ela —, mas se essa carta estiver de fato com o senhor...

— Sim, aqui está, a senhora mesma está vendo! Por acaso não é a própria? Trinta mil numa promissória e nenhum copeque a menos! — interrompeu-a Lambert.

— Não tenho dinheiro.

— Assine uma promissória; eis aqui um papel. Em seguida a senhora sai e consegue o dinheiro, enquanto isso ficarei esperando, mas apenas uma semana... e só. A senhora traz o dinheiro, eu lhe entrego a promissória e a carta também.

— O senhor fala comigo num tom muito terrível. Está enganado. Hoje mesmo lhe tiram esse documento se eu for a algum lugar e der queixa.

— A quem? Ah-ah-ah! Mas vai sair um escândalo e mostraremos a sua carta ao príncipe! Onde vão tomá-la? Não conservo documentos em meu apartamento. Por meio de uma terceira pessoa mostro-a ao príncipe. Não seja teimosa, senhora, agradeça por eu ainda não estar pedindo muito, pois outro, além do dinheiro, ainda pediria serviços... a senhora sabe quais... que nenhuma mulher bonita se negaria a prestar em circunstâncias constrangedoras, daquele tipo... Eh-eh-eh. *Vous êtes belle, vous!*[98]

Catierina Nikoláievna levantou-se num ímpeto, toda vermelha, e... cuspiu-lhe na cara. Em seguida quis tomar rapidamente a direção da porta. Foi então que o imbecil do Lambert sacou o revólver. Como um imbecil limitado, acreditava cegamente no efeito do documento, ou seja, sobretudo não percebeu com quem estava lidando justo porque, como eu já disse, achava que todos tinham os mesmos sentimentos torpes que ele. À primeira palavra ele a irritou com sua grosseria, e é possível que ela não se furtasse a uma transação em dinheiro.

— Não se mexa! — berrou ele enfurecido com a cusparada, agarrando-a pelo ombro e mostrando o revólver, claro que para amedrontá-la. Ela deu um grito e arriou no divã. Irrompi no recinto; mas no mesmo instante Viersílov embarafustou pela porta que dava para o corredor. (Ele estava ali e aguardava.) Sem que eu tivesse tempo de piscar um olho, ele tomou o revólver de Lambert e, com ele, deu-lhe uma pancada com toda força na cabeça. Lambert cambaleou e caiu sem sentidos; o sangue jorrou de sua cabeça para o tapete.

Ao ver Viersílov, de repente ela ficou branca como papel; por alguns instantes olhou para ele imóvel, com um pavor inexprimível, e súbito desmaiou. Ele se precipitou para ela. É como se neste momento aquilo tudo me surgisse num quadro fugidio. Lembro-me de como, assustado, vi naquele instante seu rosto vermelho, quase rubro, e os olhos injetados de sangue. Penso que, embora ele tivesse me notado no recinto, pareceu não me reconhecer. Ele a agarrou, desmaiada, com uma força incrível a ergueu em seus braços, como uma pluma, e num gesto absurdo pôs-se a carregá-la pelo quarto como se fosse uma criança. O quarto era minúsculo, mas ele vagueava de um canto a outro, e era visível que não atinava no que fazia. Num lapso de instante perdeu o juízo. Contemplava sem parar o rosto dela. Eu me precipitava atrás dele e temia sobretudo o revólver que ele esquecera na mão direita e segurava ao lado da cabeça dela. Mais uma vez ele me afastou com o cotovelo e depois com o pé. Eu quis gritar para Trichátov, mas temi irritar o louco. Por fim afastei de repente o reposteiro e passei a lhe implorar que a pusesse na cama. Ele foi até a cama e a depositou, mas ficou em pé, ao lado dela, olhou-a fixamente por um minuto e, inclinando-se de súbito, bei-

---

[98] "Você é bonita, você!" (N. do T.)

jou duas vezes seus lábios pálidos. Oh, enfim compreendi que aquilo era um homem já totalmente fora de si. Súbito brandiu o revólver na direção dela, mas, como se tivesse se apercebido do que fazia, girou o revólver e apontou para o rosto dela. Num piscar de olhos agarrei com toda a força a mão dele e gritei para Trichátov. Lembro-me: nós dois lutamos com ele, mas ele conseguiu libertar a mão e atirar em si mesmo. Quis atirar nela e depois em si mesmo. Mas impedimos que ele a matasse; fixara o revólver direto no coração, porém consegui desviar sua mão para o alto e a bala lhe atingiu o ombro. Nesse instante Tatiana Pávlovna irrompeu aos gritos; mas ele já estava estirado no tapete sem sentidos, ao lado de Lambert.

CAPÍTULO XIII (CONCLUSÃO)

I

Hoje já temos quase meio ano transcorrido depois daquela cena e desde então muita coisa se passou, muita coisa mudou completamente, e há muito tempo começou para mim uma nova vida... Contudo, vou liberar também o leitor.

Ao menos para mim, a primeira pergunta que então cabia e continuou cabendo muito tempo depois era: como Viersílov fora capaz de unir-se a um tipo como Lambert, e que objetivo tinha em vista? Pouco a pouco cheguei a uma explicação: a meu ver, naqueles momentos, isto é, durante todo aquele último dia e na véspera, Viersílov não podia ter absolutamente nenhum objetivo firme, e inclusive, acho eu, não raciocinava na ocasião e estava sob o efeito de um turbilhão de sentimentos. De resto, bem, rejeito de modo categórico que fosse um louco de verdade, ainda mais porque também agora ele nada tem de louco. Mas o "duplo" eu admito como indubitável. O que é, no fundo, um duplo? Pelo menos segundo um livro de medicina de um especialista, que depois li a propósito, duplo não é senão o primeiro degrau de um distúrbio mental já sério, que pode acarretar um final bastante mau. Ademais, durante aquela cena transcorrida em casa de mamãe, o próprio Viersílov nos esclareceu aquele "desdobramento" dos seus sentidos e da sua vontade com uma sinceridade terrível. Entretanto, torno a repetir: aquela cena em casa de mamãe, com aquela imagem partida, ocorreu, indiscutivelmente, ao menos sob a influência de um verdadeiro duplo; mas desde então sempre me passou de relance pela cabeça que, em parte, ali houve certa alegoria malévola, uma espécie de ódio às esperanças daquelas mulheres, certa maldade com seus direitos e seu julgamento, e então ele pegou e quebrou aquela imagem meio a meio com o duplo! "Pois, sabe como é, nossas esperanças também se partem!" Numa palavra, se houve mesmo um duplo, também houve simplesmente um capricho absurdo... Mas tudo isso é apenas uma hipótese minha; resolvê-la ao certo, porém, será difícil.

É verdade que, apesar do endeusamento de Catierina Nikoláievna, ele sempre teve arraigada a mais sincera e profunda descrença em suas qualidades morais. Penso como certo que naquela ocasião, ali atrás da porta, ele apenas esperava que ela se humilhasse perante Lambert. Mas será que ele queria isso, até mesmo se o esperasse? Torno a repetir: acredito firmemente que ele não queria nada e sequer raciocinava. Apenas queria estar ali, irromper depois, dizer a ela alguma coisa ou talvez — talvez até ofendê-la, talvez até matá-la... Tudo podia acontecer; só que, ao chegar com Lambert, ele não sabia nada do que iria acontecer. Acrescento que o revólver era de Lambert e que ele mesmo viera desarmado. Vendo, porém, a orgulhosa dignidade dela e, sobretudo, não suportando ver o canalha do Lambert ameaçá-la, ele irrompeu e depois perdeu o juízo. Será que quisera matá-la naquele instante? A meu ver ele mesmo não o sabia, mas na certa a teria matado se nós não tivéssemos lhe desviado o braço.

Seu ferimento não fora mortal e sarou, mas ele passou bastante tempo acamado — em casa de mamãe, é claro. Agora, quando escrevo estas linhas, lá fora é primavera, estamos em meados de maio, o dia está lindo e nossas janelas abertas. Mamãe está sentada a seu lado; ele lhe afaga as faces e os cabelos com a mão e olha bem para os olhos dela com enternecimento. Oh, isso é apenas metade do antigo Viersílov; ele já não se afasta da companhia de mamãe nem se afastará nunca mais. Até ganhou o "dom das lágrimas", como se exprimiu o inesquecível Makar Ivánovitch em sua história sobre o comerciante; aliás, tenho a impressão de que Viersílov viverá muito. Conosco ele é hoje simples e sincero como uma criança, sem, entretanto, perder a medida nem a discrição, nem falar demais. Manteve toda a sua inteligência e toda a sua índole moral, e tudo que havia nele de ideal evidenciou-se ainda mais. Digo francamente que nunca o amei tanto como agora, e lamento não ter nem tempo nem espaço para falar mais sobre ele. Se bem que vou contar uma anedota recente (ah, elas existem em profusão): ao chegar a Páscoa ele já se havia recuperado e na sexta semana anunciou que iria jejuar.[99] Já fazia uns trinta anos ou mais que não jejuava, acho eu. Mamãe estava contente; pôs-se a preparar os pratos de jejum, aliás, bastante caros e refinados. Às segundas e terças-feiras eu o ouvia do quarto ao lado cantar o "O noivo está chegando"[100] — e extasiava-se com o canto e o versículo. Durante esses dois dias, várias vezes ele falou muito bem sobre religião; mas na quarta-feira o jejum cessou de repente. Algo o irritara de uma hora para outra,

[99] O narrador usa o verbo *govet*, que significa jejuar como preparativo para a confissão e a comunhão. (N. do T.)

[100] Tradicional recitativo da Igreja Ortodoxa russa, utilizado na liturgia da Semana Santa. (N. do T.)

algum "contraste engraçado", como se exprimiu sorrindo. Ele se desgostou com alguma coisa da aparência do padre, do ambiente; tão logo retornou, porém, disse com um sorriso baixinho: "Meus amigos, amo muito Deus, mas não tenho capacidade para isso". No mesmo dia já foi servido rosbife no almoço. Mas sei que mamãe hoje fica amiúde sentada a seu lado, e com uma voz baixa e um sorriso sereno põe-se a conversar com ele sobre coisas às vezes as mais distantes: ficou de repente meio *ousada* diante dele, mas como isso aconteceu não sei. Senta-se a seu lado e lhe fala o mais das vezes cochichando. Ele a ouve sorrindo, afaga-lhe os cabelos, beija-lhe as mãos e a mais plena felicidade irradia-se em seu rosto. Às vezes ele tem uns ataques, quase histéricos. Então pega a foto dela, aquela mesma que naquela noite beijou, fica olhando para ela entre lágrimas, beija-a, rememora coisas, chama todos nós para sua companhia, mas em tais momentos fala pouco... Quanto a Catierina Nikoláievna, parece que ele a esqueceu por completo e não mencionou seu nome uma única vez. E sobre seu casamento com mamãe ainda não se disse nada em nossa casa. Quiseram levá-lo ao estrangeiro no verão; mas Tatiana Pávlovna insistiu para que não o levassem e, ademais, ele mesmo não quis. Eles vão passar o verão na casa de campo, num distrito de Petersburgo. Aliás, por enquanto todos nós vivemos à custa de Tatiana Pávlovna. Uma coisa acrescento: fico por demais triste porque ao longo destes escritos permiti-me amiúde me referir a essa pessoa de modo desrespeitoso e arrogante. Porém, escrevi imaginando-me como exatamente fui em cada um daqueles minutos que descrevi. Ao concluir os escritos e assinar a última linha, senti de chofre que reeduquei a mim mesmo justo no processo de memorização e registro. Renego muito do que escrevi, sobretudo o tom de algumas frases e páginas, no entanto não vou apagar nem corrigir uma única palavra.

Afirmei que ele não disse uma única palavra sobre Catierina Nikoláievna; penso até que talvez tenha se curado em definitivo. Às vezes só eu e Tatiana Pávlovna falávamos de Catierina Nikoláievna, e ainda assim em segredo. Agora Catierina Nikoláievna está no exterior; nós nos vimos na hora de sua partida e estive com ela várias vezes. Do estrangeiro já recebi dela duas cartas e as respondi. Contudo, sobre o conteúdo das nossas cartas e do que dissemos ao nos despedirmos na hora da partida, eu silencio: essa já é outra história, uma história completamente *nova*, e talvez até ainda toda situada no futuro. Silencio sobre algumas coisas inclusive com Tatiana Pávlovna; mas basta. Acrescento apenas que Catierina Nikoláievna está solteira e viaja com os Pielischóv. Seu pai morreu e ela é a mais rica das viúvas. Neste momento está em Paris. Seu rompimento com Bioring aconteceu de forma rápida e por si mesmo, isto é, com a máxima naturalidade. Pensando bem, vou falar sobre isso.

Na manhã daquela terrível cena, o bexigoso, aquele mesmo com quem Trichátov e seu amigo foram morar, conseguiu informar Bioring sobre o iminente delito. A coisa aconteceu assim: Lambert acabara conseguindo convencê-lo a participar com ele e, tendo-se então apoderado do documento, comunicou-lhe todos os detalhes e circunstâncias do empreendimento e, enfim, o último detalhe do seu plano, isto é, aquela combinação maquinada por Viersílov para enganar Tatiana Pávlovna. Mas no momento decisivo o bexigoso preferiu trair Lambert, por ser o mais sensato de todos e prever nos projetos deste a possibilidade de um crime. A questão central: ele considerou o agradecimento de Bioring bem mais certo do que o plano fantástico de um Lambert inábil, além de cabeça quente, e de um Viersílov quase enlouquecido de paixão. Tudo isso vim a saber mais tarde através de Trichátov. De resto, não conheço nem compreendo as relações de Lambert com o bexigoso e por que Lambert não pôde passar sem ele. Entretanto, o mais curioso para mim é a seguinte questão: por que Lambert precisou de Viersílov quando ele, Lambert, já tendo em mãos o documento, poderia dispensar totalmente a sua ajuda? Hoje a resposta está clara para mim: Viersílov lhe era necessário primeiro porque conhecia as circunstâncias e, sobretudo, ele precisava de Viersílov para, na eventualidade de um alvoroço ou de alguma desgraça, jogar sobre ele toda a responsabilidade. E uma vez que Viersílov não precisava de dinheiro, Lambert até achou essa ajuda nada descartável. No entanto, Bioring não conseguiu chegar a tempo naquele momento. Chegou uma hora depois do tiro, quando o apartamento de Tatiana Pávlovna já estava com um aspecto bem diferente. Ou seja: uns cinco minutos depois de Viersílov cair ensanguentado no tapete, soergueu-se e levantou-se Lambert, que todos nós considerávamos morto. Ele olhou admirado ao redor, atinou rapidamente a situação e saiu para a cozinha sem dizer palavra, lá pôs o casaco e desapareceu para sempre. Deixou o "documento" sobre a mesa. Ouvi dizer que não ficara sequer doente, limitando-se a um pequeno achaque; a pancada de revólver o deixara aturdido e provocara perda de sangue, sem produzir mais nenhum mal. Enquanto isso Trichátov já correra para chamar um médico; mas, antes da chegada do médico, Viersílov também voltou a si e, ainda antes de Viersílov, Tatiana Pávlovna fizera Catierina Nikoláievna voltar a si e conseguira levá-la para a casa dela. Assim, quando Bioring chegou correndo ao apartamento de Tatiana Pávlovna, lá só estávamos eu, o médico, o combalido Viersílov e mamãe, que ainda se encontrava doente mas correra para ele fora de si, chamada pelo mesmo Trichátov. Bioring observou perplexo o ambiente e, tão logo soube que Catierina Nikoláievna fora embora, tomou no mesmo instante a direção da casa dela sem dizer ali uma única palavra.

Estava embaraçado; via com clareza que agora o escândalo e a divulgação eram inevitáveis. Contudo, não houve um grande escândalo, mas apenas boatos. Não foi possível ocultar o tiro — isso é verdade; porém toda a história principal, em sua real essência, permaneceu quase desconhecida. A investigação apurou apenas que um tal de V., homem apaixonado, e ademais de família e quase cinquentão, ao explicar, no desvario da paixão, esse seu sentimento a uma criatura digna de supremo respeito, mas que não partilhava em absoluto dos sentimentos dele, tivera um ataque de loucura e atirara contra si próprio. Nada mais veio à tona e assim a notícia penetrou nos jornais através de boatos sombrios, sem nomes próprios, apenas com as iniciais dos sobrenomes. Sei pelo menos que Lambert, por exemplo, não sofreu nenhum constrangimento. Ainda assim, Bioring, que sabia a verdade, levou um susto. E eis que, como de propósito, dois dias antes da tal catástrofe ele conseguira de repente tomar conhecimento do encontro que Catierina Nikoláievna tivera, olho no olho, com seu apaixonado Viersílov. Isto o fez estourar e ele, de modo bastante imprudente, permitiu-se observar a Catierina Nikoláievna que depois disso já não o surpreendia que pudessem acontecer com ela essas histórias fantásticas. Incontinente, Catierina Nikoláievna deu-lhe o fora, sem ira, mas também sem vacilações. Toda a sua supersticiosa opinião sobre um casamento sensato com esse homem desapareceu como fumaça. É possível que muito tempo antes ela já o tivesse percebido, mas também pode ser que depois do abalo experimentado houvessem mudado de uma hora para outra algumas de suas concepções e sentimentos. Mas torno a silenciar. Acrescento apenas que Lambert foi para Moscou e ouvi dizer que lá havia sido apanhado em alguma coisa. Quanto a Trichátov, perdi-o de vista há muito tempo, desde aqueles idos, por mais que procure encontrar pistas suas até hoje. Sumiu depois da morte de seu amigo "*le grand dadais*": este se suicidou.

II

Menciono a morte do velho príncipe Nikolai Ivánovitch. Aquele bondoso e simpático velhote morreu logo depois daquele incidente, mas, não obstante, um mês inteiro depois — morreu à noite, na cama, de um ataque de nervos. Desde aquele dia que ele passara em meu apartamento não o vi mais. Dizem que durante esse mês ele se tornara incomparavelmente mais sensato, até mais severo, perdera o medo, deixara de chorar e inclusive não dissera nenhuma vez em todo esse tempo uma única palavra sobre Anna Andrêievna. Todo o seu amor se voltara para a filha. Certa vez, uma semana antes de sua morte, Catierina Nikoláievna lhe sugeriu mandar me chamar para distraí-lo, mas ele até franziu o cenho. Comunico esse fato sem quaisquer explicações. A fazenda dele estava em ordem e, além disso, aparecera um capital considerável. Até um terço desse capital, segundo o testamento deixado pelo velho, foi dividido entre seus inúmeros camponeses; contudo, todo mundo achou estranhíssimo que nesse testamento não tivesse havido uma única menção a Anna Andrêievna: seu nome fora omitido. Mas eis o que, não obstante, é de meu conhecimento como fato mais que fidedigno: apenas alguns dias antes da morte, o velho, tendo chamado a filha e seus amigos Pielischóv e o príncipe V., ordenou que, em vista de sua morte iminente, Catierina Nikoláievna destinasse sem falta sessenta mil rublos desse capital a Anna Andrêievna. Ele manifestou sua vontade de forma precisa, clara e sucinta, sem se permitir uma única exclamação e nenhum esclarecimento. Depois de sua morte, e quando as coisas já estavam esclarecidas, Catierina Nikoláievna levou ao conhecimento de Anna Andrêievna, através de seu encarregado, que ela podia receber esses sessenta mil quando o quisesse; mas Anna Andrêievna recusou a proposta com secura e sem mais palavras: recusou-se a receber o dinheiro, apesar de todas as asseverações de que esta era a vontade real do príncipe. Até hoje o dinheiro ainda continua à sua espera, e até agora Catierina Nikoláievna continua com a esperança de que ela mude de opinião: mas isto não vai acontecer e o sei ao certo porque agora sou um dos amigos mais íntimos de Anna Andrêievna. Sua recusa provocou certo burburinho e deu o que falar. Sua tia, a Fanariótova, que de início ficara desgostosíssima com o escândalo envolvendo o velho príncipe, súbito mudou de opinião, e depois que ela recusou o dinheiro declarou-lhe em tom solene a sua estima. Em compensação, seu irmão rompeu com ela de forma definitiva. Porém, embora eu visite Anna Andrêievna com frequência, não digo que tenhamos entrado em grandes intimidades; ao passado não fazemos nenhuma menção; ela me recebe de muito bom grado, mas fala comigo de um jeito meio abstrato. Por outro lado, declarou-me com firmeza que irá forçosamente para um convento; isso aconteceu há pouco tempo; mas não acredito nela e acho que isso é apenas uma expressão amarga.

Mas expressão amarga, amarga de verdade, é a que tenho a emitir em particular sobre minha irmã Liza. Isso sim é que é desgraça; ora, o que significam meus fracassos diante do seu amargo destino! A coisa começou quando o príncipe Serguiêi Pietróvitch não se recuperou e morreu no hospital antes de ser julgado. Finou-se ainda antes do príncipe Nikolai Ivánovitch. Liza ficou sozinha esperando um filho. Não chorou e até pareceu tranquila; tornou-se dócil, humilde; mas foi como se todo o antigo ardor de seu coração tivesse sido sepultado de vez em algum recanto do seu ser. Ajudava mamãe com humildade, cuidava do doente Andriêi Pietróvitch, mas se tornara terrivelmente taciturna, não olhava para ninguém nem para nada, como se tudo lhe fosse indiferente, como se apenas passasse ao largo. Quando Viersílov melhorou, ela passou a dormir muito. Cheguei a lhe trazer livros, mas ela não os lia; começou a emagrecer demais. Eu não me atrevia a tentar consolá-la, embora a procurasse justo com essa intenção; mas em sua presença não encontrava jeito de me achegar a ela, e aliás faltavam-me palavras para entabular uma conversa sobre isso. Assim continuou até um terrível incidente: ela caiu da nossa escada, não de uma altura representativa, mas de apenas três degraus, no entanto abortou e passou quase o inverno inteiro doente. Agora já deixou a cama, mas sua saúde foi afetada por muito tempo. Continua taciturna conosco e pensativa, mas começou a conversar aos poucos com mamãe. Durante todos esses últimos dias tem feito um sol de primavera claro, alto, e sempre mantive na lembrança aquela manhã ensolarada em que nós dois, no outono passado, caminhamos pela rua alegres e esperançosos e amando um ao outro. Caramba, o que restou depois daquilo? Não me queixo, para mim começou uma vida nova, mas, e ela? Seu futuro é um enigma, e neste momento não consigo nem olhá-la sem sentir dor.

Umas três semanas atrás eu, apesar de tudo, consegui interessá-la com uma notícia sobre Vássin. Enfim ele foi libertado e posto em completa liberdade. Esse homem sensato deu, segundo dizem, os mais precisos esclarecimentos e as mais interessantes informações, que o absolveram plenamente na opinião das pessoas de quem dependia o seu destino. Ademais, verificou-se que seu famigerado manuscrito não passava de uma tradução feita do francês, por assim dizer, de matéria que ele havia reunido apenas para si, com a intenção de depois aproveitá-la para escrever um artigo útil para uma revista. Agora ele foi para a província V., mas seu padrasto Stebielkóv até hoje continua preso com base num processo que, como ouvi dizer, só aumenta e se complica com o passar do tempo. Liza ouviu a notícia sobre Vássin com um estranho sorriso e até observou que era isso que forçosamente teria de acontecer com ele. Mas era visível que estava satisfeita — claro que pelo fato de que a interferência do falecido príncipe Serguiêi Pietróvitch não prejudicara Vássin. Sobre Diergatchóv e os outros não posso informar nada.

[illegible]

[illegible]

[illegible]

Terminei. Talvez algum leitor goste de saber: o que foi feito de "minha ideia" e o que significa essa minha vida nova que está começando e que anunciei de forma tão enigmática? Mas essa vida nova, esse caminho novo que se abriu diante de mim é minha própria "ideia", aquela mesma antiga, mas agora com uma forma absolutamente distinta, de modo que já nem dá mais para reconhecê-la. Entretanto, nada disso pode mais fazer parte de meus *Escritos* porque já é algo em tudo diferente. A antiga vida passou por completo e a nova mal está começando. Acrescento, porém, o indispensável: Tatiana Pávlovna, minha amiga sincera e amada, me importuna quase todos os dias, exortando-me a ingressar sem falta e o mais breve possível na universidade: "Depois, quando concluíres os teus estudos, verás o que fazer, mas agora conclui teus estudos". Confesso que estou refletindo sobre sua proposta, mas não sei em absoluto o que resolver. Por outro lado, objetei-lhe que neste momento não tenho nem o direito de estudar porque devo trabalhar para manter mamãe e Liza; no entanto, ela oferece seu dinheiro para isso e assegura que ele basta para me manter até o fim da universidade. Enfim, resolvi pedir a sugestão de um homem. Depois de examinar ao meu redor, fiz a opção minuciosa e crítica por uma pessoa: Nikolai Semiónovitch, meu ex-educador em Moscou e marido de Mária Ivánovna. Não que eu necessitasse de fato de algum conselho: mas tive simplesmente o irresistível desejo de ouvir a opinião desse egoísta totalmente alheio e até um pouco frio, mas homem de uma inteligência indiscutível. Enviei-lhe meu manuscrito pedindo segredo, porque ainda não o havia mostrado a ninguém e muito menos a Tatiana Pávlovna. O manuscrito me foi devolvido duas semanas depois de enviado e acompanhado de uma carta bastante longa. Insiro apenas alguns trechos dessa carta, por encontrar neles uma concepção comum e algo como que esclarecedor. Eis os trechos.

III

"... Você, inesquecível Arkadi Makárovitch, nunca poderia usar seu ócio temporário com mais utilidade do que agora, ao produzir esses seus *Escritos*! Deu, por assim dizer, uma explicação consciente de seus primeiros e tempestuosos passos pela escada da vida. Tenho a firme convicção de que com essa exposição você pôde de fato 'reeducar a si mesmo', como você mesmo se exprimiu. Não me permito nem as mínimas observações propriamente críticas, é claro, embora cada página me infunda reflexões... por exemplo, o fato de você ter guardado o 'documento' consigo por tanto tempo e com tanta obstinação é por demais característico... Mas esta é apenas uma observação que me permiti entre centenas. Também aprecio muito que você tenha decidido comunicar e, pelo visto, só a mim, o 'segredo de sua ideia', segundo expressão sua. Mas quanto ao seu pedido para que eu lhe dê minha opinião específica sobre essa ideia, devo recusá-lo terminantemente: em primeiro lugar, ela não caberia em uma carta e, em segundo, eu mesmo não estou preparado para uma resposta e ainda preciso digerir o assunto. Observo apenas que sua 'ideia' se distingue pela originalidade, enquanto os jovens da geração atual atiram-se mais amiúde para ideias que não criaram mas foram previamente dadas e cujo acervo é bastante pequeno e amiúde perigoso. Sua 'ideia', por exemplo, o resguardou ao menos temporariamente das ideias do senhor Diergatchóv e companhia, sem dúvida não tão originais como a sua. E, por último, concordo no máximo grau com a opinião da prezada Tatiana Pávlovna que, embora eu tenha conhecido pessoalmente, não estive até hoje em condições de apreciar até onde ela merece. Sua ideia de que você ingresse na universidade é benéfica no mais alto grau para você. No espaço de três a quatro anos a ciência e a vida, sem dúvida, descortinarão com amplitude ainda maior os horizontes das suas ideias e suas aspirações, e, se depois de concluir a universidade você desejar retomar a sua 'ideia', nada poderá obstaculizá-lo.

Agora me permita a mim mesmo, e já sem seu pedido, expor-lhe com franqueza algumas ideias e impressões que me vieram à mente e à alma durante a leitura de seus escritos tão francos. Sim, concordo com Andriêi Pietróvitch em que poderíamos de fato temer por você e por sua juventude *solitária*. Não há poucos jovens como você, e suas potencialidades sempre ameaçam mesmo desenvolver-se para pior — ou no sentido do servilismo de Moltchálin[101] ou de um desejo oculto de desordem. Mas esse desejo de desordem se deve — até com maior frequência — talvez a uma secreta sede de ordem e 'beleza' (estou usando palavra sua)? A juventude já é pura por ser juventude. É possível que em tão incipientes ímpetos de loucura se encerre justamente essa sede de ordem e essa busca da verdade, e também quem é culpado de que alguns jovens de hoje vejam essa verdade e essa ordem em coisas tão estúpidas e ridículas que a gente nem entende como foram capazes de acreditar nelas! Observo a propósito que antes, num passado bastante próximo, no espaço de apenas uma geração, até se podia não lamentar tanto por esses interessantes jovens, pois naqueles idos eles sempre acabavam

---

[101] Referência a Aleksiêi Stiepánovitch Moltchálin, personagem da peça *A desgraça de ter espírito*, de Griboiédov. (N. do T.)

juntando-se com êxito ao nosso segmento superior cultivado e fundindo-se com ele em um todo. E se, por exemplo, no início de sua caminhada eles tinham consciência de tudo o que havia neles de desordeiro e casual, de toda a ausência de nobreza pelo menos em seu ambiente familiar, da ausência de uma lenda familiar e de formas belas acabadas, isso ainda era melhor porque depois eles mesmos buscavam conscientemente essas coisas e assim aprendiam a apreciá-las. Hoje a questão já é um pouco diferente, justo porque quase não há mais nada a que uma pessoa possa se unir.

Esclareço a questão através de uma comparação ou, por assim dizer, de uma equiparação. Se eu fosse um romancista russo e tivesse talento, forçosamente iria buscar os heróis dos meus romances na nobreza russa de linhagem, porque só nesse tipo de russos cultos é possível ao menos alguma aparência de ordem bela e impressão bela tão indispensável num romance para que o leitor sinta o efeito do garbo. Não estou nem um pouco brincando ao dizer isso, embora eu mesmo não tenha nada de nobre, o que, aliás, você mesmo sabe. Foi Púchkin quem traçou os enredos dos seus futuros romances sobre as 'Lendas de uma família russa';[102] acredite, aí realmente estaria tudo o que até hoje tivemos de belo. Pelo menos tudo o que havia entre nós com um mínimo de acabamento. Não digo isso por já estar incondicionalmente de acordo com a exatidão e a veracidade dessa beleza; mas aí, por exemplo, já havia formas consumadas de honra e dever, o que, a não ser na nobreza, não só inexiste em forma consumada em toda a Rússia como sequer teve início em nenhuma de suas partes. Falo como um homem tranquilo e que busca a tranquilidade.

Se essa honra é boa e esse dever é verdadeiro, já é uma questão secundária; contudo, o essencial para mim é exatamente o caráter consumado dessas formas e ao menos alguma ordem, e não mais prescrita, porém uma ordem enfim vivenciada por nós mesmos. Meu Deus, ao menos alguma ordem finalmente nossa é justo o mais importante. Era nisso que consistia a esperança e, por assim dizer, o repouso. Que tenhamos enfim ao menos alguma coisa construída e não essa eterna ruptura, e não esses cavacos voando para todos os lados, não esse lixo e esses detritos que há duzentos anos não têm dado em nada.[103]

---

102 Alusão ao capítulo III de *Ievguêni Oniéguin*, no qual Púchkin anuncia sua intenção de escrever um romance em que mesclaria as lendas de uma família russa, os sonhos cativantes do amor e as verdades da Antiguidade russa. (N. do T.)

103 Reflexo de um dos aspectos da crítica de Dostoiévski às reformas de Pedro, o

Não me acuse de filoeslavismo;[104] falei apenas por falar, movido pela misantropia, pois sinto um peso no coração! De um tempo recente para cá, vem ocorrendo entre nós algo bem oposto ao que acabo de apresentar. Já não são os detritos que aderem à camada superior de homens, são, ao contrário, fragmentos e pedaços que se desprendem do tipo belo com uma pressa alegre e formam um aglomerado com os desordeiros e invejosos. E nem de longe é um caso isolado que os próprios pais e progenitores das antigas famílias cultas já andem rindo daquilo em que seus filhos ainda gostariam talvez de acreditar. Ademais, levados pelo entusiasmo, não escondem de seus filhos sua ávida alegria com o súbito direito à desonra, que de repente tiraram em massa não se sabe de onde. Não estou falando dos verdadeiros progressistas, caríssimo Arkadi Makárovitch, mas tão somente da gentalha que se verificou inumerável e sobre a qual foi dito: '*Grattez le russe et vous verrez le tartare*'.[105] E acredite que entre nós não há muitos liberais verdadeiros, amigos verdadeiros e magnânimos da humanidade, como de repente nos pareceu.

Mas tudo isso é filosofia; voltemos ao romancista imaginário. Neste caso a situação do nosso romancista seria plenamente definida: ele não poderia escrever em outro gênero a não ser no histórico, pois em nossa época não existe mais o tipo belo, e, se deixaram remanescentes, estes não mantiveram a beleza segundo a opinião hoje dominante. Oh, no gênero histórico também é possível representar uma infinidade de detalhes sumamente agradáveis e prazerosos! É possível envolver o leitor a tal ponto que ele aceite o panorama histórico como possível ainda hoje. Na pena de um grande talento, semelhante obra já não pertenceria tanto à literatura russa quanto à história russa. Seria um panorama artisticamente acabado de uma miragem russa, porém que existiu na realidade, até que adivinharam que se tratava de uma miragem. O neto daqueles heróis, que seriam retratados nesse panorama que representaria, no espaço de três gerações consecutivas, uma família russa de um ciclo culto medianamente elevado e estaria ligado à história

---

Grande, e de suas preocupações com os desdobramentos dessas reformas no destino da Rússia. (N. do T.)

[104] O filoeslavismo (*slavianofílstvo*) foi uma corrente política e filosófica que advogava um caminho de desenvolvimento peculiar à Rússia sob a égide do tsarismo e da Igreja Ortodoxa. Contrária ao aproveitamento das conquistas democráticas dos países ocidentais, criticava duramente as reformas de Pedro, o Grande, por ver nelas uma extensão da experiência do Ocidente. (N. do T.)

[105] Em francês, "Amofine um russo e verás um tártaro". (N. do T.)

russa[106] — esse descendente daqueles ancestrais já não poderia ser representado em seu tipo atual senão numa imagem um tanto misantrópica, isolada e, sem dúvida, triste.[107] Ele deveria até ser algum excêntrico, que à primeira vista o leitor pudesse reconhecer como alguém que se desviou do caminho e se convencesse de que não caberia a ele estar à frente desse caminho; mais um pouco, e desapareceria até esse neto misantropo. Apareceriam personagens ainda desconhecidas, e uma nova miragem; mas que personagens? Se não fossem bonitas, seria impossível um novo romance russo. Mas seria só o romance que se tornaria então impossível?

Em vez de ir em frente, recorro ao seu manuscrito. Olhe, por exemplo, para ambas as famílias do senhor Viersílov (desta vez me permita ser plenamente franco). Em primeiro lugar, não vou me estender sobre o próprio Andriêi Pietróvitch; mas, não obstante, ele é um dos progenitores. É um nobre de uma linhagem antiquíssima e ao mesmo tempo um partidário da Comuna de Paris. É um verdadeiro poeta e ama a Rússia, mas, por outro lado, nega-a plenamente. Não tem nenhuma religião, porém está quase disposto a morrer por algo indefinido que não é capaz de nomear, mas em que acredita com paixão, a exemplo de uma infinidade de russos europeus civilizados do período petersburguense da história russa.[108] Mas chega de falar sobre ele mesmo; eis, entretanto, sua família de linhagem: nem vou falar de seu filho; aliás, ele não merece essa honra. Quem tem olhos sabe de antemão até onde em nosso país vão semelhantes diabretes, e ainda arrastarão outros. Mas veja sua filha Anna Andrêievna — como não dizer que é uma moça de caráter? Seu rosto tem as dimensões do da mãe, a abadessa Mitrofânia[109] — subentende-se que sem lhe profetizar nada de criminoso, o que seria injusto de minha parte. Agora me diga, Arkadi Makárovitch, que essa família é um fenômeno casual e deixará minha alma em júbilo. Ao contrário, porém, não seria talvez mais justo concluir que inúmeras dessas famílias russas, sem dúvida de linhagem, se convertem em massa, com uma força irresistível, em famílias *casuais* e se fundem com elas na desordem geral e no caos? Um tipo

---

[106] Alusão ao romance *Guerra e paz* (1865-69), de Lev Tolstói. (N. da E.)

[107] Alusão a Liévin, personagem do romance de Tolstói *Anna Kariênina* (1875-77). (N. da E.)

[108] Período que se seguiu às reformas de Pedro, o Grande. (N. da E.)

[109] A abadessa do mosteiro Vladitchni-Pokrovski, Mitrofânia (fora do mosteiro, baronesa Praskóvia Grigórievna Rozen), dama de honra do palácio imperial, foi denunciada e processada em 1873 por falsificação de promissórias, escrituras e outros papéis em favor de seu convento. (N. da E.)

dessa família casual está em parte indicado também por você em seu manuscrito. É, Arkadi Makárovitch, você também é membro de uma *família casual*, ao contrário dos nossos tipos de linhagem ainda recentes, que tiveram uma infância e uma adolescência tão diferentes das suas.[110]

Confesso que não gostaria de ser o romancista de um herói de uma família casual!

É um trabalho vil e sem formas belas. Sim, seja como for, esses tipos ainda são um fenômeno corrente e por isso não podem ser artisticamente acabados. São possíveis erros graves, são possíveis exageros, descuidos. Em todo caso, caberia adivinhar muita coisa. Mas o que tem a fazer o escritor que não deseje escrever apenas no gênero histórico e está possuído da nostalgia do presente? Adivinhar e... errar!

Entretanto, *Escritos* como o seu poderiam, parece-me, servir de matéria para uma futura obra de arte, para o futuro panorama de uma época sem ordem, porém já passada. Oh, quando os temas de hoje tiverem passado e vier o futuro, então o futuro artista encontrará formas belas até para representar a desordem e o caos do passado. É então que serão necessários escritos como o seu, e eles fornecerão o material — contanto que sejam sinceros — até a despeito de toda a sua natureza caótica e casual... Permanecerão incólumes ao menos alguns traços fiéis para que, a partir deles, se possa adivinhar o que pôde se esconder na alma de algum adolescente desse tempo confuso — é uma investigação nada desprezível, pois é a partir dos adolescentes que se criam as gerações..."

FIM

[110] Alusão às novelas de Tolstói *Infância* (1852) e *Adolescência* (1854). (N. do T.)

LISTA DAS PRINCIPAIS PERSONAGENS

ARKADI MAKÁROVITCH DOLGORÚKI — o adolescente, filho de Viersílov e Sófia. É filho legal de Makar

ANDRIÊI PIETRÓVITCH VIERSÍLOV — pai de Anna Andrêievna, Andriêi, Arkadi e Liza

SÓFIA ANDRÊIEVNA — mãe de Arkadi e Liza, ex-serva doméstica da fazenda de Viersílov em Tula

LIZAVIETA MAKÁROVNA (Liza) — irmã de Arkadi, um ano mais nova

MAKAR IVÁNOVITCH DOLGORÚKI — marido de Sófia, velho religioso, ex-servo e jardineiro da fazenda de Viersílov. É o pai legal de Arkadi

ANNA ANDRÊIEVNA VIERSÍLOVA — filha do primeiro casamento de Viersílov

ANDRIÊI ANDRIÊIEVITCH VIERSÍLOV — irmão de Anna Andrêievna

TATIANA PÁVLOVNA PRUTKÓVA — amiga de Viersílov e sua família

NIKOLAI IVÁNOVITCH SOKÓLSKI, o rico e velho príncipe Sokólski, pai de Catierina Nikoláievna. Arkadi vai trabalhar como seu assistente em Petersburgo

CATIERINA NIKOLÁIEVNA AKHMÁKOVA — viúva do general Akhmákhov e filha de Nikolai Ivánovitch Sokólski. Escreveu uma carta comprometedora a Andrónikov sugerindo a interdição do pai, carta que é procurada por várias personagens da trama

SERGUIÊI PIETRÓVITCH SOKÓLSKI (Serioja) — o jovem príncipe Sokólski, parente distante de Nikolai Ivánovitch e desafeto de Viersílov

LÍDIA AKHMÁKOVA — falecida filha do primeiro casamento do general Akhmákov. Enteada de Catierina, teve um filho com Serioja, criança de peito que é criada por Viersílov

FANARIÓTOVA — sobrenome da falecida primeira esposa de Viersílov, mãe de Anna Andrêievna e Andriêi. É também o sobrenome da avó de Anna Andrêievna, proprietária do apartamento onde a meia-irmã de Arkadi mora

ALEKSIÊI NIKANÓROVITCH ANDRÓNIKOV — tio de Mária Ivánovna e falecido advogado que cuidava dos negócios dos Sokólski, dos Akhmákhov e de Viersílov

MÁRIA IVÁNOVNA — sobrinha de Andrónikov, mulher de Nikolai Semiónovitch, criou Arkadi em sua casa em Moscou quando este estudava no colégio

NIKOLAI SEMIÓNOVITCH — marido de Mária Ivánovna. É para ele que Arkadi entrega seus escritos no final da história

KRAFT — jovem intelectual de ascendência alemã, de vinte e seis anos de idade. Foi assistente de Andrónikov, conhece o passado de Viersílov e torna-se amigo e mentor de Arkadi

EFÍM ZVIÊRIEV, VÁSSIN, DIERGATCHÓV — integrantes do círculo de jovens intelectuais amigos de Arkadi. Efím foi companheiro de Arkadi no colégio

STEBIELKÓV — agiota, padrasto de Vássin

TOUCHARD — proprietário do pequeno internato em Moscou onde Arkadi passou a infância

LAMBERT — ex-colega de Arkadi no internato, cerca de três anos mais velho que ele, golpista

ALPHONSINE (Alfonsinka, Alfonsina) — companheira de Lambert

TRICHÁTOV — integrante da gangue de Lambert que torna-se amigo de Arkadi

NIKOLAI SEMIÓNOVITCH ANDRÊIEV (*grand dadais*) — parceiro de Trichátov na gangue de Lambert

SEMIÓN SÍDOROVITCH (bexigoso) — golpista mais velho que se associa a Lambert

PIOTR HIPPÓLITOVITCH — senhorio de Arkadi em Petersburgo

DÁRIA ONÍSSIMOVNA — vizinha de Arkadi e mãe de Ólia. Torna-se amiga da família de Viersílov. Na terceira parte do romance, Dostoiévski muda seu nome para Nastácia Iegórovna

ÓLIA — filha de Dária

MÁRIA (*tchukhonka*) — cozinheira de Tatiana Pávlovna

ANNA FIÓDOROVNA STOLBÊIEVA — proprietária do apartamento emprestado ao jovem príncipe Sokólski, parente distante de Viersílov e Serioja. Amiga de Liza, acolhe Dária Oníssimovna em sua casa

STOLBÊIEV — falecido nobre cuja herança é disputada em um processo judicial por Viersílov e o jovem príncipe Sokólski. Uma carta de Stolbêiev que pode decidir o processo é entregue por Kraft a Arkadi

ALEKSIÊI VLADIMÍROVITCH DARZAN e HIPPOLIT ALEKSÁNDROVITCH NASCHÓKIN — amigos do jovem príncipe Sokólski

ZIÉRSCHIKOV — capitão de cavalaria reformado, cuja casa transformou em um casino frequentado por Serioja, Darzan e Arkadi

BARÃO BIORING — pretendente de Catierina Nikoláievna e desafeto de Viersílov

UM NOVO ROMANCE NO SISTEMA DE DOSTOIÉVSKI

Paulo Bezerra

O adolescente, publicado em 1876, já traz pelo título uma espécie de paradoxo: seu herói e narrador, Arkadi Makárovitch Dolgorúki, tem vinte anos e é chamado de adolescente. À primeira vista, afigura-se mesmo um paradoxo falar de um adolescente com vinte anos de idade, ao menos para nós, brasileiros. Entretanto, havia uma peculiaridade bem marcante na formação social e cultural da Rússia dos anos setenta do século XIX: segundo a imprensa da época, o conceito de adolescência se estendia até os vinte e um anos, quando o jovem adquiria maioridade social e jurídica. O conceito estava diretamente ligado à ideia de nova geração.

Como mostram A. V. Arkhípova, I. A. Bityugova, G. Ya. Galagan, E. I. Kiiko, G. M. Fridlénder e I. D. Yakubóvitch, organizadores das notas à edição das obras completas de Dostoiévski em trinta tomos, publicadas pela editora Naúka e nas quais me baseei em minha tradução de *O adolescente*, jornalistas, críticos e escritores discutiam nos jornais e revistas o papel do adolescente ou nova geração na sociedade russa em transição para o capitalismo após a reforma de 1861, apontavam o bom desempenho dos jovens na gerência de questões administrativas locais, na construção de estradas de ferro, fundação e administração de bancos, e especialmente na condução dos novos assuntos e processos judiciais.

Portanto, os adolescentes, os jovens que concluíam o ensino médio, formavam a nova geração, preenchiam lacunas em assuntos para os quais a Rússia não dispunha de pessoal qualificado, suprindo uma necessidade decorrente do desenvolvimento acelerado da nova sociedade capitalista, sobretudo da nova formação jurídica resultante da ampla reforma do judiciário e da criação do tribunal do júri.

Tudo na Rússia de então era transitório, tudo estava em processo, e Dostoiévski escolhia numa faixa etária em transição um tipo de personagem com raízes fincadas na realidade em formação, combinando forma da história e forma romanesca.

Romance de geração

Constante em todos os romances de Dostoiévski, o tema da nova geração em *O adolescente* abrange um painel de jovens de vários segmentos sociais, muitos deles em processo de notória degradação social. A participação, nesse processo, do príncipe Serguiêi Sokólski, representante de uma linhagem principesca, milenar, porém falida, é emblemática da decadência social e sobretudo cultural e moral da nobreza na nova ordem capitalista da Rússia. Como o príncipe Sokólski, outros jovens nobres frequentam casas de jogo e a roleta, em ambientes de baixíssimo nível, onde se misturam a diferentes tipos social e culturalmente desclassificados na busca do dinheiro, que, em vez de elevar e distinguir uns, acaba nivelando todos por baixo. Quando o assunto é dinheiro, desaparecem as diferenças que separam os indivíduos por classe, camada social ou tradição familiar. Ainda sem se darem conta de que seu mundo mudou, rebentos da antiga aristocracia como os príncipes Sokólski e Darzan e seus acompanhantes mergulham no turbilhão da jogatina, sem sequer desconfiarem de que estão se metendo num poço de areia movediça que acabará por tragá-los. A situação desses jovens oriundos da média e alta nobreza é caracterizada por um trágico impasse, traduzido nas palavras ditas pelo príncipe Serguiêi Sokólski a Arkadi: "Nós dois fomos atingidos pelo destino comum dos russos, Arkadi Makárovitch: você não sabe o que fazer e eu também não sei o que fazer". Impasse ainda maior é o do jovem Trichátov, descendente da nobreza arruinada. Ainda quase um menino, refinado, ético e dotado de um talento excepcional para literatura e música, faz uma interpretação profunda e tocante de uma passagem do *Fausto* de Goethe, demonstrando com isso seu grande dom para a arte dramática. No entanto vive a serviço de Lambert, o mais funesto arrivista de todo o romance, o que só acentua a crise social e moral que afeta parte significativa da juventude nobre.

Mas há outros que não vivem a vida apenas segundo o momento e pensam em seu próprio destino nas novas condições sociais, assim como pensam na Rússia e em seu destino. Kraft, Vássin, Efím são todos jovens cultos e éticos, para os quais viver implica cada um pensar em suas responsabilidades para consigo e o próximo, assim como para com seu país. Kraft, figura distante das raízes nacionais russas, vive em função de uma "ideia" um tanto abstrata, chega à curiosa conclusão de que o russo é um povo de segunda classe, mas se considera russo e acaba num impasse trágico. Vássin é um tipo humanista, de quem Arkadi se torna amigo e interlocutor. Há ainda a figura de Ólia, típica heroína do romance realista do século XIX, que sai da província para tentar a vida na cidade e lá sucumbe no turbilhão de contradições e crueldades que caracterizam a vida das metrópoles. Ólia é extremamente pobre, mas muito pior do que sua pobreza são as humilhações que ela sofre, pois estas a levam a tal isolamento e a tal desconfiança de todos e qualquer um que ela confunde a ajuda que Viersílov, pai de Arkadi, lhe oferece como uma tentativa de se aproveitar sexualmente de sua situação. Cai no impasse absoluto e na solidão e acaba devorada pelo Leviatã urbano. Com exceção das crianças supliciadas de outras obras, Ólia acaba sendo a representante mais completa e comovente da galeria de humilhados e ofendidos na obra de Dostoiévski. É no contato e na interação com todos esses jovens que vai se completando a formação da personalidade de Arkadi.

Romance de formação

Ao ler *O adolescente*, um leitor atento da obra de Dostoiévski logo percebe que esse romance difere de todos os outros pela forma de sua construção. Além de ser o único dos cinco grandes romances do autor narrado em primeira pessoa, trata das peripécias e múltiplas experiências vividas em seu processo de crescimento por Arkadi Makárovitch Dolgorúki, o adolescente que dá título à obra e é o narrador da história. O romance começa com a seguinte frase: "Sem conseguir me conter, dei início à história dos meus primeiros passos pela vida". Esta frase nos remete de imediato à infância da personagem, sugerindo a ideia de formação, coisa até então ausente na vasta obra de Dostoiévski, cujas personagens já entram prontas na cena romanesca. Considerando os ingredientes de sua constituição formal, as relações que ao longo da narrativa se estabelecem entre Arkadi Makárovitch e outros jovens no internato e fora dele, assim como os problemas que os jovens enfrentam na nova sociedade e sobretudo as relações familiares do narrador, vemos que *O adolescente* acabou se constituindo como romance de geração, tema que por si só já o situa no universo do romance de formação, retomando uma tradição surgida e consolidada na Alemanha como *Erziehungsroman* e *Bildungsroman*, que ficou conhecida na crítica ora como romance de educação, ora como romance de formação. Observando os intensos diálogos de Arkadi com Viersílov, suas relações com os arrivistas Stebielkóv e Lambert, suas errâncias pelas casas de jogo, sobretudo na roleta, e, por último, seus diálogos com o ancião Makar Ivánovitch Dolgorúki, seu pai legal, vemos que todo o processo de educação, formação e consolidação da personalidade de Arkadi contempla os elementos constituintes do romance de formação, assim formulados por Karl Morgenstern (1770-1852), que cito do notável trabalho de Marcus Mazzari: "Ele deve se chamar *romance de formação* (...) porque representa a formação do herói em seu começo e em seu desenvolvimento, até um certo estágio de aperfeiçoamento".[1]

Aliás, a ideia de formação já está contida no próprio título do romance: *Podróstok* (Подросток), isto é, adolescente. Na obra de Dostoiévski, a onomástica e os títulos são todos intencionais e fazem parte de sua estratégia de composição, de sua poética. Mesmo sendo *podróstok* um substantivo dos mais comuns na língua russa, uma análise de sua semântica revela sua associação imediata com a ideia de formação. Ele deriva do verbo *podrastat* (подрастать), que significa crescer um pouco, e deste verbo forma-se o particípio presente *podrastáyuschii*, isto é, crescente ou em crescimento. Este particípio, agregado ao substantivo *pokolénie*, isto é, geração, forma a expressão *podrastáyuschee pokolénie* (подрастающее поколение), que é o equivalente russo de nova geração, mas que, literalmente, significa geração em crescimento, em formação. Mas o próprio substantivo *podróstok* é formado pelo prefixo *pod*, que traduz, entre outras coisas, a condição de algo ou alguém que foi colocado debaixo de algo ou está sob o efeito de algum processo, e pelo substantivo *rost*, que significa crescimento, fortalecimento, desenvolvimento e aperfeiçoamento, isto é, engloba, sozinho, todas as etapas do processo de formação. Completa-se o termo com o acréscimo do sufixo *ok*, formador de substantivo. A fusão do prefixo *pod* com o substantivo *rost* implica uma ideia de movimento: Dostoiévski põe seu herói *pod rost*, isto é, em movimento, em crescimento, em formação, e em crescimento (*pod rostom*) ele percorre toda a narrativa do romance.

Na vasta fortuna crítica de Fiódor Dostoiévski, russa ou estrangeira, não conheço nenhum enfoque específico de *O adolescente* como romance de formação. Salvo engano, entre os estudiosos russos de Dostoiévski, N. M. Tchirkov (1891-1950) foi, em *Acerca do estilo de Dostoiévski*,[2] o primeiro a qualificar *O adolescente* como um romance de formação, mas se limitou a associá-lo à tradição congênere europeia, sem, contudo, justificar sua afirmação. No Brasil, Boris Schnaiderman foi o único a me sugerir a qualificação de romance de formação para *O adolescente*. Por ser um romance de busca, *O adolescente* vincula-se ainda à teoria do romanesco de Northrop Frye com

---

[1] *Apud* Marcus Vinicius Mazzari, *Labirintos da aprendizagem*, São Paulo, Editora 34, 2010, p. 99.

[2] N. M. Tchirkov, *O stile Dostoevskogo*, Moscou, Naúka, 1967.

seu *mythos da procura*, também relacionado com a ideia de formação. A procura de si mesmo e sobretudo do pai é o que move o adolescente em sua formação, lembrando o enunciado de Frye: "A forma perfeita da história romanesca é claramente a procura bem-sucedida".[3]

Há no enredo de *O adolescente* algo bastante bizarro, que tem muito a ver com essa nova era: o narrador Arkadi Makárovitch Dolgorúki é filho bastardo, mas tem o sobrenome do príncipe Iúri Dolgorúki, oriundo da dinastia que reinou no principado de Suzdal-Rostóv entre 1125 e 1157, foi cognominado Dolgorúki, isto é, o de braços longos, por sua política de expansão territorial que o levou a fundar Moscou em 1147, conquistar Kíev em 1149, tornar-se grão-príncipe e ali reinar primeiro de 1149 a 1151 e depois de 1155 a 1157, ano de sua morte. Assim, Arkadi Makárovitch traz em sua imagem a combinação ambígua de filho de servo com sobrenome de príncipe de uma alta dinastia. Sempre que é apresentado a alguém e menciona seu sobrenome Dolgorúki, ouve a pergunta: "Príncipe Dolgorúki?", a qual responde: "Não, *simplesmente* Dolgorúki". Esse "*simplesmente* Dolgorúki" é fonte de sua permanente irritação, acentua sua carência de identidade e o faz mergulhar em seu *mythos da procura*, a procura de si mesmo e do pai Andriêi Pietróvitch Viersílov, sobrenome de que ele precisa como marca de sua identidade social, para poder dar satisfação a si mesmo e àqueles que lhe jogam na cara sua condição bastarda.

Por outro lado, como nada em Dostoiévski é unilateral, nada tem apenas uma faceta, há por trás dessa bizarrice outro aspecto profundamente aviltante para Arkadi, pois lhe tira a condição de pertencer de fato a uma família: ele é filho ilegítimo do nobre Viersílov, de quem não pode usar o sobrenome por ser filho legal de um ex-servo. Logo, não tem identidade social, é filho de uma família casual, o que o mantém num clima de profunda humilhação, que sempre é reiterada como uma cantiga agourenta e monótona cada vez que ele tem de pronunciar o "*simplesmente* Dolgorúki". É nesse clima de desintegração moral da nobreza que Arkadi precisa afirmar sua individualidade e superar esse impasse em sua formação, mas só conseguirá fazê-lo em doses homeopáticas nos difíceis e sofridos diálogos com Viersílov, figura profundamente rica porém ambígua que, por sua complexa imagem pública, no início atrapalha Arkadi em sua procura da identidade social como esteio de seu processo de formação, mas aos poucos os dois

---

[3] Northrop Frye, *Anatomia da crítica*, tradução de Péricles Eugênio da Silva Ramos, São Paulo, Cultrix, 1973, p. 185.

começam a se entender, e a contribuição de Viersílov acaba sendo fundamental para que o adolescente supere as mágoas que sentia do pai, preencha suas carências e enfim se sinta também um Viersílov.

Entre os jovens que povoam o romance um merece destaque especial: Lambert. Seu papel foi relevante na formação do menino e adolescente Arkadi e determinante no movimento pendular entre a aspiração moral à beleza que este professa e suas quedas morais quando arrastado para a teia das sórdidas maquinações de Lambert. No envolvimento com Lambert, Arkadi torna a revelar a antinomia entre o social e o antissocial que antes já se manifestara em sua personalidade. Colega de Arkadi desde os tempos do internato de Touchard, Lambert o humilhava de todas as maneiras e o reduzia à condição de seu criado, iniciou-o em assuntos obscenos e procurou levá-lo à degradação moral. Alguns anos depois de ter Arkadi concluído o colegial, os dois se reencontram numa situação inusitada.

Arkadi acabara de ser expulso do salão de roleta de Ziérschikov, numa noite muito fria, e sai perambulando pela rua, entra num beco, sobe no muro de um depósito de lenha com a intenção de provocar um incêndio, cai, fica desmaiado sobre a neve e assim é encontrado e despertado por Lambert, que o resgata e leva para sua casa. Lá ele passa a noite delirando e, no delírio, diz coisas disparatadas, dá a entender que escondia um documento capaz de comprometer alguém e Lambert, com seu faro para negócios escusos, fareja aí uma oportunidade para chantagem.

Mikhail Bakhtin afirma que o romance é o único gênero nascido em plena luz do dia histórico, é um gênero em formação, e só um gênero em formação é capaz de dar conta da história, que ele, Bakhtin, vê como um processo em formação. Dostoiévski escreve *O adolescente* em meados de 1870, isto é, quando o capitalismo russo completara seu primeiro decênio e começava a entrar na adolescência, ou melhor, era um sistema econômico em formação. Assim, um narrador "adolescente" em formação fala de um sistema "adolescente" em formação e nele procura incorporar-se como investidor, especulador de leilões, e narra sua história desde a infância, sua formação colegial desde o internato de Touchard até os vinte anos, quando já está maduro para fazê-lo. Na década de 1870 começa a aceleração dos ritmos de desenvolvimento do capitalismo russo nos principais campos da atividade econômica. Como consequência desse desenvolvimento, o dinheiro penetra de forma ampla e profunda em todas as esferas da vida social, provocando frenesi e caos no comportamento das pessoas, fazendo-as perder não só o senso do ridículo (como a anedota do corcunda que aluga a corcova como mesa) e até o senso de dignidade. Aliás, em Dostoiévski o dinheiro funciona como um fator de desestabilização, desintegração e destruição da psique humana, e também como um meio, o mais das vezes ilusório, de conquista de poder e liberdade. Em *O duplo*, Golyádkin, personagem central e síntese de todas as privações, sobretudo a da sociabilidade, acaricia seu dinheirinho como quem acaricia a mulher que nunca teve, sonha ir longe com ele e acaba louco; em *Crime e castigo*, Raskólnikov pensa inicialmente em apoderar-se do dinheiro da velha usurária para resolver problemas pessoais, mas tão logo comete o assassinato da velha toma nojo do dinheiro e o larga debaixo de uma pedra; em *O idiota*, o dinheiro faz Rogójin ultrapassar todos os limites da compostura e leva Gánia Ívolguin a desmaiar por não suportar ver cem mil rublos ardendo na lareira de Nastácia Filíppovna; em *Os irmãos Karamázov*, o dinheiro leva Dmitri a espancar o pai e um dos irmãos a matá-lo para se apoderar de três mil rublos do velho e assim mudar de vida. E em *O adolescente*?

Como afirma Bakhtin sobre a relação entre a realidade imediata e o herói no romance de formação, "O tempo se interioriza no homem, passa a integrar a sua própria imagem, modificando substancialmente o significado de todos os momentos de seu destino e de sua vida".[4]

Sabe-se que em Dostoiévski não existe herói sem ideia. Arkadi Makárovitch Dolgorúki interioriza o espírito de seu tempo e o ritmo frenético de sua sociedade, acalentando uma ideia: tornar-se um Rothschild. Com este fim, economiza meticulosamente cada copeque que sobra do dinheiro que lhe enviam em nome de Viersílov e por muito tempo matuta sobre a melhor maneira de aplicar suas economias. Não quer apenas estar *pari passu* com o sistema econômico de seu tempo e acompanhar seu ritmo de desenvolvimento: quer, sobretudo, superá-lo, e procura fazê-lo apoiado numa filosofia do dinheiro que em certo sentido lembra a filosofia dos caftãs completos de Lújin, o burguês autêntico de *Crime e castigo*: "O cerne de minha ideia, o cerne de sua força residia em que o dinheiro é o único caminho que conduz até uma nulidade ao *primeiro plano*".

De início o dinheiro se apresenta a Arkadi como uma forma de compensação do complexo de inferioridade que ele experimenta ao considerar-se uma nulidade. Por outro lado, o dinheiro também se apresenta como uma espécie de forra pela condição de filho bastardo e excluído do seio da família, já que fora deixado à guarda de estranhos pouco tempo depois de seu nascimento e mais tarde confinado no internato de Touchard, onde Viersí-

[4] Mikhail Bakhtin, *Estética da criação verbal*, tradução de Paulo Bezerra, São Paulo, Martins Fontes, 2003, p. 220.

lov, seu pai biológico, nunca o visitou, e a mãe o fez uma única vez. Se o dinheiro tudo resolve, qualidades essenciais como talento, habilidades para o trabalho e até a beleza são coisas secundárias perante esse poder maior. Arkadi expõe uma verdadeira filosofia de seu tempo, do dinheiro e de seu poder, do universo ilimitado que ele descortina perante os homens. Ser um James Rothschild, o superbanqueiro a quem até o tsar da Rússia e o papa de Roma deviam dinheiro, não significava ser apenas um capitalista, mas o maior capitalista: significava ser um déspota das finanças, alguém capaz de ultrapassar todos os limites humanos e geográficos, não reconhecer a superioridade de ninguém, destruir todas as barreiras e anular todos os méritos e hierarquias que distinguem e separam os homens em seu cotidiano, nivelando tudo por baixo: "O dinheiro, evidentemente, é um poder despótico, mas ao mesmo tempo é a suprema igualdade e nisto reside sua força principal. O dinheiro nivela todas as desigualdades!".

Arkadi não queria o poder sobre a canalha trêmula como Raskólnikov, não queria o simples poder, *vlast*, como sinônimo de governo, queria o poderio, isto é, *mogúchestvo*, palavra que significa ao mesmo tempo poder enorme e influência, e libera o indivíduo para fazer o que lhe der na telha. Inclusive não precisar de ninguém, recolher-se tranquilamente à sua "concha", sem precisar prestar contas a ninguém, como afirma reiteradamente, pois em toda a vida tivera "sede de poderio, de poderio e isolamento", porque essa é a via para atingir algo superior: "a consciência solitária e tranquila da força! Eis a mais plena definição de liberdade! (...) Sim, a consciência solitária da força é fascinante e bela. Tenho a força, e estou tranquilo. Os raios estão nas mãos de Júpiter, logo, ele está tranquilo".

Portanto, o dinheiro não só libera o indivíduo de eventuais compromissos de sociabilidade e afetividade ao lhe dar a "consciência solitária da força" e o direito a recolher-se à sua "concha"; o dinheiro leva seu detentor a superar a ordem social e humana e projetar-se à ordem cósmica na condição de um novo Júpiter; o detentor do dinheiro é o novo deus da sociedade em formação, e vive sua ataraxia no meio de notas e moedas-raio. Como em Dostoiévski o presente sempre olha para o futuro e o particular vive continuamente na fronteira do universal, quatro décadas depois da publicação de *O adolescente* os raios do novo Júpiter caíram sobre a terra europeia, espalhando as chamas que redundaram no grande incêndio da Primeira Guerra Mundial. Sinal do novo mundo em formação.

Mas como um adolescente ainda em processo de amadurecimento conseguiria chegar a essa consciência da força, a esse grau de liberdade? Sua filosofia do dinheiro não seria mera fantasia? Ora, o problema da formação não é apenas de discurso, mas também e sobretudo de prática, de ação. Arkadi narra sua primeira experiência no mundo dos negócios. Vai a um leilão e arremata por dois rublos e cinco copeques um velho álbum de família, coisa imprestável em termos de investimento e condenada a encalhar. Mas aparece um comprador, que lamenta ter se atrasado, pergunta a Arkadi por quanto ele comprara o álbum e este lhe responde: "Dois rublos e cinco copeques". Começa uma negociação entre os dois. Para o interessado, o álbum tinha valor afetivo, para Arkadi, era apenas mercadoria. Arkadi estabelece o preço de dez rublos para o álbum, o interessado reclama do lucro exorbitante que o vendedor almeja, mas acaba comprando o álbum, sem, no entanto, deixar de criticar Arkadi:

> "— Convenhamos que isso é desonesto! Dois rublos e dez, hein?
>
> — Por que desonesto? É o mercado.
>
> — Que mercado há nisso? — (Estava zangado).
>
> — Onde há procura, há mercado; não procurasse o senhor e eu não o venderia nem por quarenta copeques."

É uma confissão sórdida de Arkadi, mas ele apenas cumpre as leis do negócio capitalista: tudo formal, frio, segundo as normas do mercado, sem nenhuma participação na afetividade do outro. É o primeiro teste do adolescente em seu processo de formação como especulador de leilões. O diálogo entre os dois ilustra à perfeição o espírito da época que Arkadi incorpora à sua personalidade, o qual Bakhtin atribui ao comportamento do herói no romance de formação. Mas pela própria dinâmica do romance e das relações que Arkadi vai estabelecendo ao longo da narrativa, na segunda parte ele abandona sua ideia inicial e, num frenesi incontido, precipita-se para casas de jogo, especialmente a roleta, onde se depara com um mundo cão e ganha uma nova experiência que, mesmo sendo desonrosa, muito contribui para seu amadurecimento.

A história de Arkadi é uma história de busca, acompanhada da luta pelo pai, Viersílov, luta essa que se intensifica à medida que avança a narrativa do romance. Viersílov é homem de sociedade, volúvel, mora esporadicamente com a mãe de Arkadi mas ama Catierina Nikoláievna Akhmákova, por quem seu filho Arkadi também é apaixonado. Procura até com frequência estar com o filho, conversar e trocar ideias com ele, os quase vinte anos que praticamente os separaram deixaram na formação de Arkadi uma lacuna cujo preenchimento exigiria de Viersílov uma dedicação ao filho que ele, apesar de certo esforço, não é capaz de oferecer. De modo que, até o capítulo final do romance, a relação de Arkadi com Viersílov se baseia nesse *mythos da procura* do pai pelo filho, que, na condição de narrador, ainda o considera "um completo enigma", e o próprio Arkadi assim o define. O convívio entre os dois tem profundas conotações psicológicas, amiúde Arkadi agride Viersílov, mas suas agressões apenas revelam o desejo profundo que ele nutre de encontrar no pai uma imagem profundamente positiva, o pai integral, desejado, capaz de completar as lacunas de sua própria personalidade ainda em formação: "eu precisava do próprio Viersílov por toda a minha vida, do homem inteiro, do pai, e esse pensamento já penetrara em meu sangue". Apesar das contradições e hesitações de Viersílov, sua relação com Arkadi acaba sendo essencial para a sua formação.

Presença do romance policial

Catierina Nikoláievna Akhmákova, jovem viúva de um general, temia perder a herança se seu velho pai voltasse a casar-se, e escreveu uma carta ao advogado da família sugerindo a interdição do pai. Essa carta caíra em mãos de Mária Ivánovna após o falecimento do advogado, que a passara a Arkadi. Por temer perder a carta ou que ela viesse a cair em mãos indevidas, Arkadi a costurou na aba interna de seu casaco. Na melhor técnica do romance policial, a carta vira o catalisador das tensões na terceira parte do romance. Sabedora de que a carta caíra em mãos estranhas e temendo que seu velho pai a privasse da herança se tomasse conhecimento de tamanha traição, Catierina Nikoláievna entra em desespero e passa a procurar descobrir, freneticamente, em mãos de quem ela poderia estar. O próprio Arkadi, empregado do pai de Catierina, o velho príncipe Sokólski, diz a ela que Kraft destruíra a carta, mas Arkadi continua com ela costurada em seu casaco, e faz chantagem sentimental com Catierina Nikoláievna. Depois de escutar às escondidas uma conversa entre Viersílov e Catierina, vai à casa de Lambert, bebe até desfalecer, Lambert lhe rouba a carta e este passa a exigir um alto resgate de Catierina.

Arkadi cai doente, passa nove dias acamado e nesse ínterim encontra o velho Makar Ivánovitch Dolgorúki, seu pai legal, tomando amizade pelo velho. Os diálogos entre os dois serão fundamentais para completar a formação de Arkadi.

Viersílov: entre o caos e o ideal de nobreza

Quem estuda Dostoiévski percebe sua excepcional sensibilidade para as vicissitudes da história, e que a realidade imediata sempre pulsa forte em suas obras, fato que se torna mais patente depois de 1861. Essa capacidade de perceber o dinamismo que move as entranhas da história o faz captar as coisas essenciais que se passam na atualidade em formação, situá-las em uma cadeia de outros acontecimentos históricos, fazendo com que todas essas vicissitudes marquem e caracterizem a personalidade e o comportamento dos heróis de seus romances numa espécie de síntese da unidade da cultura. Tudo isso está presente nos seus manuscritos de *O adolescente*. Nos primeiros rascunhos do romance salta à vista sua preocupação com a "desintegração geral" que atinge toda a sociedade russa e se traduz no esfacelamento da família e sua transformação em "família casual". Dessa desintegração irradiam-se o desentendimento e o isolamento cada vez maior entre as pessoas. Em agosto de 1874 ele faz um registro que caracteriza a Rússia de então e serve de mote a *O adolescente*: "É uma Torre de Babel. Veja-se a família russa. Falamos línguas diferentes e não nos compreendemos em absoluto. A sociedade está em desintegração química (...). A desintegração é a ideia central visível no romance".[5]

Essa "desintegração química" redunda, antes de tudo, numa grande solidão das pessoas, coisa que Dostoiévski enfatiza em todos os seus romances. Traduz-se, ainda, numa evidente crise social e ética, no aumento catastrófico do número de assassinatos e suicídios, parricídios, matricídios e filicídios (predominantemente no universo popular tão caro a Dostoiévski), e tudo isso é visto com certa indiferença por uma parcela muito considerável da população; corrói os alicerces morais, sobretudo da família, nos quais se assenta a ordem social; reflete-se em todos os campos da vida, na crise de pensamento e ideias traduzida na ausência de uma linha mestra de conduta social, numa diretriz geral para algum tipo de ação socialmente útil, no envolvimento de um número cada vez maior de nobres em crimes de toda espécie. A essa altura a nobreza perdeu muito de seu poder econômico sob o impacto do avanço da ordem capitalista, mas, paradoxalmente, continua a manter os principais postos de direção do Estado. Essa desintegração é vista por Dostoiévski como resultado do avanço da civilização, no caso específico,

---

[5] Fiódor Dostoiévski, *Podróstok: rukopísnie redaktsii* (O adolescente: manuscritos), Leningrado, Naúka, 1976, pp. 16-7.

da civilização burguesa, que, além de não consolidar os fundamentos humanos e éticos da sociedade, "quanto mais a civilização avança, mais abalados ficam esses fundamentos".[6]

Portanto, aos olhos de Dostoiévski a nova civilização destruiu os antigos laços e não pôs nada em seu lugar, a não ser o dinheiro, que ele vê como fator de afastamento entre os homens, de desintegração de sua psique e do colapso moral e psicológico que se abate sobre o conjunto social. Daí o desentendimento, a desordem, o desnorteamento geral e a sensação de caos que ele procura sintetizar numa palavra que seria o primeiro título do romance:

> "O título do romance será *Desordem*. Toda a ideia do romance é verificar que hoje a desordem é geral, é uma desordem que está em toda parte e em tudo; na sociedade, em suas atividades, nas ideias diretrizes (que para tais coisas não existem), nas convicções (que por isso mesmo não existem), na desintegração do princípio familiar... Ideias morais não existem, de repente não sobrou nenhuma delas, de tal forma que é como se nunca tivessem existido."[7]

Esse clima caótico leva as personagens centrais a um movimento pendular entre polos opostos, entre o lícito e o ilícito, o ético e o antiético, fazendo delas personagens liminares. É o que caracteriza o comportamento de Arkadi e Viersílov.

Viersílov é um nobre arruinado, excluído de seu meio social e condenado ao isolamento, vive em litígio com príncipes por causa de uma herança na qual deposita a esperança de sair da penúria financeira. Sua imagem é marcada por uma profunda ambiguidade, como observa Arkadi logo no início do romance, e esta acentua sobremodo sua condição de personagem liminar. Em uma de suas primeiras confissões a Arkadi, ele declara que é capaz de experimentar "dois sentimentos opostos ao mesmo tempo", e independentemente de sua vontade. Prova disto é a mais notória contradição de seu caráter: a paixão obsessiva que ele experimenta por Catierina Nikoláievna em contiguidade com a afeição que sente por Sônia, mãe de Arkadi, e Liza, sua irmã. Isto desencadeia na alma de Viersílov um movimento tempestuoso de amor e ódio pela primeira e de calmaria na relação com a se-

---

[6] E. N. Kónchina, *O diário de Dostoiévski*, Moscou/Leningrado, Akademia, 1935, p. 292.

[7] Dostoiévski, *Podróstok: rukopísnie redaktsii*, cit., pp. 80-1.

gunda. Além de antecipar o desdobramento de sua personalidade, no episódio impressionante e ímpar que se dará no capítulo final do romance, a autodefinição de Viersílov caracteriza seu comportamento ao longo de toda a narrativa, marcado por um movimento pendular entre polos opostos. Ora ele parece um misantropo, afirmando ser impossível amar as pessoas como são, porque o homem foi criado com a impossibilidade física de amar o seu próximo e as pessoas são mesquinhas por natureza e gostam de amar por medo; ora diz ser necessário amá-las, provando isto na prática ao socorrer e assumir a manutenção de uma criança, filha do príncipe Serguiêi Sokólski (Serioja) com Lídia Akhmákova, e oferecer apoio e ajuda em dinheiro à jovem e infeliz Ólia. E completa esse amor pelas pessoas com o amor a toda a humanidade ao interpretar, sob uma ótica humanista, o quadro *Ácis e Galateia*, de Claude Lorrain (1657), e apresentar seu sonho da Idade de Ouro.

Apesar da crise econômica e social em que está mergulhado, Viersílov comete um ato de grandeza: ao descobrir que estava equivocado, devolve ao príncipe Serioja a grande quantia em dinheiro que acabara de ganhar em um processo judicial contra a família dele, mas, como todas as grandes personagens dostoievskianas, como o paradoxalista de *Memórias do subsolo* e Stavróguin de *Os demônios*, não doura a pílula em proveito próprio. Em diálogo com Arkadi afirma: "eu te digo isso julgando por mim mesmo! Quem não é minimamente tolo não pode viver sem desprezar a si próprio".

Viersílov parte de sua experiência de observação de si mesmo e de sua consciência para poder julgar os outros, e procura antes ser justo e implacável consigo mesmo. Sua autonegação, até com um quê de autodesprezo, remete ao homem do subsolo ("Sou um homem mau"), que é implacável em sua autoanálise. Ao mesmo tempo, Viersílov reitera sua condição de personagem liminar em movimento pendular entre opostos, afirmando algo aqui para logo negá-lo com uma afirmação contrária, que revela uma espécie de antinomia amor-desprezo em seu pensamento: "Meu amigo, amar as pessoas como são é impossível. E no entanto é necessário".

O caos que perpassa seu comportamento e por vezes seu pensamento é o mesmo que Dostoiévski enxergava na nobreza russa em sua tentativa de sobreviver a um capitalismo ainda incipiente, mas com suas mazelas morais já tão evidentes que para Viersílov é indiferente ser ou não ser honesto. Essa mistura de desdém pela honestidade com desprezo pelo ser humano não o impede, porém, de passar de um pensamento aparentemente superficial a uma profunda reflexão de alcance histórico, cósmico e filosófico e, como acontece com as grandes personagens dostoievskianas, de sair do particular e estritamente pessoal para o universal, para a cultura, a tradição filosófico-

-religiosa: "Amar o seu próximo e não desprezá-lo é impossível. A meu ver, o homem foi criado com a impossibilidade física de amar o seu próximo. Nisso existe certo erro nas palavras que vem desde o princípio".

Ora, João afirma no seu Evangelho e em sua primeira epístola que no princípio era o verbo e o verbo era Deus, e o os homens deviam amar uns aos outros. Mas Viersílov vê um erro nessas palavras, isto é, contesta por errado "o princípio" e desloca a ordem cósmica centrada em Deus como provedor do amor para a ordem terrestre dos homens, onde "o homem foi criado com a impossibilidade física de amar o seu próximo", o amor é produto da ação humana, da interação entre os homens, isto é, da cultura, porque até para ter condição de amar é preciso que o homem responda por seus próprios sentimentos, por sua própria criação, pois, como ele diz a Arkadi, "o amor pela humanidade deve ser entendido apenas como amor por aquela humanidade que tu mesmo criaste em tua alma (noutras palavras, criaste a ti mesmo e o amor que nutres é por ti mesmo)". E conclui pela impossibilidade do amor ao próximo: "nunca acontecerá em realidade".

Afirmando uma questão de primeira essência em Dostoiévski — a absoluta liberdade do indivíduo no mundo e o direito de opinar sobre o mundo e os homens —, Viersílov completa seu raciocínio crítico sobre o "princípio": "uma vez que durante a criação do mundo não me consultaram, reservo-me o direito de ter minha opinião a esse respeito". Trata-se do clássico questionamento de Dostoiévski: sem opinar ou participar dos fatos da vida real e de sua versão, mesmo que tudo isso venha de Deus, o indivíduo é livre para escolher: é seu livre-arbítrio que está em jogo. Vemos algo semelhante na atitude de Ivan Karamázov, que, inconformado com a impunidade das iniquidades do mundo "criado por Deus", resolve devolver seu bilhete de entrada nesse mundo e nega-se a "estrumar com o próprio sangue a harmonia não sei de quem".

É bem conhecida a preocupação de Dostoiévski com os destinos da nobreza e sua decadência econômica, social e moral na ordem capitalista. Sob o impacto do dinheiro, sobretudo nos anos 1870, desintegram-se as antigas relações no seio dessa classe, muitos de seus integrantes não resistem à corrosão moral provocada pela penetração do dinheiro em todas as esferas da vida e, no afã de resolver seus crescentes problemas financeiros, participam de quadrilhas de falsificadores de moeda e de ações, atiram-se à jogatina e à roleta e praticam outros atos espúrios na caça ao dinheiro "fácil", como acontece com o príncipe Serguiêi Sokólski e vários jovens nobres. *O adolescente* acentua muito essa questão, tanto na desordem e no caos que caracterizam o comportamento de Viersílov e dos outros nobres que povoam a narrativa como na ênfase que dá à família casual. Esta categoria abrange todos: Viersílov tem duas famílias, não cuida direito de nenhuma e ainda "sustenta" uma criança, filha casual do príncipe Serguiêi com Lídia Akhmákova; o velho príncipe Sokólski, reencarnação do decrépito príncipe K de *O sonho do titio*, apresenta notórios sintomas de demência mas gosta de conversas picantes sobre mulheres e resolve casar-se com Anna Andrêievna, jovem filha do primeiro casamento de Viersílov com a aristocrata Akhmákova; a própria Anna Andrêievna, comparada a Minerva pelo porte e o espírito, planeja formar mais uma família casual, desposando por interesse o decrépito velhote. Como a relação entre o particular e o universal embasa toda a obra de Dostoiévski, a família casual se universaliza com uma força irresistível em famílias de linhagem, fundindo na desordem geral e no caos toda a nobreza, como atesta Nikolai Semiónovitch, personagem destacado para fechar a narrativa do romance. A desintegração da nobreza sob o efeito do dinheiro ganha o veredito final numa conversa de Arkadi com o arrivista Lambert que, aconselhando-o a casar-se por interesse com a filha do velho príncipe, assim traduz esse processo:

> "Quanto ao fato de não teres nome, hoje em dia não se precisa de nada disso: é só meteres a mão na bolada que vais crescer, crescer, e dentro de dez anos serás tamanho milionário que deixarás toda a Rússia em polvorosa; então, para que precisarias de nome? Na Áustria pode-se comprar um título de barão."

Portanto, nome e título nobiliárquico, que definem a condição de nobre, transformaram-se em reles mercadoria e servem apenas como adorno. É como se Lambert parafraseasse Camões: "Cesse tudo o que a antiga musa canta, que outro valor mais alto se alevanta": o dinheiro. Só resta à nobreza a condição de "folha levada pelo vento", como diz a Arkadi o príncipe Serioja.

Viersílov: um pensador meio porta-voz

Dostoiévski delega a Viersílov qualidades que muito o aproximam do pensamento de seu criador, a ponto de torná-lo um quase porta-voz da evolução de seu pensamento entre os anos 1860 e o fim de sua vida. Com notórias marcas autobiográficas — esbanjador contumaz, dilapidou três heranças, como o próprio Dostoiévski, que, quando concluiu em 1843 o curso de engenharia recebia de seu tutor (perdera os pais ainda criança) uma pensão de cinco mil rublos, quantia muito representativa para a época, e a esbanjava numa vida desordenada e perdulária de farras e carteado[8] (protótipo do comportamento de Dmitri Karamázov), e em cujas mãos o dinheiro literalmente queimava —, Viersílov, nobre arruinado, é um homem muito culto (como Dostoiévski concebia o verdadeiro nobre) e representante do superior pensamento russo. Nessa condição, cria uma utopia da nobreza como casta superior, que, apesar de decadente em termos econômicos e sociais, "poderia continuar sendo uma casta superior enquanto preservadora da honra, da luz, da ciência e de uma ideia superior", formando assim a "categoria superior dos homens... e uma reunião exclusiva dos melhores", pois só nesse sentido "a casta privilegiada poderia conservar-se".

Aqui Viersílov se apropria quase literalmente do mito da nobreza intelectual criado por Platão, particularmente em *Filebo*. Consciente da decadência irreversível a que chegara a antiga aristocracia dominante de Atenas, o filósofo grego projeta substituí-la numa sociedade futura por uma aristocracia do saber formada pelos melhores homens, cujos conhecimentos e atividade se fundariam em métodos exatos de análise dos objetos e fenômenos como garantia de sua continuidade. Aliás, a ideia de que os nobres deveriam ser não só os homens mais cultos como também os melhores era acalentada pelo próprio Dostoiévski, que a expôs numa carta de 10 de março de 1876, endereçada ao irmão Andriêi Mikháilovitch.

O tema da Idade de Ouro, presente em toda a obra de Dostoiévski e decorrente de seu passado de socialista utópico, ganha uma enorme importância histórica e ideológica a partir da década de 1860, quando seu pensamento adquire contornos históricos e sociológicos mais acabados e uma definição filosófica e ideológica mais consistente. Ele já planejara incluir esse tema no início de *Crime e castigo* (1866), mas a dinâmica do processo de composição desse romance o levou a tomá-lo como desfecho da história de Raskólnikov e Sônia. No epílogo, Raskólnikov está sentado à margem de um rio, de onde ouve o som quase inaudível de um canto entoado na margem oposta.

> "Lá, na estepe sem fim banhada de sol [*On voit le soleil*, gostava de exclamar Dostoiévski quando se enchia de ânimo], negrejavam tendas de nômades como pontinhos que mal se distinguiam.

---

[8] "Necrológio de F. M. Dostoiévski", em *Kalendar Svyataia Rus* (A Santa Rus), 28 de janeiro de 1881, p. 1, disponível em <http://www.rusidea.org/?a=25021004>.

Ali havia liberdade e vivia outra gente, em nada parecida à de cá, lá era como se o próprio tempo houvesse parado, como se ainda não tivessem passado o século de Abraão e o seu rebanho."[9]

Depois de viver as agruras dos trabalhos forçados, a desconfiança e a hostilidade dos galés e o longo processo de sua reconstrução interior na interação com Sônia, sob cuja influência ele põe sob seu travesseiro "A ressurreição de Lázaro", Raskólnikov reencontra sua essência natural e humana e renasce na identificação com aquela "outra gente" livre da margem oposta, habitante daquela estepe sem fim banhada pelo sol, símbolo da redenção humana na obra de Dostoiévski. Renascido, Raskólnikov ganha o direito à sua Idade de Ouro, que é, entre outras coisas, a representação do futuro na obra dostoievskiana. Seu renascimento se dá na unidade do passado e do futuro, do século de Abraão e da Idade de Ouro de Ovídio à luz de uma experiência vivida no século XIX, o que, tomado em conjunto, representa uma síntese da unidade da história e da cultura. Conclui-se o renascimento de Raskólnikov com a cena da eclosão do amor por Sônia e do seu entendimento final com os galés, representação da união entre o intelectual e o povo, preocupação central de Dostoiévski.

Em *Os demônios* (1871), a representação da Idade de Ouro é muito mais ampla do que em *Crime e castigo*, e a relação do herói Stavróguin com a Idade de Ouro é bem mais complexa do que a de Raskólnikov. Ela se corporifica em um sonho de Stavróguin com o quadro *Ácis e Galateia* de Claude Lorrain, que se encontrava na Galeria de Dresden e, segundo Anna Grigórievna, segunda mulher de Dostoiévski, era sempre chamado pelo escritor de *Idade de Ouro*. O sonho descreve o "berço" da sociedade europeia, o "paraíso terrestre" povoado por "pessoas belas", "felizes e inocentes", transbordantes de uma "força pura", de amor e de uma "alegria singela", provocando em Stavróguin uma sensação de "felicidade" que ele diz nunca ter conhecido. É um quadro de perfeita harmonia entre a natureza e o homem, no qual o sol banha com seus raios todas as ilhas e o mar, "regozijando-se com *seus* belos filhos" (grifo meu).[10] Essa harmonia contrasta com o profundo conflito vivido por Stavróguin, autor de um crime de pedofilia que redundara no suicídio da menina Matriócha. Este episódio tirara-lhe o di-

---

[9] Fiódor Dostoiévski, *Crime e castigo*, tradução de Paulo Bezerra, São Paulo, Editora 34, 2001, p. 558.

[10] Fiódor Dostoiévski, *Os demônios*, tradução de Paulo Bezerra, São Paulo, Editora 34, 2004, pp. 676-7.

reito de sonhar com a felicidade experimentada por aquelas pessoas "felizes e inocentes", dominadas por uma "alegria singela". A sensação de felicidade experimentada no sonho por Stavróguin é logo anulada por sua funesta realidade de homem impuro, que cometera um crime contra uma criança, visto como ato hediondo, imperdoável. Stavróguin fecha os olhos no afã de retomar o sonho, mas em vez disto avista um ponto luminoso que acaba se transformando numa aranha vermelha, a mesma aranha vermelha que ele vira sobre um gerânio alguns minutos antes do suicídio da menina, trazendo à sua consciência a lembrança do crime cometido. É patente sua incompatibilidade com o clima de plena fraternidade entre os homens e destes com a natureza na Idade de Ouro. Aos raios do sol poente como símbolo de vida, felicidade, alegria e pureza daquele tempo beatífico sobrepõe-se o ponto luminoso da aranha como signo de uma sensualidade animalesca, da sordidez e da impureza, de decadência moral e prenúncio da morte. Ato contínuo, aparece a Stavróguin a própria Matriócha, "emagrecida e com os olhos febris", e desde então a imagem da menina assume um poder tão obsessivo sobre Stavróguin que ele se torna possuído por ela, não pode "deixar de evocá-la, embora não possa viver com isso".[11] Assim, a obsessão de evocar a imagem da menina suicida acaba transbordando num impasse fatal cujo desenlace será o suicídio do herói, punição maior pelo crime de pedofilia, sentença idêntica à de Svidrigáilov de *Crime e castigo*, punido com o suicídio pelo mesmo delito.

Em *O adolescente*, o panorama da Idade de Ouro também aparece em um sonho de Viersílov e igualmente como interpretação de *Ácis e Galateia* de Claude Lorrain. Esse panorama é quase idêntico ao descrito em *Os demônios*, em ambos os romances o sonho com a Idade de Ouro é um anseio eterno da humanidade, uma era "pela qual os profetas morriam e se matavam, sem a qual os povos não querem viver e nem sequer podem morrer". Mas há uma diferença de perspectiva na representação da expectativa de cada personagem em face da Idade de Ouro. O sonho com a Idade de Ouro desloca-se do plano individual para o plano coletivo histórico e universal: o mesmo sol poente que banhava Viersílov e antes representava "o primeiro dia da humanidade" transforma-se no ocaso da humanidade europeia, no "dobre de finados" ecoado pela guerra franco-prussiana de 1870-71, que terminou com a França ocupada pela Alemanha e redesenhou o mapa da Europa. O plano individual e trágico de Stavróguin o atinge como indivíduo, o plano histórico evocado por Viersílov com sua alusão à guerra, ação cole-

---

[11] Dostoiévski, *Os demônios*, cit., p. 678.

tiva, atinge toda a sociedade europeia. Como uma de suas consequências, a Comuna de Paris (1871), que Viersílov considera um fato "lógico", insere no plano histórico a ação coletiva do proletariado e da plebe parisienses, inaugurando uma nova era na história política da humanidade. Essa sucessão de fatos históricos faz parte da contiguidade do particular com o universal, característica do pensamento e da obra de Dostoiévski. À diferença de Stavróguin em *Os demônios*, tragado pela sensualidade animalesca que o leva ao crime de pedofilia e à perda do direito ao futuro e à sua Idade de Ouro, Viersílov não está contaminado por um individualismo exacerbado, identifica-se com a Idade de Ouro, vê nela o "amor de toda a humanidade", encarnando a "ideia russa superior", "um tipo de sofrimento universal por todos", em suma, tem uma visão humanista da vida e da história, e, a despeito das contradições que marcam seu comportamento, pode falar com naturalidade da Idade de Ouro.

Mas Viersílov não se contenta com uma Idade de Ouro do passado. Como se antecipasse uma ideia de Mikhail Bakhtin, segundo a qual o romance relê o passado à luz do presente na perspectiva do futuro, ele aventa a utopia de outra Idade de Ouro situada no futuro. Observe-se que, antes de inserir essa futura era de felicidade, Viersílov imagina como seria a vida de um homem sem Deus em certa fase da história e diz não ter "dúvida de que esse período chegará". Note-se que três décadas depois desse pensamento de Viersílov houve a Revolução Socialista na Rússia e o surgimento da sociedade soviética, que viveu pouco mais de sete décadas "sem Deus". No panorama cultural que traça para sua Idade de Ouro do futuro não haveria lugar para Deus nem para religião. Uma vez livres da pressão das antigas formas de vida, agora as pessoas só contariam com suas próprias forças e representariam tudo umas para as outras. A ideia da imortalidade e do amor por um Deus salvador seria substituída e canalizada para toda a natureza, o mundo, as pessoas, que passariam a amar a terra e a vida conforme tomassem consciência de sua transitoriedade e de sua finitude. Sua nova relação com a natureza seria a fonte de novos conhecimentos e de novas formas de amar o próximo, algo como um amor universal entre os homens. Em consonância com o socialismo utópico, a organização social seria uma espécie de comunismo, pois as pessoas "trabalhariam umas para as outras e cada uma entregaria a todas tudo o que era seu e só com isso seriam felizes". A família se basearia numa fraternidade coletiva, e cada criança saberia e sentiria que qualquer um na Terra seria como um pai ou uma mãe. Essa reflexão de Viersílov funde o ideal do socialismo utópico com a ideia jacente na cultura popular, sobretudo no folclore, segundo a qual o homem morre como unidade física, mas permanece vivo no corpo coletivo. Esse homem da futura Idade de Ouro saberia que iria morrer, mas se sentiria feliz porque os outros permaneceriam e teriam continuidade em seus filhos, e essa ideia substituiria a antiga ideia do encontro com a morte. Mas como a ideia do socialismo apenas como solução social e material dos dilemas humanos não teria a contrapartida do lado espiritual, essa união dos homens numa comunidade fraterna não os deixaria plenamente felizes, pois, além de amor, "em seus olhares também haveria... tristeza". A despeito da felicidade social que os irmanava, faltava-lhes a imagem do ideal: Cristo. "Ele chegaria a elas, lhes estenderia os braços e perguntaria: 'Como conseguiram esquecê-lo?'. E nisto cairia uma espécie de venda de todos os olhos e se faria ouvir o grande hino entusiástico da nova e última ressurreição...".

A fé religiosa não faz parte da personalidade de Viersílov, mas, como criatura de Dostoiévski, ele expõe a ideia de Cristo como ideal do socialismo cristão, a mesma ideia professada pelo próprio autor. No famoso texto "Socialismo e Cristianismo", que é uma carta de 1873 endereçada a M. P. Pogódin, Dostoiévski descreve Cristo como o "ideal da humanidade" e afirma que o "socialismo apresentou-se como Cristo e ideal (...) é o supremo e último desenvolvimento do indivíduo, chegando ao ideal".[12] Comentando a ideia do socialismo russo, ele escreve em seu *Diário de um escritor*, de 1881, ano de sua morte:

> "Socialismo é o mesmo que Cristianismo, só que ele supõe ser possível chegar à razão... Não é no comunismo, não é nas formas mecânicas que consiste o socialismo do povo russo. Este acredita que só acabará se salvando com uma *união de todo o universo* em nome de Cristo. Eis o nosso socialismo russo!"

Um ano depois de publicar *O adolescente*, Dostoiévski retoma o tema da Idade de Ouro em *O sonho de um homem ridículo* na forma muito mais abrangente de uma espécie de síntese da história da humanidade dividida em duas fases bem delineadas: a fase anterior à civilização e a fase da civilização propriamente dita, que, segundo o próprio Dostoiévski, só agrava os problemas do homem em vez de resolvê-los.

---

[12] Fiódor Dostoiévski, "Socialismo e Cristianismo", disponível em <http://rvb.ru/dostoevski/02comm/506.htm>.

Viersílov e a ideia russa

Nos anos 1860, período imediatamente posterior à saída da prisão, Dostoiévski começa a aprofundar sua reflexão sobre o papel que Pedro, o Grande, desempenhou nos destinos da Rússia com suas reformas que abriram a famosa "janela para a Europa", e essa reflexão acabou desaguando numa ideia que viria a tornar-se um filosofema em todo o seu pensamento posterior: a ideia russa. Esta se resumia mais ou menos ao seguinte: as reformas de Pedro esgotaram seu ciclo, os russos conheceram a Europa, mas não conseguiram tornar-se europeus e integrar-se numa das formas de vida ocidental. Convenceram-se de constituir uma nacionalidade particular dotada do mais alto grau de originalidade e da necessidade de completá-la com uma forma de organização nacional nova, própria e sumamente peculiar, enraizada no povo russo, em seu próprio solo, no espírito e nos princípios do povo. As reforma de Pedro foram muito importantes, mas deturparam o sentido da verdade do povo. Pedro só foi popular na medida em que encarnou o anseio do povo em renovar-se, em dar mais amplitude à vida, pois, como fato histórico, foi o antípoda do povo, cujo espírito ele traiu com seu despotismo, fenômeno que Dostoiévski considera estranho aos russos. O povo russo é de índole sumamente pacífica e gosta de atingir seus objetivos de forma gradual e por meios pacíficos, ao passo que na época de Pedro ardiam fogueiras e erguiam-se patíbulos para quem não simpatizasse com suas transformações. Por isso o povo deu as costas aos reformistas e seguiu seu próprio caminho, oposto ao da nobreza.[13]

Dostoiévski culpa a casta cultivada, representada por Pedro e sua *entourage*, por esse desencontro entre nobreza e povo, pela ausência de interesses comuns entre povo e casta governante. À medida que suas reflexões sobre a Rússia avançam, amadurece sua consciência de que a superação desse fosso é condição essencial para desenvolver um autêntico sentido do nacional, mas um nacional vinculado aos interesses de toda a humanidade, pois, segundo o Dostoiévski dos anos 1870, no fundamento de qualquer nacionalidade existe um ideal humano universal. Sua ideia russa radica nesse ideal.

Viersílov parte dessas ideias, supera algumas e leva outras adiante, fazendo a ponte entre as reflexões dostoievskianas dos anos 1860 e o famoso discurso de 1880 em homenagem a Púchkin. Através de Viersílov, o Dos-

---

[13] *Apud* L. Saráskina, "Dostoiévski. Tchei on?" (Dostoiévski. De quem é ele?), em *Dostoiévski i mirovaya kultura* (Dostoiévski e a cultura universal), *Almanakh*, nº 1, organização de K. Stepanyan e Vl. Etov, São Petersburgo, 1993, pp. 186-7.

toiévski dos anos 1870 supera o Dostoiévski dos anos 1860, o que confere uma grandeza especial ao romance *O adolescente*.

Durante muito tempo Dostoiévski se manteve num movimento pendular entre o filoeslavismo e o ocidentalismo, mas na década de 1870 está bem mais próximo do ocidentalismo. Ao fazer de Viersílov o porta-voz do "superior pensamento russo" como "conciliação universal de ideias", ele amplia o distanciamento em relação ao filoeslavismo, dando curso à sua ideia russa. Com ela supera os limites da "nacionalidade particular", a forma "sumamente peculiar de organização nacional", a ideia de que "os russos conheceram a Europa, mas não conseguiram tornar-se europeus e integrar-se numa das formas de vida ocidental", pois, como diz Viersílov, o russo é "mais russo só e precisamente quando é mais europeu". Numa clara ruptura com o filoeslavismo, que preconizava a exclusividade da história e da cultura russa e considerava o ser russo genuinamente nacional e isento de traços de outros povos, Viersílov enaltece justo a versatilidade do caráter russo para interagir com o outro e desdobrar-se nele como "a nossa mais importante diferença nacional, que nos distingue de todos os outros". "Na França sou francês, com os alemães, sou alemão, com o grego antigo sou grego e assim sou mais russo. Assim sou um verdadeiro russo e sirvo mais à Rússia, pois promovo o seu pensamento essencial." Esse mesmo espírito universalista será retomado pelo próprio Dostoiévski no célebre discurso sobre Púchkin, poeta que personificou "seu espírito no espírito de outros povos" e foi a expressão maior do espírito nacional russo, pois, "o que é a força do espírito nacional russo senão as suas aspirações, no fim das contas, à universalidade e ao humanitarismo" e à "unificação de toda a humanidade"?[14]

A fala de Viersílov permite acompanhar a evolução do pensamento de Dostoiévski na última década de sua vida, sobretudo no que tange à superação do exclusivismo nacional russo apregoado pelos eslavófilos. Viersílov declara: a "Europa era tão nossa pátria como a Rússia", e um ano depois o próprio Dostoiévski escreve em seu *Diário de um escritor*, de 1877: "A Europa é para nós uma segunda pátria".[15]

Com sua "conciliação universal de ideias" e seu "sofrimento universal por todos", Viersílov praticamente conclui o filosofema de Dostoiévski: a

---

[14] Fiódor Dostoiévski, "Púchkin" (discurso pronunciado no dia 8 [20] de junho na reunião da Sociedade dos Amantes das Letras Russas), tradução de Ekaterina Vólkova Américo e Graziela Schneider, em *Antologia do pensamento crítico russo*, organização de Bruno Barretto Gomide, São Paulo, Editora 2013, p. 421.

[15] *Apud* L. Saráskina, "Dostoiévski. Tchei on?", cit., p. 188.

ideia russa como síntese de todas as grandes ideias desenvolvidas pela Europa, que dota o caráter nacional russo de uma capacidade de conciliação irrestrita de ideias, de aceitação do humano em todas as suas manifestações, de uma sensibilidade universalizadora graças à qual o russo se entende com todos os povos e de todos se compenetra a ponto de incorporar-se neles ("na França sou francês..."), simpatiza com toda a humanidade "sem fazer distinção de raças" e países, pois seu desígnio é a "reunificação de todos os seres humanos". E conclui: "a vocação do homem russo é unir a Europa e o mundo todo".[16] Em essência, Viersílov antecipa em quatro anos as ideias universalizantes do russo e sua cultura, que Dostoiévski desenvolverá no célebre discurso de 1880 sobre Púchkin.

Mas nem tudo é encômio no discurso de Viersílov sobre o homem russo. Em Dostoiévski nada é linear, e ao lado dos aspectos mais positivos de um fenômeno aparecem também aspectos negativos, críticos.

Viersílov retoma uma ideia filosófica que aparece em Dostoiévski desde *Memórias do subsolo*: a ideia da "vida viva". Trata-se da vida em toda a diversidade de suas manifestações, que se apresenta e se deixa perceber numa tríade indivisa de razão, sentimento e vontade. A ideia tem um sentido filosófico e antropológico, pois, para Dostoiévski, a vida viva está ligada a valores que estão situados na origem natural do ser humano (veja-se a primeira parte de *O sonho de um homem ridículo*), são vinculados a um tipo de indivíduo que integra a grande família humana e não vive para si, mas para os outros, e visa a uma harmonia entre os homens, a natureza e o universo (essa harmonia caracteriza a personalidade de Makar Ivánovitch Dolgorúki). Para Viersílov, a vida viva se funda num pensamento grandioso, superior, é uma vida simples, corriqueira, isenta dos artificialismos da civilização. Considera que a vida viva não é uma ideia abstrata ou livresca, mas algo alegre, tirado da própria existência e por isso superior. Algo capaz de superar o automatismo que faz da vida um angustiante ramerrão, apontando para o seu dinamismo e a alegria de viver. Isso contagia Arkadi, que interpreta a vida viva como aquilo que procuramos durante a nossa existência.

Já observei que Dostoiévski tinha uma capacidade muito peculiar de ver o processo histórico em seu interior e detectar suas vicissitudes, o que às vezes o levava a conclusões de teor quase profético. Comentando as possibilidades de mudança e renovação do universo social, Viersílov formula uma curiosa teoria da "oxidação universal", que pode ser assim resumida: chegará uma fase histórica de falência universal dos Estados e calote geral de

---

[16] Dostoiévski, "Púchkin", cit.

uns contra os outros, independentemente de seu equilíbrio financeiro, terá início uma oxidação universal; começará o reinado da especulação financeira representada pelos acionistas, que enfrentarão longos períodos de luta da parte de todos os despossuídos que nunca tiveram ações, ou seja, os miseráveis, e estes, depois de setenta e sete derrotas, aniquilarão os especuladores e tomarão suas ações, assumindo o seu lugar como acionistas. O mais certo é que também acabarão falidos.

Trinta anos depois de publicado *O adolescente* veio a revolução proletária de 1917 na Rússia, que inaugurou a era do poder dos "miseráveis", ou apoiado neles e exercido em seu nome. Em 1929 deu-se a Grande Depressão, uma espécie de "oxidação universal", que provocou a quebra da bolsa de valores em Nova York e a subsequente quebradeira geral pelo mundo afora, liquidando milhões de acionistas; seguiu-se a Segunda Guerra Mundial, e depois dela o surgimento de um grupo de países ditos socialistas, continuadores da revolução proletária russa e governados em nome dos "trabalhadores", os "miseráveis" de Viersílov, que também desbancaram os antigos "acionistas" e igualmente acabaram falidos. Não se trata de fazer de Dostoiévski um profeta, mas de observar como reflexões de algumas de suas personagens acabam ganhando um tom profético, o que se deve à estreita imbricação de narrativa e desenrolar da história em suas obras. O discurso de Chigalióv em *Os demônios* e o espírito desse romance são uma espécie de antevisão sinistra dos totalitarismos do século XX: do stalinismo (variante russa do fascismo) e seus desdobramentos nos demais países "socialistas"; do nazifascismo e dos regimes de direita; do autoritarismo e dos descaminhos da esquerda — incluindo sua tendência à corrupção, que Dostoiévski já prevê no famoso texto "Socialismo e Cristianismo", escrito em 1864, onde, a despeito do encanto que a ideia do socialismo exerce sobre ele, afirma que os socialistas aceitam "certa recompensa como possível e ética". Nossa atualidade é a prova cabal dessa previsão. Toda essa antevisão do desenrolar da história em Dostoiévski deve-se a uma questão maior da literatura: sua capacidade de transcender seu espaço e seu tempo, interpretando o processo histórico à luz do presente na expectativa do futuro.

Um símbolo de alegria e amor à vida

Raras personagens romanescas podem ser tão plenas e tão belas como Makar Ivánovitch. Este, a quem, segundo Arkadi, sua mãe "respeitava no mínimo como um deus", reaparece na terceira parte do livro já ancião, um típico andarilho russo, que, numa espécie de mito do eterno retorno, volta para morrer no seio da "família". Homem do povo (*prostolyudín*), Makar é uma espécie de homem natural ao gosto de Dostoiévski, um símbolo vivo de amor à vida e da alegria de viver, que encara sua finitude física com a absoluta naturalidade de quem, consciente de ter vivido bem a vida, acredita em sua continuidade através do amor que há de nutrir por ela no além-túmulo, pois acha que "haverá amor depois da morte". É aquele tipo que "se entrega voluntariamente por todos", entrega inclusive "seu próprio eu", como escreve Dostoiévski em "Socialismo e Cristianismo", e por essa razão pode proclamar sem artificialismo: "Para os velhos, os túmulos, para os moços, a vida". Makar encarna a concepção folclórico-popular segundo a qual o homem morre fisicamente, mas permanece vivo no corpo coletivo, assim como encarna a morte do justo na concepção dostoievskiana, pois, como ele mesmo afirma:

> "Um ancião deve estar sempre contente em qualquer tempo, mas morrer ele deve com a mente em plena flor, de forma ditosa e bela, farto dos dias, exalando sua última hora e regozijando-se por partir, como uma espiga num feixe de trigo depois de completado o seu mistério."

Embora Makar Ivánovitch fale muito de Deus e Cristianismo, sua concepção de morte tem um viés panteísta, pois compreende a igualdade de todos os homens perante a morte e vê esta como uma harmonia entre o homem, a natureza e Deus. Ademais, há um quê de paganismo em sua concepção de vida e morte. Como a espiga que deixa suas sementes no feixe de trigo para germinarem e prosseguirem sua vida, o velho Makar, mesmo imaginando que não será lembrado, prosseguirá vivendo no amor por seus "filhos", pois, como diz, "hei de amá-los do fundo de minha cova". Extingue-se como unidade física, mas permanecerá vivo na mente de seus "filhos", sobretudo de Arkadi.

Ele tem várias características que encantam e influenciam Arkadi: uma sabedoria profunda, não tirada dos livros mas vivenciada na experiência prática e voltada para a vida, diferente daquelas pessoas que, como ele diz, "estudam desde que o mundo é mundo", mas não se sabe "o que aprenderam de bom para tornar o mundo a morada mais maravilhosa e alegre e repleta de toda sorte de alegria"; uma concepção de amor verdadeiro pelas pessoas e a natureza que Arkadi nunca vira no meio social em que circulava; uma afetividade que este só sentira, e ainda assim muito timidamente, em sua mãe.

De toda essa cosmovisão de Makar decorre um ideal de beleza que o próprio Arkadi procurava entre as pessoas com quem convivia em seu meio social, mas só encontrou nesse velho representante do povo, que funde em sua personalidade uma profunda sabedoria popular com uma simplicidade quase infantil. Na fase final e filosoficamente consolidada de Dostoiévski e sua obra, Makar retoma a beleza que já está no Míchkin de *O idiota*.

Depois dos longas conversas com Viersílov, o diálogo com Makar era o elemento que faltava a Arkadi para superar certas mazelas de sua formação e concluí-la. Como já se sabe, Arkadi começa o romance com a ideia de tornar-se um Rothschild, mais tarde se torna um dândi, contrata os serviços de um alfaiate francês e anda na última moda, entra de cara no jogo, sobretudo na roleta, no afã de ganhar muito dinheiro e, através dele, afirmar sua individualidade, sua superioridade sobre os outros. Num de seus diálogos com Makar, este repete o Evangelho de Mateus a seu modo e lhe sugere um antídoto contra todos esses sonhos burgueses: distribuir tudo o que tem e tornar-se servo de todos os homens. Assim ele se tornaria muito mais rico, alcançaria uma felicidade que não se traduziria em roupas caras nem no orgulho causado pela inveja dos outros, mas no amor multiplicado ao infinito, que atingiria o mundo inteiro. O fim de tudo isso seria uma comunidade de iguais, uma fraternidade universal. Extasiado com a sugestão de Makar, Arkadi exclama: "O senhor está propagando o comunismo, o verdadeiro comunismo!".

O velho fica encantado com a afirmação de Arkadi e pede explicações, que Arkadi lhe dá a seu modo. O velho apenas explica com exemplos práticos o que Viersílov tenta explicar de forma abstrata com a ideia da Idade de Ouro. Assim Makar fascina e contagia Arkadi, contribuindo de forma decisiva para a consumação do seu aperfeiçoamento.

SOBRE O AUTOR

Fiódor Mikháilovitch Dostoiévski nasceu em Moscou a 30 de outubro de 1821, num hospital para indigentes onde seu pai trabalhava como médico. Em 1838, um ano depois da morte da mãe por tuberculose, ingressa na Escola de Engenharia Militar de São Petersburgo. Ali aprofunda seu conhecimento das literaturas russa, francesa e outras. No ano seguinte, o pai é assassinado pelos servos de sua pequena propriedade rural.

Só e sem recursos, em 1844 Dostoiévski decide dar livre curso à sua vocação de escritor: abandona a carreira militar e escreve seu primeiro romance, *Gente pobre*, publicado dois anos mais tarde, com calorosa recepção da crítica. Passa a frequentar círculos revolucionários de Petersburgo e em 1849 é preso e condenado à morte. No derradeiro minuto, tem a pena comutada para quatro anos de trabalhos forçados, seguidos por prestação de serviços como soldado na Sibéria — experiência que será retratada em *Escritos da casa morta*, livro que começou a ser publicado em 1860, um ano antes de *Humilhados e ofendidos*.

Em 1857 casa-se com Maria Dmitrievna e, três anos depois, volta a Petersburgo, onde funda, com o irmão Mikhail, a revista literária *O Tempo*, fechada pela censura em 1863. Em 1864 lança outra revista, *A Época*, onde imprime a primeira parte de *Memórias do subsolo*. Nesse ano, perde a mulher e o irmão. Em 1866, publica *Crime e castigo* e conhece Anna Grigórievna, estenógrafa que o ajuda a terminar o livro *Um jogador*, e será sua companheira até o fim da vida. Em 1867, o casal, acossado por dívidas, embarca para a Europa, fugindo dos credores. Nesse período, ele escreve *O idiota* (1869) e *O eterno marido* (1870). De volta a Petersburgo, publica *Os demônios* (1872), *O adolescente* (1875) e inicia a edição do *Diário de um escritor* (1873-1881).

Em 1878, após a morte do filho Aleksiêi, de três anos, começa a escrever *Os irmãos Karamázov*, que será publicado em fins de 1880. Reconhecido pela crítica e por milhares de leitores como um dos maiores autores russos de todos os tempos, Dostoiévski morre em 28 de janeiro de 1881, deixando vários projetos inconclusos, entre eles a continuação de *Os irmãos Karamázov*, talvez sua obra mais ambiciosa.

SOBRE O TRADUTOR

Paulo Bezerra estudou língua e literatura russa na Universidade Lomonóssov, em Moscou, especializando-se em tradução de obras técnico-científicas e literárias. Após retornar ao Brasil em 1971, fez graduação em Letras na Universidade Gama Filho, no Rio de Janeiro; mestrado (com a dissertação "Carnavalização e história em *Incidente em Antares*") e doutorado (com a tese "A gênese do romance na teoria de Mikhail Bakhtin", sob orientação de Afonso Romano de Sant'Anna) na PUC-RJ; e defendeu tese de livre-docência na FFLCH-USP, "*Bobók*: polêmica e dialogismo", para a qual traduziu e analisou esse conto e sua interação temática com várias obras do universo dostoievskiano. Foi professor de teoria da literatura na Universidade do Estado do Rio de Janeiro, de língua e literatura russa na USP e, posteriormente, de literatura brasileira na Universidade Federal Fluminense, pela qual se aposentou. Recontratado pela UFF, é hoje professor de teoria literária nessa instituição. Exerce também atividade de crítica, tendo publicado diversos artigos em coletâneas, jornais e revistas, sobre literatura e cultura russas, literatura brasileira e ciências sociais.

Na atividade de tradutor, já verteu do russo mais de quarenta obras nos campos da filosofia, da psicologia, da teoria literária e da ficção, destacando-se: *Fundamentos lógicos da ciência* e *A dialética como lógica e teoria do conhecimento*, de P. V. Kopnin; *A filosofia americana no século XX*, de A. S. Bogomólov; *Curso de psicologia geral* (4 volumes), de R. Luria; *Problemas da poética de Dostoiévski*, *O freudismo*, *Estética da criação verbal*, *Teoria do romance I, II e III*, *Os gêneros do discurso*, *Notas sobre literatura, cultura e ciências humanas* e *O autor e a personagem na atividade estética*, de M. Bakhtin; *A poética do mito*, de E. Melietinski; *As raízes históricas do conto maravilhoso*, de V. Propp; *Psicologia da arte*, *A tragédia de Hamlet, príncipe da Dinamarca* e *A construção do pensamento e da linguagem*, de L. S. Vigotski; *Memórias*, de A. Sákharov; e *O estilo de Dostoiévski*, de N. Tchirkóv; enquanto que no campo da ficção traduziu *Agosto de 1914*, de A. Soljenítsin; cinco contos de N. Gógol reunidos no livro *O capote e outras histórias*; *O herói do nosso tempo*, de M. Liérmontov; *O navio branco*, de T. Aitmátov; *Os filhos da rua Arbat*, de A. Ribakov; *A casa de Púchkin*, de A. Bítov; *O rumor do tempo*, de Ó. Mandelstam; *Em ritmo de concerto*, de N. Dejniov; *Lady Macbeth do distrito de Mtzensk*, de N. Leskov; além de *O duplo*, *O sonho do titio* e *Sonhos de Petersburgo em verso e prosa* (reunidos no volume *Dois sonhos*), *Escritos da casa morta*, *Bobók*, *Crime e castigo*, *O idiota*, *Os demônios*, *O adolescente* e *Os irmãos Karamázov*, de F. Dostoiévski.

Em 2012 recebeu do governo da Rússia a Medalha Púchkin, por sua contribuição à divulgação da cultura russa no exterior.

Este livro foi composto em Sabon
pela Bracher & Malta, com CTP e
impressão da Edições Loyola em
papel Pólen Natural 70 g/m² da Cia.
Suzano de Papel e Celulose para a
Editora 34, em maio de 2025.